御製

佛光恩照　三千大千　隨緣徧滿
恒沙法界　普度衆生　悉證菩提
身心安泰　年時豐稔　風雨調順
日月升恒　乾坤清寧　百昌蕃熾
上下樂利　中外協和　庶物咸亨
萬善圓成　情與無情　同登正覺
大清雍正十三年四月初八日

第一五七册　此土著述（四七）

龍池幻有禪師語錄

門人圓悟圓修等編

清刻龍藏佛說法變相圖

龍池幻有禪師語錄卷之四

門人圓悟圓修等編

問談

臘月三十日上堂舉雪峰在德山作飯頭一日飯遲德山托鉢向法堂上從東過西從西過東雪峰云者老和尚鐘未鳴鼓未響托鉢向什麼處去德山托鉢歸方丈雪峰舉似巖頭頭云大小德山不會末後句德山聞得令人喚巖頭至云你不肯老僧那巖頭密啟其意明日德山上堂果與尋常不同巖頭出撫掌呵呵云且喜老漢會末後句天下人沒奈伊何雖然如是秖活得三年師頌云德嶠當時無侍者自持鉢去要渠知儂家自是無分曉猶向巖頭問是非末後句更休題密啟其意罕人知不是鰲山成道罷直至而今未

解頤老僧今日正當年盡月盡亦有個末後句云歲事盡從今夜畢來春應居歲朝知下座

巳酉朔旦上堂云三陽開泰萬物生輝天下太平人間樂業所謂道年新月新日又新現前佛法一時新豎起拂子云汝等各各直須認取者一着要緊遍地作金容易事百年難遇歲朝春良久咦一聲云新年頭佛法不可多說便下座

新正七日上堂云老僧今日特陞此座蓋謂芙蓉太毓禪師道場諸善知識專爲老僧設齋愧老僧出家礪行於他方三十有八年來別未成得些些事僅得個心地法門不免布施大衆此非我一人獨得者即今現前若有一人欠少些些老僧情愿管包補且如臨濟大師當時道有一無位眞人常從汝等面門出入初心未證據者切須看看據老僧判若說是無位眞人不用說出入但言無內無外原與太虛同體無大無小無方無圓無生無滅無短無長無高無下無欠無餘說到此但云老僧今日昏憒便下座

次日上堂云有昨日底公案未完老僧聊者六似鄉裏一老婆子穿却三尺三寸一條大布裩通身水溼了一步也走不得大意老僧初心見大衆以佛法難會務要與大衆直說分明殊不知此本來礙口說不得第一恐成了實法第二恐成了冬瓜印子以故難言未有剖煞且如雲門大師道乾坤之內宇宙之間中有一寶秘在形山此四句儘可穿鑿理會有形生於無形無形則托於有形者若曰

拈燈籠來佛殿裡將山門來燈籠上又向那裡摸索去既說是個眞人一眞一切眞無內無外無有寬親說箇無位即如東西南北四維上下何有向背且道者個眞人坐在有上坐在無上坐在空上坐在色上坐在生上坐在死上坐在是上坐在非上坐在彼上坐在此上坐在好上坐在惡上坐在美上坐在醜上坐在香上坐在臭上坐在苦上坐在甜上坐在酸上坐在辣上坐在長上坐在短上坐在去上坐在來上坐在定上坐在不定上坐在大上坐在小上汝等切莫將者個無位眞人認做了臨濟大師底亦莫看做了是老僧底臨濟大師分明向你說汝等人人有個無位眞人我且問汝等各人者個赤肉團也還有一點點空竅也無若有一點點空竅時比如此太虛空還有兩樣也無汝等各各檢點看揣摸看果然與此個眞人相應有個影響與老僧通個消息若一總無得不如各自歇去珍重

上堂師云昨日有求授記成佛底上前來老僧想起你們要授記便不得滿你們底心須待彌勒佛出世時始得相應若彌勒佛已前無你們成佛處不如我老僧現今證據你們成佛恰易又不但爲彼在家善信男女亦爲現前大衆各各俱要證據成佛去權作個安樂小歇場地汝等各各切心諦聽汝等暫把胷中種種妄想一齊放下檢點六根諸塵勞緣唯見聞二種爲勝於日用二六時中眼見種種色相耳聞種種音聲切忌無生分別異念不起妄想執情時即見色聞聲之性當下

便爲無分別智此無分別智便是汝等眞如自心此心即是佛是什麽佛是本源自性天眞佛此天眞佛外無別有佛亦無別有心所有者但分別心妄想心惟此二心最可忌者故華嚴經云一切衆生具有如來智慧德相但以妄想執着而不證得者又但不生分別心纔生着便爲外物所轉故楞嚴云若能轉物即同如來故云迷人被物轉智人能轉物唯證據此佛時如何是佛境界但在異時言下座

上堂師云古人所謂道無方行者莫能至又中觀云觀方知彼去去者不至方信矣不其然哉葢吾人心一而已大端語方則不容以有道云道則不容以有方以道即方而方即道然其勢固不能兩容豈復並舉而兼得之耶試按時人妄計有東西南北四維上下如金剛經佛問須菩提云東方虚空可思量不須菩提言勿也世尊南西北方四維上下虚空亦復不可思量以其妄計非眞故云不可思量以眞實有故乃可思量其實無故不可思量然其實不可以有無必故若以爲有無限際可得若以爲無現見有東西南北四維上下若欲盡其限際如法華壽量品喻以三千大千世界磨以爲墨過東方千佛國土乃下一點又過千佛國土復下一點又過千佛國土復下一點如是乃至下盡三千大千世界塵墨復將點過國土點着點不着者復盡磨爲塵墨再過東方千佛國土乃下一點又過千佛國土復下一點如是乃至下盡如前國土塵墨還知其限際不然以東方限際如

此乃至南西北方四維上下虚空亦復如是無有限際以虚空如是故至我此心亦復如是廣大無有限際以我此心如是故乃至如來法身亦復如是廣大無有限際彌滿清淨中不容他故華嚴經云佛身充滿於法界普現一切羣生前隨緣赴感靡不调而恒處此菩提座昔日有箇座主引一行者入殿禮佛行者因唾佛身座主呵責云不可唾佛行者却曰將個無佛處與我唾來傍有俗士云怎麼底倒不怎麼不怎麼底恰怎麼師云我與伊做箇解交唵戌魯戌魯娑訶便下座

上堂師舉昔日有一耆宿上堂云老僧三十年巳前見山是山見水是水中間得個入處見山則不是山見水則不是水老僧今日休歇得見山依舊是山見水依舊是水師乃云我見金剛經云須菩提若善男子善女人以三千大千世界碎爲微塵於意云何是微塵衆寧爲多不須菩提言甚多世尊何以故若是微塵衆實有者佛即不說是微塵衆所以者何佛說微塵衆即非微塵衆是名微塵衆世尊如來所說三千大千世界即非世界是名世界何以故若世界實有者即是一合相如來說一合相即非一合相是名一合相須菩提一合相者即是不可說但凡夫之人貪着其事若有未解者個因緣者但看向下底註脚意自分明珍重便下座

上堂師舉起拂子云老僧今日借取者拂子一時說法直得三世諸佛立地聽汝等現前各各俱信得及麼倘你信得須知諸佛當初未嘗有衆生可度不聞般若云若有衆生爲

如來度者如來即有我人衆生壽者四相四相宛爾如何度得衆生如是始信衆生度盡恒沙佛諸佛何曾度一人老僧今日若不爲汝等證明便成了虛語我此拂子說法即是華嚴云塵說刹說衆生說三世十方一切佛說熾然說無間說即塵說刹說衆生說三世十方一切佛說熾然說無間說便是拂子說如何是三世諸佛立地聽三世者三際時也若已併息萬緣迴光返照收視返聽回觀自性則得靈音屬耳迦陵仙音徧十方界即是過去佛若當下便得併息諸念萬緣放下迴光返照獲聞靈音屬耳迦陵仙音徧十方界便是現前佛若未得併息諸緣妄念未曾休歇得靈音屬耳迦陵仙音弗能相應者便是未來佛此豈不是衆生因緣度盡恒沙佛諸佛何曾度一人耶又老僧昔年指風搖竹子問匠人云爲是風搖竹子竹子搖風匠人云還是風搖竹子豈竹子能搖風乎老僧云若無竹子你向何處又見風乎匠人云便是老僧曰不聞性空眞風性風眞空清淨本然周徧法界乎止止不須說我法妙難思珍重便下座

上堂師云浮山遠錄公云夫天地間誠有易生之物使一日曝之而十日寒之亦未見有能生者然天地間易生物無如莒蕭草井蘆葦最易生易長者設當暄暖了一日倒陰寒却十日則亦不見有生機矣比今之無上妙道實昭昭在於心目之間何難見之有既在心目間則合觸處洞然現前明白自然頭頭上現物物上彰故云至道無難唯嫌揀擇而

已要須知心目之外還有落地也無請大衆試檢點看若檢點不出須知還是黑疃疃地說甚坐立可待況有一日信而十日疑之者又則有朝勤夕怠者如此則豈獨目前難見余恐終身而不得見之矣惜乎汝等堂堂爲出世丈夫反不如當初一在俗妓女不見東坡居士一日與琴操游西湖云我今日做個長老你作個禪和子試與你叅禪何如操云使得東坡乃問曰如何是湖中境操云落霞與孤鶩齊飛秋水共長天一色又問如何是境中人操云裙拖六幅湘江水髻挽巫山一段雲又問如何是人中意操云隨他楊學士鱉殺鮑叅軍乃云如此究竟如何東坡因點曰門前冷落車馬稀老大嫁作商人婦琴操歸遂削髮爲尼若此一撥便轉可謂之丈夫否乎我見今時人儘力要會門前冷落車馬稀老大嫁作商人婦猶不可得者師乃竪起拂子云汝等還見者個麽明朝更有新條在惱亂春風卒未休下座

上堂師云今日陞座爲昨者公案未完既云無上妙道昭昭然在於心目間者即如東坡與琴操叅禪事又豈在心目之外耶且答東坡問湖中境境中人人中意之說豈是琴操分外事乎洎後東坡點琴操云門前冷落車馬稀老大嫁作商人婦二句語老僧從南往北從北還南數年以來驗人多矣問着一百個有九十九個會不得昨日復拈起問衆中雖有一箇半箇似乎會得終未透徹不可老僧意老僧恐之不已不免今日與汝等說破去葢此兩句語不出褒貶二字點他而已遂

使琴操慚惶無地以故削髮耳有甚難會處然在東坡分上既見伊有如此本領如此識見不得不褒獎伊道門前冷落車馬稀也難得人到者個所在此不爲過褒也又既見伊但爲貪戀了者兩件事割不斷捨不得以此貶他不爲過貶也然而無上妙道既不出汝等諸人心目間又何用老僧重重開示一一指呈耶但要汝等試檢點心目之外更有落地處也無若眞實檢點不出莫說要見無上妙道不難且老僧如今也有個末後句不免舉似大衆知道遂擲拂子不受禮拜竟趨方丈

上堂師云老僧出家三十八年來不爲别事祇要明得人人本有個個不無者一着子且如釋迦當時出世談經三百餘會說法四十九年將臨涅槃文殊請留住世再轉法輪世尊曰文殊將謂我四十九年曾說法耶你如何又請我再轉法輪也止爲者一著子及拈花示衆時人天百萬中竟無會得者獨迦葉一人破顔微笑可見要領會者一着也難得其人繼後有二十八祖達磨從南天竺國特特航海來至此方只說直指人心見性成佛但未見有指心見性成佛底說話若校他釋迦曾說法謂不曾說法可信即達磨直指人心見性成佛之說也可信若言釋迦佛曾說謂不曾說信不及即達磨之說亦有信不及處因見永嘉云心不是有心不是無心不非有心不非無云云并僧問馬祖離四句絶百非請師指示西來意便見馬祖智藏懷海父子三人亦不易說并見金剛經云應如是生

清淨心不應住色生心不應住聲香味觸法生心應無所住而生其心信矣若如六祖解息風播之爭云非風動非播動乃仁者心動益言佛祖出世總是一期應機之說原無實法與人故云但有言說俱無實義若言動既屬於吾心則不動處不屬吾心矣故楞嚴云若有一人發真歸源十方世界悉皆消殞并若人識得心大地無寸土便見此中無跡可指難道十方世界并大地土都從何處去了龐居士又云但願空諸所有愼勿實諸所無是也益言認得心性時可說不思議只是不見世間有餘物矣故龍樹偈云因緣所生法我說即是空亦名爲假名亦名中道義未曾有一法不從因緣生是故一切法無不是空者若此看來如何又恠得達磨不說耶要信此心無跡可指無相可著既無指處則無有不是處信矣若要見性甚易在眼曰見性在耳曰聞性在鼻曰嗅性在舌曰嘗性在身曰觸性在意曰法性只在尋常日用間無內無外非近非遙不曾生不曾滅無減無增本來具足不動不搖只要合得他古德所謂靈光獨耀迥脫根塵體露真常不拘文字心性無染本自圓成但離妄緣即如如佛珍重下座

二月一日上堂云開了年輕輕把正月一月過去又是二月一日矣汝等參禪不得力無効驗何不看他前代古人五祖和尚一日云我這裏禪似個什麽如人家會作賊有一兒子一日云我爺老後我却如何養家須學個事業始得遂白其爺爺云好得一夜引至巨室穿窬入宅開櫃乃教兒子入其中取衣帛

兒纔入櫃爺便閉却復鎖了故於廳上扣打令其家驚覺乃先尋穿窬而出其家人即時起來點火燭之知有賊但已去了其賊兒在櫃中私自語曰我爺何故如此正悶悶中却得一計作鼠嚙聲其家遣使婢點燈開櫃櫃纔開賊兒聳身吹滅燈推倒婢走出其家人趕至中路賊兒忽見一井乃推巨石投井中其人却於井中覓賊兒直走歸家問爺爺云你休說你怎生得出兒具說上件意爺云你恁麼儘做得者是一種做得去底伶俐禪尚有一種惷蚩做不去底癡禪一總與你們說知去往者齊之國氏大富宋之向氏大貧自宋之齊請其術國氏告之曰吾善爲盜始吾爲盜也一年而給二年而足三年大壤自此以往施及州閭向氏大喜喻其爲盜之言而不喻其爲盜之道遂踰垣鑿室手目所及亡不探也未及時以賍獲罪没其先居之財向氏以國氏之謬已也往而怨之國氏曰若爲盜若何向氏言其狀國氏曰嘻若失爲盜之道至此乎今將告若矣吾聞天有時地有利吾盜天地之時利雲雨之滂潤山澤之產育以生吾禾殖吾稼築吾垣建吾舍陸盜禽獸水盜魚鱉亡非盜也夫禾稼土木禽獸魚鼈皆天之所生豈吾之所有然吾盜天而亡殃夫金玉珍寶穀帛財貨人之所聚豈天之所與若盜之而獲罪孰怨哉向氏大惑以爲國氏之重罔已也過東郭先生問焉東郭先生曰若一身庸非盜乎盜陰陽之和以成若生載若形況外物而非盜哉誠然天地萬物不相離也認而有之皆惑也若把世間萬物果

然識不破看不透不得不被其惑國氏之盜公道也故亡殃若之盜私心也故得罪有公私者亦盜也這是常常在繩墨上不犯規矩禮法底亡公私者亦盜也這是如白晝攫金底但見其金不見其人者公公私私天地之德知天地之德者孰爲盜耶孰爲不盜耶老僧恐以世間法與出世間法俱不免爲盜并喻其爲盜之言而不喻其爲盜之道故併說之耳珍重

上堂師云竭盡去也直得三世諸佛口挂壁上山僧今日于一毫端上現寶王剎乃至十方諸佛國土瓊樓寶閣金碧裝嚴交輝映徹以至法界崢嶸汝等爲什麼都不見得山僧今日坐微塵裏轉大法輪以至塵說剎說衆生說三世十方一切佛說熾然說無間說汝等爲什麼都不聞得汝等既都不見不聞者蓋是汝等叅禪學道途路中未得力故乃竪起拂子云汝等若向者裏荐得悟得認得真了時即喚者個作拂子也得不喚作拂子也得即將一微塵現出十方佛國土也得攝十方佛國土於一微塵中也得正所謂把住放行全在我收來散去更由誰若未能荐得悟得見得不真時休說要將塵勞爲佛事變大地作黃金即喚者個作拂子也不得不喚作拂子也不得如何老僧今日喚作拂子即得爲我不作拂子用故如何不喚作拂子亦得爲我却作拂子用故雖然我有時喚作拂子便作拂子用不喚作拂子便不作拂子用又有時喚作拂子也作拂子用不喚作拂子也作拂子用有時不喚作拂子也不作拂子用

即喚作拂子也不作拂子用故又舉起拂子云且道正當恁麼時是作拂子用是不作拂子用咄一聲云是法非思量分別之所能解且截斷葛藤下座

上堂師云汝等兄弟須信自心是佛佛是自心做除自心外別更無有成佛者且心無形相非青紅白黑朱紫玄黃除朱紫玄黃青紅黑白外別無有心心非音聲語言除音聲語言外別無有心心非馨香臭穢但馨香臭穢外無別有心心非酸甜苦辣但酸甜苦辣外無別有心心非細滑粗澁寒煖痛痒但寒煖痛痒細滑粗澁外無別有心心非是非好惡長短濶狹但長短濶狹是非好惡外無別有心但心若起一念惡殺人害人故殺一切有命之物者即此報身後定墮地獄道去況實犯者而不墮落耶若起一竊盜人財寶貨物念者即當墮餓鬼道若有起邪婬心不息者即當墮落畜生道中是不謬者此是六道中下三惡報也上三善報者若人歸依三寶受持五戒不殺不盜不邪婬不妄語不飲酒食肉者此報身後定獲如意人身不失若人不殺不盜不邪婬不誑不妄不兩舌不惡罵不貪不癡但嗔心所重不斷者則墮修羅道中若有不殺不盜不邪婬不誑不妄不兩舌不惡罵不貪不嗔不癡如此一類純行十善此報身後徑生天道所謂六道者也若有不起意念永絕貪嗔癡者如是一類則超出三界見苦斷集證滅修道則證聲聞四阿羅漢果若有修十二因緣無明緣行行緣識識緣名色名色緣六入六入緣觸觸緣受受緣愛愛

緣取取緣有有緣生生緣老死憂悲苦惱者則證辟支佛果若有修六度布施持戒忍辱精進禪定智慧兼之萬行者則證大乘菩薩十地等覺之果若有修四無量心大慈大悲大喜大捨者則證涅槃常樂我淨妙覺之果故華嚴經云若人欲了知三世一切佛應觀法界性一切惟心造所以此四聖六凡莫不皆由此耳故云現在衆生此世此生須自度西來大意即心即佛莫他求珍重下座

上堂師云無上法王有大陀羅尼門名爲圓覺師竪起拂子云汝等會得者個麼此即是幻知幻即離不作方便離幻即覺亦無漸次所以此中流出一切清淨眞如菩提涅槃汝等欲得清淨眞如菩提涅槃現前相應得力麼汝等各各但於日用間居一切時不起妄念時則得盡虛空徧法界微塵剎土彌滿清淨中不容他以一身清淨故則多身清淨多身清淨故乃至十方法界清淨故也於諸妄心亦不息滅者上來法界既爾清淨則頭頭爾法法爾無不總是眞如之體況妄想情慮不鎔化爲眞如耶又何須息滅哉住妄想境不加了知者若起一了知之念於菩提覺體便不相應所言覺義者謂心體離念離念相者等虛空界無所不徧法界一相即是如來平等法身依此法身說名菩提本覺者又何假了知之念耶於無了知不辯眞實者汝等於十二時中總是眞常寂滅之樂又奚暇辨夫眞實不眞實耶當初大慧禪師於四節之下各綴一語居一切時不起妄念曰荷葉團團團似鏡師云咄於諸妄心亦不息滅曰菱

角尖尖尖似錐師云咄住妄想境不加了知曰風吹柳絮毛毬走師云咄於無了知不辯眞實曰雨打梨花蛺蝶飛師云咄以大慧若無斯語余亦不贅之以咄云汝等現前還見得圓覺之體麼鷂子巳飛雲外去癡人猶向月邊尋久立珍重

上堂師舉大慧一日云我平生好罵人因看玄沙語錄大喜他勘靈雲道諦當甚諦當敢保老兄未徹在可謂壁立萬仞後來與靈雲說話了你恁麼方始是徹却恁麼撒屎撒尿却問圓悟如何悟笑云他後頭却恁麼地我也理會不得遂下來歸到寮方知玄沙大段作恠遂舉似圓悟悟笑云且喜你知晦堂云今時諸方多是無此藥頭大慧云切忌外人聞此麄言師云且道誰是外人又誰是裏頭人我巳知巳聞還算得是外邊人麼如老僧所判即剃髮除鬚之儻持齋把素在繩墨上終日把本修行只是不解者一着子也算不得是家裏人今有人於此也不持齋不奉佛懷中抱子脚後縢妻却理會得者一着子便算伊不得是門外漢何也不聞古佛云若人生百歲不善諸佛機未若生一日而得決了之益當初會佛法無分老幼正所謂有智不待年高無智百歲徒勞今時會佛法則不論內外故也別有所謂佛語者昔日阿難客於寺中聞童子誦此偈曰若人生百歲不善水潦鶴未若生一日而得決了之阿難恠而召童子乃正之曰是不善諸佛機童子因告本師師曰是阿難老昏矣當以我語爲是師因慨曰如吾昨勸某道者汝往習舊本可棄當

持佛經修行般若爲正業不然即以此譬水潦鶴之類切至若某處有某劍皆森然水潦鶴之類滿目縱橫矣可不太息凡在六十二見中者即爲外道故也若能一念知非反邪歸正便是菩提覺岸所言我執不能無動輙是煩惱者殊未知煩惱屬客塵不是本有底種種境界現前但是自心所召然汝一身豈有兩個主人公哉何不如般若生清淨心耶不應住色生心不應住聲香味觸法生心應無所住而生其心若果如此但見有清淨心則不見有煩惱心煩惱心生時則不見有清淨心矣果於十二時中見色聞聲之際不生分別心不作妄想見直下便是無分別智當處即是眞如自性佛切莫謂不生分別念不作妄想心類他卧輪說卧輪有伎倆能斷百思想對境心不起菩提日日長是個止病若恁麼會即六祖大師說慧能無伎倆不斷百思想對境心數起菩提作麽長又成了任病矣須知佛祖聖賢說法總是應病與藥原無實法與人又華嚴云一切衆生具有如來智慧德相但以妄想執着而不證得汝等果然信得及沒有執着時古人所謂恁麼也得不恁麼也得恁麼不恁麼總得若有一毫執着則信不及矣既信不及則恁麼也不得不恁麼也不得恁麼不恁麼總不得又豈不聞心生則種種法生心滅則種種法滅法生則種種心生法滅則種種心滅耶且截斷葛藤下座

二月十九日上堂師云今日是大悲菩薩成道日原知菩薩從聞思修入三摩地初於聞

中入流亡所所入既寂動靜二相了然不生者既於三慧觀中返聞自性時聲塵當下解脱根境不偶圓通本體洞貫十方廓徹無礙聖凡一體何曾分别故菩薩不起三摩地定發大悲心憐憫一切未脱苦輪衆生普門品云妙音觀世音梵音海潮音勝彼世間音是故須常念念念勿生疑觀世音淨聖於苦惱死厄能爲作依怙具一切功德慈眼視衆生福聚海無量是故應頂禮然於諸苦所因貪欲爲本即水火等七難是也若滅貪欲無所依止然捨此根塵不偶六根互用大悲圓通法門則一切生死苦厄又何由解脱哉師舉起拂子敲空云汝等還聞麽衆默然師云老僧如何却聞又將拂子柄擊案桌云汝等還聞麽衆亦默然師云老僧如何不聞乃曰觀音妙智力能救世間苦具足神通力廣修智方便下座

二月二十九日上堂師云老僧一向以來與汝等説話秖説得個如來禪一名義理禪一名老婆禪但未嘗提起向上底一等説話今日與你們畧通一線去昔日溈山和尚一日示衆云老僧百年後往山前檀越家作一頭水牯牛去左脇下書五字溈山僧某甲當恁麽時若喚作溈山僧却又是水牯牛若喚作水牯牛却又是溈山僧且道汝等喚個什麽即得當時有僧出云和尚若恁麽某甲相隨去也山云汝若去切須啣取一莖草來在汝等且道是什麽意思也須要會得好在今日老僧則不然須知雲月是同溪山各異何用待至百年即今有人喚老僧是牛師即作牛

嗚一聲若有人喚老僧作馬師即作馬嗚一聲正恁麼時喚牛是喚馬是喚老僧是即如牛馬事且置怎奈老僧何況又是華嚴道場八十一卷經文畢在今日老僧亦當從頭敷演過如是我聞一時佛在摩竭提國阿蘭若法菩提場中乃至一切衆生具有如來智慧德相但以妄想執着而不證得高聲曰前文竟下座

臘月朔日上堂云古人道三世諸佛不知有貍奴白牯却知有三世諸佛不知有者以彼從來未曾喧酒貍奴白牯却知有者爲伊啟首原無讀書衆兄弟汝等若恁麼會得須知老僧已兩手分付汝等了也若恁麼不會切忌他時異日不得胡繞亂繞去八十翁翁入塲屋不是小兒戲佛法不是細事知有不知有汝等珍重各各務要會取個分曉去下座

臘盡日上堂曰老僧生年屬巳酉從隔歲戊申已過了六十花甲一轉矣今春啟首至此又是三百六十五日四分日之一分自初正月一日始日日起來只是着衣喫飯屙屎放屎過了竟無個事與衆兄弟商量得茲既到了年盡月盡夜頭亦想不起個説話可説止有兩句説話咦歲事盡從今夜畢明朝生意從新起擲拂子下座

晚話

上堂師云不憶當初釋迦老子也知有這個時節一日在靈山會上於人天百萬衆前拈起一莖合歡梧桐花示衆時幸喜有迦葉尊者出來微笑了一笑做得個解交不然直饒是老釋迦也未免納敗缺有分今日在老僧

則不然先納了敗缺然後舉似始得何也今時又不同那一時多矣試舉看遂竪起拂子云汝等衆中有會得這個麽若會得這個了須知還有那一個未會在若更會得那一個了遂擲下拂子竪起拳頭云老僧手何似驢蹄良久乃下座

上堂師云若論這一着子今時難得其人若老僧一總不說如氷壺夜靜水洩不通更若老僧略通一線則有多門方便又成路布葛藤蓋從上佛祖辜負處且置而不言只不欲辜負了達磨大師自南天竺國特特航海而來至此方當初只說直指人心見性成佛若據二祖神光斷臂後乞安心時達磨云將心來爲汝安二祖曰覓心了不可得磨云爲汝安心竟若人於此領會得便休無事不畢更若未會須用傍通一線始得如古人云三界無別法唯是一心作于是即知目前山河大地明暗色空草木昆蟲人畜等物事事法法無非總屬吾心故云唯吾心外無一法可得是也何得如此以萬物非吾心則不可知以吾心非萬物則不可見于是當知吾心即是萬物萬物總屬吾心所以凡是見物即見吾心是也如金剛般若云凡所有相皆是虛妄若見諸相非相即見如來謂何也馬祖云即心即佛又謂何也心佛衆生三無差別又謂何也即如馬祖曰非心非佛又作麽生南泉道不是心不是佛不是物又作麽生南嶽大師云喚作一物即不中臨濟大師云汝等赤肉團上有一無位眞人常在汝等面門出入初心未證據者切須看看六祖大師又云我

有一物無頭無尾無名無相又作麽生若論如此種種說話不同了不如向前道一個不會恰好且截斷葛藤下座

上堂師云老僧從十八歲學道至此四十四年以來始會得達磨西來直指人心見性成佛底一着子今日特特挑在棒頭上賣與諸人要買底趂早買要會底趂早會過了此一時恐只要待彌勒下生始得且如何是心除我自知外無別有心除我自心外無別有知如此知不爲不明且如何是性除我自性外無別有見除我自見外無別有性如此見不爲不徹若要明心見性但會盡此兩轉語管保自得矣更有兩轉戒語一總說與汝等切不得以知爲知知即無知又不得以無知爲無知無知即知切不得以無見爲無見無見即見又不得以見爲見見即無見由楞嚴所忌知見立知即無明本知見無見斯即涅槃珍重會去

上堂師云禹門院裏禪大似他鄉村中個太醫無多方藥頭止有一帖平胃散不管他瘋勞臌膈四百四病一切内外科雜症總與他這一味藥頭不管伊茶湯裏也着上些粥飯裏也着上些水裏也着上些米裏也着上些油鹽醬醋裏也着上些蔬菓麵食裏也着上些閒忙動靜處也着上些行住坐卧處也着上些但肯餐采底一任伊飡采但肯咬嚼底一任伊咬嚼直待伊年深日久了眉鬚墮落底自然長出眉鬚來髮毛脱掉底自然長出髮毛來破皮底自然收口肉爛底自然生膚黄胖底血色自然如舊骨瘦底肌膚自然潤

澤踼學者手足自然舒伸只要教他依還復初一如舊時人耳世間不肯服藥底止有兩種有一種最可憐生喻如老鼠入牛角要鑽也鑽不入要咬又咬不動只得殷忍而退果若是個獅子兒不免要奮其全威吒呀哮吼一聲時直得羣狐喪膽百獸魂飛獨行獨步隨方自在放曠遊行也恠伊不得喝一聲下座

安千日華嚴禪期上堂祝香云此一瓣香不從天降豈逐地生用山僧信手拈來爇向爐中端爲供養千花臺上百寶光中千百億化身釋迦牟尼佛大悲觀世音菩薩大智文殊師利菩薩大行普賢菩薩等次一瓣香端爲供養笑巖堂上傳曹溪正脉三十二世月心寶大和尚用酬法乳以至荆山珂蒌塘覺樂菴悅和尚次一瓣香端爲報祝今辰當齋施主質齋湯老先生大檀越禄位榮遷官高極品上同許氏太老夫人福如東海滔滔壽比南山鬱鬱以及十方諸大檀越均爲報祝就座云靈光獨耀迥脫根塵今古洞然聖凡靡間遂舉起拂子云汝等還知有這個事麼當恁麼時錯過也不知千日禪期始於今日華嚴法寶八十一卷經文總未提起一字且把目前事試檢點理論一理論看即往時靈雲道三十年來尋劒客幾迴葉落又抽枝自從一見桃花後直至而今更不疑當時有個玄沙備禪師聞云諦當甚諦當敢保老兄未徹在後來會見靈雲説話了却云你恁麼方始是徹徹與未徹且置之勿論試問現前大衆道若靈雲當初果然見這桃花也未若眞實

未見這桃花時又何曾得悟道來更若謂畢竟眼裏見這桃花了又爭得悟道去山僧今日路見不平只得勉強爲伊頌出曰堪美靈雲初悟道徹未徹已見玄沙古今物我曾無間所以碧桃還放花這四句偈汝等直下便會去即今日便是古時若一總不理會得即古時依然還同今日既到了這個時節更說個什麼可謂啼得血流無用處不如緘口過殘春咦到了他時異日有個人夢見也未可知下座

上堂師云所言法界性體其綿密如光之與音圓滿具足湛然常住周徹無礙淨徧滿故清淨不動平等如如含容廣大無欠無餘所以云淨法界身本無出没大悲願力示有去來我如來所乘四洪誓願力故誓度一切有情雖同人生死去來其實不爾非似他世人無明未破於生死去來有礙而不自在故也然而去來無礙於彼有異唯所秉法界性體彼此無殊如法界性體圓具有十四聖六凡是也疏喻同十圓鏡子第一圓鏡中光音徧布於九圓鏡中九圓鏡中光音總攝在第一圓鏡中其鏡中光互相攝入大小相容一多無礙其圓融又如一月普現一切水一切水月一月攝是也思而可知矣以其四聖六凡同一根本無得無失故耳故華嚴首先倡云一切衆生具有如來智慧德相但以妄想執着而不證得者於是知如來無分人我相有優劣見也故圓覺首又告文殊云一切如來本起因地皆依圓照清淨覺相永斷無明方成佛道益知爾我既秉此父母色質以來爲

無明封固未破不得不起妄想不得不生執着要識無明麼且看如來告文殊曰善男子云何無明一切衆生從無始來種種顛倒猶如迷人四方易處妄認四大爲自身相六塵緣影爲自心相譬彼病目見空中華及第二月善男子空實無華病者妄執由妄執故非唯惑此虛空自性亦復迷彼實華生處由此妄有輪轉生死故名無明又善男子此無明者非實有體如夢中人夢時非無及至於醒了無所得既識此無明已於生死事當下便了即識此法界性體莫不圓滿具足矣老僧今見汝等也正是個噇酒糟漢一般如我昨所說物不遷題旨中云世相本空俱無自性之說何曾理論一檢點來若世相有個自性於他本空則不合矣倘本空亦有個自性於他世相固亦有妨殊不體世相無自性故當體是個本空本空亦無自性故通身是個世相於是則知世相既不可得即本空亦何可存吾所謂十方無壁落四面亦無門但得安身處天空放白雲下座

上堂師云老僧今日索性捹個肚裏痛徹底掀翻一總與你們說破了去罷上至十方三世一切諸如來中至過去現在未來一切諸菩薩羅漢聖僧等下至三世十方一切諸衆生輩所秉者總是這一個靈知唯這箇靈知從本已來原無自性無內無外無有中間見如不見聞如不聞覺如不覺知如不知所以云如夢如幻如泡如影盡十方世界都盧是一個靈知即這十方世界從本已來初亦原無自性亦無內外中間如夢如幻如泡如影

即這靈知便是個十方世界所以云知即無知無知即知總是一個無別有第二個靈知也乃至中間無針劄罅縫處不是這靈知流行運用底所在故肇法師云道遠乎哉觸事而眞聖遠乎哉體之即神汝等果然信得極認得這靈知是一個了且看我老僧今日若見東風來時老僧便向東邊倒若見西風來時老僧便向西邊倒若見從四方八面來時老僧但隨處倒總不見恁麼來時老僧且喚侍者點取一甌茶來我喫了歇去老僧今日没有閒工夫只管與你們扯葛藤無有了時也若有人問爲什麼見東風來却向東邊倒見西風來却向西邊倒耶老僧向云我爲恐東風來吹閃我這邊腰不得不向東邊倒又爲恐西風來吹閃我這邊腰不得不向西邊倒但恁麼説話了做個合煞退去下座

上堂師云盡十方世界是一箇靈知這個説話但肯相信乃至上智下愚皆會得只是欠如老僧打初從琉璃燈下認得這個源頭何如當初水老和尚云自從一喫馬師踏直至如今笑不休是也便可隨機權變應用無方説有一物也得古人所謂有物先天地是也説無一物也得所謂無形本寂寥説不生者能生生所謂能爲萬象主説不化者能化化所謂不逐四時凋是也只是認得這本體了於生死之際方可説得本來不曾生本來不曾滅始可説無得無失無去無來耳楞嚴所謂若能轉物即同如來又金剛般若曰凡所有相皆是虛妄若見諸相非相即見如來皆方便門又修多羅曰非離眞別有立處立處

即眞所以古人拏义打地竪指竪拳吹布毛滚毬子拈椎舉拂栢樹子麻三斤須彌山乾屎橛昔人俱爲死却偷心不起妄想分别無有執着始得悟入故華嚴云一切衆生具有如來智慧德相但以妄想執着而不證得者此也以其盡十方世界總是一個靈知了無有個是與不是當下豁爾了悟擴而充之凝焉廓寂湛然不動寂滅現前清淨圓通了然無礙矣到此之際若要更起個念頭用知這個本體又如何起得來以其通身是這靈知了不聞永嘉大師云起知知於知後知若生時前知早已滅二知既不並但得前知滅滅處爲知境能所皆非眞所以云今言知者不須知知但知而已可見這個靈知止是一個耳余故所謂除自知外無别有心除自心外無别有知者亦止是要明這知體本來是一個無有第二個知體可指以其無可指故所以云無有不是者故謂盡十方世界總是一個靈知更没有第二個靈知可指者此是無生旨唯其知境可指知體不可指所謂靈知者也且截斷葛藤下座

上堂師云諸大德汝等世間人都將謂這靈明不昧之知錯認以爲正見而不知正是汝等無明業識妄想顛倒之見爲生死根本者此也豈識夫眞知無知眞見無見眞聞無聞眞覺無覺歟故我如來不得已將這世間見聞覺知事物喻之如夢如幻如泡如影如露如電者以此故也即楞嚴謂陀那微細識習氣成瀑流眞非眞恐迷我常不開演亦爲此故也汝等果信得極以此之故當下劃然了

即現前更有什麼是之與非迷之與悟真與假智與愚得與失閙與忙動與静去與來無善惡之可論量無生死之可安排只可隨緣着衣喫飯依分度時永嘉所謂了了見無一物亦無人亦無物大千沙界海中漚一切聖賢如電拂是也下座

小叅師云要識這個靈知須有方便當知更有知與無知之分無知可指知不可指何也可指者爲有色相故不可指者爲無形影耳又知與無知雖異其實本來一體以俱無自性故所以云知即無知無知即知然亦無知可指知不可指何故以知即無知無知即知耳又知境可指靈知不可指何也不聞永嘉大師云起知知於知後知若生時前知早已滅但得前知滅滅處爲知境於是知靈知止是一個無别有第二個靈知也所以謂知境可指靈知不可指矣若其靈知可指應有兩個又若靈知設可指亦不得謂之靈又靈知若可指善財當時叅德雲比丘何故不只在妙高峰頂見却要他日在别峰相見也法華何云言思不可示分别不能解耶老子尚云知者不言言者不知且言之尚不得况可指乎所以云知境可指靈知不可指耳

龍池幻有禪師語錄卷之四

音釋

囓五巧切與齩同齧骨也 贜兹郎切音臧藏也納賄曰贜 蛺吉協切音頰蛺蝶也 黧鄰溪切音黎黑也 瘋方馮切音風頭瘋病 膈各核切音膈塞也 跼渠玉切音局曲也 攣閭員切戀平聲係也凡物牽連繫者皆曰攣

龍池幻有禪師語録卷之五

門人圓悟圓修等編

晚話

小叅師云老僧昨日言無知可指知不可指并知境可指靈知不可指兩轉語者老僧要汝等容易入門故借伊作個敲門瓦子耳豈可算得真實語汝等但肯相信認得這盡十方世界總是一個靈知語已通身入在者個靈知裏邊了便可忘能所絕是非無得失又何分彼此耶又有什麼可指處有什麼不可指處又有什麼是處有什麼不是處以其無有個是處可指故無有不是者故云非離真別有個立處以立處即真耳又以究竟無所得故以從來未嘗有失所以云彼亦一是非此亦一是非耶老僧昨故云若見風從東來時便向東邊倒若見風從西來時便向西邊倒若見風從四方八面來時老僧但隨處倒但見不恁麼來時只喚侍者點一甌茶來我喫了歇去有甚閒工夫只管向汝等扯葛藤無有了時耶

上堂師云今晨所當庚戌五月念一日是老僧六十二年始生母難之晨正當恁麼時老僧尚未獲生縱有父母未生前一段本來面目既未有此身眼耳鼻舌六根未具時誰能見得且如此身既有六根已具又如何見得故金剛般若云若以色見我以音聲求我是人行邪道不能見如來所以又云凡所有相皆是虛妄若見諸相非相即見如來以如來即本來耳嘗憶我釋迦老子末後談經在法華會上時乃向人天百萬衆前遂唱道我爲

一大事因緣故出現於世即開示悟入佛之知見是也故如來以開示悟入佛之知見令二乘諸聲聞弟子個個獲證咸得授記成佛如來到此一生出世功業畢矣顧我老僧到了今日若據世間知見死期不遠未曾成得一毫功業秖認得個本來一著子即如來知見是以如來知見即出世間知見衆生知見即世間知見然世間出世間豈有二體以衆生業識知見不如其本爲以形證非真故妄認以有爲有以無爲無乃至以色是色以空是空以事物爲事物以非事物爲非事物以知爲知以不知爲不知以見爲見以不見爲不見以世間的常知常見一毫也移改不得故有不同耳所以如來知見豈有一毫差處止是如其本來耳故如來云凡所有相皆是虛妄云云是以即知見之體秖是一個若知見設有二體即知應有反知見應有反見以知無別知故謂之心知見無別見故謂之性見以心知性見俱不容有反者無妄故也以世間知見是妄非真耳所以出世間知見事事法法與世間知見各各相反不同者殊未知自有方便不以形證故也所以云知無別知故不可以知爲知知即無知以心知故不可以無知爲無知無知即真知耳又以見無別見故不可以見爲見見即無見以性見故不可以無見爲無見無見即真見耳且問汝等果於此處悟佛知見以心外無知知外無心又見外無性性外無見見得真決得斷生死當下便了佛知見從此得矣即可謂不以生爲生生即無生亦不可以無生爲無生無

生即生豈不了了信乎珍重

慧轂輪上座因師祝壽次呈偈云浩刼長空共此身應真六十二齡春单傳直指無餘事說法當生道不生師伸手接得更索云還有第二首呈似麼輪云若要第二首也不難師曰即今就要若没有連這一首也還你收起即云汝將謂當生道不生是歇首處耶殊不知你纔到得這裏老僧却又不在此駐脚矣豈不聞纔恁麼便不恁麼也汝還知法門廣大有無窮變化麼輪云也知和尚有多方變化但其甲不能盡得奈何師云汝却不會但其間有個中心柱子不曾摇動汝今後再來問話須帶一莖拄杖子來老僧無他說由汝人還是舊時人由汝知見還是舊日知見一毫不許動老僧但要把住不教汝向舊時行處行汝若纔擬議便與三十拄杖不擬議亦與三十拄杖擬議不擬議亦與三十柱杖汝若當下便會得即契老僧痛棒有分若會不得且放汝出去異日有個會處再來相見珍重

上堂師云汝等現前衆兄弟老僧這裏不問你久修晚進務先各各要正其知見爲急知見若正要了生死脫輪廻誠喻如反掌無難坐立可待矣大槩不落斷常有無聲聞二乘偏執見了更有什麼商量處纔有僧問如何是佛之知見但向道老僧在汝脚下見彼纔擬議便與三十拄杖可謂性快不然總是草裏輥有甚麼了期喝一聲下座

七月一日諸徒上方丈問訊作禮師即拽拄杖上堂曰衆兄弟始有大覺然後知大夢倘

有多口底出來道直下便是個大夢老僧好與三十拄杖更有第二個出來道若說直下恰不可作夢會老僧也好與三十拄杖却有第三個出來道殊未知覺與夢無容汝有分析處老僧今日也好與三十拄杖且留三十拄杖待打那一個人驀竪起拄杖云看棒老僧遍來性急但有礙路底在眼前攔頭便與一拄杖即拽杖走入佛殿禮佛去隨後有徒請問覺與夢合作一個看得麼在和尚如何判斷師曰老僧但不以夢爲夢夢即非夢亦不以覺爲覺覺即不覺只恁麼儱侗去免得金剛般若道一切有爲法如夢幻泡影如露亦如電應作如是觀也徒云我會也我會也師回身把住云猴愁摟搜頭狗走抖擻口作麼生會徒無語師即驀頭與一拄杖云再犯不容

上堂師云大法之興初未嘗瞞人唯在乎人宿有靈根種子觸著便自會得如迦葉尊者纔見世尊拈花便微笑若達磨至魏面壁九年只待得個可大師出來乞安心始得瞥地如臨濟在黄蘗會下三問西來的的意三喫痛棒後到大愚處爲伊道個黄蘗恁麼老婆爲你便歇却求心老僧昨爲汝等指個知外無心心外無知見外無性性外無見等話至半載以來尚未會得諦當直饒便會得領略得秖成得個知解禪要得脚跟點地了生脫死實未能得在若要教汝等向棒喝下尋著落摸影響且未有時節因緣此怪老僧不得莫言不道也各自思量做個活計使得珍重

上堂師云衆兄弟若論此事擬之則差强言

則隔試問途人個是何物有再詰之者乃舉手拂拂

上堂僧問知不可作無知且無知亦不可喚做知使知與無知不得爲儱侗可乎師曰以知爲知是非常計常以無知爲無知是非斷計斷此乃惑者之見耳道人所見不如此設知不可做無知惟所知者是何物又無知不可作知者其知無知者爲誰乎所以云知即無知無知即知矣僧曰物固無知喚知爲物其可乎呼物爲知亦不可師曰殊未識知因物有物對知生知生物乃生物去知亦去耳故謂知即無知無知即知僧曰然知有去來乎師曰知無去來因物有去來耳僧曰然物有去來乎師曰物無去來因人見有去來耳僧曰人若無見謂世間無物可乎師曰汝謂世間若無物謂人有見可乎其僧乃曰我會也我會也情與無情共一體不其然乎師曰善能分別諸法相於第一義而不動又何曾會於是僧爲懞然再拜而退

上堂師云老僧生平無他得秖認得達磨西來一著子葢知彼自南天竺國便知此東土人著相泥於文字多不能見性以故彼特特來纔相見梁武帝帝便問如何是聖諦第一義磨云廓然無聖曰對朕者誰磨云不識此時梁武帝將謂是達磨不識尚不知非眼珠子被達磨剜去了不自覺得乃問誌公此是何人誌公云此是觀音大士傳佛心宗者武帝使人追取誌公云莫說使一人兩人去追縱使合國人去追他亦不返矣誌公可謂知人大葢此方人不見性都似他道昌善畫牡

丹一日眞見牡丹不識遂問人又如葉公子善畫龍一日見眞龍不識驚恐無避處武帝是歟汝等現前大衆還認得達磨麼汝等眞實要見性須得噴嚏亦打一個瞌睡也要打一個然後好爬起來道誰知自性本來清淨誰知自性本來湛然誰知自性本來寂滅誰知自性本來不動誰知自性本來具足誰知自性本來圓滿誰知自性本來綿密誰知自性本來周緻誰知自性本來無礙誰知自性本來無染誰知自性本來法身誰知自性本來般若誰知自性本來解脱誰知自性本來靈明誰知自性本來擴充誰知自性本來圓通誰知自性本來自在誰知自性本來安閑誰知自性本來圓明誰知自性本來洞徹誰知自性本來方圓誰知自性本來週遍誰知自性本來無欠誰知自性本來無餘誰知自性本來圓妙誰知自性本來平等纔説平等便知佛與衆生平等生死與涅槃平等煩惱與菩提平等眞如與生滅平等智慧與愚癡平等塵勞與解脱平等色與空平等有與無平等左與右平等重與輕平等善與惡平等高與下平等來與去平等麁與細平等凡與聖平等生與滅平等夢與覺平等動與靜平等閙與忙平等以至事事法法俱平等了即知上無佛道可成下無衆生可度也無悟也無迷也無彼也無此無好無惡無高無低無長無短無人無我無是無非無得無失無進無退無上無下無生無死無在無不在以此無故達磨對武帝所以云廓然無聖耳既到此地始知釋迦老子纔初生降誕之時週行

七步目顧四方云天上天下惟我獨尊且試問現前大衆如此説話還曾會得也未果若信得見得了幸以智水湛然滿浴此無垢人

下座

上堂師云老僧晚年無心情没神思與上根利器人説佛法忽撞著一隊没氣象底煨火懶禪和召向前來曰且與汝等説些現成葛藤去衆兄弟若真實據老僧見處則不勞汝等要做工夫亦不用汝等要看話頭只教汝等先要破無明汝等殊不知纔舉念要看話頭要做工夫時早已屬無明了也只如汝等也不要做工夫也不要看話頭時亦屬無明若識得無明破矣直得驀地裏醒轉來時但覺得目前是個什麼境界是個什麼時候直得想不起來時便是好消息但得無明既破後且試看目前是何境象則何曾又有個是處亦何曾又有個不是處來又何曾有個見處又何曾有個不見處又何曾有個聞處亦何曾有個不聞處來又何曾有個知處亦何曾有個不知處又何曾有個覺處亦何曾有個不覺處來又豈有個可爲處亦豈有個不可爲處又豈有個行得處亦豈有個行不得處又豈有個忍得處亦豈有個忍不得處又豈有個可虧處亦豈有個不可虧處又豈有個可容處亦豈有個不可容處若如此信得了既無可與不可手之舞之足之蹈之拈來無不是用處莫思議一切施爲動作無不可者如是轉漉漉活潑潑若見東風來便轉向西行若見西風來便轉向東行南風來往北行北風來往南行有甚拘礙處咄一聲汝等

没福切忌眼花看脚下退去

上堂師云昔有老宿曰老僧三十年前見山是山見水是水中間得個入處則見山不是山見水不是水老僧今日見山依舊是山見水依舊是水禹門則不然老僧在四十年前見山是山見水是水偶爾中間見山不是山見水不是水始得個入處既得個入處了而今見山依舊是山見水依舊是水汝等衆中還有會得者麼咦眼見如盲口說如啞咄一聲下座

上堂師云衆兄弟汝等若果圖見性務須先要破無明無明若未破要見性則不能得又若要得般若智現前務須要先見性若未曾見性要般若智現前則難又若要了生死得解脫務先得大智慧現前始得大智慧若不現前要了生死得解脫則何有日子又若要明大道務先要了生死得解脫若不先了生死得解脫則於大道終莫能明今夫大道既明則於生死解脫不得不了然生死解脫既了已大智慧不得不現前然大智慧既已現前則無斯需頃刻時不見性矣既已見性更要破無明何有摸索處故永嘉大師曰無明實性即佛性幻化空身即法身法身覺了無一物本源自性天真佛五陰浮雲空去來三毒水泡虛出没雖然如是了得須知更有向上一著子在今日無心情不暇說盡俟異日再與商量珍重去

上堂師云山漉漉水漉漉四天王昨夜忽被無明逐算盤子打過了八萬四千九百九十零九遍衆兄弟爲什麼累我厨下火頭至到

如今睡不足下座云叅

上堂師舉起信云從生滅門即入眞如門者所謂推求五陰色之與心六塵境界畢竟無念以心無形相十方求之終不可得如人迷故謂東爲西認南作北及至省時方實不轉衆生亦爾以無明迷故謂心爲念心實不動若能觀察知心無起即得隨順入眞如門所忌打初頭不曾遇得邪一種邪魔外道惡氣薰習染入在骨髓裏了便好一被伊沾著縱使費盡娘生氣力不能剗去得伊底惡氣消只是無可奈何故楞嚴經有二種生死根本一者無始生死根本則汝今者與諸衆生用攀縁心爲自性者二者無始菩提涅槃元清淨體則汝今者識精元明能生諸縁縁所遺者由諸衆生遺此本明雖終日行而不自覺枉入諸趣其利害在何處只是從打初頭妄想錯認堅執住了不自知非故耳要得脫灑須是把從前所受這些惡水盡情傾掉了如舊時人把好說話也然後戒伊道不用生分別念不起妄想心但著衣喫飯屙屎放尿任運過時要行便行要坐便坐若果恁麼也無生死可了也無佛道可成也無妄想可除也無是非可辯也不知誰是自己也不知誰是他人也不知誰是在家也不知誰是出家也不知誰是道中也不知誰不是道中若此則終日閒閒走到東見鄰家做飯却往前轃一把火走過西見鄰家砌墻便往前著一杴泥正所謂隨順世縁無罣礙涅槃生死總空花是也珍重

上堂師云也大奇也大奇地轉天迴斗柄移

山門昨夜與燈籠闘答箒糞箕俱失儀急努力莫思議地獄天宮總皺眉直得一身冷汗出翻轉話頭都不知喝一聲下座

室中示聞谷印上座語作禮畢師召廣印印應喏師云汝認得廣印否印曰某甲不敢認師云汝還有第二個廣印否曰第二個却無師云汝年多少曰四十四矣曾叅多許年禪來云已歷二十年矣師云汝既知得是一個廣印叅了二十年來到如今馳求心還不肯休息更要待到幾時休息去耶汝既巳信是一個廣印了須知此目前燈火也是廣印即香爐也是廣印筯瓶也是廣印香盒也是廣印即硯子書册本也是廣印桌子杌凳也是廣印苕箒糞箕也是廣印門窗户扇并照屏衣服床幃等件無非是廣印即外洎山河大地明暗色空竹木禽獸有情無情等項并風雲雷雨日月星辰凡所見所聞所知所覺無非總是廣印除了所知所見不及并所聞所覺不到處便不是廣印汝嘗聞天地與我同根萬物與我一體之説信乎又聞若人識得心大地無寸土信乎印前答曰信則極信奈何生滅念緣無由解脱奈何師云你且退去休息一休息明日再與你商量去

師一日上堂曰你也叨叨我也叨叨自晉陵歸過了七十二條橋有人問如何是祖師西來意老僧向前高聲曰描若會不得再來問老僧畫個死字與你去遂下座

小叅師云金剛般若云凡所有相皆是虛妄若見諸相非相即見如來尋常時人常讀常誦但不解究此道理遂成虛説而巳然汝等

昨日我若先不曾爲説此身并一切萬法總屬因緣所成底原無自性蓋自性即是我執之根本根本不破要不生虛妄不認著外相以爲實有誠爲難得然則如何又見得如來耶以己身心并一切萬法屬因緣無自性故始見得目前法法非眞以非眞故不著相以不著相故不取以不取故不捨由不取不捨故爲眞諦耳肇公云眞智照眞諦未嘗取所知智不取所知眞智何由知以無知便是無分別智以無分別智現前則無内無外事事法法總是一個清淨法身佛以法身清淨無凝即般若大智慧現前大智慧現前無著即解脱以解脱寂滅即法身眞常寂滅之樂得矣久立珍重

上堂咄昨夜無端做夢向糞掃堆頭遇得個人夜静唧噥語今朝楊八郎三十年不見晝長薝蔔香從朝至暮只管東顧西顧三日風四日雨要卜明朝天氣未知晴不晴不受禮拜下座徑趨方丈倒身卧

李吳二優婆塞請益般若心經中五蘊皆空之旨師云佛指五蘊者即此個身心是也又名五陰者何以太陽當晝時爲物遮蔽太陽陰地處這五個影子總表虛而不實故耳蓋此身初不由爾我自性而生亦不由他父母之性而生亦不由自性他性共生亦不從無因而生何則若從自性生則不待父母精血結搆生既假因緣結搆生即知此中無我相矣若從他父母性生性既屬於父母則於吾性何有既無我相人相亦無須知彼中無人相矣又若從自性并他父母性共生者自性

是一并他父母則有三性矣反吾身中既無三性可得則知非自他性共生以共生則有二過相違自生他生故知中無衆生相矣又若無因生者無因則無果既有生合有常體有常體則應常生由不出父母因緣所生故知中無壽者相矣顧此身中無我人衆生壽者四相則此身雖在中何有耶故云色不異空空不異色佛爲身子先巳破人空慧故唯蘊空法執猶存故告之如此若色自以爲色空自以爲空於中則有我人衆生壽者四相矣由色不自色因空乃色空不自空由色故空故云色不異空空不異色耳又色果是色遇緣則不應空空果是空遇緣則不應色由色空既屬因緣所成則知色非色空非空明矣然而離色則無以見空離空則何以見色故又云色即是空空即是色耳此名法空慧上來人法二執既除何苦厄而不度脱大智慧既爾現前是即修行甚深般若孰不得名觀自在哉受想行識亦復如是者以前色法屬四大不離此受想行識心法故也以色法四大既空受想行識心法亦空以此身心二法兩俱空故無明始破得以無明破故始説色心不二空有同源者矣然而色心不二空有同源故於是則知性相一本心佛衆生三無差别是以衆生即五陰得解脱心離五陰無般若佛異五陰無法身以故即性之相説名法身即相之性所謂般若非性非相良爲解脱者矣故龍樹所謂因緣所生法我説即是無亦爲是假名亦是中道義未曾有一法不從因緣生是故一切法無不是空者而已

舉此蘊空一法即内之根身外之器界情與無情世出世間十法界俱該之矣果如此判當下所有豈不盡屬無生法哉故云諸法不自生亦不從他生不共不無因是故知無生葛藤已竟

上堂舉拂子云汝等會得者個麼若會得者個了汝等即對境時又何勞動念當無緣時亦安用生心即有境界無境界豈吾等心中分外事耶所以任吾忙也得閒也得動也得静也得生也得卧也得出入也得不出入也得遇豐盈便愛用些也得遇貧寒便淡薄些也得苦也得樂也得生也得死也得迷也得悟也得病也得不病也得任他說我是也得任他說我非也得讚歎我也得毀辱我也得利我也得損我也得呼我作牛也得喚我作馬也得喚吾做奴也得喚吾做即也得說吾好也得說吾歹也得忌我長也得忌我短也得總不出我如如一念之中矣如如之外吾不能入矣忽有報曰有客至相謁師急速唱曰哩蓮華蓮華落下座

通識沙彌請益永嘉奢摩地恰恰用心時恰恰無心用四句偈語師云略言四句總不出正用心時無心可用不妨無心用處正是用心而已庶使詳而釋之恰恰二字正是心不外緣切於本分位中用心時是初句也又切於本分位中實無心可用是次句也又無心用處正切於本分位中事是三句也又但常自檢點得切於本分位中實無有用力處是四句也若據懶融禪師所註曲談名相勞直說無繁重今說無心處不與有心殊四句語

表裏極爲暗合但令人果於恰恰二字切於本分位中用力時實無心可用爲以本分位中之故正如以水投水則不見有水之用以火赴火則不見有火之用以空合空則不見有空之用矣又如人凡用力持則莫先於手以手自爲無可施設爲以本分故則不須執捉既不須執捉則無手之用矣且如心若外緣則爲不本分處喻手能執捉種種器械等物則有手之用矣又如以空投之於室則有室之用投之於器則有器之用又如以火投之於寒則能熱投之於生則能熟投之於濕則能乾便有火之用矣又如以水投之於燥則能潤投之於聚則能流投之於火則能息便有水之用矣蓋吾心於本分位中實無有可爲處然於不本分位上既逐於外則靡所不爲者由此致耳故華嚴偈云若人欲了知三世一切佛應觀法界性一切唯心造據法界有十法界四聖六凡是也如此則世出世間法善惡因緣果報等悉該之矣然於本分不本分實吾儕心性本徑路頭不可不究也不可不知也故云認得心性時可說不思議即達磨大師自西乾航海而至此土只說直指人心見性成佛由心本無爲性本無作不是教人要安排造作而始得者只緣人人本具個個不無不用借人氣力故無他蓋從無始積劫以來被昏沉汩沒在六道輪迴生死海中終年終月終日終時念念馳逐塵勞雜亂妄想中未曾休歇暫肯迴光返照得一照耳但吾心切於本分位中不向外緣於法法亦不緣於吾心矣心法既不相緣即當處便

是解脱境智自然俱寂則得法界平等清淨不動真如自心境界現前如爾輩還曾覰見麼若到者裏説什麼内之根身外之器界情與無情自共合之爲一體矣始可謂攪長河爲酥酪變大地作黄金更可謂若人識得心大地無寸土耳果如此用心則不辜汝來問珍重

臘八日光禄大夫徹如吳公設供上堂曰夜來釋迦佛成道天明個個食香糜今朝直不是昨日試問諸人知不知震威一喝云者釋迦老子慣要取小便宜自私自利得少爲足何不再礙一時待他東方太陽出時令他光明照四天下使大地人門開户放人人得見個個共知有何不可即到此地亦不爲遲務須要鑿在機先一著子正儒門所謂見莫見乎隱顯莫顯乎微纔覰明星出時便自見得悟得了也試問現前大衆正恁麼時太陽當晝日輪在天頂心頭上爲什麼汝等個個坐在黑曈曈處咦只爲分明極反令所見遲下座云諸大德須知今日所設香糜非是當初牧女遺下底蓋係光禄大夫徹如吳公大功德主信心中流出來也仰勞大衆同音念個晝吉祥夜吉祥晝夜六時恒吉祥一切時中吉祥者

通照沙彌請益法華經中是法住法位世間相常住偈語老僧曰即舉世間眼見金木水火土五行之法略釋可矣如劫初金色屬黄其性唯堅校之于今金其相其性皆變而不同便爲不住法位今古既已有殊便屬之無常法矣法且無常豈能久住世哉以今金校

劫初之金其色其性未嘗有一毫變異故云是法住法位世間相常住耳又如劫初木性唯直其外枝葉唯青唯緑其内色本白即校之于今木其性其相一無有異豈不能久住世哉水火土相性等亦如是校釋然而有生滅法即屬之無常無生滅法即屬之常即如五穀種子等雖生生不已以其色相古今無有變異以生即無生又以古今相續未嘗斷故而色相亦無有異所以爲不滅耳然無常離常別有無常者以有異故是真無常矣以無常離常無無常故由是不異常亦離無常無真常矣於是知常即無常無常即常故如來云諸佛兩足尊知法常無性佛種從緣起是故説一乘是法住法位世間相常住於道場知已導師方便説有二乘三乘法耳

有客會師不契以書達之云云不已其訖曰古云一言重于九鼎其和尚之言也夫敢不三薰三沐稽首而受之容請大教先怖愚衷幸亮師以書復之曰未得書先已信與居士眉毛斯結得書讀之始知居士一足尚在門外奈何又來書云普天之下道無不在請問向何處分門内又向何處分門外耶師復曰幸居士從信門入又書云信爲道源功德母信能長養諸善根已得之矣已得之矣異日面問六祖無念爲宗如何師曰不以念爲念念即無念六祖無念原於此問老師有念否答有因公問須用起念答曰若無問時如何答念無覓處曰某平時多念奈何師曰若以無念爲無念無念亦是念公之多念由兹生問世間滿目萬續紛擾在悟底人未悟底人

分上如何分別師曰貧道無閒工夫曰老師在何處著忙耶師黙然不應良久又問色空不二如何師曰如吾所謂世相本空俱無自性以世根無自性故當體即是本空以本空亦無自性故通身是個世相公會得否客曰曉得師曰公若曉得我已說竟矣然問既無根答處亦何曾究竟別更有問色空不二如何理會師又答曰不以色爲色色即非色所以云色不異空不以空爲空空即非空所以云空不異色耳然離色則何以見空故曰色即是空且去空則令色無以顯故曰空即是色矣蓋色空本來一體因人妄計有色有空世人殊未知色空都盧是我一個真心即真心名原無自性如此則了妄亦無覔處咄一聲曰纔說到者裡汝等休瞌睡去

或有非師前刻中應無所住而生其心之生字作醒字看最好謂是看錯了者師聞之曰可以一笑余蓋無他第恐今人住著色聲香味觸法上生心動念故爾非是特地改他大乘經義也若今人果于色聲香味觸法上無一毫住著念時即當下觸目無非總是清淨境象現前矣又烏用生心動念余恐而生生字例前生字作一樣看可故所謂此生字作醒字看最好也試問大德于此處還曾醒得一醒也未倘爾未曾夢得請莫向背地裏說瞎話無益不中用自生障礙欺人自欺纔要非彼先察其已三思再斯可行可止

嘉湖圓觀圓覺圓始圓妙四人來叅至晚室中師問盡十方世界是一個靈知汝諸人還會得麼觀云會得師云既會得就該悟了觀

無語又問如何是有爲法如何是無爲法觀云緣生即有爲了緣生無性即無爲師云老僧則不然以有爲爲有爲有爲是有爲法不以有爲爲有爲是無爲法豈不是生即無生無生即生也又云飯籮裡有一人餓殺大海裡有一人渴殺有這等人麼觀云眼前皆是侍者進茶次覺云和尚喫茶不知冷熱師云你倒道著師又問如何是般若旨觀云般若即智慧智慧即眞空乃至菩提涅槃一法千名應緣立號豈有二理哉師云因甚不會生即無生有爲即無爲耶觀云生即無生教某甲會個什麼師云還未究竟觀云亦不必究竟師云汝全身擔荷去也觀禮三拜覺亦作女人拜而出觀呈偈云無生豈有意開口驀面啐笑殺須菩提天花都狼藉覺呈偈云一切法無生皆依幻所立幻本無幻因誰起復誰滅始問常不輕菩薩見性否師云見然爾有悟即得識他始云有悟門否師云見即性性即見你作麼生見始無語師乃舉龐公云難難難十石油麻樹上攤婆云易易易百草頭上祖師意靈昭女作個解交云也不難也不易饑來喫飯困來睡於此便會得有甚悟與不悟始云若然則無佛無衆生亦無善無惡耶師云汝且截斷兩頭語再問看始禮拜師云不要磕破老僧額角始云難難難自他不隔一毫端覺云易易易千聖何曾認得渠始云也不難也不易直得南北不分東西不辯師喝云教汝截斷兩頭得個入處如何又扯葛藤始云教某無下手處師云去始竟出呈偈云夜夜上床眠朝朝還下地板響喫粥了隨

衆禮佛去圓覲問昔有僧問耆宿如何是佛宿云新婦騎驢阿家牽如此語中具三玄三要否師云不具此中若具三玄三要汝何便不會得覲云未審如何語始具得三玄三要師云阿家牽驢新婦騎圓妙問天地一指萬物一馬何謂耶師云亦可作大小相容一多無礙會若在張三便是張三底天地以天地中亦具著張三若在李四便是李四底天地在天地中亦該著李四以萬物例此可知所以謂天地一指也萬物一馬也

無擇某上座至叅禮拜起師問汝從何來某曰從天台來師云汝叅過何人來云特來禮拜和尚師云禮拜求何事云更無餘事師曰也不爲分外云應當得底師曰汝且歇息歇息再與汝商量至晚入室禮畢師曰汝還知非麼云知非更有一個師曰汝不知纔發一念要向這邊來時早錯了也云不發一念時亦錯師曰爲我這邊無佛法向汝道故云也知和尚無法與人師喝一聲云喝得我魄散魂消師叱之曰這磨嘴㮧子有什麼了時竟倒其藤拂帚柄連打數十下不已某再拜云請和尚息怒師氣急曰汝還知達磨當時曾帶個什麼物到此來云知和尚底大用師叱出去某擬之師曰伶利漢一撥便轉某始出某至明晨入云今日禮拜了和尚還轉天台去師曰汝若廻光返照時色色現成頭頭具足更不欠少些些某走出云只肯和尚收不肯和尚放師喚侍者取一册性住釋與伊云駁語韻語各與一册

師一日上堂授戒雲集異師喚圓悟闍黎上

前來悟出上前師曰汝從戊申年離此至浙江諸方叅訪巳歷巳酉庚戌三載來矣遂豎起拂子云且如浙江諸方還有這個麼悟上前突然一喝師曰好一喝只是汝不知落處悟又連喝兩喝師曰再試喝一喝看悟退身出法堂休去師付戒畢下座歸方丈悟上方丈禮三拜云方纔失錯觸忤和尚徑出師喚侍者云適來只合還他一喝今且放他過去教書記寫個帖子著他充補西堂位次却悟遲遲默而禮謝竟弗辭

年三十晚諸徒上方丈辭歲師即走入法堂以手格之曰汝等且住待我見個站足之處好受你們底禮拜吾聞古人云非是離了眞如之地別有個立處以立處即眞如之地耳我需要見個無眞如處纔好站立乃繞法堂旋走使衆徒繞處亂拜遂止之曰我若站住了要受你們底禮拜又是認眞著相處設爾不然是則老僧似沒有立地處矣且在汝等切不得便恁麼放過去了始不負又過去個三十晚也

歲朝上堂拈香云此一瓣香祝延今上皇帝聖躬萬歲萬歲萬萬歲云云師曰年年辭舊節歲歲賀新年說與現前衆兄弟纔入新正便不然山僧且無第二語第一今年好種田急著力莫啾煎四季飯米總不欠鼻孔都來少半邊咦新年頭幸無事各人喫了飯大家圍爐檢點去下座入佛殿禮佛

上堂師云衆兄弟若其眞實要作個本色道人須是牢籠不肯住呼喚不同頭方可直得上無佛道可成下無衆生可度向高高山頂

立深深海底行轉轆轆活鱍鱍底在這邊無妨在那邊不礙循時使得十二時不被十二時之所管轄如此則方得自由於那事始有相親分若不恁麼便不相應也有時向糞掃堆頭拈起一莖草作丈六金身用有時把丈六金身作一莖草用任老僧行亦得住亦得坐亦得卧亦得無不可者咄遂竪起拂子曰還見者個麼唯此一事實餘二則非眞擲拂子乃下座

師晚年綱事而應道無不在偶緣愚智二徒參差爭競三載以來紛紛莫能解息者三告彼公廨主政莫可決師呼二徒至其前舉古因緣從容諭之曰具足凡夫法凡夫不知具足聖人法聖人不會聖人若會即同凡夫凡夫若知即是聖人因會而頌之曰所謂具足凡夫法凡夫不知者嫉智非智癡不知癡但能自反知癡不癡然而則爲智矣所以云不怕無明起惟恐覺照遲者豈非凡夫若知即是聖人歟所謂具足聖人法聖人不會者智不自智自智非智若能自反不以巧爲巧大巧若拙不以智爲智大智如愚故所以和光混俗與世同波者豈非是聖人若會即同凡夫也大約聖凡一本愚智同源若悟其旨當下可以息紛二徒因之悟入再拜而進矣

浙江則菴儀九如觀同覺玄璲吳居士來參禮畢師曰老僧晚年氣衰力弱不能多語汝等但不要繁瑣我也不教汝等要做工夫也不教汝等要看話頭但教汝等不要認著識神作主事了迥觀三千大千世界乃至中間無有少法可得與汝等爲寃爲讐爲敵爲對

只是汝等不自悟耳汝等倘信得極當下便悟得自心了反觀目前山河大地何有寸土哉若果如此則此生即是無生無生便是生耳此知即是無知無知便是知矣但試肯恁麼直下會去若不悟老僧把頭與你們做尿鼈去

有客舉僧問雲門如何是諸佛出身處門云東山水上行老師如何會師曰無孔笛没人解吹客曰今學人試問和尚得否師曰得客云如何是諸佛出身處師曰西河火裏坐此乃從上没絃琴汝還解彈否云學人不能師曰幸爾弗得欺侮老僧去

有僧問世相本空俱無自性旨何謂也師曰余初無他由從本已來色心不二空有同源中得個入處非有異旨也以世相無自性故當體即是本空以本空亦無自性故通身是個世相以世相本空從來一體非有二道故也故云色不異空空不異色耳若除世相外別有個本空除本空外別有個世相者便屬異道矣以世相外無別本空以本空外無別世相故故云色即是空空即是色耳今時人不悟者無他只是錯認著識神做了個主宰不得悟耳正所謂喚奴作郎認賊爲子以致生死未了者此也豈知從本以來色心不二者以色性即知故説名智身以知性即色故説名法身者是也然豈離吾心外別有個色相即離色相外更別有個自心耶故云知即無知無知即知又豈是兩個耶然生與無生亦止是一個耳其諸訛只在無明未破所以爲顛倒不悟處且截斷葛藤

末後偈并語

生既不生滅亦不滅觸處死然本來空寂
昔本無來今亦無去唯此一靈湛然常住
彼見無常是若我以寂滅爲樂只者自在安
閒豈爲生死所縛
從他地轉天翻誰動者些寥廓直得越古超
今我更無他冥寞

智也哉非智也哉以吾知之不可盡故詎世間無知得爲盡哉以世間無知既不可盡特可爲決去其知哉唯世間無知以吾知爲病務欲分爲兩個盡力決去而不知終不可決設爾可決則知不爲知即無知亦復不得名無知矣以無知爲對吾知有故果無知若此則烏得移名曰智哉殊未會吾知乃無知之本無知乃吾知之本本來一體竟不可分别故云知即無知無知即知矣然而豈得知自爲知無知自爲無知也哉倘如此識破病根孰不得名爲智也哉

然有知我生生不已將謂有生已者而不知乃有無生者存然既有無生生終不已然無生實無無生者安知有生者在既有生者在安又得無無生者由是無生者亦復得不無之於是知生生終不可了今夫有懼死者而且不懼生者何益由彼知生而未悟夫無生由彼懼死而未悟夫未嘗死耳果得一悟夫未嘗生而未嘗死要須個假寤之人今余夢客安得又遇個假寤主人相與重説一夢哉

入塔語

盡十方世界是個無縫塔又向何所在覓入處出處因人妄計有出有入耳今日不管是

張三底骨襯也不管是李四底骨襯也不管是徐五底謝八底舉拄杖指塔門敲曰總爲我拈來都放在這裏安置忽憶釋迦老子云我觀三千大千世界乃至中間無有如芥子許地不是我捨身命處咦將此深心奉塵剎是則名爲報佛恩

龍池幻有禪師語録卷之五

音釋

杴虛嚴切音薟鍁屬　啐五割切音薛語相呵拒也　攤他丹切音灘開也　廨居隘切音解公廨也　櫬初覲切音櫬近身衣也取名於儭近尸也　咦延知切音夷大呼曰咦

龍池幻有禪師語錄卷之六

門人圓悟圓修等編

舉古

舉九峰勘石霜首座休去歇去云云明什麼邊事乃至首座脫去師云惜哉可謂食到嘴邊不解喫恰被個九峰傍不肯撥却是可忍耶幸自在日畜得個脫身計子乃曰裝香來我若不會先師意香烟起處脫去不得若將一幅布遮却走開去了不然即百衆人前廿自忍饑將臉孔着在何處可奈九峰又放伊不過毒心務要送伊上路使彼轉來不得道坐脫立亾即不無會先師意未在師舉拂子左右顧視問衆中有會先師意者麼良久曰即見個坐脫立亾人也不得爭奈老僧生不在當時若作首座見九峰舉休去歇去以至明什麼邊事但只消輕輕豎起拳頭道止明得這箇鐃他九峰縱有無窮伎倆也使不得未免一場懡㦬隱忍而退雖然如是衆兄弟老僧今日也是路見不平直饒如此判斷去還救得當時首座活麼擲拂子云路遙知馬力日久見人心下座

舉仰山問僧甚處來僧云幽州山云我恰要幽州信幽州米作麼價僧云某甲無端從他市橋上過踏折他橋梁

師云仰山可謂有頭無尾打初既與他索幽州信見說踏折他橋梁只恐連累及伊恰似閃開一邊去了再不見伊側聲何也幸後得保寧勇走出來代伊云放你三十棒做個解交不然却是一場懡㦬不免遭人齒頰

舉王常侍與臨濟至僧堂乃問這一堂僧還看經也無濟云不看經還習禪也無濟云不習禪侍云經又不看禪又不習究竟作什麽濟云總教成佛作祖去侍云金屑雖貴落眼成翳濟云我將謂你是個俗漢

師云臨濟若無後語門風幾被伊抹却然看王常侍勘米和尚也算是家裏人

舉婺州新建禪師一生不畜沙彌有座主云上座年尊何不討箇沙彌侍奉州云若有眼暗耳聾口瘂底爲我討一個來主無對

師云若只要這三個沙彌某甲從來畜得俱全爭奈上座年深隔別了縱有也奉侍不及奈何纔有僧出擬開口問師便與一摑云退去纔不聞縱有也奉侍不及

舉鈞州末山尼了然因灌溪到問如何是末山尼云不露頂溪云如何是末山尼云非男女相溪乃喝云何不變去尼云不是神不是鬼變個什麽

師云觀這尼子兩種答話前後有旨只被灌溪喝曰何不變去便伏手伏脚展轉不得乃云乃云可見未離本色難得超脫若是向某甲道何不變去便還他劈臉一摑直令灌溪眼裏流星迸出認我不得可不光前絶後

舉閩南道吾和尚每執木劍横在肩上作舞僧問手中劍甚處得來吾遂擲於地僧却置吾手中吾云甚處得來僧無對吾云容汝三日下取一轉語僧亦無對吾乃拈劍肩上作舞云恁麽始得

師云元來木劍也好殺人何也不見這僧

曾遭道吾一劍其限奚止三日直至而今未見伊透氣信矣這僧若是作家纔見伊擲劍在地便拈起置肩上也作舞一出待道吾反問你這劍從何處得來但擲於地掉轉頭來擺手便行有何不可

舉僧問靈雲佛未出世時如何雲竪起拂子僧云出世後如何雲亦竪起拂子僧不肯後到雪峰峰問甚處來僧云靈雲來峰云有何言句僧舉前話峰云你肯他麼僧云不肯峰云你問我與你道僧云佛未出世時如何峰竪起拂子僧云出世後如何峰放下拂子僧禮拜峰便打僧後到玄沙舉前話沙問你怎生會僧云不會沙云我與你作個譬喻如人賣一片園東西四至結契總了也中心有個樹子猶屬我在

師云可惜者僧休言不認得那兩個拂子即自已一個不肯尚不解使若解使直須使教到底管教有棒也打不着伊以不解使故更休論佛出世不出世即者三個老和尚也不曾識得可謂遇而不遇者矣

舉洪州米領和尚垂語云莫過於此時有僧問未審是什麼莫過於此州云不出是其僧後問長慶爲什麼不出是慶云汝擬喚作什麼

師云若恁麼教人却似沾粘費力不若百丈上堂見大衆纔集以拄杖趂散復召云大衆衆回首乃曰是什麼若於此會得何等輕快何等省力

舉三聖示衆云我逢人即出出即不爲人便下座興化云我即不然逢人即不出出即便

爲人

師云這兩個水牯牛只好將來一串穿却不然便要各自分疆立界去也然不識逢底又是甚人所爲底又是甚人也好將來一串穿却直教伊爲也没得爲說也說不出去

舉仁王評禪師問肯山如何是佛法大意山便喝評便禮拜山拈棒評云和尚勿世界那山擲下棒云明眼人難瞞評云草賊大敗

舉三交嵩禪師問僧甚處來僧云潞府嵩云潞府米作麽價僧云和尚試道看嵩云不解作客勞煩主人庫下喫茶去

舉石門蘊聰禪師到太陽和尚處陽問近離甚處門云襄州陽云作麽生是不隔底句門云和尚住持不易陽云且坐喫茶門便叅衆去侍者問和尚適來新到秖對和尚住持不易和尚爲甚教且坐喫茶陽云我獻他新羅附子他酬我舶上茴香你自去問他有語在侍者請喫茶問師意旨如何門云真金不博鍮

師云這二三因縁皆會得主賓之句便見應酬交接處自然各適其宜兩不相傷凡在叅學不可不知也

舉仰山問僧近離甚處僧云廬山山云曾到五老峰麽僧云不曾到山云闍黎不曾遊山

師云你看這兩家作賓則始終賓作主則始終主各具殺活之機俱有出身之路休言未見伊交鋒犯手處有個輸贏正所謂路逢劍客須呈劍不是詩人不語詩若謂這僧休去便見者非也

舉仰山問僧近離甚處僧云向南師云便好與二十棒山拈拄杖云彼中還說這個麼僧云不說山云不說這個還說那個麼僧云不說山召大德叅堂去僧便去師云也不差山復召僧應諾師云將謂將謂山云近前來僧近前山便打師云元來元來

師一日與客對坐語及仰山因大溈問大地衆生業識茫茫無本可據子作麽生知他有之與無山云某甲有驗處時有一僧從面前過山召云闍黎其僧回首山云和尚者個便是業識茫茫無本可據溈山云此是獅子一滴乳迸散六斛驢乳因言至此忽有行僧亦從面前走過師喚之再三不應悄悄掐米了向厨去矣師隨後令侍者喚此僧來面責云喚你不應何也僧云和尚恁不知下情堂中客人坐了要飯喫爐上水滚了立等米下鍋豈有餘工幹别事耶師轉面對客笑云此便是業識茫茫有本可據者乃曰去我不置你在驢乳亦足矣

舉皷山示衆云皷山門下不得咳嗽時有僧便咳嗽一聲山云作麽僧云傷寒山云傷寒即得

師云觀皷山却似說真方賣假藥底太醫雖是一期將錯就錯見機而作由是則知伊後來法道終不能行若是個明經太醫不管伊有病無病都與他一帖平胃散喫庶恩無浪費令不徒張行矣故遭瑘邪覺曰雷聲甚大雨點全無不有愧乎

舉陳尊宿因秀才相看云會二十四家書宿以拄杖空中點一點云會麽秀才罔措宿云

又道會二十四家書永字八法也不識師云若作秀才待伊問會麽但云未委尊宿這法是誰傳授縱無後救亦弗令褒貶以至於此

師一日陞座舉藥山因僧問學人有疑請師決疑山云待晚間來爲汝決至晚衆集山云今日要決疑僧何在僧便出來山下座把住云大衆者僧有疑便與一推却歸方丈師語畢云我此衆中還有要決疑者麽我不用汝待至于晚即今便決纔有僧走上前師搖手云且住且住老僧屎急便下座歸方丈

師因自恣日舉洞山示衆云兄弟初秋夏末東去西去直須向萬里無寸草處去始得只如萬里無寸草處作麽生去後有舉似石霜霜云出門便是草太陽云直道不出門亦草漫漫地師語至此云兄弟你道這二三老和尚曾未行履麽何不看伊樣子以拄杖書地一下云向這裏行去問僧云會麽云不會良久曰怪洞山道大唐國裏能有幾人

舉僧問雲門十方薄伽梵一路涅槃門薄伽梵即不問如何是一路涅槃門門云我道不得僧云和尚爲什麽道不得門云你舉話即得

師云若據你舉話即得一句則何往而道不得耶怪雪竇别曰淺水無魚徒勞下釣他後來又僧問此則云扇子踍跳上三十三天觸着帝釋鼻孔東海鯉魚打一棒雨似盆傾何其多也余因舉二端於此可以並看

舉明謙在婺州智者寺爲第一座尋常不受

淨水主事云不識觸淨淨水也不肯受謙下床拈起淨瓶云這箇是觸是淨主事無語謙乃撲破淨瓶

師云明謙兩眼放光爍破四天下會人何多奈無一人酬價何也總不如撲破這淨瓶

舉雪峰領二百衆到浮江和尚處問寄院過夏得也無江將拄杖畫地一下云着不得即道峰無語

師云但雪峰當時只消輕輕道也知和尚慈悲復召大衆任意取挂搭直教浮江當裲衫賣布袴也推不開去

舉西域異見王問波羅提曰何者是佛答曰見性是佛王曰師見性否答曰我見佛性王曰性在何處答曰性在作用王曰是何作用我今不見答曰今見作用王自不見王曰於我有否答曰王若作用無有不是王若不用體自難見王曰若當用時幾處出現當爲我說波羅提即說偈曰在胎爲身處世名人在眼曰見在耳曰聞在鼻辯香在舌談論在手執捉在足運奔徧現俱該沙界收攝在一微塵識者知是佛性不識喚作精魂王聞偈已心即開悟師云愈病不假驢馱藥知音何用別彈琴

舉達磨於此土化緣既畢欲返西竺命門人曰盍各言所得乎道副曰如我所見不執文字不離文字而爲道用磨曰汝得吾皮尼總持曰我今所解如慶喜見阿閦佛國一見更不再見磨曰汝得吾肉道育曰四大本空五蘊非有而我見處無一法可得磨曰汝得吾

骨最後慧可禮拜了依位而立磨曰汝得吾髓或曰達磨大師來此土走一廻旣去却把一身皮肉骨髓盡情折散都分付與人矣獨留個心肝五臟恰似捨不得幻有云殊不知打䂨來見梁武帝時早挖出矣即如梁武帝問如何是聖諦第一義大師曰廓然無聖這赤心片片汝等還見麽又問對朕者誰磨云不識此果是大師不識耶梁武帝不識耶武帝當時便識得達磨務要逞神通踏蘆作麽舉善住天子而白文殊可共俱往如來之所咨受未聞亦同此時如法問難文殊云爾莫分別取着如來天子云如來今在何所令我莫着文殊云秖在目前天子云若如是者我何不見文殊云爾若一切不見是名真見如來天子云若見在前云何戒我莫取着如來

文殊云爾今見前何有天子云有虚空界文殊云如來者虚空界是故虚空界者即是如來此中無有一物可分別者

師云金剛般若又道如來者即諸法如義如來者無所從來亦無所去故名如來此却謂虚空界是又謂如來法身不墮諸數安得如來之義乃有多體是知多體非如來身然一體亦非如來身一多旣非而無非如來者僧乃問然則如何是如來耶師即拊掌唱曰哩蓮花蓮花落便休

舉世尊因自恣日文殊三處過夏迦葉欲白椎擯去纔拈椎乃見百千萬億文殊迦葉盡其神力椎不能舉世尊遂問迦葉汝擬擯那個文殊迦葉無對

師云文殊當時太殺神通迦葉奈何局於

智短若作迦葉應把黃面老子先須擯却何也豈不聞來說是非者便是是非人

舉趙州從諗禪師問南泉離四句絶百非請師道泉便下座歸方丈州云這老漢尋常口吧吧地今日被我一問直得無言可對侍者云莫道和尚無語好州便與一摑云這一摑合是王老師吃

師云若恁麼意似未圓何不再與一摑云這一摑合是從諗吃好

舉因紫璘供奉擬註思益經忠國師乃問大德凡註經須會佛意始得供奉云若不會佛意爭解註得國師令侍者盛一碗水着七粒米在水中椀面安一隻筯乃問這個是什麽義供奉無語國師云老僧意尚不會豈況佛意爭能註得經

師云莫謂紫璘供奉不識此意即如佛來也不解國師所設是何意耶偶然幻有一見便會得元來總是一個非難意

舉肅宗問忠國師如何是十身調御師乃起立曰會麽曰不會師曰與老僧過淨瓶來趙州侍者一日報云大王來也趙州即合掌曰大王萬福侍者云未到在趙州曰又道來也

師舉畢即喚侍者分付云你去爲我覓兩個土工帶取鋤頭鍬子來山門前庖個坑子者云作麽師曰爲我將這兩個老和尚做一坑埋却會麽者云不會師以手合掌曰老僧罪過

舉僧問徑山欽如何是道師云山上有鯉魚水底有蓬塵此等之語不唯超脫新奇抑且爲啟悟標格見道法幢者也適有僧問幻有

如何是道但以成言荅曰理無曲斷車不横推便了又論什麼巧拙

舉僧問破竈墮如何是脩善行人墮曰捻槍帶甲問如何是作惡行人墮曰修禪入定僧曰某甲淺機請師直指師着語曰這麼懵懂墮曰汝問我惡惡不從善汝問我善善不從惡良久曰會麼云不會師着語曰却校些子墮曰惡人無善念善人無惡心所以道善惡如浮雲俱無起滅處僧於言下大悟師着語曰入地獄如箭

舉二十四祖師子尊者因罽賓國王秉劍於前云師得蘊空不祖云已得蘊空王云既得蘊空離生死不祖云已離生死王云既離生死就師乞頭得不祖云身非我有豈況於頭王便斬之白乳涌高數尺王臂自墮

師云你看罽賓國王豈不審細豈不義勇既拔劍了却也罷休不得秖是師子尊者還不丈夫還不惺快直要教罽賓國王站立等待多時了以致兩臂皆爲墮落何不再礙一時待教國王兩臂先墮了要斬也斬不成免致後輩兒孫紛紛議論不息不亦好事若作師子纔聞問師得蘊空不但云要頭便斬將去問什麼蘊空不蘊空偶語至此忽打噴嚏云某甲今日話多了又冒風矣

舉寶誌公和尚云終日拈香擇火不知身是道場玄沙云真個道場昭覺勤云終日拈香擇火不知拈香擇火

師云老僧晚年無餘事終日秖是拈香擇火

舉南岳慧思和尚因誌公令人傳語云何不下山教化衆生目視雲漢作麽思云三世諸佛被我一口吞盡何處更有衆生可教化

師云若作誌公更須令人傳語謝大師度生已畢

舉僧問歸宗如何是佛宗曰我向汝道汝還信否僧云和尚誠言何敢不信宗曰即汝便是僧云如何保任宗曰一翳在目空花亂墜

又子湖嘗於中夜僧堂前叫云有賊有賊大衆俱被驚有一僧從僧堂内出被子湖把住曰捉得也捉得也其僧急出救云不是某甲不是某甲子湖輕輕托開曰是即是只是你不肯承當師舉了曰你看這兩個老和尚捺硬教人曲垂方便宛如按牛頭喫草相似雖然這二僧若果肯承當得則佛與衆生有甚分別處山僧如今即不然若有僧來問如何是佛山僧反問伊你還識衆生麽若言識山僧但曰如水投水若言不識山僧更曰似空合空良久云即如山僧今日捺硬比前二老和尚還有優劣麽汝等有暇時試檢點看莫言不曾道破珍重

舉世尊在靈山會上拈花示衆是時衆皆默然唯迦葉尊者破顔微笑世尊云吾有正法眼藏涅槃妙心實相無相微妙法門不立文字教外别傳付囑摩訶迦葉

師云迦葉尊者雖向世尊拈花處領略得猶是鈍漢已落在有傳有受了也纔有傳受便知有限故世尊座下人天百萬秖得迦葉一人有已而今天下叢林尚乃烘烘烈烈仍至腰包杖策南天台北五臺條求

知識訪慕明師具決烈之志務要究取單傳直指之道每見其難何也葢只緣汝輩秪是依草附木曰他有傳有受處覓轉見其難不能會得而未肯發個丈夫志氣別立生涯且向那世尊未拈花已前薦得這一着從古以來也未曾有人傳也未曾有人受也未曾有人得也未曾有人不得既然如此還有個信驗處麽我試問汝輩打初從父母胞胎出來有此一個肉丸子堪堪長大了便知饑知飽知寒知熱有手便會執捉運用有足便會奔馳蹈舞有口便解喫飯說話有眼便能看人看物有耳便解音響有鼻便識香臭解入息出息乃至會屙會屎幾多種種神通妙用盡情都與汝輩說破了我止留得者向上一着子未與汝輩道在且待下次上座着珍重

舉世尊一日示隨色摩尼珠問五方天王此珠而作何色時五方天王互說異色世尊復藏珠入袖却擡手云此珠作何色天王云佛手中無珠何處有色世尊嘆云汝何迷倒之甚吾將世珠示之便各強說有青黃赤白吾將真珠示之便總不知時五方天王悉皆悟道

師云咄這黃面老子拈東捉西說真說假誘惑人未有了日然五方天王獨不向世尊纔示珠處便悟道仁者見之謂之仁智者見之謂之智去直要待世尊將珠入袖了擡起手來纔悟去這鈍漢元來也秪悟得個鬼窟裡底若曰真悟未敢相保

舉洞山聰代舜老夫答問古鏡未磨時如何

聽云此去漢陽不遠曰磨後如何聽云黃鶴樓前鸚鵡洲

師云老僧則不然有問古鏡未磨時如何曰有眼如盲磨後如何曰對境還迷且道洞山與老漢所答還有誵訛處麽有僧纔出擬舉老僧便喝云瞎瞎

舉古人道盡十方世界是沙門一隻眼且置之勿論即如古今乃聖乃賢及爾我一切高低人物在這個眼裏不在這個眼裏汝等各各爲我一檢點看若有人檢點得諦當了我許汝更具一隻眼若檢點不決汝等不過總是循行數目底瞎漢穿衣喫飯底常流莫怪老僧造口業

舉古人謂具足凡夫法凡夫不知具足聖人法聖人不會聖人若會即同凡夫凡夫若知即是聖人

師云老僧即不然凡夫具足聖人法凡夫不知聖人具足凡夫法聖人不會聖人若會則不有聖人凡夫若知則凡夫何在即如老僧如此折倒還有甄別麽喝一聲云路逢達道人莫將語默對下座

舉雪峰一日召備頭陀何不徧參去玄沙云達磨不來東土二祖不往西天師云大衆且道這兩個老漢還曾相遇也無若道不曾相遇則教外別傳之旨阿誰授受也老僧不然達磨旣來東土二祖却往西天佛法本來周徧幾人相繼綿綿

舉棗山仁師上堂未至禪床謂衆曰不負平生眼目致個問訊來還有麽方乃陞堂坐時有僧出禮拜山曰不負我且從大衆何也便

歸方丈翌日有別僧請辯前語意旨如何山曰齋時有飯與汝喫夜後有床與汝眠一向煎迫我作什麽僧禮拜山曰苦苦僧曰請師直指山乃垂足曰舒縮一任老僧

師曰疎山老漢可謂慈悲太殺爭奈不遇其人忽聞門外狗咬聲師急索曰快開門看有甚祖師來也倘是中下之機且緩緩開門我今勞倦歇去

舉僧問翠微如何是大乘微云車索如何是小乘微云錢貫問如何是清平家風微云一斗麵作三個蒸餅問如何是禪答胡孫上樹尾連顛問如何是有漏微云笊籬如何是無漏微云木杓問覿面相呈時如何微云分付與典座

師云若恁麽說話且道還有佛法商量也無若道有則烏張三黑李四牛挺尾巴驢摇耳朶雞啼犬吠鵲噪鴉鳴皆可商量若道無則啼得血流無用處不如緘口過殘春

拈古

僧問寶壽萬里無片雲時如何壽云青天也須喫棒

師云寶壽則知盡法不管無民且如青天果有喫棒分麽纔有僧走過師召闍黎僧應諾師曰放汝三十棒只恁麽亦過矣

僧問首山虛心以何爲體山云老僧在汝脚底僧曰和尚爲什麽在學人脚底山云知汝是個瞎漢

師云不唯眼瞎兼又聾憨然與三十棒校此語瞎孰優

僧問三角謙和尚如何是佛謙云速禮三拜師云好個悟頭爭柰此僧信未及何老僧不然待問如何是佛但曰即汝便是恁麽答還肯信麽信則歸家穩坐不信則任汝瞎撞去若造化好偶然撞着亦不可知

舉世尊纔生下一手指天一手指地周行七步目顧四方云天上天下唯我獨尊雲門偃云我當時若見一棒打殺與狗子喫却圖天下太平

師云雲門當時可謂超卓極力矣覩此語何異掉棒打月雖未曾搆得月體造語抑且驚人然雖如是也秖具得一隻眼

錢唐鎮使在界上為鎮將時問僧其或相契即留止宿一日因二僧至遂問近離甚處云江西馬大師處云馬師有甚方便僧云道即心即佛便被揖出又有二僧到亦如前問僧云非心非佛亦被揖出不得止宿

師云這鎮使可謂兵權在手也只好勘驗一個半個行軍衲僧鼻孔未搆着在若有個衲僧但向伊云山僧特謁鎮使不求止宿敢乞相契耳待鎮將纔擬啟口拂袖便行使伊知我衲僧向上一路自別

睦州陳尊宿一日喚僧云大德僧回首州云擔板漢

師云老睦州着甚麽死急不知者僧擔板來已三生六十劫矣曾教你這一番喚他不回頭在

賔頭盧尊者因阿育王問承聞尊者親見佛來是不尊者以手策起眉毛良久云會麽王云不會者云阿耨達池龍王曾請佛齋吾是

時亦預其數
師云此個因緣前輩拈頌甚衆統要中有七八家文多不錄總似某甲則不然若作育王纔見以手策起眉毛但曰描看伊作麽生放下手來
昔有座主念彌陀名號次小師遂喚和尚及其回顧小師不對如是數四座主叱之小師云和尚幾年喚他即得某甲纔喚便乃發惡
師云這座主終日嘴喃喃地念得無個合殺却被個小師輕輕一觸直得氷消瓦解
睦州示衆云裂開也在我捏聚也在我時有僧問如何是裂開州云三九二十七菩提涅槃真如解脫即心是佛我且與麽道你又作麽生僧云某甲不與麽道州云盞子撲落地楪子成七片

師云有誰逼拶你用如此着忙作麽
百靈和尚一日路次見龎居士乃問昔日南嶽得力句曾舉向人麽士云曾舉來靈曰舉向甚人士以手自指云龎公靈云直是妙德空生也讚之不及士却問百靈得力句是誰得知靈便戴笠子而去士云善爲道路靈一去更不回首
師云你看這兩個僧俗偶於路途覿面相逢直是作家不同尋常令人可觀可想然爭奈百靈獨被老龎的背一推推轉去了再也翻不過身來何
龎居士因賣竹漉籬下橋喫撲女子靈照一見亦去爺邊倒士云你作什麽女云見爺倒地某甲扶起
師云這女子無一毫用處秖堪乘父母喫

飯一生可惜熱大父親也只扶持伊不起

佛陀波利尊者游臺山到忻州見一老人問向甚麽處去者云臺山禮文殊去老人云大德見文殊還識不尊者無對

師云若作尊者但向前以手把住曰識不識且置我問你是什麽人待伊說是張三便與伊三拜若道是李四劫還他一摑托開云來說是非者定是是非人

僧問香嚴如何是道嚴云枯木裏龍吟僧云不會嚴云髑髏裏眼睛後有問石霜如何是枯木裏龍吟霜云猶帶喜在如何是髑髏裏眼睛霜云猶帶識在又有問曹山如何是枯木裏龍吟山云血脉不斷問如何是髑髏裏眼睛山云乾不盡問未審還有得聞者麽山云盡大地未有一個不聞問未審龍吟是何章句山云也不知是何章句聞者皆喪別有神鼎瑞覺徑山諸語

師云我見後來這一隊老凍儂都被伊兩句語脉轉去不得自由山僧不然有僧問如何是道但曰黄鶯樹上啼會麽云不會更曰春去百花飛還會麽云不會更曰莫待斷猿聲絕處不孤悽去也孤悽

福州雙峰和尚因仰山問師弟近日見處如何峰云據某甲見處實無一法可當情仰云汝解猶在境峰云某甲只如此師兄又如何仰云汝豈無能知無一法可當情者溈山聞云寂子一句疑殺天下人　溈山喆云前箭猶輕後箭深無限平人被陸沉　續東禪岳云解弄不須霜刃劍延齡何必九還丹

師云我到你不到你要我不要只消這兩

句拈來恰好

霍山大禪佛景通禪師因到仰山前乃翹一足云西天二十八祖亦如是唐土六祖亦如是和尚亦如是某甲亦如是仰山下禪床打四藤條

師云仰山打四藤條也不是賞伊也不是罸伊只要教大禪佛疑着去呵呵大笑曰果然

元康和尚因謁石樓樓纔見便收足坐康云得與麽威儀周足樓云汝適來見什麽康云無端被人領過樓云是與麽始爲真見康云苦哉賺却幾人來樓便起身康云見即見已動即不動樓云盡力道不出定也康拊掌三下南泉願云天下人斷者兩個是非不得若斷得與他同參

師云老南泉不識好惡者兩個老和尚巳似泥人與土人打鬬不休汝又驀頭加一瓢水做個解交令人轉見不堪雖然如伊三點不無優劣

舉僧問道吾無神通菩薩爲什麽踪跡難尋吾云同道者方知僧云和尚還知麽吾云不知僧云爲甚不知吾云去汝不會我語

師云老僧雖有些些神通只是没有使處旣使矣敢保也無踪跡可尋時有僧却問曰如何是和尚底神通師云恰爲汝尋着了也僧云和尚若爲相弄也師劈脊與一棒曰分明舉似諸方

保福在疾問僧我與你相識年深有何名方妙藥相救僧云藥方甚有聞說和尚不解忌口

師云始知保福祕無異疾秖有些些口病耳若非這僧深知伊病源任至而今亦無人醫得伊口故雪竇顯云更用第二個人醫恐難爲和尚也

德山垂示云我先祖見處即不然這裏無佛無祖達磨是老臊胡釋迦是乾屎橛文殊普賢是擔屎漢等覺妙覺是破執凡夫菩提涅槃是繫驢橛十二分教是神鬼簿是拭瘡疣紙四果三賢初心十地是守古塚鬼自救不了　雲門偃云讚佛讚祖須是德山老人始得　琅邪覺云諸方若與麼會入地獄如箭射只如雲門與麼道也是入地獄如箭射

師云只如雲門琅邪二師所語所見若水火不合要且瞞幻有不得試問即今還有肯同商略者麼咦天共白雲曉水和明月流

玄沙一日見鼓山來乃作圓相示之山云人人出這個不得沙云情知汝向驢胎馬腹裏作活計山云和尚又作麼生沙云人人出這個不得山云和尚與麼道却得某甲爲甚道不得沙云我得汝不得

師云玄沙未作圓相前有個長處今所未知既作圓相是其所短直令鼓山墮在此中至今還未出得致令玄沙自巳亦未出得舉拂子召衆曰你看這兩個水牯牛既同在這個圈繢爲甚却道又有個得又有個不得不可不知也

玄沙上堂衆集遂將拄杖一時趂散却迴向侍者云我今日作得一解嶮入地獄如箭射者云喜得相尚再復人身

師云玄沙雖是大有作略秉殺活劍驅遣自由將大衆一時嚇退也只虎頭蛇尾兩管鼻孔却被個小小侍者一把搾住了至今氣息不通

韶山見白頭因至乃云莫是多口白頭因麽因云不敢山云有多少口因云徧身是山云大小二事向甚處屙因云向韶山口裏屙山云有韶山口即得無韶山口向甚處屙因無語山便打

師云這白頭因也只空白頭了況徒有多口之名被韶山問得猶趂狗逼墻相似若是個獅子兒掉轉頭來哮吼一聲饒他性命苟存直令伊大小二便平空裏嚇出使得時有僧出問曰設韶山問師有韶山口即得無韶山口向甚處屙師又作麽生語

未畢被師連打數掌叫喊曰打到幾時住師攝手云若似你這樣見解打殺也不爲分外正所謂有意氣時增意氣不風流處也風流

雪峯因僧辭問甚處去僧云禮拜徑山和尚去峯云徑山問你此間佛法如何你作麽生道僧云待問即道峯便打却回問鏡清云這僧過在甚處便喫棒清云問得徑山徹困也峯云徑山在浙中因甚問得徹困清云不見道遠問近對峯便休

師云一般米麵由人變造不同富足貧寒孰肯那長補短正可謂末後太過最初不足師舉拂子召衆云此間還有同甘苦識好惡具擇法眼衲僧麽夷一堂風冷淡千古意分明

龍池幻有禪師語録卷之六

音釋

頰吉協切音莢面旁也　舶簿陌切音白海中大船　挖烏刮切音斡挑挖也

懵懂上毋總切音蠓下多動切音董心亂也　髑髏上杜谷切音獨下侯切音樓髑髏頂也

疣于求切音由贅也結肉也

龍池幻有禪師語録卷之七

門人圓悟圓修等編

徵古

丹霞一日訪忠國師値睡次乃問侍者躭源云國師在不者云在即在秪是不見客霞云太深遠生者云莫道上座佛眼也覷不見霞云龍生龍子鳳生鳳兒國師睡起侍者舉似師乃打二十棒趂出丹霞聞之乃云不謬爲南陽國師　師云且休言侍者謂在即在秪是不見客爲落節語即如丹霞云太深遠生向這裏作麽生下得一轉語救取侍者倘未知下落也惟丹霞不得謾道龍生龍子鳳生鳳兒去也

石鞏一日問西堂汝解捉得虛空麽堂云解捉得曰作麽生捉堂以手撮空鞏曰作麽生恁麽捉虛空堂曰師兄作麽生捉鞏把西堂鼻孔拽忍痛云太殺拽人鼻孔直得脫去鞏云直須恁麽捉虛空始得　師徵云只如西堂當時還識得鼻孔也未既識得如何却又云直得脫去且如要脫去底端的是鼻孔是虛空耶試檢點看

亮長老問北蘭讓禪師伏承師兄畫得先師眞暫請瞻禮讓以手擘胷開示之亮便禮拜讓云莫禮莫禮亮云師兄錯也某甲不禮師兄讓云汝禮先師眞亮云因什麽教某甲莫禮讓云何曾錯　師云看這兩個長老又何曾將錯就錯一個到底錯一個到底不錯且檢點那個是錯那個是不錯

舉百丈一日普請钁地次忽有一僧聞飯鼓鳴舉起钁頭大笑便歸丈云俊哉此是觀音

入理之門丈歸院乃喚其僧問適來見什麼道理便恁麼對云適來只聞鼓聲動歸喫飯去來丈乃笑又溈山一日在法堂坐庫子擊木魚火頭擲却火抄拊掌大笑溈云衆中也有恁麼人喚來問作麼生火頭云某甲不喫粥肚饑所以喜歡溈乃點頭　師舉罷召衆云這兩僧歡喜處甚同其間還有得失麼不信但看這兩個老和尚笑處并點頭處一似賞伊一似罰伊汝等試檢點看不得草草放過

舉鏡清參龍牙問如何是祖師意牙云與我過蒲團來清過蒲團牙接得便打清云打即任打要且無祖師意又參臨濟問如何是祖師意濟云與我過禪板來清過禪板濟接得便打清云打即任打要且無祖師意後鏡清出世有問和尚當初參二尊宿肯伊不肯伊清云肯即深肯要且無祖師意　師云觀鏡清前後語祖師意無差且道伊會意處還同麼若道同他却恁麼語若道不同他却恁麼語有人檢辯得許伊具一隻眼

舉陳操尚書一日齋僧次躬行餅僧展手接陳乃縮手僧無語師曰只得呑聲飲氣陳曰果然異日問僧曰有個事與上座商量得麼僧曰合取狗口師曰冷灰裏荳爆了也陳自摑曰操罪過僧曰知過必改師曰依然黑茫茫地陳曰恁麼即乞上座口吃飯　師云大衆且道乞上座口吃飯是賞伊是罰伊又且道尚書是我家裏人不是我家裏人

趙州因問一婆子什麼處去婆云偷趙州筍去州云忽遇趙州又作麼生婆連打兩掌州

休去　師徵云且道這婆子掌是有意思掌是沒意思掌又且道趙州休去還肯伊不肯伊

西堂智藏曾燒殺一僧一日現身索命藏云你還死也無對云死也藏云你既死覓命者是誰便乃不見　師云且道這僧現身索命是眞要命是不眞要命又智藏恁麼語是果還伊命也是不還伊命也

舉有僧到曹溪因守衣鉢僧提起衣云此是大庾嶺頭提不起底僧云爲什麼在上座手裏僧無對　師徵云如今人皆信知此衣當時在大庾嶺頭果然提不起即今還有信知這僧提起却放不下麼

肅宗帝一日問忠國師云師在曹溪得何法忠云陛下還見空中一片雲麼帝云見忠云丁釘着懸挂着　師徵曰且道肅宗帝當時便會得也未若不會得爭得便恁麼休去又若會得又爭肯恁麼不措一辭

菴婆提女問文殊云明知生是不生之法爲什麼却被生死之所流轉文殊云其力未充

有進山主問修山主明知生是不生之法爲什麼却被生死之所流轉修云筭畢竟成竹去如今作篾使得麼進云汝向後自悟去在修云某甲所見秖如此上座意旨如何進云這個是監院房那個是典座房修乃禮謝　師云我還要問明知生是不生之法爲什麼被生死之所流轉在

世尊將諸聖衆往第六天說大集經勑他方此土人間天上一切獰惡鬼神悉皆集會受佛付囑擁護正法設有不赴者四天門王飛

熱鉄輪追之令集既集會已無有不順佛勑者各發弘誓擁護正法唯有一魔王謂世尊云瞿曇我待一切衆生成佛盡衆生界空無有衆生名字我乃發菩提心　師徵云且道這個魔王是皈依佛語是不皈依佛語

鎮州第二世保壽和尚開堂日三聖乃推出僧壽便打聖云恁麽爲人非但瞎却這僧眼瞎却鎮州一城人眼去在壽便歸方丈　師云據這公案恰似路見不平未免遭人齒頰統要中紛紛評論有十五人俱是當世明眼宗匠若約正知正見判斷處三分中但有其一耳不可不知

鎮州大悲和尚因僧問除上去下請師便道州云我開口即錯僧云與麽則眞是學人師也州云今日向弟子手中死　師云且道這語是錯不錯

吉州資福和尚示衆云隔江見資福刹竿便回去脚跟下也好與三十棒豈況過江來時有僧纔出州云不堪共語　師徵云且道這兩種因緣那箇用得親親底堪與今時撥眼不親則自救不了

首山省念禪師問僧與麽來者是什麽人僧云問者是阿誰山云老僧僧便喝山云向你道是老僧又惡發作麽僧又喝山云恰遇棒不在手僧云草賊大敗山云今日又似得便宜又似落便宜　師云作麽生是得便宜處又作麽生是落便宜處

烏石靈觀禪師曹山行脚時問如何是毘盧法身主觀云不道曹舉似洞山山云好箇話頭只欠進語何不更去問爲甚不道曹乃去

進語觀云若言我不道卽啞却我口若言我道卽禿却我舌曹歸舉似洞山山深肯之　師云洞山深肯卽休作麼生是毘盧法身主若有會得者卽老觀也肯你具一隻眼

香嚴智閑禪師示衆云如人在千尺懸崖口銜樹枝手無所攀脚無所踏忽有人問西來意不對則違他所問若對又喪身失命當恁麼時作麼生卽是有虎頭上座云上樹卽不問未上樹請和尚道嚴呵呵大笑　師云香嚴只知盡法不管無民可謂觀前不觀後者也若不得虎頭上座出來這人被香嚴幾乎懸殺在樹枝復呵呵大笑云還有知這笑落處麼

雪峰一日喚僧近前來僧近前峰云去僧珍重便去　師云更有一僧雪峰喚彼來便來遣彼去亦去但曰勘破了也徵曰且道前僧親見雪峰後僧親見雪峰有人定當得也具一隻眼

僧問雪峰乞指示峰但云是什麼僧於言下大悟　師舉畢召衆徵曰且道這僧大悟去悟底是什麼

雪峰示衆云盡大地是個解脫門把手拽不入時一僧出云和尚恠某甲不得一僧云用入作麼峰便打　師云卽如二僧俱也會到這裏因甚有喫棒有不喫棒者請訛在什麼處不可不知又不喫棒者姑置勿論卽如喫棒者在裏邊不在裏邊若在裏邊自合不喫棒若不在裏邊亦不應喫棒

保福因僧侍立乃云你得與麼麄心僧云甚處是某甲麄心處福拈一塊土度與云拋向

門外着僧拋了却來云甚處是某甲麄心福云我見你築着磕着所以道麄心　師云可惜這僧保福爲你無事生事恁麼老婆恰如個雙盲乞兒置他在飯籮裏坐了猶只是舒兩手向人乞之不暇而未解取食可謂麄心者也且而今還有不麄心者麼保福云切忌莫築着磕着

雲居懷岳禪師因僧問明鏡當臺時如何居云不鑒照僧云爲甚不鑒照居云胡來胡現漢來漢現僧云大好不鑒照居便打　師云只如這僧喫棒是胡來胡現漢來漢現喫棒也是不會得喫棒也然此僧會得肯恁麼道不會得肯恁麼道

舉石頭問大顛那個是汝心顛云言語者是頭便喝出經旬日顛復問前者既不是除此外何者是心頭云除却揚眉瞬目將心來顛云無心可得將來頭云元來有心何言無心無心盡同謗顛於言下有省　師云古德多謂今人但認得個昭昭靈靈便以爲眞却以揚眉瞬目喫飯穿衣屙屎送屎語言動止莫不總是這個且如古德垂訓焉肯誤人然則卽昭昭靈靈與揚眉瞬目其誵訛利害畢竟作麼生揀別試請於閒暇時各自檢點尋思看

舉洞山上堂云有一人在千人萬人中不背一人不向一人你道此人具何面目雲居膺出曰某甲參堂去　師曰大衆且道雲居謂參堂去是何面目

舉僧問洞山時時勤拂拭爲什麼不得他衣鉢未審什麼人合得山云不入門者曰不入

門者還得也無山云雖然如此不得不與他却又云直道本來無一物猶未合得他衣鉢汝道什麼人合得這裏合下得一轉語且道下得什麼語時有一僧下九十六轉語並不契末後一轉始愜山意山曰闍黎何不早恁麼道別有一僧密聽祇不聞末後一轉遂請益其僧僧不肯説如是三年相從終不爲舉一日因疾其僧曰某三年請舉前話不蒙慈悲善取不得惡取去遂持刀白曰若不爲某舉卽殺上座去也其僧悚然曰闍黎且待我爲你舉乃曰直饒將來亦無處着其僧禮謝

師云其僧禮謝且休大約從來以得失商量多卽今還有没商量者麼雖然恁麼且道六祖當時是受伊衣鉢不受伊衣鉢

舉僧問曹山學人通身是病請師醫山云不醫曰爲什麼不醫山曰敎汝求生不得求死不得　師舉了云大衆且道這僧還活也無試檢點看

舉石霜問僧近離甚處僧云審道霜於面前畫一畫云你剌脚與麼來還審得這個麼僧云審不得霜云你衲衣與麼厚爲甚却審這個不得僧云某甲衲衣雖厚爭奈審這個不得霜云與麼則七佛出世也救汝不得僧云説甚七佛千佛出世也救某甲不得霜云大懵懂生僧云爭奈𪭢霜云叅堂去僧云諾諾或謂我若做這僧纔到堂便云爲我今日勘破這老和尚了也轉身便行不妨使這老和尚略也沉吟去或云殊不知石霜聞這僧云爭奈𪭢便覺得故令伊叅堂去耳

師云請具眼者試察之孰是

頌古

琅邪覺禪師問英首座近離甚處座云金鑾夏在甚處座云金鑾去夏在甚處座云金鑾前夏在甚處座云金鑾先前夏在甚處座云和尚何不領話覺云我也不會勘得你教庫下供過奴子來勘且點一椀茶與你溼口

頌云問窮頻應四金鑾誰會三玄見不堪須點一甌茶溼口致無言處倒平安

德山小衆示衆云今夜不答話有問話者三十棒時有僧出禮拜山便打僧云某甲話也未問爲甚打某甲山云你是甚處人僧云新羅人山云未跨船舷好與三十

又示衆云問卽有過不問又乖有僧纔出作禮山便打僧云某甲話也未問爲甚便打山云待你開口堪作什麽

頌云門庭施設若爲高善識兵機有是刀卽使青霄鶻子過不勞拔箭見飛毛

玄沙因雪峰云吾見潙山問仰山從上諸聖什麽處去仰云或在天上或在人間汝道仰山意作麽生沙云若問諸聖出沒處與麽道卽不可峰云汝渾不肯忽有人問汝作麽生道沙云但道錯峰云是汝不錯沙云何異於錯

頌云若問諸聖去處潙仰摸索不着雪峰纔肯玄沙不錯何異於錯檢點將來總是秦時轢𨍏咄神龜七十二鑚那堪卜了又卜

玄沙有時拈拄杖云識得這個一生參學事畢△雲門云識得拄杖爲什麽不肯住

師拈拄杖頌云識得這個始不負我別有

長處鑽氷取火

鏡清問靈雲行脚事大乞師指南雲云浙中米作麼價清云若不是某甲洎作米價會

頌云從上行脚事最大靈雲此話令人怕坐久方纔省得來浙中米賣作麼價

鏡清問僧門外是什麽聲僧云蛇咬蝦蟇聲清云將謂衆生苦更有苦衆生

師云却較些子咦門外什麽響蛇咬蝦蟆聲將謂衆生苦更有苦衆生以爲頌

無厭足王入大寂定乃勑有情無情皆順於王若有一物不順於王即入大寂定不得師翻後語若有一物不順於王即出大寂定不得

頌云淨染初無揀逆順不思議那伽常在定無有不定時

仰山因僧問法身還解說法也無山云我說不得別有一人說得僧云說得底人在甚處山乃推出枕子潙山聞乃云寂子用劍刃上事

頌云眇得凡身即法身未諳說法又何人寧知剎說衆生說換取梁皇努眼嗔

白雲子祥禪師問僧不壞假名而談實相作麼生僧云這個是椅子雲以手撥云與我拈鞋袋來僧無語雲云這虛頭漢後雲門聞乃云須是他始得

頌云善者何用多方實相無乎不在輕輕拈轉話頭椅子豈如鞋袋

雲門因僧問佛法如水中月是不門云清波無透路僧云和尚從何得門云再問復何來僧云便與麼去時如何門云重疊關山路

頌云一自昔年超脫去滔滔無滯孰爲疑
夜來觸折須彌柱試問闍黎知不知
僧侍玄沙次沙以杖指面前地白點問云還
見麼僧云見沙如是三問三云見沙云你也
見我也見爲什麼道不會
頌云你也見我也見何勞再問未成現因
緣時節待來前頓令見見凝一片
舉文殊三處度夏話師於椎不能舉處着語
云接了伊錢輭却手又於迦葉不能加對處
着語云喫了伊食啞却口復召云諸兄弟且
道這兩着語有甚意思倘未了得者一任咬
嚼去若有向老僧道也不較多則不妨說着
了也仍有頌云
處處文殊是作家飲光被惑眼生花拈椎
擬舉渾無力千古令人不浪誇

舉馬師令人送書徑山山開緘但見書中一
○相山於圓相中着一點却封回後忠國師
聞云欽師猶被馬師惑師云徑山當初開緘
但見個○相何不收却了另寫個回書道馬
兄從何得此消息來好仍有頌云
偶於○相着一點大似斗觔跳不出從何
得此消息來欽師爭被馬師惑
雪竇顯舉古云眼裏着沙不得耳裏着水不
得忽若有個漢信得及把得住不受人謾祖
佛言教是什麼熱椀鳴聲便請高挂鉢囊拗
折柱杖管取一員無事道人又舉古云眼裏
着得須彌山耳裏着得大海水一般漢受人
商量祖佛言教如龍得水似虎靠山却須挑
起鉢囊横擔拄杖亦是一員無事道人復云
與麼也不得不與麼也不得然後沒交涉三

員無事道人中要選一人爲師

頌云若論辯驗諸方此老大有作略要選一人爲師到底摸索不着

白雲守端初叅楊岐岐問上座落髮師誰端云茶陵郁和尚岐云聞渠有悟道頌試舉看端舉云我有明珠一顆久被塵勞關鎖今朝塵盡光生照破山河萬朶岐大笑而起師遂懷疑次日問云先師悟道頌人人道好和尚因甚發笑岐云汝見打驅儺者不端云見岐云汝一籌不及渠端大驚曰何謂也岐云他要人笑汝怕人笑端於言下大悟

頌云他要人笑汝怕人笑一般戲局善作者妙

東林常總因僧紹慈問世尊傳金襴外別傳何物林舉起拂子慈云畢竟作麼生林以拂子驀曰打慈擬開口林又打慈忽有省遂奪却拂子林云三十年老將今日被小卒折倒

頌云東林總老有頭無腦突跌詐輸莊顛莊倒喚寒山睡醒開門拾得歸來恰好

僧問龍牙十二時中如何用力牙云如無手人行拳

頌云十二時中力用全如人無手欲行拳密雲彌布大千界放去收來豈賴天

台州幽棲道者一日飲鐘上堂大衆纔集乃問什麼人打鐘僧云維那者云近前來僧便近前者遂打一掌却歸方丈

頌云平地推人便吃交道人行處意何超分明月到梧桐上不照梧桐照碧霄

臨濟問洛浦從上來一人行棒一人行喝阿那箇親浦云總不親濟云親處作麼生浦便

喝濟乃打

頌云棒喝交馳總不親卽非親處就爲眞

寧同生也莫同死直下休教錯認人

投子在桐城縣途逢趙州問莫便是投子庵

主麼子云茶鹽錢布施我來趙州先歸庵晚

間見子自携油回州云久嚮投子到來秖見

賣油翁子云你秖見賣油翁且不識投子州

云如何是投子子提起油瓶云油油

頌云路途猶諱不知名究竟還教覿面呈

莫怪相逢不相識爲憐人老忌多情

棗山光仁禪師一日陞堂大衆集定未登座

乃云不負平生眼目置個問訊來時有僧出

作禮山云負我且從大衆何也便歸方丈異

日有僧請益云和尚陞堂云負我且從大衆

何也意旨如何山云齋時有飯與汝吃夜間

有床與汝睡一向煎逼我作麼僧禮拜山云

苦苦僧云乞師指示山垂下一足云展縮一

任老僧

頌云棗山大有作略說法無可不可豈徒

用垂一足展縮要當由我

雲居膺和尚問僧念什麼經僧云維摩經膺

云我不問你維摩經念底是什麼經僧因此

有省

頌云維摩本只是維摩但誦摩訶薩達磨

再問却疑因擬議方知鷂子過新羅

洞山一日問雲居甚處去來居云踏山來洞

云阿那箇山可住居云阿那箇山不可住洞

云與麼則國內總被闍黎占却也居云不然

洞云與麼則子得箇入路居云無路洞云若

無路爭得與老僧相見居云若有路卽與和

尚隔生也洞云此子已後千人萬人把不住

頌云珠走盤兮盤走珠大千何異一茅廬
任伊依舊踏山去不動纖塵本自如

石霜問道吾和尚百年後有人問極則事向伊道什麼吾喚沙彌彌應諾吾云添淨瓶水着却問霜汝適來問箇什麼霜再舉前問吾便起霜於此有省

頌云正乞瓜時不與瓜却從他處折楊華
須知施主多方便不是其時不付他

僧問石霜如何是祖師西來意霜咬齒示之僧不會霜遷化後僧問九峰先師咬齒意旨如何峰云我寧可截舌不犯國諱僧又問雲蓋蓋云我與先師有甚冤讐

頌云你也不說我也不說宛似三人證龜成鼈

僧問洞山寒暑到來如何回避山云何不向無寒暑處去僧云如何是無寒暑處山云寒時寒殺闍黎熱時熱殺闍黎師着語云既熱誰加火當寒不益氷

頌曰地寂天摇固不移無寒無暑却生疑
動中有靜誰還識火裏生氷道者知

代古

朱溪謙禪師因韶國師遊方時到忽聞犬咬靈鼠聲韶便問是什麼聲溪云犬咬靈鼠聲韶云既是靈鼠爲甚却被犬咬溪云咬殺也韶云好個犬溪便打韶云莫打某甲話在

師代朱溪後語云何不早恁麼道

舉青原思因僧問如何是祖師西來意思云又恁麼去也僧又問近日有何言句乞師一兩則思云近前來僧近前思云分明記取

師代僧作禮云某甲不虛爲和尚弟子

舉僧問石霜咫尺之間爲甚不覩師顔霜云我道徧界不曾藏僧後問雪峰徧界不曾藏意旨如何峰云什麼處不是石霜僧回舉似霜霜云這老漢有什麼死急　師代僧云我尚未識雪峰在

舉藥山問僧什麼處來僧云湖南來山云洞庭湖水滿也未僧云未山云許多時雨水爲甚未滿　師代僧後語云爲欠和尚這一問

舉丹霞問僧甚處來僧云山下來霞云喫飯了也未僧云喫飯了也霞云將飯與汝喫底人還具眼麼僧無對　師代僧撫掌呵呵大笑云勘破了也

睦州因西峰長老至茶菓次問長老今夏在甚處安居峰云蘭溪州云有多少衆峰云七十來人州云時中將何示徒峰拈起柑子州云着什麼死急　師代峰云和尚此間將何示人見伊纔有定動拂袖便行也不爲擔板

昔有僧持鉢到長者家偶爲犬傷長者因問龍披一縷金翅不吞大師全披法服爲甚却被狗咬　師代僧云如長者這一問無差

趙州問僧曾到此間麼僧云曾到州云喫茶去或曰不曾到州亦云喫茶去後院主云和尚爲甚曾到也云喫茶去不曾到也云喫茶去州喚院主主應諾州云喫茶去　師云若作院主在當時直謂不然待趙州有說但曰和尚莫也用得一甌麼

潙山因僧問如何是道山云無心是道僧云某甲不會山云會取不會底好僧云如何是

不會底山云秖是你不是別人　師代僧後語云我會也我會也待潙山云汝作麽會但曰遜我道來

洞山因普請次巡寮去見一僧不赴普請山問你何不去僧云某甲不安山云你尋常徤時亦何曾去來　師代僧禮謝云蒙和尚指示某甲病幸瘳矣但恩大難酬

舉一俗士問一講肇論座主承聞大德講得肇論是否座云麄知士曰肇有物不遷義是否主云是士卽以茶盞就地撲曰這個是遷不還主無對　師代主云幾錯會此義

舉大覺臨終謂衆曰我有一隻箭要付與人師云看箭時有一僧出云請和尚箭師云果然不識覺云汝喚什麽作箭代僧喝云我等不用如是虛妄授記覺打數下自歸方丈師云可謂按牛頭吃草者也喚其僧入問云汝適來會麽師云將謂將謂僧云不會師云元來元來覺又打數下師云可謂雪上加霜老婆太殺擲拄杖云巳後遇明眼人分明舉似代僧云知道了乃告寂代僧云去便休爭柰放不下這隻箭何

舉雪峰搬柴次乃於洞山前抛下一束山曰重多少峰曰盡大地人提不起山曰爭得到這裏峰無語　師云何不道因風吹火用力不多又云氣急殺人

別古

投子有菜頭一日入方丈請益子云且去待無人時來爲闍黎説頭明日伺得無人又來請和尚説子曰近前來師云將謂有多少底蘊與你便走近前子曰輙不得舉似於人

師云且問這菜頭還夢得也未倘未夢得這說話分明是絶他後望也幻有不然但喚伊近前來待近前乃曰老僧遍來牙齒不方便好熟爛菜須煮一椀來我喫便不辜汝來問我記取記取

舉藥山一日問飯頭你在這裏多少時頭云三年也山云我總不識你其僧不曉憒然而去　師云藥山可謂婆心太殺勞而無功恰如耕夫不善使牛俾伊東走西走終不上犂路只欠没後但曰我方纔識得汝也不唯使這飯頭別有生機亦令伊過後還思君子

法眼有時指橙子云識得橙子周帀有餘後雲門道識得橙子天地懸殊　師云識得橙子更叅三十年歸來休云依舊是橙子

法眼因問井被沙塞却泉眼乃問僧泉眼不通被沙塞道眼不通被什麼礙僧無對眼自代云被眼礙　師云既曰道眼應云道礙

玄沙示衆云總似今日老胡有望後保福云總似今日老胡絶望　師云老僧不恁麼總似今日一個糊餅兩頓粥老僧千足與萬足但願日日只如此縱有珍饈吾不欲

汾州善昭禪師示衆云識得拄杖子行脚事畢　師云某則不然乃竪起拳頭曰這與拄杖無二無別又行什麼驢脚馬脚

昔有僧到翠岩相看值不在遂看主事事云叅見和尚也未僧云未主事乃指狗子云上人要見和尚但禮拜這狗子僧無語後翠岩歸得聞乃云作麼生免得與麼無語　師云若作這僧但禮主事三拜何也不聞雲門

偃曰欲觀其師先觀其子
興化一日謂克賓維那云爾不久爲唱導之師賓云不入者保社化云會了不入不會不入賓云總不與麼化便打乃云克賓維那法戰不勝罰錢五貫設饡飯一堂至明日興化自白椎云克賓維那法戰不勝不得喫飯即便趂出院　師云可柰維那當時失却一隻眼但只消得纔見伊舉起棒便接住止用輕輕推一推時那得就要你罰錢乃至出院也管教和氣不傷千好萬好且免他多少不平閒話

仰山因見雪師子乃指云還有過得此色者麼衆無對　師云老僧若在當時自有方便但見伊問聲纔住便答云有掉轉頭來徑走任伊呼喚打罵總不采伊若再與葛藤葛藤有甚了首

潙山一日陞堂時有僧出云請和尚爲衆說法山云我爲汝得徹困也僧便作禮　師云須知這僧禮拜不是好心若作潙山纔見僧出云請和尚爲衆說法劈脊便打云要汝多口作麼却曰我爲汝得徹困也是何言歟

保福從展禪師因僧問雪峰平生有何言句得似羚羊挂角時福云我不可作雪峰弟子不得　師云保福恁麼道可謂太煞道得十二分超脫奇特矣以老僧觀之實下乘語也是無繩自縛出這僧圈繢不得正如良駛追風未免受伊驅纏若作保福纔聞雪峰平生有何言句得似羚羊挂角但與震威一喝且漫漫云不可謂雪峰作我弟子

不得豈不氣岸則不辜雪竇云一千五百個布衲保福較些子也

鏡清問僧門外是什聲僧云雨滴聲清云衆生顛倒迷己逐物僧云和尚作麽生清云泊不迷己僧云泊不迷己意旨如何清云出身猶可易脫體道應難　師云若作這僧纔見謂衆生顛倒迷己逐物便曰若不顛倒門外實雨滴聲待鏡清更有別語却曰出身猶可易脫體道應難便休說甚迷己泊不迷己

玄沙一日見三人新到遂自去打普請鼓三下却歸方丈新到具威儀了亦去打普請鼓三下却入僧堂乆住來白沙云新到輕欺和尚沙云打鐘集衆勘過大衆集新到不赴沙令侍者去喚新到纔至法堂却向侍者背上拍一下云和尚喚你侍者至沙處新到便歸堂乆住乃問和尚何不勘新到沙云我與你勘了也　師云余卽不然待乆住乃問和尚何不勘新到但云新到輕欺大衆却連忙答曰我與你勘了也有甚商量處

報慈藏嶼禪師因僧問承古有言情生智隔想變體殊只情未生時如何慈云隔僧云情未生時隔個什麽慈云這梢子未遇人在　師云余卽不然待伊道情未生時隔個什麽但喚僧近前來兜臉與一摑云去令伊腦門着痛便休說甚這梢子未遇人在

六祖因風颺刹旛有二僧對論一云風動一云旛動往復曾未契理祖云不是風動不是旛動仁者心動二僧竦然　師別云不是風動不是旛動也不是心動有僧問既不是

風旛心當爲何動耶師召僧近前來僧近前乃與一摑云只許你知不許你會又與一摑云去

僧問天台古鏡未磨時如何台曰不施功曰磨後如何台曰不照燭　師別曰僧問古鏡未磨時如何云見明不見暗磨後如何云見暗不見明

雪峯示衆云我這裏如一面古鏡相似胡來胡現漢來漢現時有僧便問忽遇明鏡來時如何峯云胡漢俱隱　師云吾則不然若曰忽遇明鏡來時如何老僧但曰收起收起何也若不收起有甚合殺處

有僧叅睦州州云汝豈不是行脚僧云是州云禮佛也未云禮那土堆作麼州云自領出去　師云某即不然但問汝豈不是行脚僧待纔云是便推轉門閉却何也不聞禮那土堆作麼

舉文公因唐憲宗迎佛舍利入大内供養夜放光明早朝宣問羣臣皆賀陛下聖德聖感唯文公不賀上宣問羣臣皆賀獨卿何不賀文公因奏對微臣嘗看佛書況佛光非青黃赤白等相此是龍神衛護之光上宣問如何是佛光公無對因以罪請出雪竇顯代云請陛下高垂天鑒　師云雪竇不識好惡不知憲宗聞文公謂非青黃赤白識鑒早明審矣更曰高垂天鑒個什麼

舉金峯明禪師上堂老僧二十年前有老婆心二十年後無老婆心僧問如何是二十年前有老婆心峯曰問凡答凡問聖答聖曰如何是二十年後無老婆心峯曰問凡不荅凡

問聖不答聖　師舉了曰山僧卽不然有問如何是和尚老婆心曰問凡不答凡問聖不答聖如何非和尚老婆心曰問凡答聖問聖答凡

舉洞山問講維摩經僧曰不可以智知不可以識識喚作什麼語曰讚法身語山曰喚作法身早是讚也　師别曰喚作法身早是謗也

舉寒山吾心似秋月碧潭光皎潔無物堪比論教我如何說保福權曰吾心似燈籠點火內外紅有物堪比倫來朝日出東　别曰吾心閃爍見猶把扇遮面比倫不比倫雲雷鼓掣電

舉婆子問趙州住什麼處州答住趙州東院西州歸院謂衆曰合用得那個西字有云棲泊之棲有云東西西字州曰汝等總作得個鹽鐵判官　師曰若某甲在恰不用這兩個西棲字時趙州問你用那個西字但云某甲今日惓且歇去饒他若大趙州也不免摩胡而退

機緣自序

余初度嘉靖已酉爲童稚體肥性靈異好頑以至捕魚羅雀靡所不爲八歲進書舘授大學十二三肌瘦骨出廢書業又二年病作偶爲母看誦香山偈語遂發善念持齋戒十六歲父母强婚未幾琴瑟不調乃有出家志幾又二年病不瘥出家意始決沐手焚香默對觀音像誓曰某若再近女身此身當若何若何其夜卽遯去訪道修行其婦既娠及臨産父命使徧覓終弗獲父亦裹糧尋訪途中相

遇強余歸再合終不就仍以母疾篤候侍又一年既歿喪殯畢遂辭父長往不返入荆谿顯親寺禮沙門樂庵爲師一年落髮至馬跡山六庭法師處受沙彌戒聽講法華經畢歸事先師乞開示先師允之卽燃頂香於觀音菩薩像前發願云我持菩薩名號以此燃香爲始若弗見性明心誓不將身倒睡於是克勤精進自無昏惰歷二七日餘一夕聞琉璃燈花熚爆聲有省求印於先師師肯之是冬先師西逝明春殯畢當萬曆丙子四月八日閉户爲先師守制萬曆戊寅冬遊方初叅笑岩和尚於京西觀音庵禮拜次師問上座何來云自南方曰來此擬需何事云但乞和尚印證心地工夫曰若果認得心地便休何更有工夫印證耶余云雖然如是不得不舉似過曰汝且去叅堂看余叅堂了卽告辭師曰何去之速也還得再面否余云要相見甚便此去不遠在咫尺耳師曰雖便不若便就老僧余云惟和尚如臨濟問院主州中糶米來如潙山問仰山田中看禾來之慈悲某甲卽日從挂搭師曰若只恁麼或不辜爾余遂取行囊從挂搭叅禮罷師曰待大衆功課畢汝自入室來余依時而至師曰汝把你從前所悟底得力工夫一一明說來我爲汝印證余具實語到中間師驀趯出一隻鞋云向這裏道一句來着遂把余話頭一齊打斷以至移時不能措得一辭師乃曰汝今晚且歸堂息去余禮拜歸堂通夕睡不着以至明辰猶佇立簷楹下師出方丈見之喚某甲余回顧師翹一足作修羅障日月勢余有省以手點指

點禪堂余徑入禪堂睡去又一日因師冒寒疾自捏筆寫藥方手顫余至前云待某甲寫和尚但說師即擱筆驀舒手向云我手何似驢蹄乎余亦無以答又從新正點地燈師至前云煒煒煌煌最可翫賞余至前吹滅燈師曰入地獄如箭射余斯時亦無以答一日師持一拄杖入堂曰我這杖要與人有要底麼秘庵首座曰某甲要師曰汝要作麼曰某甲要他鏟斷天下人舌根師以杖駕肩轉身云榔栗橫擔不顧人直入千峰萬峰去余即下禪炕云若果如是須分付某甲可也余往前迎取之師乃微笑云汝當乆乆執持一番始可打草去也余然後指方丈叩辭時師乃書曹溪正脉來源付之仍以斗笠贈云當以此覆之無露圭角去　笑岩和尚一日因法光上座握手作別師問上座何往光云拜徧融師去也師云曾與伊會過麼光云若論會則三千大千世界何處不得會師側首曰汝從廬山會過矣光答没有師即笑而不語歸戶轉身命余送光光始知非追悔云和尚慣捉蹉脚兎耳余送光還師喚余問曰適云云汝會得麼余答不會師曰爾許乆在此即紅綿套索尚未識余歸堂始省得

畫像語

一日衆徒請僧水雲與師傳眞師問水雲曰汝知僧繇出處否雲答不知師曰汝道彼當時爲什麼畫不得誌公眞汝道得麼雲答不會師曰要會有什麼難只是當時但不與伊酒喫便畫不得了也者是當時僧繇畫不得底我已爲汝等說了只如如今水雲畫得底

汝等衆中還有道得者麽良久師乃曰未能象外知方便徒事獃獃錯認眞一日摹眞既就懸於齋堂北面壁間師聞板響過堂舉首忽見之三歎奇哉曰往時日頭從東方出如今却又向南邊出了復顧修徒曰汝等曉得麽修云不曉得師曰不然者影子從何而得來耶至晚同水雲上座并徒輩對眞喫茶次師云適來已問修徒他不會雖然爛橘子不能止諸人之渴遂指眞云般若道凡所有相皆是虛妄若見諸相非相卽見本來曰如何是本來難道者個就是本來麽復曰水雲上座此來徒輩特特請你叩頭禮拜指望求你一個金錢好買餈餈喫誰知你勞神費力吃盡辛苦秪爲伊畫得個黃葉子你可道是麽我引個古人說話與你們證據昔有僧問馬祖云和尚爲什麽只說卽心卽境祖云爲止小兒啼曰啼止時如何云非心非境曰除此二種人來如何祖云且教伊體會大道師云汝等還知大道麽良久曰汝等出家者反不如當初一個在家俗漢名張喬乃云大道本來無所染水雲那得有心期遠公獨刻蓮華漏猶向山中禮六時所謂大道者轉轆轆活鱍鱍縱横無礙左右逢源四穿八達十二時中常自虛豁豁地一毫也沾染伊不得一毫也妨礙伊不得頭頭上現物物上彰彼此無乖是非一致若不會大道終爲名色所羈安得不況之黃葉然雖黃葉令頑徒輩妄念既消初心亦滿矣何謂非心非境心不自心由境故心境不自境由心故境由心故境境非境矣由境故心心非心焉故謂之非心非境

傍有曰卽心卽佛非心非佛是也師曰老僧多忘偶一時記差了智侍者曰豈不聞將錯就錯西方極樂心外無境境外無心安得不爲卽心卽境乎師云說你旣稱個座主所以善通者個道理據老僧意思又别不聞雲門大師謂佛之一字吾不喜聞故以世尊初生周行七步處云我當時若見一棒打殺與狗子喫却貴圖天下太平時有僧問何故和尚不喜見佛雲門曰金屑雖貴落眼成塵此不是卽心卽境歟有問如何卽心曰靈知不昧問如何卽佛曰不昧靈知此又豈不是卽心卽佛乎兄弟正所謂心如工技兒能幻諸形像汝等既要這個像不妨巳爲汝等畫就雖然若不從水雲上座心中神通妙用變化無方如何描摸得這個影子出來指眞曰汝等會麽偈曰有相之中無相身莫於無相辯虛眞若知有相原無相始識凡身卽法身

自題小像

這老和尚從何處起我恰不認得你未善說法務要揑個麈尾是什麽時節只今還閉着嘴咄不說不知不識廉耻

又

眼窩欠寬鼻孔且大恰似個死猫兒頭爭奈無一人酬價慣要山行夜間不怕尋常對賓又懶說話更不會禪不會講不會道會喫會屙會駡有甚長處務要描伊作個笑欛嘆雖然雖然弗齣

一笑說

始吾聞三界唯心話及心生則種種法生而有悟以呈業師業師曰子當用世出世問事

一以貫之始終不異可耳故字之曰一心然一心覃思洞察三十又五祺矣曾無替置似未解脱昨因酣睡忽醒不覺一笑日來則不辯一笑屬之吾道也吾道屬之一笑也道與笑或異也不異也所謂知人面前亦有三尺暗者一笑也卽具擇法眼人爲我辯之一笑也未具擇法眼者爲我辯之一笑也同我異我一笑也信我疑我一笑也利我害我一笑也毀我譽我一笑也吾當以一笑爲不二法門布施大衆一笑何如

龍池幻有禪師語錄卷之七

音釋

戢 側立切音輯止也
熚 畢吉切音必火聲也
糶 他弔切音眺出穀也
鏟 楚簡切音剗鏟也與剗同
欛 必駕切音霸刀柄名
齖 魚駕切音訝齖齰齧齒不相值

龍池幻有禪師語録卷之八

門人圓悟圓修等編

書問

與素菴上座

得手札知上座病狀詳甚所言但覺心神婺亂未獲安穩之方者惟上座方當疼極難忍之時即反究此疼者爲誰而知疼者又爲誰的確見得果是兩個則當知疼者自疼而知疼者未嘗疼也又若見得知即疼而疼即知者則又當知非真主人原一個矣此知必是妄知此疼亦必是妄疼如果真疼此應常疼常疼豈容有妄知耶如果真知此應常知常知又豈容有妄疼耶上座但未嘗肯切究巳躬下事所以躭着其妄則又有知又有疼更有情緒萬端種種俱放不下之過矣若真實肯究竟根本上面何嘗有一毫頭影子所以謂生死本空五蘊非有以非有故則不妨八苦交煎以本空故當下便是安閒之法耳第恐未悟本空非有所以謂棄却四大海水秖認這一浮漚體爲自身相以六塵緣影爲自心相耳且言四大海水是甚當要悟得盡十方世界總是爾我一個根本法身蓋以一切虛處即天一切實處即地若使世間人壂土掘地開山塞海則其法身忍疼豈有巳也又若世人攖拂虛空觸着撞着則此心害痛寧有間乎惟上座痛究此於二六時中必以爲何如

謝澹游居士重建山門墻壁布施書

山門墻壁日昨爲居士既巳扶起秖有一語未圓得山野從南至北自東達西相逢一個

個只解推倒不解扶起若只恁麼即過去現在乃至盡未來際無有一人發菩提心者唯澹游居士即不然只解扶起不解推倒然於遭罪獲福與解推倒等何也不見今有避罪者則先於戒殺祈福莫先於養牲而不知養牲遭罪與屠家等所謂不養則不殺是也然而推倒扶起又奚假一毫人力耶即盡十方世界凡在含靈具識莫不均稟父母彝倫手足宛然終爲無用只合隨分隨緣拈匙握筯喫飯穿衣屙屎放屎消遣歲時而已何又有個道可悟禪可參生死可了佛法可學耶山野今日正若路見不平者未免亦有相藉勞攘雖然如是且問居士畢竟推倒爲人去也扶起爲人去也若向我道推倒爲人也好扶起爲人也好山野却與居士作個問訊謝布施

澹游居士惠佛手柑云此兜羅綿手也藉以上供大師不得作佛想不得作手想無以香味生心無以空色起見畢竟道個什麼敬獻敬問

老僧云三世諸佛昨於夜半時分被幻人一口吞却不知從何處又凸出這一隻來幻人見之不覺退身三步知此定是吞吐不得底異物纔合十誦讀君語不作佛想不作手想幾乎被伊輕輕一掌然幻人似未知痛痒當與大衆共饟謹答仔細矚之原來秖是個死拳頭姑置之弗論

送磁彌勒與居士

昔南泉問一座主今日講什麼經云講彌勒下生經泉曰彌勒幾時下生云現在天宮當

來下生泉曰天上無彌勒地下無彌勒雲居膺持此語問洞山即如天上無彌勒地下無彌勒未審誰與安名洞山被問直得禪床震動乃云膺闍黎我在雲岩曾問老人直得火爐震動今日被子一問直得通身汗流乃知古人開口竟不是草草道得也茲有磁彌勒一尊奉案頭供養天上地下無即姑置請道此是彌勒不是彌勒若道是即觸道不是即背作麼生道得一句要與此相應知居士定不使藤床震動也呵呵

又與居士書

鄙人修行無力常與病俱方當少分輕安擬圖晤語又爲天緣隔絶若久柰何幸居士則不被塵勞所困鄙人亦因之稱水和泥少有相通分耳倘居士更向鄙人語言上㸃斤度兩定是與非又使無何有地水牯牛茫無着落矣呵呵

自識居士來被居士追逐得我慌但未暇喘氣日昨又被拏住我咽喉幸放手寬鬆些〻休把老僧捏殺了算好手纔得些〻氣息却向居士道還有話在待居士彔頭往前作聽勢老僧但與震威一喝

上代祖師多作四料揀接人驗人山野雖非其人微竊彼大意秖堪自印敢語爲人耶所謂有一人儘說得一步也行不得有一人儘行得則一句也說不得有一人說得行得更有一人一句也說不得一步也行不得且道今時還有出得這圈繢麼倘出不得須知都在這行户要得個穩當處立地了即尋常日用胡說亂說由你去若未曾得個立地處饒

你十二時中常常在繩墨上行何曾有一毫是處有麽有麽若無老僧又向十字街頭叫喚去也

與陶太史書

嘗聞大慧道大悟一十八遍小悟不計其數貧道檢得東坡居士語中有個悟頭彼云十二時中常切覺察這個是什麽一日自泗守席上回忽然夢得個消息乃作頌云百滚油鐺裏恣把心肝煠這個在其中不寒亦不熱似則是似則未是不唯這個不寒熱那個也不寒熱咄甚叫做這個那個貧道亦咄云這是夢耶是悟耶是大悟是小悟然此説話覩之盡若了了者録之呈似居士幸不萌意念敷雪得寄個信來貧道不

與王靜虛居士書

山僧新年來增得個歡喜處正欲與左右抵掌呵呵通個消息而不知左右旋南之速不一晤語去也豈知吾周行者自正月二十二遣彼南還二月一日猶在京得左右遺書至二月五日寄我況彼又知左右初四日啓行遂使吾有所歉矣然左右應試歸南當如適千里者須三月聚糧可耳蓋大丈夫處世無論世間出世間事務要抖擻精神勇猛竭力做得一番着緊底工夫必欲通徹得到究竟自信自肯處然後臨時應用始得不負生平之志不是適莽蒼者爲之果然而已又如獅子搏象全其威力搏兎亦全其威力又如學射必正已挽弓滿而後發不發則已發則必中乃爲可耳不然則不如我林下道人無榮無辱無是無非無成無敗無信無疑無得無

失無悟無迷無好無惡無高無低誰毀誰譽孰短孰長誰曲誰直孰閒孰忙誰逆誰順孰乖孰張誰進誰退孰存孰亡如是則窮通莫變貴賤不移大小相入寤寐一如生死未定出入何拘惺寂雙流定慧等驅賢愚各得彼此相忘卷舒自在苦樂無妨動靜不異朝暮尋常往復無際取捨炎涼有無濃淡隱顯抑揚晴雨明暗起倒行藏麄細緩促愛惡陰陽聚散同異垢淨縱橫究竟到底終不如吾進亦呵呵退亦呵呵來亦呵呵去亦呵呵收亦呵呵放亦呵呵乃至有故亦呵呵無故亦呵呵輕我亦呵呵重我亦呵呵饑寒亦呵呵飽煖亦呵呵加益我亦呵呵減損我亦呵呵及時不及時亦呵呵無可無不可亦呵呵道之得行亦呵呵道之不行亦呵呵今日死亦呵呵明日死亦呵呵無往而非呵呵也雖然更有個不呵呵處山僧今且未暇爲左右剖破呵呵因書及此恰有一僧來問如何是祖師西來大意山僧即閣筆向伊乂手云牡丹花下臥猫兒一總寫寄去靜虛王居士呵呵三月初六日寓京福田寺書也

又

昔石霜有云休去歇去一念萬年去寒灰枯木去一條白練去古廟裏香爐去九峰舉此問首座明什麼邊事未嘗分雪得山僧今日忍俊不禁驀地打得一個噴嚏云今日何太傷風雖然山僧從南往北搜尋一遍無一人於此話相應亦無一人於此話不相應耳是個問頭又金剛般若云若以色見我以音聲求我是人行邪道不能見如來或謂不以色

見聲求亦不能見耳然又云凡所有相皆是虚妄若見諸相非相即見如來山僧謂即今耳聞眼見莫不是聲色且作麼生非是個問頭又楞嚴云若能轉物即同如來梵語首楞嚴此云一切事究竟堅固又作麼生轉是個問頭山僧過臼塔無他事舉此以問居士有以報我不

與凝庵少卿書

聞檀越明春壽登七十當絶念於世緣正所謂妄心休處即菩提而坐進斯道此不在貧道面祝得之矣然於世間機智并一切經書道理則一毫瞞檀越不得但以向上一竅生死關頭未曾打破茫然如黒漆桶隱隱常在目前休嫌不道需俟貧道異日南還爲一揿翻趯破未可量也呵呵

與孫太史書

頃覩佳作記語何文辭浩瀚中多種種差别不一總不出一片白雲横谷口幾多歸鳥盡迷巢兩句端倪畢矣若論這本領不但在左右猶未知着落即朱静峰尚不曾夢見奈何莫怪山野不惜口業一總爲伊點破去也惟左右諒之

孫太史復

承來教想是昔人喚裴休意旨領益多矣不佞情累今冬恐不能有作也并復

與孫太史

前得手教想是昔人喚裴休意旨者是使山野失利而獲罪多矣豈果所謂大丈夫面前有三尺暗許久不一悟耶然左右情累又豈但今冬序語恐不能有作耶曷不一想昔人

罵于頓相公客作漢致令相公臉上作色乃曰此便是黑風吹其船舫飄墮羅刹鬼國爲近耶曷又不一想趙昌善牡丹而葉公畫龍耶何如何如

復孟白李大夫

來諭師姑原是女人做既會是活語也許公具一隻眼則不勞貧道更與蘇公商證也何如然貧道近亦有個悟處公還知麽南方好水牯一日只耕得八畝田請試道看

唐太常來書

兩年以修志事相羈承示物不遷論真如嚼蠟竊謂此等處原着不得言語見解一有言有見必不圓成矣如何如何僕連紙望公之歸頗切矣更不蒙省念兹三僧來乃貴道所謂法眷能無情乎且情之必不可已處即是性可以無情亦可以無性矣俗人不能作出俗語願公且以俗腸應俗人語亦三十二應化法所不遺也又何如何如

復書

隔歲冬二三頑徒至承惠并辱手教披領讀之使貧道芒寒色顫深自慚赧然貧道又是何人敢當此諄諄連柬相爲之勤耶又何使貧道頑嚚一至於此蓋無他第一顧賤軀衰替不堪第二有鄙語付梓未竟第三且人生分緣主張似不由巳第四以生平志願妄欲總若冷灰發不起者以故始覺此賤軀卒不是舊日賤軀心腸亦不是舊日心腸即識見亦非是往時識見承足下惠柬屢屢相促還將謂是舊日之人仍在此者不亦有辜足下

慈悲相爲耶雖然須信別有一人去此不遠將當與足下把臂驀然暫一笑於電光石火中但在異日卒不得以有心待彼也何如

龍池幻有禪師韻語題辭

儒者以默識爲第一義是以詩壇文社即禪門首示戒焉幻有道人深於不二法門也者胡爲乎工是詩哉是不然黃友人與余論及曾氏一貫之傳既唯之後尚隨事精察否曰平居漫爲實際悟後特爲游埶工夫耳極言之猶未也方抵出世菩薩上證佛果非衆生不成下度衆生非偈語不顯舉世昏沉竟以無聲三昧之法示之而曰直指心體然則拈花座上默契世尊宗旨者何僅一迦葉耶法界重重十二威儀戲論權教喝棒所加總爲衆生解脫故空手把鋤按地現法無非止兒啼爾道人韻語類皆發抒性靈闡揚禪理曰言語文字則淺之乎觀道人矣余故序之代告衆道人云

居陵無念居士劉應龍手書

韻語

題彌勒圖扇

天上人間獨憐此老隨處現形更無煩惱

贈嚴侍者別號無漏

嚴淨毘尼弘範三界無漏無爲有修有壞只與麼去生死事大一旦懂然悟也是快

歲暮日一念居士惠寄書此報之

一念萬年萬年一念惠出斯心斯心乃見

一念居士話別踵前偈意衍成十首相贈

君暮西方我留東土迷雖未迷悟豈是悟

一念做官一心學道二本不同同歸未了
心心無住念念不虛仔細檢點此中何如
我果無心君不起念如木偶人命食王饍
一心圓融無處不通以水投水似空合空
一念未發何往不達利若吹毛味如嚼蠟
西方不遠但問一心放下念頭烏用別尋
東土旅寓但隨緣住一念頓忘無起滅處
嗟嗟爾我締交烏可其寒似氷其熱如火
昨日相逢今朝語別心念依依何曾決絕

凝菴少卿哭子短句弔慰廿首

藉伊方笑反我既哭以馬喻馬胡爲不足
先生曰父生後曰子先後未分哭誰爲死
來未必時去未必順安處非宜哀樂有分
生勿爲喜死勿爲驚始終不易聖哲洞明
人無百歲五十有零閃爍光中誰爲久停
師亡厥徒父喪其子慟哭靡殊方年亦爾
計生不死計死不生化成罔醒觸感傷情
道果易圓愛根難絕歷刦輪廻淚同海積
樂不厭多哀勿嫌寡禍福須知塞翁失馬
勸君毋哭既窒彼欲似炊黃粱今尚未熟
夫獨愛妻毋偏憐子情有重輕性無彼此
卽伯樂道聖善且賢倍增感感婉愉不前
愛情牢縛困此娑婆未能解脫樂少苦多
誰將小智以排八苦如捧漏巵用灌焦釜
未有聰明不能念道薄利微名反爲熱惱
甚愛思廢多藏慮亡知足不辱知止乃臧
順之則喜逆之則怒天下同情初誰肯悟
我憂彼憂彼樂吾樂生也無歡死亦不惡
殤子既壽籛生奚夭莊氏小窺大端非了
來弗能禦往奚可追哀哀不息存者爲誰

復澹游居士

予寓燕之普照寺壁傾圮居士因送布施偈云大師緣境俱了不顧墻攤壁倒若也四大未離且恁藏頭蓋腦奉施無相資糧一任買灰買草咦直饒人我山空也須來好去好此復之云

只爲憧憧未了故把墻壁推倒既巳覿面相逢烏用回頭轉腦不貴丈六金身却要揷一莖草咦直饒人我頓空不是痒處需俟異日相與播着千好萬好

又復澹游居士

來偈云了無所了露地恰好本來面目無頭無腦體空三輪較量身草鸚鵡能言不離飛鳥復云

君既了了無好不好本來如是有甚頭腦人我未空且莫草草别更有言秋蟲春鳥

贈丁五公子偈

我心如木石無可與君説羡爾有斯心方當效吾拙吾拙雖異常不用别思量終日猷猷地醍醐如未嘗未嘗終不了擬向他人討看衣吃飯時温飽誰知道

道安友人新領北山普濟寺戲贈

五臺山裡龍終戀五臺土不擾凡民家偏擾岱王府岱王忽起嗔捉做招提主可以興風雷可以作雲雨老龍老龍毋勞苦但存普濟心休只灌園圃

吾聞獅子嬌不吃當山草乞食到王家人前弄牙爪誰知布網羅走入伊圈套騎則任彼騎跳不由君跳獅子獅子休煩惱生自南嶺

生老向北山老

水東老人新歲邀余齋畢索詩爲贈走筆戲題

君年七十六懶向招提宿情若眷高人胡爲厭白足閒來談道話跏坐論心腹子大巳爲官妻亡剛滿服新歲特邀余題詩上方軸去年七十五碌碌猶辛苦日出訪高僧晚歸註園譜有時呼酒嘗有時索琴撫自擊唾壺歌兒着斑衣舞但云天下寧不願有封土

擬寒山子詩

錦繡叢中客山林野外人相逢未相得誰謂不同倫試看河邊樹年年一度新可憐憔悴子徒憶洞天春

寓臺山鳳林寺雜詠八首

偶爾乘幽興携笻入鳳林談經何有意作賦本無心漫賞山中畫閒採澗底琴頻登翠微閣對月一高吟

山中無可玩但有兩崖雪月出一登樓臨眸更奇絶幽人觀不休野老歌未徹欲睡發清音清音聞轉悅

堂堂一丈夫作事猶近鹵問佛佛不知問道道不覩如牛有棞拘似鶴無因舞弗謂自身貧反謂人貧苦

吾今妙有訣不假廣長舌昧者詎能聞聞之自爾悅非同老釋迦掩室於摩竭徒用老婆心令人未始徹

重巖足考槃豈但全幽野但聽採芝歌不逢談道者走向盤石上坐看清流瀉却憶飡薇翁忍饑還瀟洒

寄語未休人胡爲忙碌碌縱有百年生秖食

千斗粟日月易蹉跎光陰彌迅速留神一自
思已事當貞卓
一個鐵酸餡隨吾已有年咬時常客客忘却
亦綿綿擬語未休者將爲不值錢何須憂爛
却且作枕頭眠
余生無半百宛如日墜西光景既不久涉世
且高低寵辱幻起滅本來何悟迷徒云無價
物將混鐵酸枽

懷秋江上人

擬泛秋江上須尋朗月公操舟嫌棹短煑茗
愧瓶空雲散晴瀰眼波澄冷浸穹幽居淼何
處相憶不相逢

度夏通州聽妙宗鈔次韻

結制潞城東還疑佛世同方聞三妙觀頓越
二乘空四色蓮開沼諸音樂奏風寂光知不
遠那辨是蛇龍

月川兄開講臺山戲書爲寄

雪裏一株梅馨香絕世埃酬機方索核說法
已登臺玉帛皆天賜朋從自遠來憑君留晚
節待我菊花開

寓臺山送德心上人往牢山再訪清公

秋雨正瀰茫窮途誰裏糧送君增別恨兼我
是同鄉不耐鳴師子仍歸禮象王海雲如有
問爲報採芝忙

清夜獨吟

跏趺入夜深自發一長吟不悟如來旨焉知
清淨心天河蟾色淡帝闕漏聲沉未識躹躹
者還曾醒此音

暮春訪拙菴師留贈

懶散羨山家春殘覩落花因留方外友旋摘

雨前茶蝶夢餘揮麈鶯啼正結跏柴門何所
有炊飯只胡麻

贈非臺非幻二上人

相窺兩貫休早歲尚清修解渴烹泉瀑支寒
衲布裘吟詩紛雪片入定止溪流愧我若爲
老經年只漫遊

游西山宿平坡寺

偶爾乘幽興携筇入辟蘿迎樵無遠嘯信口
有高歌日暮歸鴉急秋深落木多因尋投宿
處披月過平坡

次融湖居士韻

懶散一陀頭經年海上遊不圖河滿腹奚取
芥爲舟極目沉浮影都空大小漚乘風度幽
壑時被白雲留

答蘭谷茂士

野衲久居山柴門慣不關年無客尋訪日與
鳥回還適性惟疎懶披襟自曠閒多君推轂
意未敢向人間

秋夜獨坐

萬里火雲收天空夜起秋涼颷隨竹響纖月
傍星流久坐堪成佛狂行詎見頭殷勤聊借
問誰共爾爲儔

贈本源上人字

觸處湛然滿何由阿耨池貪嗔癡已息戒定
慧奚爲汩汩寧同轍綿綿不我欺高山與平
地未始不逢伊

陳居士見訪龍池

何處二三友携壺到石梁情真存訪道意不
在流觴摩竭鬚無剪曼殊舌頗長深慚供香
積相對盡敷揚

復唐少卿二首

無家方野鶴踪跡自優游錫寄龍蛇舞杯投日月浮微吟山雨歇長嘯海雲收不似栖栖者年來有許愁

不作同塵客無緣鼓濁波悲歡由爾厭寵辱柰吾何傲雪欺霜少吟風嘯月多乾坤一淨室相對只維摩

山中初夏寄友

細雨散輕絲薰風殿閣時園林新脫笋籬岸旋開薜山僻無飛燕簷深有網蜘思君懸錫處定是奏新詩

清涼山中臺舍利塔傾側多年一日復正之於風雷霹靂中衆以爲奇予因記之

自謂西乾有五竺清涼五頂皆其屬懸知我佛從中生舍利依然更相燭稽首峯頭曼室師三灾不壞斯奚獨祇緣金口信無疑所以羣生來種福一萬菩薩行彌廣五百龍王氣多毒猶爲培植窣堵波令人千古追阿育

題羅漢揭厲圖

世尊初不羨神通羅漢猶爭學脫空祇應龍宮一席飯爲誰圖在波濤中妙喜公妙喜公曷爾無能西復東

春日偶成

秋逝冬回春又終乾坤於此豈無功鶯誰使囀燕誰語梛自能青花自紅人走利名形影病雲飛南北去來空到頭輸我惺惺者不住陰陽造化中

山居

誰謂山居不自然細推物物總堪憐夜遙月

映玲瓏樹晝寂風傳鳴噎泉山偃白雲低露頂鶴翹脩竹翠聯翩野人非是多饒舌要比如來無垢禪

重陽前一日同碧淵陸山人送五游道者

說罷人情事總虛臨行分手倍躊躇詩稱陶謝君多似道重生融我不如傍圃菊花因節放沿堤柳葉冒霜踈殷勤更訂相逢處跨鶴還教到草廬

疇志伊居士兼致凝菴少卿

自拈拄杖懶談禪為覓同衆一返燕君有閉門栽栁意我無錐地種松緣衡寒擬羨霜中栢觸熱還輸火裡蓮思得此時償舊約野人徒夢賦歸田

贈郁茂士

常從皐比論英豪語到幽玄更寂寥柔不茹兮剛不吐貧無諂也富無驕年過半百知安分道適生平肯折腰可愧我為方外侶轉期顏子樂簞瓢

古風師久出不返寄勉還山

白雲去住合無心出岫何妨返故林彼岸詎宜仍用筏石田安事久為霖經行路長莓苔滑說法堂生忍草深寂寂柴門蹻佇者徒聞幽鳥與泉吟

送友還廬山

上人堅志學無餘歷徧江湖返故廬定後不求安坐訣忘機休擬息交書香爐峯頂高揮麈瀑布泉邊漫把鋤異日倘乘雲出谷莫辭迢遞一尋余

山中答友

處處青山不我期杖藜隨意返龍池結庵應
向白雲外種樹恐遮明月遲適性懶慵雙鍵
坐交情珍重幾行題多君惠我陽春曲只剪
巴歈報所知

寄惺初茂士

與君談笑後獨坐空齋久時或一登樓東
拂高柳

贈田父

有酒且自酌所對皆柴門每呑三五盞醺醺
望遠村

過高城庵有感

開口忽一笑俄清萬刦塵誰云我獨醒物物
皆同仁乾坤總一瓢四外何寥寥但作安身
處歸來路不遥

咏雪

天上白蝴蝶飛來化作雪山僧指示人時人
俱不識

示衆

一切法不有一切法不無若能如是會水上
打葫蘆

春明即事

睡起筭河沙松牕日已斜不知春事曉門外
亂飛花

付法偈

法本不自付付竟還如故今付如故法故法
無差互

登歸雲庵留題二首

隔楚有高處幽居唯許雲野人試來此天籟
最先聞

有雲同我來無雲同我去昔未築庵時不識

歸何處

幽居四首

靜坐蒲團穩閒凭竹几輕野人因側耳聞得嘒塵聲

一日偶忘食多緣有悟期晚來方咬得半個鐵酸梨

人以生爲勞勿以死爲慮生死本同途悲哉不相恕

青山愛我閒我愛青山壽相愛不相侔相因爲故友

仲春南還舟中

村村紅杏雨處處綠楊風況更聞啼鳥都如送遠公

題飛來峯

何處飛來峯可以挂錫住不須茆蓋頭自有幾株樹

答友

幻人本不有幸有非幻在非幻作主人幻變去不礙

聞唐太常病以偈爲寄二首

昔人病病終非病居士惺惺豈不惺倚枕閒吟漫搔首蠹殘摩詰兩函經

了知四大元非有休管衰年病未除兩眼於今幸精力不勞他借五車書

偶成

道人經歲一無憂似爲無憂已白頭終不效伊忙碌碌何須騎鶴上揚州

寄友三首

曾憶當年住五臺山中學就一癡呆而今還想山中去更有癡呆學不來

世上久因迷道術由來肝膽未曾忘而今四海皆兄弟病退醫除不假方

一個糊餅兩頓粥老僧千足與萬足但願日日只如此縱有珍羞吾不欲

聯芳偈二首

曹溪流脉事何孤續得拈花意也無不憶笑岩正法眼瞎驢滅却在三吳

紹隆佛種是吾徒覺道藤穿何處無需得些些折拄杖斷橋溝鈌賴伊扶

作觀

四緣非我故形骸物物須知假托胎一念萬年終不變頓令情識死猶灰

山中初夏

緑樹陰濃覆幾層茆堂儘可避炎蒸臨流多有盤陀石解讀楞嚴只老僧

山居二首

月色玲瓏夜未央竹摇清影到虛堂老僧兀兀蒲團坐忽想人生有底忙

千峰壁拱藍如靛萬壑泉聲響似雷不是爲伊聲色轉自慚如兀又如呆

舟居

老衲年來愛攬舟隨風飄泊古溪頭倚檣獨立無人會一曲滄浪唱未休

誦經

徧界清音不覆藏經聲何更響琅琅老僧徒有云何梵笑殺無人解廣長

贈心所上人

觸處易知空即色爍然難會境唯心給孤長者依稀悟只布祇園一片金

送吳本如儀部南還

去住分明一本如何於南北二吾盧試看天上娥眉月半照桐城半照予

臺山卜居

五峰雲頂古文殊盡日跏趺總笑予半點苦寒禁不得躊躇未了又躊躇

山中懷劉居士

山中無事獨追思何不相叅玉板師況歷幾番春雨足別來多日豈無詩

山居秋晚

昨夜秋風忽作威白雲和葉曉還飛幽人不用頻頻掃況此山深客到稀

居龍池寄唐太常

我已橫身萬壑中謝君休更把雲封試看天上一輪月昨夜西歸今又東

都下别友之五臺

萍交纔得兩經秋明日分襟復漫遊萬里孤雲共飛錫道人行處自悠悠

留别蔣思耕

萍水相逢總異鄉多君義氣越尋常孤節明日臺山道千里回看亦淼茫

戲題小畫二首

五嶽嵯峨勢逼天鳥飛不到鎖寒煙幽庭寂寂無雲宿留待人來學坐禪

雲過長空水過橋道人行處亦逍遥是誰留得三分相你也描來我也描

靜中偶成八首

野人在處躭幽獨北地却疑聞僁飀深夜月明開户看庭前那有風吹竹

旋嵐偃嶽鎮常禪一念萬年曾未還說與世間人不信工夫到後始方圓

大千一個水晶宮日月須彌泠浸中不是幻人䖏有相都緣心眼未曾空

偶自良宵認得渠年來隨寓樂無餘未知誰得忘機去同與白雲行太虛

大地分明一顆珠頭頭景象攝無餘總令擲向別方去不動纖塵本自如

不背看經不住禪着衣吃飯自年年雖然未得大周徧信手拈來總現前

道人處世覓無拘試看浮雲過太虛起滅去來曾不住相逢何必道如如

觸處自知空即色等閒誰信土爲金茫茫宇宙人無數究竟無能了此心

寄居山寺二首

白雲終日繞空飛片片飛作青山衣荆谷道人眼不耐呼童半掩茆柴扉

誰謂幽人不解文山居安得事紛紛經行偶曳杖藜去劃破飛來幾片雲

山中新秋夜坐

午夜峰頭覺暑微千山月色碧如飛吟詩忽得驚人句坐久渾忘露濕衣

秋夜聞琵琶

長空秋色正堪觀誰把朱絃月下彈一唱又兼三復嘆令人聽徹不勝寒

鴈宕偶題

余游鴈宕見題諾矩那尊者并大龍湫一詩云抱黄金膝挺雙眸萬丈巖前看瀑流識得破兮元是水請煩尊者放低頭荆山師次之云我來送目與雲齊着境令人意自迷巖下水同巖上水男兒誰肯放頭低余因口占

云

龍湫開口似天高吐出黄河到半腰萬壑盡爲飛雨處不知縹緲幾多遥

次韻復石玉居士

昨宵因夢泛虚舟高視天涯一色秋今日醒爲江上客何須更覔水中鷗

示徒

厭諠求寂路猶差極樂娑婆本一家但得不生分别念眼前都是白蓮花

余講法華於秘魔崖寺忽值大雪座間漫成二偈

紛紛六出滿長空此境觀之更不同昔日靈山元不異須知都在白毫中

未解桓因雨四花松風盈耳弄頻伽慇勤説向条玄者門外何曾有鹿車

示衆念佛二首

一句彌陁一葉舟一舟裝此幾閻浮衆生度盡渾無覺暑往寒來春復秋

一聲佛號一枝蓮樂土分明在眼前剔起眉毛假誰力這迴不薦待驢年

贈碧淵禪人

翩翩一錫寄天涯遍扣禪關始到家不爲途中婆子惑知君已飲趙州茶

同月川兄閲藏

幻影浮光倏爾過輪迴生死竟如何饒君日覽窮三藏認指爲明當得麽

寄立禪瑩上人

二十年來爲學禪未曾將脇倒牀眠幾迴立待三更月又送鐘聲到耳邊

即夢

扁舟昨夜泛春江徹聽漁歌楚韻長明月照
人寒逼眼忽尋歸路轉茫茫

登北臺喜遇南舟兄

幾年相别不相逢有幸還登叶斗峯信宿與
君分榻坐相看都在白雲中

贈一源上人

拈來一字足爲奇續得源生阿耨池四海五
湖蒙潤澤未知端的是闍黎

贈翠峯林上人

巖前蘿影拂蕭櫳得意時登望海峯盡日看
山情不厭月明禪觀翠微中

贈印心澄上人

教外自吾傳祖印時中誰復問安心爲言直
下本無事留得闍黎立夜深

寓隱山上人精舍二首

暫借松房只半間未圖衣食豈圖閒殷勤示
語叅玄者莫謂予今學隱山

盡日閒閒無所思開牕每坐月來時近窺蒼
翠心逾寂滴露和煙謾寫詩

再登北臺有感

直上清涼叶斗中此中高聳落羣峯漫將日
月爲明鏡盡照源流處處通

寄道安友人

野人久已忘情識忽憶曾貽爾詩叶園中八
月蔬正肥時能惠我兩筐喫

游日光寺贈拙庵上人

天地爲廬不假茆田園歲稔詎徒勞試看往
古灌蔬者抱甕何曾羨桔槔

中秋夜坐

月華生彩正秋容丹桂香浮滴露濃無事野

人清不寐坐看林外亂飛螢

題香爐

有耳聞聲一似聾無容餘物動乎中灰心未必常如此贏得清煙便不同

壽三際禪師

錢氏之年未足誇誰云殤子壽些些爭如今日趙州老更接方來此喫茶

訪别山道友於西林留贈

德雲常住妙高峯有意探尋轉不逢今日偶隨支遁侶相看時在翠微中

寄悟玄少卿二首

昔日見君顔色好今日見君君已老百年如在刹那間未知胎息能常保

新秋雨訪故維摩歸去連遭雨澤何先濕袈裟猶未曝更思拽杖撥雲過

同安節吳侍御小癡徐山人再游善卷

雲鶴相依踵舊游洞流澄碧映高秋層崖高論霏玄雪疑是巖間石點頭

柬徹如吳儀部二首

圍合千山與萬山中間祇許野僧閒堂堂大道無輪迹天地爲門久不關

兀坐高軒雅趣多烟雲凝結滿松蘿忽聞隔塢林間犬白晝嘹嘹有客過

寄友四首

老去何須更掩關自慚無力走溪山白雲剛被秋風捲露出幽人閃爍間

浮生方及四旬五無論世間出世間獨憶杖藜曾伴我十年踏遍清涼山

大化真同水逝川前波方落後波連可憐多少白頭者猶恨無恒獨秉權

每欲談玄未作家口中先落數盤牙予今喜
有當門齒只好留來咬爛瓜

贈雪莪茂士

獨憶君家肥膩草白牛初見曾餐飽試問今
年春信蚤不勤澆灌將無槁

辛卯季春逕初上人閉關贈偈四首

上人曾不愧桃花新得扃扉意可嘉除却徑
山曾指破徒令千古憶玄沙

見花悟道語紛紛天下雷音久不聞烏用别
圖尋劍客閑門應更有靈雲

誰知圓悟與玄沙千百年來兩作家識得果
師親見處碧桃今日又開花

羡君有志繼靈雲一見桃花便閉門何用玄
沙更饒舌從知迷悟本同根

過杭之法相寺偶題

四大合成原屬假走來都説是真身可憐遺
得些些金屑眯瞎世間多少人

贈無巳上人誦法華經偈

自信蓮花從口發須知佛果在心修悟來物
物原無巳觸處頭頭是白牛

淨土偈四首

十方佛土一毛函未遂將伊作指南不識此
中誰獨醒出頭天外顧毘嵐

了知心外元無土土外看來猶有心莫恣伯
牙絃絶響子期初亦未知音

了知四大本來空一念回光總不容誰更唤
南還作北爲憐雲散月明中

我謂夢真真亦夢誰知真夢夢非真了知彼
此俱非實常寂光中有幾人

寄唐太常六首

此個分明不倚人無成無壞舊來均喈言放下便無事歸併精神孰有身萬物共吾原一體休云天地未同根堂堂大道無人走開闢已來誰閉門大夢既惺誰作對拈來物物不思議野僧無故因人惑問着依然猶未知此道分明不遠人惟人自遠覺疎親而今四海多商賈燕石非珍試贈君幾度返觀親切矣豈知親切轉非真萬機休息誰當會此事從來罕得人龍池愧我無功德長者何多此布金寄語吾徒爲珉勒但存千古不磨心

偶偈

山自青青水自流白雲終古恣遨遊道人一種忘懷處慣引疎風撼鐵牛

贈東度居士持經偈

黑非文墨白非紙以妄遣妄俱不是舉未舉念兩重魔究竟何曾轉一字

偶題六言

大道只在目前萬物皆備於我秤槌本分是鐵杲日詎爲螢火天生萬物與人人無一物與天到老不知慚愧忙忙走至黃泉迷者認南爲北達者易西作東見處分明各別會意何嘗不同

友人南還信筆漫贈

寥寥廣莫野杳杳無何鄉偃蹇尚不礙逍遙亦豈妨太虛難比況露地空承當中有長髯子端居丈一方噫唏咄但恁麽信向歸休漫度量

送蘇中翰南還

誰云兩眼明反見瞳人不羨彼蘇學士深諳此最久試寫盤山真不用翻觔斗寥寥宇宙間摩詰是交友堪嗟末後句未會何曾有放汝歸去來唯聞獅子吼

余在京日偶過吉祥見有以佛菩薩生辰詰難沙門者有以生死得失較量沙門者即説偈曰

佛本無形形唯我形佛本不有孰爲形守佛本無生況有生辰我尚非我彼乃何人生既無生死亦非死最愍癡人競説夢事妄見有生妄見有死若無妄見孰是不是無衣道人所説如此

龍池幻有禪師語録卷之八

音釋

饟式亮切與餉同　顫之饍切音戰頭不正也　赧乃版切音戁面慚赤也　殤尸羊切音商未成人喪也　籛將先切音箋姓也老彭姓籛名鏗在商爲守藏吏在周爲柱下史

龍池幻有禪師語録卷之九

門人圓悟圓修等編

駁語引

物莫不有響響必有因有因則偏不偏係焉不偏乃當偏則不當空印正量論因清凉作爲當乎否耶昔韓子目之爲弗平之聲良有以也然清凉又豈無因因雜華覺首答文殊偈語譬如河中水湍流競奔逝各各不相知諸法亦如是清凉據性空初取江河競注而不流證不相知未爲不可葢性住義無乖真諦俗諦不背性空一體非二者也䟽終且謂肇論既以物各性住而爲不遷則濫小乘無容從此轉至餘方下論云談真有不遷之稱導俗有流動之説則以真諦爲不遷而不顯真諦之相若但用物各性住爲真諦相寧非性空無可遷也不真空論方顯性空義約俗諦爲不遷耳其言如此殊未知肇公作四論依三諦立宗本有五法且物不遷何嘗外此别有信住義體但易其名耳試觀三諦性住性空信無多質復不會導俗導字乃方便語却會錯了反以肇公物各性住作常情論爲非真諦相遂使空印亦以遷字會錯了乃用無常生滅法駁肇公亦不偏且謬耶況肇論前有談真則逆俗順俗則違真之順字與此導字首尾相照一貫者而宗本有曰諸法實相謂之般若能不形證漚和功也惜清凉空印皆以形證之又不解談真有不遷之稱道俗有流動之説乃是乖而不可異其唯聖言之轉語耳然幻有寧獨無因因如來語何耶葢吾釋尊出世設教度生原以根身器界有

情無情同個氣分一體故耳楞嚴所謂根塵同源縛脫無二孰謂性空而非性住同體乃不相知不見徵心佛令阿難以手挃頭又挃其足謂云頭有所覺足應無知是可謂相到而知耶非相到知耶其有辯耶其無辯乎豈不以人身爲一小天地以一例諸可知也又華嚴所謂情與無情共一體亦豈虛語即舉山河大地明暗色空雲騰鳥飛等相如我明明見時無別有見如我了了知之無別有知曷嘗非一體而弗容契會耶清凉但知初據性空引江河競注而不流以不相到故爲不相知而未會性住性空一體實相知輙未曾相到耳又但知物各性住濫小乘無容從此轉至餘方而未知小乘此生此滅與大乘空義當生即有滅不爲愚者說無間一線以心有大小爲差又以性空故不流而見有流物不遷乃即流而不見有流其旨竟不相侔者矣因語及此噫吾欲無言可乎時大明萬曆丙午歲建寅元宵日寓京師普照禪寺無衣老人釋迦正傳識

駁語

昔人有云世人但知郭象註莊子而不知莊子註郭象猶今之世人但知空印駁物不遷而不知物不遷駁空印何以故原夫肇論之作有四曰物不遷曰不真空曰般若無知曰涅槃無名然名題有四論之殊而大本即諸經所云三諦總是破小乘凡外妄計非異法也所依大乘般若之旨先建宗本義則曰本無實相法性性空緣會一義耳如水之有源木之有本據一宗本豈惟通諸四論即始終

圓頓之教華嚴楞嚴法華圓覺其精神命脉未嘗不該貫也大端般若一空宗而有法相破相法性之異不出初中後善三法是也所謂法非法非非法衆生衆生者如來説非衆生是名衆生總之即不壞世間相而明實相者也故宗本云不有不無者不如有見常見之有邪見斷見之無若以有爲有則以無爲無有既不有則無無也夫不存無以觀法者可謂識法實相矣即心經色不異空空不異色色即是空空即是色一義也以色不異空故色即非色以空不異色故空即非空矣以色空相即故明不壞世間相楞嚴所謂無動無壞是也所以題名物不遷者即無動義也不真空者又豈非無壞義乎華嚴理事無礙四法界旨亦不外此然四論一宗本而名題歸旨不同者般若宗相異故如物不遷原本大乘法相宗據般若法無去來而作題名物不遷者以動而無動去住一致爲旨雖縁俗諦乃即俗即真去無所去未有一毫動相故也唯即去留一動靜屬此論本故肇師以性住證物不遷耳若不真空原本大乘破相宗據般若至虛無生而作題名不真空者以色之非色空有無殊爲旨根之真諦非空非色非有非無無有一毫住相故也唯非空色非有無屬此論本故肇師以性空證不真空耳其般若無知涅槃無名二論義雖有因果始終之分要之歸旨總屬大乘法性空宗中道第一義諦矣蓋由般若涅槃究竟深旨不可以心智知故般若以無知名焉不可以形名得故涅槃以無名名耳今空印法師特出異

計作萬八千餘言駁肇論物不遷題名曰正量論正量首謂肇師不遷之說宗似而因非有宗而無因此甚不然又謂性空與性住敵體相違更舛矣夫肇師論題名物不遷三字即首楞嚴異名此云一切事究竟堅固無動無壞者葢言物物從來實相不可以形證故也試看論首破題之語謂生死交謝寒暑迭遷有物流動人之常情承辭乃曰余則謂之不然者是要反凡外惑見計世相有流動常情以合不變不遷之道耳故引放光法無去來無動轉旨爲證云尋夫不動之作豈釋動以求靜必求靜於諸動云云以釋之暨中間條目假向有今無等說無非藉以叠明無有去來之相證成無動論旨耳原夫空印根清凉雜華鈔語以性空證物不遷不知清凉引

肇論所證尚迷其源況其他耶安得不使空印誤聽却把遷字解作滅化義而復將無常生滅有無一異法駁物不遷不亦過乎幻有見雜華覺首答文殊問心性是一之說偈云譬如河中水湍流競奔逝各各不相知諸法亦如是清凉䟽引肇論江河競注而不流用證此義者葢彼以江河競注而不流之相由不相到以爲不相知耳故䟽云是前後互不相至各無自性只由如此無知無性方有流注則不流而流也前後通有二義一生滅前後謂前滅後生互相引排二此彼前後即前波後波鈔釋生滅前後者此即竪說如壯與老謂此流水剎那生滅前剎那滅後剎那生耳釋此彼前後者猶如二人同行狹徑後人排前前人引後此即橫說分分之水皆有前

後乃至毫滴皆有前毫後毫故聚衆多皆成流注則無性矣豈以真諦性空圓融尚背俗諦性住行布乎却不審肇論江河競注而不流者即流而不流故所以謂物不遷恰是行布不礙圓融耳且據疏鈔用性空義有生滅前後此彼前後二釋總屬真常法無差所證乃不流而流者也而弗會肇師用性住義證不遷亦屬真常法遷而不遷者然遷而不遷所謂性住不遷而遷所謂性空也故論云是以如來因羣情之所滯則方言以辯惑乘莫二之真心吐不一之殊教乖而不可異者其唯聖言乎故談真有不遷之稱導俗有流動之說雖復千途異唱會歸同致云云乃至茍得其會豈殊文之能惑哉若清凉鈔謂觀肇公意既以物各性住而爲不遷則濫小乘無

容從此轉至餘方下論云故談真有不遷之稱導俗有流動之說此則以真諦爲不遷而不顯真諦之相若但用物各性住爲真諦相寧非性空無可遷也不真空論方顯性空義約俗諦爲不遷耳以此則知清凉猶未得其機會豈亦不被殊文所惑耶獨不取肇公物不遷旨而作準憑反以論中方便轉語將爲定旨寧不有誤乎葢談真有不遷之稱導俗有流動之說乃是肇師設謂若談真諦爲不遷者則又引起他俗諦依然還以流動爲流動矣故所以云談真有不遷之稱導俗有流動之說耳故肇師題名物不遷者殊不知即俗諦也是伊即真諦也是伊輙不使以不遷爲不遷復不使以流動爲流動故宗本云諸法實相謂之般若能不形證漚和功也然又

豈可濫及不真空論約俗諦爲不遷耶疏小乘亦說當處生滅無容從此轉至餘方而不知無性緣起之義者葢小乘固不知無性緣起之義可謂無容從此轉至餘方而不與大乘空義當生即有滅不爲愚者說同耳若肇師每引物各性住輒不是死語試看言去不必去閑人之常想稱住不必住釋人之所謂往耳豈謂去而可遣住而可留耶清涼釋此生此滅不至餘方同不遷義而有法體是生是滅故非大乘但不顧大乘空義是破滯有者之談物各性住語是破迷虛者旨俱爲凡小對治良方何反執藥還成偏見耶疏謂此論中含小乘此生此滅不至餘方并大乘生即不生滅即不滅二意顯文所明多同前義非也若清涼果以論中方便轉語談真有不遷之稱導俗有流動之說爲物不遷定旨者則不應用物不遷作題也使肇公還順凡外常情惑見俗爲流動真爲不遷矣故論云正言似反誰當信者即物不遷論名題亦何有耶縱有之其旨既乖遂不成名論矣敢謂不識肇公言偏意圓之旨正曹溪所謂佛性無常者以真如不守自性不遷而見有遷乃只由如此無知無性方有流注即不流而見有流是也謂善惡一切法分別心有常者葢以世諦法法皆真故不釋動以求靜必求靜於諸動是合性住遷而不遷者也然則真諦俗諦又果有異耶其無異耶果一體耶二體耶清涼雖以此生此滅濫合肇公性住無動之旨了無以常無常見駁肇公爲凡夫外道也雖以真諦俗諦而誤證物不遷歸旨不合未

謬解遷字爲滅化義也今空印則不然務以論題遷字斷斷乎爲滅也化也以論中向有今無語即屬之三世即是異法異世斷斷乎爲無常以有無見故竟駁肇公一體凡夫一身外道矣葢緣誤把題中一個遷字先錯解了見經論中遷字毎連滅化二字以故謬解作不滅不化殊不知即變化二字尚不得濫用爲一義變乃化之漸化乃變之成豈可以遷字便當作滅化義用乎曲引向有今無爲無常法證不遷者此證不成乃贅且剩也葢物不遷唯指無去來即動靜非以無常生滅爲論也獨不量肇師此論端爲破小乘凡外妄計而作彼烏得先不自審乃爾昏愚顛倒反踣此斷常偏計之咎而取誚於後世耶即以性住不合不還之旨盡先考宗本宗本如

不符不遷不待駁而早破矣今肇師先建宗本至後乃有四論四論之作未敢違宗本空印安知性空性住言異而旨同哉豈不聞性空者非頑空也然則安得性住又爲死住乎又豈不知本無實相法性性空緣會一義耶既初信此五法爲一義矣而終以性空性住離之爲不同者何也人間凡屬因緣所成底不出色心五蘊等法總之亦即一物耳故龍樹偈云因緣所成法我説即是空亦名爲假名亦名中道義不其然乎於是則知豈但性空可以爲空觀成真諦即性住亦可以作假觀成俗諦也又須知俗諦之性元空真諦之名亦假矣此中所見多有不同小乘凡外見以爲實有二乘見以爲偏空地前菩薩見以爲不有不空地上菩薩見以爲即有即空在

佛觀之空既無礙有亦不妨正所謂三乘觀法無異但心有大小爲差耳楞嚴所謂一切事究竟堅固無動無壞者亦即此一物耳以此物本無住故而所以物性未嘗不住肇師即之以依俗諦而言性住物不遷由是而作以此物尚未空故而所以物性未嘗不空肇師即之以依真諦而言性空不真空由是以名所以謂四論名題有異而歸旨無差也蓋性住之旨爲真如異稱乃實相別號以別號故宗本所謂雖觀有而無所取相然則法相爲無相之相是也若以有爲有則以無爲無有既不有則無無也夫不存無以觀法者可謂識法實相矣以異稱故宗本所謂聖人之心住無所住是也即法華是法住法位世間相常住維摩所謂一切衆生皆如也一切法亦如也衆聖賢亦如也楞嚴所謂我真文殊無是文殊無非文殊總是也況肇師但謂性住一世未嘗言物住一方何以謂爲常見不聞金剛般若應無所住而生其心乎又不聞楞嚴法華以方涉世以世涉方之說乎方唯位向義世屬遷流義性住一世者亦是住無所住旨也且本論明說言去不必去豈不明即遷而不遷耶稱住不必住豈不明不遷而遷乎可見至人說法原無定執莫非爲人解粘去縛應病與藥即曰去住二字亦出乎不得已也又豈謂去而可遣住而可留乎假若去而可遣即屬頑空而斷見邪見於是作矣即使住而可留便爲死住而有見常見由此生焉試思宗本不有不無之義豈若是耶奈何空印但知膠粘丁釘住須用遣去了花方

許生果者是死殺法而未識所以通變者也若死殺法必以有爲有以空爲空是與凡外斷常之見無差也又肇師云因不昔滅者但就世人謂因滅處説不滅是合大乘頓教即空即色即動即靜故也論所謂苟萬動而非化豈尋化以階道覆尋聖言微隱難測若動而靜似去而留可以神會難以事求可以神會者是吾儕禪寂中妙觀也始見得靈山一會儼然未散故耳以事求之則如世人但見得目前生死交謝寒暑迭遷有物流動乃是常情惑見者也故肇師謂與凡外所造未嘗異而所見未嘗同焉如空印固指肇論功業雖在昔而不化及因不昔滅斷無此理若果如是則衆生永無成佛之理修因永無得果之期大小乘經俱無此説一切聖教皆言因滅果生種子爛壞果方熟故何空印失鑑至此論中分明謂果不俱因因因而果因因而果因不昔滅果不俱因因不來今不滅不來則不遷之致明矣何嘗謂因復來今而不滅耶因既未嘗來今何衆生永無成佛之理何修因永無得果之期果修因無得果之期又成斷滅論矣則不遷之致何明之有耶以是則知空印乃是凡情惑見未之思耳空印既同凡惑無差寧又不在肇論所破之中焉更以成山假就於始簣修途托至於初步同聖人功業不可朽行業湛然者空印謂是無常之法非不遷者不然也如正量既以性空爲肇師證不遷者何弗會色即是空空即是色耶既會色空相即何弗會遷即不遷不遷即遷耶既會不遷即遷遷即不遷正合古德所

謂但願空諸所有愼勿實諸所無者也且空印果以此爲常見即如世尊亦難逃此咎法句經云假使百千劫所作業不亡因緣會遇時果報還自受將亦爲常見乎若以化滅二字作遷字義今畧爲指破論中分明不化故不遷未嘗云不化即不遷也以此則知遷字非滅化義矣又以此則知非常見矣豈可以未化昔物遷來於已化之時乎殊不識肇論用色空生滅去住有無事理動靜等法法俱是實相未見有一法以爲無常也空印果以有宗無因之說爲駁殊又不識肇師但以色空生滅去住有無動靜常無常等法以世人見此爲實有色空生滅去住有無動靜常無常等法故爲因即不以此色空生滅去住有無動靜常無常等法以爲實有故即此無動無壞是爲宗旨曰物不遷者也孰謂有宗而無因乎又孰謂宗似而因非乎嗟嗟余非好辯也葢由正量中引幻有前辯瑣瑣雖有篇章未殫鄙意故不容默默耳首篇云云者憶昔曾以常樂我淨語用正所駁是也余意葢以如來出世說法有五時始於四時多談四念處法終至涅槃第五時而翻案乃曰真常真樂真我真淨者無有別法即以四念處反之是也非謂離却四念處法別有所謂真常真樂真我真淨也亦非謂離却世間法別有所謂出世間法也亦非謂離却無常世相別有所謂真常法身也若據空印言常樂我淨其名是一其說不同意指世間亦說常樂我淨者是豈不曰以無常計常以苦計樂以無我計我以不淨計淨耶否則未知空印果謂

如來亦說常樂我淨別更指個什麼謂常樂我淨者耶然而既知由色即空故動而常靜空即色故靜而常動且謂諸部般若皆此意而却言性住性空如水火不合敵體相違者何也空印還知昔物住昔今物住今以明物無去來之相以性住證物不遷之旨乎又知性空即性住者爲未嘗空故不遷乎性住即性空者爲未嘗動故不留乎幻有深達是故即曰混然一途朱紫莫辯而弗能爲空印引證出理寧甘之耳次篇云云者憶昔空印駁肇論以向有今無屬三世爲無常法非不遷者無他也總緣錯認遷字即滅化義是無常法論不遷之旨所以爲謬耳故幻有初引華嚴毘盧身亦屬三世兼法華述燈明智勝等事類之明毘盧真身亦即色空不二之旨無動無壞以證不遷故與空印論旨不合耳幻有所言向有今無者大意雖指燈明非智勝智勝非釋迦未嘗濫爲一統而歷歷可指總而歸之即不壞世間相而明實相無動無壞爲今昔不遷者也非若空印引燈明章云彼佛滅度後如薪盡火滅兼智勝章云彼佛滅度來如是無量劫混然儱侗觀之但有斷見耳何以見得若空印錯會曰豈謂有物住於過去而不滅耶即此可知又引經云觀一切法空無動轉者豈曰有物而不遷耶則空印斷見無疑矣何以見得但看豈曰有物而不遷耶則知之然今幻有亦曰豈謂無物爲不遷耶若以無物爲不遷者大似論空花之濃淡較兎角之短長不亦謬哉大率須知肇師言向有今無功業不化因不昔滅性各住世

共明無去來義即世相而明實相無動無壞證物不遷要當以神會不可以世相求也若空印證幻有曰若毘盧真身十方三世隨處充周間不容髮又約法身則曰昔本非生今元不滅況又知色空本是一物而却言豈曰有物而不遷又云豈謂有物住於過去而不滅若此則可見空印言言見諦而步步迷途者也然空印至今可知肇師向有今無語是去住一致空有殊名之道端非斷常偏見否乎即設一幻道人此篇之說是何言歟吾恐一幻道人會法華之旨弗如空印計也蓋彼以世尊洎至法華會上是當開權顯實會三歸一之際乃知二乘聲聞等衆既已彈偏折小歎大褒圓到此則心相體信入出無難宜授家財堪任大法始故語之曰諸佛兩足尊知法常無性佛種從緣起是故說一乘是法住法位世間相常住云云是無性即性空也緣起即緣會也一乘即實相也法住法位即無動也世間相常住即無壞也是般若法非法非非法即世相而明實相無動無壞一義也即世相而明實相故心經所謂色不異空空不異色如空印則徧計曰以色不異空故馬不異乎牛也以空不異色故牛不異乎馬也所以云牛之實相不異馬之實相馬之實相不異牛之實相牛馬幻殊實相不二不二之體何可遷乎是也若據標文則曰安知其獨物物全真耶且夫真則不異異則不真既然矣乃又曰今見異牛異馬而曰全真未之有也豈不自生倒見耶又既曰真矣則牛不異馬馬不異牛所言不異者非謂遷牛作馬

易馬爲牛也葢以牛之實相不異馬之實相馬之實相不異牛之實相故耳則牛馬幻殊實相不二不二之體何可遷乎若據牛馬幻殊不二之體空印以牛馬外別更有個實相分爲兩個也安得又成物物全真耶況牛馬中間又有個同又有個不同有個同者實相不二也有個不同者牛馬幻殊也試問牛馬之外別更有個實相不二之體作麽模樣是大是小爲短爲長是黑是白爲瘦爲肥是妍是醜爲舊爲新以是則知空印尚未夢見實相也始知一幻道人所見則不然以聞摩訶般若云色無邊故當知般若亦無邊又云色清淨故則般若清淨乃至一切智智清淨無二無二分無別無斷故又見大慧杲師一日到明月庵指壁間畫髑髏示馮濟川川有頌云屍在這裏其人何在乃知一靈不居皮袋杲師不肯以頌別云即此形骸便是其人一靈皮袋皮袋一靈空印知否於是知一幻道人即世相而明實相故則未嘗見有個同又有個不同亦未嘗見有個異又有個不異如心經色即是空空即是色即色空世相了無一毫動相可見可得謂物不遷是亦法華法住法位世相常住者耳以未見有一毫動相故肇師云尋夫不動之作豈釋動以求靜必求靜於諸動必求靜於諸動故雖動而常靜不釋動以求靜故雖靜而不離動者也且一幻道人既以動靜相即色空不二以符不遷之旨則不如空印所駁也明矣況一幻道人所談者不遷之旨也空印正量一册所論皆無常生滅之說於物不遷旨遼然不相干涉

然幻有憶昔出所正駁肇論狂言多矣奚止常樂我淨華嚴法華毘盧法身等之謂哉其他說種種遺之不究獨先曾指破遷字會錯了在正量遺之可疑也果以指出遷字爲說破病根則不應有是刻以詆諸非果以衆說叅雜或日久忘之則不應單指一二法義以彰不合即此謂不欺吾且莫之知矣或曰昔肇師據般若大乘之旨建宗本作四論此物不遷中間一一事相既明釋泮然矣獨華嚴四法界旨云不外此尚未領會幻有曰曾不聞圓融不礙行布行布不礙圓融之說乎即前之二論既屬之法相破相是行布法後之般若涅槃二論係性宗乃圓融之法無差何足爲疑如荆溪尊者云三諦皆圓融之法故夫三諦者天然之性德也中諦者統一切法真諦者泯一切法俗諦者立一切法舉一即三非前後也含生本具非造作之所得也華嚴事無礙法界者即俗諦也據荆溪言大乘般若非離真說俗乃即真而俗者也故華嚴無礙法界亦無背理之事乃即理之事所以謂事無礙法界者也又華嚴理無礙法界者即真諦也所以大乘般若亦非離俗說真乃即俗而真者也故華嚴無礙法界曾無無事之理乃即事之理所以謂理無礙法界者也蓋言無礙者謂理不礙事事不礙理故也然肇論物不遷即俗諦所攝故云求向物於向於向未嘗無此非背空之有乃即真而俗者也責向物於今於今未嘗有豈非依假談真即事以彰理乎所以云於今未嘗有以明物不來於向未嘗無故知物不去覆而求今今

亦不往是謂昔物自在昔不從今以至昔今物自在今不從昔以至今是不謂之行布法耶其不真空既本真諦總屬行布所攝唯般若無知涅槃無名二論既本性宗乃爲中諦共屬圓融之法即理事無礙仍繼之以事事無礙法界者矣所言中諦者總一切法也既曰圓融則何甞礙乎行布即行布又豈礙於圓融者乎由是則知事理一如也空有一貫也真俗一諦也去住一方也動靜一理也死生一息也迷悟一念也暑寒一氣也延促一時也是非一致也今昔一夢也聖凡一本也彼我一人也以至萬物一體而天地同根焉是不謂之理事無礙法界者乎又以是則知世間事事法法無一不具圓融三諦之理無一不該行布四法界之緣所以謂事事無礙法界者矣雖然如是會得圓融行布無礙道理了了分明毫忽不爽第恐還不是爾我自已分中親切得力受用處秖是法塵分別影事所以謂見解入微見非是道意下丹青暫時可羨要得爾我真實得力受用直須大死一迴甦醒起然後親歷其利害得失榮辱是非存亡毀譽一切好惡逆順境界果無纖毫自欺處無一毫動念處始可謂真實行布無礙親切事理圓融者矣不然則如人數他家寶自無半錢分耳信果如此而再究般若涅槃深旨則了然離即離非是即非即則未見有一物爲世間法亦未見有一物爲出世間法又未見有一法可以爲圓融可以作行布亦未見有一法不可以爲圓融不可以作行布到此之際既無可與不可則名言於是乎

絶矣所以謂不可以形名得故涅槃以無名名耳又不可以智知故般若以無知目焉或又曰且肇師居羅什座下習講歷十年猶顔淵之事宣聖若鶖子之事世尊講席之盛無出其右爾時羅什命伊註維摩詰所問經每稱優當若生融叡等皆龍象之儔未見有譏其非者洎後永明壽洪覺範大慧中峰諸大老咸取肇論語爲之準繩唯清涼則以小乗此生此滅不至餘方同不遷義而有法體是生是滅故非大乗謂觀肇公意既以物各性住而爲不遷則濫小乗無容從此轉至餘方下論云談真有不遷之稱導俗有流動之説此則以真諦爲不遷而不顯真諦之相若但用物各性住爲真諦相寧非性空無可遷也不真空論方顯性空義約俗諦爲不遷耳若此等數語清涼豈不既有失於初也致令空印繼之務於無過中求有過以清涼濫同小乗駁之爲未深輙把不遷揉作不滅不化以向有今無屬無常法爲贓證務駁肇公成一個常見凡夫又成一個斷見外道其天淵之謬有如此耶是知空印果有量耶其無量耶愚謂當以正量正字易爲無字可耶未審吾師以爲何如幻有曰噫吾至此不欲復言之矣即正量中種種異説吾猶未暇一一枚舉又奚暇是非乎他論耶雖然是論果空印之駁物不遷耶抑物不遷之駁空印耶有識者辯之

駁語跋

刻是語已客有三歎奇哉而繼息悲夫再三乃問幻有焉曰若知之乎曰弗知也曰若以

空印駁肇論既謬矣爾何人乃反歸咎於清涼是弗有誤乎曰弗知也曰豈清涼不識肇公孰爛教乘精通義學乎曰弗知也曰彼或未若肇公深明方等至趣洞徹般若淵微爲物不遷文辭變換所惑尚迷其源乎曰弗知也曰或果未會物各性住於一世是言住不必住釋人之所謂往耳乎曰弗知也曰又彼果未會觀方知彼去去者不至方乃是言去不必去開人之常想謂乎曰弗知也曰彼或未原物不遷初語尋夫不動之作云云是兩言一會而惑者不同乎曰弗知也曰彼果不解正言似反誰當信者乖而不可異其唯聖言之説乎曰弗知也曰彼特未知物不遷是不容言之言論之猶未嘗論否乎曰弗知也曰然則若謂物不遷於小乘果有濫也否乎曰弗知也曰若謂真諦俗諦果異耶其無異乎曰弗知也曰若又知空印之駁物不遷果駁之耶否乎曰弗知也曰若又知若兹不容辯處乃强辯之果然耶否乎曰弗知也於是客乃啞然笑曰怪哉若何人者也既且是非好惡緇素智愚重輕可否總若弗知則不容聲矣孰與若辨哉遂使幻有默然深慙良久徐徐更進曰余誠弗知因筆之以爲跋云

荆溪釋傳道人書

龍池幻有禪師語録卷之九

音釋

駁 同駮論列是非謂之駮
挃 陟栗切音窒與挃通擣也
濫 盧瞰切音纜竊也潰也又失實曰濫
簣 具位切音匱木籠也
殫 多寒切音單殛盡也又凡盡皆曰殫

龍池幻有禪師語録卷之十

門人圓悟圓修等編

性住釋引

余嚮性住釋擬災諸木門人圓修輩再稽首止之曰和尚前刻駁語其甲歷見有作色呵之者至有撫掌爲笑者將無見以不測加諸余因笑云吾徒爲慮固然若其不嗔則不見吾眞若其不笑則不足爲道而未會吾正愍此輩不知向方茫無着落爲設故永嘉大師云不是山僧逞人我脩行恐落斷常坑耳所以此中不咎空印而咎清涼者安知此輩不效清涼蹈襲空印爲之耶況吾爲法門大係有三不得不辯第一爲余與空印友人爲同叅相見笑巖和尚來第二爲笑巖和尚生平務教外别傳之旨接人未嘗濫可義學第三爲達磨未來此土教家咸已知歸聖諦第一義然而斷常坑見云何如清涼果以性空爲不遷者則知以不遷爲不遷故豈不爲斷見耶更若偏取眞諦說不遷者是則又引起他俗諦爲對眞故以遷爲遷矣是豈非世間常情所見乎故肇公云談眞有不遷之稱導俗有流動之説是也寧知物不遷題旨要以即眞俗諦會題明不遷故則無以不遷爲不遷不遷即遷耶復不以遷爲遷故遷即不遷耳因語及此且截斷葛藤爲引

性住釋

喟夫人情之惑久矣柰何固結而不釋良爲永息兹會客有以肇公物不遷等論眞同莊生齊物之旨回向大乘無不圓通爲言余應之曰子但見其華而未見其實又客有曰但

世間出世間法無精麄無好惡無是非無內外畢竟平等性空無有可說處余又應之曰子但知一而未知其二耳余昔居臺山時有空印友人示我正量稿大都宗性空而駁肇公性住之說因與辯未竟還南迄今壬寅秋來京得會伊于慈因精舍仍以刻本示余余目之多覺其未了了因又辯焉此豈余之好爲諜諜亦因彼是而是之即彼非而非之耳且是是者固有師而非非者寧無師乎今余舉彼是而是之則無逾龍樹舉彼非而非之則曷舍清涼故舍清涼所謂物各性住一世爲濫小乘於何以責其實逾龍樹則不來亦不出合住無所住於何以見其玄以是知是是者何嘗未是非非者安得不非況不解談眞則逆俗順俗則違眞與夫不遷流動之說爲方便釋題轉語焉又知物不遷諦是即眞之俗不眞空諦乃即俗之眞實無生旨一體無殊故彼始豈弗會三諦理爲圓融法既終何忘乎空有相非對待言歟及余閱簡涅槃大典始知性空之說尚屬不了義經豈得無說再閱中論益知物不遷等論其出有自皆究竟大乘無生旨來根本與法華涅槃潛符密契如出一口即法華譬喻品如來其猶長者權以三車誘引諸子既出火宅於四衢道中露地而坐到此之際方稱本懷所以等賜諸子一大白牛之車是破三乘之權歸一乘之實事耳正合中論破盡諸法始知性住性空眞諦俗諦以至般若涅槃皆爲戲論不實即觀涅槃品云究竟推求世間涅槃實際無生際以平等不可得故無毫釐差別又於畢

竟空中皆不可得諸有所得皆息戲論皆滅戲論滅故通達諸法實相得安隱道從因緣品來分別推求諸法有亦無無亦無有無亦無非有非無亦無是名諸法實相亦名如法性實際涅槃是故如來無時無處爲人說涅槃定相是說諸有所得皆息戲論皆滅況性空性住而有定相乎以是知前輩題名著作務先循本自有旨歸竟非從空鑿出觀物不遷等論初若潛取彼義無露一毫圭角細原其旨終竟合一而不背然有道殊世異百慮一致理固相符而可證者若龍樹大士直取如來一大藏教以至法華涅槃究竟了義作端本既得其要仍舉如來藏中因緣等一一未了義名相悉破之曰不生亦不滅不常亦不斷不一亦不異不來亦不出能說是因緣善滅諸戲論我稽首禮佛諸說中第一如關鑰開固閉若金剛擊重堅至哉斯語益可喻針攻藥石之治無壅癱之難破靡欝滯而弗通鎔盡萬法而畧義類有二十七品成六卷故僧叡序云滯惑生於倒見三界以之而淪溺偏悟起於厭智耿介以之而致乖故知大覺在乎曠照小智纏乎隘心照之不曠則不足以夷有無一道俗知之不盡則未可以涉中途泯二際道俗之不夷二際之不泯菩薩之憂也蓋肇論物不遷不眞空般若無知涅槃無名四要所元出於此如諸法不自生亦不從他生不共不無因是故知無生至宗本所謂本無實相法性性空緣會一義者亦即觀四諦品所謂衆因緣生法我說即是無亦爲是假名亦是中道義未曾有一法不從因

緣生是故一切法無不是空者而已顧物不遷中責向求今等說出自破去來品偈曰已去無有去未去亦無去離已去未去去時亦無去又去者則不住不去者不住離去不去者何有第三住即合之言去不必去閑人之常想稱住不必住釋人之所謂往耳豈曰去而可遣住而可留等語何等親切顯著明白即梵志少壯同體百齡一質彼破行品云言五陰虛妄無有定相如嬰兒時色非匍匐時色匍匐時色非行時色行時色非童子時色童子時色非壯年時色壯年時色非老年時色等云云惜乎以我有限之形而隨無窮之世以無住故所謂有力者負之而趨昧者不覺其斯之謂歟以實無去故所謂物各性住一世不容以此之世爲彼之世則豈容以此之物爲彼之物此之性爲彼之性故消息盈虛各自有時而春花秋月斷不可易即古來大聖神若其開闢若其垂拱其征誅其制作其演化亦先天而天弗違後天而奉天時不能爲時能不失時試思之功流萬世而常存道通百刼而彌固皆以功業不化故不遷而況物乎彼觀業品偈云雖空亦不斷雖有亦不常業果報不失是名佛所說故經云三災彌綸而行業湛然信其言也即果不俱因因因而果因因而果因不昔滅因不昔滅句便見肇公妙會處若謂昔因滅而有今果者可謂之無因果何也以因滅而有果故故彼觀因果品偈曰若因與果因作因已而滅是因有二體一與一則滅若因不與果作因已而滅因滅而果生是果則無因若衆緣合時而

有果生者生者及可生則爲一時俱若先有果生而後衆緣合此即離因緣名爲無因果若因變爲果因即至於果是則前生因生已而復生云何因滅失而能生於果又若因在果云何因生果若因徧有果更生何等果因見不見果是二俱不生若言過去因而於過去果未來現在果是則終不合若言未來因而於未來果現在過去果是則終不合若言現在因而於現在果未來過去果是則終不合若不和合者因何能生果若有和合者因何能生果若因空無果因何能生果若因不空果因何能生果果不空不生果不空不滅以果不空故不生亦不滅果空故不生果空故不滅以果是空故不生亦不滅以是則知性住性空總是大乘方等無生一實之旨兼知眞諦俗諦咸爲般若圓融三諦無疑故觀成壞品云若法性空者誰當有成壞若性不空者亦無有成壞成壞若一者是事則不然成壞若異者是事亦不然若謂以現見而有生滅者則爲是癡妄而見有生滅所有受法者不墮於斷常因果相續故不斷亦不常若因果生滅相續而不斷滅更不生故因即爲斷滅法住於自性不應有有無涅槃滅相續則墮於斷滅若如此說合果不俱因因因而果因因而果因不昔滅則何處又有生滅斷常一異去來之偏耶又若初有滅者則無有後有肇公謂因不昔滅則無是咎初有若不滅亦無有後有肇公云因不來今亦無是咎何也有今昔之分故若初有滅時而後有生者滅時是一有生時是一有此豈非異法耶

若言於生滅而謂一時者則於此陰死即於此陰生此豈非一法乎故清涼以物各性住一世濫同小乘者此耳且物不遷所宗俗諦即性住旨乃兼時而言者以因不昔滅故故無時外之物然即因不來今又豈有物外之時乎以此則可謂之圓見可謂之無生旨可謂之了義經若清涼所謂物之性空者但言物不言時豈不顯然以性空之物出在時外耶以此較彼孰偏孰圓故涅槃判屬不了義經不亦宜乎且原肇公因不昔滅一句何嘗不識分分之水皆有前後乃至毫滴皆有前毫後毫耶故彼偈又曰三世中求有相續不可得若三世中無何有有相續如此究竟須知肇公云性住性空之旨果有因耶其無因乎即於因果一法較之中論無生之旨且有異耶其無異乎一法如此其他法法不言可以神領默會故前觀涅槃品曰究竟推求世間涅槃實際無生際以平等不可得故無毫釐差別信矣問若性住語肇公初不列宗本獨物不遷中成無去來義所設者何也荅彼以性住義屬無生旨在宗本五法亦無一不含何須别列其名耶故破行品云若有不空法則應有空法實無不空法何得有空法問若性住果是性空對待法宗本固不須别列者何于華嚴法華涅槃般若大乘方等諸經中以真諦俗諦色空事理斷常成壞生滅真如涅槃五陰彼我異同等俱屬對待務用並彰何也既性空之說在涅槃大典謂屬不了義經始知性住語固是性空對待法無疑矣又何諸大乘經典并諸先聖賢俱未倡獨肇

公於物不遷中始言之耶荅是何言歟葢諸大乘經論題名立法雖有偏圓單複不同但所彰法道不可偏廢拘泥而不通唯在人不在法耳所云法者何也唯屬吾心故馬鳴大士起信云依一心法有二種門一心眞如門二心生滅門以是二門不相離故如如爾我一念纔生住相滅相俱時頓現即生住滅相在二乘人觀屬有爲法如法身菩薩等覺於念住念無住相以離分別麄念相故所謂在人而不在法以是知大乘經論并諸先聖賢所談種種法門俱屬吾心又何嘗離了生住滅相謂之非法可乎又謂諸先聖賢而曽口掛壁上可乎豈但過去諸聖賢即現在并未來諸聖賢無時而不說法古人所謂乘時說法故知徃者其佛其祖師說法在某年月日時即如而今現在某禪師法師說法談經在某年月日時即令人按諸時事可以稽考不失豈謂肇公云性住一世便同之凡外偏見惑執屬彼有爲法耶又豈以肇公同彼鈍根癡人見有着有見空着空計有一物在彼死住而不移耶問所言性住固然但恐性住一世與法華法住法位不同何如荅亦無不同法住法位者何即無所住心當體寂滅湛然不動是也但肯諦信試一時頓斷却生滅念緣直下便見得湛然不動心體還有邊涯際畔麽倘爾見得廣大心體了便識得肇公性住一世亦不出心外既知得性住一世不出吾心即與法華法住法位有何揀別既又識得性住一世與法住法位無殊亦豈異般若經中所問眞諦俗諦其有異耶其無異耶荅

云無異若眞俗之諦既爾無乖即色空之旨亦何嘗有異如此則有何對待之法不是大乘方等而乖中道無生一實旨耶况物之所生由時而著且時無別體必亦因物物非懸空亦必因時故觀時品云時住不可得時去亦叵得時若不可得云何說時相因物故有時離物何有時物尚無所有何况當有時夫世者當時之謂由是知世不能外物物又安能離世所以知物在時亦在時亡則物亦亡安得不可謂性住一世耶亦豈異乎法住法位耶畧語物之性空者非無物也以非無物故故肇公有不眞空之作今有以不眞空三字并物不遷三字俱離開作兩段釋者可發一噱所謂性住一世者亦非有物也以物物未嘗住故曾不離世故云性住一世耳然性住一世豈是常情惑執偏見而不移以物無不遷故非無因非無因故以物不遷爲題云又豈以世遷故謂物不遷以物遷故謂世不遷耶此直以世在物亦在世遷而物亦遷故云物各性住一世者耳既謂之世也物也豈同龜毛兎角既謂之物也世也亦豈異乎兎角龜毛若肇公引中觀云觀方知彼去去者不至方既曰不至謂至則不可實有所去人不得謂無去設有得有至又謂之形證矣抑豈般若更有塵累耶問然則題名物不遷者固非偏辭也所宗乃縁俗諦直以遷說不遷者如諸大乘經中對眞說俗指色談空皆此類耳即不眞空所宗眞諦當何所表有甚分別處荅快哉是問佛所談大乘眞諦者爲破癡暗凡夫人我見而設心經所謂色不異空

空不異色以色空相因有故皆非其實名未究竟云不了義所謂大乘俗諦者是破二乘鈍根法我見而陳所謂色即是空空即是色以色空不二動靜靡殊爲究竟旨亦名了義經所以眞俗之諦既具各有攸當不可不知且不聞馬鳴起信所謂一切邪執皆依我見若離於我則無邪執一人我見二法我見人我見者依諸凡夫有五種一者聞修多羅說如來法身畢竟寂寞猶如虛空以不知爲破着故即謂虛空是如來性云何對治明虛空相是其妄法體無不實以對色故有是可見相令心生滅以一切色法本來是心實無外色若無外色者則無虛空之相所謂一切境界唯心妄起故有若心離於妄動則一切境界滅唯一眞心無所不徧此謂如來廣大性智究竟之義非如虛空相故蓋今人多認着虛空是如來性以爲法身以爲實相如此則實相與世相竟不同即色身與法身亦有異耳倘無志爲人天眼目垂範後人則已果有志焉不可不熟玩是論不可不究明斯旨祝祝二者聞修多羅說世間諸法畢竟體空乃至涅槃眞如之法亦畢竟空從本已來自空離一切相以不知爲破着故即謂眞如涅槃之性唯是其空云何對治明眞如法身自體不空具足無量性功德故乃至三四五云云亦復如是法我見者依諸二乘鈍根故如來但爲說人無我以說不究竟故見有五陰生滅之法怖畏生死妄取涅槃云何對治以五陰法自性不生則無有滅本來涅槃故即中論破因緣品青目亦謂佛滅度後後五百歲

像法中人根轉鈍深着諸法求十二因緣五陰十二入十八界等決定相不知佛意但着文字聞大乘法中說畢竟空不知何因緣故空即生見疑若都畢竟空云何分別有罪福報應等如是則無世諦第一義諦取是空相而起貪着於畢竟空中生種種過龍樹菩薩爲是等故造此中論故青目於觀法品註云因破我法有無我我決定不可得況有無我若決定有無我則是斷滅生於貪着如般若中說菩薩有我亦非行無我亦非行云云觀四諦品偈曰空法壞因果亦壞於罪福亦復悉毀壞一切世俗法青目謂若受空法者則破罪福及罪福果報亦破世俗法有如是等諸過故諸法不應空倘謂性空爲究竟了義則奚分世間出世間法即一切善惡因緣禍福報應等俱爲一體何於善惡業性獨不空而五戒十善務生天上人間作十惡五逆定墮三途地獄竟弗少有差忒故中論曰若無因有果者布施持戒應墮地獄十惡五逆應當生天何也以無因故若現膺福慶非營善所召罹禍患不測不本積惡所致如此則爲善者屈甚作惡者幸甚故曰於畢竟空中生種種過如是乃知善惡業性原是不空業性不空則知眞如涅槃等性亦不空了然明矣問如此究竟既明但學人愚昧尚有餘疑未雪前謂肇公四論之要出自破因緣品首偈四句於此當如何配合荅爾既知得龍樹所說句句爲中道語務合無生之旨況此四句有何可疑即肇公雖有四論之殊無一不歸了義大乘此四論四句總是一個氣脉互攝

互融無一不可配合然以物不遷配之不來亦不出人所易曉以物各性住一世顯然彼以爲病者試配之既曰性住一世謂不見有一物自世外入來者豈不曰不來既不有來應有出否曰亦不出若謂有出應見此物有時出向世去以無見亦無此義故故曰亦不出以物各性住一世故物不爲世世不爲物故曰不一既曰不同可謂是異法曰亦不異何也以無世則無物有物即有世故故曰亦不異又以物各性住一世故以世性本空物體無實以世與物相因而有故謂不常亦不生既謂是相因而有應有續斷亦應有滅曰亦不斷亦不滅何也以無世無物無物無世故故曰亦不斷亦不滅耳余所以云彼偈雖有四句不同總合無生一實之旨即肇公四論總是一個氣脉舉此四句配諸四論法法未有不合處由是題名物不遷者正以物各性住一世故耳問前謂談眞則逆俗順俗則違眞後又曰談眞有不遷之稱導俗有流動之説二語當如何會釋以成一貫荅此前後兩説總是肇公善巧釋題轉語務用合歸中道無生旨故若肇公果以物物皆眞建題説不遷者應言順俗反謂之逆者何以遮世人視有爲俗物俱屬遷移流動故而不知肇公正所表下句之文乃爲順俗者是也以背眞故則知俗諦法法總是無常敗壞物耳豈不原同波斯匿王所見現前念念不停新新無住者於是知次句所謂違眞故迷性而莫返逆俗故言淡而無味肇公所謂不然者爲以即眞俗諦樹題名不遷故曰物不遷雖爾逆

俗不爲無味之談性雖未返不是違眞之説故後所謂談眞有不遷之稱導俗有流動之説豈不有召有應而終成一貫爲中道旨耶此所謂正言似反誰當信者畧釋如此又如肇公之意以遮表詮量再釋談眞則逆俗者若以即俗之眞説不遷則言逆而理順何也以遮俗諦之遷而説不遷故謂之言逆以表性空不遷無礙遷故謂之理順如此則言理之義無乖逆順之旨不異此謂遮表同時釋故肇公後謂談眞有不遷之稱是也下句順俗則違眞者若以即眞之俗説遷則言順而理逆何也以遮眞諦之不遷而説遷故謂之言順以表性住不遷非異遷故謂之理逆如是則言理既其相乖順逆之情不一此謂遮表不同時釋故肇公後謂順俗有流動之説是也然而豈知性空之旨即不遷而見有遷者性住旨即遷而見不遷耶但以遮表不同時故謂之行布法謂之物各性住一世故題名謂之物不遷耳又以遮表同時故謂之圓融法謂之眞俗不異空有無殊故題名乃謂不眞空焉問題名曰物不遷曰不眞空所宗二諦總屬圓融法何又有彼此之局清涼與肇公所説不同耶荅物體本一而在人所見并用處不同故可以説眞可以説俗故肇公云豈以諦二而二於物哉以是之故所謂爲圓融法耳原夫肇公立題本意各有攸當須知不眞空所宗眞諦性空爲即俗之眞故論以有無一本物不遷所宗俗諦性住乃即眞之俗故論以去住同源以是知二諦未始異二論未嘗同耳故涅槃第十三卷佛荅文殊

所問第一義諦世諦曰有善方便隨順衆生說有二諦如出世人之所知者名第一義諦世人知者名爲世諦問旣云二諦之旨無差即物不遷依清涼性空謂不遷有何不可荅倘如此又不相當矣不見涅槃如來性品云若言如來入於涅槃如薪盡火滅名不了義又云如經中說一切燒然一切無常一切皆苦一切皆空一切無我是名不了義何以故以不能了如是義故令諸衆生墮阿鼻獄所以者何以取着故於義不了一切燒者謂如來說涅槃亦燒一切無常者涅槃亦無常苦空無我亦復如是是故名爲不了義經不應依止問性空之說旣不應依止如何性住又堪依止耶荅前不云乎其名似偏其旨則一所謂在人而不在法如中論觀因果品所談空有生滅以歸中道一實之旨二偈云果空故不生果空故不滅以果是空故不生亦不滅又果不空不生果不空不滅以果不空故不生亦不滅今物不遷性住之旨則併諸者出自中論一本耳故云言去不必去閑人之常想稱住不必住釋人之所謂往耳豈謂去而可遣住而可留耶若此發揚性住之旨可謂是有爲俗物不可以立宗依乎可謂是常情惑執偏見乎故中論偈乃又云諸佛依二諦爲衆生說法一以世俗諦二第一義諦若人不能知分別於二諦則於深佛法不知眞實義若不依俗諦不得第一義不得第一義則不得涅槃不能正觀空鈍根則自害如不善呪術不善捉毒蛇世尊知是法甚深微妙相非鈍根所及是故不欲說余故謂子但見

其華未見其實又子但知一而未知其二耳且無論他說即因不昔滅一句該盡不生亦不滅不常亦不斷不一亦不異不來亦不出四義矣可謂之妙會否乎而況全題物不遷及種種餘法并不眞空般若無知涅槃無名等論而又有異旨乖且不合耶雖然性空亦住性住亦空豈有二義惟執一則義未完且立論如龍樹肇公亦豈可遂輕議也者余故不容無辯特書此爲性住釋以俟識者

物不遷題旨

慨夫衆生躭染五欲之樂沉迷六趣之苦出此入彼無能解脫者何皆由未達世相本空俱無自性故耳所以如來愍之說摩訶般若色空不二物我同源旨者蓋緣此輩作也故謂之破有法王於法自在即肇公繼闡如來般若涅槃本旨復作物不遷等四論者亦豈有他哉然有不善會者反從而咎之以爲異旨不亦怪事因原之宗本不有不無一句大端此四論題旨都在其間矣試以物不遷三字驗之若據世諦而論即題名一個物字實實是個物可謂是有果眞實是有則一毫也移動他不得而不知但是名字故金剛般若云衆生衆生者如來說非衆生是名字衆生以此則知物字亦是名而非實既不得以物爲物故知有亦名字不可以有爲有以有即無故以動即靜以遷即不遷爲眞諦相故肇公始謂談眞則逆俗是也雖云逆而何嘗逆以性空義會有無名法爾靡殊然既不得以物爲物又豈可以非物爲非物哉以非物未遺跡故以無即有以靜即動以不遷即遷爲

俗諦相故云云順俗則違眞是也雖曰違亦何嘗違以性住旨合動靜體本來非異茲兩言者肇公初爲立題之難言也據眞實理言不遷者則逆世人謂有生死去來見故若順世人果有去來生滅之見說遷者則又背却無生眞實道理也後復謂談眞有不遷之稱導俗有流動之說相繼有二言者肇公正要表明立題本意爾也所謂談眞者言實智也若據實智則不必去有談空離動求靜廢遷說不遷所謂談眞有不遷之稱是焉然曰不遷而未嘗不遷爲以性空故不遷即遷耳導俗者說權智也若依權智而說亦以空不廢有以靜不離動以不遷非去遷故所謂導俗有流動之說者是也然言遷而未嘗遷爲以性住故遷即不遷耳然則以物不遷爲題者何嘗偏以俗諦命題說遷又何嘗別有眞諦異題說不遷耶肇公既爲掀飜般若妙旨立物不遷三字作題者豈不以有無一貫動靜同源爲唱乎何獨於去住之義眞俗二諦不得共本又有異旨耶況肇公分明云以性空言去不必去以性住言住不必住既言去住之不必者知皆因對待言也以對待言故是知即去住而非去住也何嘗俗諦相有違眞諦相乎據清涼云肇公若以物各性住爲眞諦相寧非性空無可遷也然肇公非不取眞諦務用俗諦性住證不遷者恐偏於眞諦性空由屬不了義經以故不獨取之故用物不遷字立題意在眞俗不二耳清涼以肇公物各性住於一世有何物而可去來云是濫同小乘此生此滅無容從此轉至餘方而有法

體是生是滅爲一法矣然肇公但言物各性住於一世未嘗言物偏死住於一處其物各性住於一世者原符法華是法住法位世間相常住旨其性住者對性空說殊不知性空義空實未嘗空乎即性住義住實未嘗住耳且性住性空旨果同耶異耶其一世之世字乃時字異名時無住相然則即知性住一世亦是住無所住矣再言物各性住於一世者中間雖有今昔相懸不一然亦不異會去住古今俱不必故所謂去不必去以去即住住不必住以住即去故去住雖殊其趣不別又古不必古以古不異今今不必今以今不異古以今不異古今還作古以古不異今古亦曽今然而今不至古古亦不至今故謂之各性住於一世有何物而可去來耶輙未曽言物偏死住於一處耳既未嘗言物偏死住於一處者則何所謂是濫小乘此生此滅無容從此轉至餘方而有法體是生是滅爲一法乎是乃清涼檢點不到處且觀但願空諸所有詎非眞諦旨愼勿實諸所無又非俗諦義乎況肇公所言各住者亦因對惑有去來而言也若不因對惑有去來而言各住者是無因論也空印謂此有宗無因者奈無夢見肇公何豈知肇公發揮般若旨故即因遷說不遷又肯借他別法以爲因耶若用借他別法作因者則不合般若色空不二物我同源旨矣以般若果不離因故因生死即涅槃因煩惱證菩提因無明明佛性因塵勞得解脫極而推之即內之根身外之器界總不越此三字以俱無自性故若以物爲物故即眞如皆

爲俗諦由不以物爲物故即俗諦便是眞如矣以此物字未嘗動故所謂不遷者只是不曽滿得他肇公意理在若要眞實滿他肇公意須知伊說遷是爲對不遷者說即說不遷是正對遷者說耳如此則若言肇公說又何嘗說若言不說又何嘗緘口默然來更若說此物并肇公兩俱不曽動者是動過去久矣太煞從來似不有人知道在奈何但看清涼此說則知之然本之實相中間實無個遷與不遷爲對遷故有物不遷說以此三字看眞活潑潑地要在人别具隻眼豈得以死殺法看是

贅語

竊觀空印註解肇公般若無知論中云且無知生於無知者以不解故輙把下面無知無字去掉了爲是註之可發一笑果如此又是圭峯當初謂圓覺經中一切衆生皆證圓覺改之皆具圓覺是也而不知肇公意旨正說般若無知者且無個知生於無知耳若有個知生於無知者無知是一個知又是一個似爲兩個也以無知未嘗生出個知來故所以云且無知生於無知無無知也無有知也唯不以無知爲無知故無知即知不以知爲知故知即無知止是一個未曽作兩個看也若除却下面一個無字又是知生出個無知來了然雖與肇公意思相反不同大端止是一個道理以知與無知還爲兩個也殊不思亦不以知爲知故知即無知不以無知爲無知故無知即知耳則不可說爲有個知故爲有個無知終爲兩個也不見下面云無有知也

謂之非有無無知也謂之非無又曰眞般若者非有非無無起無滅不可說示於人即知此個靈知自性般若既不屬於有無亦無起滅即知盡十方徧法界亘古今無物我無非總屬我一個靈知自性無疑矣即天地與我同根萬物與我一體不亦了然耶以此知空印註解何曾夢見肇公在幻有淺見如此當有識者鑑此爲何如蓋緣空印錯認了所知非所知所知生於知所知既生知知亦生所知所知既相生相生即緣法緣法故非眞非眞故非眞諦也所以去掉了者個無字殊不會肇公說般若無知屬無生旨故所以不同耳

有僧問師曰和尚邇年來還在文字中留心否師曰弗也僧遂亢語曰既不在文字中留心又安能解得文字師謂此問何意耶曰其看和尚性住釋見有笑于空印大師處如和尚意畢竟要把不眞空三字作一句念爲是耶師曰然曰然則世間文字中但無這様文法如其甲看實以世間法法不眞故空耳師曰然則世間眞故有不空物乎僧曰有即金剛舍利等是師曰然汝豈不自迷其源乎何則若金剛等以如性故能堅久者見火則不合鎔唯舍利以業力薰故能堅且久者然亦曾無自性又何嘗不空哉除此外別更有不空物乎麼僧曰其識見不廣世間物未能盡識如眼前所見則未有眞不空物其實唯不眞故空耳師曰然則汝還知世間空亦不眞乎麼僧曰某愚昧未解其旨敢乞和尚明指師曰余所謂不眞空如宗本所謂不有不無

者何正不可以有爲有以無爲無以有無俱未眞故肇師所以有不眞空之作大都有因無見無以有彰設世間無無又孰能見其有耶以有既不自見其有以有即無故所謂之眞諦以無既不自見其無以無即有故所謂之俗諦即這兩法不異然亦不一豈容此外別更有個無字見存耶故所以云不存無以觀法者可謂識法實相矣如此見得可謂色大般若大色清淨故般若清淨又云一切智智清淨無二無二分無別無斷故耳又云見法實相謂之般若能不形諮漚和功也然則般若之旨又豈可以有無雙準空色兩眞哉以故直謂之不眞空論焉不可以有無雙準者則不得以有是有以有即無亦不得以無是無以無即有此謂有無一旨又不可以空色兩眞者則不得以空是空以空即色亦不得以色是色以色即空此謂色空一體耳前之所謂物不遷論者又豈有別旨耶止是單提一去來即動靜而說不遷如世間所論明來暗去暗至明亡互相凌奪原無實體本來只是一法中又豈有去來動靜之隅及知動靜又豈不同源乎即去住亦原無二致所以謂世間物物頭頭從來實相未嘗有一毫遷動處耳若據空印註解將不眞二字一氣說了把空字丢在一邊另釋將個物字另說了取不遷二字又各置在一邊俱註斷開了何不將般若二字也說開即無知二字亦拈向一邊涅槃無名亦復如是若果如此註釋肇論要使肇公暗裡點頭相許幻有敢保實未肯在肇公若其有靈安肯不再出頭來爲一

證據耶僧曰若如此旨看來四論實與法華涅槃二經深有所契以四論合之物不遷與般若無知始終一貫即不眞空與涅槃無名因果同條耳師曰然空印以世間法法不眞故空者豈知以非不眞計不眞則是以不眞爲不眞亦是以空爲空見刼反爲肇公強註成個外道斷見矣然空印又豈知惟世間法法皆眞故但不自以爲眞哉又以物不遷物字謂肇公豈以有爲俗物可作宗依者則亦不反強肇公實成個凡夫惑見乎即舉此兩端便見空印高明極論處又烏用一一枚舉其非耶僧稽首復問其故何哉師曰無他也如法華云諸佛兩足尊知法常無性佛種從緣起是故說一乘是法住法位世間相常住於道場知已導師方便說又云唯此一事實餘二則非眞終不以小乘濟度於衆生以此知般若於世間法實無個遷與不遷亦無個知與無知以對遷故說不遷爲對知故說無知耳然於涅槃分中又豈有個眞與不眞亦豈有個空與不空耶亦爲對眞故說不眞以對形名故說無名耳所以如來深讚曰我見世間無有少法過於涅槃若有少法過似涅槃者我說如夢如幻如泡如影非眞實矣於是僧唯唯踊躍再拜而去

附雲棲大師書

多載濶别向棠

手書并

佳刺宋化卿居士自京師寄來今化卿南還

已數年矣因乏便人久未伸

謝春間託一

貴縣香客附柬想亦不到玆遇顯親耨池上
人乃吾
兄同寺深爲喜慰其
肇論解駁精確明悉但恐空印執心太堅不
肯服善然正辯破惑理自應爾彼之信否
無足計也卧疾草草不能多語
諒之諒之
同參弟袾宏和南

附憨山大師書

往者幸會臺山衆中未能盡領
教益自爾岐路東西良緣不易再也顧鄙人
深愧夙業深重所辱法門遠投瘴鄉忽忽
十有七載嗟嗟老矣念與
法門故舊幾爲永隔今人可悲况解脫無期
徒有雲鶴之思耳惟
慈不棄鄙陋遠
惠德音慰我遐想及讀
語録言言見諦眞末世法眼後學賴爲依歸
此
法施之隆當爲法門盛事喜躍何如鄙人向
爲
曹溪作奴郎翻成話柄今已謝事將圖南
嶽作休老計此緣尚未遂適遇京師延壽
顯禪人之便垂此布
訊法履小剌二種不堪入
法眼借以請
教惟
慈鑒之不一
寓嶺外辱友德清和南致
塔銘

賜進士出身通議大夫資治尹戶部侍郎致
仕周汝登撰

一心老人予向從石簣墨池兩公聞其在京弘法大闡宗風而未覯一面也後更號幻有遷化荆谿塔骨在焉其法孫王朝式狀其得法事展轉乞銘於予時予卧病未能握筆爰口爲授命姪九賓書之稿以致銘曰

一心幻有　幻有一心　何眞何假
泡沫浮沉　這箇消息　曹溪至今
樂庵觸發　笑巖印心　五臺隱跡
闡法荆岑　開大爐鞲　點鐵成金
誰其承嗣　密雲等森　陶王二士
昔聞叩音　曾可度與　鴛鴦繡針
急須着眼　幻有難尋　難尋幻有
有光少林　閱師語録　超越功勳
貴其無比　千古傳吟

幻有禪師語録後序

余於辛丑壬寅間在長安得見一心和尚於慈因寺同叅諸公爲合金買小菴於貫城坊後僅蔽風雨趨謁者輻輳師多所酬答是時蔡槐庭方主西方師與蘇雲浦論座難公案未相投契而獨許予入室爲竟日之譚内録中猶有二則予是時註添爲郎十二載每以差出差歸故事師最久一日别師歸師問予有何疑予舉九峯不肯首座因緣問畢竟明何事師竪起拳頭予擬議師曰公不要開口且細叅去又數年入都屢相過也一日過師坐次有一内監老僧者先在師從容謂余曰聞公俸深將外轉老僧亦將還荆谿相信一塲公案未明大事未了空自懡

爛大非我意也予因請益師曰向年舉的公案記得否予曰和尚今日拳頭在那裡師厲聲曰沒有予曰和尚拳頭失却鼻孔元止半邊師遂變色轉向面壁予亦趨出内監僧曰大師如何這般待這位居士時予在堦下聞師厲聲曰這個人放鬆了不奈他何且拿住索套兒不由他三年五年不來尋我内監僧趨出送予曰和尚是好意予曰大機大用只怕承受不來無何余果轉外藩特去辭師值師外出時兩僧在中堂看經一僧傍立予因與兩僧叙數年與師相徃復因緣未竟旁立僧瞠目大聲喝曰恰值大和尚不在予驚起汗出而旁僧已去予遂於佛前禮拜而行後來宦游問一心師不知踪跡三十餘年矣祗聞容雲大師得教於幻有和尚出世天童爲宇内法席第一近黄檗以直師自天童歸携有幻有禪師語録支浮師見之謂予曰見有與公問答二則予茫然曰此尊宿向未承事也及借讀之則知幻有即一心而更號耳向所刊一心禪語亦存什一也當日三年五年之語今三十餘年矣大負我師不覺泣下曰者爲無念大師書請塔銘於天童大師不允所請依然轉身面壁家風也其父子間門庭教範可想也夫可敬也夫

崇禎丁丑閏四月李長庚敬書於後

龍池幻有禪師語録卷之十

音釋

諜 同喋喋多言也　誘 以九切音酉教也相勸也　噱 其虐切音醵大笑也

贅 朱芮切音數煩言也　瘴 之亮切音障瘴癘也　藩 方煩切音翻籬也又域也

範 房咲切音犯法也式也與也

雪嶠禪師語録

參學門人弘歇等編

清刻龍藏佛說法變相圖

雪嶠禪師語錄序

曹溪受法弟子福徵譚貞默謹撰

大師自乙亥春爲黃海岸余集生諸居士驛騷奔趨雙徑強之開堂登祖位說法王法出世大事因緣實始此前此從雲門石頭上得正句後誅茅高峰雙髻者六載從荊溪龍池叅幻和尚受具戒更名記莂後曳杖徑山千指者二十餘載活埋歲月嘯傲煙雲若非鐘樓生耳佛殿懷胎那肯容易許人出世既從徑山而金陵靜明而廬山開先而長明能仁而濟生院袛陀林而越州顯聖四明景德而荊溪南嶽而光溪天王而檇李東塔而雲間勝果頤浩而究竟末後一着於雲門悟道石之地時在丁亥遡前乙亥僅越一紀而坐東南大道場者十有餘會結冬者四期其間龍

池塌塔天童封塔許大奇特機緣在語風老人分中只當一頓家常茶飯耳若夫正令高提孤情絶照宗風流暢響振諸方曲終撒手獅絃尤勁何待語録馳布而後塗毒發聲哉積年絡索遘此刼灰正好散歸龍藏乃有獅聲珠公復爲之攟拾編次俾得遡流知源披枝見本而吾友葵石居士昆季還念疇昔皈依道誼因捐貲壽剞劂與天龍神鬼及海内有眼無眼入共矜式之將無被老人常寂光中提鼻大笑乎何笑笑眼前伶俐禪和畧得出頭吐氣便教白帋黑字充棟汗牛其爲水母眼鷺鷀舌者多多許矣的的消隕虛空超越佛祖爲眼裏筋舌中骨者幾人即不乏真實叅悟歷代師承如玄圃積玉鮫人泣珠其爲珠玉則同而趙璧之連城隋珠之照乘若老人之殺活縱奪賓主全融擺壞鎖韁不求伴侶者幾人倘遇波斯胡定知毫釐千里也不慧隨侍盤桓歲歷四紀不曽向佛法中作一合頭語今日何能饒舌贊嘆一辭獨念老人能掃三千大千世界衣拂影子那能斷威音王以前水乳消息不牽自肯只今當問之徹崖獅聲兩公與葵石居士因繫以頌頌曰

雪老鼻孔撩天公案出語爲風着手便判世界小兒是非莫管祖令孤行青獅活現厥謚云何宗壇鐵漢

衆護法請開堂疏

伏諗宗門一路久矣線道不通日午打三更留黒白未分之消息連夜日頭出少常住不動之師承擬掃塵妖當宏利濟恭惟雪嶠大和尚猊座宗無所宗法本無法空中伸巨臂

搯斷從上諸佛祖鼻梁身畔現韋馱打屏五百比丘踪影古雲門三字見凡聖於一家爛豆渣半升鬧艸萊乎雙髻呵斥諸方從無當意輕許可撈漉群趣不將佛法當人情語風提唱照地光天廬山開先懸崖峻壁七十五燈俱是火掌握薪傳百千三昧悉真空口吐血脉欽震旦之將登獨坐適福城之現缺主人伏祈大和尚小遊戲而飛錫肯來大踏步而折葦即至魔也打佛也打堂堂見性明心明頭來暗頭來的的攔胸劈面獅王出窟俾萬獸之潛形金翅分波使諸龍之斷命一切衆生胥擁戴十方賢聖悉依皈谷等臨啟曷勝企佇顒誠之至

崇禎十六年夏月禾城曹谷譚貞默朱茂時汪挺高承埏朱茂晭王起隆兩邑護法仝疏

雪嶠禪師語録目録

雪嶠禪師語錄目錄終

雪嶠禪師語録卷第一

參學門人弘歇等編

住東塔禪寺語録

師於崇禎癸未夏荆谿受嘉禾東塔請至仲秋八月初八日進院十五日曹石倉譚埽菴朱葵石汪爾陶譚闇仲高寓公沈甫受朱子藻子葆子容李珂雪孫培菴吳水原孫起伯朱範臣欽臣廸臣王季延嚴鞍轢同合山大衆暨諸護法士紳等請就本寺開堂

師陞座云東塔寺前問水神相逢盡作帝鄉人故園田地如何會一喝分明介主賓拈香云此一瓣香根盤靈鷲價重坤維卷之則千巖截流放之則六合彌豐爇向寶鑪端爲今上皇帝聖躬萬安惟祈邊邦寧謐海不揚波士農工商咸沾化育此香供養華嚴會上清凉澄國師復指香云此香供養禹門幻有先師大和尚用酬法乳斂衣就座白椎竟舉仰山問中邑洪恩禪師云如何得見佛性義恩云我與汝説個譬喻如一室有六窻内有一獼猴外有獼猴從東邊喚猩猩猩猩即應如是六窻俱喚六窻俱應仰山禮謝起云適蒙和尚譬喻無不了知秪如内獼猴睡着外獼猴欲與相見又且如何恩下繩床執仰山手作舞云猩猩與汝相見了譬如蟭螟蟲在蚊子眼睫上作窠向十字街頭叫云土曠人稀相逢者少師云若無仰山後語幾乎獼猴個個無尾巴諸人要見佛性義麼漁船上有榼㮤堆頭有下座

八月廿九日譚埽菴誕日設齋請上堂師云佛身充滿於法界到不得者裏普現一切群

生前太勞勞生隨緣赴感靡不周還見麽而恒處此菩提座掀翻他窠臼有明眼者出來簡點看僧問如何是向上一乘師云塔尖峰頂如何是向下事師云幡竿動也意旨如何師云地藏菩薩問擊碎東塔踏翻太湖且道此人具甚麽手眼師舉如意示之進云抛却德山棒放下臨濟喝還有爲人處也無師云到得這裏麽

序東徐居士薦母請上堂古人道父母非我親誰是最親者諸佛非我道誰是最道者父母既非我親畢竟誰是至親有伶俐衲僧出來道看一僧纔出師珍重下座

結制上堂師云結制無有他爲切念生死大事到此禪堂不得東語西話不得亂想胡思一心正念提起話頭看個父母未生前那個是我本來面目若不苦心叅究受他施主供養滴水難消切須仔細

甲申元旦諸護法曁大衆請祝聖上堂師陞座拈香畢乃云且道新年頭佛法如何舉揚村村蠶麥熟處處稻花香忽聞爆竹聲隨云爆竹一聲天地老塔前無處不光輝即此是法即此是道大衆久立珍重

恒輝禪人供衆請上堂古者道平常心是道喜怒罵詈咳唾掉臂無非是祖師西來大意此事不論初機晚學只要一個信得及若是夙有靈根猛自提撕忽然正眼豁開方見老人眉毛端的

臘八日譚埽菴居士爲薦誥封夫人徐氏請上堂師陞座維那白椎竟師喝一喝什麽第一義第二義今日埽菴居士爲亡過誥封夫

人徐氏曾於病中發心請老人說法普利一切夫說法者聽法者如夢如幻無有是處而徐氏夫人仗此勝因超生天界作天眷屬不墮人間受諸苦惱平坦坦地佛祖安身立命之處喝一喝云者裏是甚麽所在容伊着脚經云諸佛智慧甚深無量其智慧門難解難入復喝一喝云什麽智慧門只消一個乾屎橛擊碎流出一切麻三斤庭前栢樹子三玄三要五位君臣有句無句打作一串不消老人一拂化爲微塵乆立珍重

解制陸登之居士請上堂師陞座云結制解制爲個甚麽秖爲當人脚跟下一段大事不明如大火聚不得清涼所以道十方同聚會個個學無爲此是選佛場心空及第歸一期過了堂中不見一箇半箇雖然且喜太平良乆云一二三四五六七萬仞峰頭獨足立問伊你更是阿誰我是人間白拈賊遂喝一喝云十字街頭撞着馬相公與你索飯錢你作麽生秖對衆無語師云老人與你代一轉語春風日日到園林夜夜面南看北斗

到雲門顯聖請上堂喝一喝云法王法座如此如彼三宜上座同季超祁居士請老人登此猊座不免乘時拈出普告大衆老僧昔拈靈樹不無其繇蓋主法者不嚴聊借此以見志况先年三登禹門機緣歷歷可考此乃沿流不止嫡親嫡故無敢違者若也竟拈靈樹則辜負禹門若也竟拈禹門則辜負靈樹今日人天衆前撥轉船頭順風把舵去也遂拈香云即此供養直隸常州府宜興縣荊溪禹門幻有先師大和尚從此不敢辜負就座乃

云去聖時遥宗門紊亂必須洞達心宗庶不虛生浪死若也不悟自心終日尋行數墨了没交涉於今目前依草附木者豈達磨一宗乃糟粕耳假我衣裳名是比丘豈千聖不傳之旨如此容易者哉佛法不直半文矣諸仁者趂色力強健時討箇分曉莫待眼光落地業識茫茫平日說禪說道竪指伸拳到恁麼時你還作得主去麼喝一喝云啼得血流無用處不如緘口度殘年下座

崇禎十六年四月廿六日師至龍池掃塔荊谿吳九叙居士暨禹門大衆等請上堂師至座前喝一喝遂陞熏風自南來殿閣生微凉倦來困一覺何必好眠牀此一瓣香爇為當今聖君皇帝惟願道心永銳太平天下令十方法界衆生各各安樂自在次拈云此香供養本山前代一源禪師復拈云此一瓣香供養即此禹門堂上嗣臨濟正宗幻有先師大和尚用酬法乳之恩斂衣就座白椎云法筵龍象衆當觀第一義師乃云佛法正是衰替時節各宜努力以求出世人人埋没多生今朝若不透徹何時解脫不見南嶽讓叅六祖云甚麼物恁麼來讓不會經八載便對六祖道說似一物即不中祖云還假修證也無讓云修證則不無汚染即不得祖云只此不汚染諸佛之所護念汝旣如是吾亦如是善自護持者箇一物即不中便是六祖大師本來無一物合轍之語所以祖祖相傳佛佛授受與達磨大師正法眼藏合文合節若有半字差異即同魔外何為臨濟正宗也白椎云諦觀法王法法王法如是師卓拄杖下座

天童景德禪寺諸護法同合山大衆請上堂師陞座呵呵大笑且道笑箇甚麽笑那無舌人善能解語喝一喝云不必重打葛藤須向未舉以前會取若論此事盡大地拈來在老人一毛孔中着不滿諸佛心印不從人得既不從人得難道從墻壁瓦礫得既不從墻壁瓦礫得難道從地水火風四大五藴喜怒哀樂而得豁開自已正眼炤天炤地始知不從人得如啞子喫苦瓜向人道不得遂鼓兩臂作獅子奮迅勢云獅子遊行不求伴侶喝一喝下座

上堂喝一喝云斬開碧落百花新扶起山門兩位人古殿雖殘雲不老燈傳白月夜精神四明鄞邑乃老朽故土爲送天童和尚入塔蒙城中士紳留住數日此乃鄉情眷眷陸敬翁長者相招同到天王古刹并遊勝地此寺創自晉代至宋元重修雖然山門殘替門前光景如舊自有人天安排諸仁者要識自家本命元辰着落不必他求逆順境緣消歸自已人命無常不與人期一氣不來便同土塊今日老人談話原非别事如來出世爲衆生沉溺生死苦口叮嚀撥動上頭關棙欲令衆生得入此門又勞他達磨大師到我震旦傳佛心印直指人心見性成佛之旨今幸長者請登此座重爲舉揚俾益四衆知脚跟下有此一段光明諸仁者急須諦審休將閒學解埋没祖師心珍重

乙酉改元三月十七過雲間超果寺監院知一静主紹源并各山大衆暨合郡檀護請祝聖上堂師陞座拈香云此香非陰陽造化之

所成亦非金木水火土之所生爇向爐中端為祝延今上皇帝聖躬萬歲萬歲萬萬歲伏願堯風永扇於大明舜德普聞於沙界闔朝文武公卿尊崇祿位遠近檀那均斯法化遂斂衣就座僧問如何是衲僧本分事師便打進云除却棒請師再道一句師復打僧禮拜起便喝師連打問雲門普趙州關即不問秖如乾坤未立世界未形時主人公向何處安身立命師云念言語漢云恁麼則鶴棲無影樹花發不萌枝去也師云芽生也乃云暮春三月好風光盡見遊心白面郎國界無虞今日定夜深皓月照長廊竪拂子云即此用離此用復震威一喝云此是馬祖陳爛葛藤不勞拈出今日打些新鮮葛藤與大衆結緣會麼若論者事三世諸佛無下口處歷代祖師結舌有分何故法如是故祖師出世蓋為一切衆生沉淪苦海墮落五欲所以開方便門接引愚癡咄言多去道遠矣還有問話者麼僧問如何是大師方便門師以拂子畫一畫云會麼太平日月光天德一統山河壯帝居久立珍重

上堂七十五年何處來燈籠生脚上天台凝人知道我來處三月菜花歷路開老人于甲申八月被業風吹入雲間承衆居士供養數月監院一輪同衆檀恭請金澤頤浩禪寺說些閒話且舉現成公案與大衆商量乃云昔日圓悟禪師叅五祖演和尚聞舉小豔詩云頻呼小玉原無事只要檀郎認得聲乃出方丈見鷄飛上欄杆鼓翅而鳴豁然大悟作偈云寶鴨香消錦繡幃笙歌藂裏醉扶歸少年

一段風流事只許佳人獨自知爲甚麽只許獨自知韲老人今日爲他下箇註脚鷄寒上樹鴨寒下水雖然如是逗漏不少復舉臨濟和尚道有一人論劫在途中不離家舍有一人離家舍不在途中此二人那箇合受人天供養顧侍者云喚這二人來與老僧洗脚此事人人脚跟下乾乾淨淨無有絲毫泥水只爲躭着五欲從迷入迷喚作衆生所以雜華偈云毘盧遮那佛願力週沙界一切國土中恒轉無上輪今日盧舍那佛在徑山拂子頭上轉大法輪去也遂擊拂子召大衆云還聞麽豎云還見麽且道聞底事作麽生衆無語代云如是我聞便下座

弟子教忻教守教果等請上堂乘言者喪滯句者迷古人已道破了也何故要你向自性三昧海中狂波濶浪裏轉身吐氣始有說話分雖然更須向深雲窮谷養得純純熟熟方可出來人天衆前舉揚箇事光耀祖庭瞻之仰之庶不辜負達磨大師西來一番辛苦若也不然只是箇蝦蟆田雞亂跳亂叫成得箇甚麽邊事乃大笑復云笑那吳山端獅子見弄獅子得悟後有老僧識他道鄉裏獅子鄉裏弄眼睛鼻頭一齊動假饒弄到帝王前也是一場乾打閧有時上堂云佛法無可得說不如打箇觔斗便下座今日徑山在頭浩上堂也無獅子弄也不打觔斗說些平實話接物利生且道如何是接物利生句韲叅須實叅悟須實悟有僧出禮拜擬問師便打僧云某甲話也未問師云待你開口成得箇甚麽便下座

上堂今日登此寶座爲本鎭居士持貲供衆請老人說些佛法普利群生諸仁者莫瞌睡惺惺着眼前山林池沼無非是你故宅只爲離鄉太久所以不得受用良久云樂云樂云鐘鼓云乎哉禮云禮云玉帛云乎哉即此見聞非見聞無餘聲色可呈君箇中若了原無事體用何妨分不分卓拄杖云離中虛坎中滿

住越州雲門寺語録

上堂雲門有一奇特事從曠大劫來無人動着今日分明舉似大衆良久云忘却了也叟拄杖下座

荆門上座出關請上堂春秋三度掩柴關無事於心不放閒今日聊通一線道踏開煙水入深山既是出關合該逍遥山水於石橋啜茗焚香於溪閣爲什麼又要入山韲爲他途路不得力

結制上堂欲知佛性義當觀時節因緣時節若至其理自彰大衆今日是甚麼時節舉拂子一拂云雲門老古錐出世也地摇六震天雨四花且道有何祥瑞五雲山下青獅子曳尾摇頭弄爪牙遂喝云這畜生休作怪要騎便騎要下便下

師誕日解制上堂老人自住雲門已來不曾動着一步不曾措着一辭今日幸遇解制打開長汀子布袋放出百千萬億光明雲將五湖四海衲子而爲眷屬使歷劫多生父母俱超樂國以拂子打○云會麼盡十方世界是燃燈古佛光明門盡十方世界是釋迦老子總持門盡十方世界是兜率陀天彌勒世尊

解脱門盡十方世界是文殊師利法王子般若波羅密門盡十方世界是普賢菩薩行願門盡十方世界是一切修多羅差别義海門盡十方世界是凡夫衆生四生六道微細極微細昆蟲蚤虱生滅門乃喝云今日雲門解制猶如螃蠏去草縛橫行直撞切須仔細倘遇無厭足王莫道我是雲門解制來若道着被他一棒打折你驢腰莫言不道

辭請

崇禎甲戌十月十一日衆集于指菴請徑山開堂師辭衆曰今日承大檀鄉紳暨唐祈遠居士起縁爲首閔裴卿居士率衆拜請請語風出世非惟大檀鄉紳居士請語風出世又復諸山大衆請語風出世非惟諸山大衆請語風出世又復本山各房大衆請語風出世非惟本山各房大衆請語風出世又復開山國一大覺祖師無上禪師法濟大師大慧杲妙喜老人别峰禪師塗毒禪師乃至八十七代住持大和尚請語風出世非惟開山國一大覺祖師無上禪師法濟大師大慧杲妙喜老人别峰禪師塗毒禪師乃至八十七代住持大和尚請語風出世又復本山護法伽藍廣澤龍王雙髻周宣靈王靈山授記十八位伽藍請語風出世非惟本山護法伽藍廣澤龍王雙髻周宣靈王靈山授記十八位伽藍請語風出世又復主山神主地神主空神主林神主風神主海神主江神乃至鬼神等請語風出世非惟主山神主地神主空神主林神主風神主海神主江神乃至鬼神等請語風出世又復梵天帝釋天韋天乃至無想天

非非想天三十三天諸天神衆請語風出世非惟梵天帝釋天韋天乃至無想天非非想天三十三天諸天神衆請語風出世又復乾屎橛麻三斤栢樹子青州布衫胡餅請語風出世請出世作甚麽庭前生瑞草好事不如無諸人豈不知徑山祖庭從唐宋至本朝宣德二百年來宗風闃寂祖道不行賴有本山各房接晉香火方得殿宇廊廡煥然一新若論今日請語風出世爲衆說法利濟衆生没交涉你看那箇是衆生記得圓通訥禪師云長安風月貫今昔那箇男兒摸壁行家家觀世音有路透長安若箇今日出世求名名蓋天下久矣把手牽他行不得惟人自肯乃方親按牛頭喫草央使不得良久師舉雲門到雪峰莊見一僧乃問上座今日上山去那僧曰是門曰寄一則因緣問堂頭和尚秖是不得道是别人語僧曰得門曰上座到山中見和尚上堂衆纔集便出握腕立地曰這老漢項上鐵枷何不脱却其僧一依門敎雪峰見這僧與麽道便下座攔胸把住曰速道速道僧無對峰拓開曰不是汝語僧曰是某甲語峰曰侍者將繩棒來僧曰不是某語是莊上一浙中上座教某甲來道峰曰大衆去莊上迎取五百人善知識來門次日上雪峰峰纔見便曰因甚麽得到與麽地門乃低頭從此契合若論今日請語風出世即是著語風在鐵床裏使我動不得隨人使喚被人指揮如棨頭猪肉斬斷由他何苦得語風三十年來不曾受人拘束但饑來喫飯困來打眠逍逍遥遥林間步武自由自在何苦得要我出世

出世是大惡業事放我在地獄裏去你看那箇是爲生死的甚麽喚做生死汝等不如歸去好語風決決不出世不出來謾神謔鬼有甚麽相干實無利益直饒截我語風頭去寧作無頭人亦不隨汝等脚跟轉不如歸去好大衆跪久不起師瞥然裴鄉閔居士云大師雖未登座説法已竟

十三日衆再請再辭前日説竟了今復何爲又勞大衆來此衆云世尊三請方説法師曰世尊眼花及至道箇止止不須説早已逗漏不少有甚奇特若向衲僧門下好與三十拄杖衆再四師曰税不重科又曰再犯不容乃舉雪峰妙湛和尚示衆一切法無差雲門胡餅趙州茶黃鶴樓中吹玉笛江城五月落梅花慙愧太原孚上座五更次鼓角天曉弄琵琶語風也有兩句一切法無差鵓鴣對老鴉生臺爭飯喫打得亂如麻有約不來過夜半閒敲棊子落燈花慚愧西湖保叔塔六橋煙雨夕陽斜珍重師便轉身衆候良久散去

崇禎乙亥歲三月初三日司理黃海岸居士請徑山開堂

三門喝一喝云惟有一門而復狹小豎拂子指門云莫得就是這箇門那巍巍堂堂煒煒煌煌入此門者如獅子王復喝一喝二位力士證明

彌勒殿喝一喝云喚你作彌勒又是布袋和尚喚你作布袋和尚又是彌勒畢竟如何一彩兩賽

韋䭾殿韋天韋天還記得湖州弁山多寶寺苦告你因緣麽遂禮拜云珊瑚枕上兩行淚

半是思君半恨君
伽藍殿廣澤龍王不忘靈山之付囑發菩薩心捨宮殿爲國一祖師伽藍今當現身而去垢莫假瞌睡以蒙董竪拂子指龍王厲聲云汝當護法
祖師殿會麽坐得骨髒生胝不知冷煖八十七人成群打哄大似守屍鬼喝一喝云開
佛殿稽首瞿曇黃面老爺離言説相離文字相離心緣相畢竟平等這箇説話與我付之海外
陞座卓拄杖三下拈香云此一瓣香恭惟北闕之至尊上祝南山之萬壽扇堯風於千古布舜德於今時惟願邊疆平靜國界安寧欽衣就座乃云今日時逢三月三黃司理請老人爲衆舉揚且道舉揚箇甚麽威音王那畔更那畔這一着復卓杖一下云大衆還會麽還有人出來問話麽勿得辜負居士一副熱腸此事人人具足箇箇圓成居士出衆問云如何是箇箇圓成的事師云好與三十棒會麽日輪西墜夜月東昇卓拄杖下座
司理黃海岸居士爲封公壽誕請上堂師至座前作女人拜云稽首須彌山王以拂子指座云此乃八十七位所坐的曲彔木牀老僧今日不敢違時失候照例施行就中一句作麽生道還有人道得麽若無老僧自道去也遂陞居士禮拜問云八十七代燈燈相續祖祖相承大師今日且道如何爲人師竪拂子乃云四月今晨最吉祥托來鐵鉢古風香海岸道人知此意高遷爵祿捧霞觴門裏出身易一聞千悟有甚麽難身裏出門難坐却白

雲宗不妙從天降下則貧窮如人數他寶從地湧出則富貴擊徧擊等徧擊動徧動等徧動吼徧吼等徧吼正恁麼時山門頭撞着善財童子五十三位大菩薩各各手持華幔幢幡寶蓋珊瑚瓔珞珍寶等物外有無根樹一株㕹不應山谷一座無陰陽地一片老僧問伊道擔荷許多骨董到此作什麼菩薩答云相聞黃封翁八旬壽誕特來慶賀老僧云難得菩薩遠來迯喝一喝云莫作一喝會聊爲菩薩買草鞋竪拂子云見麼若也見戳瞎汝眼若也不見眼在甚處問答不錄擊拂子下座

大中丞余集生居士請上堂白椎畢師云若論第一義向悉達未生時會取一切衆生無明煩惱中會取四生六道驢胎馬腹中會取今日朝暘峰頂千僧閣下不行妙喜老人走過的路不飲妙喜老人喫過的水老僧別有一段家風作麼生是老僧家風江月照松風吹永夜清宵何所爲佛性戒珠心地印霧露雲霞體上衣此乃永嘉大師受用的非惟永嘉受用即是老僧受用何以故道道相同祖祖相授若是已事未明心地不亮顢顢頇頇儱儱侗侗未免向驢胎馬腹中作活計去也良久云一槌擊碎珊瑚月大地山河是阿誰僧出問云如何是祖師關師云過不得云未過關如何接師云立云已過關如何接師云坐云總不恁麼時如何師擊拂子兩下云大師即今在何處安身師云蠟燭兩行排僧禮拜云恁麼則學人有賴去也師云錯問中心樹子請師舉示大衆師云再舉來僧擬議師

便喝問古鏡重光即不問孤峰獨露時如何師云萬里一片雲云大風吹散時如何師云蒼天蒼天問徑山堂上敲鐘擂鼓驚起座中獅子舞如何是獅子舞師擲花瓶云花瓶倒地云請大師再道師灑香灰云蘇嚕蘇嚕師曳拄杖下座

因事上堂咄咄咄徑山乃唐宋已來之徑山擊拂子云八十七人在此經過非今日之徑山非一日之徑山也千年常住一朝僧今朝祖令當行十方坐斷且道還有祥瑞也無鐘樓生耳朵佛殿又懷胎海岸居士出問云如何是鐘樓生耳朵師拈生香云會取這箇進云如何是佛殿又懷胎師云產下也士禮拜云須是大師說法始得師乃云今承吳江大檀同諸護法等命老人登獅子座理荒殘之祖席扶陳爛之頹綱這喚做狗尾續貂那管家家門前火把子釣漁船上謝三郎即不問媳婦騎驢阿家牽適將一句來還有人道得麼良久云一拂擊開金殿月萬家無箇不光明復舉溈山云有句無句如藤倚樹踈山持此語問溈山值溈泥壁次踈云有句無句如藤倚樹是和尚語不溈云是踈云忽然樹倒藤枯句歸何處溈放下泥盤呵呵大笑歸方丈踈云某三千里外賣布單來和尚何得相弄溈喚侍者取三百文錢與這僧買草鞋去後來有獨眼龍爲你點破在踈至明招處舉前話招云更使溈山笑轉新踈山有省原來溈山笑裏有刀師復召大衆曰要見溈山笑裏刀麼呵呵大笑下座

海岸居士請上堂師豎拂子云也大奇也大

奇無情說法不思議彈指頃石虎咬殺青田雞燈籠露柱忍俊不禁踍跳上鵬搏峰頂揚聲大吼且道吼箇甚麽功德池中添箇月滿林光彩可追隨舉臨濟和尚云有一人論劫在途中不離家舍有一人離家舍不在途中那箇合受人天供養師云這箇語話大似掩耳偷鈴瞞人自瞞諸人要識這兩箇人麽餘杭紙貴一狀領過

雪嶠禪師語錄卷第一

音釋

榼㯕上克盍切音䡷酒器也下私盍切三入聲枯㯕也　齗乃里切音你如禪未見也　戳救角切音連刺也　鵬蒲登切音朋大鵬鳥也

雪嶠禪師語録卷第二

參學門人弘歇等編

住開先禪寺語録

師於崇禎巳卯仲秋受西江請越明年庚辰三月初二日進院

大殿喝一喝云本自無言莫傷齒牙

伽藍目視云本該禮拜今日老僧没氣力

韋天韋馱尊天隨處見你你也思量我我也思量你你我思量無彼無此

達磨徑山今日來也復摇手云不必攢眉

據室大衆請下語師云這箇方丈是我坐的有甚麽說衆乃禮拜

挂鐘板從上以來叢林號令今朝吉日良時挂此鐘板願我堂中千百億衆箇箇如龍若虎得諸佛機古人云銅頭鐵額漢盡在我山中遂擊板一下

初四日現任護法暨合山大衆請上堂師至法座前以拂子打十字喝一喝云諸佛心印莫若於此便陞僧出問大師舟中踃踏之勢即不問且道一口吸盡西江水時如何師云露出你這野狐精僧擬進語師云且過一邊着僧禮拜退維那白椎云法筵龍象衆當觀第一義師乃云匡廬開先荒凉久矣諸護法宰官黄海岸居士等書來徑山三回五度老人畢志不欲出世無奈他何捉猪上欖大都不得巳而應箇時節也諸人應自思惟六根門頭縱横妙用莫將眼來見色便是汝之真見當知此眼之外别有正眼此耳之外别有聰耳不可躭着五欲遷延歲月增長無明無常到來阿誰替代眼光落地打發不去今見

老人到此急急理料衣帶下事他日黒面老爺捉將去佛也救你不得白椎云諦觀法王法法王法如是下座

吉安府首龍居士發心造殿設齋請上堂一字相聞忉利天盧山荒寺在開先喜逢他日成金殿萬指同叅來復禪這位居士發心久矣親近善知識求無上妙道日誦華嚴經念念見佛心無别求發大誓願世世生生願爲居士生死海中利濟多方捨身受身廣度苦惱所謂毘盧遮那佛願力周沙界一切國土中恒轉無上輪復高聲云且道無上法輪作麼生轉莫是撞鐘擂鼓梵唄聲麼莫是山河大地草木叢林麼莫是黄鳥青禽吠芽叢蜀狗麼莫是千尋瀑響雙劍峰頭麼諸仁者體會好是箇甚麼道理不見華嚴經云刹說塵說熾然說無間歇法無依故無内外故無去來故還會麼諸仁者一切衆生徹内徹外頂天立地皆在盧舍那佛光明中着衣喫飯香水海裏遊戲出入或說有法或說法忍或說貪欲或說寂静或說利生衆生在裏許總之不知不覺何以故生死海中晝夜黒暗故不信自已所從來惟人我故不知三惡道充滿世間自會快樂故華嚴法界不可說不可說不思議故互攝刹塵寬廓非外寂寥非内童子身中入正定童女身中從定出實不可思議惟證乃知東柏大士云自他不隔於毫端始終不離於當念也良久復舉雲門下白雲子祥禪師問僧不壞假名而談實相作麼生僧指椅子云這箇是椅子祥以手撥椅云與我將鞋袋來僧無對祥云這虚頭漢師復名

大衆這僧既會椅子因甚又不識韈袋且道請訛在甚麼處卓拄杖下座

新建齋堂監院請上堂喝一喝云亘古開先風景異此山何似紫袈裟無言童子分明説那箇男兒先到家復喝云易復易難復難何人施大臂斬斷祖師關雖然猶是應世之言若論其中事遠之遠矣過此百萬億恒河沙微塵數世界不可説不可説夢未見在何故不見道深固幽遠良久云百千雲水餐香飯盡是解黏去縛人

覺休李居士請上堂師陞座維那白椎師顧喝云有甚麼第一義第二義便據座居士出禮拜拈香云求大師爲衆發明性地示上上機令人人普沾利益師乃云諸仁者惺惺着莫瞌睡瞌睡則落鬼窟裏去不是好事須要着此此精彩明白自己若不明白自己二六時中着衣喫飯總在生滅死屍裏過日子有甚麼用處你看當時雪巖欽一見高峰便問那箇拖你死屍來這便是裹柏大士云性戒智海不宿死屍一切生滅死屍至於根本智海皆爲智海無生無滅所以貴乎見性明心奐作箇人不然總是箇死屍前代尊宿苦苦勸你叅求知識只爲衆生以生老病死爲己受用以貪嗔五欲爲己莊嚴便教你叅箇話頭做工夫也不是槁木死灰須求妙悟始得又無奈何説箇庭前柏樹子乾屎橛要你言下領會不是流到今日做箇話頭的今日順天李居士發菩提心已久到處叅訪經歷程途不得因緣今遇老人懇求出家號曰覺休覺者覺一切煩惱死生根本了達自性圓明通

天徹地無彼此相無優劣想故金剛經云是法平等無有高下蠢動含靈皆入平等菩提道場不變初心秖如高超獨步擺脫羅籠一句作麽生道萬古碧潭空界月再三撈摝始應知

海岸覺休二居士祝髮請上堂師陞座喝一喝云萬樹秋風入院賒緑袍換得紫袈裟若干頭惱一刀盡性海澄清不浪花一言不發萬事皆如拈香畢乃云祝香已竟當說何法以利樂一切衆生頭出頭沒苦惱有情不知此道湛寂圓常卓然眼前爲何不知皆因五欲蓋覆甘爲下賤作持糞漢老人今日登此寶座爲新城黄司李海岸發心出家非一日兩日夙植德本般若正因入我法門鬚髮自落作大比丘這事舉示人不得如人飲水冷煖自知絶後再甦欺君不得復舉石頭和尚一日命大衆刬除法堂前草丹霞捧水跪前石頭即與剃落丹霞到馬祖處入禪堂騎聖僧項馬祖云吾子天然便以天然爲號開先這裏也無聖僧項可騎也無象王可騎也無獅子可騎且騎佛殿上忉利天兜率陀天與諸天子說且道說箇甚麽諦聽諦聽海岸出問云騎却獅子項時如何師云看尾巴進云如何是出家事師一喝如何是到家事師云非汝境界云大師曾到此境界麽師以拂子打○岸禮拜云明眼人難瞞師云珍重

薦覺休禪人上堂僧問不慕諸聖不重已靈此人還假修證否師云那裏突出一竅進云上無攀仰師云且過一邊僧一喝師云再喝看僧禮拜歸衆海岸出問生從何來死從何

去師云向這裏會取進云死中得活時如何師云初三十一岸禮拜師乃云嗟乎痛哉覺休纔見披剃今日又見薦亡生死路長人欲苦回頭便是涅槃山覺休此去歸何處竹色秋聲月掩關大衆無常迅速剎那易世豈得不怕隨業動流無可據秋風依舊掩門時

遊金輪峰回大衆請上堂遊罷金輪峰歸來招隱坐大凡一切事體須得親到方知端的向南向北若不親到一回接耳聽來未免諸訛兼之疑情不解金輪峰昔來耶舍尊者自西域持佛舍利造塔於其頂常放寶光絶世珍重謂之金輪峰老人昨日去彼禮塔今日方回實不曾動著一步諸人還見老人去來麼若見老人出入即是諸人鬼窟裏活計何曾得見老人良久云樹頭黃葉盡應見遠山青

結制上堂師至座前云稽首燈王如來普願微塵國土衆生同入般若波羅蜜門且道般若波羅蜜門作麼生入舉拂子云鑿便墮維那白椎竟師喝一喝云四十年來恁麼行斬開碧落血腥腥其中果有希奇事獅子遊行不問程今朝十一月朔日結制爲衆人打些葛藤以了夙生現生來生無明窟宅生死結根然這箇總是閒言語一切衆生本來是佛何似雪上加霜大衆不得動着維那白椎云諦觀法王法法王法如是師喝云你也差我也差且無法王法也無法王說的法今日結制古來舊規不許交頭接耳不許亂走一步亂走一步打折你驢腰又不許作默照邪禪亦不得在鬼窟裏作活計只有本參話頭切

要明白離心意識參絶凡聖路學問還丹一粒點鐵成金至理一言轉凡成聖金鐵即不問如何是丹師云大展坐具着進云還丹已蒙師指示至理一言事如何師云好似念經一般僧禮拜師拽拄杖下座

上堂師呵呵大笑如雷這一笑笑破諸佛鼻孔虛空百雜碎老僧今日頭痛不得爲你說且舉古人現成公案不着佛求不着法求不着僧求作麽生會衆無語鵓鳩樹頭鳴意在麻畬裏好與三十拄杖喝一喝復舉僧問雲門一念不起還有過也無門云須彌山師云當時這僧若悟去將須彌山㧞作兩橛免遺累今日堂中四十餘座須彌山硬骨骨逼塞殺人去不得還有會的麽出來試舉看若不會老僧爲你頌破一念不起須彌山青天白日鬼門關黃鶴樓前鸚鵡岸白蘋紅蓼血斑斑

蕭次公居士請上堂師陞座良久云我爲法王於法自在人天衆前說長說短有甚利益今朝爲吉安府蕭次公居士持淨資到山請老人說些淡話願其綿綿福壽念念貞祥天無迴轉之日輪海無逆波之湛水生生世世不昧福田作大檀越樹蓋護苾芻草安安樂樂得心自在復舉昔日僧問雲門如何是和尚家風門云有讀書人來報今有人問老人如何是開先家風向他道黴雲濇河漢踈雨滴梧桐下座

臘月八日說戒請上堂師陞座云今朝臘月八日釋迦老子成道師起身云稽首過現未來十方諸佛賢聖僧諸代祖師皆從戒而得

道復坐戒如空中杲日諸瞎不能躱閃又如雄兵帥將帥不立干戈起也戒義如是戒爲成佛之基得道之源爲僧不可不受戒且道戒是甚模樣將何爲戒體戒體不屬有無等相光明横亘十方世界若執世界是佛便有成壞去來有善惡有分别之相不知戒無形狀故心體宛然戒無體性故諸佛出世亦無體性自知無心是戒無爲是戒無相是戒無取是戒無住是戒無漏是戒無諍是戒無生滅是戒戒爲非道非非道非非法戒性如是果能直下受持如空作響天下皆聞又如雷聲振地遠震十方菩薩子耳聽心受當堅忍持之菩薩子五戒沙彌戒比丘戒菩薩戒諸佛成道都打這裏過離不得五戒根本根本若虚求菩薩戒皆爲枉然自今受戒之後婬殺盜妄永不再犯成就戒香定香慧香解脱香知見香十方諸佛所遺到今日各各自巳守護大衆禮拜師下座歸方丈

透菴鄧居士請上堂唯一出問如何是第一義師云且緩緩云請更道師便喝唯轉身對居士云今日上堂特特爲居士閙居士有些見識古人云此是選佛場心空及第歸選佛場且置如何是心空及第速道速道士以袖左拂云未在士以袖右拂復座前禮拜師笑云多得的唯遂出法堂師乃云者位漢陽透菴鄧居士看華嚴經至毘目仙人執善財手善財得無數三昧向這裏打失特來開先見老人所謂欲窮千里目更上一層樓這事原非兒戲須是眞叅實悟不是死丁丁雙眼看鼻頭亦不是長連床上學空頭話閻羅王到

來如何打點他如今世間都是絡絡索索有許多葛藤自稱奇特瞞騙龍天似有所得問他得箇甚麼開先這裏則不然比山當面來白拂隨手轉下座

西林一如律師請上堂師云諸人還會第一義麼喝一喝今日恁麼明日不恁麼來來去去上上下下有甚麼要緊有耳不聞圓頓教有眼不見舍那身汝等諸人作麼生會不須向外馳求當下叩已而叅而今人只會打妄想爭人我不肯向生死上用心其中有大根器者決不向這裏躭閣過時如虎生角如龍獲珠逢山遇水自有方便見客迎賓拈起便用俗情世諦付之鄱湖且道楊子江又作麼生老人在裏許半月今日分明舉似

辛巳元旦上堂師至座前云昨夜鐵牛生獅子今朝滿面是光輝喝一喝遂陞座謂古人無奇特今人奇特勝前人今朝元旦特爲慶讚當今皇帝惟願淳風滿國德氣充方百姓謳歌太平天下柴不荒米不貴風調雨順五穀登即此是香供養聖君萬歲萬萬歲歛衣就座乃舉西天目斷崖和尚偈云大地山河一片雪日出後相見太陽一照影無踪前山後山青從此不疑諸佛祖着甚死急有何南北與西東山是山水是水喝一喝云到這裏容註脚不得爲甚如此者事人人脚跟下大須仔細如紅爐上點雪相似好則好矣美則美何方不可是歸期只爲路窮山更杳可憐墮落作奴兒珍重

解制上堂結制何如解制奇春風南北各棲遲村中乞食無些子一片饑腸一首詩六十

五日前從何處來六十五日後從何處去是大神咒是大明咒正當六十五日內在此中作什麽若有相應者出來舉似老人爲汝證明如無羇絆娑訶今日打開布袋一任諸人東拋西擲橫行海內假如撞着黑面老爺切莫道開先解制來

過潯陽江州見任別駕陳司理嚴德化令劉彭澤令謝德安令徐衆居士等捐資設齋於能仁寺爲太守君平張公祈嗣請師上堂師至座前執疏云今日公案不必問如何若何遂過疏云以此爲驗維那宣畢師一喝遂陞有僧出問師隨聲便喝云全體恁麽去全體恁麽來阿剌剌阿剌剌一語相投善法堂百千天子施禎祥山河永固田蠶熟處處笙歌樂帝鄉此一瓣香專爲當今萬德之至尊發廣大心永護三寶闔朝文武各省官僚隨心適意滿足無疆據座乃云諸佛出世爲衆生淪溺苦海現出若干奇特譬喻方便欲令衆生知自性圓明本來清淨不假雕琢覿體是佛衆生惡知惡覺如絲如麻何時能得清楚今日張公君平清正如霜得無子乎古人云天得一以清地得一以寧太守得一子門紹先德里輝後榮即此世間法即此出世間法無二無二分無別無斷故天上天下護法善神終不相違自然諾諾書記大中問大師今日舉揚爲張居士祈嗣世諦佛法如何得槌兩當去師云你道釋迦老子即今在甚麽處進云恁麽則石筍抽條千萬枝也師云不爲分外云只如子歸就父又作麽生師云特地一場歡中禮拜云團圞共說無生話師一

喝中歸位居士問只如張公祖多男之囑當生幾子師云兩箇進云父母未生前也須通箇消息師舉拂子云向者裏會取云生下後如何師云惡水驀頭澆士禮拜師云久立珍重

崇禎己卯仲冬二十五日應天大京兆錢元冲張二無壐卿趙二瞻柱史方孩未大中丞余集生太守蔡明藩朱向之孝廉王夢蘭張孺含文學范爾培范起叔余子揚暨諸士紳大衆等請住靜明禪寺師至法座前古佛堂中香一爐談玄說妙有文殊老僧到此無言說只有門前水滿湖遂陞拈香云半夜月明時正好相隨漁父過瀟湘業風吹入靜明寺未免拈香祝帝王歛衣就座維那白椎竟師喝一喝顧左右笑云好箇第一義被維那擊得百雜碎了也且作如何話會乃舉楊岐云楊岐乍住屋壁踈滿床盡撒雪珍珠縮却項暗嗟吁翻憶古人樹下居今日老僧則不然靜明乍住屋壁踈且無床鋪撒珍珠不縮項不嗟吁高枕天明唱哩囉且道與古人是同是別會麼會則與你一箇大窟籠不會與你一箇小窟籠乃呵呵大笑云老僧今日葛藤留與諸方作話柄集生居士問大師今日靜明寺開堂還有奇特事也無師云有進云如何是奇特事師云案山高似主山云謝師答話師云放你三十棒士禮拜問頂上開門不見身時如何師曰劈破髑髏云劈破後如何師云血淋淋地云如何受用師云喫茶喫飯云人人喫茶喫飯爲何不得受用師云飯裏有沙僧禮拜師卓拄杖下座

崇禎十三年庚辰前正月朔旦石布衲余集生請上堂師陞座拈香云今歲欣逢也大奇春風兩度上梅枝拈香祝聖無多句國祚遐昌萬壽期就座石布衲出禮拜云今年春王兩正月元下起元旦而復旦分明國運長新佛運長新之兆恰值徑山大師七十初度行化京都以希有之年遭希有之時說希有之法從此壽國壽民兼壽世化日舒千古長春須萬年總在大師法輪裏轉弟子裕拈出一瓣新香特地啓請師舉拂子呵呵大笑乃云拂子無端抹過東海驀跳上忉利天宮觸着帝釋鼻孔帝釋打一箇噴嚏善法堂中風窓亮槅同時放光帝釋大怒此是何人家拂子到此放肆拂子答云我是隨徑山老人到金陵爲提唱宗旨不覺慶快冒犯天帝帝曰善哉拂子爲衆竭力拂子答云堪嗟末法之徒聰明者多見性者少鬭諍人我角立門庭惟以一棒一喝爲躲身符子拚盲亂統謂之大機大用或將古人公案妄意穿鑿記持相似言句取辯舌快當作機鋒欺罔先聖魔魅後昆悲哉痛哉此邪法嬈亂正宗時也九牛莫能挽之我徑山老人目不耐見不得已向孤峰頂上盤結草菴高提祖印號令人天豈徒然哉帝釋大喜合掌讚曰善哉拂子善說法要爾時諸天雨大香花遍散虛空拂子歡喜作禮而退帝釋曰拂子來來我有一問寄與徑山大師如何是新年頭佛法拂子歸舉似老人老人答云今年蠶麥好天下太平時師良久復舉張拙偈云光明寂照遍河沙到不得這裏凡聖含靈共一家不入這保社一念

不生全體現是箇甚麼六根纔動被雲遮有何不可斷除妄想重增病不必不必趣向真如亦是邪你往那裏去隨順世緣無罣礙果然涅槃生死等空華說夢的人好與三十拄杖此是如來禪始得祖師禪未夢見在若論張拙秀才此偈則石布衲亦可入傳燈也衲出禮拜云大衆證盟師云許你是半箇聖人云那半箇聻師云三平云這莫便是雲門目機銖兩麼師云瞎云透過雲門一字關又如何師云重疊關山路云恁麼則後人斷絕去也師云何不領話衲禮拜歸衆又僧擬伸問師云去去西天路迢迢十萬餘便下座

大師壽誕濟生菴監院我空請上堂諦觀辛未年前事徹夜思量淚不乾雖然父母未是親誰是最親者祖佛非我道誰是最道者大衆看他古人語話大似滴水滴凍老人記得小時騎竹馬三三兩兩打瓦鼓阿呵呵唱哩囉跳的跳舞的舞一回歡笑一回苦可憐生逐年老去今七旬記取將來九十五咄重新拈起舊家風趙州何曾像得我豎拂子召大衆云還見老人手中拂子麽還聞拂子說法麽既不見不聞汝等尋常所用六根俱成虛妄以何爲主不見華嚴經云剎說塵說熾然說無間歇復高聲云紮得髻根牢便休一朝何用兩梳頭大抵還他肌骨好不搽脂粉也風流

庚辰二月初十日出山赴黃司李開先請即日余集生暨諸士紳等請上堂海岸居士問如何是佛師云畜如何是西來大意師云彼彼有分如何是初生一句師云拋不出如何

是成佛一句師云誰是成佛者如何是出山一句師云錯如何是進山一句師云開云如何是不涉程途一句師云且禮拜着士禮拜歸衆師乃云七十年從何處來浙江山水亦悠哉喜逢海岸今朝至眼上眉毛不用猜諸仁者既是恁麼現成爲甚搆他不得只爲因循五欲沉溺生死你若猛着精彩十方坐斷那裏見有世數短長千歳百歳衆中還有不顧危亡善能拈頭作尾者麼試出來道看衆無出擊拂子云今日開鋪全無主顧收拾下堂閉門打坐便下座

普說

人之用水即用得一味海水無別有水或曰此去大海程途數量莫知幾何何得便言是大海水莫妄談耶諸仁者有所不知我謂汝等微細分剖海之因地夫世間之水山川林沼邱壑洲潭乃至百川異流微細一滴一勺大流小流無不全歸於海何以故海極低極卑極廣大極平易極汪洋極忍辱極清淨不可思議無邊無際無涯無畔第可萬派歸海而海之水一無滲漏內藏魚龍毒蛇蝦蟹種種不可說異類差別水獸曰海牛曰海馬曰海羊曰海猪其數無量不可說異名不可說不可說差別眷屬何以故海之廣大人莫能知人莫能測窮量不得思議不得異類衆生各各不相知各各不相到你不礙我我不礙你水爲屋宅水爲被褥無分別無異念無晝夜皆困於海無所動揺海亦不知自稱曰海何以故以要言之海乃佛之不動智不動智廣大莫測無表無裏無去來無今古先天不

有後天不無不動智者空智也空智乃諸佛諸祖之根本智何以知之根本智圓明發生差別智我說用一味海水者海無遠近故不期時隨緣發生生無相故海體常寂常寂故無生無生故曰不動智也因其不動智海而入一切流動江淮種種差別異流嗟嗟海之靈妙不可稱贊功德不思議故現前一切衆生畢竟不知自已身心從曠大劫來無明所使執身有我出生三毒資長無明受結煩惱沉淪苦趣頭出頭没無有了期何以故蓋謂衆生信不及故本來是佛福淺業重故無德相故障深故不知自已身心元是清淨妙淨明心出生山河大地自我眞常一葉一草皆是自已之眞性妙明無有別物何以故世間所有之法本不曾生本不曾滅經云知是空花即無流轉因執着故有捨離故空所以圓覺經云知幻即離不作方便離幻即覺亦無漸次言其前境虛幻不實有故衆生癡執以爲實有生死淪溺由此而得一人發眞歸元十方虛空悉皆消殞虛空本不曾生滅何勞消殞但消殞自已曠劫無明成大般若歷劫生死成大涅槃方知日用事無別頭頭皆是自家珍無一法從外來無一法從内出前所説一切水投入大海全是一味也隨意作用任性施爲不是心不是佛不是物祖師鼻孔放向無陰陽地上一憑風吹日炙爛壞也好不爛壞也好

自恣之日已過明晨七月初一了好清秋凉夜各各自宜精進勇猛勿生懈怠我常謂汝等説六根無性意識無主心似狂猿暫無一

時休息冷地着眼四大毒蛇同一舍宅若各還本根畢竟無人誰爲是我諸仁者切莫貪安閒逗到臘月三十晚看你如何去得老人今有箇譬喻舉似大衆須彌山畔去此四百四十由旬其地方晝夜放光日則不見其夜人民俱見彼方放斯光明其來久矣日則不見何以故晝有日光不見夜即可見衆皆不決遞相告曰去此彼方不遠我等發勇猛力精進力尋光到彼已經十載到彼無獲不知光明從何地起更進數百里許偶夜其光即現如大日輪光相以從地發一切人民皆在光明中不知不覺衆人相謂曰欲得此光明畢竟有寶物在下如何得之計議三七日了無法則有地神從地湧出而相告之曰諸仁者世所希有世所難得如是信心如是勇猛如是決定如是精進我知仁者身疲力倦將欲退還我作方便令仁者獲大寶光欲得斯光明必當執持器械鍬斧鈎鋤離光明外鑿地開廣七尺深七尺諸仁者各各勇猛破土鑿地又經十年已求寶光不得心生懊惱我等既來此喫辛苦若干不顧風霜上無遮攔下無安息之地惟草莽中澹泊經廿年矣豈可不得空手而返中有一人有大智慧得大自在安慰諸人兄弟不要退心不必疑慮只是我們用心不親切若一心開鑿拚只一生進去無有不得寶光明而歸諸仁更精進鑿地如故惟見一鐘作金玉色其光湛寂如琉璃世無可比諸人相告曰寶鐘已見不得起來奈何愁苦無量地神復相告曰諸仁者匆苦再鑿七尺下立用鍬鈎鐘中乾泥漸漸鎔

化鐘頂有門向須彌山左尋金剛際水上灌中間土潤向中心用力頂穿四面土濕其上鐵索堅牢用千人萬人盡其信力齊心一扯土泥自脱鐘心自空懸空無礙諸人依地神説再不生退悔各各努力手攀鐵索競共一扯寶鐘離地泥沙脱盡囫地自吼響振十方十方佛祖曰今日東土衆生獲此如意寶鐘寶鐘即作偈曰善來諸仁者欲見我金身我以沉溺土得幾千萬劫心無嗔恨故歡喜於是事今仗諸仁力出脱塵沙土心生大歡悦作大師子吼以方便力故光明始見我屢生積惡習或復貪嗔癡或生大我慢輕薄於一切或生大貢高下視諸仁者墮於淤泥中經百千萬劫今乃離此報一斷皆永斷不一亦不二

若論宗門一事甚爲希有悟此宗者直接西來穿過十方諸佛鼻孔歷代祖師髑髏無奈末法下衰依依俙俙彷彷彿彿自稱悟道少有一兩句文字寫得幾箇字咬嚼不進的公案無縫罅的語句問他他便解説支吾此乃義學之流杜撰長老也閻羅王殿前打鬼骨髂有日在前代祖師豈無文字如六祖一丁不識説出無非文字大慧中峰語錄再要如何妙文字他是得的人胸中流出謂之般若非文字也今之所謂文字不過窓下吟哦心意識卜度得來非是般若口吐黑烟人天見過當時風穴沼禪師見南院百問百答南院無奈伊何末後問風穴南方一棒作麽生商量穴云作奇特商量風穴落節也穴問和尚這裏如何院云棒下無生忍臨機不見師作

家作家穴便禮拜此乃理能伏豹徑山胙問禪和子今時棒喝者在南院邊在風穴邊僧不能答徑山代云若論今日棒喝何似趂野鴨子古人云盡大地撮來如粟米粒大抛向面前漆桶不會打鼓普請看徑山則不然盡大地拈來似箇彌勒布袋聖也在裏許凡也在裏許祖也在裏許佛也在裏許魔也在裏許外道也在裏許六道四生也在裏許杜撰長老也在裏許春禽夏蟲橫橫斜斜唧唧亂啼的也在裏許只不許他動動一動不消徑山一捏粉碎你這些冬瓜瓠子那裏安身立命且道與古人相去多少毫釐有差天地懸隔

到龍池掃塔衆請普說多年不到龍池今得得到來掃先師幻有大和尚塔不妨拈出當年參請機緣其自雲門普濟寺得地以來住雙髻數載有瓶窑聞谷見龍池歸後過我雙髻道及龍池機緣次年方去參請受戒入門便問先師佛不見身知是佛且置如何是若實有知别無佛先師答云有了你沒有我其即禮拜先師云雪嶠不得老僧道次年又見先師先師竪一指問會麼我道這箇喚做甚麼師微笑自此三登龍池先師問你草鞋猶未脫也我道何處見草鞋來師又微笑其即呈偈云數載龍池三度登重重問話舌生氷草鞋分付虎狼去雙髻峰頭一箇僧這些機緣是從上諸祖傳佛心印的的心髓樹高千丈葉落歸根豈可辜負先師宗門中事有時作賓有時作主有時賓主齊彰有時賓主雙忘此是臨濟家大機大用人天莫測但憑徑

山作主諸人安得摸索近今佛法凋殘宗風凌替不知是男是女是聖是凡何敢如此錯落般若性中原無奇特要向自已脚跟下理會得穩穩當當向青山茆屋中三十年四十年習氣自然白淨心地自在隨問隨答或隱或顯無不是祖師西來大意如今亂做者半青半黄半生半熟取辱先宗殊爲可歎珍重

十方虛空衆生共有同一慧命同一性靈衆生出沒於其中了無影響衆生名字亦虛空也身心形儀亦虛空也何影像之有哉譬如幻師家套筒向十字街頭搬弄幻術拈出男女種種等形不可言無究竟不可言有了無一法原是空套子耳奇哉怪哉十方齊空而無實義衆生男女本因幻生既稱幻生名字亦幻幻無幻者是則名爲大圓鏡智大圓鏡智者衆生根本智也名相則有悟則全空第一義空者情無情生滅性悉皆空故所以云佛身充滿於法界衆生日用莫不在如來身中蹴踏地獄天堂莫不在如來身中建立衆生生死莫不在如來身中出沒往來乃至毛孔窄狹悉是如來放光説法處故曰坐微塵裏轉大法輪譬如摩尼珠隨方各見好形異形莫不現於圓滿寶相故曰天上天下惟我獨尊亘饒衆生徹底悟去猶是如來佛身中奴兒婢子何況迷悶衆生坐他虀甕中飲他殘涕奴兒婢子不亦畀乎今乃末法下衰宗風零替何日報佛深恩擊揚祖道傳佛心印普天匝地迦葉阿難刹竿重爲扶起

若要參禪了脱生死先要辦箇久長心以悟爲期這箇事不同草草苟無眞心實行饒你

坐折了腰瞪破了眼總是箇騙飯吃的無主孤魂於佛法何補哉而今目前有一等假宗師口說胡話以飲食衣服爲自己受用向人前自稱悟道魔昧人家男女一般要上堂小叅這瞎禿奴瞎驢瞎狗瞎野狐精瞞頇諸方不知明眼人如見其肺肝教他有時薄福謝而果報現方知謗大般若如此靈驗死後怕你不入阿鼻地獄裏去那時你還下得語魔昧得人茶話普說得麽上堂拈古頌古徵古代古闢古得麽閻羅王只將一百二十斤鐵枷枷你出來十字街頭示衆且道閻羅王爲甚麽發嗔只爲要你改過做箇法門好人勿將欺心瞞天昧已誘引清白後生作眷屬改名改號如是黑心黑肝爲得人天師範麽還肯依徑山恁麽好話麽若肯依而改過何勞更到那邊喫許多生受又有一等坐禪者影也不知功夫怎麽樣做亦不肯叅請諸方只管在裏許趂鬨打擄瞌瞌睡睡過了日子已謂我是箇禪者可憐生又有一等伶俐而不悟者過在他尖尖滿滿噇着一肚皮大底大滿小底小滿有如是過患所以難得其人你若要來長連床上將養無明須帶一片牛皮馬皮纔坐時便覺穩貼貼地不然被他聖僧看不過惡發管教他鑽地洞無處在如此躲根禪奴剗避禿兵到這裏十指不彈水百事不干懷現成喫了有甚慚愧嗚呼末法時杜撰宗師轉多癡眷屬轉盛悲夫

做工夫人不得力無有别理會只爲他冷一日熱一日或東西或南北猶如狂狗相似癡獃獃心王不定如此作禪和子喫鐵棒有日

在莫説今生不了直待彌勒下生敢保未夢見祖師西來意在今時諸方有幾箇長老説禪説道是爲人處孰不知自已脚跟下浮逼逼地這樣秃奴喚作門頭戸口假名宗師幾時能到古人境界臨濟和尚有四料揀奪人不奪境奪境不奪人人境兩俱奪人境俱不奪你既作人天師範向此四句中對面定當得麽若一字不着便莫説作臨濟兒孫未得作一切衆生奴未肯要你在時有僧便問如何是奪人不奪境春花眼暖野水渺茲如何是奪境不奪人小橋扶過東籬下影跡渾無鳥語聲如何是人境俱奪黄昏雨後窓無月不見門前犬吠天如何是人境俱不奪太平日月光天徳一統山河壯帝居僧禮拜復云雙髻如此答且道成得箇甚麽事好將柳絮枝頭弄誰作堤邊歌笑人咄

雪嶠禪師語録卷第二

音釋

唄（薄邁切音敗梵音也）　鵓（薄没切音孛）　縶（側入切音札纒束也）　豹（布皎切音爆似虎）

雪嶠禪師語録卷第三

參學門人弘歇等編

小參

鹿城衆居士請補園小參師云竿木隨身逢場作戲住山久長無事可做擊拂子云總在白雲野水邊吟哦過日黃葉秋風堆裏逍遥當時黃面老人云我無法得阿耨多羅三藐三菩提是何言歟然燈佛與我授記號釋迦牟尼呵呵大笑云題目分明

崑山魏子韶居士請小參師陞座云法王法座隨處建立法本無法心從何有喝一喝云達磨西來大似眼裏撒砂以拂子打○相云到這裏無你開口處說甚麼祖師咄

王原達居士請小參師陞座云有一人超出佛祖千聖莫能窺諸祖不敢正視良久云諸人要識此人麼只在汝等動用中還會麼會則不妨出衆道看舉洞山茶次問泰首座有一物明歷歷上拄天下拄地常在動用中動用中收不得過在甚麼處泰云過在動用中洞山喚侍者掇去菓子梟師云當時首座恁麼下語至今還有下語者麼如無徑山爲伊下箇註脚過在動用中不得菓子喫洞山太無端咄咄咄咄咄

黃介子請小參今日居士爲祖母姜氏媳婦駱氏請徑山登此寶座說些葛藤追薦二位往生天界不墜淪溺還會麼舉佛偈云見身無實是佛身了心如幻是佛幻了得身心本性空斯人於佛何殊別徑山則不然鮎魚水底聚鶴子貼天飛會得此中意成佛更無疑

師云今日李會嘉居士爲先太僕卿亡忌之

辰請老人登座説法汝等諸人還知太僕卿着落處麽昨夜東鄰踏月回蔞花楊柳向人來分明一段好消息爭奈時人眼不開

朱葵石居士爲先司寇廣原公生忌之辰請對靈小叅師以拂子打○相云性海澄清靈源湛寂秖爲一念風生便見漚華起滅須知起惟法起滅惟法滅如千波萬浪相續不斷起時不言我起滅時不言我滅是故智者即千波而覩止水生死本空諸法無實從上佛祖從此一門超出證大涅槃利濟群有名了事漢廣原居士秉般若願力現宰官身護持法門道德風香功名盖世世出世間無不了了秖如不昧本因一句作麽生道雲中生石笋火裏發青蓮

結制小叅師陞座經云有一堅密身一切塵中現山河大地日月星辰豈不是塵四大五蘊六根六塵豈不是塵而今衆生但知是塵不知在塵中現的堅密身當日釋迦文佛雪山六年覩明星悟道只悟得這堅密身長慶捲簾也悟得者堅密身香嚴擊竹也悟得者堅密身玄沙壓指也悟得這堅密身即今在此結制無非要悟這堅密身果然悟得長連床上喫粥喫飯伸脚打眠有甚麽過遂竪拂子云大衆還見拂子頭上堅密身麽若向這裏見得何用老人叨怛說者些絡索還委悉麽良久震聲一喝云截斷葛藤

生于中國得爲人身便是無量福德無量受用必須超脫生死切莫被三毒五欲葬送一生忽爾臘月三十日到來將何抵敵這回失脚翻身黑漫漫的馬腹驢胎鑊湯爐炭無人

替你且道如何得超脱生死去聻無論忙閑夢寐之際將一箇乾矢橛牢牢捏定不得暫時放捨如雞抱卵如龍護珠日久歲深一朝曳斷命根摸着娘生鼻孔便見天地同根萬物一體了也參

師登座云結制來十日了也十日内在此作麽生還有得些血氣者麽出來舉似老人爲你證據衆無語良久云有時教你揚眉瞬目有時不教你揚眉瞬目有時教你揚眉瞬目者是有時教你揚眉瞬目者不是子作麽生會且教他去西天十萬八千里踏得脚板濶似鄱陽湖待草鞋繩斷漫漫與你説莫喫他家殘羹剩飯男兒丈夫漢自有驚天氣概何不會取定要依古人麻三斤乾屎橛做甚麽雲門大師云扇子踍跳上三十三天築着帝釋鼻孔東海鯉魚打一棒雨似傾盆子又作麽生會到這所在如蚊子上鐵牛無你下嘴處而今時節衰落衆生福薄肯向這裏如生大病相似一時一刻過活不得逐日指磨將去少有相應分即今大衆還有相應者麽衆無對復云十五日再作商量衆禮拜遂歸方丈

祖師云和尚子莫被人瞞且道受那箇瞞日用中光明卓然無絲毫相隔時時刻刻用着他受那箇瞞認着臭皮袋是我便被他瞞了也更無第二人謂之自欺自瞞所以不得見道古人云若人識得心大地無寸土十方世界全身是佛全身是你全身是我恁麽説話急須漱口三日始得又云佛之一字吾不喜聞佛既不可聞衆生名字又可得聞只爲衆

生識情自隔故云情生智隔相變體殊若肯一念回心便見清淨故馬大師云不是心不是佛不是物不必道是箇甚麽若道是箇甚麽又是物了也不是心不是佛不是物直下領會去好你若悟去馬大師在你脚底南泉和尚云心不是佛智不是道教中所謂寧作心師不師於心心如工伎兒意如和伎者故云心智不是道方便呼爲智向言下薦取何等省力不是定要三年五年十年二十年古人逐日挨去辛辛懃懃三登投子九上洞山却成年月了也即同汝等一般又如織機之人工夫一日不廢云心不是佛智不是道一法不立便是能仁又不同空見無知死灰外道急薦取好光陰易過人命無常你看妙喜老人前後際斷尚有公案不透舉樹倒藤枯句歸何處云相隨來也方打失鼻孔又不了産婦因緣直到虎丘誦華嚴經至第八地菩薩無功用行方得了然即乃頌出花陰山前百尺井内有寒泉徹骨冷誰家女子來照影不照其餘照斜領頌得何得分明而今做工夫人髑髏不乾情識不斷拖了死屍在這裏觸着便是無明何不放下退之又退着眼看只在這裏不在遠纔曉得馬大師說話的的實實久立珍重

江州大守張君平居士請署中爲諸先人對靈小衆師云汝等亡者各須諦聽或遠或近或生天或在六道者無本可據皆因汝等平日打在妄想五欲内混過了日脚今在那裏安身立命可惜許一道亘古不昧之性靈竟然不知具有夙根靈骨者自然歡喜信受我

語若生天者福盡還墜不如生在世間做箇人好信心堅固廻向菩提日後永爲道種汝之形骸雖有盡期汝之真性無形無段無滅無生覿體現前是佛四大幻軀如水上浮漚汝等不覺所以輪廻六趣皆業識也既受我開示後好好托生良善人家去好語不用多記取記取

晚叅

舉臨濟在黃檗三次問話三次被棒一日辭檗檗云不須别去竟往高安叅大愚去濟至大愚舉前話復云不知某甲有過無過愚云黃檗與麽老婆心切爲汝得徹困更來者裏問有過無過濟於言下大悟於大愚肋下還拳這就是時節因縁第一箇樣子也靈雲三十年不知踏破多少草鞋忽擡頭見桃花刺眼便云三十年來尋劍客幾回葉落又抽枝自從一見桃花後直至如今更不疑這就是時節因緣第二箇樣子也古人有這許多樣子在汝等冬瓜葫蘆滿堂都是飯袋子那得如臨濟靈雲這樣漢臨濟當日空洞洞一條肚腸問話尚然不曉豈似汝等齷齷齪齪一肚皮妄想無明癇癢不知那得心空及第果有真實叅究者出來老人與你證據僧問云某甲看一口氣不來向甚麽處去師云向地獄裏去云是某甲叅的話頭師云野狐精我這裏不叅甚麽話頭只要直下承當問某甲看誰字語未終師罵云是你家十七八代祖宗先靈僧擬議師便打復云你是那裏人云杭州人師云杭州人無佛性云大師有佛性麽師云者不唧嚁的漢問某甲看麻三斤師

云何不向七斤半裏去僧無語師云立地死漢僧禮拜退復舉當年陳尊宿織蒲鞋養母雲門扣見尊宿開門便推出云秦時轅轢鑽雲門折一足因大悟你看尊宿向他說甚麽便悟去如人飲水冷煖自知盡十方世界是箇話頭觸着便是佛境界庭前栢樹子麻三斤流到今日喚作話頭是你們貪嗔癡障了悟門與古人分作兩橛大衆時光易過急須努力衆禮拜師歸方丈

師云說法有所得是名野干鳴說法無所得是名師子吼若論正法眼藏人人具足無一欠少使用自在情與無情無不具足故云蠢動含靈皆有佛性會麽東村王十嫂相罵到天明復舉趙州和尚云金佛不度爐木佛不度火泥佛不度水真佛内裏坐這說話逗漏不少復高聲云大衆真佛與趙州和尚前後相違說道佛之一字吾不喜聞今又說真佛内裏坐這箇趙州不怕後人箇責開先問伊你將甚麽作内作外内外既空又作麽生坐諸仁者還會麽衆無語三十拄杖一杖較不得

茶話

徑山國一家風冷落數百餘年矣今欲重提祖印爲衆舉揚撥開生死重關托出最上一着還有没氣息漢與徑山拂子相見麽若真獅子兒不妨出來露箇消息僧出禮拜師便喝僧無語師便打海岸居士出問云如何是入門一句師云矮矮小小進云如何是出門一句師云長長大大云如何是不出不入一句師以拂子畫一畫云截破舌頭如何是天

上佛師云問取燈王云如何是地下佛師云老僧即今在甚麽處云如何是驢胎馬腹中佛師云喚居士作驢馬得麽云大師亦是師作驢鳴士禮拜僧問一口氣不來時如何師連聲唱云三滿哆毋馱喃復云箇事甚是尋常只在喫飯穿衣因衆生心量差別佛說差別法喻如銀汞一把撒去顆顆皆圓及至收來原是一顆雜華經云若人欲識佛境界當淨其意如虛空遠離妄想及諸取令心所向皆無礙此偈佛已說盡老僧今日又在此葛藤復舉永明禪師云有禪無淨土十人九蹉路永明忒殺無禪有淨土萬修萬人去說甚麽三家村裏事有禪有淨土猶如帶角虎去却角來與汝相見無禪無淨土鐵床幷銅柱不妨乾淨士云會得無禪無淨土意鐵床銅柱也好即今大師在鐵床銅柱麽師云放了我放了我士云幾時得出師云要你相救乃云直饒百千萬億箇問頭一時問來只消老僧一拂直下氷消瓦解喝一喝云有意氣時添意氣不風流處也風流

顚浩寺裏三日三上堂是爲希有是爲難得諸方聞之也不知是佛法也不知是世法夫叅禪學佛者要在真心篤志真心實行若無真心叅之則虛若無篤志行之則假古人生死心切晝夜徬徨一日挨一日無可奈何二十年三十年這般苦楚方能成佛作祖報佛深恩爲甚如此只爲他信得及而今人到我面前便說爲生死事大生死二字掛在唇皮自家滿肚齷齪要向人前摇摇擺擺假模做樣可憐生及至驗他如煤似墨縱然亂統幾

句總是尋行數墨冊子上學來的毫没相干敢保他日閻羅大王喫鐵棒有分在這件事若無苦心決不能廓徹清淨前後際斷若能真實苦心自然得見自性清淨自性清淨便見十方諸佛清淨與十方諸佛同一慧命同一鼻孔同一苦行方可人天衆前呵佛罵祖貶駁諸方你若自性不明學得來的一局便了有甚交涉他悟的人如長江大海容之則萬派全收放之則千波競湧乃至萬語千言無非是祖師西來大意昔日黄檗大師道還知大唐國裏無禪師麽有僧便問云諸方匡徒領衆又作麽生檗云不道無禪只是無師應在今日矣良久云適纔老人説這些話若論世法則不無若論佛法遠之遠矣

舉僧問趙州一物不將來時如何州云放下着僧云一物不將來放下箇甚麽州云放不下擔取去諸仁者夢醒也未釋迦老子叮叮噹噹打了許多葛藤達磨大師西來恩大難酬説箇直指人心見性成佛早不着便總是方便接引之詞若向釋迦未生達磨未來討箇分曉猶較些子如何是佛新窖坑如何是祖師西來意七八若論本分那裏有箇元字脚目前山河大地乃至十方世界是你諸人全身蝦跳不出斗良久云還有人會得麽衆無語師云且歸堂喫茶

臘月二十九晚堂中請師喫茶分歲師云一切世間爲商爲客者不論千里百里俱要赶到家惟老人無家可到何故這裏無你棲泊處假若三十晚到又作麽生自代云千聖同途不同轍還有相隨者麽自代云拄杖子復

云大衆明日三十晚大須仔細遂歸方丈

師云今日三十日一年光景今宵盡明日重新發道心雪點樹頭花萬朶旃檀香氣滿山林百年三萬六千日總離不得今晚且道百年三萬六千日從那裏數起縱使釋迦老子達磨大師出來口如磉盤舉僧問趙州如何是道州云牆外底僧云不問者個道問大道州云大道透長安何等直捷盲龜瞎鱉怎麽不會明明白白一條路只爲太近了可憐生冷地看來一些事也沒有爲甚麽終日浩浩地若是悟的人橫也好竪也好嗔也好喜也好楞嚴經云本是一精明分成六和合動也不要動着這所在只爲你脚下泥水太重千言萬語叮叮囑囑要後代兒孫成家立業遞相傳授光耀祖燈若自負我聰明我智慧得些光景只管嚼蛆明眼人見之惡心嘔吐徑山所以安安單單住山藏頭縮尾難道將悟之一字躭在胸中忽爆聲即云依俙似曲纔堪聽又被風吹别調中便歸方丈

金陵除夕茶話石布衲出問除夜佛法請大師道一句師云蠟燭是蠟燭梅花是梅花衲云新年佛法請師再道一句師云且待明早來師轉問衲云如何是除夜佛法衲云爆竹驚山鬼師云如何是新年佛法衲云炊香接道人又問子揚居士士答前語云癡獃連夜賣答後語云貧鬼一時驅侍者問昔日北禪分歲烹個露地白牛今夕大師分歲還烹個甚麽師云烹個甚麽者云這個是常住公物不是大師自家的師云你那裏學得來者云大師合取口喫茶好師云你問我答有甚麽

過師復問侍者云月窻梅影時如何者云請大師看師云七縱八横去也者云恁麽則惱亂春風卒未休師云楊花撲地衆便禮拜

示衆

青山白晝泉石松雲驀面相逢吾不知其誰家之子做工夫人若肯向這裏會得便可穩坐家山不必更去那邊閒言長語討辛苦喫如或未然切勿脫空妄語死骷髏上作活計怒雷擊碎須彌石化作大洋海底雪泥牛吼木馬嘶拔出波斯眼中楔春晴桃李盡風流在處緑楊黃鸝擲惟有住山人打眠平生佛祖無交涉無交涉山花處處流鮮血拍膝一下云咦

大衆還知徑山决定姓朱麽汝等諸人姓個甚麽若有姓出衆舉看如無徑山與諸人下個註脚元宵定是正月半更聽一偈村中樂穪穀碧糠滿竈脚烘被褥烟火香一覺天明樂不樂黃栁烟空索索鴻雁田中喫大麥驚鸞怪煞紅老鴉各自枝頭去酬酢咄

汝等要疑情起驢年去夢未見疑情是個甚麽物了生脫死不是好喫的果子須得斷情絶義大忘人世雖着衣喫飯何似有氣的死人無分南北胸次中逼塞無路可入直到水窮山盡不得轉身可憐生捏緊拳頭咬緊牙齒決定要明這着子一念緊一念一步高一步念念相追步步不離不放過提得話頭緊峭妄想更緊峭拚命提這個妄想微細極微細非今生有塵沙劫妄想徹底起來這時只爲信力勇猛妄想躱根不得徹底摇動這時節歇手不得不由歇手要一口氣成在時刻

也却又不斷這遭拚命下毒手一斬命根斷去十萬八千還他原是個木上座甚麽事是出家所行的事清淨五欲立人品持戒律不謗佛法僧不惡口兩舌面是背非乃是出家人所行的事衆生惡習濃厚第一淫怒癡惡習之先導汝當知晝夜宜謹慎如禦邊疆惟恐失蹉犯人苗稼一失途程搥胸晚矣謗自已之過罪人所不知何以故背覺合塵六根不淨迷已逐物不明道眼俱名謗佛法僧非是外邊有佛與你謗夫親近善友良朋相聞好言當自策進至於無涯岸地上尚不許立立則截斷你脚

禪和子行脚住山須求個本命元辰着落豈是散心雜話念柏樹子過日直饒你念得熟如湛水如霜如雪卓然無依你作麽生出身

叅禪惟貴妙悟古人千里不遠見人三登投子九上洞山之輩逃他一片苦心不過自然草鞵繩斷頂門眼開盡大地方知是我更無別物祖師云舉足掉臂無非西來大意且道西來大意爲甚麽覓伊不得只爲你要覓所以遠了假似不覓時如何隆冬嚴寒伏惟珍重

大凡叅禪學道人得個小境界不要當爲極則事向人前亂統非惟無益於人自喪平生出家學道之志古人三登投子九上洞山如此苦心豈無個境界他自不肯住佛祖心印難道便如是邪所以一聞千悟名分高遠垂萬世之龜鑑今乃末法澆漓福量淺薄操履日微偷心不死骷髏不乾流注妄想不曾休息何大道之可得哉我教伊重提話頭我之

小境界畢竟不是前代祖師若似我者模樣佛法掃地久矣安有達磨一宗流至今日你看他得心人凡有語句自然馨香自然智慧今人言說送出人前聞則絶倒

經云空生大覺中如海一漚發覺即一切衆生佛法如是廣大如是圓滿如是性如是心皆不可思議佛與衆生一坑埋却在裏許有甚麽出氣處若如是見得如是親證如是三昧如是鼻孔方圓大小山河大地日月星辰無不周徧無不入這箇皮袋裏轉身俯仰送客迎賓何勞更要提話頭条究發明豈不多了一件事是則固是理即是事即不是何故衆生有如是差别歪知見或貪或嗔或癡不知本源佛性中着不得這些惡知惡覺不但衆生着不得縱是釋迦彌勒文殊普賢一毫毛着不得何故這裏喚作無相道場無作道場無爲無事無法無無亦無無道場清淨光明惟證乃知佛不離一切衆生境界衆生境界即佛境界但於其中有一點差别所以便有優劣果報罪福之不同耳故曰奇哉衆生皆具如來智慧德相因妄想執着而不證得滿口道盡了也今欲条究自已本源佛性心空及第但於生死二字如救頭然時時無剪爪之功一心一意牢牢靠靠憑伊佛來魔來只有自已本条卓然擺在眼前以悟爲期莫待眼光落地一場懡㦬勉之

佛是百不會的人善用一切法佛乃一無所知的人而善知一切法過現未來悉知悉見不同一切衆生識見而自得無量善巧方便異類中音聲海佛無知覺而善覺一切生死

衆生沒於愛水泥犂海佛無住相而流動六根佛無識故不被諸惑境無礙故當體寂滅亦無寂滅性可得假名爲佛悟即事同一家以無一切偷心雜染心善惡二相俱不相到本性如是未有威音王名字先有此性性即佛佛即心以心名佛還不是衲僧本分事故曰心不是佛智不是道如人行路相似不知運足千差而實不知運足之所以也故云運足焉知路我見今人學道者自巳一個臭皮袋打掃不曾乾淨便要作佛作祖學得幾句殘言餕語向人前下一語他明眼人掩鼻而遠之可憐生時世澆薄衆生福量不多那堪受無量不可思議之境界嗟嗟

做工夫只管說妄想昏沉此皆生死不切之流輩直饒你做到妄想不主昏沉不有清清寂寂只見話頭頓在眼前你又將何作用叅禪惟貴妙悟若死守話頭不妙悟守到驢年不過多喫些鹽醬

爲僧須以戒定慧爲本方與道相應此中不然去道遠矣佛云人身難得佛法難聞善知識難遇善友難親今之所謂惡世界者以自心不良塗沒了也欲得相應要自心清淨即名善知識等等也豈離自心而更說有佛有人耶故云一切惟心造人身難得者難於無偷心偷心既無一切心皆無矣人身何懼修行人正不要人身人身者惡種子也但求空無相無作無爲之佛身法身耳又曰人身難得仗此身而作佛人身不可少不可住也當念生死是名第一義

修道人只貴無事打開心意識掃盡葛藤枝

時時念生死事大若於胸次中我何來而不明去來本因地既不知當生平在裏許提撕閒忙取捨之際如繩貫牛鼻不容他走作自然坐地折勉之勉之

學道如學射發之必中矢之相應前後不改初心始有到家日子分若也此念不真此心不確任你走到天盡頭處原是個王上座何故謂你有偷心在

出賣骨董開個鋪長日竟無來主顧呆呆每日等人到只見長安有大路你也行我也過不問人何以故學禮乎學詩乎好個問頭今古箸譬若金玉滿盤盛畢竟要將手來舉學禪乎學佛乎誰肯將心氷冷去莫教黑面老皃到相訪者回恨不入地底及早修休蹉過

鹵莽將軍陣中死黄梅時節兩家家破爛草鞋石頭阻一滑滑倒起不得縱有親朋難救護

心地若開廓處處逢達磨在在毘盧主横也好竪也好顛之倒之無不妙欲往東去便向西日月逆流何不可天左旋地右旋江山原是舊衣冠萬象森羅影現中個中誰得復誰失鼻孔牵來恁麽時繩索從教都打折縱使千聖出頭來到此無處去分雪市井村翁唱酒䴵是則名爲大圓覺誰爲是誰爲非睡醒鳴窻紙破已明朝依舊可憐生運水般柴只是伊除却東西南北山分明還我西來意咄咄咄早思惟

結制示衆莫謂進堂好進堂生死㧞半夜不得眠昏散和衣倒雙眼撐不開板響生煩惱若是其中人晝条夜無飽板聲入耳門祖佛

俱了了

達磨大師知震旦人有大乘根器辛苦而來傳佛心印不立文字直指人心見性成佛心可傳乎作證明人耳慧可大師云我心未安乞師安心祖云將心來與汝安慧云覔心了不可得祖曰與汝安心竟謂之傳佛心印此後祖祖相傳傳此也心心相印印此也其外有何物作衆生成佛了生脫死若有角立外見即名外道註解公案即名魔說悲哉達磨一宗印子到今日百雜碎矣眼前皆爲冬瓜印狗尾拂豈同前代祖師正法眼達磨慧可父子傳心哉如今發心學道者要遇明眼人示之正路的的認真做當下便知分曉始不辜父母所生眼六根受用無時可離而今世間人都將血𣫩子認爲是我向這裏認差了輪廻苦趣埋沒本源祖師心印從生至死無由解脫千聖出頭提挈你不得盖謂你認賊爲子喚奴作郎妄想六根自成顛倒攪混真常如雲障日光明不顯果欲明心須得放下夙生習氣劃截無始愛根三七日中千了百當這回甦醒方知佛祖出世便爲這着子更無別事故云惟此一事實餘二則非真四威儀中諦審諦觀我之身心浮漚四大未可認爲本源若非四大何者是我真心不生不滅既不離四大日逐之間我何不知真心着落如是提撕如是緊峭畢竟有一日坐地折爆地斷

以不動心接續如來智慧以無念無作體諸代祖師心燈以不可說境界降伏諸魔外道以無我相成就多生苦行續佛慧命見一切

境界即是如來境界見一切好醜男子女人即多生眷屬不起一念成就慧身今時參禪學道之流拖一條長布裙東掃西掃水漉漉地可惜許須當照管脚跟始得今禪人乃佛法中大孝養父母親鄰里學道雖不成佛其成佛久矣叅禪雖不見性此中公而無私即性即見即佛即心矣禪人出紙請老人書隨手稱讚不知是個甚麽咄截斷葛藤

今人不知妄是真如欲遣妄而求真遣妄求真先當遣自性之真如其妄自息不知真如無爲隨妄想而立名名相本虛依真如而得體了妄無體真如亦不立假名名相假名真如也若妄想之有根不說真如也因真如空遍法界不自有故故有妄想依之流動淪溺六道喻如大海之漚豈離水而別有漚也當知世界流動之狂花必依空而狂不空而生狂花者無有是處

我有一物八個角十二隻脚面孔若斗肚皮如缸南觀則成北看則不是似乎甚麽不似乎不甚麽擬之則錯不擬白雲生面向東澗照之頗有相類走向西溪照之一毫不干涉且道如何即得不作無事會亦不可作戲論會若生穿鑿遠之遠矣

學道人以生死大事貼向面門時刻不容伊走作着衣喫飯行住坐臥如失至寶就地尋覓畢竟要尋他落處方可歇手不然唐喪光陰空度一生目前頭出頭沒之事總之夢幻無勞把捉或有別妄想起即將話頭劈頭截去久久自然生處熟熟處生一道清淨光明十方坐斷佛亦不見方了生死如空中花至

囑至囑

盡大地拈來是箇死關你又擬向那裏安身何處坐立若欲坐關不在墻壁封却兩扇門謂是關也關者心意識不行專心一念提箇話頭六窻清淨內不放出外不放入一道孤明了境無礙此乃是關然亦不妨墻壁門窻何故通身是關通身是主也

初条禪做工夫人打頭要遇明眼衲僧開示始無差路無險道打頭若遇着惡知識杜撰長老將惡毒之藥灌於腦門一灌灌了自謂出世美味了生死之佛法悲哉痛哉這惡毒魔氣外道驀尾一經他手永生永世再不得出頭成魔眷屬必矣而今有道氣者第一要遠離此等人方稱丈夫思之思之

山中人吟哦弄管固非本分然亦少他不得世上决無庸鄙聖人故假之以消閒送日脚下西山耳或問曰古人大事巳明如喪考妣豈有閑工夫寫畫做詩推敲韻部耶答曰汝何人也居何國土曾見甚麽人來還讀書否識幾箇字否行脚否苦行否知古人作用否既不知世出世間差別事務應訪高人請問細微曲折如何是道如何是大事如何是究竟法如何是世間法如何是衆生如何是山河大地如何是四大五蘊如何是菩薩行如何是菩提心如何是生死如何是涅槃如何是本來面目如何是父母未生前事你若向這裏一一明了一一透過千七百則陳爛葛藤乃至一切差別法口似懸河如瓶瀉水這箇喚做無礙大悲心大辨才三昧如是識見方可許你開口你若一一不理會莫教脫空

漫説此箇門中不是其人躲也不要來躲着難道大事已明的人動也動不得依你説來六根都用不着死眉釘眼如三家村土地相似纔叫做如喪考妣你這些嚼死飯的禿兵要知此意驢年未夢見在近代佛法可傷邪師妄説滿街滿巷如賣小菜的相似擔了凑人達磨一宗掃地矣自巳脚跟尚未穩當將東瓜印子東西南北不管是人是鬼一齊印將去你這野狐精何苦得這些無主孤魂要他何用佛法平沉王是今日而今禪和子要知自巳衣帶下事也須具眼始得不可七撞八撞撞在野狐隊裏打閧過了日脚是爲可憐愍者

若有所重即失正念正念如如綸貫一切世界寂然都無動靜諸佛本源衆生物性到此方會迷則顛倒十方洞然了無一法祖師心印天上天下莫將髑髏妄生人我

心與境會道本物齊一念相應生佛不二今之所謂有生死者虛妄業縁果因不昧人者情也識也以情識牽念念相續故有生死佛性流轉六道孰能悟之而作人間無事人也宗門向上一着與太虛同壽與萬物並育而無差異世間差異者因衆生有我便出生種種虛妄等相非佛性咎神識過也世間衆生應須揀别中有菩薩衆生羅刹衆生住無所住任性逍遥境無滯礙脱體無依如是光明還喚作菩薩衆生得麽試請道看

如何是乾矢橛如何是麻三斤如何是庭前栢樹子如何是青州布衫你若向這裏一一透徹會得古人落處方可許你伸脚打眠横

行直撞其或未然還須默默揩磨實實逼拶不得終日播兩片皮胡繞亂繞他時黑面老子打算飯錢莫恠徑山不爲伊道破

開示

夫人者天上天下第一等奇特衆生也何以故一箇血肉殻子能見能聞能知能覺能辨香臭能分好惡乃至博通古今經緯天地種種聰明智巧非第一等奇特而何然都喚作乖覺非正覺也何以知之從生至死被妄想無明差遣了一生幾時自家作得一日主宰自己既不能作主便不得知本命元辰着落所以道百姓日用而不知大好笑事你這些妄作妄爲舉足動步無非是業總不去箇點他不知此身幻具平日動轉施爲從何處起四大分散又從何滅諸仁者若向這裏猛着精采晝三夜三一心不雜如履萬仞深淵相似不得一毫放縱自然虛空迸出日輪光明照耀徹古徹今威音王那邊更那邊消息一時捉敗了也如是則任你横傾巨海倒卓須彌不爲分外徑山恁麽告報還委悉麽其或未然更聽一偈啼破春風血未乾月明枝上漏聲殘誰家猶自貪歌舞舞散歌停魂夢難条

日逐進退之際接雲迎霧之間皆是祖師西來大意因甚麽不肯承當自爲五欲所困耳假使人心必假四大五蘊以濟之行之止之放之卷之要見心之所住定在何大對境分别落在何根汝欲云因眼有見還依眼識既在眼識則五根無用矣因何是中動轉施爲根根俱到分别前境善男子若夢寐時六根

所攝六根形影當着何處既不能知還同死人有何人我留于世間六根循業現前流注妄想皆是汝之生死根本必假工夫熏習揩磨淨盡漸漸純熟圓滿菩提雖然若論祖師門下不作是語何故沒這閒工夫與你打葛藤古人云如何是佛麻三斤大力量人向這裏一聞千悟大事已畢叅

智相道人請受戒開示夫戒者即佛也佛以戒得成道戒乃佛之基菩薩祖師莫不打這裏去今智相道人於佛戒心地法先以相應理固如是事不可廢若欲利生接物無戒定慧不得入聖賢地戒乃器具如城之禦賊賊不得便法身不動戒體如如作用萬端隨機方便當行方便者以方便而接之諸佛諸祖終不執法而化度衆生也戒爲萬有之本諸法之源於戒方便心何礙哉四生六道莫不仗戒力度脫所以生死遠離種種自在

雪嶠禪師語録卷第三

音釋

齷齪 上乙角切音渥下測角切音娖 磥 烏褁切音顆 𥢌 於玦切音厭禾稲也 齅 許救切同嗅以鼻就氣也

雪嶠禪師語録卷第四

參學門人弘歇等編

法語

示錢相國塞菴居士

這個事不是帶了習氣做的須用全身放倒别立主人公若也朦朦朧朧如睡夢中欲求其開豁混到驢年馬月未敢相許在何以故祖師西來單傳直指傳佛心印不論禪定解脱惟言見性成佛禪定解脱尚不許挂向唇皮何習氣敢汚祖師心印哉若眞欲求道悟自本心每日當以滌淨身心提個話頭僧問趙州如何是祖師西來意州云庭前栢樹子便向這裏叅去

示錢元冲居士

學道人須打點胸次潔白外縁内縁盡付春流澄澄湛湛提個話頭僧問雲門如何是佛門云乾屎橛即將此恁麽提撕恁麽叅究如護眼珠時時在念日日在疑功夫緊峭自有陳爛葛藤妄想夾雜總之不必理會只管高提本叅乃至迎送喫飯穿衣惟有一個乾屎橛頓在眼前動靜之際但恁麽叅着些精神如失至寶畢竟要討個下落歲久月深生死心不退自肰得力一火煮熟始爲到家絶無奇特原是舊時人乾屎橛化爲無上覺王莫生歡喜至囑至囑

示廣原朱居士

以不動心降伏衆魔以無言言成就慧身益生死之由用諸妄想結業爲苦愛水所滋貪欲爲本其中有不受區宇者佛亦柰何伊不得且老病垂身當以自勉幻化匪堅豈能久

長若無聖諦第一義把住綱宗必也早成流浪今日受用天龍鬼神籌運如是享如是自在皆夙智所爲靈肰獨步四大血軀一套套出既以血軀同于父毋父毋血軀同于阿誰宜審察有不謝之緣磨不吝之德也若以哭泣欲使他人知者情也癡也落陰界而不返病也慟乾坤一切草木無不知癡之謂也思之

示錢仲芳居士

道無一向隨意可以還源信力既充佛祖將爲下立惟恐虗棄光陰這個便爲難事人身何來總之黑雲中過日忽朝脚踏實地心眼頓開始知徑山一片老婆舌頭領罵有分

示錢去非居士

欲識本來面目先教放下熱烘烘這條肚腸五欲三毒付之東洋大海冷煖不干懷富貴非我有日用踈踈澹澹不求濃厚妻孥接應如影如響送客迎賓如夢如幻妄想忽生劈頭截斷放逸恣情是誰之過歟

示錢不識居士

不用澄心而念靜不用厭凡而忻聖不用聰明而賣世不用思量而得道不用將心而待悟不以重古而輕今不以好樂而忘情不以取長而棄短不用將心而覔心不用功夫而妨道不思善惡而定性不以肉身而求法身不以肉眼别有慧眼不以就高而卑下不以逍遥而取性已上數語皆障本心非入道之門也但要時刻究心所從來一道無遮無閉之光明不遷不謝之智慧不相遠矣只在汝之六根顯現朝夕不居陰界故傅大士云夜

夜抱佛眠朝朝還共起要知佛住處只遮語聲是

示四照居士

做功夫人不得力病在多知多解穿鑿公案習氣膠之三毒五欲打脫不下所以不得洞明佛性這事不是壁立千仞漢子終不能到佛祖境界得入無礙辯才語言三昧既不得入無礙辯才語言三昧將何利生接引多方學者續祖慧命若眞正爲生死的人無雜用心一個話頭如咬鐵丸相似定要嚼碎嚼不碎拚命嚼寧將身心墮於地獄終不放捨話頭具如是信力如是疑情日深歲久骨爛皮穿七零八落瓦解氷消習氣不現相將近矣差不多矣更加精進三七日中立地可待此中少有一絲一忽放不下不能廓然無聖直得身似虛空尚有虛空窒礙當恁麼時大須仔細愈着精彩以勇猛力故忽然坐斷如生陷一般正眼迸開般若境界現前不見佛不見身不見一切一錠墨黑娘生鼻孔都無是處如大夢醒又如日輪當天融化雪霜影跡都無光明普照法界物物頭頭初無差别不作别色祖師云當初只謂茅長短燒了方知地不平珍重

示振侯居士

士大夫肯向法門親近善知識决擇生死極爲難得然不能眞實履踐的究此事但說而已此事深遠原不容易況今末法衆生信心不篤識見不廣五欲三毒如大火聚晝夜燒然無時暫息我此宗門豈易入也生死大事豈易了也直饒你是個古佛再來也須退步

有分何故我這裏不論聖凡只要還我個信得及一信未信梵行清白因果分明千魔萬難不變初心如是人者便是有智慧有力量大人許可學道目前有一等惡衆生口說宗門心爲魔業觀其平日無所不作五戒不持血肉亂嚼豈佛法中有此一欸吾謂此等惡業魔外必有魔眷屬授記來魔印子上脫出來不肰那得便敢如此放肆毒氣流行地獄種子說罪福本空撥無因果如此魔民閻羅王打你鬼骨髓有日在

示葵石朱居士

人之性無性爲性以萬物體之各得其情所以云天何言哉春秋雨露了肰有章寒暑之性豈曰無情肰人不覺其源俱爲自肰生靈之義莫不禀當仁空劫來無影響之家流通草木山河大地上至忉利梵天中爲人物下至異類皆性也且生死之由從不信因果而得生死虛若空花不有不無求其實體了不可得是人若肯一念回心佛亦尚不見有何生死天堂地獄之有哉

示雲將居士

叅禪一門大須仔細要以精進解脫一切雜務撇之腦後惟有話頭頓在胸次如生寃家相似抛擲不下不論歲月以悟爲期倘有靜境界現前都莫理會只管提撕本叅本叅不透疑情不斷終不放手直饒透過一物不立尚有物在未是到家時節轉轉相憶念念不離直到髑髏粉碎方有少分相應莫生歡喜此時切須謹愼有奇特怪相惑汝禪定切勿隨他買草鞵行脚見人方知是佛是魔安邦

定國天下太平

示中邑禪者

做功夫人話頭不親切汝等偷心不歇護惜人情故使話頭打入妄覺不得清楚若是鐵橛相似一切境緣自肰遠離自肰不到惟有一個生死念頭欲放之除之却又不得逼塞殺人這逼塞之物要在當人爲生死心切纔有這段光景提起話頭渾身打做一個疑團那時莫說無妄想從無始來妄想徹底搖動話頭提得親切妄想更乎親切此時不必分別只管夾草嚼劈頭截勇猛力勝一火煮熟逼塞疑情一擊化爲微塵佛亦不見

示禪人

志同孤鶴遠鉢響亂雲流夜宿石橋下曉行黄葉秋古人云未上船舷好與三十拄杖若這裏會得百城烟水一場逗漏伸脚打眠衲子本分未出母胎度人已畢思之

示禪人

離親割愛入我法門所爲何事莫是圖安閒自在穿好衣裳這裏大有事在即此軟嫩嫩風光清依依竹色覿面相逢你作麼生理會鐘聲夜聞黄鳥晝啼不是別物諦思我父母未生已前聲色未彰之際聲色聾即今能聞所聞能見所見者復是何人善男子不須廣學多聞只此隨緣去住不了話頭蘊於八識田中倘夙有靈骨做到花暖春香囫地一聲磕破髑髏也未可知

示禪人

做功夫人提話頭達磨大師西來曾無此事自六祖問南岳讓甚麼物恁麼來馬祖打牛

打車鎮州蘿蔔頭種種語句發明衆生心這話頭不是別物即汝之性靈衆生居於黑暗狂見異生生滅不定頭頭着逐物迷已認魚目爲明珠浮花四大爲堅固不朽之物如是差異五欲愛水滋潤無明使習氣盛而生死求作牛馬相無有了日這些相皆不離衆生心別有塵相衆生相倒相癡眷屬相地獄相夜叉相修羅相人相我相壽者相皆從一念心迷妄生若干節目如病眼見空華青黃等色空本無花病眼發生若欲病眼清明復還無知無覺之性靈不去不來本常之五蘊今將古人用過應驗藥頭服之僧問趙州如何是祖師西來大意州云庭前栢樹子日用中只將提撕不許你栢樹子上討滋味一心提撕提撕到日上西山月沉東海猛地爆折覷見趙州和尚鼻孔便使身心輕快口若懸河而不滯心如利刃而無傷乃是離相離名之吹毛劍也大事已畢

示偃風璞侍者

今時出世輕薄後生只管貪程不覺蹉路且祖道不同外道要以真叅實悟盡底掀翻尚未是衲僧本分事直饒絕後再甦方有幾分與禪道相應更欲向孤峰絕人跡處炊折脚鐺十年二十年人天相推出來應個時節況不是道人本心

示孝廉孝若徐居士

人所不知者心也故曰百姓日用而不知以情欲幽深秘之妙性天肰昏墜無覺嗟乎悲哉情欲妙性相去幾何不知日日幽深之情欲日日妙性天肰之佛道若欲離昏墜別尋

眞覺妙性當昏墜離于何地令妙性眞覺與汝可得耶不知當體全眞肉身即法身妄想即妙覺向這裏擔荷得去何工夫可做何佛道可成圓覺經云居一切時不起妄念於諸妄心亦不息滅住妄想境不加了知於無了知不辨眞實其義深遠只在當人直下頓斷便與先聖大道合轍矣故趙州和尚云佛之一字吾不喜聞是的當語

示隱閒李居士

雲生於空忽起忽滅生從何起滅向何處今之人也同雲之無根去來無依流浪飄泊竟不自知性靈無作無爲無繫無縛在身也六根無住在空也不染不汚今之噉味舌用皆識神分別耳聞眼見亦復如是一摶血肉中不知識神從何而入爲人隱閒當知以日用所住心皆業也腥膻之味少進爲貴知足之念不可一日忘之

示士材李居士

若欲了生脱死洞明大事因緣只要一箇堅固不移動脚跟便有日子可待見佛祖鼻孔大小這回方可着衣喫飯抱兒弄孫逢塲作戲苟或不肰是大明呪是大神呪是何道理問取山前鄭八嫂叅

示容思徐居士

行藏林下不以世間榮辱爲念惟巳事不明切切在茲既能如是用心何妨日頭浩浩左之右之莫不是祖師西來大意

示孝廉序東徐居士

入般若法門非容易事要一副眞實心提箇話頭念茲在茲忘爾我相不着一些閑雜識

心卜度只有生死大事不得逐日挨去十年五載以悟爲期勿生懈怠如救頭肰能如是做去自肰坐地折爆地斷一聞千悟諸代祖師無容身之地

示卓菴禪人

住山人不必將心用壞了有本分事在所謂急債寬做詩字文章海内多多未稱尊貴大徹悟光揚祖庭者實爲希有他悟的人轉身吐氣別有一家風頗見前代已了事後説幾句閒濸語字字印心不説別處如星月在天俱發光明心地般若亦復如是杇記得昔年徃西峰時雲摶如綿幽然可喜偶占晚來雨過蒼巒靜一片白雲又進山復云斷崖花冷千峰𠃧松落煙光集地香獅子巖中苦心事如何分半到朝陽振衣亭下舊題目冷地思量我是誰龍樹長成三抱半扶蘇夜月雪爲皮甞思復住西峰奈山中難得卓錐之地所以幾回念起幾回休今老矣視聽不聰身疲力倦冷坐語風待天年而已不復遊山問水也禪人既住西目菴中冷靜無事正可進向脚前脚後事丟向他方世界倘得三年中改頭換面得好消息不辜此徃那時方來弊杇拄杖思之勉之

示慈菴禪人

此事不必向外尋討但辦一箇乾淨肚皮無事不辦也做功夫人盡是説功夫者他會做的人黙黙十二時中只有一箇不了的心肝橫於胸次更無第二物也古人云那箇拖你死屍來但向這裏看不須持呪念經求人不如求巳誠哉是言也假以腦後一槌打死了

你又作麽生者箇事要眞眞實實念茲在茲虛言浪語一些來不得若肯放下眼前將自巳轉歸萬物了也古人云目前無法意在目前不是目前法非耳目之所到好箇夾山說得忒煞乾淨好與三十拄杖

示瞿翼禪人

若欲舉揚宗教直待虛空落地纔有說話分不然總是七家村閙神野鬼祭孤鬼茶飯與我宗門有何交涉近今末法衰替見得如是總不如是人天見責護法嫌嗔謗大般若口吐黑烟他時異日打你鬼骨髓有日在阿呵呵聚衆五百六百不是好事正是吾宗敗壞相心頭無一些見識口說得十分現成學語之流可憐愍者這些地獄種子何時休歇直待熱病打頭尚是不肯放下惡魔識見魔寐人家種子猶在禿奴兒何苦得這碗飯隨分有得喫何必要稱和尚登高座嚼蛆蟲亂嚼出來刻向板上成得甚麽說話看伊俗人文章有調法有轉句活句盡入文字三昧你者些禿兵禿賊禿野狐精死入何鼻無間剝皮剔骨叫苦無量心酸難忍到此時你還上堂得麽小叅罵謗人得麽一千七百則公案許多差別機緣這些魔民道總之一箇道理只管胡言亂統一盲引衆盲牵入地獄眼前幾許魔民遭惡鬼打殺禿兵你還怕麽從今後發菩提心做箇好人莫待眼光落地做手脚不辦

叅請機緣

師見雲棲蓮大師問云如何得成佛作祖去蓮云問道於盲師云道豈盲耶蓮云我盲師

打○相云總在這裏蓮指○相云盲師云見婦不須重下淚還他原是個中人蓮云不是個中人師云却好蓮云好好師禮拜次日呈偈蓮着語偈云不解西方不學禪蓮云低聲低聲偶來塵世只隨緣蓮云解也學也三間茅屋傍溪住蓮云溪深路滑兩扇竹窗闌月眼蓮云春色滿園闌不住碎盡衲衣那有結蓮云爭似寸絲不掛養長頭髮欲成顛蓮云成顛亦不惡自從會得吾師意蓮云胡餅裏討汁白雪飄飄六月天蓮云夏行冬令寒暑不正復囑云以頭陀行住雙髻山續祖慧命師叅龍池幻和尚入門把住云佛不見身知是佛且置如何是若實有知别無佛幻云有了你沒了我師拓開禮拜幻云雪嶠不得老僧道師拂袖出次年復叅幻竪一指問會麽師云者個喚作甚麽幻微笑又次年穿草鞋直上方丈幻云你草鞋猶未脫也師云何處見草鞋來幻又微笑師即呈偈云數載龍池三度登重重問話舌生氷草鞋分付虎狼去雙髻峰頭一箇僧

問答機縁

黄海岸居士到菴問云入泥入水來時如何師云滑殺人士云久聞雪嶠及至到來不見一點師云日頭大士云雪鎔後如何師云春水滿溪流士云大師曾見甚麽人來師點胸云雪老士禮拜

一日茶次謂海岸云老人今年六十六復自輪指云丙丁戊巳庚良久云怪見得把人牽來拽去原來水牯牛入命宫拖泥帶水東觸西觸雖然且喜水足草足黄居士便問水足

草足時如何師云飽殺人進云水枯牛還瞌睡也無師云撲面秋江白月飛鷺鷥撞入蘆花裏余居士進云恁麼則一色邊去也師云蘆花變作黑灰飛鷺鷥不撞蘆花隊士禮拜

海岸請益師云此事大不容易常有禪和子到問做工夫老人只教伊誦金剛經去士云如何是金剛經當頭一句師畫○相示之士於⊙相酬之師復畫○相作背抛勢士畫⦶相呈之師以拳搥⊙相士便喝師呵呵大笑云今日親見潙仰父子

黄居士問雲門在睦州處悟得爲甚却嗣雪峰師云知恩報恩復問元正啓祚萬物咸新百戸千門燈然室内且道與少室一燈是同是别師云只有長江水滔滔空自流士云流到甚麼所在師云住住又問雪覆千山爲甚孤峰不白師云理合如是士云如何是夜半正明天曉不露師云十八士云請師更道師云一條舌

師舉三日前得一夢室中火起老僧喝兩喝火燄漸微自占曰般若如大火聚日來老僧舉揚家醜莫非正應此夢余居士云早是大地火發了也師云老僧甚麼處安身一僧進云請師再下一語師云向居士鼻孔裏士云打失鼻孔救取眉毛師頷之

士問如何是函蓋乾坤句師云撲不開如何是截斷衆流句師云只少一點如何是隨波逐浪句師云隨我來如何過得獨松關師云莫作假雞啼

僧問古人云父母未生已前如何是我本來面目本來面目即且置如何是我父母師云

廁邊取

僧求開示師云誦金剛經去進云這是某甲打翻過來的師云打翻的聻僧豎一拳師豎兩拳云你還豎得三個拳頭麽僧無語師喝出復云來來僧回首師云你年多少僧云二十四歲師云二十四歲前你在那裏僧擬議師直打出

僧問如何是金剛王寶劍師云不斬野狐精云如何是踞地獅子師云眼如何是探竿影草師云早知汝在途中如何是一喝不作一喝用師云要你自死

問雪覆孤峰時如何師云愁殺人問祖意教意是同是別師云日月在天

師捫虱次聞谷師向背後拍肩一下云和尚慈悲些師云個個見血

師過土橋看湛然師同衆茶次師舉鼓山公案問湛云一枝聖箭途中折却了也那裏是他箭折處湛無語師笑拊湛背云折却了也

有僧叅次師云此事如十字街頭把勢四面有虎狼如何得條活路方免喪身失命僧云捨他喫了罷師叱云不喫你者死屍便喝出

僧問如何是生死大事師云汝今年多少僧云三十九歲師云且如三十九歲前汝在何處安身僧無語師云這個便是生死進云要見在何處迷起師舉茶杯云這個喚作甚麽僧云茶杯師云向這裏迷起

聞谷師問大悲千手眼那一隻是正眼師云露天石臼子進云意旨如何師云瞎

博山道開叅次問近今佛法如何師云拄杖長一丈進云清淨雪山還有狗子也無師云

不消得進云背後的聻師云兩個開擬議師便打開奪拄杖師云佛法不是這個道理侍者點茶來與這僧喫開放手而立師云多少伎倆只消老僧一杯茶便氷消瓦解次日師坐次開侍立師云作麽開云問話師云問即鐃你問切不可動着舌頭開便問鑊湯爐炭時如何師云正是老僧行履處進云風清月白時如何師云其中事作麽生云人叢馬踏時如何師云誰在途中云鶴立青松時如何師云雪下來也云澗水潺潺即不問如何是雙鬓家風師云一堆土灶萬個峰頭問大師承嗣何人師云遠山終日看雲裏鐵牛嘶云如何是祖師西來意師云破二作三云意旨如何師云常言俗語開禮拜

唐祈遠居士問如何是叅禪着力處師云泥牛拽鐵磨如何是叅禪險難處師云看脚下如何是叅禪受用處師云喫粥喫飯問破屋將倒時主人如何料理師作撐勢古人云省力處便是得力處兩手撑時莫不費力否師云倒也倒也

僧問如何是賓中主師云曾爲浪子偏憐客月下風前幾度吟如何是主中賓師云楖栗横肩不顧人直入千峰萬峰去如何是賓中賓師云一片春雲飛出嶺至今縹緲不還山如何是主中主師云眼裏瞳人雙赤脚生來好醜任君看

僧問如何是奪人不奪境師云古寺無門春殿月鷄鳴茆店五更霜如何是奪境不奪人師云馬蹄踏碎中原石醉飲漁歌江上聲如何是人境兩俱奪師云自從一去潘郎後花

木無香草不青如何是人境俱不奪師云長將日月爲天眼指出須彌作壽山

僧問如何是第一玄師云蝦蟆吞大蟲頭動尾巴顛如何是第二玄師云赤沙畫簸箕是甚祖師意如何是第三玄師云悔殺當年句鮎魚上竹竿如何是第一要師云乞我一文錢十字街頭討如何是第二要師云五更侵早起終歲忙忙了如何是第三要師云月落不成眠書聲秋閣曉

僧問如何是雲門餅師云官巷口如何是趙州茶師云不濕口如何是祖師西來意師云六月火燒山意旨如何師云好下蘿蔔

僧問如何是佛師云大珠和尚道的復云會麼云不會師云三脚蝦蟆

程季清居士問在家做工夫還成佛否師云三脚木馬士云不會師云驢年去士禮拜

師一日與五岳居士坐次士指傍僧云這坵荒田怎麼好師云直待春到士云春到來時如何師云犂把一齊出

師浴次侍者面前經過師即跪浴鍋中問云跪即不問如何是祖師西來意者云大師跪起即道師起云道道云某甲跪大師有分師呵呵大笑

僧叅師以婆子燒菴話勘之僧無語乞大師代下一語師云大似商人落夜僧禮拜

僧指地上雪問云日出後如何師云一場懡㦬

僧問急水灘頭下一篙如何着力師云你還打濕脚也未僧無語師打出

郭黎眉居士問如何是無地地主人師云不

居陰界云菩薩向地獄觀化一巡誰是同伴師云眼中無珠脚下無指云盡三界是個圓扉誰人出得師云三界外問將來士禮拜

僧問路逢獅子時如何師卽震威一喝僧無語師打出

俞彦直居士問祖祖相傳傳個甚麽師竪一指云這個士云人人有這個何必要傳師云你只認得指頭士禮拜

蔡居士與師同過放生池師問云許多魚何不放些去士云我這裏飛去底師打一扇云還在這裏

師一日問侍者云一切說得出到此爲甚麽說不出者云嗄師云不關口事

僧問雲生月際時如何師云甚麽時節云樹凋葉落時如何師云鳥不宿

師問坌侍者如何是人云不逢師云不逢時如何云落日照青山師云一塲懡㦬坌禮拜

僧問如何是休糧方師云兩粥一飯進云此理如何師云不曾嚼着一粒米進云若然一切人皆相似也師云不墮諸數

師坐次琮侍者過師召云弘琮琮回首師打○相琮便喝師竪拂子琮拂袖出師搊住云速道速道琮擬開口師打兩拂云且饒你去

孤崖忝茶次師將拂子案上一擊問云這一擊五家宗是那一家崖擬議師便喝復云一擊三千里果然人不知

僧請益師云眼耳鼻舌六根何物也下一語看僧不能答代云與我戳破骷髏僧云不會代云揑出汁來衆人各相顧視師云如鴨聞雷

師方丈茶次云一人發眞歸元十方虛空悉皆消殞即今虛空現在如何消殞弘璐云大師何得驀面瞞人師搖首璐云喚甚麽作虛空師休去

僧進方丈不禮拜云會得者個即禮拜師云者個是甚麽僧佇思師直打出方丈

伯玉透菴次公三居士茶次伯玉居士舉慧持出定因緣師問云慧持入定數百年擊金磬出定鄧隱峰倒立而化還是定不是定士無語師呼伯玉居士士應諾師云我爲你出定了也透菴云大師自起自倒師云也難得良久師問云也難得是什麽語菴云是縱語師云未在菴云是什麽語師云活埋

山齋茶次師問既是陳尊宿爲甚身子只得半截衆下語不契代云前人置得又云埋沒他不得復舉夾山掘坑因緣鄧居士云賊後張弓師云掃箒糞箕不在手居士云收師云好則好鬼窟中來的士云那裏得知師云收

僧叅次問四大分離時向甚麽處去師曰棺材裏去進云意旨如何云埋在泥裏僧禮拜師喝出

何相國方坦菴方孩未同進靜明寺師舉僧問雲門大師如何是一切智通無障礙門云掃地潑水相公來今日靜明這裏也不掃地也不潑水相公來也請下一轉語公云荒田不揀草師大笑公云這一笑是賞是罰師復笑公無語

雪嶠禪師語録卷第四

音釋

覿杜歷切音敵
轍直列切
巒盧官切音鑾
狄見也
轍音徹
巒石巒以遠望
蛆子余切
簸烏果切音駊
簸揚米去糠也
墜仍如乘切音
墜仍玉器
蛆音苴

雪嶠禪師語録卷第五

參學門人 弘歇 等編

佛祖偈贊

雪山相

用盡自巳心笑破他人口六載雪山着甚死急肯向無佛處稱尊猶較些子然雖如是衣鉢下作麽商量當初揑碎虛空骨今日挖雲補漏天

佛

瞿曇老爺乃是世出世間天上天下大聖人廣攝四生普慈三有饒君具無量廣長舌一身多身通身是口遍恒沙世界微塵一一微塵具一一口出無量音聲讚嘆莫及老爺功德不可思議豈凡夫衆生敢下語稱贊雖然其中有一着不如徑山且道那一着閉口深藏舌安身處處牢

覲佛

佛是大覺金仙天上天下第一個老爺世間無過於此若有口吐風雷手拈鐵棒者是我宗門下一種靈利衲僧與瞿曇老人行不到的謂之殃及兒孫事咄

文殊

文殊翁文殊翁縱使騎却金毛獅子遊遍五須彌一一香水海到這裏總沒交涉不如本分衲僧住空山煨榾柮打野菜掃黃葉臥個破柴床歌吟乾屎橛活脫狂機不可禁一槌擊碎珊瑚月文殊翁文殊翁若要好思量且過一邊着

文殊師利童子

大師從何處來踞獅子之座欲往何處思惟

不下或要到徑山麽徑山有青獅子兒是大士之親嫡血大士莫忘記好敢問大士世尊安樂否即今清涼山何人主持萬二千菩薩誰爲座元誰爲維那這個法門全仗大士助一臂力使我結制大衆一個個發明心地得無礙辯不思議廣說事事無礙波羅蜜門盡法界衆生皆入此宗

調師圖

稽首文殊師利大士我當親近無捨離一日一刻乃至夢寐相隨其後大士謂我言有一青獅子方得三歲汝可收訖無至損傷善調養之將來大哮吼震動寰宇一切不作法怪異之屬相聞其聲即自調伏即自歸依今日大士何來至此隨從多人還當說法耶還遊戲耶清涼山萬肉身菩薩其中得神通者幾幾今日請爲速說不必將前三三後三三換人眼到這裏總用不着要大士空劫已前道取一句若到不得徑山借口與大士道昨日新條斬舊令門前山岳雪堆堆

文殊大士

稽首文殊師利從何處發足到我這裏莫得尋花上苑莫得去住不安因甚麽到此死坐不起思量甚麽物作舟作航且莫妄想照管脚下青獅子座假如坐得瞌睡你又作麽生消遣不若歸清涼山萬菩薩衆中作一條拄杖人天有眼宗通教通絶無一字滲漏始稱丈夫咄千花雨濕臺山草石上空談無舌人

普賢

這裡一物也無騎個六牙白象到此作麽遇着跛脚阿師定是一頓拄杖趂出山門饒你

廣大行願不如歸去好山僧恁麽贊普賢恁麽會蘇堤風細柳花飛野鴨晝長打瞌睡

觀音大士

吾謂大士多了一件事到處被人圖寫以爲是觀音悲哉衆生不知自己六根門頭盡是觀音出現所怪大士不本分惑亂人家男女圓通訥云長安風月貫今昔那個男兒摸壁行豈不是大士多了一件事這事豈人可與可授耶大士利生不過皮毛上轉生授生以善教化以慈悲攝無量因緣終不能吐露把衆生盡底掀翻若要這樣辣手用劍刃上事畢竟輸我宗門前代諸老師佛及菩薩只可說好話說因果唱導之師而已達磨大師若無慧可尊者幾希

水墨像

不見大士金色身而幸隨喜水墨像大慈悲力不思議一一音聲悉皆應牛聲馬聲及虎狼地獄種種音聲相皆是自在無畏力而能攝受諸業力牆壁瓦礫聞思修露柱頓入三摩地

稽首大悲觀自在衆生何日得解脫衆生有我不自在自在衆生無我所三界一切所有法盡是菩薩悲心應三界一切法旣空菩薩悲心亦無用莫教好肉剜作瘡瘡元無痕肉無瘢我勸菩薩早收拾放下淨瓶巖底坐善財童子學心經從來不識元字脚阿多婆牛渡大河頭角已露

繡觀音

此上座名曰觀音自洛伽山去五天竺在這裏經過無端被那鄉閭人通身針劄累他善

財龍女一齊叫屈不妨不妨應以婦女身得度者即現婦女身而爲説法然雖如是鴛鴦繡出從君看不把金針度與人

大悲千手眼

問道菩薩用這許多手眼作麽汝等正不知菩薩手眼因衆生有如是差別異故菩薩應之非菩薩眞有祖師云通身是手眼即此意也雖然其實無多子

這光明中無法不具逆順斜倒差別異形隱顯出没影現世間衲僧到這裏徹底分明未稱奇特何以故離不得這裏衆生迷這裏墜於惡道輪轉不息菩薩達此無遮無障應化三界徹底老婆欲指衆生得個入路雖然不得相欺眼裏耳裏鼻裏舌裏身根意根乃至運水搬柴穿衣喫飯無不是衆生大悲千手眼應用十二時故祖師云通身是手眼觀音自觀音徑山自徑山與我毫没交涉我若靠觀音得成佛正好做夢到彌勒快教伊收拾行脚到他方世界去不要在此礙手絆脚癡衆生受鬨弄燒黄熟香熏他鼻孔出出

十六羅漢贊

不會參禪何其倔儓揑串數珠作人榜樣危坐

念佛

舉眼無親欲行無路靠根竹杖思量甚麽倚杖

思惟

手捉其物死殺不放勞他燒香塊塊勿着如意

燒香

端坐何爲淨心離欲都盧張嘴任渠摸索靜坐

摸索

得小神通共誰酬酢擎個淨瓶自取其樂賣弄

神通
靴裏動指驢年不悟一念妄起枝葉已露
着靴

受果坐花
裹頭曲項大半卽當打開卷子收拾不上
裹頭

開卷
枯木寒巖想是此老望渠回頭直待樹倒
枯木

立禪
這個差異黑心臉起用塗毒藥我不如你
坦臂

操藥
手不釋卷誦白蓮經長眉幾莖勿遮眼睛
長眉

捧經
老極無齒緊閉其嘴待白雲來拽杖而歸
倚杖

閒坐
消遣白日手拈香爐覷不破機蘇嚕蘇嚕
捧爐

默念

且莫算計如意自在坐爛石頭身心痛快
橫身

石頭
猛虎拽尾且嘯而來被人簡點皮毛尚在
伏虎

撥毛
捏住放行鉢盂脫蓋從此入者畜生作怪
降龍

展鉢
不着兩頭中流已渡賴他頭毛末後一步
渡水

捺童子頭毛

降龍贊

雲浮空而不雨龍欲降而未降長年死丁丁坐被人喚作枯樁唯旣是天台羅漢爲甚墮在丹青筆下

伏虎贊

這僧得幾許神通受用皮毛相逢黄檗老阿師斫折項不道我不與你說分明記取

羅漢像

耘耘綠草細成章花蓋梧桐地作床坦臂恨人何不會眉毛橫竪結清霜

達磨大師

墮墮墮皮鞋一隻笠一個橫在肩頭辛苦生思量擔到西域去只此這個放不下誰個肯來歸依你

尊者久坐不倦爲求人故喫毒異常死亦不顧大慈心力遍一切處到震旦國接得一個如花開敷如月在波香海澄清燈續無數若鶴林素若妙喜祖

大膽麤心闖來東土說道有傳佛心印忒煞掉謊及至梁王殿上有口難分自成逗漏拂袖便行啞子喫苦瓜直入千峰萬峰冷冷落落九載秋風若無慧可大師笑破他人口久聞擔履歸家如何還在這裏若不是異鄉別井人將斷貫索穿却你鼻孔朝打三千暮打八百高懸雙徑峯頭待你忍饑無暇那裏有工夫去賣傳佛心印

人謂西來達磨我道是擔水河頭賣的客作漢自梁至今被人畫影圖形焚香供養道是東土鼻祖不知逗漏家風不守本分何苦得人人喫飯穿衣知時及節你定要剜肉做瘡壓良爲賤來來去去賣弄這些骨臭氣

大師傳佛心印來震旦國喫若干苦辣冷坐九年被人喚作壁觀胡僧至今畫影圖形燒黃熟香供養雖然就中一點不好隻履西歸笑你猶有這個在

汝是梁時到我這裡舊得緊的面孔東也見你打坐西也見你渡江任你走盡天邊無有

着你所在是我等不喞嗰禿奴輩道你是箇西來傳佛心印之祖師且喜没交涉雖然憐你辛苦多年且留你這嘴臉掛在壁角

睦州陳尊宿

這個尊宿忒殺無禮單用麤拳辣手接人若青天揮霹靂雷卷星飛雲門大師被你一搊死去十分損一足左跛右跛這樣惡魔王老禿奴佛法豈如是耶相聞後世兒孫也道末後有人罵你咄仁者見之謂之仁

高峰妙禪師 像藏匡山獅子峯

大師居西天目獅子巖壁立千仞之風攀躋不得苦行一生道滿天下雙髻六載龍鬚九年未嘗一日若倦以枕子墮地打破生死鬼窟壽算五十八歲涅槃於死關全身缶塔可謂鐵成金骨刀斧斫不入面孔舍利無數光現髮根千載之下更有何人像得我師我師眞我師也非稱呼之師也影子在此且道高峯主人公在何處道道

龍鬚脫皮換骨向雙髻峯頂呵佛罵祖六年敗闕倒轉旗鎗直入深深天目獅子巖中冷氷氷一十八載滯貨方纔得價若斷崖之與中峰更無得意於先師且道還有人麼臨崖看滸眼特地一場愁

斷崖義禪師

這狀阿誰雪巖之孫高峯之徒中峯之兄卓然天目若影若空遠續臨濟之風眼空四海佛祖不容千巖坐斷粉碎鴻濛身心宇宙鼻舌俱通了無所了宗無所宗證何三昧有神化工諸祖莫及雲深難窮斷崖斷崖吾謂汝從

雲棲大師

這和尚出世四十九年得文字三昧捏管鐵筆把住天下衲僧見者無不指歸淨土更不提起向上巴鼻驀撥相逢未免跳入獅子窟裡大驚小怪和泥合水且道以何爲驗幾回明月下親見鶴翻身

念佛法門大似懸羊頭賣狗肉開鋪四十餘年竟無一人覷着可憐江國行人少狼藉山前多少花

幻有傳和尚

三次到龍池不曾有一字或伸一指頭草鞋脱還未嘗説口頭禪一捏竟粉碎這樣老古錐憨憨過日子冷地好思量恨心徹骨髓不用惡鉗鎚只會笑而巳笑裡有刀泥裡有刺

龍池出天童棒喝西來意

密雲禪師

天童師兄還知麼徑山常罵你是個破木杓向東溪舀水則不得西溪安能有之饒你直走之金剛際索取衣兇將來逗漏不少不肯作個本分衲僧定要賣弄笑巖和尚家醜大唐國裡那個不知你是個破木杓

這位老兄三十年前在禹門同出山歷路隨了我走到越城尚不肯同伊説半字今日天童大作佛事闡宗揚教扭捏達磨大師鼻孔後代兒孫分疎不下何如何如

這老漢一副生鐵面皮没些子人情一條白棒不論是佛是魔只管劈頭便打直饒打得血淋淋地猶是不肯住手呵臨濟下兒孫天然有在他時異日相逢馬相公鐵棒又教誰喫

多年不學老胡禪且喜今朝日勝年天大事來同㖿嚜草鞋不值半文錢師兄坐得好我亦徑山眠

生前作業打人罵佛其罪莫大不入天堂便入地獄還有人相救麽直待彌勒下生水牯牛是汝同叅救取一半咄咄

横贊豎贊贊歎不及天童山裏揑神揑怪惹得這些削禿如蜂護王如龍護珠我看你這箇老阿師有多少奇特要作臨濟兒孫且未夢見在

題大司寇廣京朱居士繞膝圖

先生之道若大樹根深錯節難指示枝葉盤桓香自清垂垂花果皆兒孫先生之德如卯山蒼崖石壁元尋常和風微扇薜蘿動林白扶踈明月霜水田野岸細草緑歡娱日日閑清足上下交羅如貫珠池塘春暖鶯雙浴歌夜不知秋水深鴛湖面面藏天腹雲可掬兮魚可呼金盤托出千年圖問道幾時來到此固非避喧愛寂莫諸君相逢總不語舒卷且留山水居

彥直孝廉像

大心普戴惟善是崇方正生平世所珍重如花開敷居春風中來既不留去何所從眉目儼然如鍠在鐘美哉此老無物可同

題蔡石居士行樂

蒼崖修竹青草苔花日日春光時時風月且道君家就地冷坐從何處到此圖眼前這些光景不肯還家歸舍死板板轉動不得六根虚豁無分彼此諸念氷消融通短長快哉震旦國中能得幾人像你自在倘他年杖笠五

峯東坡池上再與相見

無住沈居士小像

是眞非眞是幻非幻畢竟是誰具眼者看如意在手有經兩函長年數坐雲山無住先生模様梅花枝上冷魂飄芳草石頭舉一半

六菴王居士小像

狗子佛性無五五二十五逼塞趙州關叮嚀莫莾鹵即此是贇君將軍射石虎瞥爾頂門開是眞相見我

自贊

這個若是雪嶠老子劈脊一棒打折你驢脚若道不是雪嶠老子喚千手大悲菩薩來拔脫你兩莖眉毛教你人不成人鬼不成鬼畢竟如何若何仲丐宰我子貢子由子夏咄是何言歟天目耳長拖得遠渴龍飲水入西湖嘇唎嘇唎蘇嚕蘇嚕

又像 藏徑山

這個不會佛法漢有甚巴鼻一臉清冷冷骨頭刀斧斫不入雙髻峯獨宿一十二載壁立千仞吟風嘯月傍若無人袒胸露臂氣宇如王未得楊岐正脉坐斷禹門活捉虎狠折脚鐺中燒盡千七百則陳爛葛藤餶鼻生香大塊吞吐不黙鹽醬一飽便休呵呵大笑打觔斗不記數罵佛祖有來由泥團雪團一任諸人横嚼竪嚼神猜鬼猜取性逍遥山顛風顛今朝撥轉船頭斬新條令循規蹈矩時時如見大賓亂髮垂肩日日當胸乂手波瀾滄海龍蛇頂戴堯天星斗不是無錢買草鞋平生自愛赤脚走咄那裡去從容漫用株茹箒五峯殿上好徘徊百萬杉松隨汝後

又

這個蓬頭漢眞得能憎俗不俗僧不僧謗聲不絶佛法不靈若遇着臨濟老子一頓棒走得脚底無皮過滑石橋遇着寒山拾得將百千年陳爛葛藤穿却你鱉鼻牽到國清寺不要你種冬瓜便要你栽蘿蔔那許你拗折拄杖高挂鉢囊叉雙手赤兩脚死立住長在人家誑飯喫咄

又 像藏雲門

坐斷雲門怪石不依倚人家破箬戸今朝湛寂六根逍遙三界獨步相逢臨濟德山叉手叮嚀莫嫌滞貨咄五五二十五

又

這漢好些無理倔僵一頭孤高一擔聊通祖佛機緣全没普賢行願揑住文殊舌根佛法不通一線不作亂草堆頭夏蟲只愛高眠雙髻雙徑任伊五宗絶去冷氷自有無位眞人徹上徹下仔細思量你是大明國裏第一等偷懶沙門如何一般有人天供養

又 偃風璞請

身自我有影從彼出苟非其狀將錯就錯從何處來天人莫測住山四十有年走到匡廬被人圖捺青毛獅子隨身擬似文殊菩薩或問畢竟是誰便是雙徑峯頭千指菴中語風禪客咄惡聲遠布大明國不必時人來摸索

序東居上圖老人像自侍於傍以爲朝夕覩面師承故讚而書之

對面清談非佛而誰道心不易終始如一師子道合如膠似漆今日之緣夙生植德狹路相逢或坐或立奇哉怪哉如日如月問這是

誰青獅法脉號曰知有長居客室世出世法了然明白不必多語毘耶一默

附贊　董其昌

精嚴戒德蕭灑宗風林居晏坐月朗春融東語西話斷崖中峯如水入水如空度空龍象蹴踏師子行蹤刹那覿面歷劫無功曽經發箭以口承鋒是水乳合非名句通吾欲著慶歷僧寶傳非斯人其誰從

又　陳繼儒

悟明心地震動人天得法於臨濟之後印證於雲棲之前胸懷海納鋒辨河懸說法則轟擊雷電落筆則飛走雲烟不問雙髻峯不戀千指菴不拈拂舉棒不揚目張拳語風居畔朝陽頂邉一瓢一衲一榻一椽隨機對證發衆生之藥窮因極果結震旦之緣此豈拾牙後慧弄口頭禪者耶問之徑山諸祖師點首曰其然其然

又　譚貞默

認得是雪老逼真面孔認不得是現成佛祖頭陀高峯替身雪山作俑舌底風吹眉毛草動撩天潑地大慈大勇既然棒喝兒孫那用數珠供奉石頭坐爛多年畢竟雲棲法漄

又　郭凝之

這個老人快胸直腸舌横劒樹目閃電光面面相覿則寒冬煦日針針相對則夏月飛霜住山三十年抱孤雲獨卧應緣六十載與虎豹俱藏允矣宗門武庫法海津梁而皮相者或以爲普化之散聖而寒山之風狂噫這是徑山東坡池頭臨濟嫡派孫語風和尚而行將拈提正印重整大慧之宗綱

頌

顧鑒咦

雷電之機不可擬纔落思惟千萬里凡聖無名更問誰倐然拽杖竟回去春風生面花雨飛嫩綠依依樹頭起黃雀聲中始見情殘紅半寫佳人語漚光淺澹去還留楊柳枝枝夕陽雨歸去來兮秋水深故居猶在雲烟裏蜻蜓戀戀白蓼香蝴蝶翩翩若夢巳雲門老咦而去閃爍紅旗埋没主今朝幸是可憐生一脉蕭蕭竟如斯

百丈開田

掘破青山作水田風流只在钁頭邊潑身紅雨帶歸去脫却汗衫仔細看

熏風自南來

竹底生風暑漸消綠飄輕影有芭蕉果然會得古人意獨角泥牛被火燒

東山水上行

諸佛從來水上行有身無脚到如今眼前誰是我相識同調絕無獨自吟

南泉斬猫

拾得籬根血染頭風霜飄泊幾經秋今朝坐上分明舉月落風殘趂水流

高峯主人公

南北無門路不通分毫有主賊來攻直饒主客都星散大似楊花趂曉風

垂問畬頌

師室中謂衆云雲門有四問下語相當即付鉢袋子

問除却着衣喫飯如何是你心　弘歇荅云二祖道底

問眼孔動定時分别前境不動時落在什麽處答洎被眼瞞又云確

問遊山玩水舉足動步者復是阿誰答不問不知

問千般計較念從何起答覔得却來舉似師過天童因垂四問罕有契其機者代答頌

問既是帝釋峯爲甚不持笏畬今日放衙

善法堂中坐的人久無梳洗病支身花冠早卸春風裏未敢峯前作侍臣

既是狀元紅爲甚喚作荔枝云降尊就甲

麁來鼎甲狀元稱心細身麤在世情脫却皮囊非是色從前題目不容名

既是黃精爲甚是黑的云被人扭捏

無奈身將火氣蒸譬如髮落改爲僧此中滋味全歸火莫把形容起愛憎

既是天童爲甚無面目可見云雖無面目瞞他一點不得

假名呼作是天童面目渾如江上風萬朶白雲飛不住與君相見在西東

僧請益舉高峯大師四問請師畬頌

盡大地是箇火坑得何三昧不被燒却畬同道者方知

拈得東來又失西火坑三昧鐵鷄啼高峯饒舌太多事笑煞江西馬簸箕

人人有箇影子因甚蹋不着云蹋着即禍生

脫空慢語得能憎有屋無家不着僧放過那邊冷來看氷花雪月夜深燈

杲日當空爲甚被片雲遮却云昧語作麽

無陰陽地上過來倦煞香醪打一杯頂上門開人境澹日輪曾受我生埋

佛祖公案總是一箇道理爲甚有明與不明
云高峯自領出去
葛藤陳爛已成灰占着唇皮鬼見摧命運不
通宜守舊山頭壁角去徘徊
偈
辭衆檀請徑山開法
午夜披雲面北斗徐徐竹裏自南還偏吾無
力行河漢若箇雄心到祖關老病秖堪隨日
過清機那肯列人間諸君欲識生前旨好聽
風柯敲玉環
寄惟一上座
鵬摶曾有訂同上畫娥眉今日喜千指憑君
着意爲
題驪珠峰贈山幢上座
昔年辛苦一山夫奪得驪龍頷下珠拋擲雙

林山絶頂君家作案可爲模
寄黄海岸居士
悟得本來心無心亦無法無法無本心始了
心心法
挽天童密雲和尚
同出龍池入路長吳興分袂過錢塘多年挂
錫玲瓏石今已藏身寂寞鄉雲面揭開紅日
眼山眉愁斷白花香離離一片苦心事且道
何人在影堂
別天童還雙徑
塔豐事訖且抽身曉嶂重重接遠隣飄影葉
乾風拭露點衣寒犂日初新泉鳴沙澗遊山
客天指肩輿過嶺人獨抱苦心帶歸去雙眉
欲解在三春
龍池掃幻有和尚塔

銅棺山下養龍池步入凉風覔我師當戸娑羅空腹樹迎堦芳草昔人眉追思滴血曾留偈會寫傳燈嗣法詩今日塔前成九頓流源千載繼孫兒

傳佛心印

從本巳來法法不立見知知見同虛空虛空何所住

懶達磨大師

荻花秋雨敷寒江心慕孤行望遠幢此去嗟嗟無別計幾回月色到蓬窓

無相偈

我說無相法諸佛心即是諸佛無中生無相無諸佛

主人公

有僧問我主人公六月江行西北風記取當年舊公案西山落日半邊紅

幻相偈

四大性假合愚痴着有我不知幻性因生死從茲起

無法偈

心地本無法無無說無法亦不同虛空頓然無知覺

性相偈

有性及無性人境二俱遣即今說性人了了無自性心相何所有事同於兎角出種種諸法是故說性相

徑山四威儀

山中行脚健草鞋輕踏破了白雲千萬層

山中住閒送春秋去鳥不啼花落溪邊樹

山中坐窗亮胡椒布虎狼歸在我簷前過

山中臥直到日頭午炊粥喫隣菴去討火雙髻四威儀

山中行上崚嶒縛腰爛草繩思量活菜喫石壁採朱藤

山中住檀那地茆屋漏無底四壁冷蕭蕭半夜來風雨

山中坐虛空破何處覓功夫筋斗打出門天外笑呵呵

山中臥將就過着地鋪草稟衲被不遮寒猿啼五更苦

亂髮垂垂

亂髮垂垂直到肩搥胸屋裏哭蒼天有僧問我西來意黃老堆堆燒夜錢

亂髮垂垂直到肩白雲如水雨如烟山中一片莓苔石滑倒野狐幾萬千

亂髮垂垂直到肩日圖三頓夜圖眠便宜一個閒身子留在青山作鏡看

亂髮垂垂直到肩茆棚猶勝夜摩天藜羹麥飯家常有石壁山藤豈偶然

進開先

新作叢林事事差庫司無粟水無茶分明一段苦心事那許時人磨齒牙果薦雲門胡餅話途中尚未到山家

擬寒山三首

家有一庫司百般皆具足指向與人看人人信不及貧兒甘自貧不肯回頭顧忽朝風雨打身心成露布

只爲未見君思君在長日果在毫髮間如隔千里驛一馬生三蹄蹄蹄用各別有時覿面來天地同黑漆

我見寒山詩字字言眞實東行及西行竹筒盛敗物飽餐殘菜滓身披破直裰化物不用情形類乎凡質

佛事

龍池掃塔今日有此宗風乃梁朝達磨大師過我東震旦國相傳至六祖以下列爲五宗各立門庭以應一花開五葉結果自然成之識而今法眼尚在高麗潙仰杳無音信曹洞雲門依俙有人惟有臨濟一宗沿流不止至我笑巖師翁師翁付先師幻有和尚今日塔前惟有徑山一人是師嫡子特具薄供分付主山神主地神主林神主空神等護持我先師全身法塔如今大明國內愚癡者甚多見性者甚少惟願先師常寂光中加被衆生遠紹教外别傳之旨不負達磨大師笑巖師翁以此敬爲人天供養

上天童和尚供昔日南嶽讓禪師云道一去一向不見持箇信來着一僧去見他上堂出云作麽其僧如法出衆云作麽馬祖云自從胡亂後三十年不曾少鹽醬今日天童這裡作麽生君子千里同風某辦一箸菜飯供養師兄雖然無鹽醬且喜滋味馨香

爲天童和尚舉龕喝一喝云癸未二月十有三日南山卜得一穴最吉祥地修拾精藍人天大衆請師兄到彼安樂受用自在逍遥惟願天童香火綿綿德風遠播相繼祖燈如帝珠聯絡不絶法界衆生俱爲瞻仰法駕蚤臨不必躊躕復云起

封塔稽首大哉俊哉我師兄密雲和尚末法時拈出威音那邊鼻孔捏根拄杖把住天下

人舌根打人打得血淋淋地海沸山騰乾坤黑暗猶是不肯住手復起臨濟之宗非吾兒而誰今日退身三步藏身處没踪跡没踪跡處且藏身更說一偈坐空千界月諸佛汝同儕鑿破青山面將身就活埋復云封

爲亡僧舉龕喝一喝云此處着你不得盡情擔荷將去復云起

秉炬云且向乾柴烈火中煅煉一番喝云水中漚滅還歸水不涉須彌一點塵擲炬云燒爲教梁下火死人送活人送到勝熱婆羅門作麽生會刼火洞然此土安隱教梁會麽生死出入遊戲之具何苦之有擲下火把云看舉龕若昧法師還知麽在這裏冷冷落落坐一十餘年竟不思量轉身吐氣今朝吉日良辰請向深深處安樂自在古人云欲窮千里

目更上一層樓起

入塔以拄杖打○相云崇禎庚辰臘月十五日去土七尺以爲窟宅若昧法師千足萬足仗人天之福惟道忞之力老人切勿佛法狠藉後代兒孫如規如則喝一喝云任他歲月還流汝此土安隱封好

雪嶠禪師語錄卷第五

音釋

瘢蒲官切音槃瘡痕也 舀伊鳥切遙去聲抒臼也 笏呼骨切音忽公及士所搢也 荔力智切音麗荔枝樹高五六丈青花朱實實大如雞子果名 扭女久切音紐手轉貌 裰丁括切音掇補裰破衣也

雪嶠大師拈古頌古序

郭　凝　之　謹　撰

雪嶠禪師淛之四明人也行遊武康禮高峰祖塔遂結茆雙髻峰頂坐斷孤雲三十年喝風棒月拈指吹毛已乃飛錫徑塢豎法幢於千指庵頭傾波倒嶽一似龍湫欲沸而喝石俱走師乃復返髻峰閉關掃軌而雙徑岑寂又禮請拈燈一枝朝陽樓閣千峰行將揭迷霧而開佛日矣不慧扣禮法席㕘印有年第見師洗月供餐裁雲補衲而孤情傲雪奇骨撐霆悠遠長懷閬滲無聲若乃春霆發響而驚蟄飛競幽泉高鏡神騰颷拂爾時拈提正令撤智海於黒洋千七百則陳爛葛藤不用作止啼之葉抑或舌吐蓮藏轉氷月之輪筆燦空華繪天日之巧於時琴筑併奏笙竽俱唱以風胎雨轂之舌騁石火電影之機今讀其拈頌古真如巨鼇贔屓大鵬繽翻振盪汪流雷忭重淵者已維今狂慧蠱禪宗印靡統千類萬聲自相喧聒然而聚沫作山吹網欲滿傲自足於一漚孰與量溟渤之宏深哉大師幼不識丁自心花開明走龍蛇於筆下又不爲呵罵佛祖行逕而詠懷淨土游戲樂邦運悲智爲慈航導法流歸心印直令蓮生火宅而宗鏡重朗者矣大師性安林薄而津梁不疲禪威無焰有不衫不履之槩至當機作獅子吼則狐兎潛踪倘遇皮相士面冥山而問郢雖轟雷破柱詎能爲耳食者啓聰余不慧自叩籌室于師有水乳之契緣借剞劂寸刄爲師斬藤絶蔓逗漏春枝而復有蕪辭叨絜猶撒穢毘盧頂上師不予嗔乃相與破顔

微笑時天啓七年丁卯歲夏六月廿有一日

序

自序

古人鼻孔大小常流未敢措辭摸索惟過量人方許發言吐氣批判古今不然入地獄如箭射予念無智庸人有何作用抱愚守癡久臥空山拈華落草打水驚魚一笑一歌日逐如此偶日不知何處降下一尊阿師撞入茅茨挸住幾則公案索頌予笑曰汝何癡也縱饒頌得祖師公案徹頭徹尾與汝分中有何交涉若要理會西來大意畢竟向已躬下透出方可與古人相見汝等土心木膽說不肯信不頌汝必謂我佛法有所恪咄蔫取第一座

雪嶠禪師語録卷第六

叅學門人弘珠等編

拈頌

世尊纔生下乃一手指天一手指地周行七步目顧四方曰天上天下惟吾獨尊

拈世尊奇特忒煞奇特未免傍觀者哂

頌七步周行也不妨指天指地便郎當大風吹倒梧桐樹自有傍人説短長

未離兜率已降王宫未出母胎度人已畢

拈這個語話向青盲人説始得若遇明眼人亂鎚一頓莫言不道

頌一園春色播江湖香入丹青絶妙圖非但瞿曇能賣弄張三李四赤鬚鬍等閑註破黄金面大好男兒不丈夫總使不移蛙足跡那知早已落程途鶻嘻嘻兮鳥啼啼這個風流在院西扶出樓臺公子貴活埋踪跡牯牛蹄花明閶閤春多恷月落無勞報曉鷄莓爛石頭香醉眼何須土上更加泥

世尊拈花

拈世尊説法四十九年不知賺殺多少人到這裏猶是放不下咄莫作是説樹高千丈葉落歸根三乘十二分教乃拈華之註脚世尊還記得麽

頌末後拈來花一枝露濃香冷報君知人天百萬同長短何故偏消迦葉疑可惜許春風遥送殘更雨

文殊白椎

拈雙髻當時若在奪却文殊椎子喝一喝看那黄面老人作何去就

頌張郎沈醉一盃酒扶醉李郎醉更深不顧脚根三尺水只貪縱步上高岑

阿難問迦葉曰師兄世尊傳金襴袈裟外別傳個甚麽迦葉召阿難阿難應諾迦葉曰倒却門前刹竿著

拈阿難善問迦葉善答迦葉答處阿難未必會阿難問處迦葉赴機雖然如是要且刹竿至今扶不起嗟別傳之旨迦葉其人歟血脈久長從這裏流出

頌隣舍無油不點燈清談待月眼惺惺刹竿倒却渾多事爲指阿難過草亭迦葉老仔細聽魚行水濁荻蘆青曹溪路上秋風急驚起雁行飛不停

央崛摩羅因持鉢至長者門其家婦人正値産難子母未分長者曰瞿曇弟子汝爲至聖何法可免産難羅曰我乍入道未知此法待問世尊來相報及返白佛佛曰我自賢聖法來未嘗殺生央崛疾持佛語往告之其婦當時分娩

拈央崛傳言送語好與三十拄杖其婦當時分娩且許一半何故貪觀天上月失却手中橈

頌墻角花容欲綻眉曉霜清冷蘊香池横開不在春枝上別有家風一段奇

世尊因靈山會上五百比丘得四禪定具五神通未得法忍以宿命智通各各自見過去殺父害母及諸重罪於自心内各各懷疑於甚深法不能證入於是文殊承佛神力遂手握利劍持逼如來世尊乃謂文殊曰住住不應作逆勿得害吾吾必被害爲善被害文殊

師利爾從本已來無有我人但以內心見有我人內心起時我必被害即名為害於是五百比丘自悟本心如夢如幻於夢幻中無有我人乃至能生所生父母於是五百比丘同讚歎曰文殊大智士深達法源底自手握利劒持逼如來身如劒佛亦爾一相無有二無相無所生是中云何殺

拈文殊殺佛則且從若無黃面老人打許多葛藤五百比丘疑至今日尚未住手

頌莫笑他家忤逆兒戲房鑼鼓振天嘶住住住透牛皮雨爛春風花滿池內心不起如何也无解氷消萬劫疑

乾闥婆王獻樂

拈乾闥婆王被世尊東扯西拽說得却好王雖懡㦬而退且信一半

頌風不來樹不動田鷄不跳草不動乾闥婆王眼失睛埋寃迦葉偷糟甕

女子出定

拈也奇怪文殊乃七佛之師因甚出女人定不得且道利害在甚麼所在

頌子丑寅卯辰巳午甲乙丙丁莫莽鹵瞥然撞著李將軍石頭何用千鈞弩

龍樹尊者西天竺國人也亦名龍勝始於摩羅尊者得法後至南印土彼國之人多信福業祖為說法遞相謂曰人有福業世間第一徒言佛性誰能覩之祖曰汝欲見佛性先須除我慢彼人曰佛性大小祖曰非大非小非廣非狹無福無報不死不生彼聞理勝悉回初心祖復於座上現自在身如滿月輪一切衆惟聞法音不覩祖相彼衆中有長者子名

迦那提婆謂衆曰識此相否衆曰目所未覩安能辨識提婆曰此是尊者現佛性體相以示我等何以知之盖以無相三昧形如滿月佛性之義廓然虛明言訖輪相即隱

拈余觀此一段甚為奇特而今目前衆生稱悟道頗多不識曾見佛性體相如滿月輪否若不自已親見一番自稱見性悟道者俱為戲論

頌吾心清淨同滿月一切影現於其中若有若無不可取非現非比非聲色不屬陰陽造化功而能造化諸品物祖佛豈能測其際衆生朝夕輪回光輪廻光中如夢事一一成現三摩地若離一切衆生界畢竟心相不可得心相猶於業力邊亦有亦無而顯現若人欲知自心體滌身垢穢同秋水水清自然現其月洞達孤照不思議孤照之功非在水水空滄溟豈無月因水清淨而應之要知五蘊根本處一鎚錐碎娘生鼻四大原無似空幻覺之通身蓮花莖晝夜香風吹入眉眉間毛孔皆諸佛佛是何人我亦誰我無我故同諸佛君欲起念黑雲生埃塵面面飛蓬孛仙人外道及邪魔總入珠體非外物魔王持刀欲斬水水不成痕月不動春秋夏月及冬季時時不出心空界地獄天堂翻覆為或為牛馬或猪狗或作人天或作祖俱在心相中來往六根晝夜光湛然淨潔無為若滿月囑付癡愚莫動著動著好與三十棒

障蔽魔王領諸眷屬一千年隨從金剛齊覓起處不得忽一日得見乃問云汝當依何住

我一千年覓汝起處不得菩薩云我不依有住而住不依無住而住如是而住

拈金剛齊菩薩太煞逗漏既如是而住怎麽又被魔王覷破妙喜老人云一千年隨從底又是甚麽囫圇吞個棗若依徑山斷總之不然既不見金剛齊隨從一千年作麽既有可隨從者忽有可見者豈非二金剛齊也且要問伊二人那裏過日

頌妙喜老人下一語大似囫圇吞個棗塞北春寒凍馬蹄江南地暖先青草有住無住且放過朝夕隨從底事好金剛齊還知道楊花粘地一些些袖裏風光都靠倒

臺山婆子

拈臺山路上少這婆子不得自從趙州勘破後直至於今草漫漫地東倒西擂

頌臺山婆臺山婆死去十分没奈何開眼受人穿鼻孔惡人自有惡人魔

大隨和尚庵側有一龜僧問一切衆生皮裏骨這個衆生爲甚骨裏皮師拈草履覆龜背上僧無語

拈還知麽大隨和尚拈草鞋盖覆烏龜不是好心這僧無語口似磉盤

頌皮裏骨骨裏皮草鞋拈得覆烏龜風吹日炙渾無事不怕人來問著渠

溈山問香嚴我聞汝在百丈先師處問一答十問十答百此是汝聰明靈利意解識想生死根本父母未生時試道一句看師被一問直得茫然歸寮將平日看過底文字從頭要尋一句酬對竟不能得乃自歎曰畫餅不可充饑屢乞溈山説破山曰我若説似汝汝已

後罵我去我說底是我底終不干汝事師遂將平昔所看文字燒却曰此生不學佛法也且作個長行粥飯僧免役心神乃泣辭潙山直過南陽覩忠國師遺蹟遂憩止焉一日芟除草木偶拋瓦礫擊竹作聲忽然省悟遽歸沐浴焚香遙禮潙山讚曰和尚大慈恩逾父母當時若爲我說破何有今日之事乃有頌曰一擊忘所知（墮落深坑裏）更不假修持（秤鎚打的鐵）動容揚古路（切莫錯認著）不墮悄然機（猶是第二義）處處無踪跡（只道得一半）聲色外威儀（無人識得渠）諸方達道者（冬瓜茄子不生耳躲）咸言上上機（少賣弄）潙山聞得謂仰山曰此子徹也仰山不肯師又呈頌曰去年貧未是貧今年貧始是貧去年貧猶有卓錐之地今年貧錐也無仰曰如來禪許師弟會祖師禪未夢見在師復有頌曰我有一機瞬目視伊若人不會別喚沙彌仰乃報潙山曰且喜閑師弟會祖師禪也

拈仰山逼師弟落水香嚴一命償一命若不著無底靴怎解入龍宮

頌無事長林掃地來蒼烟擊竹頂門開潙山今日分明道五月霜花照石苔

臨濟三頓棒

拈三度問話三度被打總之毒根深種不知痛癢若無大愚點破何處見有臨濟兒孫橫行天下

頌尊宿當年心太孤生機斷送入紅爐尿牀鬼子如何道肋下還拳有大愚

僧問雪峰古澗寒泉時如何峰曰瞪目不見底曰飲者如何峰曰不從口入其僧舉似趙州州曰不從口入不可從鼻孔裏入僧卻問

古澗寒泉時如何州曰苦曰飲者如何州曰
死後雪峰聞得自此三年不荅話
拈雪峰老老大大未免隨人起倒趙州若
無這僧何處得見雪峰雙髻今日將二老
縛作一束拋在春風堆裏任他花開花落
還有人與二老雪屈者麽
頌五里一箇亭十里一箇鋪方便有多岐
出門不認貨雪峰老何處討烟波江上釣
魚舟夾岸荻花秋正好殘更不必著精神
伸脚莫愁天地杳
百丈再祭
拈父子互換縱奪可觀冷眼看來總是白
地上弄精魂
復拈馬祖一喝坐斷諸佛頂額何人敢向
此說是大機大用尚未識馬祖這一喝在
百丈自得三日耳聾猶是指踪迷跡之象
豈但三日耳聾爲然哉頌三日耳聾也大
奇業風揭塞髑髏泥而今鼓弄唇皮者能
得幾人像阿師何以故此處無銀三十兩
咄
頌馬祖一喝重須彌不落空山萬級梯未
有祖師先有喝却聾百丈不聾妻宗風高
起飛龍象狐隊沉淪弄鼓鼙何似青天揮
霹靂藥山一笑與君齊
洛浦到夾山不禮拜乃當面叉手而立山曰
鷄棲鳳巢非其同類出去師曰自遠趨風請
師一接山曰目前無闍黎此間無老僧師便
喝山曰住住且莫草草匆匆雲月是同溪山
各異截斷天下人舌頭即不無闍黎爭教無
舌人解語師佇思山便打因茲服膺

拈笑殺人將謂洛浦有多少奇特到此未免被人驀面咒殺活得來幾時也
頌鐵鷂高翔極盡空了無江海別相通苦哉忽地天崩倒合殺從教飛活龍
瑯琊覺和尚問舉和尚近離甚處舉曰兩浙曰船來陸來曰船來曰船在甚處曰步下曰不涉程途一句作麽生道舉以坐具摵一摵曰杜撰長老如麻似粟便拂袖而出瑯琊問侍者此是甚麽人曰舉上座瑯琊遂下旦過問莫是舉上座麽莫怪適來相觸忤舉便喝復問長老何時到汾陽曰某時到舉曰我在浙江早聞汝名元來見解秖如此何得名播寰宇瑯琊遂作禮曰慧覺罪過
拈拳來脚去此是衲僧家本分鉗鎚若將破提籃盛水救火非惟不能息其談笑殺傍觀者三十年後有人說破
頌黑霧紛紛潑面來手持王笏歎悠哉電光影裏穿針眼線脚重重挑不開
僧參法眼文益和尚立次師指簾時有僧同去捲師曰一得一失
頌牛角撑撑虎角垂十分顏色著春枝可憐拽角攀枝者闔地一交雙鬢泥
南岳芭蕉庵谷泉禪師與慈明遇一毒龍湫捉明衣同浴明掣肘徑去師解衣跳入霹靂隨至腥風吹雨明蹲草中須臾晴霽師引頸出波間曰囦
拈谷泉作風作顛毒龍不敢動其一毫毛慈明老老大大猶有這個在
頌谷泉忒殺作風顛一撥龍湫浪括天雷雨至今如不息慈明抱死草中眠

普化和尚或城市或塚間振一鐸曰明頭來明頭打暗頭來暗頭打四方八面來旋風打虛空來連架打一日臨濟令僧捉住曰總不恁麼來時如何師拓開曰來日大悲院裏有齋

拈普化和尚恁般作怪被臨濟鼻孔一揑酸去十分若無大悲院躲得過何處見有普化

頌大悲院裏有齋喫普化親曾赴此回茶熟飯香人正餓放開窮漢肚皮來

高峰大師隨侍雪巖欽和尚赴天寧中間因被詰問日間浩浩時作得主麼答云作得主又問睡夢中作得主麼答云作得主又問正睡著時無夢無想無見無聞主在甚麼處到這裏直得無言可對無理可伸和尚卻囑云從今日去也不要你學佛學法也不要你窮古窮今但只饑來喫飯困來打眠覺來却抖擻精神我這一覺主人公畢竟在甚處安身立命雖信得極遵守此語奈資質遲鈍轉見難明遂有龍鬚之行即自誓云拚一生做個癡獃漢定要見這一著子明白經及五載一日寓庵宿睡覺正疑此事忽同宿道友推枕子墮地作聲驀然打破疑團如在網羅中跳出追憶日前所疑佛祖誵訛公案古今差別因緣恰如泗州見大聖遠客還故鄉元來只是舊時人不改舊時行履處自此安邦定國天下太平一念無爲十方坐斷

拈賊不打貧兒家高峰到此趕得主人公飛走通身冷汗不知遺下甚麼地方向枕子邊打破家私至今主人公影也不見

頌一捺捺倒扒不起渾身沒在爛泥裏驀然桄子笑呵呵咄喫瓔珞粥的不是你

巖頭奯禪師值沙汰於湖邊作渡子兩岸各挂一板有人過渡打板一下師曰阿誰或曰要過那邊去師乃舞棹迎之一日因一婆抱一孩兒來乃曰呈橈舞棹即不問且道婆手中兒甚處得來師便打婆曰婆生七子六箇不遇知音秖這一箇也不消得便拋向水中

拈這婆子雙髻若是巖頭和這婆子送向水中令他母子聚頭無離骨肉

頌不消這個意如何賣弄家私臭老婆惡浪千層捲殘月萬山愁斷白雲多

百丈卷席

拈百丈出捲席寛有家債有主不必論量野鴨子向何處安頓

頌沒意味的老古錐惡聲早巳播今時卷却席漫狐疑不是箇中人不知

玄沙和尚道鐘中無鼓響鼓中無鐘聲鐘鼓不交參句句無前後

頌打破鼓撞破鐘玄沙佛法信難通江山如畫杳然立流水一條道不同

大事未明如喪考妣大事已明如喪考妣

頌孰言春色無高下藍者是藍青者青試問禪流高著眼莫將犬吠作驢鳴

南泉斬猫

拈南泉斬猫兒拋磚引玉誰知兩堂都是個飯袋子可惜許

頌刀下猫兒何俊哉腥風千古動人哀這些面自儼然在我亦幾番呼喚冋

趙州自外歸師舉前話示之州乃脱草鞋安

頭上而出師曰子若在即救得猫兒也
拈咄是何言歟頂草鞋出去大似西施戴箬帽
頌趙州婁陡狗酒酉無端頂却草鞋走直饒三搭不回頭未免早落他人手
昔有婆子供養一庵主經二十年常令一二八女子送飯給侍一日令女子抱定曰正恁麽時如何主曰枯木倚寒巖三冬無煖氣女子舉似婆婆曰我二十年秖供養得箇俗漢遂遣出燒卻庵
拈冷地看來這婆子也不唧嚁何待遣出這僧方燒却且道雙髻意落在甚麽處具眼者辨看
復拈古人云無奈船何打破戽斗愚謂古人之言針對針不差一些些深得婆子燒庵之旨可謂一個鼻孔出氣今有杜撰長老云無奈船何打破戽斗此乃黄金增色耳吾不知此人作何見解便容易放出熏人非惟不識燒菴打破戽斗之意兼之文理不通見地不亮臨命終時寧不道個歷歷分明悲哉真杜撰長老也且婆子二十年供養得個俗漢這僧有枯木倚寒巖三冬無煖氣之語婆子徵其道眼不明謂之俗漢豈黄金增色爲然哉若婆子將二十年茶飯供養一狗子抱定曰正恁麽時如何狗子摇頭顛尾却較些子
頌正恁麽時會也麽漫勞更問我如何比來一樣娘生内徹底風流不較多
頌茅堂俗漢一堆燒冷地烘烘好插蕉千古誵訛都坐斷春風送雨夾花飄

有僧問報國照禪師祖佛塔廟爲甚麽却被雷霹師曰通天作用爲甚麽却霹佛祖曰作用處何處見有佛曰爭奈狼籍何曰見甚麽

拈不霹祖佛更教伊霹阿那個聻

頌驀地青天霹靂來葛藤粉碎塔門開家私未許庸人薦佛塔沉沉空劫灰

舍利弗默然天女不肯維摩默然諸大菩薩讚嘆

頌生意各別共街走養家一般破苕帚籮空籃空愁殺人䢵店板橋啼鷄狗

妙喜竹篦子話

頌好笑徑山竹篦脱苕帚柄相似刺著罔明鼻孔女子從定而起

韓文公叅大顛

拈大顛和尚賊過後張弓活埋他俗人雖然如是秖救得一半

頌夜深賊被狗子咬墻洞慌忙補得好補不好長安幾箇知天曉

魯祖尋常見僧來便面壁南泉聞曰我尋常向師僧道向佛未出世時會取尚不得一箇半箇他甚麽驢年去

拈魯祖面壁若作佛法商量入地獄如箭射

頌從來個事只尋常好肉何須剜作瘡久坐自然腰折了清茶一盞濕枯腸

風動幡動六祖曰仁者心動

拈六祖在黄梅得些子氣息向這裏便亂擻也只是箇賣柴翁

頌風動幡動元無過不動風幡更甚麽堪笑新州盧行者生枝節外便誵訛

楊岐作住屋壁疎滿牀盡撒雪珍珠縮却項
暗嗟嘘返憶古人樹下居

頌枯栁殘暘雪片輕草堂墜落兩三楹板
門久不關風月趙老胡蘆挂不成

莫將尚書謁南堂靜禪師咨决心要堂使其
向好處提撕適如側俄聞穢氣急以手掩鼻
有省即偈曰從來姿韻愛風流幾笑時人向
外求萬别千差無覔處得來原在鼻大頭南
堂答曰一法纔通法法周縱横妙用更何求
青蛇出匣魔軍伏碧眼胡僧笑點頭

拈莫尚書向鼻尖頭摸得些臭氣便揚出
熏人南堂老漢好與三十棒何故養子不
教父之過

頌摸得黄金特地愁支離縱好漫風流當
時若作今時用截斷尚書臭鼻頭

梁山遠禪師上堂舉僧問楊岐如何是佛岐
曰三脚驢子弄蹄行曰莫這是麽岐曰湖南
長老

拈要會三脚驢子落處須向驢胎馬腹裏
走一遍來見楊岐也不難不然饒你扯得
葛藤萬丈長出不得楊岐佛在三分天下
有其二以服事殷周之德其可謂至德也
已矣

頌東風花暖色依依在處墻頭蝴蝶飛蠶
婦不聞天子勑太平晝夜不關扉

靈雲見桃花豁然大悟偈曰三十年來尋劒
客幾回葉落又抽枝自從一見桃花後直至
如今更不疑

拈靈雲行脚三十年不知踏破幾許草鞋
若無桃花刺破眼睛更走三十年未是苦

在

頌遍界桃花歷亂開遊蜂香醉落紅腮如何獨許靈雲見咄咄時人快道來磨穿鞋底路悽悽一見桃花雙脚泥無限風流只這是樹頭賺殺杜鵑啼

僧問馬祖離四句絶百非請師直指西來意祖曰我今日勞倦不能爲汝説得問取智藏其僧乃來問師師曰汝何不問和尚僧曰和尚令某甲來問上座師曰我今日頭痛不能爲汝説得問取海兄去僧又去問海百丈和尚海曰我到這裏却不會僧乃舉似馬祖祖曰藏頭白海頭黒

拈這僧非惟眼瞎亦復耳聾

頌簷前風過白雲斜幾度笙歌意轉賒犬吠夜深途路客爲貪花柳未歸家花塢春風滿袖香紅紅白白兩相當那堪更有多情者麥笛一聲過野塘

興化奬禪師謂克賓維那曰汝不久爲唱導之師賓曰不入這保社師曰會了不入不會了不入曰總不與麽師便打曰克賓維那法戰不勝罸錢五貫設饡飯一堂次日師自白椎曰克賓維那法戰不勝不得喫飯即便出院

拈賊是小人智過君子興化脚跟被克賓掀起半空過一小劫方得著地克賓古佛其心安如海會麽賣盡衣單終不赤膊好則好矣美則盡美生鐵橛子只不得喫飯

頌昨日喫飯今日餓得便宜處失便宜爛泥上壁不得力劈面西風打活雞

德山托鉢

拈察其意壁上貼門神低頭歸方丈慚惶殺人果與尋常不同毫釐有差天地懸隔也秖得三年活我爲法王於法自在豈受人塗汚咄咄

頌出門不利情不睬相逢都是生冤家歸去罷較些些亂啼春鳥落藤花

丹霞慧林寺遇天大寒取木佛燒火向院主訶曰何得燒我木佛師以杖子撥灰曰吾燒取舍利主曰木佛何有舍利師曰既無舍利更取兩尊燒主自後眉鬚墮落

拈院主便恁麽道因甚眉鬚墮落具眼者試說看

頌中堂虎坐面門穿彗孛星飛入子年掩室春風家裏過不知花落草芊芊

一喝分賓主照用一時行

拈臨濟和尚提唱空王佛向上一著可謂搆村迭店暗裏書符忽遇無舌人他喝不得又作麽生賓主俱隱照用俱瞎佛法無靈驗

頌桃李花開三月天滿園青白潑人寒枝頭春倦吹微細砌地残紅不耐看

一句中具三玄一玄中具三要

拈人人盡道臨濟和尚是個白拈賊到這裏話不虛傳咄其言不當

頌春曉黃鶯叫翠微遊人陌上踏歌歸紙錢縷縷堆寒食遍野青氊古墓曤

佛照燒木佛　有舍利天然燒木佛無舍利

拈我也道

頌丹霞佛照一坑埋誰向爐邉拾死柴千古路亭寒索索逼人舍利滿青鞋

有秀才看千佛名經問曰百千諸佛但見其名未審居何國土還化物也無師曰黃鶴樓崔灝題後秀才還曾題也未曰未曾師曰得閒題取一篇好

拈可惜一座黃鶴樓被長沙和尚埋沒殺千佛名經裏許喚作註解得麽癡人面前勿得說夢

頌塞鴈一聲喉舌冷悽悽蘆笛月明中荒塘踪跡無漁火徒有秋烟拂暗風

僧問洞山初和尚牛頭未見四祖時如何山云楖㮚木拄杖見後如何山云竇八布衫

拈洞山和尚大似不喞𠺕將別家拄杖布衫作自已物與他人若是個皮下有血的衲僧拄杖布衫一時安置竇八郎赤條條過日豈不悲哉

頌竇八布衫不禦寒七穿八穴破闌殘自從一見祖師後燈盞茶瓶盡入官

僧問初和尚如何是諸佛出身處山云寒山不語拾得笑

拈屈哉苦哉這兩個風顛漢自由自在自喜自悲與他諸佛影無交涉扯來塡溝塞壑有屈無叫處

頌寒山不語拾得笑覿面與君說破了花落莟深春雨時曹兵敗走華容道

僧問如何是佛山云麻三斤

拈洞山定盤星也不識向秤鎚上辨斤兩

頌如何是佛麻三斤搓得一條釣桶繩枯草井邉風雨爛年深日久變成精

趙州問一婆子甚麽處去婆云偷趙州笋去師曰忽遇趙州又作麽生婆便與一掌師休

去

拈夜眠侵曉起更有不眠人婆子一掌趙州猶如啞子喫黄瓜雖然這婆子也是看孔著楔未是好手

頌趙州慣使上頭關活脫齒牙若劍山令日偶逢花面虎雖無傷命血潺潺這一掌那一掌竹林深處倦將還相逢狹路難回避唱個山歌也當閒

黄蘗運禪師因有六人新到五人作禮中一人提起坐具打一圓相師曰我聞有一隻獵犬甚惡僧云尋羺羊聲來師曰羺羊無聲到汝尋僧云尋羺羊跡來師曰羺羊無跡到汝尋僧云尋羺羊蹤來師曰羺羊無蹤到汝尋僧云與麽則死羺羊也師便休去明日陞堂曰昨尋羺羊僧出來僧便出師曰昨日公案未了老僧休去你作麽生僧無語師曰將謂是本色衲僧元來是義學沙門便打趁出

拈黄蘗幸是作家何不當時便打趁出須待明日且道黄蘗意作麽生這僧既會尋羺羊蹤跡來又不會黄蘗休去非惟義學沙門還是脫空奴子

頌要覔羺羊蹤跡無村農钁罷晚來沽滿林寒鵲爭枝聚風送餘音不當烏

仰山隨溈山游山到盤陀石上坐師侍立次忽鵶銜一紅柿落在面前溈拾與師師接得洗了度與溈溈曰子甚處得來師曰此是和尚道德所感溈曰汝也不得無分即分半與師

拈你看溈山父子譚禪盡是平實語言著著不離紅柿一枚何似大地衆生性命不

出溈山父子舌尖上吞吐鵶子供養序品第一可謂佛法人情事事皆到

頌溈山倦坐興偏賒飛箇鵶兒也作家何處啣來紅柹子溈山父子當盃茶

仰山一日有梵僧從空而至師曰近離甚處僧云西天師曰幾時離彼僧云今早師曰何太遲生僧云遊山玩水師曰神通遊戲即不無佛法須還老僧始得僧云特來東土禮文殊却遇小釋迦遂出梵書貝多葉與師作禮乘空而去自此號小釋迦

拈這胡僧不識是誰家之子往返得恁麽快便仰山小釋迦梵僧口邉得名一時佛法隆盛若依語風斷小釋迦不合受伊梵書貝多葉旣受應當與梵僧三十拄杖何故世無不答之禮文殊哂之

頌飛來一錫禮文殊遊戲雲烟作便輿風細細雨疎疎仰山古佛一茅廬道人錯落天中月不合收他一梵書

瑞州九峰道䖍禪師福州人也嘗爲石霜侍者洎霜歸寂衆請首座繼住持師白衆曰須明得先師意始可首座曰先師有甚麽意師曰先師道休去歇去冷湫湫地去一念萬年去寒灰枯木去古廟香爐去一條白練去其餘即不問如何是一條白練去首座曰這箇秪是明一色邉事師曰元來未會先師意在首座曰你不肯我那但裝香來香烟斷處若去不得即不會先師意遂裝香香烟未斷座已脱去師拊其背曰坐脱立亡即不無先師意未夢見在

拈若論九峰逼殺泰首座理合喫二十棒

首座未會先師意惑亂大衆三十拄杖一杖較不得泰首座脱去如此迅速果然難得無奈達磨大師先曾説破不論禪定解脱惟論見性成佛今泰首座錯解石霜之語單修枯定一色邉作活計若當時九峰拊背迸出活眼曰先師意聻管教九峰滿面慚惶容身無地如紙衣道者見曹山山云莫是紙衣道者麽者諾山曰如何是紙衣下事者曰一裘纔挂體萬事悉皆如山曰如何是紙衣下用者進前三歩脱去山曰秖解任麽去不解恁麽來者即開眼問曰一靈真性不假包胎時如何山曰未是妙者曰如何是妙山曰不借借者脱去這箇纔是語風今日與首座代一語九峰若問如何是一條白練去便與劈脊一棒

頌白練千尋孰可攀影無顔色似人間苦哉錯會先師意脱去妨他路轉頑九峰老語忒辣祖庭氣岸從來惡把住須彌不放行更添脚下千斤索

僧問大梅如何是祖師西來意大梅曰西來無意鹽官聞乃曰一箇棺材兩箇死漢

拈大梅猶自可鹽官苦殺人三箇也有

頌答處虚虚江上風一枝摇落荻花叢漁舠輕放瀟湘月那得魚龍入網中故使傍觀發一笑雙雙驚起宿沙鴻

雲門匡真禪師到江州有陳尚書請齋纔見便問儒書即不問三乘十二分教自有座主作麽生是衲僧行脚事師曰曾問幾人來書曰即今問上座師曰即今且置作麽生是教意書曰黄卷赤軸師曰這箇是文字語言作

歷生是教意書曰口欲譚而辭喪意欲緣而慮忘師曰口欲譚而辭喪爲對有言意欲緣而慮忘爲對忘想作麽生是教意尚書無語師曰見說尚書看法華經是否書曰是師曰經中道一切治生産業皆與實相不相違背且道非非想天有幾人退位書無語師曰尚書且莫草草三經五論師僧抛却特入叢林十年二十年尚不奈何尚書又爭得會書禮拜曰某甲罪過

拈這俗漢草賊大敗不知觸忤多少阿師來今日赤眼撞著火柴頭撥得上天無路入地無謀渾身放倒方知禪和子利害古今白衣說法頗多難問者不少陳尚書可謂法門榜樣

頌紙糊面孔黑漆心撞著銅頭鐵眼禽活捉生擒死去也放渠殘命度荒林雲門老千古萬古何處討鋒鋩雷電秋空曉霹碎巖前爛草窠這回狂浪殘聲杳分付妻孥莫亂道江湖自有肝膽人捏死狐狼血牙爪

僧問趙州和尚狗子還有佛性也無州云無

頌趙州狗子無佛性太上老君急急令張三燒却兩莖眉燋爛古墳丞相病

藥山令供養主抄化甘贄行者問甚處來曰藥山來甘曰來作麽曰教化甘曰將得藥來麽曰行者有甚麽病甘便捨銀兩錠意山中有人此物却回無人即休主便歸納疏藥山問曰子歸何速主曰問佛法相當得銀兩錠山令舉其語主舉已山曰速送還他子著賊了也主便送還甘曰由來有人遂添銀施之

拈古人道一句合頭語千載繫驢橛行者到這裏被化主一合合倒轉身不得兩錠金填溝塞壑化主却在困頭上捧金便走若無藥山相救至今尚在困夢中

頌石中有水水中火燒殺禪人一張嘴忙至堂前舉向渠累他辛苦多來去

秦時轆轢鑽

頌秦時鍍轢鑽隔墻野鬼喚匒狗吠茅叢但聽取一半

雪嶠禪師語録卷第六

音釋

筑 之六切音竹以竹曲為五絃之樂也
贔 平秘切音備巨鼇贔屓首冠靈山力壯貌
磉 寫曩切音顙柱下石
蹲 徂尊切音存踞也
顋 桑才切音鰓頰顋
䍅 郎丁切音靈與羚同羚羊似羊而大角有圓繞蹙文夜則懸角木上以防患

雪嶠禪師語録卷第七

參學門人弘珠等編

拈頌

雪峰禪師一日陞座衆集定師輥出木毬

頌爲憐苦口舌頭乾滚出木毬與衆看活卓卓月團團賺殺兒孫炭裏眠

雪峰輕打我

頌秤錘出汁砂出油托地酬他放亦收輕打我活人機三千里外冷雲歸言中有響會不會孔子周流著布衣

東坡不了心

頌雲出青山鳥出林三條篾縛換腰金輕烟一帶蘇堤柳盡是當年不了心

普化和尚將示滅乃入市謂人曰乞我一箇直裰人或與被襖或與布裘皆不受振鐸而去臨濟令人送與一棺師笑曰臨濟厮兒饒舌便受之乃辭衆曰普化明日去東門死也郡人相率送出城師厲聲曰今日葬不合青鳥乃曰明日南門遷化人亦隨之又曰明日出西門方吉人出漸稀出已還返人意稍怠第四日自擎棺北門外振鐸入棺而逝郡人奔走出城揭棺視之已不見唯聞空中振鐸漸遠莫測其由

頌東邊不了西邊討看這風顛情太勞搖得手酸欲歇去棺材空裏笑魔高

賓主句

頌蘆花江底去來鴈蓼葉渡頭上下天賓主不隨爻象變吉凶豈落劫初前

有僧問雲門如何是透法身句師云北斗裏藏身

須北斗藏身意若何長江水接白雲坡兒
孫多少不伶俐抱櫓搖樁也大差
城東老母與佛同生而不欲見佛每見佛來
即便回避雖然如此回顧東西總皆是佛遂
以手遮面于十指掌中亦總是佛
拈莫錯會城東老母好老母乃末世衆生
最後一金鎚耳何以末世衆生向外馳求
尋行數墨推巳讓人鑽研故紙以爲袈裟
下一生極則事佛從三大阿僧祇修證得
來我等豈能容易如此識見胸臆中一釘
釘定六根頓瞎猶若墮落千萬丈陷穽永
無回心出離之日老母古佛先知末世衆
生不信頓悟一門即向三十二相八十種
好一坐坐斷將手遮面不欲見佛然十指
掌中見佛者此乃老母自性天眞非他人
使然其意正出衆生本來是佛自心作佛
覿體相見老母慈念衆生心切若將色相
賣弄是佛衆生永不能發菩提心擔荷此
事非惟十指上可見四大五藴髮毛爪甲
皆是佛之全身故祖師云通身是手眼三
十二相以野狐精呵之如此便知前後一
貫悲哉黃面老子吾知其無容身之地衆
生每日神通放光自在何假色相喚渠是
佛且達磨西來不立文字教外別傳直指
人心見性成佛勞伊一番辛苦爲衆竭力
不若城東老母擯佛何其撇脫語言文字
一時焚却那更有葛藤留到今日纒縛衆
生趙州云佛之一字吾不喜聞到這裏絲
毫不立衆生諸佛亦是强立名言誰是彌
勒誰爲彌勒自亦擯之以此較之何處非

釋迦何方不老母何衆生不佛這則公案只要衆生信得及直下囫地一聲城東老母産下祖師了也用佛何爲還識祖師殺人刀活人劍麽厠籌子千古奇特老母其誰歟

頌老母城東亦丈夫眼睛清冷絶誵訛三千里外相逢著不是當年這老胡莫謂似月中無影休辜負若向空王殿上行脚跟斬斷誰回互

徑山國一禪師上堂僧問如何是道師曰山上有鯉魚井底有𡋯塵

拈這則公案因國一答得新奇古今無人韅著語風今日横推日月倒轉山河吸盡源泉掀翻五岫管教井底無塵而百劫長清鯉魚揷翅而高冲霄漢且道這僧會不會

頌一指驚心萬指寒鯉魚揷翅挂黄冠至今山上洪波滚滌淨𡋯塵井底寛竹䈂燈沉踈影夜猿啼山月上欄杆

徑山鑑宗無上禪師

拈鹽官的子臨濟前輩自鹽官決疑之後尋徑山將息開堂拈提爲第二代住持今塔蹟雖存凄凉壅塞嗟嗟何時得翛然一路豁耳

頌塔示全身聊有蹤堆堆土石畧遮風三更五夜山頭月聽取龍吟古寺鐘無上老知也未唐時直至今這箇性靈原不異日炙與風吹滄海桑田何可據劫火洞然燒大地總成是活計

徑山塗毒智策禪師天台陳氏子行脚往豫

章謁典牛道由雲居風雪塞路坐閱四十二
日午初版聲鏗然豁爾大悟及造門典牛獨
指師曰甚處見神見鬼來師曰雲居聞版聲
來牛曰是甚麼師曰打破虛空全無柄靶牛
曰向上事未在師曰東家暗坐西家嘶罵牛
曰嶄然超出佛祖他日起家一麟足矣師偈
曰色見聲求也不妨百花影裏繡鴛鴦自從
識得金針後一任風吹滿袖香師將示寂陞
座別衆囑門人以文祭之師危坐傾聽至尚
饗爲之一笑越兩日沐浴更衣集衆說偈曰
四大既分飛烟雲任意歸秋天霜夜月萬里
轉光輝俄頃洎然而逝塔全身于東崗之麓
拈大凡得的人開口動舌不犯風化自然
輿妙自然風流你看塗毒老人竊得雲居
版聲歸家就會搖唇鼓舌捕老鼠捉青蜓
批判古今將聲色囊藏被葢爲自已衣帯
下物捏得一些渣滓也没有示寂又賣弄
家醜可謂光前絶後塗毒其人歟
須聲色元來是甚麼春風花鳥雜笙歌仙
郎去後鴛鴦散只見枝頭蜂蝶多死得好
祭文讀罷爲之笑全身塔瘞五峰雲寒夕
何人遣風掃也非猾也非狡盡屬人家園
地了塗毒鼓聲振野郊山前山後成荒草

大慧杲妙喜老人

拈這個妙喜老人復起臨濟之風三玄三
要撒開餧魚餧鱉了無少剩四賓主料揀
搏搦如泥一些子觔骨也不存上堂普說
若遊戲四天下不著一毫氣力小叅入室
如笑談涕唾輕脫脫一雙手作白拈賊如
神三寸舌根若懸河瀉竹箆子敲磚弄

尾提契傀儡七上八下活捉生擒全不怕
些罪過這回去鑊湯爐炭決定饒伊不得
頌舌似蓮花遍界香掬將雲氣裏寒霜生
來眼目天然異不屬娥眉對鏡莊山谷風
雷乳虎面湘江星月道人腸一雙辣手難
相似縱使惺惺且覆藏

香嚴和尚獨腳頌以張無盡因緣例之無盡謁東林照覺禪師覺詰其所見與已符合乃印可最後問兜率悅禪師公與悅語次稱賞東林悅未肯其說公乃題寺後擬瀑軒詩其畧曰不向廬山尋落處象王鼻孔謾撩天意譏其不肯東林也至更深論及宗門事悅白東林既印可運使運使於佛祖言教有少疑否公曰有這個怎麽好露出一角也悅曰疑何等語公曰疑香嚴獨脚頌如此從前不曾悟德山托鉢話那裏去來悅曰既於此有疑其餘安得無邪秖如巖頭言末後句是有邪是無邪公曰有滿口野狐涎先打東林覺三十背柴何故賺人不少次打張商英三十苕帚柄何故不合受他家冬瓜印子悅大笑笑裏有刀便歸方丈閉却門公一夜睡不穩元來元來至五更下牀觸翻溺器盡底去也未乃大徹猶帶尿臭氣在猛省前話始知兜率不汝欺也獨脚頌云子碎母啄子覺母殼子母俱亡應緣不錯

拈子碎母啄即且從子覺母殼向那裏討即得子母俱亡應緣不錯子母既亡杳絶音耗阿那個應緣不錯且道憑個甚麼道理有人到此立得脚麼識得渠麼出來對衆道看若道未得莫亂道叅禪秖爲命根不斷依語生解搬出人前便見逗漏張無盡可作龜鑑到這裏下得手捏得香嚴鼻孔酸滴滴地禪和子本分茶飯若於獨脚

少有疑古今公案未夢見在切勿孟浪大須仔細今時出世稱長老者問著便是盲棒瞎喝非惟瞞盰他人兼自瞞耳他時如何見得閻家老子當時張無盡苟非兜率老婆心無盡那有今日

頌獨脚香嚴鎖萬重重重錦繡白雲封個中子母元無命碎啄之機也太聾錯不錯含元殿裏黃金索假饒牙爪利如錐早落香嚴并鍍鑠張商英東林覺冬瓜印子砒霜惡死馬醫來活似猊千古無人敢動著

內翰東坡居士蘇軾字子瞻因宿東林與照覺論無情話有省黎明獻偈溪聲便是廣長舌山色豈非清淨身夜來八萬四千偈他日如何舉似人未幾抵荊南聞玉泉皓禪師機鋒不可觸公擬抑之卽微服求見泉問曰尊官高姓公曰姓秤乃秤天下長老的秤泉喝曰且道這一喝重多少公無對（語風代云定盤星爆也）於是尊禮之（何不早恁麼）後過金山有寫公照容者公戲題曰心似已灰之木身如不繫之舟問汝平生功業黃州惠州瓊州

拈這東坡老臊胡大似風流遊戲漢子若在東林覺印子脫出決定信人不得何故張無盡貶在若論夜來八萬四千偈他日如何舉似人少有宗門氣息一根秤子尚不會用用即被人拗折觀其所由悟即不無命根斷未敢相許古今相傳五祖戒後身若恁麼利害不淺雖然今日要如此蘇子瞻也難得

頌黃州惠州瓊州去去來來獨偶剛得一根秤子喝下還是空手落落拓拓一生妙

在舌頭會摟作萬古之斯文同秋風之抖擻儼似石灰布袋狼籍不用茗帚更問如何若何不會說禪只會喫肉吞酒

徑山別峰實印禪師至徑山謁大慧慧問曰甚麼處來師曰西川慧曰未出劍門關與汝三十棒了也師曰不合起動和尚慧忻然掃室延之紹熙元年十一月往見交承智策禪師與之言別策問行日師曰水到渠成歸索紙書十二月初七夜鷄鳴時九字如期而化奉蛻質迓寺之法堂留七日顏色明潤髮長頂温越七日葬於菴之西岡謚慈辯禪師

拈古人去住得大自在乃平日定慧所致非可强也少有物滯則不自由今別峰印禪師徑山開堂數十年二十六代住持也師年邁益厭住持十五年冬奏乞菴居得請終後葬於菴之西岡今人不識何地方爲西岡何處爲菴居不亦疑乎

頌鷄鳴時刻報君知水到渠成月上枝豈是尋常心可擬言詮安得契無爲

雲門顧鑑咦

拈跛脚阿師掃來掃去一生不著便陳尊宿感戴不盡後被人喚作紅旗閃爍受屈不少

頌雲門顧鑒咦六六三十六有米便煑飯沒米便煑粥得得得養家方子須明白

徑山法濟湮禪師僧問掩息如灰時如何師曰猶是時人工幹僧曰幹後如何師曰耕人田不種僧曰畢竟如何師曰禾熟不臨場

拈一問一答如鐵打釘半斤八兩三十五寸鎚鎚相應不費心力然乃這僧問處不

眞答去勞而無功雖然閑故紙要且無益於人三十年後有人動著粥足飯足佛法始有靈驗

頌寥寥行來月似盤千峰秋白葉將寛非窗無物誰能惜南畝多雲我獨看谿徑慣飛猿捉果池塘引步兎尋餐不妨問答非干舌一任庭花雨露寒多少耕人不插田一般把箸度浮年青眉漫鎖閑愁緒緑袖偏臨媚景川雛雀怕飛枝尚遠蒼龍斂翅月同眠掩然無事燈初續投寺秋雲亦豎拳忙忙促促曉春耕半節簑衣蘸水明踏渚鷺鴬擬雪色歌花鸜鵒晛風晴篇章石上鋪烟嫩律調林邊開錦英最快牧童牛不管索頭無恙任縱横

大慧禪師舉竹篦示僧喚作竹篦則觸不喚作竹篦則背不得下語不得無語速道速道拈著甚死急喫了清水白米閑不過大似發狂發顛幸是這僧若是語風喝一喝打一圓相書個(人)字拋向面前且看妙喜作麼生折合

頌離中虛坎中滿兌上缺巽下斷是甚麼章句忠清里巷馬回子諸人還會麼休休三十六條花柳巷向來曾不禁人行

趙州栢樹子

拈趙州和尚盜常住物私已用幸是這僧不要若荷負將去大似平地喫交

頌日炙風吹這趙州祖師渾不在鈎頭西來大意庭前栢欲得相親更上樓

徑山照堂了一禪師明州人上堂云禪玄之士觸境遇緣不能直下透脫者蓋爲業識深

重情妄膠固六門未息一處不通絶點純清
含生難到直須入林不動草入水不動波始
可順生死流入人間世諸人要會麼以拄杖
畫曰秖向這裏薦取
拈這明州人說甚六門一門大都祖師出
世無事討事無夢說夢盡大地撮來是粟
米大微細更微細影也沒有說個利生早
是緣木求魚一場好笑不如穩坐青山目
視雲漢始合那邊
頌說個空王佛即差何堪舉拂更拈花六
門晝夜白毫現日日衆生常在家
徑山智訥妙空禪師僧問牛頭未見四祖時
如何師曰坐久成勞見後如何不妨我東行
西行
拈妙空和尚雖得兩轉語以包括千七百
則陳爛葛藤了也坐久成勞東行西行雖
然與那牛頭猶隔丹陽在
頌問處疎寒答處親莫教扭揑昔時人牛
頭山上啣花鳥換却羽毛不叫春貧徹骨
冷如氷雲在青山水在瓶虎踪狼跡如何
也白澤之圖孰可盟
有僧問師云時時示時人時人自不識即今
這裏是甚麼時師答曰甲子乙丑丙丁巳卯
復頌漁郎船子兩頭穿逆順風波總不前
討個火來炊飯喫荻花叢裏滿天烟
又問處處無踪跡聲色外威儀即今這裏是
甚麼處師答曰有個人來知前不知後莫向
這裏覓
頌飽飡胡餅更由誰獨我山居常不炊自
喫那些鐵橛子問雲問水孰追隨

又問人從橋上過橋流水不流即今這裏是什麼人師答云眉橫鼻直不必打點

頌威音那畔不知名猶若千江孤月行擬議四山光影亂照人肝膽不分明

中峰禪師觀流水有省即詣高峰求證高峰打趂出既而民間訛傳選童男女師因問曰忽有人來問和尚討童男女時如何高峰曰我但度竹篦子與他師於言下大悟

拈高峰剜肉做瘡賍陷平人中峰脚跟未穩一狀領過若依語風判斷兩人犯彌天之罪各罰鑽飯一堂借此供狸奴白牯何故與他流水甚麼相干雖然不許夜行投明須到

頌竹篦拈來用得親曹家女子屬他人柳絲眼暖春三月兩個黃鸝相對陳紅粉鬟紫羅牀十分恩愛醉牙觴鴛鴦飛入翠微裏鳳閣龍樓遶建章

法昌遇禪師上堂春山青春水綠一覺南柯夢初足携筇縱步出松門是處桃花香馥郁因思昔日靈雲老三十年來無處討如今競愛摘楊花紅香滿地無人掃

拈這箇語話若作禪道佛法商量太遠在若作風流景緻會又辜負法昌還有人向這裏和會得麼出來說看若和會未得元在法昌舌根上轉

頌舌根落落送嘉聲香谷春枝朵朵橫亂插山頭紅白鬟平分水面淡濃情南柯夢覺人何在北騎征忘身未名自是法昌閒不徹楊花襲襲逐君行

佛印禪師一日與學人入室次適東坡居士

到面前師曰此間無坐榻居士來此作甚麼士曰暫借佛印四大爲坐榻師曰山僧有一問居士若道得即請坐道不得即輸腰下玉帶子士欣然曰便請師曰居士適來道暫借山僧四大爲坐榻秖如山僧四大本空五陰非有居士向甚麼處坐士不能答遂留玉帶師却贈以雲山衲衣士乃作偈曰百千燈作一燈光盡是恒沙妙法王是故東坡不敢惜借君四大作禪牀病骨難堪玉帶圍鈍根仍落箭鋒機會當乞食歌姬院奪得雲山舊衲衣此帶閱人如傳舍流傳到我亦悠哉錦袍錯落猶相稱乞與佯狂老萬回

拈東坡居士到佛印處大似刺頭入膠盆柰何人硬貨不硬開口便落人圈繢總之不知宗門有陷虎之機雖然莫怨他家枯井深若是徑山則不然見他道四大本空五陰非有竟扯佛印出山門佛印也無柰我何

頌玉帶垂垂東紫腰一天風靜落孤鵰雲山綻衲何長短輸與春堤嘶㭊驕

天章寶月禪師僧問如何是佛法大意師曰一年三百六十日曰便恁麼會時如何師曰迢迢十萬不是遠

拈這僧問佛法大意不識佛法大意是個甚麼答伊一年三百六十日雙手擎出來也天章將謂熱瞞這僧這僧却不要天章却成自瞞呵呵這些飯袋子古今有之

頌變化魚龍水不知聖凡名字孰爲施眉毛生在眼睛下捉個麒麟當馬騎問佛法莫狐疑現成公案破窗籬一年三百六十

日日日春風動竹枝

大梅法英祖鏡禪師宣和初勑天下僧尼爲德士雖主法聚議無一言以回上意師肆筆解老子詰進上覽謂近臣曰法英道德經解言簡理詣於古未有宜賜入道藏流行仍就賜冠珮壇誥不知師意者往往以其爲佞諛明年秋詔復天下僧尼師獨無改志至紹興初晨起戴樺皮冠披鶴氅執象簡穿朱履使擊鼓集衆陞座召大衆曰蘭芳春谷菊秋籬物必榮枯各有時昔毀僧尼尊奉道後平道佞復僧尼且道僧尼形相作麽生復取冠示衆曰吾頂從來似月圓雖冠其髮不成仙今朝抛下無遮障放出神光透碧天擲之於地隨易僧服提鶴氅曰如來昔日貿皮衣數載慚將鶴氅披還我丈夫調御服須知此服不相宜擲之舉象簡曰爲嫌禪板太無端豈料遭他象簡瞞今日因何忽放下普天致仕老仙官擲之提朱履曰達磨携將一隻歸兒孫從此赤脚走借他朱履代麻鞋休道時難事掣肘化鵬未遇不如鶚畫虎不成反類狗擲之横拄杖曰今朝拄杖化爲龍分破華山十萬重復倚肩曰珍重佛心真聖主好將堯德振吾宗擲下拄杖斂目而逝

拈大哉善哉大梅和尚眞奇特丈夫人天師表看伊作用大似大海起波濤無你擬議處所謂法界量滅者出入若遊戲隨意拈弄真幻影中人三界爲戲場耳嗟佛祖光明末後始信雖然當初不該斂目而逝若是徑山更活三十年有何不快咄咄

須身平價平無礙光明處身空洞居界無

城千載風骨萬世嘉名僧充道士絶户絶

丁皮衣鶴氅何重何輕如夢如幻赤體虛

靈妙哉至德黨瞎龜盲頌之若謗天明五

更

甘贄行者入南泉設粥

拈南泉老老大大未免隨人起倒直饒打

破粥鍋也是賊過後張弓若在請念誦時

掀翻桌子猶較些子悲哉喫得一碗粥折

了一口鍋仔細打一算好事不如無甘贄

行者雖然拂袖便去未稱好手何故賊頭

狗面俗氣不除

頌不是究家不聚頭偷營刼寨溷緇流狸

奴白牯無靈性引得王郎特地愁

投子和尚僧問一切聲是佛聲是否曰是云

和尚莫屎沸盌鳴聲投子便打又問麁言及

細語皆歸第一義是否曰是云和尚作頭驢

得麼投子便打

拈這僧弄嘴頭以作遊戲好痛與三十棒

投子不識轉變由人犯法亦與二十拄杖

還有不甘者麼二俱擯出

頌佛自無言何有聲作驢作馬不多爭一

團白月潭中現處處秋光照夜明

天衣懷和尚示衆舉古人云五蘊山頭一段

空同門出入不相逢無量刼來賃屋住到頭

不識主人公有老宿拈云既不識他當初問

甚麼人賃恁麼拈也太遠在何故須知死人

路上有活人出身活人路上死人無數那個

是活人路上死人無數那個是死人路上活

人出身處若檢點得分明拈却職脂帽子脫

却鶻臭布衫

拈前老宿拈云既不識他當初問甚麼人賃此語大有絲情肯向這裏下隻脚踏遍四天下忽遇無厭足王出生死也不難令人拖了死屍長日亂鬪說張三道李四好山好水好叢林好風涼孰不知都向死人路上分別短長還要識活人麼死人路上會取天衣和尚固是弄潮手只是忒煞老婆且聽許半個字

頌秋風颼颼何太涼從來不識個中郎同門出入年來事賃屋那曾著地方彷彿示人名是主依俙當體假爲鄉欲知端的歸家路耳朶頭毛五蘊香

雲門曰眼睫横亘十方眉毛上透乾坤下透黄泉須彌塞却汝咽喉還有人會得麼若有人會得㩳取占波共新羅鬬額

拈雲門和尚說禪猶若萬里無人烟一間破屋裏手舞足蹈高聲唱言我是如來應供正徧知名行足自喜自悲自言自語還有知音者麼對牛彈琴

頌囉囉哩哩唱田歌曠劫許誰薦得麼梳影草萊翻白晝潑空烟雨冷青蓑分明花在春枝上花落香寒春色過琴瑟無音言語正尋行數墨病何多

僧問雲門如何是諸佛出身處門云東山水上行

拈諸人會麼東山水上行則易會諸佛出身處則難明何故謂伊諸佛無鼻孔

頌括地西風劈面吹君家何必苦追隨東山水上如何會笑指雲門妙絶詞

僧問雲門如何是一切智智清淨門云掃地

潑水相公來

拈雲門大師隨手拈一錠足色紋銀與這僧可憐這僧不識嗟哉世間幾人能會此意除非過量人金博金水投水

頌掃地潑水相公來陳年茗帚白花開無端拈在春籬上天曉黃鸝呌幾回

仰山叅東寺如會禪師問汝是甚處人仰曰廣南人師曰我聞廣南有鎮海明珠是否仰曰是師曰此珠如何仰曰黑月則隱白月則現師曰還將來也無仰曰將得來師曰何不呈似老僧仰乂手近前曰昨到溈山亦被索此珠直得無言可對無理可伸師曰眞獅子兒善能哮吼仰禮拜却入客位具威儀再上人事師纔見乃曰已相見了也仰曰恁麼相見莫不當否師歸方丈閉却門仰歸舉似溈山溈曰寂子是甚麼心行仰曰若不恁麼爭識得他

拈仰山說法酬機大似空中一隻鶴旋轉俯仰活卓卓地摶風萬里唳孤雲於霄漢巢喬木於蒼翠鎮海明珠滿地撒去又道無言可對無理可伸幸是東寺長老放過

徑山又且不然何故禮多必詐

頌仰山小釋迦東寺老古錐如牛飲澗泉上下嘴對嘴明珠撒出太多又道無言可對小釋迦善言語此情惟有當行知千載無人敢相許

章敬懷暉禪師有僧來遶師三匝振錫而立師曰是是其僧又到南泉亦遶南泉三匝振錫而立泉曰不是不是此是風力所轉終成敗壞僧曰章敬道是爲甚麼和尚道不是泉

曰章敬即是是汝不是
拈妙哉宗門殺活自在這僧脚跟不穩若脚跟穩當的道是也只恁麼道不是也只恁麼何故自有錫杖在
頌錫杖搖搖在路途隨風墜落葛藤窠天涯渺漠何時到莫去山前作野狐
青原行思禪師見六祖問曰當何所務即得不落階級祖曰汝曾作甚麼來師曰聖諦亦不爲祖曰落何階級師曰聖諦尚不爲何階級之有祖深器之
拈言言出身不落人境字字如珠不涉玄妙非具手眼衲僧莫能窮其淺深今有杜撰長老妄斷曲直作狐涎氣吾謂此人尚在門外不知海内有人眼如閃電
頌問處深深湛若秋金針引月過長流針鋒不損月中水境色安窺頂上眸君不見作家手宗眼清明六不收今古嫡傳誰敢擬赤斑蛇唼海中漚
雪峰迎雲門纔見便曰因甚麼得到與麼地雲門乃低頭從兹契合
拈雪峰既知雲門來處更問奚爲幸是問著雲門若問著别個即搬出秦時鍍鑠鑽雪峰也無奈伊何
頌因甚麼得到與麼地觸著雲門痛癢處含淚未乾恨未止低頭已一簾風月許誰知至今遺痕在江湖閃爍紅旗顧鑑咦
唐莊宗詔興化問曰朕收中原獲得一寶未曾有人酬價師曰請陛下寶看帝以兩手舒幞頭脚師曰君王之寶誰敢酬價龍顏大悦
拈興化和尚舌辯如風有個唐莊宗賣弄

不少若非與化慈悲幞頭幾乎粉碎
頌與化老太無端佛法人情兩俱到輕把幞頭彈一指昔來痕跡未曾消舊幞頭說向帝王價不高

罽賓國王秉劒至師子尊者所問曰師得蘊空否祖曰已得蘊空王曰離生死否祖曰已離生死王曰既離生死可施我頭祖曰身非我有何悋於頭王即揮刃斷尊者首白乳涌高數尺王之右臂旋亦墮地七日而終

拈師子尊者既償定業王揮刃斷尊者首白乳涌高數尺可知王之右臂旋亦墮地七日而終何哉嗟孤掌不成拍

復拈當時王若問徑山師得蘊空否答未空曰離生死否答未離王曰可施我頭否咄哉癡人頭安可施非惟頭作得主王之完膚何如哉

頌幻擬無根同海雲浮沉冉冉孰爲捫一刀兩段春風裡千古半林明月痕夙債希成談白血全身拋出示王孫癡兒臂墮延七夕永劫沙汀飛吟魂休將此地較疎親遊戲場中偶似人白乳染成銀芍藥香流莫問去來身

再拈師子尊者預付法於婆舍斯多尊者以償夙緣非佛法中有斯事非佛法中無此事耶何故柴船自上米船自下

頌夙業難違要明剖一刀兩段獅子吼甚渠風雨月行空這段因緣非爾偶白乳升天數尺餘還他墮地一隻手

浮盃和尚凌行婆來禮拜師與坐吃茶婆乃問盡力道不得底句分付阿誰師曰浮盃無

剩語婆曰未到浮盃不妨疑著師曰別有長處不妨拈出婆斂手哭曰蒼天中更添寃苦師無語婆曰語不知偏正理不識倒邪爲人即禍生後有僧舉似南泉泉曰苦哉浮盃被這老婆摧折一上婆後聞笑曰王老師猶少機關在澄一禪客逢見行婆便問怎生是南泉猶少機關在婆乃哭曰可悲可痛一罔措婆曰會麽一合掌而立婆曰伎死禪和如麻如粟一舉似趙州州曰我若見這臭老婆問教口啞一曰未審和尚怎生問他州便打一曰爲甚麽却打某甲州曰似這伎死漢不打更待幾時連打數棒婆聞却曰趙州合喫婆手裡棒後僧舉似趙州州哭曰可悲可痛婆聞此語合掌歎曰趙州眼光爍破四天下州令僧問如何是趙州眼婆乃豎起拳頭僧回舉似趙州州作偈曰當機覿面提覿面當機疾報汝凌行婆哭聲何得失婆以偈答曰哭聲師已曉已曉復誰知當時摩竭國幾喪目前機

拈浮盃和尚馬祖下第七十四位何得不識語句受人熱瞞離師大早欠商量之過使這老婆聲價高遠若非趙州塞斷伊嚥喉那裡見有男子當時徑山若在見他斂手哭蒼天即與五捧趂出

頌凌行婆郎君女拈却浮盃無剩語翛然異類中行去何似猫兒捉老鼠老漢浮盃悟不眞還須趙老相幇舉

趙州問投子大死的人却活來時如何投子云不許夜行投明須到

拈昨有禪和子舉此語打個噴嚏答之問

他會麼曰不會不許夜行投明須到
頌生出從前不作家怕人相見怕人誇夜
行風亂青雲鬢天曉露含白荳花處處緑
楊堪繫馬山山黑月不飛鴉可憐直疾鬼
無足驛路凄凄芳草嗟
夜半正明天曉不露
拈三個猢猻夜簸錢又如何海曙初明時
又如何僧問古德如何是夜半正明天曉
不露答云牡丹花下睡猫兒
頌牡丹花下睡猫兒答得依俙絶妙辭梅
綻石邊煙潑眼荻開江上月斜披拋梭女
子夜成錦把釣漁郎曉不知秋到家家簾
幕雨人人悉見草安癡
懷淨土詩
青蓮臺上老金仙接引衆生不論年必也慈
悲癡眷屬娑婆摶作四禪天
林下長閒佛面花子規叫血數珠斜耳邊多
少閒題目賺煞春風不到家
日日飛忙似蜜蜂何時疑徹五陰空方纔拈
得金剛子又有人來覓相公
秋來亭臺柿葉紅朝朝顔色不相同黑風忽
地牀頭起淨土如何去得通
傍閣芙蓉蘸水時誰人識得兩莖眉𢡖開面
面彌陀佛不把閒心更著疑
日輪西涌五更初冷照池塘十萬魚未合吾
師懸鼓觀希奇别出一行書
彌陀六字鳥空啼鼓翼隨羣欲往西莫待好
花春雨過十分香氣蘸新泥
念佛如何行路人白雲渺渺一孤身彌咜不
在蓮華土賺我光陰十萬程

自性彌陀絶主賓山花浪暖柳枝新不勞更用之乎者覿面無非西土人
垂手嘘嘘已較多蒼龍未必混長波堪憐癡愛閻浮地不肯回頭可奈何
香檻殷殷樹裏開松枝瀲灩滿樓臺不知箇是全身佛只管忉忉舌上裁
月明秋夜坐禪時香動黄昏靜若思收拾漫歸殘屋下蓮華開遍好題詩
珊瑚枝掛弱犀牛苦海揚波難盡頭咬啐一團空界月與君把手入層樓
追思父母未生前痛徹心頭得幾年面目昨來遭毒手一腔熱血葬青蓮
結根深種死生關彷佛安能五欲殘盡道工夫難下手不知日坐鐵圍山
古人有語極相投莫與兒孫作馬牛撒手懸崖歸淨土任他滄海變荒丘
覿成十六佛無生平地風波問丙丁情盡六門都不照江山朶朶月空明
瑤枝風撼水文章一瓣花飛蓮子香孤露竟無人在上樂邦慈母越悲傷
梅枝鵲誦柳枝詩呼爾歸來未較遲我欲娑婆多住住他年皓首是佳期
溪上行歌杖紫藤落花没膝叫黄鶯春池無月空撈漉早叩蓮邦題姓名
惡境交加鼓業風何曾汙染得虛空家鄉田地如天穩不著閒愁方寸中
甲子山居澹石翁鑿池種月待秋風松牕白晝彌陀佛抱枕無眠憶遠公
玉靜草堂喬木隣短墻梅綻刼初春雖然不似蓮華土拒絶人間萬斛塵

築堤原爲晚山烟構屋還須三兩椽衲破扯
開荷葉補西方莫厭我廉纖
蹋遍秋山拋杖藜崚崚巉石絕攀躋人情若
道閻浮苦誰箇男兒不念西
新藕花開月上女敗荷葉爛紫袈裟鷺鷥撞
破蘆花雪天樂吹來處士家
晴峰古木獻花巖白兔時同野鹿茶爆竹聲
中明指示眼前瓦礫總優曇
一二三四五六七一心不亂往生西佛言說
得雖容易動步通身入淤泥
行船分付把梢婆須識長河逆順波只怕順
風吹過火轉來不得逆風多
布地金沙一坦平毫無銅鐵貢高名仕人欲
見彌陀佛先把毒蛇空聚明
衙門竟日對江開望斷春雲人不來薦取自
家親徹肯畫眉丞相下樓臺
與君法則鼓眞風撇去頑然念苦空彈指揭
開千佛面白花影裏樹重重
西方可去芒鞋滑東土無依慾火畄紅爛劫
燒婬舍女痛心莫恨夜叉頭
青灰堆裏一聲佛萬劫死生火上冰功德池
空含日月數枝香嫩白雲蒸
曉煙堤上柳精神垂示迷魂出暗塵多少闡
提邊塞死馬蹄遙送斷腸人
癡愚不解唯心土離此唯心別有麼每日普
光明殿裏搬柴運水古彌陀
欲醉黃昏合兩眸吞殘精氣粉骷髏荒郊壘
壘添新土多是少年人骨頭
我慢山高業障馳難爲心地道相期使君放
下無明窟便是那邊阿耨池

善法堂中議聖流淒涼雙徑祖燈秋衲僧棒
喝何如用直接西來最上頭
雪覆千山白馬蹄揚鞭歸去日蹉西兒號女
哭寃家别行樹忽驚鷓鴣啼
少婦樓頭思正濃梳烟楊柳細東風王孫是
處迷歸路曾寄家書幾萬封
佛樹扶踈接鈍機葛藤活活練荆扉明年了
得三椿事便可身輕同鶴飛
善法堂前議聖流南泉牧得一頭牛欲將騎
往西方去唯恐西方不肯留
善法堂中拜冕旒百千天子盡風流人間罪
福分明舉不落空王簿上收
佛言利智法王臣獨一無師自悟人星宿刼
中何者是桃紅李白示全身
娑婆無苦苦娑婆果得婆伽益更多煩惱破
時婆亦殞涅槃深義遍婆娑
嗟乎昔日頂生王七寶嚴身心尚狂不若水
邊窮衲子坐禪無力念西方
利養娑婆應有期百年快活剎那時渾身煆
得如生鐵只恐幽冥忝馬皮

雪嶠禪師語録卷第七

音釋

嶄 士減切音劖山高峻貌　摶 徒官切音團以手圜之也又取飯作摶捏聚也
搦 昵格切音蹃捉搦也　蛻 輸芮切音稅蛻其屍衣冠不解如蛇蛻耳　㞘 都木切音篤與尻同尾下竅也　膱 質力切音職肉敗也

雪嶠禪師語録卷第八

參學門人弘珠等編

書問

辭衆檀開法徑山

凡稱善知識助佛祖揚化使衲子回心向道移風易俗古人當理之言余今嚴身無德濫厠僧倫視聽不聰幸安林下叨居雙髻雙徑三十餘年但隨緣消遣澹泊而已絶無望上之心出世之想況復佛祖門墻未可容易人天衆前福力不勝欲舉大事因緣要以機教相扣非揚揚鼓舌者擔荷大法所以閒心於風月林前孤崖獨步問水於東坡池上掬烟累手歌一聲兩聲主山神録記殘楓紅散碧落踏秋山以無處逐狂鹿而不迈夕陽西去茅亭綻衲下松枝旭日東來爛石砻頭飛竹葉幽幽不動軒中老病扶持天台藤杖垂垂語風石上白髮難爲蘇堤烟水道之隆替豈常耶在人弘之耳末法下衰諸方説禪者有人馬鹿鳴猿嘯啣啣草根則吾豈敢類聚諸方若州院之菊花水土各異有落不落之分别且教放我深深處鬼神覷不破無陰陽地上卓箇青檐𭆴不應山谷中賣些紅兩隨春秋以將息枯黄熟而祝聖年年如是月月皆然善法堂中分明舉示已上供通並是詣實望大檀護法留我在山作千古之榜樣萬感

寄憨山大師

師老矣某何時出山方得一晤雲水緇素頗多其中不知有一個半個爲問此事否末法澆漓難得其人某何日潑皮大膽將十方塵刹國土鎔作一咲拋擲座下欲師一一還我

去住頭緒亦鎔作一咲擲之徑山語風居今朝幸是無事師亦不可將本頭上現成茶飯打發三家村裏齋公亦不許之乎者也以當生平

與聞谷禪師

兄意欲弟晤便是舊時面孔晤作甚麼今年五十一狂心未休歇摸着鏡中頭臨濟白拈賊雙鬢鬔安身驢馬生牛月惡聲天下傳誰是親骨血有日出頭來一棒俱打折留得趙州狗咬折乾屎橛前山與後山虎狼齊叫屈夜半捉烏鷄天曉日頭出來時我獨來無口爲兄說

附石布衲余集生居士書

弟子裕拈香啟問今日是臘月八日自宋東京諸大寺於是日作浴佛會以七寶五味粥相遺沿傳至今不論木佛金佛泥佛城裏也浴山裏也浴灌頂底灌頂捧足底捧足請問水裏泥佛如何浴爐裏金佛如何浴火裏木佛如何浴秪如教中道不洗塵不洗體却向甚麼處浴起縱浴得紫金胸還浴得白毫光麼縱浴得三十二相還浴得頂相麼即今七寶粥供佛了未審一衆均沾也無

荅石布衲

不管伊金木水火土紫磨白毫光浴得浴不得與我收拾來一時埋向釋迦老子鼻孔裏免教惑亂人家男女在七寶粥早以吃向肚裏飽飽煖煖坐石負暄僧衆忻沾即此是復

與何芝岳相國

老人雖在開先心居白下時與相公對談還

曾見老人麽這個語話不是說道理的的真真此中面目悟後人方知此段境界今相公做工夫切爲生死大事世所希有世所難得然要時時刻刻如救頭然日逐亦不必打入妄想窠裏亦不必穿鑿古人公案第得一日囫地一聲桶底爆碎自然智慧自然天真古人云絶後再甦欺君不得大慧杲云士大夫叅禪只圖速效那邊這邊東覷西覷尖尖湍湍埿一肚皮壅塞悟門反說叅禪無靈驗所以難了倘肯知非把娘未生時鼻孔一翻翻轉一切妄想惡習頓然氷冷佛亦不要做說甚麽何相公張相公劉相公水邊林下正好去將養聖胎養得純純熟熟出來提挈人也好不出來也好到那時穩坐高堂方知吾不欺也囑囑

與朱廣原居士

數載不晤近來道心若何與本命元辰親徹否德尊爵重世所希有已事不明如何排遣誦經持素叩已而叅鼓舌摇唇爲復是誰六根如舊明暗有異此中性靈豈同妄覺當隨緣提挈勿使迷悶昔年居士到菴余早以提省有平日在那裏過日之語彼時氣宇頗盛總不理會以致今日有上危崖之逼塞也若肯留心當處打徹任伊百歲千年那怕甕中走鼈他日相逢畢竟另有一番消息

與圓通

十七日煩公過開先設齋大衆甚渴感謝之至老人即欲到圓通一談奈近日幻軀覺有不快諒遲遲秋凉過一晤以誅曲直匡山一家無分彼此矣笑笑

復黃闇齋居士

世出世法總之不離本地豈别有佛法世法但以中心樹子不變異何懼鑊湯爐炭皆清凉國土矣有甚不快所苦者苦於不得道相應中心樹子變異耳今居士得一貫功夫奔馳山水間皆乃遊戲拄杖古人云見道忘山居士得之矣

復李夢白居士

接得尊翰數十年之慕清名方得瞥地喜甚喜甚九峯是牛頭獄吏泰首座是地獄阿旁那時若無九峯扶出石霜幾被首座累他墮坑落塹幻有老人竪起拳頭且道爲九峯爲首座和尚今日拳頭在那裏大似貧兒索舊債他道個没有曾奈拳頭何拳頭失却鼻孔元止半邊當時若是徑山劈脊便打這半邊還知痛癢麽擬議即喝出驚起汗出夜夢不祥近今末法衰替要個真叅實悟的人萬中無一此事大不容易達磨大師云行解相應是名曰祖而今人總之不論意識卜度生死結根縱得十分相似皮毛而已便向人前亂做宗門掃地今日矣或竪指或喝或云和尚何不領話或打〇相或拂袖便行或女人拜此等皆是滅胡種之魔子也可悲可痛嗟杜撰長老如麻似粟朽到開先原非本意自念福薄德淺言語不重何能似古人匡宗行道帶水拖泥只可深埋山谷茅屋石鐺隨春秋問花問柳捱一日是一日有何道可悟衆生可度哉家家門前火把子那個男兒摸壁行華嚴會上無厭足王剜心取肝抽腸拔舌真個是如幻三昧豈虛語哉毒恨黃元公三回

五次持書徑山盤桓三年朽不得已作遊山計還他一點道心結制一期即還雙徑所以赴開先之請混俗塵世太宰果欲上山乞早幾日作盤桓了生死債結般若心空及第緣當自努力

復方孩未居士

接手教云云夜臥不寧日裏少困以清茶爐香對古人語句消遣夢境擾亂作張主不得此是日間意識紛飛狂馳不定日成妄想夜成夢也咄哉主人公端坐正堂風火隨我號令那許容伊聚散如大海水平平坦坦融納百川不見有己不見有彼此時秋月新輝澄清皎潔靜夜寒潭湛湛地有甚外物可到這裏我今少開方便見色聞聲時即便拽轉提撕話頭上生不知身老不知心逐日着衣喫飯要見是個甚麽道理牢牢靠靠一咬咬定地水火風是我本源心地更無别物迷之則生死始悟之即法身佛也除四大之外何處尋佛即四大之内佛亦不立且道即今落筆把箸的復是阿誰速道速道

與蕭伯玉居士

居士西江道人也佛法中大檀越樹蔭覆苾蒭我之所來開先者遊山作佛事切勿我有禪道利益人然而上堂小叅出不得已遣日子豈有出世念而到匡山做人不是這個道理黄元公三回五次上徑山書不幸伊之一片苦心爲法門耳今將一年結制已竟當抽身遊山隨緣放浪於山水間老身七十歲不隨心而寧受人區宇耶

復金正希居士

已分中事只在舉足掉臂間無勞遠覓若將道理語句湊泊那事轉踈轉遠矣何以故他是無滋味無道理寂寞之鄉道理加之如何使得西來大師教外別傳者爲此方人泥於道理文字弄得嘴頭水漉漉地不得見性明心勞他得得過來掃除葛藤有直指人心見性之一宗也今時士大夫做功夫圖速效喜解說不知那事所有法無法至空界色界種種殊勝劣緣一切沾粘他不着何以故他是無佛性無知解不作佛不作衆生你若要親近無你親近處直饒文殊普賢快口利辭與歷與歷不與歷不與歷與那事毫沒交涉若有所得心欲證西來大意十萬八千未是遠在畢竟如何畢竟要辦個水冷心肝和前所知所覺道理無道理乃至世諦習氣一齊掃却掃不去拚命掃忽然掃破釋迦頂相諸代祖師鼻孔一時穿却快哉伯林吳居士進堂結制一月便覺心地清楚信有此事雖與道遠肯如此朝夕做去自然有倒斷日子古人云但辦肯心必不相賺

與黃海岸居士

春來道體安主人公住不動地何其應緣無虧拈之不得覩之沒形逈出天上天下作大佛事真奇特也嗟乎此事唯佛與佛乃能知之臨濟謂之無位真人雲門北斗裏藏身祖師呼之瞎漢者段光明容受萬有圓照法界雪山覩明星悟此也諸代祖師東語西話證此也十方諸佛東湧西沒說法如雲如雨說此也維摩默然弄此也靈照笊籬賣弄此也百姓日用而不知五欲三毒人我貢高迷此

也末法時祖道頹然宗風零替夢幻泡影認爲實法自謂修證道德齊於佛祖橫行直闖棒喝三家村婆婆媽媽騙衣索食痛哉一宗沉之海底老人三十年來不曾見一人頂天立地高唱祖庭披烟雲於萬里挈網宗於當世如此法門何人不流涕痛惜者哉

與譚埽菴居士

別後不審居士道體若何老人邇來晨昏無繫寒光野色盡爲眷屬紅黄楓葉面攤東西靜坐林間惟見落葉三片五片鳥啼一聲兩聲時也追思物情尚有風霜韻致草木槁潤天地豈有心使然前承水原留住半月甚爲適意朽何人也一老僧也住山四十載今當行脚踏明月於萬方喙清霜於千里古人云未有長行而不住未有長住而不行者老人得之矣笑笑

與葵石朱居士

向承供養極感道心朽刻下居超果靜室逍遥稱嬾萬勿慮我也居士近日道體珍重促膝高談當在何日雖然安居別井那能及空山一笑九十里相聞耶古之藥山今之何人也三泖烟雲幾時肯撥棹否

與子容朱居士

西園吟詠秉燭夜遊誠爲快事春夏已交未見携囊買棹大都又向楮先生處遊過了也笑笑東溪佳什美則美矣若云更勝耶溪老人不覺噴飯子容當親到一番始知雲門不作誑語

與祈遠唐居士

朽自去秋出山雲門挂笠日逐逍遥竟不知

湘之南潭之北也不晤居士有日矣然無便人不及一訊刻下息超果靜室以問梛爲生涯梅花落地無可得問也燕子將來鬭豆花半開矣不知居士近日佛法作何面目門墻高廣無敢輕動笑笑

與狷菴單居士

午夜間忽有異人謂我言昔有梅花百詠流傳若再題百絶海内可稱奇絶老人喝曰汝是何人敢向我索詩耶其人稽首而請曰我非人也亦非天也乃梅花神耳師以佛法利生非詩也老人諾諾即題百絶續之時燈下卒成恐字句差落顛錯不公乞爲改正

歌

十二時歌

夜半子熟睡同小死驚覺起窓破風鳴紙
鷄鳴丑洗面展兩手苦追尋莫飲無明酒
平旦寅眉毛眼上橫祖師來雲門吃胡餅
日出卯莫與生死拗且隨緣疑破心了了
食時辰黃花笑白蘋問何爲滿目是癡人
禺中巳張三呼李四卧官街生平無個事
日南午飯飽敲魚鼓白雲歸塞斷茅菴路
日昳未短策遊山去青草中蝦蟆隱脚底
晡時申寂寞且孤吟落木響始覺有知音
日入酉暮色牽山走草蕭蕭隣舍啼芻狗
黄昏戌天外黑如漆進門來一頭撞着壁
人定亥法身没被蓋露堂堂任渠壞不壞

和趙州十二時歌

鷄鳴丑寒影燈殘窓逗漏明月堂前竹葉浮踏開天際何曾有白雲曉風布口水沸砂鐺賁南斗瞌睡思量再上床夢中作主不唧嚠

平旦寅荒村破院共誰論炊香白粥去年喫今日厨司尚見塵間弄管字還覩山水圖中過客頻亂髮廉纖如洒雪老來活計戴頭巾日出卯還同昨日生煩惱有田不耕可憐生破屋蓬塵何必掃生柴多熟飯少逐日思歸徑山老憑他牛馬入門來那管短長法堂草食時辰鐵鉢曾持走四鄰去年喫了菜包子今日還生舌上津角鹿少兎來頻青天白晝沒閒人偷心只在青蚨杖只畏饑瘡不畏嗔禺中巳披了袈裟豈如此世間可畏腥羶僧問着東西眼若死黄廿一李十四慚愧何曾有些子滔滔富貴傲他人兩脚長伸面上紙日南午索飯烏鴉無節度飛過山邊又水邊不離寸步如經註死猫頭酸似醋拖入肝腸苦蒿苣這般供養也難消百鳥不來地堅固

日昳未花陰掇轉南軒地饑來哈口西北風慚愧人天還不是只隨緣有何義渴飲曹溪坐不睡善法堂中無此娛一床破被壓吾背晡時申沽酒提壺無別人生下小兒半帶癡黑面黄眉唇皴皴楊柳茶貴似珍烏龜露骨不露筋十字街頭癡布袋逢着便教乞一文日入酉寂靜家風教誰守這樣山門影現無四大部洲豈沒有水漉漉道人口繼續傳燈臨濟後常用祖師一字關透得過者子胡狗黄昏戌山前有個維摩室珍珠等物總不逢惟見衲衣黑如漆脚尖頭起紅日踢出祖師聲唧唧忤逆兒孫林下行採花蜂去香成蜜人定亥除却魔王俱不愛雪山堆裏白牛眠香草纏身何必蓋獅子兒説甚戒打滚雲中莫作怪錦帶飄颻春雨泥牛王問取還曾會

半夜子生死冥冥何定止可憐羊啞劫中人出格丈夫能幾幾石脚床爛蘆蘐亂草些些作盖被自來怪燒黄熟香絶不相聞牛糞氣

閒閒歌

心地閒不生草舊時學問多忘了尋常冷煖自家知不去向人外邊討散誕行勿繫絆逢頭赤脚寒山樣相逢只是笑咍咍石虎當途何足怪五峰寒雙徑杳白雲自去松杉老幾聞山答月樓鐘古殿無僧闃寂寥梅花香不可折飛窓暗度春枝雪冷魂飄磬下樓臺禪板蒲團閒不徹妙喜風竹篦子活人劍也臨機使鋒鋩鮮利按龍蛇是聖是凡搐出髓何國人何國住大唐天子原尊貴相扶同過玉河橋歷歷風霜太狼狽東坡池舊公案烟堆千指毘盧面山根野水曲灣灣殘塔稜層猶倔僵日放憨夜漠漠短床裌被如何樂任他千聖出頭來我正睡濃伸兩脚

不修行歌

不修行不染汙絶壁懸巖獅子住夜深哮吼月明前虎狼妖怪奔無路行便行卧便卧水漚一個依空聚妄想生時諸佛與何勞卓卓如泥塑天大明日頭露村前烟火炊無數正是山家得意時猫頭臭爛無人顧破衣裳半節袴放憨林下曾分付不向靈山受記來驢胎馬腹教誰怖

示獅聲珠侍者住山

獅子兒漫哮吼莫學狐狸邊界走葛藤窠裏老成精刺碎心肝難放手不放手病轉深尋枝討葉入荒林一槌擊破臭糟甕大笑携笻上翠岑今日會始知情直向匡廬峰之頂一

間茅屋半間雲枯木龍吟絶人影不求祖不求佛説甚疑情生死切番來覆去任逍遥歷歷孤明是何物心法忘根塵寂南北東西莫分别忽然迸斷血腥腥明月堂中清皎潔菜飯香真快活利鎖名韁都擺脱一個筋斗打出門五老峰前招彌勒

諸方都作十究竟歌予作不究竟

不究竟心擬思千里白雲深一重山色一重水夾竹悔花冷獨吟

不究竟身五陰聚沫幻非真馬蹄忙殺歸家晚芳草途中載主人

不究竟事紅紫枝頭無不是眼睛定動鬼門關塞外烟塵何所視

不究竟理酒肆婬坊誰讚毀山程不許夜人行天曉還鄉能幾幾

不究竟生黄鳥聲聲楊柳新披雨蓑衣泥没膝前村傀儡戲初成

不究竟老面黄齒赤非草草任他歲月髑髏乾這個何曾受顛倒

不究竟病神工難按鉢盂柄川芎甘草及當歸妙藥難醫要死症

不究竟死世上幾人得到此三般不了可憐生業識茫茫千萬里

不究竟苦窮通榮辱石邊火丙丁童子擬翻身時節因緣無處躱

不究竟樂刀山劍樹何曾惡頭頭原是自家珍倒却刹竿早已錯

瞌睡歌

瞌睡哥瞌睡哥我欲惺惺爾欲呵不知何劫結寃家從死至生没奈何苦捱排逐時過又

怕經行散亂多方纔打坐上蒲團燒得寸香頭又蹉無方便驅逐他因循歲月住巖阿剔起眉毛仔細看猶若長江水上波心不了動干戈他本無根我自羅話頭不切境涉境散亂如何魔復魔不必恨且支掄昏沉原是自家人我若無心他便休一腔和氣劫前春三十載誰爲隣茶來飯去並無嗔空中月散主中主桄上黄粱賔復賔今覺了主中賔穿衣喫飯更何人香嫩渾如三月雨光虛正是五湖民賔中主寐亦親梅花枝上雪花頻飛來山鵲白禪翁滚水一杯吟玉麈瞌睡哥瞌睡哥石人兒子木人婆赤條條地打鼾眠那管日輪天上過堪笑諸方癡衲子都來昏散做功夫

逍遥吟

新茶嫩筍芳草垂楊徐步山谷鐵石心腸好鳥相喚其音丁當如何白雲飛滿眠床山下有田菜麥青黄溪邊有屋烟樹蒼茫忽來明月池上生光誰爲侍者松杉兩旁横擴拄杖擊碎空王正恁麽時日出東方如大火聚今古文章普天之樂萬歲君皇常敬常仰竹爐生香山泉自流清聲勿狂金毛獅子哮吼高崗驚走無路妖怪狐狼一喝兩喝佛祖潛藏無人可伴臨濟家鄉爲衆生苦地獄天堂精神痛快煒煒煌煌長年受用百結衣裳續祖慧命伶俐兒郎吾師授受時刻不忘

山行吟

春雲裂破一聲鳥七片五片花飛溜清冷莓苔爛石頭新鮮薜荔穿林杪危巖壁立不可登斗室藏身未嘗小狼虎嬉嬉印兩泥猿猱

逐逐啼天曉草鞋脱落付秋風拄杖揭開千佛沓即此幻化空劫身有何法則與君了吟長吟笑獨笑赤脚高歌趂鹿行罵人恠煞無同調

居山歌

君不見好兒郎問汝何爲洗俗腸俗腸不洗神不清到頭氣息終難忘行脚去草茫茫望烟乞食與猖狂形骸枯盡若木偶道眼未明真可傷還只是居山强草蓬一個毛竹牀澹泊隨緣修午供盛來滿鉢菜根香孤屹屹豈即當杜鵑聲裏日初長山中十日九日雨烏花黴黴衲衣裳分明説不覆藏夜塘水漲白雲鄉千峰如浪湧門外打破老僧折脚鐺

辭院歌

君不見閻浮地寬得幾杖世界不屬人商量春風秋風有時冷黃蜂蝴蝶雙過墻小兒子誰家即眉目分明衣帶香手中拈却大明律何必威儀入學堂記得起浮玉山偶然失脚墮坑巖是則名爲教兒法迈擲猶如脱汗衫何人會乾坤函蓋不通風絶聖凡琉璃瓶碎山河雪一剎那頃坐斷嵒又不見本懷原是住山翁不愛叢林愛箬蓬此來扮出不成套恨殺新城黃元公這模樣未嘗逢一囬懽喜一囬空砂米炊香生鐵屑苦死人也遇劫風將就安身一年已償債開先作短工罪滿來春我欲去留我廬山甚不通燈下别寫歌辭山靈土地又如何假饒住此一千歲塞斷肺腸石屑過告訴弟告訴哥黃天放我出巖阿眉愁終日不得快一番狼藉一番魔時運不濟遇荒歲水陸程途數不差雲深路沓三千

里好對金焦月下歌由天命謝神祇護我還山東坡池毛竹萬竿風細細玉蘭一樹影凝癡梵王宮裏傳寒磬飄落人間渾是詩別大衆不須留四十年來何所求一切隨緣恁麽過水足草足老牯牛道人身邊空索索絶没青蚨挂杖頭八月秋風衣帶解一帆江水共悠悠去兮去兮是時節黄花紅蓼東籬色大笑黄河水逆流千指菴中碁奕奕

雜著

蝸角喻

佛之爲言心也以心靈故作萬物主以心明故不受諸蘊故曰天上天下惟我獨尊佛豈有我以無我而我空我故轉萬物爲自已無物故統四大全萬物也既萬物總是一心何分別而有世界衆生耶衆生世界本是一心因世界起便有如是若干差別差別者衆生妄也以妄性不定起種種念種種識見異生異滅生而復死死而復生六道流轉汪洋不息始知世界起於衆生妄有雖曰流轉其心常故衆生不實業識所成何干於佛譬如日輪明暗虚空不動能流轉者業識自爲然亦不外虚空別説有個流轉性既流轉者亦無自性又如雲散虚空倐忽即無雲豈別有家鄉出没太虚耶故曰即佛即心即真即妄也既説佛即心我何不見心作何色而能成佛不也佛本無相而曰即心心無自性而曰即佛真不別立而曰即妄妄不自有而曰即真譬如大地能載草木不失其時能開合者何也若説樹性本然而能花果樹當自成其時何假大地風霜雨露若説因大地而有功歸

於地也地既能成何不自成而來花木知否如是流轉不出因緣而別有因果也佛也衆生也俱不離因緣本源心地因緣若離心佛何在哉斯人便能坐微塵裏轉大法輪於一毫端現寶王刹令人若欲見自性明本心者先當離樵用心動靜之際下隻臂撮摩虛空用心久長愼勿退轉精勤勞役初心不遷如是趨向自然有日一搦在手快哉始信佛祖之言不二之語也嗟嗟余原住衆生地摸索聖智猜詳西來達磨傳佛心印非老人實證之旨請君勿疑蝸角者若說其有亦不必有若說其無亦不必無因以爲喻

大佛頂

任伊千聖出頭向此下不得個元字脚若論世尊所說大佛頂者乃一部楞嚴經之綱目未嘗不是然而知楞嚴經者解楞嚴經者不可逐文字而食其糟粕也大佛頂有旨焉大佛頂者乃是十方諸佛一切衆生命根謂之貪欲坑驢馬窟地獄渣山河吠大佛頂作用之體性也何以故善惡二緣離大佛頂無別有法近與衆生爲名爲號立知見本遠至十方諸佛莫不由斯經過利生濟物諸代祖師得大佛頂續祖慧命機用全提激揚後學大佛頂者世尊影上出影夢中說夢耳他原不屬有無空等名相令世尊安名曰大抱屈無中他原不是件物而世尊安名曰佛教誰領話他原不是落影響絕內絕外無標無示而世尊安名曰頂何人承當擔荷大佛頂耶揑目云乎哉梵語首楞嚴此言一切事究竟堅固可見十方世界一切所有之法同漚花幻

影動他不得壞他不得乃至碎爲微塵丸爲小大一任撮弄眼前有法無不是究竟堅固或云依如是説竟不必修行總之堅固罪福因果無不究竟了無少法在内外經云所作業不忘果報還自受乃在大佛頂上打筋斗何患不究竟堅固哉今學道者當細察審思故曰本自無瘡勿傷之也

水喻

法身如水隨緣流止不滯一隅不拘淨穢無分別無憎愛無背向高處高平低處低平空古今而不亂治寰宇而不動水之情物之體非造化而生非雕琢而有豈可擬議而得之耶人之謂人者妄人之謂性者虛既虛妄和合而成人何不推窮我之四大從何處起何處來假父母赤白二垢而成是則名爲一塊血肉何曾有人今之搖擺風流遊山玩水隨識妄以攀前境是則名爲識主分別業蕩娑婆生死漂溺豈真性本心有此一種若悟後人不妨於事何以故趙州云汝等被十二時轉老僧轉得十二時此便是悟後人樣子

贈題子葵居士夢石譜

立黄宇宙不可摸眼耳鼻舌安能知吾有居士最靈異倏然不滯雲水機夜深獨卧鴛湖閣神人出沒不可思千古萬古性一真劍鉡雖利難割水化石且教遺在夢天明小樓紅日起

題手卷

朽自庚辰春到匡廬開先十笏山齋坐夏閒情供眼拄杖逢人晝寢之餘山行林麓樹緑松長澗流飛瀑無日可更山色也昨弟子三

五輩談及宗門事近日相聞禪宗行海内若白雲過太虛忽有忽無之間未可寓也朽招隱橋引杖而歸幽然於心卓立香氣洒窓生平所習悉皆現前即爲潑墨傍有僧謂朽曰老人單丁獨處時始得今爲人天師作諸方眼豈可做這個勾當禪和子傳將去宗門何在請暫息還徑山一憑老人作用朽咄曰你也説得有理奈何朽不欲作土地去若依汝輩要我板板的循規蹈矩方是佛法不知自性中無所不有朽拈筆示之這是甚麽年間造的僧無語劈面一掌僧忍痛作聲朽曰好山水

雪嶠禪師語録卷第八

音釋

塈（側六切音蹙塞也）賺（直陷切音詀賣也）喙（許穢切音顪以喙而息也）昳（杜結切音耋日昃也言日蹉跌而下謂未時也）晡（奔模切音逋申時也）皴（七倫切音逡皮細起也）

雪嶠禪師語錄卷第九

參學門人弘珠等編

道行碑上附

徑山語風老人嗣臨濟第三十世雪嶠信大禪師道行碑

欽命國子監司業兼掌祭酒事前戊辰二甲進士工部虞衡司郎中大理寺左寺副曹溪受法弟子福徵譚貞默槃談書

埽道人不慧黙以壬子歲落一椽于武林湖山之南屏山曰聊齋讀書習靜慕與方外善知識交得遇大師時師尚住雙髻號雪庭道腸四旬有三而宗風已震攝諸方矣不慧時年二十有三早知執禮問道師亦一見深許自此相與結菴雙徑東坡池頭三十餘年來來往往看山看水話東話西不減家常戚屬至乙酉春而不慧別往金陵丁亥秋而大師示寂雲門矣思彥禪友從雲門走南雍任所以訃聞而不慧隨合皈依善信藉覺浪和尚普說定祖庭位次以報矣載閱歲辛卯春而獅聲珠公復不遠千里從匡山走金陵以陶人也居士行緣來更從檇李走雲門以王予安道兄塔銘來而徹崖歇公并續補東塔雲門二會未梓語錄來屬不慧描抹大師本來面目葢二公並大師親侍法乳謂熟悉大師生平道行者莫不慧若也謬以末後大事因緣見屬其何敢辭因念雙髻那畔事大師兩番落索已經親口道破只須筆頭點出頰上三毛特易易耳若語風向後事一舉一動一話一言悉

在不慧眼裏亦悉在諸方眼裏難將一隻手掩却天下目况大師為法忘身入泥入水方且狼藉遍地誰敢收拾瞞天倘稍加嫌諱畏世間生眼不畏老人寂光乎其大難說者無如壁立門風逢着痛罵即至主法同參亦復不免更大難說者早已機緣響振酬報歷代師承徧自顛倒縱橫爛薰禹門鼻孔正所謂機用莫測賓主雙忘一任無眼人作是非實法會無煩纖毫嫌諱也眞正大善知識若語風者擔荷頹綱斬新正令顯是慈明現相妙喜傳神有明三百年來宗壇鐵漢絕不肯人亦絕不受人肯究竟謂之人肯不得謂之自肯亦不得獨許從上佛祖的的首肯之者惟青獅翁一人而已功成呵佛罵祖纔許做忤逆親兒徹到舉世皆孩始信是大人作略埽道人不勝傾心瀝膽惝恍親炙知我罪我其何敢辭憶昔天目中峰和尚有虞學士集撰塔銘復有宋祭酒本製道行碑從來道行碑不多見惟唐代大沙門有之非此不足以綜其實寫其眞特為拈香奮筆抽繹疇昔睹記所及參取本山諸山應請語錄錯綜敘次穩順節文爰製徑山語風道行碑用勒金石以識不朽

大師法諱圓信初號雪庭既改雪嶠亦號青獅翁晚號語風老人浙江寧波府鄞縣之江井巷人俗姓朱父素稱長者母計氏以隆慶辛未二月初十日誕師室有異光初在襁抱視日目不瞬輒歡笑計病尋歿不得乳飲長者遂飯之啼悽尫羸幾不成立九歲長者復

終寄食于貧戚家其家以酒腐爲生業師體貌岸偉肌膚柔膩天性孤挺奇僻不受世羈一日往倚僧廬聞誦彌陀經水鳥樹林皆念佛法僧忽然心動體中爆然有聲自此其家日替相與釀酒酒酸作腐腐減師既目不識丁復好放行兀坐傭作玩愒衣食難周逡巡至二十九歲始决志出家就寶峰法師受五戒遂往若虛法師席下聽講嫌其解析不明乃自截髮爲頭陀去之天台即猛念出家爲何事一箇不明白念頭打脫不下東走西走狀若風癲不識寒暑饑渴人與粥飯即以衣袖或兜帽承食衣敝零落嚴冬薦草卧古祠中止一敝袴遇無袴者解與之赤體七日夜冷氣攻腹痛難忍苦支二載無入頭處遂還俗一月餘正上床時忽空中垂大臂搯鼻鼻梁本隆直從此中斷曉起人咸怪之至得悟後因有若非鼻梁斷那得頂門開之句時尚未離家數日復垂大臂取喉中筋扯去數寸痛不可忍手按頸上筋結成塊觸着不得即捲衣渡江其塊便消如前打脫不徹日乞食夜廟宿至雲棲出復渡江至紹興往五雲門外草菴晚單上見一人金幞紅袍跪床下害眼三七日别過一菴夢韋馱立前展杵鼓弄次日與住僧語僧叱曰你要放光往秦望山去隨渡江到秦望普濟寺訪靜主妙楨楨舉他心通僧勘少林僧三天竺公案屬師代轉一語師下語楨呵曰宗門何得亂話師愧恨無已苦提竟夜五更聞報鐘入厨洗面抱衣赤膊見者怪而問之始省着衣仍走石頭上高提那一竺來速道速道至此通身是箇疑

情指日輪曰日午不明當扼吭自絕跨石上下狠提俄頃跨上石頭高聲曰也罷了忽前後際斷無身相可得衝口說偈云石貼背脊骨翻身脇肋骨仔細思量來動也動不得復喝一喝云張三殺人李四償命既見楨楨怪其是然自喜曰今朝何得作怪師語以偈云紙上山河歷殺人擔來擔去幾多春纔知不是真消息卸下長江斷踪影此日境界非常遂能作偈然尚未識字未能作書也往參徹堂腹正楞見飯輒以手搏食堂見而叱之師曰勘破你拍手出因訪儀峰彖彖恒持一戳師直前奪其戳曰道道彖無語師重擉一拳便行返天台尋人印證未得忽擡頭見古雲門三字乃大悟便發願弘雲門宗途中作偈云一上天台雲更深脚跟踏斷草鞋繩比丘五百無踪影見得他時打斷筋遂就人索紙筆書此偈後自題云雲門石頭上得正句又作偈云昨日樵柴手今朝文筆峰借君一張紙流水寫東風前此盲然於識字作書者向後手腕憑空脫皮換骨如獅子擺壞鎖韁揮灑縱橫一往吟山寫水得大自在成無師智統自見古雲門三字始此拈弄瓣香落索文字不可思議之來緣師末後到龍池特特自云從雲門普濟寺得地所謂直心是道場也既去雲門望空聲唱曰我待熱病一回方知工夫眞假到天台華山頂太白書堂果患傷寒病中看來都無區宇有靜主顓愚者憨山國師第一高足也識師非常人留之室中調理顓見座頭切菜語師曰刀刀見底師曰何不道一刀見底閱月病愈乃下山走西天目

大殿禮佛見左邊坐伽藍神金幞紅袍乃昔日草菴所見問知爲周宣靈王過活埋菴僧請偈有香爐一箇折隻脚之句先是雲棲大師曾往五臺訪憨師同參笑巖和尚師乃再詣雲棲欲求印證時法堂香爐泠地爆碎方丈檛僧懺悔封鍋不爨師觸前香爐折脚語合是印證之讖入堂跪曰香爐是某甲打碎特爲懺悔語聞方丈蓮師令侍者答之曰你是客不是你打碎師曰打碎香爐不分賓主又令問曰打得幾塊生師曰贓物現在因叩首數百求開鍋侍者傳喻開鍋少頃仍未開師復進跪叩首數百頭幾破始得開鍋因謝而出蓮師顧侍者曰新到眞菩薩行人好生留住師飯畢堂中禮九拜唱曰某甲不學好累及大衆竟去雨淋至十八澗通身濕透復渡江到雲門普濟寺後雞心隴結底草屋居數月苦熱下至妙楨靜室夜單中聞牆外高聲云了義師父師謂楨呼之楨曰誰呼汝乃夢也忽思因緣有在次日即行被衲觸大暑至湖州弁山多寶寺苦告韋馱連頓首數十云何不護法指示一安身處珊瑚枕上兩行淚半是思君半恨君後到嘉興楞嚴寺韋馱現身云我未嘗不護法師曰既是護法的去韋馱即從空而去因爲偈云買箇小舟撐撐南復撐北何時撐上山拋舟抱雲宿忽思武康有雙髻峰是高峰和尚結茆故址欲往居之遂至武康上高峰山山中有寺寺主讓牀與師宿是夜主夢一獅子在牀上越日言之以爲異師登嶺尋地仰望雙髻壁立萬山中師念曰我何福堪此遂于是夜獨立草中試

之至黄昏有蝙蝠飛下遶身三回者再師曰蝠來地必在上矣至一團瓢逢住静者號措菴謂師曰難得你虎窠裏立一夜因問知高峰故址師曰安所得米五斗銀五錢結一合掌草蓬千足矣措菴指見普濟菴施主潘明霞師往告以欲向此結茆潘曰住山要錢糧師曰先辦錢糧後住山者此人不濟潘問師何處人師曰寧波潘誤聽寧國師復曰寧波潘驚起請師上坐曰我前夜夢到雙髻一茅菴額題寧波二字此師道場也詰朝再拜同上雙髻得夢中地而無菴潘爲搆小三楹師自運山草披蓋之大笑曰快活無量矣于是以瓶底爲碗爐以編竹爲供案亂石爲牀蘆柴爲褥上漏下濕忍餓吞饑嘗一日喫爛豆渣半碗不下自囑曰你是薄福人定要你喫因拈高峰枕子落地機緣作頌云一捺捺倒扒不起渾身没在爛泥裏驀然枕子笑呵呵咄喫瓔珞粥的不是你自此閱歷三年矣或入林採薪或擔柴出市或鋤雲栽疏或齋鼠喂鴉乏米時以少許米置瓶中喂鼠鼠銜竹葉松毛蓋好一粒不動種菜三畦望空分付偷菜老兔與以一畦此畦和根喫盡兩畦片葉不傷性愛打筋斗毎遇軟草平坡輒打筋斗數個垢面蓬頭人呼風子有過訪者盡物托出不留少許因作山居四時偈云簾捲春風啼曉鴉閒情無過是吾家青山個個伸頭看看我菴中喫苦茶古人樹下居無屋我有山居勝得多雷雨盡時苦亦盡奇雲影裏笑呵呵秋光一度正將殘野菊無香木葉乾入骨半窗寒雨過愁人不在布衣單半天紅日

照青巒草薦封門睡正酣莫道老僧眞個懶起來炊火怕風寒一日上嶺見殘雪中二虎高眠石上覺師至從容起聚頭舞爪次第進林師作偈有日午枝頭雪未消熟眠老虎未伸腰之句又一日過嶺訪友見虎在竹林下打滾師語虎曰我亦無此快活立久之其虎豎兩足東西顧盼師乃徐行還菴有瓶窰聞谷師叅請龍池幻有和尚歸過雙髻訪師師方于日中捫蝨谷從後拊其背曰慈悲些師曰個個見血谷因舉似龍池機緣曰此笑巖眞子也宜往謁之師乃下山至荊溪龍池叅幻和尚師纔見便把住曰佛不見身知是佛且置如何是若實有知別無佛幻云有了你沒了我師即拓開禮拜幻曰汝不得老僧道師拂袖出留踰月受具足戒而歸幻特與更名圓信實爲天童圓悟磬山圓修二師同派非初出家時法名也因復往叅雲棲蓮和尚問如何得成佛作祖去蓮曰問道于盲師曰道豈盲耶蓮曰我盲師打○相曰總在這裏蓮曰盲師曰見婦不須重下淚還他原是個中人蓮曰不是個中人師曰却好蓮曰好好師禮拜次日呈偈蓮爲逐句着語不解西方不學禪着低聲低聲偶來塵世只隨緣着解也學也三間茅屋傍溪住着溪深路滑雨扇竹窗關月眠着春色滿園關不住碎盡衲衣那有結着曾似寸絲不掛養長頭髮欲成顛着成顛亦不惡自從會得吾師意着胡餅裏討汁白雪飄飄六月天着夏行冬令寒暑不正師拜別去蓮送之囑以頭陀行住山續祖慧命又囑以深藏後出師于爾時別有領會

到底拈香供養猶是雲棲香爐冷地爆碎時不可思議因緣也閱歲復往龍池叅幻和尚幻竪一指問會麼師道這個喚作甚麼幻微笑師拂衣出又閱歲復省龍池着草鞋直上方丈幻和尚曰你草鞋猶未脫也師曰何處見我草鞋來幻微笑師即呈偈云數載龍池三度登重重問話舌生氷草鞋分付虎狼去雙髻峰頭一個僧幻頷之及幻示寂留兜帽付師以示信後來師到龍池掃塔衆請普說有從上諸祖傳佛心印的的心髓樹高千丈葉落歸根之語此三上龍池消息會前雲門雲棲兩不思議大因緣正師所自謂有時作賔有時作主有時賔主齊彰有時賔主雙忘此是臨濟家大機大用人天莫測者也靈雲見桃花而悟香嚴擊竹而悟是桃是竹未有不葉落歸根者故曰但憑徑山作主諸人安得摸索也師住雙髻作拈古頌古一百三十則其自序云古人鼻孔大小常流未敢措辭摸索惟過量人方許發言吐氣批判古今不然入地獄如箭射予念無智庸人有何作用抱愚守癡久臥空山拈華落草打水驚魚一笑一歌日逐如此偶日不知何處降下一尊阿師撞入茅茨揑住幾則公案索頌子笑曰汝何癡也縱饒頌得祖師公案徹頭徹尾與汝分中有何交涉若要理會西來大意畢竟向巳躬下透出方可與古人相見汝等土心木膽說不肯信不頌汝必謂我佛法有所慳咄驀取第一座此天啟乙丑秋日語也其首一則世尊纔生師拈云世尊奇特忒煞奇特未免傍觀者哂頌云七步周行也不妨指天

指地便郎當大風吹倒梧桐樹自有傍人説短長其餘別有全錄梓行又作懷淨土詩自敘云甲子秋遊黄山直上危峰絶頂若昇忉利忽空中人語比丘久隱時當弘法衆生差異善調伏之予憶雲棲大師記續祖慧命之語敢辜負耶自恨滯貨不及脱手一切時聽其自然逍遥過日亦不禁風月閒情觸處舌根皆生雲氣葢天葢地時商山艸堂隨手走筆作懷淨土詩四十八首以報先師一憑諸方扯將糊壁其第一首云青蓮臺上老金仙接引衆生不論年必也慈悲凝眷屬娑婆摶作四禪天後癸未開堂東塔復續成一百八首師命畫自己像手捏數珠無非不忘雲棲因緣也各有全梓行世又雙髻四威儀云山中行上稜嶒縛腰爛草繩思量活菜喫石壁採朱藤山中住檀那地茆屋漏無底四壁冷蕭蕭半夜來風雨山中坐虛空破何處覓功夫觔斗打出門天外笑呵呵山中卧將就過着地鋪草窠衲被不遮寒猿啼五更苦又雪偈云諸山俱被我埋没縱使虛空亦受關夜半日輪當午照不曾留跡在人間雪齋云雪霽青松流濕烟梅花石壁雨脩然厨房不乞鄰家火熟煑春風劈爛椽師初住雙髻作念曰高峰六年我亦住六年及六年滿石板爲之自鳴合掌竈房火自然之又念雲棲深藏後出之囑留戀數年至乙卯師年六十歲檇李埽道人與會稽王子安苕溪閔裴卿武林卓笑生諸道侶謀展一坐具地于徑山之東坡池頭即曩時張無垢馮濟川兩居士與大慧杲禪師盤桓問道處所名不動軒者是也

師曳拄杖到山之日鄰僧過慶烏鴉亦隨之鳴立牆頭環繞幾遍其地實占雙徑之勝登最上層千山如指因名千指菴作千指偈云朝夕菴開殺活機門前春色野雲飛亂峰數出千僧指指點吾家白板扉後于山頂築語風居因號語風老人從此宗風披拂聲振江南參徒問道往來絡繹于雙溪道中者無虛日榜其居云孤雲卧此中萬山拜其下又云烹煉五湖伶俐衲子活埋四海惡毒獰龍又云雷霆禪而生焰石火機亦無嗔又徑山四威儀云山中行脚健草鞋輕踏破了白雲千萬層山中住閒送春秋去鳥不啼花落溪邊樹山中坐窗亮胡蕉布虎狠歸在我簷前過山中卧困到日頭午炊粥喫鄰菴去討火又逍遥吟云新茶嫩筍芳草垂楊徐步山谷鐵石心腸好鳥相喚其音丁當如何白雲飛滿眼牀山下有田菜麥青黄溪邊有屋烟樹蒼茫忽來明月池上生光誰爲侍者松杉兩傍横擴拄杖擊碎空王正恁麼時日出東方如大火聚今古文章普天之樂萬歲君皇常敬常仰竹爐生香山泉自流清聲勿狂金毛獅子哮吼高岡驚走無路妖怪狐狼一喝兩喝佛祖潛藏無人可伴臨濟家鄉爲衆生苦地獄天堂精神痛快煒煒煌煌長年受用百結衣裳續祖慧命伶俐兒郎吾師授受時刻不忘丙辰冬十一月憨山國師以弘法罹難戍曹溪恩赦還東遊上徑山茶毘達觀大師留山中禪堂度歲雪師固峭聳特立與世無偶憨國師雖門庭廣大亦鮮所許可獨與雪師盤桓契洽爲作千指菴六妙銘改名其前峰

爲麟角峰有羣走奔騰一麟自足惟麟所重在乎角獨之句自言喻雪之獨師亦頌和六銘其自序云家住在朝陽峰之左東坡池之上紫石崚崚若虎狠千峰萬峰如遊龍時丁巳歲春日憨山老師過我喜其風景脩然山光雅致嘆曰此地小小規模大大眼界因題六景爲六妙銘予復頌和之云云 憨國師又爲題雪嶠山主眞讃云坐斷雙髻峰揑出秤鎚汁打破金剛圈咬碎鐵栗棘幾番凍餓死復生剛博得些間氣息不是殺父冤讐爲甚着這死急落得一條性命却又東拋西擲走向雙徑峰頭不解掃蹤滅跡露出這形容也是眼中着屑縱饒雪上加霜須知炎天赫日試看端的横眉鱉鼻杜鵑聲裏雨如烟東風吹落花狼籍赤脚蓬頭下翠微相逢誰是眞

相識臨別又受師鐵如意而爲之銘後師寄憨國師書云師老矣信何時出山方得一晤雲水緇素頗多其中不知有一個半個爲問此事否末法澆漓難得其人信何日潑皮大膽將十方塵刹國土鎔作一笑拋擲座下欲師一一還我去住頭緒亦鎔作一笑擲之徑山語風居今朝幸是無事師亦不可將本頭上現成茶飯打發三家村裏齋公亦不許之乎者也以當生平云云 此埽道人追隨雙徑同王芥菴朱白民二公目擊師與曹溪肉祖憨本師一番大因緣不得不當場拈出者也巳未仲春海昌郭凝之延過放生池埽道人往會同過白鷗山金粟古刹隨喜故孫吳時康居國尊者道場也師到山巳及暮是日僧來迎者有喜色亟云午刻集蜂數斗環繞大

悲像三週如瓔珞盤旋收之入籠如故物見在以爲師開堂興復之兆遮留入方丈越日彭祝吳許諸檀越宰官居士畢集具啓留師住錫師亦棲遲彌月衆請說法終若夷然不屑者頃之即還千指菴蓋是時天童梵設方弘師遂攢眉而去正如高峰位下斷崖義公時嗇其用以推揖于中峯本公也有去金粟詩云適來金粟山何晚把袂傳燈碑上看樓閣棲遲蜂一斗池塘清澹月千竿楓殘半落人家掃春老全提僧梵安孤掌浪鳴居國調龍蛇出沒海狂瀾又題金粟景物十一絕和者累百人時李九疑先生諱日華者深會法門宗旨與師有特契是舉實爲倡和之首師既還山浹歲埽道人復過徑山同黃介子請師自說行脚備述雙髻以前苦參悟道行略至移錫雙徑日而止介子筆而傳之從此不出語風居者許久有春日雪霽山居詩云鈍置青林不施功草鞋如虎杖如龍寒流春澗消殘玉抱石松濤落晚風窗啓卧雲山鵲嚷池連化日火魚紅老來沒有逃禪興毛頡先生尚未空又秋日山居云石邊覓水到厨房寂喜山家物理長鋪舊竹牀伸脚穩刈新茅草枕頭香青桐葉落日初短白荳花開天又涼方外許多癡衲子就中那個不郎當又咏雪云鳥無音律古溪幽草樹生機挂玉旒一鉢澹香獅子肉滿爐寒焰石人頭從教埋沒閑田地漫說浮沈壓髑髏滄海不隨緣變滅白波千里自悠悠又亂髮吟云亂髮垂垂直到肩白雲如水雨如煙山中一片莓苔石滑到野狐幾萬千又拄杖云拄杖多年不遇人

閒閒壁立滿頭塵從教一擲成龍去千里煙
雲攪海春大抵在菴吟嘯多年絶不襲人牙
後慧一字而銜口所出無非西來大意亦無
非超格好詩一時老禪和老詞伯總不能出
其手拈弄長短千篇賦雪偏多奇特要以自
寫本色不假推敲讀其句子者竟不曉其半
生不識隻字空菴絶無本頭也一日下山往
雲棲掃塔哭之以詩云千丈月沉西嶺去徹
餘殘白紙窗浮影堂兩竹分枝淚草榻寒煙
布葉愁刻漏已回東土想傳燈虛焰茫村幽
家風未易遷題目衣鉢山中問道流就中衣
鉢兩字識者知非草草屬筆也至甲戌歲爲
崇禎七年師住徑山越二十年矣茗上唐祈
遠元竑起名弘祖閔裴卿度起名弘復及諸
居士弟子合山大衆集千指菴請師開堂出
世師曰出世作甚麽把手牽他行不得惟人
自肯乃方親按牛頭喫草決使不得因舉雲
門謁雪峰項上鐵枷何不脱却話謂出世是
大惡業事放我在地獄裏去你看那個是爲
生死的甚麽喚作生死謾神謔鬼有甚利益
直饒截我語風頭去寧作無頭人亦不隨汝
等脚跟轉大衆跪久始去越一日大衆復集
進云世尊三請方説法師曰世尊眼花及至
道個止止不須説早已漏逗不少有甚奇特
因全舉雪峰示衆一切法無差雲門胡餅趙
州茶之偈向衆云語風也有兩句一切法無
差鵓鴣對老鴉生臺爭飯喫打得亂如麻有
約不來過夜半閒敲棊子落燈花慚愧西湖
保叔塔六橋烟雨夕陽斜珍重師進室中衆
候良久裴卿曰大師雖未登座説法已竟乙

亥歲春日杭州司理黃海岸名端伯到徑山入千指菴即問云入泥入水時如何師曰滑殺人岸云久聞雪嶠及至到來不見一點師曰日頭大岸云雪鎔後如何師曰春水滿溪流岸云大師曾見甚麼人來師點胸曰雪老岸禮拜三月初三日海岸同余中丞集生名大成沈水部彥威名棨及吳江諸居士請開堂至韋馱殿曰韋天韋天還記得湖州弁山多寶寺苦告你因緣麼第一陞座師語至此事人人具足個個圓成海岸出衆問曰如何是個個圓成的事師曰好與三十棒會麼曰輪西墜夜月東昇卓拄杖下座第二陞座竪拂子曰見麼若也見戳瞎汝眼若也不見眼在何處衆問答竟師召大衆曰人人衣帶下有此大事各宜照管擊拂子下座第三陞座

語次良久曰一槌擊碎珊瑚月大地山河是阿誰僧問答竟有進問徑山堂上敲鐘擂鼓驚起座中獅子舞如何是獅子舞師擲花瓶曰花瓶倒地進云請大師再道師洒香灰曰蘇嚕蘇嚕僧禮拜師曳拄杖下座第四陞座師擊拂子曰八十七人在此經過非今日之徑山非一日之徑山也千年常住一朝僧今朝祖令當行十方坐斷且道還有祥瑞也無鐘樓生耳朶佛殿又懷胎海岸出問云如何是鐘樓生耳朶師拈生香示之曰會取這個進云如何是佛殿又懷胎師曰產下也岸禮拜師舉溈山泥壁次與踈山酬問有句無句如藤倚樹語至溈山放下泥盤呵呵大笑師便道溈山笑裏有刀召大衆曰要見溈山笑裏刀麼呵呵大笑下座第五陞座說法已竟

海岸拈香問曰這一枝香供養天下老和尚且道何處得來的師曰無根樹下莫思量千古叢林今日是珍重下座明年丙子春三月師往四明故里了趓母事地與天童逼近客老人因遣十侍者齎書往邀書未啓封致辭者傳有延請天童上堂之語師怫然怒擲書于地侍者進之究不肯發視越日即令從者腰包抵雲門留數日渡江還山天童侍者還報客老人笑曰此我師弟故態非一日事矣何怪丁丑春月餘杭衆居士請下山于長明寺上堂示衆有曰若論宗門一事甚爲希有悟此宗者直接西來穿過十方諸佛鼻孔歷代祖師髑髏無奈末法下衰依依倴倴彷彷佛佛自稱悟道少有一兩句文字寫得幾個字咬嚼不進的公案無縫罅的語句問他他便解説支吾過去此乃義學之流杜撰長老這些冬瓜瓠子那裏安身立命且道與古人相去多少毫釐有差天地懸隔云云隨復還山時道價隆重檀度響從歲在巳卯余中丞集生躬至徑山語風居啓請同應天錢京兆元冲名士貴方杜史孩未名震孺方太史坦菴名拱乾蔡太守明藩名屏周衆宰官及余未也二聞顧與治蔓游衆居士暨翠屏山靜明寺山主等延師以長至月二十五日到山上堂陞座曰半夜月明時正好相隨漁父過瀟湘業風吹入靜明寺未免拈香祝帝王拈香説法竟集生問云大師今日還有奇特事也無師曰有進云如何是奇特事師曰窣山高似主山進云謝師答話師曰放你三十棒集禮拜僧出問答竟師下座入方丈指門曰

方方圓圓恰好恰好在寺經年遍遊白下名山諸勝各有詩作翠屏山五景詩各三律自序云余自巳卯仲冬住金陵翠屏山寺山靈懷抱而風景雅致中有恠石長松池塘畎畝道人之樂豈如是而巳供眼遊山則不無此景也曰翠屏山曰烏龍峰曰玉花泉曰石鴈池曰狀元峰名山之下可無詩乎老人呵凍敲烟題之五景以曉山林之勝云相與盤桓殷至者爲何相國芝岳方太史坦菴而集生明藩尤契一日芝岳訪道畧及宗門話頭師正色下鉗錐語岳面熱不能堪孩未遽曰相公莫被黑風飄墮岳乃解頤師曰死馬醫作麼明年庚辰前正月初一日石布衲余集生請上堂師至法座前拈香曰今歲忻逢也大奇春風雨度上梅枝拈香祝聖無多句國祚遐昌萬壽期拈香竟即陞座石布衲出禮拜云今年春王兩正月元下起元恰值徑山大師七十初度行化京都弟子裕有新年頭佛法一句不免對大衆拈出今大師拈的是雲門香據俗眼觀來盡道是雲門一宗滅了也千年桃核忽抽枝自解開花還結子何不即今成褫一縣雲門兒孫得以接續將來師舉拂子提唱雲門來歷千言末後云五宗各自有師承不見古人只下得一語祥菴主便合掌云雲門兒孫猶在豈徒然哉衲云即今雲門宗那個是光前絕後的人師曰恰遇老僧拄杖不在衲云大師拄杖分付何人師曰有瞎漢在衲云不可教後人斷絕去也師曰何不領話衲便禮拜歸衆有一僧擬出伸問次師曰去去西天路迢迢十萬餘便下座埽道

人所見大師平昔拈提雲門宗旨特特向靜明會上和盤托出試取語錄全篇備詳顛末語句只謂雲門宗旨足蓋五宗師承未嘗以雲門宗三字作師承實法會抹煞龍池并抹煞雲棲使前言後句自作矛盾也就此不許石布衲成褫雲門兒孫一時早已葉落歸根矣大師一生只怕魔昧後昆專提正法眼藏豈有他意哉亦豈肯以佛法當人情哉閏正月初一日濟生菴監院我空同大衆祝壽請上堂陞座曰諦觀辛未年前事徹夜思量淚不乾雖然父母未是親誰是最親者祖佛非我道誰是冣道者豎拂子召大衆曰還見老人手中拂子麼還聞拂子說法麼既不見不聞汝等尋常所用六根俱成虛妄以何爲主不見華嚴經云剎說塵說熾然說無間歇且道何人得聞拂子得聞何人得見拂子得見是何章句諦聽諦聽高聲曰紮得髻根牢便休一朝何用兩梳頭大底還他肌骨好不搽脂粉也風流卓拄杖下座二月初十日大師壽誕余集生黃海岸薛更生余子揚吳備三衆居士請上堂師就座海岸拈香問答竟師曰若論第一義諸代祖師到不得十方諸佛會不得不見古人云只許老胡知不許老胡會今日老僧還到得也無自代云太遠在七十年從何處來浙江山水亦悠哉喜逢海岸今朝至眼上眉毛不用猜諸仁者既是恁麼現成爲甚麼搆他不得只爲你因循五欲沉溺生死不得自在你若猛着精彩坐斷十方那裏見有世數短長千歲百歲來石布衲出問今日靜明來日開先畢竟爲甚麼事師曰

來爲靜明來去爲開先去問答竟乃擊拂子云今日開鋪全無主顧收拾下堂閉門打坐便下座作詩留别石布衲云不將征事付蠡湖先著鴻書上病夫匡嶺籃輿添别緒白門烟棹豈言辜江聲遥接金輪影雲氣初開五老圖他日春風扣籬落玉花依舊到山厨是歲三月應請入匡廬大師于江行途中紀事云巳夘冬十月初三日下徑山至十七日到白門寓馴象門外蟄菴余集生居士靜室十二月二十五日改寓靜明寺進山二十里許庚辰二月十一日出山住有一百五日十二日在蟄菴與海岸同齋十三日到上清河船上看海岸話别予十六日上船十八日解纜江水參差帆澀不能行躭閣蝴蝶山有詩三十日到小姑山泊船其山如指秀拔可仰石面貼波有浮遊之意石罅中有佛閣僧寮森森樹木出入以舟爲路凡船隻過往者乞錢米爲供日之費猶如江水發一漚泡噫不識此中人在漚泡中如何過日有詩三月初一日送東北風帆如劈箭至半途有大姑山一名鞵山有詩其日舟行二百里許到南康彭蠡門初二日進匡山開先寺大雨此師從出徑山入匡山越歲自記語也初四日挂鐘板合山大衆及衆居士請上堂陞座喝一喝云雲門宗旨絶商量函葢乾坤不覆藏觸着頂門便顛蹶棒頭指出好兒郎吳潯上黄海岸居士等書來徑山請三度五度無奈他何捉猪上欃不得巳應個時節諸人應自思惟六根門頭縱横妙用不可躭着五欲遷延歲月增長無明眼光落地打發不去今日老人到

此急急料理衣帶下事他日黑面老爺捉將去佛也救你不得卓拄杖下座三月十九日住開先十笏山齋方丈拈管適意云白雲既去頂露青山竹底凉風安能及無草茅之頂相有時扶杖出門招隱橋跏趺而歌綠樹桐花進茶盃而到口忽來黃鳥枝頭三三兩兩樹下噴雪狂流逐疎烟而不定爛頭亭子斷臂觀音此山門標榜古宿之龜鑑也長松傍立若迎若待于海上橫行衲子平石坦然可賔可主惟月下高眠自得倦人天氣炎蒸火傘人間獨我山林風疎雨竹巖阿有硯一方有紙千堆可供老年消遣白日痛責枕頭昨夜夢裏又歸雙徑東坡池上語風居侍者寮與子孫輩哆哆啝啝看御愛峰指點峰頭憨山老師云小小規模大大眼界越日往五乳峰掃憨國師塔後作廬山面目云山中叢林若干五乳院憨老師復建居僧五十餘有靜室一千五百各得其地深藏幽寂松竹所圍泉石受用無不樂懷修其道本然而艱苦異常不可勝言也時嘉興黃閣齋各承昊者爲九江道以問道通書往來適有伐佛手崖松木燒炭事師特作書述　太祖御碑禁語又言山中僧人願贖竹木以蔭匡山閣爲給示禁止山賴以安五月初一日吉安郭首龍居士請上堂師陞座曰一字相聞忉利天廬山荒寺在開先喜逢他日成金殿萬指同叅來復禪槖柏大士云自他不隔毫端始終不離當念因舉白雲祥禪師椅子[革*巽]袋公案曰這僧既會椅子又不識[革*巽]袋宗師家手出不得卓拄杖下座六月初四日新建齋堂監院請

上堂師陞座喝一喝曰亘古開先風景異比山何似紫袈裟無言童子分明說那個男兒先到家復喝曰諸人還見麼爲開先重興祖席今朝隨喜慶賀擔個甚麼東西來乾屎橛倒一說二事奉與諸人咬嚼百千雲水滄香飯盡是解粘去縛人珍重下座六月十四日覺休李居士請上堂師陞座拈香白椎竟乃曰今日順天李居士發菩提心已久到處叅訪經歷程途不得因緣躭閣至今遇老人懇求出家號覺休覺者覺一切煩惱生死根本了達自性圓明通天徹地無彼此相無優劣想故金剛經云是法平等無有高下蠢動含靈皆入平等菩提道場不變初心永爲法門道種下座七月初九日黃吏部海岸端伯起名弘調同李揮使覺休二居士祝髮請上堂

師陞座卓拄杖喝一喝曰萬樹秋風入院賒緑袍換得紫袈裟若干頭腦一刀盡性海澄清不浪花拈香白椎竟踞坐曰老人今日爲新城黃海岸發心出家非一日兩日夙植德本般若正因入我法門鬢髮自落作大比丘這事舉示人不得如人飲水冷煖自知絕後再甦欺君不得因舉丹霞捧水跪前石頭即與剃落丹霞到馬祖處入禪堂騎聖僧項因緣海岸出問云騎却獅子項時如何師曰看尾巴進云如何是出家事師喝一喝進云如何是到家事師曰非汝境界進云大師曾到此境界麼師以拂子打一圓相岸禮拜云明眼人難瞞師曰珍重下座八月初一日薦覺休上堂師陞座海岸出問生從何來死從何去師曰向這裏會取進云死中得活時如何

師曰初三十一岸禮拜師乃云嗟乎痛哉覺休纔見披剃今日又見薦亡生死路長人欲苦回頭便是涅槃山覺休此去歸何處竹色秋聲月掩關大衆無常迅速刹那異世豈得不怕隨業動流無可據秋風依舊掩門時下座一日師遊金輪峰回大衆請上堂師喝曰遊罷金輪峰歸來招隱坐大凡一切事體須得親到方知端的向南向北若不親到一回接耳聽來未免殽訛兼之疑情不解金輪峰昔來耶舍尊者自西域持佛舍利造塔其頂常放寶光老人昨日去彼禮塔今日方回不曾動着一步諸仁者還見老人去來麼若見老人出入即是諸人鬼窟裏活計何曾得見老人良久曰樹頭黄葉盡應見遠山青珍重下座十一月初一日結制上堂師陞座喝一喝曰四十年來恁麼行斬開碧落血腥腥其中果有希奇事獅子遊行不問程今日結制此乃古來舊規不許交頭接耳不許亂走一步又不許作黙照邪禪亦不得在鬼窟裏作活計只有本叅一個話頭切要明白離心意識叅絶聖凡路學僧問還丹一粒點鐵成金至理一言轉凡成聖金鐵即不問如何是丹師曰大展坐具看進云至理如何師曰好似念經一般卓拄杖下座示衆結制偈云莫道進堂好進堂生死拗半夜不得眠昏散和衣倒雙眼撐不開板響生煩惱若是其中人晝叅夜無飽板聲入耳門祖佛俱了了十五日上堂師陞座維那白椎竟師呵呵大笑如雷曰這一笑笑破諸佛鼻孔虚空百雜碎老僧今日頭痛不得爲你説且舉古人現成公案

不着佛求不着法求不着僧求作麽生會鵓鳩樹頭鳴意在麻畬裏好與三十拄杖喝一喝舉雲門一念不起須彌山公案問還有會的麽出來若不會老僧爲你頌破一念不起須彌山青天白日鬼門關黄鶴樓前鸚鵡岸白蘋紅蓼血斑斑久立珍重便下座十八日吉安蕭次公居士請上堂師陞座拈香白椎竟良久曰我堂中大衆懵懵董董過日子有甚好也須着些筋骨看是個甚麽道理不要蹉過這樣道心檀越天色温煖寒有火向饑有飯喫莫看作容易當生慚愧始得久立珍重下座臘月八日說戒大衆請上堂師陞座說戒義戒性竟曰菩薩子五戒沙彌戒比丘戒菩薩戒諸佛成道都打這裏過離不得五戒根本根本若虚求菩薩戒皆爲枉然自今受戒之後婬殺盗妄永不再犯成就戒香定香慧香解脱香知見香十方諸佛所遺到今日各各自巳守護大衆禮拜師下座歸方丈楚中透菴鄧居士棄家至開先結制臘月十六日請上堂師至座前曰先以定動後以智拔喝一喝陞座維那白椎竟唯一出問云如何是第一義師曰且緩緩一云請更道師便喝一轉身對透云今日上堂特特爲居士聞居士有些見識古人云此是選佛場心空及第歸選佛場且置如何是心空及第速道速道透以袖左拂一云未在透以袖右拂復座前禮拜大師師笑曰多得的一遂出去師乃曰這位漢陽鄧透菴居士看華嚴經至毘目仙人執善財手善財得無數三昧向這裏打失特來開先見老人所謂欲窮千里目更上

一層樓喝一喝曰這個事原非兒戲如今世間多是絡絡索索有許多葛藤瞞騙龍天似有所得問他得個甚麽開先這裏則不然比山當面來白拂隨手轉下座十七日西林一如禪人請上堂師陞座喝一喝曰今日恁麽明日不恁麽來來去去上上下下有甚麽要緊有耳不聞圓頓教有眼不見舍那身可憐生其中有大根器者決不向這裏躭閣過時喝一喝卓拄杖下座

雪嶠禪師語錄卷第九

音釋

惕 去例切音憩息也 枵 虛嬌切音囂虛也 鼗 徒刀切音陶如鼓而小持其柄搖之兩耳還自擊 罅 虛訝切音嚇缶燒善裂也 紮 側八切音札纏束也 畬 詩車切音奢火種也

雪嶠禪師語錄卷第十

參學門人弘珠等編

道行碑下附

辛巳元旦大衆請上堂師至座前云昨夜鐵牛生獅子今朝滿地是光輝喝一喝陞座云莫謂古人無奇特今人奇特勝前人因舉天目斷崖大地山河一片雪之偈逐句下註脚竟喝一喝曰到這裏容註脚不得爲甚如此這點雪從那裏來今爲新正初一人人脚跟下大須仔細如紅爐上點雪相似好則好矣羨則羨何方不可是歸期只爲路窮山更杳可憐墮落作奴兒珍重下座正月初六日解制請上堂師至座前云開合有時人情大體喝一喝陞座曰結制何如解制奇春風南北各棲遲村中乞食無些子一片饑腸一首詩六十五日前從何處來六十五日後從何處去是大神咒是大明呪正當六十五日內在此中作麼若有相應者出來舉似老人爲汝證明如無甕絆娑訶今日打開布袋一任諸人東抛西擲橫行海内假如撞著黒面老爺切莫道開先解制來大師孤情絕照不可一世即出世大緣實悶然而起不得已而後應在開先時有楚中李太宰夢白名長庚者通書敘京師見幻有和尚機緣堅請住九峰祖庭師不許復以書云近今末法衰替要個眞条實悟的人萬中無一此事大不容易達磨云行解相應是名曰祖而今人不論意識卜度生死結根縱得十分相似皮毛而已便向人前亂做宗門掃地或竪指或喝或云和尚何不領話或打○相或拂袖便行或女人拜

此等皆是滅胡種之魔子也可悲可痛朽到開先原非本意毒狠黄元公三回五次還他一點道心結制一期混俗塵世太宰果欲上山早幾日作盤桓了生死債可也蕭太史伯玉名士瑋同李梅公問道師書有云居士江西道人也佛法中大檀越樹蔭覆蕊蕩我來開先上堂小叅出不得已遣日子豈有出世念而到匡山做人不幸黄元公一片苦心爲法門耳金太史正希名聲入山訊求法語師開示云直饒文殊普賢快口利辯與麽不與麽與那事毫没交涉畢竟要辦氷冷心肝和前所知所覺道理無道理乃至世諦習氣一齊掃却掃不去拚命掃忽然掃破釋迦頂相諸佛祖師鼻孔一時穿却快哉伯林吳居士進堂結制一月便覺心地清楚信有此事雖與道遠肯如此朝夕做去自然有倒斷日子古人云但辦肯心必不相賺大師到開先專爲黄元公出世一番奇特因緣相與高流名衲往還雖衆其眉毛厮結如從上諸公以佛法相見者亦不數數惟與圓通方丈浪杖人書云十七日煩公過開先設齋大衆甚渴感謝之至老人即欲到圓通一談奈近日幻軀覺有不快諒遲遲秋涼過一晤以誅曲直匡山一家無分彼此矣笑笑初示海岸祝髮云瓶錫家風話有年今朝自喜以相便海門擎出千輪月廊廟誰談少一員竿木不妨逢敵者林泉聊許放魚筌宰官二字雖然隱長老之名天下傳既祝髮令爲知賓鉗鎚逼拶靡不至海岸竟先出山作閩行師有示海岸調侍者出山二首云方袍纔放剪解帶又思鄉

衆事忘清節苦心聞戒香青山夙有約冷月愈生光應念時衰落家風同雪霜出山九月時寒架薄如詩孤影隨江遠雙眉何日期了心無可寄鼓念有多岐一夜初聞雁梅花已較遲又作辭院歌四百餘言中有此來扮出不成套恨殺新城黄元公將就安身一年已償債開先作短工之句以辛巳正月十五日出山大衆苦留許以九月復來適有達道和公久侍大師因令守開先方丈而示以偈云大雪漫漫出院期秋風九月復來時不須頻望山頭雁我自思歸結制時二月初一日過江州地方見任別駕陳司理嚴德化令劉彭澤令謝德安令徐衆居士等爲太守君平張公祈嗣請師于能仁寺上堂師至座前執疏云今日公案不必問如何若何遂過疏云以此爲驗維那宣畢師一喝陞座維那白椎師隨聲一喝曰全體恁麽去全體恁麽來阿剌剌阿剌剌一語相投善法堂百千天子旋禎祥山河永固田蠶熟處處笙歌樂帝鄉因說祈嗣因緣竟大中書記出問大師今日舉揚世諦佛法如何得一槌兩當去師曰你道釋迦牟尼佛在甚麽處進云恁麽則石筍抽條千萬枝也師曰不爲分外進云只如子歸就父又作麽生師曰特地一場歡中禮拜云團圞共說無生話師一喝中歸位有居士出問只如張公祖多男之囑當生幾子師曰兩個進云父母未生前通個消息師曰會取進云生下又如何師曰惡水驀頭澆士禮拜師曰珍重下座江行道中師筆記云開先寺南唐李中主開山屈指十六位尊者上堂說法遲

道者等崇禎庚辰三月徑山入此保社卓錫一載有語錄梅花百詠落花三十韻山居詩若干弟子范起叔輩刻流通其山居之一云未到匡廬先有詩山林誰敢話多奇春三葉嫩黄花笑秋九楓殘白雨悲淋出巖頭如雪卷狂依樹底若雷推塔峰遥接故人至七十獅翁作住持大師應請所至筆舌狼藉收拾乏人是以詮次爲難獨開先一會歲時顛末迄今未散則有獅聲珠偃風璞等著意記錄之功也師擬還徑山道經白下余公集生及范大司馬質公名景文者復以祇陀林相邀提唱休夏者久之時有高氏兄弟起名弘曦弘嚖及湯元衡居士起名教新者爲皈信檀施之翹楚師是以低徊白下至秋九月始還徑山過檇李晤埽道人一見即曰此番土山須築語風生塔院好爲我作募疏埽留師住城東藥山龍樹壇中師出自作一疏見示疏意擬于高峰獅子巖用缸合而外灰石透地三尺作室覆之偈曰諸方大人各出隻手助我山中肉身之塔七十一歲古希出格先辦後易他年快活雖有子孫不若親置堂堂三界巍巍五峰塔在其上額曰語風後書辛巳四月十九日某疏計著筆時尚寓祇陀林也又擬製一龕作封龕偈云須彌頂上鐵爲龕内有空王月一函不解秋光淨如練佛來相見也垂簾埽如命作疏書之卷頭募得百鑑遂從瓶窰擇二大缸舁之語風居因料理塔院事至壬午秋月下山抵雲門以别因却請仍還千指度歲除夕有詩二首摇摇松杪逗春風送臘爐香一歲終空響鷲毛翻白羽寒

封雞舌闍林中將爲暮色分先後誰道年光別有公老我一身渾是膽何須剪髮學兒童殘更春雨話寒暄臘盡明朝拜聖恩風雪替零歸客暮松杉錯落斷人言誰聞爆竹鳴山谷我亦題詩曉寺門知得循環顛倒者眼前拈法付兒孫癸未春正月天童法屬費木諸公走侍者上山啟致封塔之請師遂卓拄杖往四明二月十一日上天童和尚供進云昔日南嶽讓禪師曰道一去一向不見持個信來著一僧去見他上堂出云作麽其僧如法出衆云作麽馬祖曰自從胡亂後三十年不曾少鹽醬今日天童這裏作麽生君子千里同風某辦一箸菜飯供養師兄雖然無鹽醬且喜滋味肯馨香禮拜而退舉天童和尚龕喝一喝云癸未二月十有三日南山卜得一

穴冣吉祥地修拾精藍人天大衆請師兄到彼安樂受用自在逍遥惟願天童香火綿綿德風遠播相繼祖燈如帝珠聯絡不絶法界衆生俱爲瞻仰法駕蚤臨不必躊躕復曰起封天童和尚塔進云稽首大哉俊哉我師兄密雲和尚末法時拈出威音那邊鼻孔担根拄杖把住天下人舌根打人打得血淋淋地海沸山騰乾坤黑暗猶是不肯住手復起臨濟之宗非吾兄而誰今日退身三步藏身處没踪跡没踪跡處且藏身更説一偈坐空千界月諸佛汝同猜鑿破青山面將身就活埋復云封十五日天童景德寺諸檀越同大衆請上堂師陞座呵呵大笑喝一喝云笑個甚麽笑那無舌人善能解語復喝云不必打葛藤拈香畢遂斂衣就座曰若論此事盡大地

拈來在老人一毛孔中著不滿諸佛心印不從人得既不從人得難道從墻壁瓦礫得既不從墻壁瓦礫得難道從地水火風四大五蘊喜怒哀樂而得豁開自己正眼炤天炤地始知不從人得如啞子喫苦瓜向人道不得遂鼓兩臂作獅子奮迅勢云獅子遊行不求伴侶喝一喝下座二十日鄞邑陸敬身居士等同大衆請師光溪天王寺上堂師陞座喝一喝曰斬開碧落百花新扶起山門兩位人古殿雖殘雲不老燈傳白月夜精神四明鄞邑乃老朽故土爲送天童和尚入塔得得過錢塘江城中縉紳居士留住數日此乃鄉情眷眷陸長者發菩提心就此天王古刹請老人陞座舉揚大事因緣知人人脚跟下有此一段光明諸仁者莫錯用心是誰著衣喫飯送客迎賓不必東語西話生從何來死從何往喝一喝下座挽天童和尚詩云同出龍池入路長吳興分袂過錢塘多年挂錫玲瓏石今已藏身寂寞鄉雲面揭開紅日眼山眉愁斷白花香離離一片苦心事且道何人在影堂題天童和尚像十則之一云多年不學老胡禪且喜今朝日勝年天大事來同涕唾艸鞋不值半文錢師兄坐得好我亦徑山眠別天童還雙徑作云塔豐事訖且抽身曉嶂重重接遠鄰飄影葉乾風拭露點衣寒翠日初新泉鳴沙澗遊山客天指肩輿過嶺人獨抱苦心帶歸去雙眉欲解在三春立夏前一日進雲門道中云舟行兩岸春山老不見漁郎捉草魚嫩綠樹邊橋接鷺初黃麥上燕窺畬將爲暮色登新殿自許今朝與物疎聊把舊

情須短臘高談宇宙一兟鑪因至外雲門顯聖寺時三宜盂公爲本寺堂頭洞上湛和尚法嗣也迎入方丈宜公拜延上堂力爲法門大事因緣特特躬親白槌請師辦香拈出師因登座拈香有昔年三登禹門皆有機緣此乃嫡親嫡故無敢違者今日人天衆前撥轉船頭順風把柁之語自此天童徑山葛藤截斷矣自此天童去龍池來矣自此還山不半月曳拄杖走荊溪掃幻有和尚塔拈幻有和尚香把陳年茗蔕柄結宿世冤家寨矣是役也岌岌乎殆哉天童諸公借此以勘語風語風亦借此以自勘苟非大出手眼擺壞鎖韁遊行自在幾何不墮阬落塹哉個中消息因緣語風向埽道人數數道破今日不言誰當言者老人烱烱孤明肯靦面作証語哉埽道

人還復自笑一生何幸得逢此兩大老冷眼旁覷一打殺天下人一罵殺天下人畢竟打有棒棒有眼眼有筋罵有喝喝有舌舌有骨天童徑山同出母胎的的是威音王以前難兄難弟歷恒沙刼效顰不得者也師以崇禎十六年癸未夏四月之二十有六日至龍池掃塔年七十有三歲矣時萬如微公爲龍池堂頭天童法嗣也率大衆出山迎入師掃塔跪祝云今日有此宗風乃梁朝達磨大師過我東震旦國相傳至六祖以下列爲五宗各立門庭以應達磨大師一花開五葉結果自然成之讖而今法眼尚在高麗溈仰杳無音信曹洞雲門依稀有人唯有臨濟一宗沿流不止至我笑巖師翁師翁付先師幻有和尚今日塔前唯有徑山一人是師嫡子特具薄

供分付主山神主地神主林神主空神等護持我先師全身法塔如今大明國內愚癡者甚多見性者甚少惟願先師常寂光中加被衆生遠紹教外别傳之旨不負達磨大師笑巖師翁以此敬爲人天供養越二日荆溪吳九敘居士等同禹門大衆請師上堂師至座前喝一喝便陞座曰抱暑進山所爲何事多年不到龍池今日特來掃塔薰風自南來殿角生微涼倦來困一覺何必好眠牀拈香覓就坐曰佛法正是衰替時節各宜努力以求出世人人埋没多生今朝若不透徹何時解脱因舉南嶽叅六祖説似一物即不中機緣云云這個一物即不中便是六祖大師本來無一物合轍之語所以祖祖相傳佛佛授受與達磨大師正法眼藏合文合節若有一言半字差異即同魔外何爲臨濟正宗也卓拄杖下座龍池掃塔詩云銅棺山下養龍池步入涼風覓我師當戸娑羅空腹樹迎堦芳草昔人眉追思滴血曾留偈會寫傳燈嗣法詩今日塔前成九頓流源千載繼孫兒寓南嶽寺度夏詩云相憐過骨初爲客舉動不如山裏時南嶽風高山近月芙蓉秋老夜看枝食牛膽氣腥猶在跨虎雄心早斷思憶子未疑奇特事獨餘數尺洗腸池瀨出荆溪時三一道人吳永功九敘氏以語錄全帙呈大師師曰恐無眼禿兵作是非會姑逸之俟我涅槃後刻可也時埽道人與黄給事聞齋曹侍御石倉朱太守葵石謀延師開法禾城東塔屬侍遠羽培走荆溪致公啟以請師荅書云自小持齋今已老見人無力下禪牀此乃趙州

老漢尊貴宗門之語從上來無一人知伊脚跟著落處朽搡道行脚尚不見踏破一緉草鞋忽爾一日知非直向孤峰絶頂巉巖水邊盤結草菴獨行獨坐冷煖自知折脚鐺邊得些子消息只可自受用前月徑山出嶺到荆溪掃幻有先師法塔不意相逢宜邑幾多在道居士苦留南嶽度夏盤桓有日今復思歸高眠竹枕嘉興者借路經過何敢望東塔廁清涼老師足蹟也切思人命懸絲剎那異世況朽無味于宗門何宗門之有我衆位居士欲老朽挂榜出賣死猫頭決不敢領命只隨喜數日以通方情時埽道人附絶句邀之師次韻荅云老身扶杖肩頭痛有水不能擔出山一任諸人齊叫渴活埋烟雨草亭灣埽道人再以絶句附監院邀之師乃許赴再次韻荅云秋風桂子點亭臺香雨淋漓不屬裁昨夜月中親手折十分光彩自東來以八月初八日到東塔入方丈十五日曹石倉朱葵石汪爾陶諸宰官王季延嚴轆轢李珂雪丁元公孫培菴吳水原朱子藻子蓀子容孫起伯諸居士埽道人同弟閭仲侄戈文及合山大衆等請上堂師陞座云東塔寺前問水神相逢盡作帝鄉人故園田地如何會一喝分明介主賓拈香白椎竟師就座舉仰山問洪恩如何得見佛性義洪恩與說獼猴睡著猩猩相見公案云若無仰山後語幾乎獼猴個個無尾巴諸人要見佛性義歷漁船上有壒埄堆頭有下座中秋日埽道人延師于東塔之右藥山佛仔草堂中坐月師即席爲詩云望月林間坐石牀寒侵衣帶未經霜吟心何待

梧桐老烟水欲期楊柳黃玉魄空飛流夕影浮圖遠揷到山堂此來爲採峰頭藥誰弄中秋曲水觴至明日復依原韻續成四首緇白步韻者丁元公等累百有彙帙梓行者題曰藥山月籟是月廿九日帰道人生日親友衆居士爲設齋請師上堂陞座云佛身充滿於法界普現一切羣生前隨缘赴感靡不周而恒處此菩提座今日老人于此下個註脚佛身充滿於法界到不得者裏普現一切羣生前太勞勞生隨缘赴感靡不周還見麽而恒處此菩提座掀翻他窠臼有明眼者出來簡點看僧出問如何是向上一乘師曰塔尖峰頂如何是向下事師曰幡竿動也意旨如何師曰地藏菩薩又僧出問擊碎東塔踏翻太湖且道此人具甚麽手眼師舉如意示之進云拋却德山棒放下臨濟喝還有爲人處也無師曰到得這裏麽下座九月初八日雲間徐序東居士薦母同大衆請上堂師陞座曰古人道父母非我親誰是最親者諸佛非我道誰是最道者父母既非我親畢竟誰是至親有伶俐衲僧出來道看一僧纔出師便喝珍重下座十月初一日結制請上堂師陞座拈香竟師曰結制無有他爲切念生死大事到此禪堂不得東語西話不得亂想胡思一心正念提起話頭看個父母未生前那個是我本來面目若不苦心叅究受他施主供養滴水難消切須仔細下座臘八日暮曹石倉設齋同帰道人及衆居士合山大衆請師方丈小叅說行脚師陞座大喝一聲曰苦哉苦哉遂涕泗交下襟袖爲之濕透旦乂備言在

家出家種種艱難辛苦參方得道因緣堂中聞者動色多有泣下者秉燭更餘下座始散大抵與徑山語風居所説二會無異語在徑山録中甲申元旦埽道人同石倉蔡石珂雪爾陶季延轅轢子蓀子容範臣水原高寓公魯孔孫程范卿諸宰官居士率子吉彭曁合山大衆請上堂師陞座曰且道新年頭佛法如何舉揚村村蠶麥熟處處稻花香拈香竟忽聞爆竹聲隨云爆竹一聲天地老塔前無處不光輝即此是法即此是道大衆久立珍重下座正月初八日解制陸登之設齋同諸宰官居士請上堂師陞座曰結制解制爲個甚麽衹爲當人脚跟下一段大事不明如大火聚不得清涼所以道十方同聚會個個學無爲此是選佛場心空及第歸一期過了堂中不見一個半個雖然且喜太平艮久云一二三四五六七萬仞峰頭獨足立問伊你更是阿誰我是人間白拈賊遂喝一喝曰十字街頭撞著馬相公與你索飯錢你作麽生衹對衆無語師曰老人與你代一轉語春風日日到園林夜夜面南看北斗時黄海岸從家中來已入仕籍檥舟東塔方丈溪邊冠巾問道者三日夜而行師亦隨曳拄杖返徑山矣瀕行朱公蔡石走送索題夢石譜師爲題云玄黄宇宙不可摸眼耳鼻舌要能知吾有居士最靈異翛然不滯雲水機夜深獨卧鴛湖閣神人出没不可思千古萬古性一眞劍銼雖利難劃水化石且教遺在夢天明小樓紅日起盍師往還朝夕指示語也東塔一期馥生監院檀度坌集江南法會之盛近所未有

餘施作徑山合山齋而還二月末師至千指叅徒日衆菴無容足處有内監出家名大徹者慕師道望到山皈依乆之見大殿方丈主僧不足爲徑山重而潞藩以國亂適馭武林崇信佛法監徹因奏請依大慧禪師被旨住持例不由地方檀越敦請驟破規格大駭觀聞八月届期藩使者特以扁額齋供隆禮來迎入院而羣不逞者竟入鬭爭堅固刧中師爾時方嘯傲巖頭無意登座亦絶不曉聚訟來緣一瓢下山復來檇李驀然與埽道人相見呵呵大笑埽道人問侍者乃知其槩亦笑曰佛法付與國王大臣今别成一番奇特曲調徑山開堂説法竟矣然雖如是令旨不行國事從此可知矣仍留師住藥山龍樹壇中往來托宿吳水原居士齋頭者乆之雲間徐孝廉序東游承起名弘畫者前數來東塔與師機緣不淺此日專啟來迎埽道人時膺再召不得已赴金陵相與一笑别去師至雲間與單進士猶菴恂起名弘尚者同衆居士延入超果寺時乙酉三月十有七日也監院知一靜主紹源并合山大衆曁合郡檀護請祝

聖上堂師拈香白椎竟師曰暮春三月好風光盡見遊心白面郎國界無虞今日定夜深皓月照長廊竪拂子云即此用離此用復震威一喝云此是馬祖陳爛公案不勞拈出今日打些新鮮葛藤與大衆結緣會麽若論佛法三世諸佛無下口處歷代祖師結舌有分何以故法如是故祖佛出世蓋爲一切衆生沉淪苦海墮落五欲所以開方便門接引愚癡咄言多去道轉遠還有問話者麽僧出問

如何是大師方便門師以拂子畫一畫曰會麽太平日月光天德一統山河壯帝居師卓拄杖下座金澤頤浩寺監院一輪同宋存植徐洊承李莊徐復曾陸慶雍衆居士及弟子教忻教守教果等三日三請上堂第一日上堂師臨座云七十五年何處來燈籠生脚上天台癡人知道我來處三月菜花歷路開老人于甲申八月被業風吹入雲間今日家請登此法座説些閒談説話拈香竟乃舉圓悟參五祖小豔詩公案復舉臨濟離家舍不離家舍公案下註脚著語竟末舉華嚴偈云毘盧遮那佛願力周沙界一切國土中恒轉無上輪今日盧舍那佛在徑山拂子頭上轉大法輪大衆還聞麽還見麽良久云既不見不聞何人得聞墻壁瓦礫得聞墻壁瓦礫説法何人得聞徑山拂子得聞聞的事作麽生師曰如是我聞大衆久立珍重下座第二日上堂陞座曰乘言者喪滯句者迷古人已道破了也何故要你向自性三昧海中狂波闊浪裏轉身吐氣始有説話分更須向深雲窮谷養得純純熟熟方可出來人天衆前舉揚個事光耀祖庭瞻之仰之庶不辜負達磨大師西來一番辛苦若也不然只是個蝦蟆田雞亂跳亂叫成得個甚麽邊事乃呵呵大笑復曰笑個甚麽笑那吳山端獅子見弄獅子得悟後有老僧譏他故説偈云鄉裏獅子鄉裏弄眼睛鼻頭一齊動假饒弄到帝王前也是一場乾打哄有時上堂云佛法無可得説不如打個觔斗便下座徑山今日在頤浩上堂也没有獅子弄也不打觔斗説些平實話接

物利生且道如何是接物利生句嚌叅須實叅悟須實悟有僧出禮拜擬問師便打云待你開口成得個甚麽卓拄杖下座第三日上堂陞座曰今日登此寳座爲那本鎮居士設齋供養老人說些佛法普利衆生諸仁者莫瞌睡惺惺著眼前山林池沼無非是你故宅只爲離鄉太久所以不得受用良久云樂云樂云鐘鼓云乎哉禮云禮云玉帛云乎哉即此見聞非見聞無餘聲色可呈君個中若了原無事體用何妨分不分卓拄杖云離中虛坎中滿下座明日濟承居士等請茶話師曰真個難得的也是希有事頣浩寺裏三日三上堂是爲希有是爲難得諸方聞之也不知是佛法也不知是世法因論叅禪學佛非是等閒痛切五百餘言末舉黃糵云不道無禪只是無師應在今日矣良久云適纔老人這些說話若論世法則不無若論佛法遠之遠矣師去雲間過抱香菴有請開示者師與偈云啼破春風血未乾月明枝上漏聲殘誰家猶自貪歌舞舞散歌停魂夢難叅埽叅此偈恰寓亂離鼎革之象佛緣實世緣也四月上徑山歷五六月間山中北虎南狼禪寮蹂躪無寧晷師遂遁跡于山後火龍頂荒菴中者匝月一日數兵丁逐一僧至菴縛之將加刃師力勸之并師兢縛忽一頭目至叱曰此地不可縛人親解師縛并釋縛僧以刀斫菴門者三而去師仍豪眺風巖作開示侍者語云百日內外變狀萬千如夢如幻縱得心地道理明白者未免有些子介帶吾謂娑婆世界是個銀汞法聚得成團忽從罅縫處流將去

若欲不流無縫始得銀汞乃流動性難可把捉銀汞虛明能藥能毒令人先不知何者是汞何者是鏄嗟嗟銀汞流去不遠既不知所從來因地去何曾得知著落處所杳杳冥冥晝夜愁腸心生懊惱何時還我昔日之歡娛去我今日之心垢且人從有漏中來原從有漏中去理固然也佛云和合妄生和合妄死如春在花紅白暫時耳天也風霜雷電忽有忽無人命無常忽生忽死豈有根而不壞者虛空神告其人曰汝之命根在我命根裏其人快活歡喜不已我之命根與虛空同壽虛空神咄曰癡人我性本空何法與汝同壽癡人復告空神曰既不與我同壽我之命根還在那裏空神曰汝若欲知命根著落當自究竟未出母胎前一著此乃諸佛護念衆生之命根也汝當學多生習氣昏墜罪業深固力欲拔之無處下手奈何下手處甚有但不肯信何以故福深德遠業性漸輕般若漸近好事多做看肉身原同敗壞之物無可繫戀宜子光明忽然而現埽道人得大師此法語眞蹟自識乙酉夏日徑山火龍頂書還念此恁麼時作恁麼話若非命根實斷生死眞空不能道隻字也想見當日將頭臨白刃一似斬春風氣象任他天地反覆龍蛇起陸徑山這裏只是説法如雷放光動地一時惟拂子得聞惟埽道人得聞還念平日上堂法語都是如語實語不誑語不異語也師復戲書硯羅云九月化去果以是月雲門僧鏡可來延師從兵戈中渡江而往猶在魯藩爰立時也雲門故得道地師每睠懷及之天龍匿從緇白

奔轃遂得從離亂中法幢復建振力激揚春日進雲門詩云雲抱千山新木葉鳥鳴一徑落花枝雛猿覓石翻松子老鶴銜烟綴紫芝淺澗吹流峰有月石橋送影候多時古規梵刹呈君看拄杖擔來未稱奇至日上堂拈香竟就座曰雲門有一奇特事從曠大刧來無人動著今日分明舉似大衆良久云忘却了也曳拄杖下座師于雲門掩關者久之守關者荆門禪人也合山大衆及諸檀護以結制有期請爲出關上堂師陞座曰春秋三度掩柴關無事於心不放閑今日聊通一線道踏開烟水入深山既是出關合該逍遥山水于石橋啜茗焚香于溪閣爲什麽又要入山聻爲他途路不得力下座結制日大衆請上堂師陞座曰欲知佛性義當觀時節因緣時節若至其理自彰大衆今日是甚麽時節舉拂子一拂云雲門老古錐出世也地摇六震天雨四花且道有何祥瑞五雲山下青獅子曳尾摇頭弄爪牙隨喝云這畜生休作怪要騎便騎要下便下下座丙戌除夕茶話師示偈云今朝除夕又逢春大衆威儀事可伸粽藜拂子如何道草木高低一樣青時蓋歳朝春也丁亥二月初十日師誕日解制大衆請上堂師陞座曰老人自住雲門巳來不曾動著一步不曾措著一辭今日幸遇解制打開長汀子布袋放出百千萬億光明雲將五湖四海衲子而爲眷屬使歷劫多生父母俱超樂國以拂子打○相云會麽盡十方世界是燃燈古佛光明門盡十方世界是釋迦老子總持門盡十方世界是兜率陀天彌勒世尊解

脱門盡十方世界是文殊師利法王子般若波羅密門盡十方世界是普賢菩薩行願門盡十方世界是一切修多羅差别義海門盡十方世界是凡夫衆生四生六道微細極微細昆蟲蚤虱生滅門喝云今日雲門解制猶如螃蟹去草縛横行直撞切須仔細倘遇無厭足王莫道我是雲門解制來若道著被他一棒打折你驢腰莫言不道下座師在雲門未結制前金司馬正希黄祠部海岸已殉難白門矣時有曾太史青海出家祝髪師示以偈云性海無波下一橈千花覆頂伴漁樵林間散誕成蓮社石上提撕好挂瓢昔日衣冠懸碧漢今朝杖履渡溪橋法門得入多生幸笑指長空破寂寥丁亥新秋寄子容朱居士起名弘肇者詩一首云信知黄葉亂正是落秋時去此東溪遠無聞拾野炊水流焦塔影魚咂夕陽碑寄想南湖月鄰峰許我詩繼此遂不復作詩獨作一書寄埽道人末云老人邇來晨昏無繫寒光野色盡爲眷屬今當行脚去踏明月于萬方咏清霜于千里古人云未有長行而不住未有長住而不行者老人得之矣笑笑一日遣侍僧囑之往南雍任所見埽道人屬以料理語風塔院事僧未及行師已示微疾因坐次偶侍者請師肖像贊師題云誰個不識你自雙髻山主口吧吧終日駡人大唐國裏無人中你意如此空腹高心將八斛四斗蠛蠓蟲塞你眼根白雲萬里塞你意根教你要動動不得要駡駡不得誦大明王眞言陀羅尼呪至七日轉身吐氣慧性開朗若有人問你如何是祖師西來意如何

是庭前柏樹子不必擬議隨口荅去無不合轍無不自在題竟忽厲聲曰如今還開口動舌得麽羣侍者爲之愕然從此令執事封叅堂鐘板曰果學道人安事此遂三日不飯惟飲清水令侍者必呼爲茶舉必以案不如令則不飲口中惟唱雪花飛雪花飛鵞毛雪滿空飛時未見雪聞者不解師自知期至沐浴著衣結跏趺坐大衆圍繞師遂唱偈曰小兒曹生死路上須逍遥皎月氷霜曉喫盃茶坐脱去了侍者進茶俄頃寂去身不欹側三日如生示寂之日蓋八月二十有六日也世壽七十有七僧臘四十有九所著傳世語錄有徑山自述行略千指菴辭開堂説徑山長明金粟金陵靜明廬山開先江州能仁四明天童景德光溪天王會稽雲門顯聖荆溪龍池嘉禾東塔雲間超果金澤頥浩若干處若干會結制解制上堂小叅法語梓錄若干卷復有拈古頌古懷淨土梅花落花等詩偈若干首每題竝以百計各有梓本其隨手散落詞翰圖寫爲世珍拾者無算也先是東塔晚叅茶話次埽道人曰要與大師作平實商量師住山有年到處出世亦多年矣每一期竟其間問荅叅請輒蒙訶斥者走入他方便得拄杖拂子而還只今有他方記莂掩耳來皈者又添反復冷嚴不容著足無乃拒人已甚乎師長嘆曰佛祖慧命非通小可智過于師方堪傳授目前那得有如我的眞叅實悟盡底掀翻吾寧棧絶以重大法埽菴曰宜乎唯一首座之捲單去也因問海岸畢竟何如師曰還是他亘久曰也没交涉末後在雲門郭爾

章居士問曰大師究不囑累奈何師曰此事奴汚甚吾故嚴之庶以矜貴法門耳臨寂一月出山門至竹橋遇一寒士父子無所得食師招之入室飲啖之其父秋涼無衣師脱新施羅衫與衣之其子夜苦蚊師以説法椶拂付之驅蚊大笑曰快哉吾衣拂付汝父子矣後諸方遂誹傳有大師衣鉢付花子之説要知衣拂陳迹雖掃英靈嗣子正多只據目前付囑各處道場便作淵源印證如曹源金獅聲珠　徹崖歇　山鳴璐　子晝宗　形山淖　竝弘字一輩出頭法乳也若夫唯一叅開先東塔晩叅雲門數番破格盤桓其嗣縱不在圓弘頓教十六字之派亦足當老人法乳者也元禮頓湘親侍記錄㝡久忠勤不二寂葬語風不可没也師寂時覺浪盛公主席徑山方應請金陵報恩思彦侍者走南雍報訃于埽道人即日拉同蔡二白張如磐陳旻昭倪樸菴凌官球錢文青潘墨海劉惺心林道生諸宰官顧與治余未也薛更生姚伯右姚叔采黄觀之諸居士等翕集嚮皈善信數百人設齋請浪公上堂舉揚老人祕旨及示寂機緣各各思慕讚歎因説徑山祖庭位次梓有法語定議王子安佷公同魯青海如公在雲門得山翁忞公從慈水來赴封龕執義主老人喪同襄大事卜窆雲門寺之右隴以是年十二月二十二日塔全身焉封龕入塔忞公各有法語時有上座實際者新侍大師恰值歸寂料理塔院事實周且悉此老人末後一番大放光明也老人悟道石在普濟寺今新建大殿諸人用作柱礎以表識靈蹟

老人示寂前六日過之令侍者拜而笑是知雲門得地直到龍池證明此日回首藏身始印悟緣夙識即有語風生塔之命僅可以爪髮了付囑此實雲門時節因緣乃有不揣脚跟造正名拈香之謗者現受惡舌之報諸方共聞信哉佛法之必驗古德之足欽也是爲

頌頌曰

語風出世震羣雄　發眞歸元隕虛空
舌頭坐斷踞巍峰　坳鼻當年隆準公
咨訣記莂無留踪　賓主齊彰道岸崇
律儀解脱清規隆　兒戲莊嚴法界中
雙髻雙徑遊鴻濛　雲門雲棲鼓雷風
龍池儵忽騰三龍　一龍幻化青獅翁
心空及第登梵宫　窠臼掀翻消息通
蹴踏諸方血濺紅　没石飲羽神臂弓
撤開皮袋雲萬重　風光本地披玲瓏
呴噢低眉慈姥雍　拈提努目金剛兇
呵佛罵祖讐不容　罵人直罵到天童
尺布可縫斗可舂　鬩墻兄弟在宗工
鬭爭揖讓狀難供　斷崖中峰機用同
摩尼五色肉眼朦　塗毒一聲癡耳聾
禪林裨販法市叢　堅壁固壘睢陽功
祖關慧命扼喉嚨　壇坫氷寒鮮伏戎
三驅百戰無前鋒　廿會道場四結冬
一個半個流西東　叩竭參苓誰入籠
殺活予奪緇白鎔　任他爐鞴瀉金銅
那許躍冶成東儂　智過堪傳早發蒙
手應自肯把不逢　獅絃絶響曲調終
北斗藏身撒手封　宗綱正印眞孝忠
人天號令齊嶽嵩　提唱文詞韶濩從

詎煩螟蛉作斯螽　兒孫億劫靡終窮

順治九年歲在玄黓執徐月爲孟陬日爲上元而文成

雪嶠禪師語錄卷第十

音釋

晷（古委切音軌以表度日也）　窀（株倫切音屯窀穸下棺也）　儵（與倏同）　讖（楚禁切闖去聲前定徵兆之言也）　坫（都念切音店士卑不得作但于室中爲土坫以庋食）　絃（胡千切音賢絲絃也）

天隱禪師語録

嗣法門人通琇編

清刻龍藏佛說法變相圖

天隱禪師語錄目錄

天隱禪師語録目録終

天隱禪師語録卷第一

嗣　法　門　人　通　琇　編

上堂

住湖州府報恩寺師於崇禎七年八月二十有二日入院以拄杖指三門云從者裏入皇恩佛恩一齊報答且道最初一句作麽生道彈指頓開華藏界刹那都向個中來便入佛殿師云古寺重興慈風再扇有頭有尾無背無面既然有頭有尾爲什麽無背無面擲拄杖云天上人間無處不現大展具禮拜方丈師拈拄杖云據此室行此令不入虎穴焉得虎子從他牙如劍樹口似血盆到者裏也須喫棒爲什麽如此不曾得祖印難過此關頭便起

結制上堂師至法座前云最初一步蹋著須向千峰頂上提持且道是什麽人行履處高著眼師遂陞座拈香云此一瓣香天不能蓋地不能載靈根透於劫外秀葉覆於閻浮爇向爐中端爲今上皇帝聖躬萬歲萬歲萬萬歲次一瓣香遇貴則價滿娑婆遇賤則半文不值奉爲滿朝文武闔郡公勲主請邑侯本山檀越現前居士衆等同乘般若之慈航共證金剛之種智又一瓣香殷勤古木林間埋没白雲堆裏向無所得中得來在有修證處不證今日對衆拈出供養荊谿龍池山禹門禪院本師大和尚幻有老人以醻法乳遂斂衣就座維那白椎云法筵龍象衆當觀第一義師云若論第一義老僧未到此間已與諸人激揚了也重新再舉落二落三還有出格英靈遮相醻唱者麽僧問把斷要津不通凡

聖正恁麼時請和尚道師直視云見麼進云一句曲含千古韻萬重雲障月初來師云站過一邊問大開爐鞴煅聖鎔凡忽遇無背面漢來如何煅煉師云你從那裏來僧提臥具云從者裏來師云却有背面了也進云和尚又恁麼去也師便喝問最初一句即不問末審蹋著個什麼師云半夜裏偷瓜進云偷後如何師云未到你在問如何是報恩境師云梯子嶺頭雲翼翼金車山下水潺潺進云如何是境中人師以拂子左右拂進云如何是人中意師放下拂子進云還有向上事也無師云有則有未可與你道在師廼云當陽顯露人人鼻孔撩天直截根源個個脚跟點地達磨西來徒爲往返之勞神光斷臂枉受辛勤之苦所以道言前薦得屈辱宗風句後承當埋沒家寶恁麼則世尊道吾有正法眼藏涅槃妙心付囑飲光廣令傳化勿使斷絶且道傳個什麼來者裏會得何須長期短期消磨歲月如未委悉老僧畫蛇添足與你諸人通個消息驀竪拂子云還見麼若是不見除却你生來眼以拂子擊案云還聞麼若道不聞除却你生來耳既見既聞聞又聞個什麼見又見個什麼老僧說到者裏話頭也忘却了且道報恩一句作麼生道左右顧視云全憑一點無私力報答四恩咸有餘維那云諦觀法王法法王法如是下座

師在荊谿磬山辭衆拈拄杖云一十五年成小構謝諸檀信護持心別行一路暫時去汝等堅修守寂岑左右顧視云目睹雲霄已有年疇恩報德不相關而今帶水拖泥也杖笠

迎風過遠山還有同起同倒者麽出衆相見
僧問法性無去來普徧周沙界和尚去耶非
去耶師竪起拄杖云你還識得者個麽進云
祖禰不了殃及兒孫師便打問巖前丹桂香
飄遠說法乘風去報恩如何是報恩的句師
云到那邊向你道師廼云雲本無心出岫乘
風縹緲於長空往來無礙月非有意臨谿趁
水光含於四海映徹何窮住也心包太虛無
欠無餘行也道不虛應有來有去到者裏事
絶理絶超古超今去亦得來亦得行亦得住
亦得驀卓拄杖云都盧收在拄杖頭上優游
自在放曠逍遥喝一喝云出門一句作麽生
道木人執板林間拍石女含笙嶺外吹
到德清開封寺鳴鄒蔡封翁請上堂師云迷
封曠劫開悟刹那不涉迷悟關頭别通消息
道看良久師廼云至道無難惟嫌簡擇但莫
憎愛洞然明白以拂子上下指云上是天下
是地高是山深是水男是男女是女僧是僧
俗是俗老是老少是少如何得不簡擇去驀
擲下拂子云撲落非他物從横不是塵下座
臘八日上堂師云此一瓣香從雙徑諸德齋
來要老僧拈向爐中熏我釋迦老子鼻孔爲
天下衲僧出氣還有不甘者麽僧問未離磬
山身横宇宙何須更出方丈師云秖爲闍黎
累及問上無佛道可成下無衆生可度世尊
於此日成道堪作什麽師云切忌眼華問達
磨大師直指人心見性成佛某甲窮到者裏
元無性可見亦無佛可成師云者裏是什麽
所在問如來具五眼睹明星是那一眼師云
你者一問是那一眼僧喝師云喝即不無未

具眼在僧復喝師云一喝兩喝後如何進云和尚請尊重師云闍黎不得造次問心地不從諸種得圓音豈向耳邊聞天未開地未闢者個在什麼處師云你從那裏來僧呈坐具云從者裏師云開了也進云混沌未分原有此頭頭顯露本天然殷勤有意還無覓擲向人前不直錢師云收起葛藤問蓮華不透水因語識人未審是迷是悟師云兩頭俱不實進云釋迦老子是迷是悟師便喝僧禮拜云雲到雪山重點破金鍼一現絕塵埃師云自起自倒師廼拈拄杖云禪非解會道絕功勳妙體湛然真機獨露不可以心思不可以意想不可以言宣不可以默照不可以色見不可以聲求一念回光便同本得恁麼則釋迦老子睹明星時見個什麼來者裏透得頓越三祇坐斷報化佛頭隨時著衣喫飯還有向上一路在驀竪拄杖云釋迦老子在諸人眼睫毛上放光動地衹是不得動著動著則三十拄杖何故不見道丈夫自有衝天志不向如來行處行卓拄杖下座

元旦上堂師云滿天甘露灑濛濛徧地森森點翠濃佛法不須重舉似大家齊唱太平風有麼有麼拈拄杖云如無老僧自拈自弄去也年年有個新年頭今日新年事事周國泰民安無底事道人林下自優游山河大地也優游以拄杖作舞勢卓下云拄杖子豈不優游耶所以道當堂顯示只要知歸擬議之間白雲萬里喝一喝云且道目前一句作麼生殘雪已消千嶂冷和風纔起萬谿春擲拄杖下座

解制上堂師云春山青春水綠萬卉縈縈爭秀郁三三兩兩出林巒雲水悠悠自奔逐途中驀撞鐵蛇橫擬議遭他的荼毒咦諸人還過得麽僧問機關未動杲日當空撥轉之時爲什麽乾坤猶礙師云黑漆漆地僧喝師云好一喝且道落在什麽處僧作掌勢師拈棒僧復喝師震威一喝問虛空隨量顯方圓結解依時不變遷個裏本來無背面孰分長短與中偏本來無背無面和尚結解個什麽師云問你來進云是則華開紅樹亂鶯啼師云笑殺日前大衆師迺云九十日中眉毛厮結從今已去兩眼橫開爍破山河大地個中無去無來驀竪拄杖云三世諸佛從者拄杖頭上興慈運悲歷代祖師從者拄杖頭上點化羣迷天下老和尚從者拄杖頭上指東話西今日山僧一時捉敗衆中還有不甘者麽喝一喝卓拄杖云雲在嶺頭閒不徹水流澗下太忙生下座

二月十二上幻祖供師拈香云大明國裏者老漢兒孫滿地盡道今日是忌日山僧則不然正是老漢大解脫的時節諸人還知落處麽若知得落處也許你們拈一分香便禮拜

檀越請上堂師云老僧自解制後收起法幢封却法鼓待汝等新建法堂再與你們說幾句無義味話不料今日嘉定張居士數百里而來得得設供請老僧陞座掀翻般若懺滌愆尤衆中還有超情離見者麽出衆遞相酬唱問超情離見即不問和尚向日道不盡的今日請垂一語師云你那裏得者消息來師迺拈拄杖云罪從心起將心懺心若空時罪

亦空個裏了然塵垢盡無邊障難悉消鎔雖然如是須知有向上一著始得悄然突出難辯端倪信手拈來豈容擬議驀竪拄杖云看喚作拄杖則觸不喚作拄杖則背速道速道道得亦出不得建化門頭道不得亦出不得建化門頭且不落建化門一句作麼生道卓拄杖云三世諸佛亦如是歷代祖師亦如是天下老和尚亦如是老僧亦如是諸仁者亦如是個中有個不如是者好與三十拄杖復偈云解冤釋結總非難只在當人一念間驀起眉毛從此會歸家樂業享餘年卓拄杖下座

觀音誕度僧上堂師喝一喝云入山不畏虎兕獵人之勇也入水不畏蛟龍漁人之勇也且道衲僧家以何爲勇僧問萬峰頭上略展鋒鋩時如何師云惜取眉毛問如何是全提不隔的句師云師姑原是女人做師廼云一塵不立猶在半途截斷衆流尚居門外且道誰是到家者顧視左右云觀音菩薩將錢買胡餅放下手時原來是饅頭到者裏直得如天普葢似地普擎耳裏藏得須彌山眼裏著得四大海方有語話分恁麼則此人渾身坐在什麼處委悉麼數聲清磬是非外一個閒人天地間復說偈云堂堂巳具丈夫相就裏還敎識得渠今日分明親指示不須回顧更躊躇卓拄杖下座

四月八日上堂師云大千沙界百億須彌不動步而到且道是什麼人行履處諸人還知麼問答不錄師廼云自從放出拏雲手隨波逐浪四十九只爲普利於羣迷月印千江隨

人走年年有個四月八人人盡稱生悉達雲門跛足老阿師一棒拈來要打殺若將此語當禪宗後代兒孫坑陷殺咦雲門大師來也左右顧視云還見麽爲汝諸人不唧嚅隱入拄杖子裏去也喚作拄杖子又是雲門大師喚作雲門大師又是拄杖子者裏若分踈得下釋迦老子還他釋迦老子雲門大師還他雲門大師拄杖子還他拄杖子且道報恩老漢脚跟站在什麽處驀卓拄杖喝一喝下座

上堂維那擬白椎書記玉林喝住云待我問了話白椎問云昔日黃檗道大唐國裏無禪師如今大明國裏還有個把麽師拈拄杖作打勢云看棒林便喝師亦喝林又喝便轉身云不是狂兒多意氣秖因曾透上重關竟出師喝一喝林亦喝維那重白椎林聞迺高聲云歎你孃的死氣師良久迺云一向灰頭土面了無佛法判斷若個伶俐衲僧當機不用打算更有麽問如何是奪人不奪境師云兩株梅歷歷進云如何是奪境不奪人師便喝進云如何是人境兩俱奪師云闍黎站過一邊進云如何是人境俱不奪師卓拄杖云汝還識者個麽問莫謂無心云是道無心猶隔一重關且道是那一重師云那一重僧擬進語師便喝進云還許學人透過麽師便打師迺云資生貴圖求富叅禪貴圖求悟求悟若似資生個個成佛作祖大小高峰末後咄云甜瓜徹蔕甜苦瓜連根苦却似首尾不相照報恩則不然資生何必求富叅禪豈待求悟者裏直下承當人人本是佛祖喝一喝卓拄杖云炎天汗流脊解衣林下凉下座

示衆

住荆谿磬山臘八示衆師云磬山茅屋冷凄凄到者都緣向上機鼻孔盡從今打失赤條條地得無依作麽生是向上機師自代云泥牛吸水武陵谿今辰是我釋迦牟尼佛桶底脱落的時節大衆還知麽若也知得當初釋迦老子悟得個什麽來若也未知驀舉拂子云看取釋迦老子在汝等眼睫毛上放大光明照見三千大千世界名大衆云見麽見得徹去睹明星時無二無別未能見得誠所謂徒入空門了也各各挽起眉毛盡平生力量挨撥將去不可蹉跎歲月埋没此光明去也復云新安徐居士二十年長齋慕道海内知識一一叅叩錯禮山僧爲師今日爲伊芟染有個頌子相記脱俗爲僧翻掌間轉凡成聖也非難雪嶠老漢夜成道今古明星照遠山久立珍重

除夜示衆師云一年容易過大盡在今宵生死無憑據陰陽定不饒大衆團團圍圍住兹磬山阿相伴老僧作何功行莫謂老僧使得你們忙忙碌碌地無暇叅禪辦道且道你們終日起來忙閙動靜運水搬柴者是誰迎賓待客墾土掘地者是誰穿衣喫飯屙屎放溺者是誰須是於中識得本命元辰不離放溺屙屎不離喫飯穿衣不離掘地墾土不離待客迎賓不離搬柴運水不離動靜忙閙若於此識不得本命元辰忙閙動靜即被忙閙動靜礙運水搬柴即被運水搬柴礙迎賓待客即被迎賓待客礙墾土掘地即被墾土掘地礙穿衣喫飯即被穿衣喫飯礙屙屎放溺即

被屙屎放溺礙者一落索老僧代你們用力不得須要你們件件自家著力始得還曾撿點得也未不然莫說一年除歲容易縱經百年如是除歲亦是虛度光陰有什麽用處大衆會麽驀卓拄杖云來年更有新條在惱亂春風卒未休

歲旦示衆祝聖畢師召衆云本地風光無背面物物拈來自成現大千沙界絶羅籠一句當陽如閃電年新月新日又新步步行來步步新蹋著者重關楔子原來即是舊時人所以回天轉地不須愚智功能透古超今不落聖凡階級且如新年頭上佛法有商量否若道是有水中捉月若道是無色裏膠青恁麽則不涉有無還委悉麽將拄杖子畫一畫云打開雲戸看露柱放光輝復頌云雪後一枝梅吐玉豁然天地共陽春太平盡唱無生曲引得巖前石虎吟

示衆師卓拄杖云衆兄弟久處叢林徧叅知識曾撥著者一著子也未若撥著者一著子順逆境緣自然穩當不被塵勞封鎖生死岸頭脫然自在不隨業識牽纒在世出世了無罣礙謂之無事道人若未撥著徒自山山水水千里勞神出家兒父母遠離親朋絶往澹泊無爲翛然灑落趁此色力强健猛著精彩究取者一著子十二時中幸無異緣畢竟要討個分曉纔得不孤出家之志不負佛祖之恩雖然此話在了事人前却如送個臘月扇子也驀喝一喝云截斷葛藤

歲旦示衆師云天啓四年正一日春到人間將半月梅華笑雪滿院香透過時人孃生鼻

驀舉拄杖召大衆云看惟有者個原如此也無年來也無月也無新舊秪平常直直對君親剖悉擲拄杖云雖然如是新年頭上一句又作麼生道良久云大衆登寶殿祝聖願長春

絶糧示衆師舉世尊一日敕阿難食時至汝入城持鉢難應諾佛云汝旣持鉢當依七佛儀式難遂問如何是七佛儀式佛召阿難難應諾佛云持鉢去師云幸喜幸喜世尊大慈大悲當時若不開者一路洎合餓殺老僧大衆且道靈山會上他曾到者境界遣阿難未曾到者境界遣阿難試道看況世尊三界大師福被人天何故只遣阿難入城持鉢千二百衆合作麼生磬山今日則不敢釘釘遣誰去且者一條路誰行得誰行不得可不見義勇爲耶磬山記得當年有個頌子拓鉢生涯七佛儀瞿曇盡力爲提撕阿難當下通消息那用婆心第二機

誕前一日示衆師云寄跡閻浮五十春不知虛幻受跉跰自從胡亂年來後閒看長空放白雲所以道眞如性海本無出沒大悲願力示現去來且道旣無出沒焉有去來眞如性海與大悲願力是同也是異也若道同驀舉拂子云者是大悲願力如何是眞如性海若道異驀垂拂子云者是眞如性海如何是大悲願力若道不同不異則無老無少無大無小無長無短無有無無不可以形名得不可以智識知大衆得得到磬山來與老僧慶誕慶個什麼可不隨情逐世了也且道不隨情逐世一句作麼生道指庭菊云黃菊經霜老

青松帶露寒若將時節會依舊是顢頇

誕日示衆師拈拄杖云老僧去年四十九曾向人前揚家醜譚禪論道作生涯想起從前不唧噹今年幸爾已五十對君一字無可說橫拈拄杖按乾坤那個丈夫來受屈所以道把住也十方虛空也須喫棒放行也森羅萬象總是齊彰山僧今日也不放行也不把住與諸人聊通一線驀將拄杖向前周帀廻遶云一任七縱八橫去也良久卓拄杖云真金自有真金價終不和沙賣與人

除夜示衆師云爆竹一聲催歲盡寒梅數點帶春來道人林下無餘事心地閒閒却似呆欲識佛性義當觀時節因緣時節既至其理自彰過去時節已過去未來時節猶未來現在時節而不住深山窮谷之中寂寥虛廓無喧譁雜擾之聲無朱紫玄黃之色無笙歌燕舞之作無大歡小悅之娛剛剛一種灰頭土面懶散禪和歷歷孤明澄心聽法莫不是者個時節若是者個時節又何用更識便轉得身吐得氣喫得山僧手中痛棒若未轉得身吐得氣喫得山僧手中痛棒向前則截斷你路頭落後則無你退身之地住著則與你三十棒到者個時節還有不惜身命者出來麽須知句中剗意意中剗句意句交馳甚爲可畏雖然官不容鍼私通車馬汝等入堂坐禪俄經一月並無有一人造我室中通個消息都盧是一隊無心道人老僧信得汝等過汝等還信得老僧過麽若信得過莫謂無心云是道無心猶隔一重關不見藥山和尚坐禪石頭一日偶見之問曰汝在者裏作麽山云

一物不爲頭云恁麽即閒坐也山云若閒坐即爲也頭云汝道不爲不爲個什麽山云千聖亦不識你看古人一個閒坐尚不可得而況昏沈掉舉妄念紛飛者乎石頭便云從來共住不知名任運相將秖麽行自古上賢猶不識造次凡流豈可明你看石頭和尚舌頭拖地入泥入水爲人老僧今晚爲汝等註破從來共住不知名那裏識得來任運相將秖麽行也是客作漢自古上賢猶不識難道造次凡流豈可明不是壓良爲賤既註破還知麽若論者一段事人人本有個個不無秖爲無始以來無明業識煩惱蓋覆不得現前還見麽驀舉拄杖云先天有物能爲主不屬陰陽造化生久立珍重

元旦示衆師云今朝元來新年頭昨晚元來舊年尾新年頭上不見來舊年尾上不見去不來不去常現前個裏元來無所住無所住處著眼看大千沙界一毫許漫看春風滿面生張公喫酒李公醉更有一般堪羨處千門萬戸瞳瞳睡大家齊唱太平歌哩哩囉兮囉囉哩所以道有條攀條無條攀例大衆祝聖壽以無疆讚皇圖而永固

元宵示衆師云一燈纔燄萬燈瑩爍破乾坤徹底空山色自今光燦爛桃華依舊笑春風大衆剛纔過歲又已半月流光荏苒無暫停息若是手脚未穩切宜努力幹辦莫待臨渴掘井追悔無門會得麽英靈衲子未舉先知機鈍之流不妨薦取指燈云喚作燈則觸不喚作燈則背且道喚作什麽來雲門大師道光不透脱有兩般病一切處不明面前有物

是一又透得一切法空隱隱地似有個物相似亦是光不透脫直饒恁麼不恁麼會即聲色而非聲色不恁麼恁麼會即非聲色而非非聲色般若經云若取法相即著我人衆生壽者若取非法相即著我人衆生壽者是故不應取法不應取非法到者裏無你下口處無你入頭處無你插手處無你挼脚處佇思停機即没交涉還會麼除非是上根利器一聞千悟始得不見達磨初祖遥觀震旦有大乘根器得得航海而來在梁國不契直造少室面壁九載剛接得個神光二祖斷臂以求安心之法頓悟本來謂之得髓傳至六祖開心地法門然後宗分二派派列五宗豈不是燈燈相續瑩徹交輝所以道法流不泯派永接於曹谿燈燄常存光愈明於少室老僧今晚見此世燈引者一落索明眼人前一場笑具可不通身輥在葛藤窠裏了也還有剔脫得出者麼良久云少林祕要無多子五派單傳不二門喝一喝

示衆舉興敎坦和尚初開堂有雪竇化主省宗出問諸佛未出世人人鼻孔撩天出世後爲甚麼杳無消息坦云雞足峰前風悄然宗云未在更道坦云大雪滿長安宗云誰人知此意令我憶南泉拂袖歸衆更不禮拜坦云興敎今日失利便歸方丈坦令人請宗至云適來錯秖對一轉語人天衆前何不禮拜蓋覆却宗云大丈夫膝下有黃金爭肯禮拜無眼長老坦云我别有話在宗廼理前問至未在更道處坦云我有三十棒寄汝打雪竇宗廼禮拜師云你看古人真實處無一字相欺

若是今時善知識權柄在手不辯來機要施設到底那肯屈尊就下若是今時學者出頭來硬作主宰到底亦未肯服善你看坦長老從容和雅云適來錯秖對一轉語且道作麽生是他錯處省宗不肯後云寄三十棒打雪竇雪竇又有何過省宗便肯禮拜者裏若看得分明許你們通個消息衆各呈見不輟師復云學道先須達本後識綱宗綱宗既明其本自立既得其本道隨手應所以道從天降下則貧窮從地湧出則富貴若道見過古人田地秖好與古人提瓶執杖若道見到古人田地秖好與今人提瓶執杖若未見到者更条三十年始得何故卓拄杖云選佛若無如是手宗門那得到如今左右顧視云有麽有麽如無老僧且去守困便曳杖出堂

示衆師云諸方善知識難見而易得親近老僧者裏易見而難得親近何故諸方善知識道眼高明福德博厚叢林整齊飲食精潔可謂難見而易得親近也老僧者裏世緣淺薄闢草開荒茶飯麤糲可謂易見而難得親近也難得親近難中之難雪裏送炭者少易得親近易中之易錦上添華者多左右顧視云衆中還有道得不難不易一句麽驀卓拄杖云拄杖子踍跳出來道也不難也不易清風明月共知音天上人間隨所去師復笑云不然不然老僧還要用著你曳拄杖歸方丈

天隱禪師語錄卷第一

音釋

沌 徒本切音囤混沌元氣未判也 墾 口很切音懇力治也 跰 郎丁切跉跰行貌 苒 而琰切荏苒猶展轉也 祕 兵媚切神也密也藏也

天隱禪師語録卷第二　　　秉二

嗣法門人通琇編

示衆

示衆師云諸人既流入心地法門必須向已躬下做真實工夫叅究一回始得不可依依稀稀當有當無如患瘧病一般今日提起便心中火急明日放下即緩縱身心或恐色力不佳病魔纏繞或慮衣食不周貧窮困苦幹辦世事調養四大漫漫學道殊不知恁麽去縱有怕生死之念不覺埋沒塵勞而被結習驅使者等根器都是無始以來信位之不足也如何叅得我祖師禪驢年也未有出頭日子四恩奚報耶若果具大丈夫志猛省將來拚此四大也不管貧窮困苦也不管饑寒凍餒也不管病魔纏繞也不管世諦紛紜單單提個話頭澄澄湛湛切切思思行也叅坐也叅住也叅卧也叅不顧得失危亡不知迷悟境界便如斯挨拶將去歲久月深驀然打失鼻孔卻如虛空粉碎大地平沈漫漫甦醒將來方有少分相應到者田地急急見人不可耽著此事須知祖師門下本無有實法繫累他人若有一法繫累他人入地獄如箭射便不相應也故笑巖師翁云聖人之道個個完具惟不自究明甘自輕棄且道那裏是自輕棄處須時時撿點不可放過珍重珍重

檀越請示衆師云在家菩薩身居富貴之中而不被富貴之所羅籠信知有者段出世之事此迺屢劫種的善根最是難得須當十二時中猛省提撕如何是我父毋未生前本來面目須要治家應緣處知賓待客處著衣喫

飯處驅奴使婢處忙閒動靜處一一體究不可放過直下能見得本來便識得妙明真心不生不滅不常不斷無老無少無去無來非古非今非成非壞自然超出苦海昔日無著道人二十七八寡居學道叩絫徑山打硬修行志氣超羣見地卓犖大徹後爲尼播揚宗教接物利生豈不是出格道人也彼既如是我寧不爾你們若要家園事業成辦然後修行則便耽閣三界空華猶如火宅豈可認定家園事業一息不來就屬後世切莫爲長久之計汝等若信得及各各須念無常迅速生死事大提撕話頭以悟爲期二六時中切不可忽趙州和尚道我在南方三十年除二時粥飯是我雜用心處如此用工無有不發明者珍重

示衆師云截徑一路見在目前正道玄微意超言外物物就手事理藏鋒諸人還知落處麼不見汾陽老人云金華布地玉蕊承天杲日當空乾坤朗耀雲騰致雨露結爲霜不傷物義道將一句來還有道得的麼若道不得眼中有屑直須出卻始得其時不肖遠孫若在但云見火和烟得擔泉帶月歸風穴云若立一塵家國興盛野老顰蹙不立一塵家國喪亡野老安貼於此明去闍黎無分全是老僧縱奪由你不得壓良爲賤爭奈賓中有主於此不明老僧即是闍黎殺活聽憑且不得自起自倒爭奈主中有賓闍黎與老僧亦能悟卻天下人亦能瞎卻天下人全放由你也不得作憨爭奈賓中賓在要知闍黎與老僧麼拊其兩膝云者裏是闍黎者裏是老僧全

收由你切不得教壞人家男女爭奈主中主
在且問諸上座老僧與闍黎是同是別若道
是同去上座自上座老僧自老僧若道是別
去又道老僧即是闍黎分亦憑你不分亦憑
你驀拈拄杖云只是不得忘卻者個諸人又
作麼生會若能於此明得去一句中有三玄
三要賓主歷然平生事辦叅尋事畢諸人還
識得一句麼卓拄杖喝一喝諸人還見徹三
玄麼以拄杖點空八喝一喝諸人還要會三
要麼以拄杖於空畫⦶⦶⦶喝一喝永嘉云
粉骨碎身未足酬一句了然超百億老僧舉
到者裏一件要緊事不得與諸人再打葛藤
左右顧視云看看汾陽老人來也便出堂
示衆舉楚石禪師上堂云通身是眼爲什麼
覷不見通身是耳爲什麼聽不聞通身是口
爲什麼説不到通身是心爲什麼鑒不出報
恩有道聰明神咒布施諸人去也師云且道
通身既然是眼那裏得見耳來通身既然是
耳那裏得見口來通身既然是心那裏得見
眼耳身口來諸人到者裏須自撿點看磬山
説得是報恩即不是報恩説得是磬山即不
是雖然直饒覷得聽得説得鑒得已落第二
頭了也復云叅
歲旦示衆林皐問玉綻梅華分幾樹和風陣
陣送香來新年頭佛法即不問如何是三寶
堂前祝聖的句師云天長地久進云恁麼則
垂衣王化裏打鼓樂昇平師云誰是知音者
進云官不容鍼私通車馬時如何師云試道
看進云白毫宛轉交光相青髻盤螺滿月輝
如何是佛師以拂子打圓相進云玉軸未分

三獸别金函纔展大車歸如何是法師據座而坐進云七尺單前知黙坐一瓢方外任閒遊如何是僧師云且過一邊著進云三寶已蒙師指示宗乘的旨是何宣師以脚趯云一脚趯過進云栴檀林内曾遊戲踏轉崑崙作象騎如何是向上為人句師云日月齊明進云歸猿攀得枝頭月去鳥銜開石上雲師云少賣弄師乃云皇圖永固帝道遐昌佛日增輝法輪常轉作麼生是轉法輪的句適纔者些問答你道還報得皇恩佛恩也無知麼喝一喝云不見臨濟大師道我有時奪人不奪境有時奪境不奪人有時人境俱奪有時人境俱不奪且道老僧者一喝是奪人耶奪境耶是人境俱奪耶人境俱不奪耶若道奪人人鼻孔撩天若道奪境物物融通亨泰若道人境俱奪爭奈滿面春風若道人境俱不奪老僧且拈向一邊如何是奪人奪人則不問如何是奪境奪境則不問如何是人境俱奪人境俱奪則不問且道人境不奪一句作麼生道以拂子作書勢云歲朝把筆百事大吉驀擲拂子出堂

示衆舉泰首座到洞山值喫果子洞山云有一物上拄天下拄地黑漆漆常在動用中動用收不得未審過在什麼處泰云過在動用中洞山令人掇退果桌佛果云天下衲僧盡道泰首座箭鋒不相拄所以遭洞山貶剥後來潙山真如道此果子莫道泰首座不得喫三世諸佛也不敢正眼覰著宗師家正令當行十方坐斷有定乾坤句辯龍蛇眼不妨難趁當時若是英靈衲子解捋虎鬚待他道過

在什麽處便拈起果子云和尚畢竟喚作什麽待他擬議劈面便擲師云二大老一人雖扶弱且未得果子喫在一人雖太甚而有過人之志亦未得果子喫磬山則不然待洞山道過在什麽處但云有過無過且置隨聲拈起果子云和尚先得了也便喫可不有意氣時添意氣不風流處也風流

示衆舉瑯琊和尚問舉和尚近離甚處舉云兩浙瑯云船來陸來舉云船來瑯云船在什麽處舉云步下瑯云不涉程途一句作麽生道舉以坐具摵一摵云杜撰長老如麻似粟便拂袖而出瑯問侍者此是什麽人者云舉上座瑯遂親下旦過堂問莫是舉師叔麽莫怪適來相觸忤舉便喝復問長老何時到汾陽瑯云某時到舉云我在浙江早聞你名元來見解只如此何得名播寰宇瑯遂作禮云慧覺罪過師云大衆凡看古今公案先須得句而後知義義句昭然意趣深解若脱略言句其義不全得失難辯其間擒縱殺活抑揚收放何從而得之也老僧閱古尊宿集舉和尚録中刪去以坐具摵一摵云慧覺罪過句豈非集者自失一隻眼也且妙喜分明道賓則始終賓主則始終主二大老驀劄相逢主賓互換直下發明臨濟心髓苟非徹證向上巴鼻具出常情正眼未免作得失論量今日衆中莫有爲瑯琊出氣者麽衆無語師高聲説頌云虎踞龍蟠展大機當陽著著不思議就中各顯藏鋒句惹得時人取次疑

示衆舉玄沙示衆云諸方老宿盡道接物利生或遇三種病人來作麽生接患盲者拈槌

豎拂他又不見患聾者語言三昧他又不聞患啞者教伊說又說不得且作麼生接若接此人不得佛法無靈驗有僧請益雲門門云你禮拜著僧禮拜起門以拄杖挃僧退後門云你不是患盲復喚近前僧近前門云你不是患聾迺豎起拄杖云還會麼僧云不會門云你不是患啞其僧於此悟去師云玄沙老人可謂善說未能善接雲門大師如此接人也秖接得無三種病的果實有三種病人來又如何接若到磬山門下來也不難何故如患盲者來高聲向他道個瞎若患聾者來劈脊便棒若患啞者來便以拂子打圓相示之今日還有三種病的麼良久迺云如無老僧今日失利

示衆師拈拄杖云老僧有時拈拄杖子不作拄杖子用有時拈拄杖子作拄杖子用有時以拄杖子行徧四天下擲向壁角落裏有時抛下拄杖子獨自打頻去也諸人者裏見得便迺會得我臨濟大師的賔中主主中賔賔中賔主中主雖然切不得動著動著一字打你頭破腦裂莫言不道驀卓拄杖歸方丈

望日示衆師云剛纔過初一又是月半了也諸人本分事作麼生會若也會得出來與老僧通個消息衆無語師遂出堂左右顧云天晴日頭出

示衆師云垂鉤四海秖釣獰龍獨步大方爲尋知已賔中有主豈肯倚户傍門主中有賔不用撒沙撒土賔主互換縱奪交馳各各有坐斷之機著著有出身之路誰是恁麼人行恁麼事大衆看舉慈明和尚見泉大道來迺

云片雲横谷口道人何處來泉左右顧視云夜來何處火燒出古人墳明云未在更道泉作虎聲明以坐具一摵泉接住推明向禪牀上明卻作虎聲泉大笑云我見七十餘員善知識今日始遇作家師云你看他二大老驀劄相逢正所謂師子遊行象王踞地全機出沒大用現前諸人還識得麽若也識得不假如何若何便請單刀直入其或未然盲龜跛鼈豈堪克紹老僧更有個頌子諸人聽取二虎爭雄猛作威爪牙全露震崔嵬同音哮吼驚羣獸千古傳聞似怒雷休眨眼電光回不是等閒相共語漫將狐兔亂真規

示衆舉巴陵示衆云祖師道不是風動不是幡動旣不是風幡向什麽處著有人與祖師作主出來與巴陵相見雪竇云風動幡動旣是風幡向什麽處著有人與巴陵作主出來與雪竇相見師云雪竇老漢也是依樣畫猫兒今日有人出來爲伊作主山僧放伊三十棒

佛誕示衆師云今朝四月八處處叢林浴悉達人人盡道報佛恩惟有磬山心未洽試問諸人報恩一句作麽生道一僧出云横按鏌鎁全正令太平寰宇斬癡頑師云也秖道得一半進云請和尚全道師云一人有慶兆民賴之僧禮拜云謝和尚答話師云乾坤著眼看幾個知恩者復舉隨州關子嶺無聞聰禪師有僧問云今朝四月八天下叢林皆慶佛誕未審如來何處降生聞於几上畫個圓相僧無語笑巖和尚代僧作禮云盡界普瞻師云今日有人問著老僧如來何處降生則向

伊道休瞌睡復示頌云古佛重興關子嶺拈華旨趣笑巖疇磬山今日無思算兀坐雲深白了頭

示衆舉歸宗文禪師上堂云日往月來大盡小盡生死漸近大衆總是祖師門下客須知生死不相關且道歸宗與麼説話還有過也無良久云父母不聽不得出家師云者老漢前言不應後語既是祖師門下客又道個父母不聽不得出家且作麼生是諸人的父母試道看衆無語師云老僧與諸人頌出了知生死不相關擬議之間面隔山若是祖師門下客横吹鐵笛汨羅灣

示衆師云今朝四月半農家秧好看堪笑懶禪和一事無可斷閑了兩片皮只是粥飯罐道眼不能明閻羅要打算

示衆舉玄沙禪師一日集衆將拄杖一時趁下卻回向侍者云我今日作得一解險入地獄如箭射者云喜得和尚再復人身翠巖芝云大小玄沙前不搆邨後不迭店且作麼生道得出身之路道吾真云大小芝老只是偏枯若是道吾即不然玄沙侍者一人具一隻眼雲居舜云此語衆中舉得爛如泥且作麼生會山僧道侍者不在言也玄沙也是荆棘裏求栴檀東禪觀云大小玄沙性命在侍者手裏師拈云觀此四大老批判有稱强處有扶弱處有評論處有見的處若有人檢點得出許他雙眼圓明其或未然切忌作得失論量若作得失論量入地獄如箭射

示衆師云北山人喫飯南山人種田不知具何義蓑笠笑烟巒風雨共施設雲月漫相瞻

更有一般奇特事嘯殺峰頭野老猿

示衆舉宗門有四種藏鋒初曰就理次曰就事至於理事俱藏則曰入就俱不涉理事則曰出就師云就理就事理事俱就且止理事俱不涉者一藏如何著語諸人試道看衆無語師自代云三腳蝦蟆飛上天復下頌云氣吞佛祖定乾坤出就藏鋒斷命根昨夜泥牛曾哮吼今朝絶跡到荒郊

示衆師云今朝五月五騎卻艾虎街頭舞驀然撞著桃符神打落鍾馗手中小鬼鼓笑殺旁觀一個人喫了菖蒲雄黃燒酒沿街吐且道磬山清衆又如何諸人試道一句看山茨進云穿衣喫飯隨時過嘯月吟風只自知箬菴進云寒衣送卻知時節蛇鬼潛形避鏌鋣師云一個隨時意賞一個語節言行老僧亦有一句子無錢買糉子剛把貧來訴

示衆舉佛眼禪師云上座未來此間時無一人上座既來此間後有一人上座秖是一人爲甚成有成無僧無語師云磬山若作者僧只消輕輕道個禍不入慎家之門

示衆舉馬祖令人馳書併醤三甕送與百丈丈令排向法堂前迺上堂衆纔集百丈以拄杖指醤甕云道得即不打破道不得即打破衆無語百丈便打破歸方丈師云老僧若在管取大衆沾恩不使百丈失利待他道道得即不打破道不得即打破但云喚典座來擡將去雖然已作死馬醫也更爲諸人頌出堪嗟一衆是疑團打破從教仔細看若得磬山當座下林間貼貼地相安

朔日示衆師云磬山阿裏有兩個小老虎昨

日老僧被他截住卻在三家邨裏輥過你們出出入入切須仔細隨顧左右云且喜不露爪牙便歸方丈

示衆師云今日有一等不識好惡口稱爲臨濟門下兒孫妄判先宗以死煞法定要把冬瓜印子印人不知我從上臨濟嫡脉作略奪饑人之食驅耕夫之牛何曾有實法繫累人耶不見廓侍者因華嚴和尚上堂云大衆今日若是臨濟德山高亭大愚鳥窠船子兒孫不用如何若何便請單刀直入華嚴與汝證據廓出衆禮拜起便喝嚴亦喝廓又喝嚴亦喝廓禮拜起云大衆看者老漢一場敗闕又喝一喝拍手歸衆嚴下座歸方丈時風穴作維那上去問訊嚴云維那汝來也叵耐守廓適來把老僧扭揑一上待集衆打一頓趁出穴云趁他遲了也自是和尚言過他是臨濟下兒孫本分恁麼嚴方息怒穴下來舉似廓廓云你著甚來由勸者老漢我未問前早要棒喫得我話行如今不打搭卻我者話也穴云雖然如是已徧天下也師召衆云還會麼若會得便知臨濟兒孫作略若不會老僧與諸人頌出賓則賓兮主則主兩陣交鋒貴無住賓家作主主家賓卻被旁人冷眼覷咄咄咄臨濟兒孫真個毒言中有響破重圍千古萬古遺芳躅

示衆舉古人道幽鳥語如簧柳垂金線長烟收山谷靜風送杏華香永日蕭然坐澄心萬慮忘欲言言不及林下好商量師云言之不及商量個什麼且道有商量古人恁麼道無商量古人恁麼道諸人作麼生會良久云熏

風自南來殿閣生微凉
示衆舉鄧峰永菴主問僧審奇汝久不見何所爲奇云見偉藏主有個安樂處永云試舉似我奇叙所得永云汝是偉未是奇莫測歸語偉偉大笑云汝非永不非奇走積翠質之南公南亦大笑永聞作偈云明暗相參殺活機大人境界普賢知同條生不同條死笑倒菴中老古錐覺範洪禪師云觀其語言想見當時法喜遊戲之逸韻使永公施於今則其取詬辱必矣師云永菴主問審奇云汝久不見何所爲探竿影草奇云見偉藏主有個安樂處永云試舉似我奇叙所得露永云汝是偉未是明賞暗罰翻其窠臼奇莫測歸語偉傳言送語漢偉大笑云汝非永不非面赤不如語直奇走積翠質之南公南亦大笑君子千里同風永聞作偈云明暗相參殺活機大人境界普賢知同條生不同條死笑倒菴中老古錐覺範云觀其語言想見當時法喜遊戲之逸韻使永公施於今則其取詬辱必矣範老可謂知言矣諸大老如播弄摩尼珠各各見其本色光明透露爭奈奇公即珠何能得覩本色耶老僧已爲諸人註破衆中還有不了者麽更聽一頌偉哉永哉說是說非兩口一舌兢高作低積翠重巖走殺伊笑中何似刃相持師顧山茨云你爲者僧代得一轉語麽進云請和尚問師云汝久不見何所爲進云菴主那裏瞌睡來師云他便掌時如何進云震聲一喝師云喝後如何進云大地平沈師云也秖道得一半進云和尚如何師云干戈永息茨禮拜

因衆議德山托鉢因緣示衆師喝住云諸人還知趙州當時問南泉離四句絶百非請師道泉便歸方丈州云者老漢尋常口吧吧地不消一問諸人若識得南泉歸方丈便識得德山低頭處師復喝云諸人會則便會傍家走什麽瞎漢拈拄杖旋風打散

示衆舉佛眼禪師因遊蓮華峰至半山亭有僧後到云和尚還在者裏眼云我到了來也僧無語眼自代云也是齋後鐘師云磬山當時若作者僧敢教佛眼老漢立地待他道我到了來也但云和尚且住待某亦到來

示衆舉雲門大師纔上堂云雪上加霜便下座師云你看者老漢通身是口只是不識身子藏在什麽處諸人下得一轉語與雲門老人相見麽師迺云韶陽領衆不辭勞金屑明明著眼梢到得文場擬題目手中失却筆頭刀

中秋示衆師云諸方叢叢簇簇者裏清清澹澹若向清清澹澹處會得便入叢叢簇簇不妨若向叢叢簇簇處會得直到清清澹澹始得秖如不清清不澹澹不叢叢不簇簇又作麽生良乆云天上一輪滿清光何處無復云諸行者人人真心獨朗比如秋月圓明迺因雲霧氤氳翳障不得光明透露如人根塵相對便有三六一十八界纏縛不得自由何謂三六一十八界所謂六根六塵六識如眼耳鼻舌身意謂之六根色聲香味觸法謂之六塵既有六根六塵中間發起六識所謂眼識耳識鼻識舌識身識意識也眼與色對便有青黄赤白長短男女等相而起好惡心光不

能透脫耳與聲對便有宮商清濁音韻言辭而起好惡心光不能透脫鼻與香對便有薰蕕穢馥腥羶等而起好惡心光不能透脫舌能嘗味便有甘肥鮮美酸鹹甜淡等而起好惡心光不能透脫身能覺觸便有軟煖細滑輕重等而起好惡心光不能透脫此五根所對謂之外塵惟意識分別思慮取舍謂之内塵所以内外相應起惑造業無暫停息如蠶作繭自縛自纏無有解脫之期諸行者若要了脫生死須是自家發起勇猛心叅究勘破者一十八界本來空空蕩蕩無有一毫遮障處如今夜之月圓滿明徹若到者田地纔不徒入空門雖然更須知古人道心月孤圓光吞萬象光非照境境亦非存光境雙忘復是何物諸人又作麽生會不可虚度光陰百年易過歲不乆留努力努力

示衆舉灌谿叅末山尼了然禪師山問上座今日離何處谿云路口山云何不葢郤谿無語師代云當時老僧若作灌谿但云官塘大道谿時禮拜問如何是末山山云不露頂問如何是末山主山云非男女相谿乃喝云何不變去山云不是神不是鬼變個什麽師云老僧若作末山亦與一喝道個不是神不是鬼變個什麽令人不暢快谿無語作園頭三載師代云恁麽非男女相讚如此見得免復勞矣雖然如是可見古人腰包行腳爲此大事不著人我相一言透不過甘自執務叅究今人能如是乎然且衲僧氣槩則不然男兒自有衝天志不向古人行處行

示衆舉佛眼禪師一日垂示從東過西顧衆

云是是復從西過東顧衆云不是不是遂歸位立云適來猶記得師拈云者老漢看他自起自倒可惜當時衆中無人作禮三拜

示衆師云古人道得到寶山須採寶莫教空去再來難諸人且道寶山在什麽處莫是南天台北五臺耶莫是東洛伽西峨眉耶迺至今住磬山是耶老僧敢道未是在諸人作麽生會良久云不見道乾坤之内宇宙之間中有一寶祕在形山諸人探寶也未休教空去虚度光陰一僧出衆云是寶非但和尚獨有人人皆有師即踏下一步云者是形山如何是寶進云用得出便是師又踏下一步作聽勢云汝作麽生用僧亦退一步擬進語師便掌僧喝師厲聲云侍者將拄杖子來痛打一頓僧擬議師以袖驀面撲便歸方丈

示衆舉馬大師令智藏持書上徑山山接書開見一圓相於中下一點忠國師聞迺云欽師猶被馬師惑雪竇云徑山被惑且置若將呈似國師別作個什麽伎倆免被惑去有老宿云當時坐卻便休亦有道但與畫破若與麽秖是不識羞敢謂天下老師各具金剛眼睛廣作神通變化還免得麽雪竇見處也要諸人共知只者馬師當時畫出早自惑了也師云灼然宗師手段切須爲人解粘去縛拔楔抽釘你看當時雪竇老人恁麽拈提公案作家宗師天然有在今時有等晚輩齷齪齪拈個圓相出來示人未免傷鋒犯手不見雪竇道若與麽秖是不識羞而今更不識羞在亂道圓相七佛之始既爲七佛之始誰人畫出又道七佛各有言詮咄還知釋迦老子

當時對文殊師利云你道我四十九年曾説一字來否葢爲你不達源頭動著便成窠臼山僧也是路見不平要諸人與古人相見纔識得他漏逗處不入他圈繢去也不然一犬吠虛千猱嘷實諸人還知麼姹女已歸霄漢去獃郎猶坐火爐邊

極菴居士請示衆僧問磬山法席如雲如水凡聖交叅龍形虎勢凡聖交叅即不問龍形虎勢如何接師以拄杖點云看腳下進云武陵谿水龍池出磬山峰對白雲巖師云直上看進云禹門還有浪滔雷動也無師便喝僧翻身云舞散青霄去肩挑庾嶺風師便打迺卓拄杖云於此會得不涉程途其或未然且聽山僧葛藤凡夫謂之有二乘謂之無菩薩當體即空爾我衲僧家要行便行要止便止衆中有道得一句不涉多途者合受人天供養不見古人云供養百千諸佛不如供養一無心道人諸人且道無那個心無是非心耶無善惡心耶無忻上厭下心耶無一切心耶若恁麼會到磬山無喫棒分在今日雲陽賀居士設齋要老僧通個消息一則與大衆結個般若緣二則冀祐二子行金行玉老僧説到者裏又無法可説且看拄杖子頭上端坐大悲觀世音説道應以居士身得度者即現居士身而爲説法應以童男童女身得度者即現童男童女身而爲説法且道説什麼法偈云雲陽賀氏世植福從來代代受天祿今日當齋供佛僧祈保二子如金玉大衆珍重

示衆舉舍利弗問天女汝何不轉卻女身女云我從十二年來求女人相了不可得當何

所轉即時天女以神通力變舍利弗如天女迺自化身如舍利弗而問云何不轉却女身舍利弗云我今不知何轉而變爲女身師拈云舍利弗當時好心不得好報諸方盡道被天女轉卻女身據山僧見處當時天女莫道轉得舍利弗一人直饒你轉得大地男子爲女身總是自家女身脱不得在何故既云十二年來求女人相了不可得你那裏得見舍利弗轉女身來明眼者試看

元旦示衆師云古人道今日新年頭昨日舊年尾識得本來人無憂亦無喜且道既是本來人要識得作麽諸人試道看衆無語師自代云眉横鼻竪

示衆舉趙州行脚到一寺院經旬辭去院主云何往州云臺山禮文殊去主云某甲有頌相送頌云無處青山不道場何須策杖禮清凉雲中縱有金毛現正眼觀時非吉祥州迺問作麽生是正眼主無語師云可惜好個頌子當時院主卻似畫龍的見真龍現時舉手無措若是山僧作院主待老趙州道作麽生是正眼便云你還要第二杓惡水潑麽瑯琊覺道個啼得血流無用處也是扶强不扶弱諸人試撿點看

示衆舉佛眼禪師示衆云廣額屠兒手中屠刀如何放下自代云不須放下師别云待你成佛後即向你道眼又云面前是什麽自代云無物師别云青山緑水

示衆舉南泉送黄蘗出至門泉云如許大身材戴椰子大笠子蘗云三千大千世界總在裏許泉云王老師聻蘗戴笠子便行師云王

老師當時不可屈巳從人磬山若作王老師但道恁麽闍黎却被笠子蓋覆了也待他戴笠子行時但云恰是

禹門示衆師云遠近歸來拜祖庭法門大事緊須惺嚴持戒律心無垢把本窮立道易親休順妄縁趨物外寧安寂静樂身貧但依遺訓能開悟他日傳燈亦贅名

天隱禪師語録卷第二

音釋

餧 奴罪切音餒餓也 犖 吕角切音嶨卓犖超絶也 馗 渠龜切鍾馗人名

齷齪 上乙角切音渥下測角切音娖齷齪迫也 贅 朱芮切音數最也得也

天隱禪師語録卷第三

嗣法門人通琇編

示衆

示衆舉僧問佛果和尚如何是主中賓果云闍黎問處帶纖塵如何是賓中主果云山僧未免自道取如何是主中主果云坐斷舌頭無去取如何是賓中賓果云青山之外更愁人師云者僧既問主中賓何故佛果答他道闍黎問處帶纖塵此豈不是賓中句也問賓中主何故答他道山僧未免自道取此豈不是主中句也此二轉語若透得過便會得主賓互換之機答在問處方做得我臨濟門下兒孫識得佛果老人作略不同諸家答處老僧也要大家知今日拈出設有人問老僧如何是主中賓信手拈來不是塵如何是賓中主撥草瞻風爲誰爾如何是主中主茅堂獨坐無餘事如何是賓中賓走盡千山路不窮且道與古人是同是别

示衆師云諸人既爲臨濟門下兒孫當盡臨濟法道若不盡伊法道他日不堪爲人師範秖如四賓主今時人不悟看字落處便儱儱侗侗打發將去賓主糢糊而已老僧又氣力衰弱不能一一與諸人剖悉時有僧問如何是賓看主師云入門須辯取進云如何是主看賓師云不待形言語進云如何是主看主師云兩眼對兩眼進云如何是賓看賓師云二俱是瞎漢師復云離卻四賓主諸人道將一句來良久云了復云老僧今日更與諸人頌出如何是賓看主踏破雲山千萬重歸來事事已從容竿頭獨坐垂絲者孰語滄波泛

莫窮如何是主看賓赤條條地顯家風不是無端霹靂空殺賊便能騎賊馬到頭輸卻僧中龍如何是主看主以鏡照鏡鏡奚容面面光含萬象空識得個中消息子不尋枝葉落殘紅如何是賓看賓相逢盡是幻中人影現何曾識得真分付此時林下客莫教空帶眼中塵所以臨濟大師道山僧所舉皆是箇魔辯異知其邪正驀喝一喝云珍重

示衆舉九峰禪師問僧近離甚處僧云閩中峰云遠涉不易僧云不難動步便到峰云有不動步者麽僧云有峰云爭得到此間僧無對峰以拄杖趁下師云此僧將成九仞之山難進一簣之土磬山若作此僧更踏上一步云願和尚萬福諸人還下得一轉語麽若下得者一轉語許汝明窻下到處安閑若下不得動步皆錯試道看復示頌云千里雲山不憚勞何妨覿面轉途遥殷勤報與當場者莫待臨機無下梢

示衆舉石門徹禪師因令初上座領衆來參徹問萬仞峰頭石牛乳穿雲渡水意如何初無對師云老僧若作初公便云天曉清風拂輕袖夜來明月上高峰徹云山僧住持事大參堂去師著語云諾也知此事不易復云可見此事相續也大難徹後令僧下語或云久嚮和尚或云訪道尋師明的旨覺了根源顯異機徹云當時初上座若下得者語不將他作參學人師云不將他作參學人且道作什麽人看若知得他落處磬山已作學人看如是還與古人同耶異耶試道看

示衆舉真歇了禪師問僧你死後燒作灰撒

卻了向什麼處去僧便喝眞云好一喝秖是不得翻欸僧又喝眞云公案未圓更喝始得僧無語師云可惜當時者僧無末後句若有末後句也不柰伊何眞老雖是洞上兒孫宛有濟翁門下作略我當時若作此僧何不道喝則不無恐和尚作喝會待伊打云者死漢便喝拂袖而出

示衆師云向上一路把住牢關截斷衆流不通凡聖秖爲誘引初機不無曲垂方便諸人還知麼不見當時有僧問臨濟大師如何是眞佛眞法眞道乞垂開示濟云佛者心清淨是法者心光明是道者處處無礙淨光是三即一皆是空名而無實有如眞正道人念念心不間斷自達磨大師從西土來只是覓個不受惑的人後遇二祖一言便了始知從前虛用工夫山僧今日見處與佛祖不別若第一句中得堪與佛祖爲師若第二句中得堪與人天爲師若第三句中得自救不了有僧問如何是第一句濟云三要印開朱點窄未容擬議主賓分如何是第二句濟云妙解豈容無著問漚和爭負截流機如何是第三句濟云看取棚頭弄傀儡牽抽全藉裏頭人師云老僧今日不惜口業與諸人通個消息僧問如何是第一句師云描也描不成畫也畫不就如何是第二句師云無風荷葉動決定有魚行如何是第三句師云雨打梨華蛺蝶飛復示頌云第一句聲前坐斷閑家具千聖從茲道眼開個裏難容殺活智第二句言下分明須薦取人天路上未爲奇光爍乾坤孰不懼第三句回頭轉腦尤鈍遲風塵狠藉不

知歸止啼黃葉空皴貫到者裏諸人還薦得麽若薦得更須知慈明老人云第一句薦得和泥合水第二句薦得無繩自縛第三句薦得四稜著地又作麽生會若會得許你與佛祖爲師若未會切須仔細莫學今時不識好惡錯下名言埋没先聖珍重珍重

朔日示衆師云今朝六月一光陰如火疾那事總無妨畢竟如何說懸崖能撒手大事方了畢於此得分明也要通消息還有通得消息者麽一僧咳嗽一聲出一僧作禮師云夜眠侵早起更有夜行人

七月朔示衆師云隔江招手尚心安何況親承一夏叅此事不從言語得個中那許著毫端情忘處處原初體境寂頭頭達本源休把世間浮學解等閑埋没祖師禪

示衆師云五更熟睡時撞鐘不聞鐘聲頃寤時鳴鼓便聞鼓聲若先不聞鐘聲後聞鼓聲寤寐不得恒一或聞性有不徧耶鐘聲有不到耶鐘聲若不到同處寤者亦應不得聞聞性若徧寐者亦當得聞何以寤時聞寐時不聞若融會得寤寐一如若融會不得生死關頭如何打脫不可放過諸人撿點看

示衆舉佛眼禪師垂示云無目仙人能揣骨旣是無目將什麽辯貴賤師云摸著鼻孔喚作眼眼云有人問你隨問隨答無人問你時作麽生道師云掩耳偷鈴漢眼云有情說法易見無情說法難聞秖如無情說法什麽人得聞師云從那裏得者消息眼云芥子納須彌且問你諸人即今在芥子內芥子外若道在芥子外如何納得須彌若道在芥子內許

多大身材如何卻在芥子內師云內外且置喚什麽作芥子又云三界惟心萬法惟識

示衆師云今時學道人做工夫不得囫地一聲蓋爲工夫不能綿密凡情聖解不得頓忘古人所謂如患瘧疾一般寒了一會又熱一會何曾下整片工夫若是真參實究生死心切一刻不放空挨撥將去日久月深無有不悟的道理

示衆師云截斷一切單單只究本分一著果迺親見一回從前學解的都不虛棄若未親見一回總爲閑學解埋没祖師心

茶次示衆師云古人設茶因叙話磬山因話而設茶茶話分明已舉似諸人切莫得周遮雖然且道茶與話是一是二若道是一諸人但得茶不得話若道是二老僧但得話不得茶諸人試道看如何得恰好衆無語師舉茶甌云且喫茶漫漫與你們打葛藤

禹門示衆師云吾於此地本來無福不勞衆兄弟讚歎儻若讚之讚之無益吾於此地本來無過不用衆兄弟毀謗設若毀之毀之不及既讚之無益毀之不及豈非平等法門乎夫佛與衆生平等煩惱與菩提平等西方與東土平等天與地平等我與你平等平等與不平等平等意白日易還顏色老黃金難買少年還

臘八示衆師云把住也乾坤失色放行也草木生輝山僧今日也不把住也不放行作麽生商量還有知音者麽問六年霜雪經多少夜半明星眼豁開睹明星事則不問釋迦老子向什麽處安身立命師云脚下看進云恁

麼則萬古宗猷全頼今日師拈拄杖云倚天長劍逼人寒進云祇樹生香草曇華帀地開也師以拄杖畫一畫云截斷葛藤進云還有知恩報恩一句請和尚全道師云闍黎也須道一半進云大衆證明便禮拜師迺云今日瞿曇成道諸方老禿譚玄惹動羣情意地塞卻當人性天惟獨磬山白眼又被諸子綿纏到者裏阿呵呵說個什麼法要終不道一拏三只有個鑾須子與諸人通個消息六載雪山清修鍊卻鍛身心如死灰縱然撈得明星現也是重添眼上眉黃面老子今日被山僧鈍置一上諸人證明還有不甘者麼出來道個出格的句看一僧出纔禮拜師劈脊便棒僧無語師云谷深連夜雪壓折幾株松

示衆師召衆云大凡看古人公案不得造次須是腳踏實地見得古人落處然後著著自有出身之路不見當時報恩華和尚爲佛智雪堂舉哀上堂舉大覺和尚順世謂衆云我有一隻箭子要付與人時有僧出云請和尚箭覺云汝喚什麼作箭僧便喝覺打數棒歸方丈次喚其僧來問汝適來會麼僧云不會又打數棒擲下拄杖云已後遇明眼人分明舉似報恩和尚云大覺平生用一隻箭子穿卻天下衲僧鼻孔因甚到者僧面前折卻衆中莫有爲大覺雪屈的出來與報恩相見有麼如無育王師伯薦福師叔亦未免哭報恩手中痛棒何故有功者賞師云大覺報恩二大老一個鼻頭兩孔出氣正所謂殺人刀活人劍上古風規諸人切忌向此僧邊覔若也會得當堂拈出老僧即與你拄杖子若是不

會且向蒲團上搜索一回始得一僧出衆云拄杖子也不要搜索也不去師便喝進云鳥棲林麓易人出是非難師直打出法堂轉身卓拄杖云不是藍田射石虎如何識得李將軍

立春示衆師云臘盡剎那際春光潑面來道人行履處不逐四時推驀竪起拄杖云你向未舉已前薦得猶是不堪更若末後承當自救不了所以道戳玄機於未兆釋迦彌勒攢眉藏冥運於即化臨濟德山卻步到者裏拶得冷湫湫不別今時驀地裏開展浩浩然不離劫外既然如是且道和光同塵一句作麽生道卓拄杖云洞門老樹梅先放惹得遊人雜沓來

示衆舉應菴和尚上堂舉僧辭歸宗宗問向什麽處去僧云諸方學五味禪去宗云我者裏只有一味禪僧問如何是一味禪宗便打僧云莫打某甲會也宗云你作麽生會僧擬開口宗又打黃檗聞云馬祖出八十四員善知識個個屙漉漉地惟有歸宗較些子圓悟師翁道若非黃檗深辯端倪幾乎勞而無功應菴老祖云二尊宿只解扶強不能扶弱若作一味禪入地獄如箭其如別有生涯何異鏤冰作玉且道節角在什麽處驀拈拄杖卓一卓喝一喝師拈云應菴老漢施大人作略掀翻時人窠窟如虎口裏奪食著著自有出身之路諸人還見麽雖然若道不是一味禪埋沒歸宗若道是一味禪忽略應菴到者裏如何識得古人落處良久云天共白雲曉水和明月流

示衆師拈拄杖云今朝是個臘月半大事分明須了辦莫待臨時有屈伸解脱門開成大患堂中個個老成人著著拈來要方便言言見諦剔祖燈自古傳持吹毛劍吹毛劍有何驗當陽拈出隨人薦驀擲拄杖云洎合停囚長智便出堂

示衆舉雲門云若説菩提涅槃眞如解脱是燒楓香供養你若説佛説祖是燒黄熟香供養你若説超佛越祖之譚是燒餅香供養你皈依佛法僧下去應菴云三百六十骨節八萬四千毛竅被雲門一棒打開了也還有爲衆竭力的麽出來爲雲門作主與歸宗相見師云雲門老人將三分眞香以熏天下衲僧鼻孔如截虛空作三節看不無氣蓋諸方應菴老人拈一條白棒總要穿却亦是倚勢欺人大衆那裏是他一棒處若道雲門一棒打開爭奈伊分作三節判斷若道三分商量爭奈應菴一棒穿却到者裏有斷得者出來與磐山相見不惟撥轉二大老關棙子亦爲諸方雪屈有麽有麽良久喝一喝云鴈飛不到處人被利名牽

示衆舉應菴和尚道衆學人切忌錯用心衆禪見性是錯用心成佛作祖是錯用心看經講教是錯用心行住坐卧語言三昧是錯用心喫粥喫飯屙矢放溺是錯用心一動一静一往一來是錯用心更有一處錯用心歸宗不敢與諸人説破何故一字入公門九牛拽不出師云歸宗和尚慣用抽釘拔楔之鉗鎚也是者般人始得若不如是洎被謾過了也山僧則不然出家兒須知不錯用心處衆禪

見性是不錯用心處成佛作祖是不錯用心處看經講教是不錯用心處行住坐卧語默動靜是不錯用心處奔南走北幹辦常住是不錯用心處更有一處不錯用心我未敢與諸人通個消息在何故一言旣出駟馬難追你道磬山與歸宗是同是別試道看良久云

復雨消殘雪開雲見遠山

除夕示衆師云年年有個除舊歲歲歲有個新年來新舊不知誰改變去來無礙莫疑猜所以道已去無有去未去亦無去離已去未去去時亦無去已住無有住未住亦無住離已住未住住時亦無住巖頭和尚云大凡唱教須從無欲中流出三句秪是理論斆去斆住欲去不去欲住不住或一向不去或一向不住可見古人發言直透一大藏教是故釋迦老子云我四十九年說法未嘗道著一字末上拈優鉢羅華道個教外別傳密授心印也是臨風賣俏雖然大衆也須急著眼看驀竪拂云且道與釋迦老子是同是別若道是同釋迦拈華山僧竪拂若道是別古今不二道聖凡無兩心也是鉢盂安柄然汝等若提掇得起便可丹霄獨步放曠自如識得祖祖相傳心心相印不見六祖示明上座云不思善不思惡正恁麼時如何是上座本來面目明便轉身問云上來密語密意外還別有意旨也無祖云我今與汝說者即非密也汝但返照自己本來面目密卻在汝躬深見祖師實無一法與人汝等會得便識得南泉示趙州平常心是道不屬知不屬不知知是妄想不知是無記若達不疑之道猶如太虛

廓然豈可强是非耶還委悉麽若未委悉急須猛著精彩汗出一回始得又不見當時茗谿和尚示衆云吾有大病非世所醫有僧持問曹山未審是什麽病山云攢簇不得底僧云一切衆生還有此病也無山云有僧云旣有因什麽不病山云衆生若病即非衆生僧云和尚還有此病也無山云老僧正覓起處不得今時人縱撈到者裏不是望崖而退便於此處觶根郤成窠臼若到磬山門下好與三十痛棒者僧又問一切諸佛還有此病也無山云有僧云旣有爲什麽不病山云爲伊惺惺你看曹山著著有轉身吐氣處汝等於此透得可以踏步向前便識古人到與不到纔見得疎山在潙山會下聞示衆云行脚高士直須向聲色裏睡眠聲色裏坐卧始得時疎山出衆問云如何是不落聲色底句潙山豎起拂子疎山云此是落聲色底句潙山便歸方丈者裏疎山失郤一隻眼遂不契迺辭香嚴嚴云何不且住疎山云某甲與和尚無緣嚴云有何因緣不契疎舉前話嚴云某甲有個語疎云道什麽嚴云言發非聲色前不物正是以水投水似空合空疎云元來此中有人你他日有住處某甲郤來相見迺去潙山至晚問香嚴問聲色底矮闍黎在什麽處嚴云巳去也潙云向汝道什麽嚴云某甲亦曾對他來潙云試舉看嚴云某對他道言發非聲色前不物潙云他道什麽嚴云深肯其甲潙山不覺失笑云者矮子我將謂他有長處元來秖在者裏他後設有住處近山無柴燒近水無水喫大衆可見古人勘驗學者實

非細事切不得草草後疎山復造大溈安和尚處聞示衆云有句無句如藤倚樹廼問忽遇樹倒藤枯句歸何所溈山放下泥盤呵呵大笑噫溈山老人一笑直至如今笑不休何故今時有等無地頭漢死獦狚逐句下個註脚自瞎猶可更瞎他人可不更使溈山笑轉新也山僧見昔日有個俗漢也不曾叅禪也不曾慕道剛在馬祖菴前過即石鞏也問馬祖云有鹿過否祖云汝是什麽人鞏云我是獵人祖云汝既獵人善射否鞏云善射祖云一箭射幾個鞏云一箭射一個祖云汝不善射鞏云師善射否祖云善射鞏云一箭射幾個祖云一箭射一羣看他鈎頭有餌鞏云彼此皆是生命何用射他一羣一釣便上祖云你恁麽何不自射驀頭一撥石鞏到者裏露出本來面目便云若教某自射無下手處祖抗聲大喚云者漢曠劫無明從此蕩盡鞏便擲下弓箭正所謂牢籠不肯住呼喚不回頭千聖絕安排至今無住所你看石鞏是個俗漢子於馬祖言下便道無下手處可不超過曹山了也廼舉拂云大衆已上一隊老漢皆是大宗匠赤手提持今夜被山僧拂子穿卻鼻孔擲向諸人面前還見麽若見得便好孤峰絕頂盤結草菴無心出世而譽播寰區無心濟物而德洽湖海到者裏年窮歲盡且道徹頭徹尾一句作麽生道喝一喝云驪龍不卧澄潭水猛虎還藏深谷林

元旦示衆師以拂打一圓相復抛後云新年頭上佛法信手拈來豁達撞著無位眞人打筭全無合煞剛道拾隻達磨皮韈放下時元

來是憨布袋破衲一年四季好風光枝頭春鳥喃喃嘴又滑聒聒狠藉幾多没搕㩉喝一喝云日月明天象山河壯帝都

示衆舉雲門云你若不相當且覓個入頭處微塵諸佛在你舌頭上三藏聖教在你脚根底不如悟去好還有人悟得麽出來對衆道看師云雲門老人雖慈悲之故而有落草之譚山僧若在衆中便道恁麽則不相當也何故不見他將佛法賤使今日衆中有人出來掀倒禪牀喝散大衆山僧劈脊便棒且道是賞伊是罰伊

燈節示衆師云光前薦得截斷衆流照後知歸趯翻影像不是依依稀稀零零落落當得平生直饒得似澄潭月影靜夜鐘聲隨扣擊以無虧觸波瀾而不散猶是生死岸頭事明則普天帀地明暗則普天帀地暗要且明不自明暗不自暗所以道當明中有暗勿以暗相遇當暗中有明勿以明相睹不見當時百丈深撥溈山便知落處龍潭吹滅德山忽爾洞然老僧今晚也不用吹滅也不用深撥驀豎拂子云大衆還見麽於此見得徹去人人常光現前個個壁立萬仞順逆卷舒縱横自在正與麽時且道應時及節一句作麽生道良久云巖上雪消春水溜庭前玉綻蝶梅香

示衆林臯出衆問云雲影到山賓作主谿聲入海主爲賓賓主歷然如何施設師舉如意云還見麽進云敢謂是和尚爲人處也無師云知則不問進云騰騰煙雨裏春濤送客新師云且過一邊進云臨濟大師道我於黄檗先師處喫三頓痛棒如蒿枝拂相似爲是報

恩耶伸寬耶師云你還知麽進云和尚在禹門大師處曾喫棒也無師云老僧忘卻了也進云恁麽則法法盈千古燈燈燄不窮便禮拜師云聽取廼云當臺顯露觸處洞然豈容鑿壁偷光覿面提持隨方應用那許顢頇取性若是作家戰將不必如之若何如其臨陣遲疑未免機前失照所以道決行者不顧於後決戰者不顧於首登山須到頂入海須到底入海不到底不知滄溟之淵深登山不到頂不知宇宙之寬廣是以古人三登投子九上洞山只爲端的此事直得劄劄地打風打雨浩浩然蓋地蓋天不見德山老人見人入門便棒臨濟大師見人入門便喝從上宗乘如是作略山僧雖是他家兒孫不用者些茶飯且道即今當陽直指一句如何爲衆通個消息驀豎如意云看若將者個名如意昧卻當人底本來

示衆舉僧問雲門佛法如水中月是否門云清波無透路僧云和尚從何得門云再問復何來僧云便與麽去時如何門云重疊關山路師云雲門老人此三轉語內有函蓋乾坤句有截斷衆流句有隨波逐浪句山僧今日一一點破可惜當時者僧水中捉月若人透得許伊親見雲門若不如是佛法猶未夢見在叅

休夏烏瞻山法濟禪院示衆師云坐斷威音那畔全超今事門頭若是伶俐衲僧當場共出隻手僧問雲覆千峰頂風和大地開如何是和尚接人處師云直上看進云恁麽則馨香徧界聞去也師云且放你過師廼云靈源

湛寂智體自如觸處洞然隨方應用目前無法拈來物物全彰個裏無私舉起頭頭成現須是恁麽人行得恁麽事且道那個是恁麽人禾山打鼓雪峰輥毬趙州喫茶雲門餬餅到者裏總用不著且道有甚長處卓拄杖云偶然獨立孤峰頂閑看湖帆自往來

示衆舉勝思惟梵天問不退轉天子云天子我常於此佛國土不曾見汝天子云梵天我亦不曾於此國土不曾見我師云二天子一曰不曾見汝一曰不曾於此國土旣彼此皆不曾見今覿面又作麽生郤是貧兒索舊債一般豈非二俱瞎漢山僧若作不退天子見梵天恁麽道便廼攔腮一掌若作梵天見不退天子恁麽道也好驀面一唾何故豈肯當面蹉過如斯可不二俱作家耶山僧今已作死馬醫諸人還知落處麽咦有意氣時添意氣不風流處也風流

示衆師云今朝四月一大事如何畢急急下疑情莫待臨時決春囘夏復來光陰如電疾嗟嗟一等人唐喪竟不惜到者裏如何得不虛度去喝一喝云萬古碧潭空界月再三撈摝始應知

示衆舉初祖迦葉尊者因外道問如何是我我祖云覓我者是汝我外道云者個是我我師我何在祖云你問我覓師云外道被迦葉熱瞞直饒會得我我祖我也未會無我在且道無我何我無我即眞我眞我即無我咄更饒會得到者個田地也好與三十棒同雲出問如何是眞常師云即幻是進云如何是眞樂師云極苦是進云如何是眞我師云妄我

是進云如何是真淨師云惱亂是進云四德已掌師指示向上還有事也無師云有進云如何是向上事師豎起拂子進云點開千聖頂顊眼露出威音刧外春便禮拜師休去

示衆舉善慧大士因梁武帝請講經士纔陞座以尺拊案一下便下座帝愕然誌公迺問陛下還會麼帝云不會公云大士講經竟白雲端云傅大士與誌公被武帝一狀領過師云傅大士既不是座主何得赴他講席如是說經若不得誌公如何合煞後來白雲端和尚道傅大士與誌公被武帝一狀領過且道那裏是他一狀領過處山僧今日也是路見不平如此判斷還知三大老一人有定國之謀一人有安邦之智一人有過量之才可惜當初武帝未能搆得今日衆中還有代他下得一轉語者麼良久云雖然如是帝王自有擎天略不動干戈定太平

示衆舉百丈海禪師因侍馬祖行次忽見一羣野鴨飛過祖云是什麼師云探竿在手丈云野鴨子師云相隨來也祖云甚處去也師云點丈云飛過去師云又恁麼去也祖遂把丈鼻扭師云用也丈負痛失聲叫阿哪阿哪師云纔知痛癢祖云又道飛過去元來只在者裏師云破也丈直得浹背汗流因茲有省師云直須恁麼始得丈次日赴叅衆纔集迺出捲卻拜簟師云纔得賤用祖便下座師云雖是當陽直捷不如振聲一喝免使後面周遮次問丈我適來上堂未曾說話爾爲甚便捲卻簟師云然雖勘驗也是憐兒不覺醜丈云昨日被和尚扭得鼻頭痛師云好不識羞

祖云昨日向甚處留心師云灸瘡瘢上更著艾丈云今日鼻頭又不痛也師云也是死中得活祖云爾深知昨日事師云轉見葛藤丈乃作禮而退後再叅侍立次祖以目視禪牀角拂子師云無風起浪丈云即此用離此用師云逆風使箭祖云爾向後開兩片皮將何爲人師云當頭一拶丈取拂子豎起師云砥柱中流祖云即此用離此用師云掉轉鎗頭丈挂拂舊處師云不動毫端祖振威一喝師云方用金剛王寶劍丈當下大悟直得三日耳聾師云何止三日耳聾百千萬劫命根斷盡大衆到者裏還知古人徹處麽切勿狐疑豈不見大慧老人云大悟十七八徧小悟不知其數此際是個人擔當得下山僧今日不惜眉毛爲諸人點破還知麽良久云從前汗馬無人識只要重論蓋代功

示衆舉臨濟聞德山示衆云道道道得也三十棒道不得也三十棒濟令侍者去見他如是道便問道得爲甚也三十棒待伊打你便接住拄杖推一推者去一如指教德山被推倒便歸方丈閉卻門者回舉似濟濟云從來疑著者漢雖然如是你還見德山麽者擬議濟便打師云德山和尚把住綱宗臨濟老人誘人犯法山僧若作德山待者僧推倒漫漫起來捉住他三十棒一棒也少不得何故不惟令者僧別有生機免致他遭臨濟毒手可不全放全收若作臨濟待他回來舉似便打不使者僧重加迷悶山僧今日如此判斷莫有旁不甘者出來更試斷看還出得者僧麽

天隱禪師語録卷第三

音釋

戢側立切音輯藏兵也又斂也　矮鴉蟹切隘上聲短人也　抗口浪切音伉舉也　聒古活切音括聒聒無知貌　浹即協切音浹徹也　瘢蒲官切音槃瘡痕也

天隱禪師語録卷第四

嗣法門人通琇編

示衆

示衆舉臨濟訪平田路口見一婆使牛廼問婆平田路向甚處去婆將牛打一棒云者畜生諸處走到者裏不知路濟云我問你平田路向甚處去婆云者畜生五歲也尚使不得濟云欲觀前人先觀所使便有抽釘拔楔之意濟至平田田問還見我婆也未濟云已收下了也田云近離甚處濟云江西黄檗田云情知你見作家來濟云特來禮拜和尚田云已相見了也濟云不然賓主之禮合禮三拜田云既是賓主之禮禮拜著師云我臨濟老人真爲大人作略只是平實問將去隨者婆子張牙露齒欵欵道欲觀前人先觀所使便有抽釘拔楔之意且道者是贊他者是蓋覆及至平田田問還見我婆也未輕輕道個已收下了也田只得別行一路你看平田老漢道還見我婆也未者一句且道是探竿是賣弄今人要識賓主句麼二大老足可觀光雖然如是白拈手段總不見得且道如何是白拈手段驀喝一喝

示衆舉鎮州萬壽和尚與保壽同叅萬一日去保壽保坐不起萬廼展坐具保下禪牀萬便坐郤禪牀保廼歸方丈閉郤門萬坐不起主事云和尚閉郤門請庫下喫茶萬便歸院保明日郤去復禮萬亦坐不起保展坐具萬亦下禪牀保亦坐郤禪牀萬歸方丈閉郤門保於侍者寮取灰圍郤方丈三道便歸萬開門見云我不與麼他郤與麼師云二大老一

衡一撞似兩虎相見各露爪牙無有一毫虧損處果爲同条千古模範也豈若今時人纔露爪牙先自傷鋒犯手只欲謾人殊不知旁觀者哂法濟今日不喞嚠恁麼與諸人告報亦是傷鋒犯手了也還知得落處麼良久云不因夜來鴈爭見海門秋

示衆師云剛纔過了五月一又是六月初一了也諸人本分事作麼生各各須要親見一回始得若不親見一回隨你做什麼學問他時後日一場懡㦬莫謂老僧不道

示衆舉陳操尚書請雲門齋纔見便問儒書中即不問三乘十二分教自有座主作麼生是衲僧行脚事師云諦當諦當門云曾問幾人來書云即今問上座門云即今且置作麼生是教意師云掉轉鎗頭來也書云黃卷赤軸師云禍出口門門云者個是文字語言作麼生是教意書云口欲譚而辭喪心欲緣而慮忘師云道得一半門云口欲譚而辭喪爲對有言心欲緣而慮忘爲對妄想作麼生是教意師云更上一層樓書無語師云可惜撥到牛角梢頭無門得出山僧若作尚書便道已知上座深得如來禪也門云見說尚書看法華經是否書云是師云又是一重公案門云經中道一切治生產業皆與實相不相違背且道非非想天有幾人退位書無語師云山僧若作尚書便云待老漢到非非想天即向上座道門云尚書且莫草草三經五論師僧抛卻特入叢林十年二十年尚不奈何尚書又爭得會書禮拜云某甲罪過師云雲門老人如握一柄吹毛寶劍直教法法難存尚

書素常亦具人天眼目到者裏不得不復受鉗鎚今時還有如是衲僧如是居士麽有則向前來遞相證據良乂喝一喝云不妨收起垂鉤線免使風波浪裏行

示衆舉齊峰和尚一日與龐居士竝行士廼前行一步云我强如師一步峰云無背向老翁要爭先在士云苦中苦未是此一句峰云怕公不甘士云老翁若不甘齊峰堪作什麽峰云若有棒在手打不解倦士便打一摑云不多好峰始拈棒被士把住云者賊今日一場敗闕峰笑云是我拙是公巧士廼拊掌云平交平交師云二大老一個半斤一個八兩得人一牛還人一馬雖然如是就中有一個出格的也是自起自倒衆中還有人撿點得出麽若撿點得出許你叅得禪如無山僧爲你說破良久云雪中月色誰能辯堪笑知音暗點頭

示衆舉趙州和尚一日到僧堂後逢一僧廼問大衆總向甚處去僧云普請去州遂於袖中取刀度與云老僧住持事繁請上座爲我折倒卻便引頸向前其僧便走師云當時趙州老漢幸是不遇其人若遇其人則性命難存矣雖然剛刀雖快不斬無罪之人山僧今日亦是住持事繁要諸人折倒也無刀子縱有刀子亦不藏在袖裏所以道我王庫内無如是刀諸人還知落處麽更有一頌金剛寶劍逼人寒纔露鋒鋩便不堪殺活豈容君擬議主賓相見辯毫端

示衆舉西峰至睦州致茶果次州問長老今夏在甚處安居峰云蘭谿州云有多少衆峰

云七十來人州云時中將何示徒峰拈起柑子州云著什麼死急峰無語師云西峰當時應答一一供直末後著些精彩卻被睦州老人用金剛王寶劍一截截斷便不完賓主之禮山僧若作西峰待他道著什麼死急只向伊道也須舉似過豈不賓主始終和美耶所以道賓則始終賓主則始終主雖然如是殺人刀活人劍

示衆舉忠國師因虞軍容問師住白崖山如何修行師喚童子以手摩頂云惺惺直言惺惺歷歷直言歷歷向後莫受人謾軍容無語師云大小國師老大修行卻被軍容一問直是手忙脚亂推出童子來之乎者也莫引後人認識神爲自己你們且道軍容會得無語會不得無語

示衆舉世尊因長爪梵志索論義預約云我義若墮我自斬首世尊云汝義以何爲宗志云我以一切不受爲宗世尊云是見受否志拂袖而去行至中路廼省謂弟子云我當回去斬首謝世尊弟子云人天衆前幸當得勝何以斬首志云我寧於有智人前斬首不於無智人前得勝廼歎云佛置我兩處負門若我說是見我受是負門處麤故衆人所共知第二負門處細我欲不受以少人知作是念已而白佛言世尊一切不受是見亦不受佛語梵志汝不受一切法是見亦不受則無所破與衆人無異何用貢高而生憍慢梵志不能致答默自念言我負墮處世尊不彰我負不言是非得大甚深法最可恭敬即於坐處得法眼淨師云梵志當時雖是伶俐中途省

得意欲斬首謝世尊脱得兩處負墮爲什麽到者裏致答不得殊不知直饒你脱得兩處負墮巳落在世尊圈繢了也即今還有出得世尊圈繢者麽以拄杖畫一畫云且截斷葛藤雖然今時人不惟不知負墮猶自護病則不若梵志多矣擲下拄杖呵呵大笑

示衆舉南泉大師因山下有一菴主人謂近日南泉和尚出世何不去禮見主云非但南泉出世直饒千佛出興亦不能去泉聞廼令趙州去勘州去便設拜主不顧州從西過東又從東過西主竝不顧州云草賊大敗拽下簾子便歸舉似泉泉云我從來疑著者漢師云南泉老人坐斷乾坤到者裏也把不住卻令趙州慣戰作家去也搖撼不動他豈不勞而無功者菴主雖然把定綱宗也是抱樁搖櫓山僧今日看來個個都是不唧嚠漢者裏衆中莫有唧嚠者麽出來爲三大老出氣如無老僧今日失利

示衆舉雲門到灌谿有僧舉谿語云十方無壁落四面亦無門淨躶躶赤灑灑没可把門作麽生師云虧你記得者一絡索門云與麽道即易也大難出師云驀頭一拶僧云上座不肯和尚與麽道那師云逐句尋言門云你驢年夢見灌谿師云復是一拶僧云某甲話在師云猶是不知門云我問你十方無壁落四面亦無門你道大梵天王與帝釋商量什麽事師云慣得其便僧云豈干他事師云隨語生解門喝云逐隊喫飯漢師云果然果然師復召大衆云者僧不惟孤負灌谿垂訓亦負雲門指點若是伶俐衲僧在二大老處

達其端倪便是一生叅學事畢今日還有知音者拔得此僧麼老僧爲你證據良久云更聽一頌當場體用得全機著著分明何更疑只爲從前都學解到頭難做克家兒

示衆舉夾山會禪師會下有一僧到石霜入門便道不審霜云不必闍黎僧云與麼則珍重又到巖頭亦云不審頭廼噓兩聲僧云與麼則珍重纔回步頭云雖是後生亦能管帶其僧歸舉似山山明日陞堂廼喚昨日從石霜巖頭歸的阿師出來如法舉似前話僧舉了山云大衆還會麼若無人道老僧不惜兩莖眉道去也廼云石霜雖有殺人刀且無活人劍巖頭亦有殺人刀亦有活人劍師云者僧雖不怎麼頗耐風霜若不是二大老慧眼圓明爭能勘得伊出然則巖頭固有長處若非夾山洎合埋沒可見當時善知識推己讓人若是今時人不惟不肯恁麼道猶要弄巧謾人藏頭蓋尾山僧今日亦是不惜眉毛與諸人明明拈出雖然如是且道如何是殺人刀活人劍者裏識得非但見得巖頭石霜亦廼會得夾山老人親切處若不如是正落在時人圈繢裏便道到者個所在有什麼得失是非將個棗子囫圇吞了也豈不菽麥不分遭人撿點耶良久云竹密何妨流水過山高那礙白雲飛

示衆舉漸源同道吾去弔慰次源廼拊棺云生耶死耶吾云生也不道死也不道源云爲甚不道吾云不道不道回至中路源云和尚快與某甲道若不道打和尚去也吾云打即任打道即不道源便打吾歸院云汝宜離此

去恐知事得知不便道吾遷化後源至石霜舉前話請益霜云生也不道死也不道源云爲甚不道霜云不道不道源於言下有省師云者公案批評者多決斷者少山僧今日要與道吾下個註脚則不孤他一片婆心而受人屈處何故他道生也不道死也不道忒煞分明爭奈漸源逐句迷源還問道爲甚不道到者裏道吾更說個不道不道雖是雪上加霜亦廼赤心片片他又漆桶不快如斯莽鹵以致道吾末後纏纖若是山僧當時作道吾何必定要說到底道個打即任打道即不道但向他道闍黎切忌恁麼會待他擬議便棒免致伊獲罪彌天即今衆中還有人見得道吾落處出得漸源麼如無山僧更與頌出風飄飄兮雨濛濛意欲還鄉路不通挨到水窮山盡處方知昔日是朦朧

示衆舉忠國師因紫璘供奉擬註思益經國師廼問大德凡註經須會佛意始得供奉云若不會佛意爭解註得國師廼令侍者盛一盌水著七粒米在水中盌面安一隻箸問云者個是什麼義供奉無語國師云老僧意尚不會豈況佛意爭解註得經溈山果云供奉先鋒有作殿後無功當時纔見國師問此是什麼義只對云草本不勞拈出趯倒便行直饒國師通身是口也無說處師云溈山恁麼批判不無衲僧氣槩仔細撿點將來也出不得國師圈繢在山僧若作供奉待他道者個是什麼義但云上大人丘乙巳化三千七十士爾小生八九子佳作仁可知禮也

示衆舉雲門問直歲什麼處去來歲云刈茅

來門云刈得幾個祖師歲云三百個門云朝打三千暮打八百東家杓柄長西家杓柄短又作麼生歲無語門便打師云當時法濟若作者僧待他道朝打三千暮打八百云云但道和尚猶嫌少在他若打來接住推倒可不慶快平生雖然爭奈雲門老人棒頭有眼徑山道個直歲無語有三百個祖師證明雲門令雖行要且棒頭無眼老老大大作如是語話具正眼者試辯看

示衆舉世尊一日坐次見人舁豬過乃問者個是什麼人云佛具一切智豬子也不識世尊云也須問過師云當時世尊雖是退步就人爭奈舁豬者不鑑誰解得大慈悲父若是山僧見他道佛具一切智豬子也不識但云我也知你秖識得個豬子若是旁觀者道既不喚豬子又道個什麼只輕輕向他道者孽障復頌云大似無端驀問來令伊異類著疑猜個中識得瞿曇面管教不動出三災

示衆舉奉先深禪師同明和尚在衆時聞僧問法眼如何是色眼豎起拂子或云雞冠華或云貼肉汗衫二人特往請益問云承聞和尚有三種色語是否眼云是深云鷂子過新羅便歸衆師云千人叢裏奪高標時李王在座下不肯師云蹉過不少乃白法眼云寡人來日致茶筵請二人重新問話明日茶罷備綵一箱劍一口謂二師云上座若問得話是奉賞雜綵一箱若問不是秖賜一劍師云王令當嚴法眼陞座師云倚勢欺人深復出問今日奉敕問話師還許也無師云探竿在手眼云許師云忒煞實頭深云鷂子過新羅捧

緃便行師云慣得其便大衆一時散去時法燈作維那廼鳴鐘集衆僧堂前勘深師云也是陣後興兵衆集燈問承聞上座久在雲門有甚奇特因緣舉一兩則來商量看深云古人道白鷺下田千點雪黄鸝上樹一枝華維那作麼生商量師云用大旗鼓一奪燈擬議師云安知落處深打一坐具便歸衆師云得大機顯大用快哉不忝雲門之後可惜當時無有敵手任者漢一衝一撞如趙雲百萬軍中取阿斗相似今日還有知音者麼出來爲燈維那出一口氣看良久云太平原是將軍定不許將軍見太平

示衆舉道吾見雲巖修䪹次廼問作什麼巖云將敗壞補敗壞吾云何不道即敗壞非敗壞師云者兩個老漢卻似座主見解山僧若作雲巖見道吾問作什麼便拋下䪹子云你道是什麼又若作道吾見雲巖道將敗壞補敗壞但道忒煞扯東蓋西如是免使後人落在義解中去雖然山僧恁麼批判亦是相樓打樓有什麼交涉廼呵呵大笑

示衆舉三平忠禪師一日陞座有一道士出衆從東過西又一僧從西過東師云真僞歷然平云適來個道士卻有見處師僧未在師云探竿在手道士出衆作禮云謝和尚接引師云著平便打師云正令當行僧出作禮云乞和尚指示師云來也平亦打師云終無二格平復謂衆云此兩個公案作麼斷還有人斷得麼如是三問衆無對師云法濟當時若在座下但云和尚也須喫棒何故拚不得自已羸不得他人平云既無人斷得老僧爲斷

去也廼擲下拄杖歸方丈師云諸人還知三平落處麽若知得三平落處便知法濟落處左右顧視云夜靜水寒魚不餌滿船空載月明歸

示衆舉忠國師問座主講什麽經主云惟識論國師云作麽生會惟識論主云三界惟心萬法惟識國師指簾云者個是什麽法主云色法國師云大師簾前賜紫對御譚經何得五戒不持師云座主講得千經萬論到者裏開口便錯法濟當時若作座主待國師指簾問者個是什麽只對他道國師老老大大簾子也不識衆中有不甘者出來道你也只識得個簾子法濟向他道國師問什麽來待他擬議即便喝出

示衆舉韓文公問大顛和尚春秋多少顛廼提起數珠示之云會麽公云不會顛云晝夜一百八師云韓公蹉過不少公罔措歸宅怏怏而已夫人廼問侍郎神思不懌復有何事師云賢哉賢哉公遂舉前話夫人云何不進云晝夜一百八意旨如何師云善言言者公明日淩晨遂去門首廼逢首座座云侍郎入寺何早師云好不知來處公云特去堂頭通話座云堂頭有何因緣開示公舉前話座云侍郎怎生會公云晝夜一百八意旨如何師云老老大大做學語之流座廼扣齒三下公後至堂頭又進前語云晝夜一百八意旨如何堂頭亦扣齒三下公云信知佛法一般師云休錯認顛云見什麽道理廼云一般公云適來門首接見首座亦復如是顛遂喚首座問適來秪對侍郎佛法是否座云是顛便打

趁出院師云大顛末後全行正令在首座以振真規在侍郎則失其所向當時侍郎具眼果信得佛法一般便速禮三拜保得首座不趁出院豈不一場好事今日有人代他一轉語看如無不惟孤負大顛亦使老僧失利有麼有麼良久云佛法若無真正眼宗門那得到如今

示衆舉僧參善道禪師纔展坐具道云不用通時暄還我文彩未生時道理來僧云某甲有口啞卻即閒苦死覔個臘月扇子作麼道拈棒作打勢僧把住云還我未拈棒時道理來道云隨我者隨之南北不隨我者死住東西僧云隨與不隨且置請師指出東西南北道便打師云者僧可謂敵勝驚羣的手段秖是末後欠一著在老僧若作者僧待他打來更接住云打即不無且道是南是北是東是西便推倒可不有意氣時添意氣不風流處也風流今日法濟門下還有者等僧向前麼老漢也不用棒管教他一一透露去時有僧纔出衆師云文彩已彰便休去

示衆舉雪峰問僧甚處來僧云浙中來峰云船來陸來僧云二途俱不涉峰云爭得到者裏僧云有什麼隔礙峰打趁出僧過十年後再來峰又問甚處來僧云湖南峰云湖南與者裏相去多少僧云不隔峰豎起拂子云還隔者個麼僧云若隔即不到也峰又打趁出此僧住後凡見人便罵峰一日有同行聞特去訪廼問兄到雪峰有何言句便如是罵他遂舉前話廼被同行詬叱與他說破當時悲泣常向中夜焚香遥禮師云雪峰老人行其

正令者條白棒不忝德山之風可惜當時不遇其人重重蹉過者僧既不禪勞撥草瞻風何其莽鹵以至如斯及遇同叅通個消息悔之晚矣雖然此猶是君子禪也豈若今時不服善者寧招謗法之愆永無悲泣之意可見今人不如古人多矣大凡叅學須自具眼目切莫當面蹉過以貽後日之悔今日有新到者麼衆無語師復頌云憧憧往返隔千山覿面相承與話難不得知音痛呵叱到頭終是一顢頇

示衆舉夾山問僧甚處來僧云洞山山云洞山有何言教僧云洞山尋常許人三路學所謂玄路鳥道展手山云實有此語否僧云實有山云執持千里鈔林下道人悲師云者僧在洞山門下秖成得個學語之流豈具叅方眼目夾山老人雖持勘辯鉗鎚審知來處好似打鼈脚兎子一般若是法濟則不然待他道許人三路學便云我者裏一路也無若是遲疑攔頭便棒令伊不孤負洞山别有生涯今日衆中還有與者僧出氣得者麼良久云如無切忌傳言送語

示衆舉澧州大同濟禪師一日因米胡領衆來纔欲相見濟便拽轉禪牀面壁而坐米於背後立少時卻回客位濟云是即是若不驗破已後遭人貶剥卻令侍者去請米纔上來卻拽轉禪牀便坐濟遶牀一帀便歸方丈米卻拽轉禪牀領衆便出去師云二大老各展鋒鋩不無機用秖是未得賓主和融山僧若作米胡見他面壁而坐便拊背一下拂袖而出免使後面周遮若作大同看伊拽轉禪

牀便坐更令侍者點茶來可使主賓道契雖然如是看來不會作客勞煩主人二俱失利

示衆舉丹霞訪龐居士至門逢靈照洗菜次霞問居士在否照放下菜籃斂手而立霞再問照提起籃便行霞遂回須臾居士還照廼舉似前話士云丹霞在麼照云去也士云赤土塗牛奶師云三大老各顯神通不無撿點丹霞問頭雖是平常也要識個朦朧靈照應機截然不無臨風賣俏龐老結欵卻似父子相謾山僧恁麼判斷總是因語識人雖然秖如赤土塗牛奶者一句又如何商量還有道得者麼試道看

示衆舉臨濟大師道赤肉團上有一無位真人在汝等面門出入未證據者看看有僧出問如何是無位真人濟下禪牀扭住云道道僧擬議濟拓開云無位真人是什麼乾矢橛師云臨濟大師雷聲甚大雨點全無纔道未證據者看卻被者僧一摑直得自下禪牀手忙脚亂幸而不遇其人若法濟作者僧待他扭住時輕輕道個老漢忙什麼又待他拓開云無位真人是什麼乾矢橛但云我也知你說真方賣假藥今日未證據者且置已證據者出來道看如無山僧更爲頌破赤肉團中無位人面門出入最相親可憐未遇知音者卻把真金换六塵

示衆舉丹霞問龐居士昨日相見何似今日士云如法舉昨日事來作個宗眼霞云秖如宗眼還著得龐公麼士云我在你眼裏霞云某甲眼窄何處安身士云是眼何窄是身何安霞休去士云更道取一句便得此話圓霞

亦不對士云就中有一句無人道得師云丹霞老漢被龐公折倒了也若是山僧當時見他道是眼何窄是身何安但向道半肯半不肯何故老龐前言不應後語雖然更道取一句方得此話圓良久云太湖三萬六千頃月在波心説向誰

示衆舉羅山道閑禪師在禾山因清貴上座説話次貴云天下無第一人大小潙山猶輸他道吾師云道聽塗説山云有什麼語輸他師云審諦貴舉石霜辭潙山纔禮拜起潙問有句無句如藤倚樹子意如何霜無對師云許你真實卻到道吾吾問甚處來霜云潙山來吾云有什麼言句霜遂舉前話師云也是直頭吾云汝何不道取師云旁觀者清霜云秖爲道不得師云直不藏曲吾云汝爲我看菴待我與你報讎去師云錯吾往潙山潙泥壁次忽回首見道吾在背後便云智頭陀因何到此師云探其來由吾云某甲不爲別來秖爲和尚問諸道者有句無句如藤倚樹還是也無師云著潙云是師云著賊了也吾便問樹倒藤枯時如何師云相隨來也潙山呵呵大笑師云慣得其便被道吾捺向泥裏師云欺敵者亡潙山總不管師云失便宜處得便宜貴上座舉了云者個豈不是潙山輸他道吾師云虧你具眼羅山云上座三十年後若有把茅蓋頭切忌舉者個話貴不肯卻與道吾作主師云怪伊不得被羅山擒下地云白大衆各請停喧某甲今日與清貴上座直爲潙山雪屈話且須側聆師云作家戰將貴云知也知也便禮拜師云慙惶殺人山云何

不早道你還識道吾麽秖是館驛裏本色撮馬糞漢師云明眼宗匠天然猶在當時潙山老人慈悲之故開方便門親到者多錯會者不少道吾者些〻英氣雖是當仁不讓不知潙山放過處豈得旁觀者不忿要與證明今時還有知古人落處者麽切忌穿鑿你看羅山道你還識道吾麽秖是館驛裏本色撮馬糞漢且道是賞伊是罰伊具眼者試辯看

天隱禪師語録卷第四

音釋

刈 倪制切音乂芟草也
懌 夷益切音睪悦也
詬 許候切吼去聲聡辱也又怒也
縶 陟立切音執繫也又絆也
粧 側羊切音莊粉飾也
驛 羊益切音亦道也
鑿 疾各切音昨以意穿鑿也

天隱禪師語録卷第五

嗣法門人通琇編

示衆

歸磬山謝新舊執事示衆師云宗風不墜全憑作者提撕法道流行須藉賢能醻唱表率得人紀綱以立視虛空徧界爲一室攝情與無情爲同叅到者裏法法全彰心心無間事理圓融權實並用退者安閒修證進者勇猛行持且道不進不退一句作麽生道喝一喝云秋月長夜凉山桂滿庭香好個眞消息從君漫度量

示衆舉僧問風穴古曲無音韻如何和得齊穴云木雞啼子夜芻狗吠天明妙喜云者黄面淅子恁麽答話也做他臨濟兒孫未得在今日或有人問徑山古曲無音韻如何和得齊只向他道木雞啼子夜芻狗吠天明師云妙喜老人直饒恁麽答亦未作得風穴兒孫磬山則不然有人問古曲無音韻如何和得齊但與他道天明芻狗吠子夜木雞啼

示衆師拈拄杖云今朝十月一秋光漸漸歇報道冬令嚴籬頭吹觱篥邪説混世間拄杖一條直阿呵呵且道笑個什麽笑他偷心人不得祖師訣驀擲拄杖出堂

示衆舉雲門云盡十方世界乾坤大地天下老和尚以拄杖畫一畫云百雜碎雪竇云者老漢是即是要且無有出身之路如今拄杖在雪竇手裏復横按云東西南北甚處得來師云雲門解放不解收雪竇解收不解放山僧今日拄杖子在手卓一下云盡十方世界廼至天下老和尚總在者裏要東便東要西

便西要南便南要北便北到者裏還有全放全收者麼喝一喝云豈容淺見衲僧會惟許通方作者知

誕日衆請示衆師拈拄杖云老漢今年五十九諸人要我揚家醜自從一脚蹋地來不落人前與人後記得東邨陳媽媽卻道無生生已就喝一喝卓拄杖云且道拄杖子幾時生耶道得亦三十拄杖道不得亦三十拄杖何故不見道賞罰要分明以拄杖畫一畫云且置是事仰勞大衆起居萬福

示衆師拈拄杖云今朝迺是十月半户債糧租要打算十方雲水一無憂本分應須急早辦閻羅天子甚分明出入公私平等判若還者裏有虧缺世世管教塡不滿咄不涉陰陽迴然一句合作麼生道良久云本來無一物何處惹塵埃雖然如是今時有一等不識好惡漢便謂是偏見也他時喫鐵棒有日在莫言不道驀卓拄杖云羚羊挂角無蹤跡更有羚羊在上層

體眞教闍黎七十請示衆師云人壽希逢七十爾今已是身値若與趙老齊年正好叅尋知識那事雖本現成也須明明證得莫道以老爲休定要今生打徹今日當齋施主楊道友等得得買舟而來爲慶教闍黎七十老僧今年秪得五十九若論年紀彼老我少若論師徒我大彼小教中道父少而子老舉世所不信到者裏大衆還信麼既信如何融會得若會得則無老無少無高無下無彼無此無得無失既然如是即世出世又如何道卓拄杖云日月易蹉跎個中無改變教闍黎出問

虛度光陰已七十背曲頭低步難涉耳聲目色兩無情特請和尚分明説師以拄杖點云我與你道過了也進云未生前如何師云你向未生前問將來進云落地後如何師便喝進云前後無遮不住中坐卧經行面面通縱經無量塵沙劫即與今日目前同師笑云也許闍黎道著一半教禮拜云謝和尚慈悲師拽杖出堂

結制示衆問十方聚會共學無爲千指駢臻願聞法要如何是吾師爲人一句師云舉目皆是進云恁麼普天帀地從人薦滯義承言空自迷師云也許闍黎啟請問和尚開爐學人辦炭是誰作鐵師云將炭來問一切諸法則不問鼓未鳴衆未集已前事作麽生師云你在那裏安身立命進云恁麼則人人本具個個不無師云你又問他作麽進云也須和尚證明師便喝問香浮磬谷清音遠泉落茅峯洪化長露地白牛吞皓月寒林華發挂斜陽未審是阿誰境界師云青天白日進云境界已蒙師指示當陽一句又如何師竪起拂子云還見麼師廼云磬山不蓄一文錢要與諸方共結緣終日秪餐無米飯定教打徹祖師關且道如何是祖師關拶適纔二三僧問話各各有個落處諸人還知麼若知則門門有路若未知直饒當堂顯露猶落第二門頭驀拶知歸未是本分一著擬之則差强之則隔近之則遠向之則背且道不向不背不近不遠不强不隔不擬不差一句又作麽生道所以聲前一句千聖不傳學者勞形如猿捉影者裏透得何須立限立期畫地爲牢者裏

未透且高挂鉢囊向七尺單前豎起脊梁坐斷衆流一念不生前後際斷直至威音那畔更那畔慢慢𨓜醒轉來攪長河爲酥酪變大地作黃金亦不爲分外事要須到者田地始得若未到者田地將古人言句妄生穿鑿道者是什麽句那是什麽句饒你穿鑿到彌勒下生也只是個恁麽不見巖頭老人云若有一法繫綴人土亦難消况信心檀越脂膏耶諸人既信向老僧特入深山來叩已所叅切須仔細古人云塵勞迥脱事非常緊把繩頭做一場不是一翻寒徹骨怎得梅花撲鼻香擲下拂子云珍重

示衆師云大衆都下埠老僧獨看庫雖無一物中也須要保護露柱與燈籠笑他閒底苦苦苦口説甚分明心裏至莽鹵堆堆守個閒驢年成佛祖衆中有個孟八郎漢出來道大小磬山動静裏見人放你三十棒且道是賞伊是罰伊驀擲下拄杖

冬至示衆問暑往寒來即不問冬至陽生事若何師云形與未質問學人未達本源如何趨進師云阿誰要達問一陽未動萬物未生時如何師云動了也進云動後如何師云退步看僧蹋步向前云進一步時如何師舉起拄杖云你還知有者個麽便打僧作舞出法堂師云好個猴子師廼卓杖云陽消則陰至陰極則陽生陰陽未判時試問誰作主今見書雲日物物轉機爾惟有者些兒無動無静旨者裏若委悉得生陰也在者裏生陽也在者裏生天也在者裏生地也在者裏生人也在者裏生物也在者裏上則有君下則有臣

尊則有父卑則有子内則有理外則有事到者裏理無事外之理事無理外之事事理圓融權實並用即今應時及節一句作麽生道擲拄杖云識得一陽纔動處森羅萬象掌中看

示衆師云四十年來端爲禪半肩風月只隨緣尋常檢點無欺處纔向烟波擲釣竿以拄杖作釣勢云不惜性命者上來吞餌問檀信屢日營齋法王連晨陞座財法二施兼周且道無事衲僧憑何報德師横呈拄杖進云與麽一粒一莖布雲水鉢中咸成菩提種草或語或默與寶華座下胥爲大道標模師云禮拜著進云古人道大家相聚喫莖虀喚作一莖虀入地獄如箭射又道喫粥了也洗鉢盂去雖總殘羮剩飯試問是别是同師云你還待第二杓惡水麽進云不明先聖門中事逐隊饕餮實可危師云放你三十棒問檀那精誠設供和尚舉揚般若記得淨名道施者不名福田受者墮三惡道和尚還受也無師以手抛後云總抛卻了也進云恁麽則三輪體空去也師云許你道一半問法筵已建四衆雲臨覿面親呈則不問向上宗乘事若何師驀豎拄杖云高著眼進云此亦是門庭邊際如何是堂奥中事師良久云還見麽僧禮拜云學人恁麽去也師云也知你恁麽去師顧視左右云還有問話者麽衆無語師迺云道本無方因方故迷心本無住因住故執執之則觸途成滯迷之則背覺合塵念念攀緣矻矻造業故經云一切衆生皆由不知常住眞心性淨明體用諸妄想此想不眞故有輪轉

若能一念回光返照直下見得廣大心體無有邊際涯畔則不被生滅妄緣之所流轉也於是一念清淨一念清淨故則一身清淨一身清淨故則一世界清淨一世界清淨故則無量無邊世界清淨諸人還到者田地麼若未到者田地切不可以無明為佛性將煩惱作菩提日用現行更須仔細不見當時龐居士云難難十石油麻樹上攤龐婆出來道易易百草頭上祖師意靈照女又道也不難也不易饑來喫飯困來睡據山僧見處此三老有一人行到說不到有一人說到行不到有一人行到說亦到若人檢點得出許你一生參學事畢正與麼時一句又作麼生道當陽直截能開悟萬別千差總一般

示衆師云今日臘月一玉峰打供給試問兩堂僧報德作麼生說有性燥者出來對衆道看僧問同門出入玷辱宗風別路資生難謾作者今日玉峰法叔臨筵且禹門得力句如何舉似師竪起拂子進云三級浪高龍卧穩九天雲淨鶴飛遥師云武陵谿水向西流進云恁麼則大衆咸忻也師云闍黎道個末後句看進云不是久參洎合打失鼻孔便禮拜師云缺卻半邊也問水窮山盡則不問虛空撲落事如何師云你曾到者田地麼進云覿面相呈今已曉臨濟家風事若何師便喝進云祖師心印蒙師指當機付囑又如何師云未到你在進云恁麼則宗風永振佛祖重輝師云度師迺云祖師巴鼻迥迥撩天師子爪牙獰獰踞地得之者羣魔喪膽用之者百獸腦裂且道誰是其人不見我臨濟大師道有

時一喝如金剛王寶劍有時一喝如踞地師子有時一喝如探竿影草有時一喝不作一喝用且道山僧適纔者一喝是金剛王寶劍耶是踞地師子耶是探竿影草耶是一喝不作一喝用耶若道是金剛王寶劍如何是踞地師子若道是踞地師子如何是探竿影草若道是探竿影草如何是一喝不作一喝用者裏識得堪作濟下兒孫者裏未識得切莫胡喝亂喝直饒你喝得虛空落地猶未在且將我者一喝入於四喝之中不見有一喝之相亦將四喝入我一喝之内不見有四喝之名到者裏你還分得那一句是賓那一句是主不見谷隱老人云一喝分賓主照用一時行會得個中意日午打三更你還知麼不是祖師親嫡印直饒動地野干鳴

復舉龍牙道雲居師兄得第二句我得第一句師云大小龍牙得便宜處失便宜山僧則不然我玉峰師弟得第一句我得第二句且道與古人是同是別諸人會得許你具一隻眼若無山僧自道去也驀擲拂子云南山起雲北山下雨

臘八示衆師拈拄杖云握毘盧印撥向上機赤手全提通身擔荷且道誰是其人還有知恩報恩者出衆相見麼問睹星成道即不問禹門消息乞垂揚師云與你道過了也進云慧雲含攝三千界法雨均沾五分香師云過問釋迦老子今日成道歎云一切衆生皆具如來智慧德相但以妄想執著而不證得如何是妄想師云立人立我進云如何是智慧德相師云忘我忘人師乃云釋迦今日打失

鼻孔諸人還知他落處麼若也知得他落處便好向今事門接物利生如或未知且向七尺單前研窮至理適纔僧問世尊今日成道歎云奇哉一切衆生皆具如來智慧德相但以妄想執著而不證得妄想老僧道破了也殊不知世尊百劫千生已證已得今日廼是開權顯實化利羣迷道個立人立我忘我忘人恁麼也不得不恁麼也不得不見石霜云休去歇去一念萬年去寒灰枯木去古廟香爐去一條白練去冷湫湫地去雲峰又道不休不歇去業識茫茫去七顛八倒去十字街頭鬧浩浩地坐臥去三家邨裏盈衢塞路荆棘裏遊戲去刀山劍樹劈腹剜心鑊湯爐炭皮穿骨爛去如此舉唱大似三歲孩兒輥繡毬你看二大老各資一路山僧則不然今日將三條篾纜緊縛卻擲在無底坑裏也不許休去歇去也不許不休去不歇去動著則三十棒有旁不甘者出來道磬山老漢有甚長處喝一喝云丈夫自有衝天志不向古人行處行

示衆師豎起拳召大衆云捏聚也由者個舒手云放開也由者個若者裏識得根源管保你歸家穩坐還有遞相證據者麼良久云風雨蕭騷塞汝耳根落葉交加塞汝眼根香臭叢雜塞汝鼻根冷熱甘甛塞汝舌根衣緜溫冷塞汝身根顛倒妄想塞汝意根古人恁麼道山僧則不然風雨蕭騷開汝耳根落葉交加開汝眼根香臭叢雜開汝鼻根冷熱甘甛開汝舌根衣緜溫冷開汝身根顛倒妄想開汝意根者裏若透得通身受用了無障礙其

或未然真是平地骨堆更聽取一偈根塵識得原初體縛脫何曾兩樣來者裏不隨聲色轉無勞動步出三災叅

檀越請示衆師云霜風夜夜吹人老此事誰能端的來不是一番親證得如何脫得暑寒推還有不涉陰陽地者出衆道看良久云如無山僧與你們打葛藤去也諸佛與一切衆生惟是一心更無別法此心非大非小非長非短無垢無淨不生不滅猶如虛空不可測度超過一切限量名言蹤跡對治當體便是動念即乖既乖此心便有十法界之分何謂十法界諸佛菩薩緣覺聲聞此四聖之法界也天人阿修羅餓鬼畜生地獄此六凡之法界也諸佛法界者從四無量心萬德莊嚴之所成菩薩法界者識得當體即空修六度萬行之所成緣覺法界者以十二因緣爲本行之所成聲聞法界者轉四諦法離苦集滅道之所成天道法界者精修十善之所感人道法界者嚴持五戒之所感阿修羅法界者鬭爭堅固嗔恚之所報餓鬼法界者慳貪鄙悋之所報畜生法界者癡心橫想之所報地獄法界者十習六交之所報者裏一念回光直下見得本來便能超凡入聖透出法界之量諸人既入深山各須努力究取不見龐居士將家財悉沉湘江道有男不婚有女不嫁大家團圞頭共說無生話一日又謂靈照女曰明明百草頭明明祖師意汝作麼生會照曰者老漢頭白齒黃猶作者個見解士云汝又作麼生照曰明明百草頭明明祖師意師驀豎起拂子云山僧今日亦有一問者是百草

頭者是祖師意若道是祖師意如何是百草頭若道是百草頭如何是祖師意諸人會得對衆通個消息如若不會卻被山僧拂子穿卻鼻孔了也擲下拂子云你作麽生打脱去

叅

除夕示衆師拈拄杖云巖石積經霜迸裂庭梅疊壓雪凋殘人生百歳終何用此道誰能著眼看莫有個念兹在兹者出來道師語未絶僧衝出師喝退笑云你若謂磬山老漢壓良爲賤我也不怪你道僧復出云年窮歳盡時如何師指爐云一炷清香徧十方進云時節因緣休蹉過徹骨知寒有幾人師云看脚下師迺云今年除歳也恁麽舊年除歳也恁麽明年除歳也恁麽直饒你除到眼光落地四大分張也只是恁麽老僧四十年來叅之究之研之窮之猶是恁麽大衆又作麽生此事要實悟實證實行實踐始得到者裏拄杖子踍跳出來道今夜是什麽時節説者些牽牽蔓蔓話不見道有物先天地無形本寂寥能爲萬象主不逐四時凋師驀喝一喝云也是牽蔓説話畢竟直截一句如何道召大衆云各各歸堂喫茶去和聲擲下拄杖

元旦示衆師云好個新正日雨打千山壓人人有生緣者裏無間歇傾湫倒嶽鎮常靜一念萬年終不回左右顧視召大衆云伏惟珍重

示衆師拈拄杖云白日照消千嶂雪清風吹散一天雲道人活計隨時用信手拈來不是塵有知音者出來遮相疇唱得否僧問雪覆千山則不問孤峰不白事如何師云直上看

進云雲開碧岫千林曉日照晴沙萬壑明師便喝師迺云昨夜三更時分文殊普賢二大士口喃喃地道助揚法化及至天明都走向無生國裏剛剛剩得一條榔栗拄杖橫拈倒用都合其宜一觸觸著帝釋鼻孔東海鯉魚打一棒雨似盆傾或云者是雲門扇子不是德山拄杖若道是雲門扇子又是德山拄杖若道是德山拄杖又是雲門扇子即今在山僧手裏驀卓一下云諸人還定奪得出麽若定奪得出也有權也有實也有照也有用殺活縱奪總在者裏且得力一句又如何道復卓一下云懸崖路絶承渠力斷橋溝鈌賴伊扶

檀越請示衆慧骨法師白椎云磬山不是等閒山說法單明向上關明鏡當臺姸醜現英靈衲子豈顢頇法筵龍象衆當觀第一義師拈拄杖僧問趙州庭前柏樹磬山門首青松未審是同是別師云腦後看師迺卓拄杖云大道寥寥像季年不拘朝市與林間但能一念回光照報德酬恩總現前師顧左右云且道誰是知恩者到菩提場斷煩惱路開智慧門坐無生國未爲好手何故日用無回互當機有卷舒驀豎起拄杖云大衆急著眼看卓一下云天得之以覆育地得之以生成君王得之恩被萬物羣臣得之報國祐民且道衲僧家得之又如何施設琇侍者驀掀倒香案云截斷天下人舌頭便出堂師擲下拄杖擘兩手作修羅勢振威一喝便下座兩旁顧視時一衆失色遂轉身召云大衆便歸方丈琇禮拜云適來觸怒和尚師云好與三十拄杖

隨聲拈棒㽞逆上掌云即今便打説甚好與師亦打㽞約住拄杖師注視㽞即攛拄杖云須還者老漢始得師擲下拄杖大衆作禮教闍黎出衆呈頌云一喝猶如霹靂聲擊碎虛空世界沈諸佛脚跟無處立謬耳無聞斷命根出世不經師匠手年過彭老柱長春師云老當益壯教作禮隨衆退

解制示衆師云木馬止嘶雲影去泥牛長卧石臺邊個中消息誰能解切忌當機著意猜還有性燥者麽問掩息如灰則不問隨流得妙事如何師云脚脚蹋著去進云與麽則個中一物無歸家罷問途頭頭明歷歷坐斷古毘盧師云逢人切莫錯舉進云與麽則縱横沒影象步步絶行蹤聲未絶師便喝問如何是一擊粉碎去師云近前來與你道僧喝師便打問古帆未挂時如何師云坦坦平平地進云挂後嚌師云波浪滔天進云恁麽則逆流深入去也師云未在問頭頭明法法了猶是影像邊事如何是尊貴一路師云退後看進云折合終歸炭裏坐如何是炭裏坐師云向前看進云如何是大悲心師云中間看進云如何是無根草木自開華語未竟師便喝

師廼云春色融融百草頭邊明祖意春風蕩蕩一瓢瀟灑樂天涯不用寒巖兀兀何消定水澄澄直得鬃帩草鞵横擔榔栗千峰萬峰絶蹤絶跡塵塵獨露物物全彰隨緣放曠應用無虧所以道未有常行而不住未有常住而不行欲益無所益欲為無所為聚則如雲歸谷散則似月臨谿不聚不散一句合作麽生道良久云閒來獨坐當軒下漫看華枝自

短長

本師幻有大和尚忌日掃塔師云者老漢當時不提一個元字脚直是教人無可奈何不肖今日拈一瓣香不是報德酬恩亦非雪怨伸屈顧視左右云寃有頭債有主不是時人無本據便拈香

示衆師云剛纔過了月半又是初一矣老僧病軀不能應時及節與諸人商量佛法若論此事如百斤擔子各各擔著到得地頭方始輕快不得依依俙俙打混過日久參先學舉起便知落處晚進初機切須努力

示衆舉愚菴禪師一日入園見典座割瓜菴問刈得幾個祖師頭座云三十個菴云那個皮下有血座云和尚何得重重相戲菴云好心不得好報師云若作佛法商量愚菴好與三十棒若作世諦戲論典座好與三十棒除此二途諸人道將一句來

示衆世尊將諸聖衆往第六天說大集經敕他方此土人間天上一切獰惡鬼神悉皆集會受佛付囑擁護正法師云大小世尊憐兒不覺醜設有不赴者四天門王飛熱鐵輪追之令集何必既集會已無有不順佛敕者各發弘誓擁護正法以德服人惟有一魔王謂世尊云瞿曇我待一切衆生成佛盡衆生界空無有衆生名字我廼發菩提心山僧若作世尊咄云魔王你而今在衆生界內耶衆生界外耶若在衆生界外不見有一衆生當發菩提心若在衆生界内已發菩提心了也到者裏看他如何合煞即今諸人還識得者老魔王落處麽良久云更爲諸人頌出者個魔

王能大力衆生界盡始方修須知逆順承恩德風捲殘雲一色秋

示衆舉天台寒山子預知溈山來國清受戒遂與拾得往松門接溈纔到二人藏路兩邊透出作大蟲吼三聲溈佇然無對師云一名是個老賊寒云自從靈山一別迄至於今還相記麽溈無對師云忘卻了也拾拈起拄杖云老兄喚者個作什麽溈無對師云知你用得熟寒云休休不用問他從別後三生做國王來總忘卻也溈又無對師云老僧住持事煩復頌往往志因貧處得從教古佛要精修三生已落王家也不是溈山怎出頭

示衆師云今朝七月一個事如何說秋風漸漸來切莫自放逸日月易蹉跎光陰在瞬息若不把本參焉能得竟徹既然如是臘月三十日到來作麽生打疊得去顧視左右噫丈夫不奮衝天志依舊懡㦬過一生

示衆舉僧問雲峰如何是心地法門峰云不從人得僧云不從人得時如何峰云此去衡陽不遠妙喜云雲門即不然如何是心地法門不從人得不從人得時如何看腳下楚石云或問天寧如何是心地法門不從人得不從人得時如何早晨有粥齋時有飯師云諸大老恁麽答話美則美矣善則未善若問磬山如何是心地法門不從人得不從人得時如何如人飲水冷煖自知

示衆師拈拄杖云今日七月半農夫禾好看你我衲僧家以何爲公驗秋風一陣來黃葉兩三片凋殘功德林石人也驚歎既然如是各各須教照顧鼻孔切忌漫將閒學解依俙

埋沒祖師心擲下拄杖

示衆舉僧問五祖如何是佛祖云露胸跣足如何是法云大赦不放如何是僧云釣魚船上謝三郎妙喜云此三轉語一轉具三玄三要四料簡四賓主洞山五位雲門三句百千法門無量妙義若人簡得許你具一隻眼楚石云三玄三要四料簡四賓主洞山五位雲門三句百千法門無量妙義大似頭上安頭天寧今日爲你諸人抽卻釘拔卻楔做個灑灑落落地丈夫兒豈不好何故喫他殘羹餿飯隨他脚後跟轉被他喚作無地頭漢慚惶殺人師云二大老一人高高山頂立一人深深海底行雖然如是還曾蹋得五祖老人三句話著也未據磬山看來總是無地頭漢何故從前汗馬無人識秖要重論葢代功

示衆舉密菴傑禪師上堂拈金峰和尚示衆云老僧二十年前有老婆心二十年後無老婆心時有僧問如何是和尚二十年前有老婆心峰云問凡答凡問聖答聖曰如何是二十年後無老婆心峰云問凡不答凡問聖不答聖菴云烏巨當時若見但冷笑兩聲者老漢忽若瞥地自然不墮聖凡窠臼師云某當時若在烏巨會中則把住問那裏有聖凡窠臼見他眼目定動便拓開呵呵大笑歸衆也是山僧路見不平今日衆中還有人知得落處麽若知得落處不妨出衆證據如無一總不離凡聖窠臼在叅

報恩示衆師名衆云土木瓦石轉大法輪發諸人大機大用切不得當面蹉過

師六十誕示衆師云幻住人間六十春相逢

未遇幾知音虛懷祖印全提旨遥望羣賢造詣深幾度白雲空聚影多番黃鳥亂啼聲報恩今日重拈出也道當生即不生

冬至示衆師云冬來老谷霜華冷從此陽生日日長個裏不知誰著力森羅萬象盡敷揚大衆且道敷揚個什麽事若會得道將一句來如未會按下雲頭始得珍重

示衆師舉圓悟禪師上堂云有句無句超宗越格如藤倚樹銀山鐵壁及至樹倒藤枯多少人失卻鼻孔直饒收拾得來巳是千里萬里秖如未有與麽消息時還透得麽風煖鳥聲碎日高華影重師云佛果老人恁麽舉揚眞萬世標榜見得古人徹頭徹尾以破時人支離穿鑿之窠窟今時有等漢魔魅人家男女膠柱鼓瑟定要人入他圈繢道作麽生是有句作麽生是無句作麽生是如藤倚樹作麽生是樹倒藤枯逐句義解合他杜撰有不合處便道你只會得個有句未會得個無句若到樹倒藤枯句歸何處猶隔遠在諸人還知古人建立法要處麽如未知當自看佛果老人言語一一究明方不隨羣逐隊雖然若具個金剛正眼莫道看破他邪根種子者些圈繢連老僧說話亦颺在一邊圓悟老人說話亦颺在一邊將古人葛藤亦抛向那邊更那邊自家自有出身之路一段本地風光葢天葢地豈肯把虛空分長分短分古分今耶到者裏還知落處麽良久云數聲清磬是非外一個閒人天地間

望日示衆師云剛纔結制俄爾半月矣諸人曾撿點與未結制前是同是別此事按牛頭

喫不得草先師幻有老人云學道要人逼拶做工夫便不濟事矣生死心切教他放亦放不下我者裏堂中也有从叅的也有一知半解的也有纔入門的也有懵然無知的各做自已工夫始得昨晚執事等勉老僧與大衆說法冷地裏仔細思量有什麽法可說良久驀出座顧視左右云誰是欠少的那便下座

僧入室呈偈云結制還同未結制話頭忘卻轉茫然空拳赤手無依倚脫卻皮膚得自閒師云作麽生是你自閒的道理僧舒掌師云又不得自閒了也

示衆師云今朝臘月一事事應當急個裏若茫然看孔須著楔莫待三十夜手脚做不及諸人還覺毛寒骨豎麽切忌卜度便下座

天隱禪師語録卷第五

音釋

胥新於切音湑皆也　饔於容切音邕熟食也　矻苦骨切音窟矻矻勞極也

㩳息勇切音悚推也　仡魚乞切音仡壯勇貌

天隱禪師語錄卷第六

嗣法門人通琇編

示衆

示衆舉張無垢居士叅楚明禪師問入道之要明云此事惟念念不舍久久純熟時節到來自然證入復舉趙州栢樹子話令時時提撕士久之無省謁善權禪師問此事人人有分個個圓成是否善云然士云爲甚某無個入處善於袖中出數珠示之云此是誰的士俛仰無對善復袖之云是汝的則拈取去士悚然未幾留蘇氏館一夕如厠以栢樹子話究之聞蛙鳴釋然契入有偈云春天月夜一聲蛙撞破乾坤共一家正恁麼時誰會得嶺頭脚痛有玄沙師云古人爲道決不敢造次須是眞實叅悟方自信自入無垢後來復見諸大老叅證至徑山與馮給事諸公議格物慧云公祗知有格物而不知有物格士茫然慧大笑士云師能開諭乎慧云不見小說載唐人有與安祿山謀叛者其人先爲閬守有畫像在焉明皇幸蜀見之怒令侍臣以劍擊其像首時閬守居陝西首忽墮地士聞頓領深旨題不動軒壁云子韶格物妙喜物格欲識一貫兩箇五百慧始許可你看無垢當時既悟得乾坤共一家因甚到者裏自家茶飯又喫不下且道利害在什麼處者裏若會得許你們叅得祖師禪若未會得切不可將之乎者也以當平生自欺欺人况先輩大儒投誠入室不自埋没迺今之衲子一百個倒有九十九個略得些光影便斷送一生光陰易過歳不久留汝等珍重

示衆師云今朝臘月十五夜半椎鐘擂鼓觀音入理之門到此休敎莽鹵不莽鹵五九四十五五九四十五窮漢街頭舞不要舞春寒途中猶更苦顧左右云且道家堂坐的又作麽生喝一喝云休瞌睡下座

立春示衆師云撥破泥牛徧界春一回消息一回新江山不改舊時色指點諸人賞寂音

示衆舉乾峰云舉一不得舉二放過一著落在第二雲門出衆云昨日有人從天台來卻往徑山去乾峰名維那云來日不得普請師云乾峰當時卻似誘人犯法好與三十棒雲門雖是見兔放鷹亦是忘前失後諸人到此不得放過乾峰來日不得普請句雖然也是賊過後張弓頌云漁翁終日在灘頭釣得金鱗即便休放去收來風浪穩坐看明月下滄洲

示衆舉世尊九十日在忉利天爲母說法及辭天界下時四衆八部俱往虛空界迎有蓮華色比丘尼作念云我是尼身必俱大僧後見佛不如用神力變作轉輪聖王千子圍繞最初見佛果滿其願世尊纔見迺訶云蓮華色比丘尼何得越大僧見吾汝雖見吾色身且不見吾法身須菩提巖中宴坐卻見吾法身師云蓮華色比丘尼未解世尊太煞慈悲若解當下脫然雖然世尊只說得如來禪若山僧見他恁麽來攔頭便棒管教變去不得諸人還知落處麽良久云天共白雲曉水和明月流

示衆舉夾山云我二十年住山未嘗舉著宗門中事有僧問承和尚有言我二十年住山

未嘗舉著宗門中事是否山云是僧便掀倒禪牀山休去師云報恩若作夾山但云今日郤被闍黎啓請看他眼目定動膀脊便棒山明日普請掘一坑令侍者請昨日問話僧來云老僧二十年只說無義語師云支離不少山云請上座打殺老僧埋向坑中便請便請上座若不打殺老僧自著打殺埋此坑中始得師云雖用紅緜套子亦是令人不快山僧若作者僧但進前云某甲罪過拂袖便行何必潛去諸人委悉麼未會更為頌出賓主由來未作家遮相鈍置莫矜誇個中若具拏龍手任爾風濤眼豈賒

示衆舉石樓和尚一日纔見龐居士來便掩郤門云多知老翁莫與相見士云獨坐獨語過在阿誰樓便開門纔出被居士把住云是師多知是我多知樓云多知且置開門開門卷之與舒相較幾何士云秖此一問氣急殺人樓不語師云二大老驀劄相逢如兩陣交鋒不無勝負報恩若作石樓便道居士老老大大作者個話會他若道弄巧成拙但云郤是𨓍說頌云兩陣交鋒果是奇到頭贏得者些兒當場一著擬强弱不避鋒鋩破禁圍閒覩賞弄旌旗收得頭來把尾歸咄

示衆舉道吾因南泉云法身具四大否有人道得與他一腰褌吾云性地非空空非性地此是地大三大亦然泉不違前言𨓍與褌一腰師云道吾與麼道報恩則不然性地本空空非性地一大如故三大亦然且道與古人是同是別若人撿點得出還我一腰褌有麼有麼

示衆舉歸宗禪師泥壁次白侍郎叅宗問汝是君子儒小人儒白云君子儒宗迺打泥拓一下白遂過泥宗接得便使良久云莫便是快俊的白侍郎否白云不敢宗云秖有過泥分師云侍郎將成萬仞之山未進一簣之土山僧若作侍郎但云和尚莫壓良為賤雖然今日要恁麼君子儒也難得諸人不得放過莫將無事爲無事往往事從無事生

元宵示衆師云一燈續燄百千燈剔起眉毛見未曾照徹心空及第處方堪遠繼嶺南人

示衆師云今時人做工夫疑情不起葢爲生死心不切生死心若切疑情不得不起教你放也放不下

示衆師云今時禪門大變總是個弄虛頭漢教壞人家男女不肯指點人做實地工夫剛剛學些魔嘴說話不顧本分中黑漆漆地老僧者裏不比諸方容人打口令謂之叅禪若要在此住須將從前學得的盡情吐卻淨淨地本分叅究一回討個分曉始得若不如斯唐喪光陰有何利益

示衆舉玉泉浩布褌因東坡相訪浩問云尊官何姓坡云姓秤是秤天下長老的秤浩唾地云者一唾重多少坡無對師云山僧若作東坡便道未出定盤星在不使者老漢一唾至今收不得還有人收得麼若收得也許伊識分兩顧視左右須云識得眉毛眼上何須特地戈矛氣吞宇宙無礙觸著風雷捲收意綢繆漫看天涯一色秋者裏若還親薦得道人無事樂悠悠

示衆舉善道禪師因杏山問承聞行者遊臺

山來還見文殊麼善云見杏云道什麼善云道你生身父母在深草裏杏無對師云山僧若作杏山便道恁麼說話未見文殊在拂袖便行迺須云羝羊蹤跡最難尋步步相隨意轉新挨到一天星斗上陡然霹靂暗中行

示衆舉藥山向手中書一佛字問道吾是什麼吾云佛字山云者多口阿師師云藥山秖知他人多口不知自己多手迺呵呵大笑云老僧恁麼批判秖見錐利不見鑿方諸人還知落處麼若知落處他日不得錯舉不知落處他日亦不得錯舉珍重

示衆舉大慧禪師上堂舉須菩提巖中宴坐諸天雨華讚歎尊者云空中雨華讚歎者是何人天云我是梵天尊者云汝云何讚歎天云我重尊者善說般若尊者云我於般若未曾說一字云何言善說慧喝一喝云當時若下得者一喝非但塞卻梵天口亦迺二千年後免被徑山檢點天云尊者無說我迺無聞無說無聞是真般若慧又喝一喝云當時若下得者一喝非但塞卻須菩提口亦迺二千年後免被徑山檢點且道徑山還有遭人檢點處也無自云有什麼處是遭人檢點處不合多口師云徑山老人築著空生梵天漏洞自家漏洞還曾築著也未諸人若築得著道將一句來良久云不合多口便下座

示衆師云今朝七月一秋風漸漸急若是個中人不用重重說他人難用力須教自打徹大衆且道打徹個什麼驀豎拂子云八角磨盤空裏走露柱懷胎笑點頭下座

示衆舉翠巖真禪師因黃國博問百丈華長

老既是百丈爲什麽卻短小華云今日好天晴黄不契卻請眞代語眞云但問將來黄再問眞云須彌南畔把手同行黄佇思卻問意旨如何眞云蚊子上鐵牛黄又佇思云不會請和尚爲某甲説眞云你離卻妻子來老僧爲你説黄云秖如和尚還行得麽眞云上藍寺裏送客一日行百千遭師云大小國博恁麽見解欲勘驗諸方未到你在山僧今日也是扶强不扶弱衆中有扶弱不扶强的出來代他一轉語看若代不得切忌草草頌云三擒三放不知歸陸地行舟未可爲個裏要知端的意還他真正作家兒

辛未重陽衆請説始終參悟示衆師云若論此事本無言説叩已所參聊通影響余生荆谿閔門母潘氏不幸早歲失怙母老孀居時值凶荒艱難困苦無從師範讀書幸植宿因時中嘗念觀音名號憶得小時伯母攜出閒望井邑忽一念返照見空豁豁地境界一回至十餘歲賣菜養母漸涉世緣不覺隨聲逐色轉轉迷重從此頓失前來赤子之心年二十始發心茹齋報母劬勞之恩然不知三寶歸向惟對神明立願二六時中邪念忽起黙誦小人閒居爲不善章頓然念息一日偶經講肆值講楞嚴一切衆生皆由不知常住眞心性淨明體用諸妄想此想不真故有輪轉余時一聞惕然發起畏生死心自念既在世間虚受輪迴遷變不常咸屬幻化何不急早修行貴圖脱苦聞幻有和尚是大善知識自清凉山來迺唐凝菴太常吳安節通政延居龍池山道風遐播闡揚臨濟正宗單提向上

一著渴欲拜見聞出山過毗陵龍嘴菴即日買舟至毗陵相見和尚顧余曰何弗出家余曰有志未逮曰何故余曰老母在堂是未敢也一見遂别明年又同密雲兄特造龍池時遇風雪連住十餘日得盤桓請益自後但一念怕生死心切單單體究本分一著雖處塵寰之中實無有一毫留念世緣一日母命攜籃買腐籃錢俱與店家空手而歸被母呵責余時工夫愈覺痛切母見我道念堅固不悦處世亦食長齋偶請藩目星士使推余命士曰此八字壽夭余適從外歸問曰出家可否士曰出家甚好時母聞說方允出家余即禮謝明年萬曆戊戌遂脱俗芟染初看趙州無字話半載和尚問曰工夫邇來如何余曰話頭雖切但無入處和尚示余更參如何是父母未生前本來面目余領受歸堂刻刻提撕無論閒忙動静處行住坐卧時死死挨拶不敢少怠一日和尚同衆看出窑有覺所兄云聞四大名山菩薩出現神通廣大和尚驀接語云我者裏亦不少余進云如何是者裏神通和尚曰快些度輙其時稍稍有入次後工夫急切晝三夜三看來看去及百餘日偶展楞嚴見佛咄阿難云此非汝心於時如善財入彌勒樓閣忽憶昔年童稚境界與現前無異無别頓覺從前疑情放下平貼貼地一日室中和尚舉華嚴經佛身充滿於法界普現一切羣生前爲什麽汝等張著兩眼不見時邪州兄云據某見處是佛見無我是我見無佛和尚云料掉没交涉復顧余曰你如何會余曰據某見處道得一字即不出和尚曰同

坑無異土明春侍和尚入城在顯親禪堂余請問永嘉大師道忽然如拓空時如何和尚一喝復顧余云我代你修行罷余時禮拜便會得主賓照用之句復適石城寓天界寺謁雲松老師貌古臘高精勤定課寒暑不移可畏可敬親榻數日受益良多又訪文齋老師於能仁寺此老敏而文出語新奇令人心暢秋後還山至辛丑余遂掩關和尚囑云汝既有入處此番當更精進他日利導有情勿令斷絕吾北行矣余時不獲從侍巾缾如失慈父懊恨無已然無可奈何只得關中依時消遣雖閱古人因緣一一有透露處或拈或頌隨問隨答至僧問乾峰十方薄伽梵一路涅槃門未審路頭在什麼處乾峰拈拄杖畫一畫云在者裏僧復問雲門門拈扇子云踔跳

上三十三天築著帝釋鼻孔東海鯉魚打一棒雨似盆傾卻又去不得於是力參兩載終日蒲團正在忘絕境界之際忽聞驢鳴恍然頓釋前疑如放下百千斤擔子有偈曰忽聞驢子叫驚起當人笑萬別與千差非聲非色鬧自後看公案如劈竹相似了無滯礙偶聞風拂松梢雨打窻紙隨口云風聲與水聲不必論疎親一耳聞爲決何曾有二音至甲辰年四月八日解關與密雲兄三藐弟覲和尚於燕都普照寺時冬殘矣和尚見三人遠去甚喜因驗余等曰汝輩離老僧三載各各呈個見處看余禮拜便出復呈偈曰人說北地寒我說南方暖寒暖不知人窮人知寒暖和尚笑云汝是窮人次日復徵云汝既爲我臨濟門下兒孫當盡臨濟法要秖如四料簡汝

如何會余以四法界答之和尚首肯余復問曰歷歷孤明時如何和尚曰待你到者田地與你道余便喝和尚曰汝還起緣心麽余拂袖便出一日因侍和尚穿褊衫舉椅子曰汝上坐待我拜你為師余含笑而退呈偈曰木人提唱笑呵呵更著衣衫誰識他昨日髑來是男子今朝還作老婆婆和尚覽竟云此偈甚愜老僧意只是不可得而名焉余故假傀儡題之時古輝老師博通三藏講諸經於白塔寺余思教乘不可不達古德云通宗不通教開口便亂道通教不通宗如蛇入竹筒宗教兩俱通如日處虚空宗教俱不通如犬吠茅叢因同客雲兄遊歷教海明春蒙聖母慈恩建無遮大會於臺山延靜淵老師主法余時得從杖履領法華妙旨此老孤高標格操履冰霜眞乘法範萬指圍繞余受益甚多又親近妙峰老師於塔院寺連居數月眞誠苦行因果明白德業浩然囘京謁幻也老人於天寧高風逸韻人所不及以上皆一時耆宿為人師法者一日本師和尚得恙甚重余思法門事大吾本分雖略露一斑曾未明證儻和尚不起奈何時晨夕不離左右曾於中夜拜跪曰某雖侍和尚十有餘載本分所得因緣特未明驗今欲呈似不敢自欺一字望和尚證明和尚矍然坐起余一一傾心披誠和尚曰汝既如是吾亦如是余時便禮拜丁未歲余與三藐弟懇和尚還龍池次年臘月就龍池開堂命余為西堂余固辭是冬發大病明春稍愈和尚復以秉拂事命余余復固辭癸丑命理院事余因病又辭因假嶺南靜室

掩關時計隨侍和尚南北往還并初發心親近共一十八載跋涉道途間關勞頓總爲自巳本分事冬底拜辭入關和尚復垂偈付寥雲兄齋來云老衲於今不坐關既無住也幸無間何曾進又何曾出只在尋常天地間余拜讀訖隨韻呈數首不幸春來和尚順世余破關匍匐而歸哀悼不已待抵龕安制調停叢林事妥曳杖拂辭依舊入關承凝菴居士及諸檀越貽書強余出關余力辭不返至深秋舊病復作幾番垂死延到冬底衆兄弟強余還山余亦恐不能久住於世故順從歸龍池沉痾之症夙業牽纏淹留至庚申年方得病瘳意希徧歷諸方遇緣垂手偶識徒蹋此山南幽處進二十餘里名磬山逈荆谿極深谷也余因是有終焉之思矣是年秋便誅茅仲冬後蒙寥雲兄等送余越嶺時初寒中縛茅未就尚無卓錐之地匆匆到來衆皆歎息此冬泊春大雪緜緜積五十餘日人跡罕到徘徊四顧惟饑禽野獸而已儲盡糧空爨烟欲絶余自若也因卓杖語伴者曰若老僧數盡即埋此山不必更送骸骨入龍池塔他日自然成就伽藍地也迄今屈指已經一十二寒暑藉衆檀那吳曹諸公協力護持卻成叢席每每雲水高流沿溪尋入乞余開示備述往行余素不從不期今日與諸人吐露浪布一場敗闕正眼觀之如空花水月本無生滅去來之相可不見笑大方諸人若要幹辦本分大事豈在尋人蹤跡宜當自勉勿記吾言大衆躍然禮謝

小叅

住荊谿磬山華嚴禪期小叅師云要蹋毘盧頂上行不須向外去追尋囘光返照原初體著著拈來不是塵竪起拂子云大衆還見麽十方虛空無邊香水海一一世界中有千丈盧舍那身在此一毛端上現寶王刹轉大法輪打開華藏玄門演出不思議法所以道塵說刹說衆生說熾然說無間歇於此會得逈出三乘高超十地不勞覺城東畔始見文殊樓閣門開方叅慈氏脫或未然再打之遶去也若人欲識佛境界當淨其意如虛空遠離妄想及諸取令心所向皆無礙汝等既到此間妄想不得不離意根不得不淨意根既淨妄想自離妄想既離令心所向自然無礙心既無礙左打一拂云者邊也無礙右打一拂云那邊亦無礙中間打一拂云者裏亦無礙無礙無礙亦無礙令人聞此等說話便道貪嗔癡亦無礙殺盜婬亦無礙妄言綺語亦無礙惡口兩舌亦無礙如此見解撥無因果莽莽蕩蕩他時後日閻羅老子打算喫鐵棒有日在莫言不道不見南嶽讓和尚初叅曹谿六祖祖云什麽物恁麽來只此一轉語叅承八載方始瞥地云某甲有個會處祖云何不道云說似一物即不中祖云還假修證否云修證則不無染汚即不得祖云即此不染汚諸佛之所護念汝既如是吾亦如是善自護持者便是真叅實悟真修實踐的樣子汝等既到者裏當磨禪擦褲堅竪脊梁打屏身心體究一囘始得古人云懸崖撒手自肯承當絕後再甦欺君不得正恁麽時直截根源一句作麽生道良久云木馬嘶斷雲影道泥牛

横卧石巖前若能坐斷千差路頭刻歸家不用鞭和聲擲下拂子喝一喝

元宵小參師云山中正月十五也無郁歌社舞都盧本分禪和不打尋常笛鼓剔起無相燈光照破人人鼻祖且道燈未明時光在什麽處舉起拂子云明暗兩頭俱脱落一毛端上現全身

清明小參師云今朝原來清明節河邊細柳垂枝折捐舟登岸小阿娘跌脚搥胸訴寃屈聲聲哭到松林間叫殺青天全不荅誰知生死路悠悠一去更無個消息何如脱俗出家兒無憂無喜無交涉驀拈拄杖卓一下云惟有者個不遷變今年去年曾無倦登山涉水賴伊扶風前月下長相見見見眼裏瞳神耳裏現喝一喝良久云愁人莫向愁人説説與愁人愁殺人

小參師拈拄杖云達磨一宗看看掃地矣賴有志者盡力扶之何故今時大法未明而爲人師者觸著則任意揮張便道大機大用不識是何宗旨學人問著蒲團即將蒲團打問著禪板即將禪板打設若問著虚空你還將虚空打得麽問著山河大地還將山河大地打得麽若將不得可見大機大用不在蒲團禪板上有等不識好惡者吞卻鈎餌播弄一生生死岸頭一毫用不著諸人也須撿點古人謂此是風力所轉終歸敗壞不見趙州和尚有個秀才來問佛不違衆生願是否州云是才云弟子欲就和尚手中乞取拄杖得否州云君子不奪人所好才云某甲非君子州云老僧亦不是佛看他得的人大機大用活

鏺鏺地老僧晚年來有些性燥也要用些棒行此喝葢遇其人則不得不行不得不用顧左右云磬山非是貶駁諸方要且扶立宗旨作麽生是宗旨喝一喝卓拄杖云男兒自有衝天志不向古人行處行復云今晚就水和泥趁爐打鐵也要打草驚蛇還委悉麽將拄杖橫肩云楖栗橫擔不顧人直入千峰萬峰去便歸方丈

小叅師云今辰二月十九菩薩應身普救人人好證圓通打破無明窠臼舉拂子云觀音妙智力能救世間苦打一下云大衆聞麽如若不聞除是生來耳如若聞又聞個什麽來雲門大師道觀音菩薩將錢買胡餅放下手原來是饅頭山僧者裏也無胡餅也無饅頭且道大衆喫個什麽今日周沙彌爲伊師設供補慶乞老僧說個小叅仰勞大衆誦無量壽真言唵嘛呢叭咪吽復說偈云生來半百知安分漫看山華爛熳紅且喜鬧黎實頭處長年相伴老龍鍾

到陽山衆請小叅師云目瞪雲霄第一峰端居無事萬緣空無生曲調從君和不落閒忙動靜中既不落閒忙動靜且道在什麽處驀卓拄杖召衆云莫不落在者裏還會得麽你若會得即便言下知歸若未會得現前若僧若俗若老若少波波挈挈登此陽山作麽好生叅個古人的話頭昔我禹門堂上幻有老人慣教人叅如何是我父母未生前本來面目汝等須是行也叅坐也叅語默動靜叅迎賓待客叅做買做賣叅穿衣喫飯叅屙矢放溺叅莫管一年兩年十年二十年直須叅到

無叅處忽然囙地一聲親見本來面目所以道叅須實叅悟須實悟閻羅老子不怕多語復舉古德云十方世界是沙門一隻眼師云且道眼在什麼處老僧今日爲汝等諸人點出將拄杖指燈云智燈常燄燄晝夜永光明擲拄杖休去

到烏瞻山衆請小叅師云摩竭令行傳千古而今拈出又重新爍迦羅眼猶難覷試問當機有幾人良久云南瞻部洲打鼓北俱盧洲陞座西牛賀洲說法東勝神洲叅堂且道說什麼法諸人還聞麽若聞對衆證據未聞切忌作驢前馬後漢認奴作郎古人道叅禪都是病病在耳目者撑眉努目側耳點頭爲禪病在口舌者顛言倒語胡喝亂喝爲禪病在手足者進前退後指東畫西爲禪病在心腹者窮玄究妙超情離見爲禪據彼所論無非是病所以道涅槃心易曉差別智難明芭蕉和尚云你有拄杖子我與你拄杖子你無拄杖子我奪你拄杖子又有尊宿云你有拄杖子我奪你拄杖子你無拄杖子我與你拄杖子磬山則不然你有拄杖子我不奪你拄杖子你無拄杖子我不與你拄杖子諸人還會麽若會得從你高高峰頂盤結草菴把定牢關不通凡聖又從你入草求人帶水拖泥現佛現魔隨方應用你若未會切忌動著動著則三十棒卓拄杖復示偈云問答須教識主賓休迷事理亂君臣一言失照無憑據萬行全乖喪本眞舉起吹毛當面截高過塗毒絕根塵果然佛日重懸處相播玄風憶少林

烏瞻山薦亡道場小叅師云百歲光陰瞬息

回幾人到此不曾欺貪名圖利心無厭逐色隨聲意轉迷生死岸頭方有悔輪廻路上更多疑如來金口分明諭地獄天堂任爾之今日迺溫氏薦夫愛谿吳居士道場完滿乞老僧對衆舉無生之旨不免説幾句現成説話妙性圓明離諸名相本來無有世界衆生因妄有生因生有滅生滅名妄滅妄名眞驀竪拂子云咦還見麽若道見離諸名相又見個什麽若道不見妙性圓明何處安著者裏會得便識得愛谿居士安身立命處識得愛谿安身立命處便識得自已安身立命處識得自已安身立命處便識得從上諸佛諸祖安身立命處所以生本無生滅本無滅中論云已生無有生未生亦無生離已生未生生時亦無生已死無有死未死亦無死離已死未死死時亦無死諸人會麽有則對衆拈出老僧與你證據若未會各各珍重叅取去

解華嚴禪期小叅師云説甚長期與短期自家面目自家知坐叅五十三員老樓閣門開彈指時卓拄杖云吽大開了也諸人還覺毛寒骨竪麽出亦得入亦得雖然如是且道門在什麽處還見麽如此見得無論開卷便退者終卷而退者一部而退者半部而退者一年而退者年餘而退者二年餘而退者三年滿而終者一任七縱八横逍遥自在故經云心同虛空界示等虛空法證得虛空時無是無非法你若者裏未見得徹從你三年期滿而終者兩年不足而退者半部一部迺至一卷半卷而退者總皆當面蹉卻所以道如人數他寶自無半錢分於法不修行多聞亦如

是白雲端祖云若得一回汗出一莖草現出瓊樓玉殿未得一回汗出瓊樓玉殿卻被一莖草蓋覆切忌顛頊努力自辦卓拄杖云雪後始知松栢操事難方見丈夫心

小叅師云雲霞堆裏埋沒祖心人我無明山高水深華柳叢中闡揚佛道塵勞習氣風恬浪靜所以道愚人除境不除心智者除心不除境直饒心智兩忘根塵俱泯到衲僧分上正好買草鞵行腳臨濟大師道我有時先照後用有時先用後照有時照用同時有時照用不同時汝等若會得臨濟大師在汝等鼻孔裏出氣若未會老僧借臨濟大師鼻孔爲汝等出氣汝等還知麼喝一喝云者是先照而後用又喝一喝云汝等還聞麼者是先用而後照且道如何是照用同時復喝一喝隨聲以拄杖打云看棒照用不同時迺龍象蹴蹋非驢所堪緩緩地與你們商量咄臨濟大師來也便出堂

天隱禪師語錄卷第六

音釋

孀 師莊切音霜嫠婦曰孀
懊 烏浩切音襖懊惱也
覵 居閑切音艱視貌
妥 他果切音⿰山妥安也民去愁歎而就安妥
屛 必郢切音丙除也

天隱禪師語録卷第七

嗣法門人通琇編

小叅

除夕小叅僧問昨日萬山松今朝千嶺雪一色本同真俄爾成差别如何是不差别法師云當爐不避火進云古人烹露地牛與衆分歳今日磬山以何分歳師云舉意便知有僧禮拜云恁麽則謝恩無盡師便喝問燈燈續燄祖祖聯芳濟上一宗至今猶在未審阿誰分中事師高聲云道什麽僧喝師便打僧又喝師亦喝師迺云老漢居山三十年未曾輕舉到人間只因諸子尋蹤迹不肯糢糊放過闗大衆今夜大盡佛法無剩祖印全提要行正令若向壁立萬仭處腦後一槌百尺竿頭時脚跟下鏟適纔二上座不顧危亡得失抑揚酬唱諸人還知麽若也未知不可影影遑遑依依稀稀多知多見埋沒自己一段大事老僧説到者裡記得雲門大師道盡乾坤大地無有纖毫過患猶爲轉句不見一法猶是半提若到者裡更須知有全提時節且道那個是全提時節不見臨濟大師道大凡演唱宗乘一句中須具三玄門一玄門須具三要有權有實有照有用今時有等杜撰長老以玄爲權以要爲實定言前爲照後爲用咄你還曾夢見我臨濟大師汗臭氣麽他明明向你道有時先照後用有時先用後照有時照用同時有時照用不同時先照後用有人在先用後照有法在照用同時驅耕夫之牛奪饑人之食敲骨打髓痛下針錐照用不同時有問有答立主立賓合水和泥應機接物若

是過量人向未舉時撩起便行猶較些子所以汾陽老人云三玄三要事難分得意忘言道易親一句明明該萬象重陽九日菊華新此頌正治者般病所謂醍醐上味為世所珍遇此等人翻成毒藥諸人還知落處麼若知落處便知磬山落處若知磬山落處便知古人落處若識得古人落處便知杜撰錯處老僧今晚有個頌子白拈手段在當場不是英靈孰敢當裂石崩崖休側耳奔雷掣電豈容商小根魔子何堪諭無智狂徒益轉茫今日老人親說破從教千古不磨揚喝一喝且道依時及節一句作麼生道良久云燈殘小案臘方盡爆竹一聲春已回卓拄杖云珍重

小叅師一日驀地入堂一喝衆駭然無語師周帀四顧而出次日晚小叅云老僧昨晚立在萬仞崖頭命如懸絲為接汝等老僧今晚卻用婆婆禪接汝等復喝一喝云且道今日一喝與昨日一喝是同耶是異耶不同耶不異耶汝等若會得出衆道來老僧為你證據一僧出纔禮拜師劈脊便棒僧起師震聲云速道速道僧云忽逢英傑手聲未絕師復打僧退步師卓拄杖云瞎漢廼云不見臨濟大師道我有時一喝如金剛王寶劍有時一喝如踞地師子有時一喝如探竿影草有時一喝不作一喝用師喝一喝云且道者一喝是金剛王寶劍是踞地師子是探竿影草是一喝不作一喝用若會得方作得我臨濟門下兒孫若會不得切忌亂統以拄杖旋風打散

除夕小叅師云自從拈得者烏藤踢徧清涼返故岑今住磬山十餘載未曾打著個中人

有麼有麼不見臨濟大師道我有時先照後用有時先用後照有時照用同時有時照用不同時師驀地一喝和聲打一拄杖云且道者是先照後用耶是先用後照耶是照用同時耶是照用不同時耶衆無語師云且放過一著大衆你道如何是個中人莫是深山窮谷雲耕雨種草衣木食者是麼莫是千里迢迢四海叅尋撥草瞻風者是麼莫是昭昭靈靈認著見聞覺知觸著動著者是麼莫是靜悄悄地終日蒲團細念纔生即便遏捺者是麼莫是錦繡叢中柳巷花街披一片挂一片以瓢乞食者是麼莫是寶華王座萬指圍繞嘴漉漉地說長道短者是麼若恁麼摶量老僧拄杖子未肯點頭在良久云年窮時盡且與你們商量古人道欲識佛性義當觀時節因緣時節若至其理自彰若喚作時節會則孤負老僧拄杖子若不喚作時節會又埋沒諸人自己大衆且道如何是其理自彰的句卓拄杖云一聲爆竹度殘年幾點梅華放春谷

禹門院入塔請小叅師云靈源寂寂本無去而無來智體如如現有生而有滅生即不生故來而無來滅卽不滅故去而無去來而無來故不來相而來湛若太虛而無際萬象不能逃其形去而無去故不去相而去明如杲日以當空森羅不能遺其照所以亘古今而常存超然獨脫根塵之外者也既然如是生亦得死亦得少亦得老亦得大亦得小亦得凡亦得聖亦得都盧歸向個中安享無爲之化到者裡收因結果一句作麼生道驀呈拄

杖云雲飛不斷青山靜水到無邊滄海閒

四月八師病起小叅師云病骨羸形氣力衰柰緣諸子又歸來强扶竹杖行庭際指點虛空道眼開以拄杖指云者是虛空那裡是道眼卓拄杖云者是道眼那裡是虛空若人單明虛空不開道眼如人有體而無足若人單明道眼不悟虛空如人有足而無體且問大衆超出虛空道眼一句作麼生道一僧云那邊不坐空王殿豈肯耘田向日輪師云放汝三十棒問當初四月八降生悉達未審今日降生什麼人師豎拄杖問諸佛不入法界衆生不出法界請問釋迦老子從何處降生師以拄杖點地云從者裡生進云忽遇雲門大師來時如河師云且教站過一邊師迺云淨法界身本無出沒大悲願力示現受生驀舉拄杖云釋迦老子在山僧拄杖頭上一手指天一手指地道天上天下惟吾獨尊當時有個跛足阿師道我若見一棒打殺與狗子喫貴圖天下太平撿點將來也是無佛處稱尊磬山則不然將此身心奉塵刹是則名爲報佛恩擲拄杖趨殿禮佛

休夏小叅師云古風不墜全憑衲子扶持正眼圓明何勞知識鍜鍊山僧早志隱迹巖房豈料諸仁者不遠千里而來共守寂寥同甘澹薄拋卻拄杖脫落草鞵放下蒲團諸緣坐斷直須盡底掀翻廓徹本來面目不見當時馬大師問藥山云汝在者裏多時本分事作麼生山云皮膚脫落盡惟有一真實祖云子之見處可謂協于心體布于四肢何不將三條篾束取肚皮隨處住山去山云某甲何人

敢言住山祖云未有常行而不住未有常住而不行欲益無所益欲爲無所爲宜作舟航無久住此由是住山師召衆云你看古人到者田地猶不肯自就須知此事不得草草若到得者田地不妨隨緣去住若不到者田地終是倚草附木有什麽用處更有一偈不學諸方撩嘴禪奮然努力究心源頂門豁達通天眼方始迴流駕鐵船雖然如是者猶是功勳邊事且道不涉程途一句作麽生道卓拄杖云熏風自南來殿閣生微凉

端午小叅僧問時逢端午百毒皆藏未審磬山塗毒鼓藏向什麽處師云還聞麽進云爲什麽猶有聞而不死者師便喝進云還有賓主也無師以拄杖畫一畫進云如何是賓中主師以拄杖點云下是誰進云如何是主中賓師卓拄杖進云如何是賓中賓師云脚下帶泥深進云如何是主中主師收拄杖横按進云如何是主賓互換之機師便打進云不落賓主一句又作麽生道師云且過一邊師廼云當陽顯露未免周遮覿面提持猶爲委曲適纔者闍黎問四賓主老僧恁麽答他諸人還會得麽若也會得恁麽也得不恁麽也得恁麽不恁麽總得若也不會恁麽也不得不恁麽也不得恁麽不恁麽總不得于中還有向直截根源處道得一句者麽一僧禮拜出師云且緩著顧視左右云還有麽又僧云請和尚歸方丈師云老僧還要按個時節師廼云天中節令五月五他方已有龍舟舞磬山滚處本寂寥也要乘時撾毒鼓千妖百怪盡潛藏放出林間一羣虎雖然未備爪牙兒

已是氣具吞牛勢萬仭崖頭撒手歸翻身踢破來時路還委悉麽頂門開道眼肘後挂神符

解夏小叅師云秋風飄飄秋葉蕭蕭凉颼颼地客路迢迢一條楖栗杖散漫以逍遙秪與麽去又是隨羣逐隊不與麽去切忌枯守寒巖正當恁麽時如何通消息拈拄杖云結也從者裡結山河大地情與無情一時結解也從者裡解森羅萬象人與非人一時解不結不解一句又如何道卓拄杖云幾年獨立千峯頂劃破飛雲不放高以拄杖一時趁散

檀越請小叅僧問今日陞堂說法爲薦蓉城先靈此去江干二百八未審亡者還聞法要否師云聞則普天帀地聞師廼云靈源湛若覺體自如迴脫根塵高超物表迷之者永劫輪迴悟之者當處聞寂澄江居士黃介子爲薦先考彙所元公乞山僧舉揚般若若論此事向居士未舉念處山僧未啟口時大解脫了也其或遲疑不妨起模畫樣以拂子打圓相召大衆云者裡會得圓明了知無欠無餘不見道身從無相中受生猶如幻出諸形象幻人心識本來無罪福皆空無所住既無所住亦無所去既無所去寧有來耶無去無來無住故湛然常寂心境一如不被三世之所拘如是且道元公即今安身立命在什麽處識得他安身立命便識得自巳安身立命處識得自巳安身立命便識得諸佛諸祖安身立命處識得諸佛諸祖安身立命便識得一切蠢動含靈安身立命處到此便知佛與衆生平等煩惱與菩提平等生死與涅槃平等

西方與東土平等近亦得遠亦得動亦得靜亦得生亦得死亦得來亦得去亦得得無所得無去無來無生無滅無動無靜無遠無近恁麽即今追薦一句又作麽生道驀拍香几云彈指頓超華藏界剎那擊碎涅槃城復聽一偈孝子蘭孫世希有江上佳聲傳已久專誠一念薦先嚴萬仞崖頭要垂手大生者種火中蓮直透威音那畔阜若能言下悟無生超脱從前不啣嚕下座

檀越請小叅師云妙性圓明離諸名相本來無有世界衆生因妄有生因生有滅生滅名妄滅妄名真真既不立其妄本空不意釋迦老子説到者個田地而今現前大衆若僧若俗若男若女若老若少若高若下還能離諸名相得達妙性圓明否只因各守其名各執其相故不得見本來面目山僧今日與你諸人通個消息以拂子打圓相云高著眼看者裡薦得也無僧也無俗也無男也無女也無老也無少也無高也無下轉愚癡爲般若易短壽爲長年恁麽薦得時山還是山水還是水僧還是僧俗還是俗男還是男女還是女老還是老少還是少高還是高下還是下不得動著一絲毫動著則與你三十拄杖委悉麽不見道具足凡夫法凡夫不知具足聖人法聖人不會聖人若會即同凡夫凡夫若知即同聖人左右顧視云還知麽聖賢俱是凡夫做秖恐凡夫心不堅驀擲拂子

衆請小叅師拈拂子云仰藉名藍清衆助揚法化玄猷直須言下薦取不用遲疑别求還有淵底鯨鯤出現麽僧問昨夜三更後簷前

水滴聲祖庭華又發春澤滿江瀛如何是不通涓滴句師云漫天漫地師迺云當臺顯露誘引初機覿面提持猶爲晚進個中無向背此際絶諦譌不可以智知不可以識識驀竪拂子云恁麽恁麽會得竪窮三際放下拂子云不恁麽不恁麽會得横徧十方復竪拂子云恁麽不恁麽會得輝騰日月放下拂子云不恁麽恁麽會得超越古今若向坦坦平平處入須是屼屼嵲嵲處全彰若向屼屼嵲嵲處入須是坦坦平平處放下若不如斯饒你喝似雷轟棒如雨點掀翻四大海趯倒五須彌未是衲僧本分事且道如何是衲僧本分事一念頓超塵劫外千峰齊立下風吹

檀越請小叅慧法師出衆云目前萬象崢嶸那畔一輪空寂向背本來非有迷悟也須體悉諸方勞苦不辭奔走磬山求決咦四衆覿面當機請觀向上一著師震聲一喝迺以拂子打圓相云靈光獨耀照破罪性之本空智鑑常明見徹因果之報實因果報實故須懺累劫之愆尤罪性本空故以證無生之實際逍遥於三界之中放曠於六塵之外不見有一法可生不見有一法可滅生滅既滅寂滅現前正恁麽時儲茂士向何處安身立命驀竪拂子云在拂子頭上得大解脱且轉身一句又作麽生打一拂云一拂打開生死路翻身步步蹋金蓮

懸鐘小叅師云懸起也名喧宇宙遐邇安寧撞著也響應寰區幽冥拯拔恁麽則名從何得聲從何來名不自名聲不自聲若自聲不待撞而自鳴名若自名不待鑄而自成既

然如是其名也聲也都從檀越信心中流出諸人還知麽咄但將眼聽分明也徧界何曾有覆藏

小衆師云今朝六月十九菩薩應身普救大開圓通法門不落聲色窠臼驀豎拄杖云大衆者是色還見麽卓一卓云者是聲還聞麽若見若聞如何是不落窠臼一句顧視左右云觀音菩薩將錢買胡餅放下手元來是饅頭還知落處麽若不知落處觀音菩薩隱拄杖裏入千峰萬峰去也喝一喝

到龍舌菴小衆師云指月臺前拈拄杖連雲片片石顛頭笑他誰是知音者萬水千山聽不休卓拄杖云古人建菴龍舌上也教説法虎頭邊而今到此重拈出那個男兒不丈夫到者裏懸崖撒手自肯承當絶後再甦欺君不得便可逍遥翠篔徑漫跨觀瀑橋直上擊竹崖行住坐卧於曝背巖窩酌石浪泉唱無生曲掛瓢於蒼松枝上作個無事衲僧其或未然切不得見山忘道所以古人云通玄峰頂不是人間心外無法滿目青山喝一喝云且道懸崖撒手一句作麽生道舉頭天外看誰是者般人

住烏瞻山法濟禪院佛誕小衆僧問指天指地獨稱尊棒下無生不讓人今日喜臨佳節令皇宫降誕是何人師卓拄杖一下進云恁麽則雲門大師來也師以拄杖拉過進云龍袖拂開全體現象王行處絶狐蹤師云且放過你進云如何是烏瞻境師云兩株白果參天進云如何是境中人師便喝進云人境交參如何施設師便打僧禮拜云不因今日問

錯到五峰前師云且過問纔出娘生悉達未曾舉步稱尊纔出娘生則不問如何是稱尊的句師竪拄杖云還見麽進云如何是悉達師攔頭一棒僧禮拜云謝師答話師云伶俐衲僧問今朝四月八說法傳戒利生請問和尚如何是戒中戒師云向下看進云如何是定中戒師云中間看進云如何是慧中戒師云頂上看進云有戒無戒請和尚别道一句師便喝問即今四月八幸遇聞佛法二途俱不問單傳一句請師明師竪起拂子進云單傳一句蒙師指立地相呈是何人師揮拂一下進云至道無難惟嫌簡擇即今什麽是無簡擇處師云闍黎是第一個師廼云諸佛無心出世祖師豈意西來秖緣衆生顛倒垂慈應接凡胎今晨是我釋迦老子露頭露面的時節現前大衆若僧若俗若男若女若老若少若遠若近還委悉麽若委悉得見聞隨喜者皆發菩提心欣懐戀慕者願成無上道到者裏還有知恩報恩者麽不見當時世尊初生下時一手指天一手指地周行七步目顧四方云天上天下惟我獨尊便有衲僧氣象末後有個雲門道我當時若見一棒打殺與狗子喫貴圖天下太平雖是逆風把舵且要報恩有分何故一言迴脱特拔古今老僧今日有個頌子要與佛祖相見頌云三大阿僧祗劫修出頭端的振玄猷可憐跛足韶陽老盡力掀翻徹骨醻沒來由堪笑時人逐浪遊不是英靈真衲子誰敢當機撼鐵牛老僧今要順水張帆更與諸人通箇消息若要紹隆佛祖應須諦審先宗若不諦審先宗盡是隨

邪逐隊看以拂子打圓相舉柄剔破打一拂云在臨濟則三玄三要照用同時復以拂子打圓相舉柄剔破打一拂云在曹洞則五位君臣緜密回互復以拂子打圓相舉柄剔破打一拂云在雲門則事理雙彰權實並用復以拂子打圓相舉柄剔破打一拂云在溈仰則父子唱酬體用不二復以拂子打圓相舉柄剔破打一拂云在法眼則滿目青山心境一如且道在山僧分上合作麼生拋下拂子云佛也祖也照也用也君也臣也事也理也父也子也體也用也心也境也都盧只在者些本地風光上發現喝一喝復拈拂子云而今一一重拈出收放還他得自由

端陽小參同雲問皮肉骨髓心印心二枝五派續宗乘吾師今日重拈出一曲無生作麼吟師云天上漫漫地下漫漫進云三度喫棒揚家醜代代兒孫達要玄臨濟宗風請師施設師云千雷並吼進云趯倒淨缾山子住集雲峰前小釋迦溈仰宗乘畢竟如何師云父子投機進云會得無情能説法過谿睹影露全身洞上一宗意旨如何師云君臣道合進云閉門推出秦時鑽跛足阿師千古閒雲門宗旨乞師指示師云一鏃破三關進云片石在心行不得三界惟心作麼論法眼宗趣又且如何師云即在目前進云五宗已蒙師指示儻遇不涉宗乘的人時如何師以拄杖橫按几上進云還有應時及節一句請師全道師攔頭一棒云你還當得麼雲禮拜云恁麼則龍得水時增意氣虎逢山勢長威獰師云過一邉著問如何是端陽節師云麥糉子你

曾曈麽進云家賊難防時如何師云識得不爲冤進云不爲冤後如何師云且去坐進云大衆證明師云未在問杲日臨頭古今一色杲日臨頭即不問古今一色是何人境界師云目前無闍黎進云此是迦葉門庭事還有威音那畔請師明師豎起拄杖問時逢端午事如何師云日輪正當午進云正午時百毒在何處藏身師云猶有一個進云和尚還有藏身處麽師便喝僧亦喝師便打師廼卓拄杖云天中節令嚴千妖萬怪盡被山僧拄杖子一口吞卻了也所以世界清淨一世界清淨則四維上下世界清淨四維上下世界清淨則多世界清淨多世界清淨則無量無邊世界清淨無量無邊世界清淨則不可思議世界清淨不可思議世界清淨則無不可思議世界清淨清淨亦清淨且道拄杖子何故有如是威光如是作用如是奇特如是自在復卓拄杖當年曾蹋上頭關今日分明親舉似

六月十九小叅玉林琇侍者問鳴蟬滿林噪青蓮徧界馨觀音大士從耳根證圓通則不問如何是正法眼師云腦後看進云與麽則飲光生面重開煥殘榴飛處笑顔新也師云過那一邊進云秖如大士千眼阿那隻是正眼師豎起拄杖云還見麽進云傑侍者喚作破沙盆還有報恩分也無師云無進云與麽則瞎驢滅卻風猷振臨濟綱宗千古威三玄三要請師提掇師云歷問將來進云如何是第一玄師拈拄杖云者是榔栗拄杖子進云如何是第二玄師拈杖橫按桌上進云如何

是第三玄師喝隨聲便打進云如何是第一要師云開口便好笑進云如何是第二要師云我不向你道進云如何是第三要師云日輪當午照進云秪如入門便喝作麽生應和師云你試喝看進云三頓烏藤還有差别也無師便喝進云與麽則要玄棒喝鋒鋩凜穿鑿顢頇犯手多師以拄杖畫一畫云截斷葛藤進云枝頭啼血空勞力不如緘口卧煙蘿天色炎蒸伏惟珍重便禮拜師云少賣弄又僧禮拜起問者一拜是崇德是辯惑師云你那裡摸得脚跟著僧推香爐向師前云供養和尚師便打問如何於生死中得脱生死師橫按拄杖云你還識得者個麽師迺云揭開雲霧鎖露出萬重山大悲千手眼隨處得安然驀竪拄杖云大衆還見麽菩薩現全身作用於拄杖頭上興慈運悲普利一切要某上座助揚法化只得舉則現成公案與大衆通個消息記得南院問風穴南方一棒作麽商量穴云作奇特商量穴卻問和尚此間一棒作麽商量院拈拄杖曰棒下無生忍臨機不見師穴於言下大徹玄旨當時風穴悟則不無爭奈落在第二頭了也若山僧作南院待他開口道和尚此間一棒作麽商量劈脊便棒管教伊七通八達雖然今時有等莽鹵漢便作一棒會埋没先聖瞎卻時人眼目不少諸人又作麽生會顧視左右喝一喝云劍爲不平離寶匣藥因救病出金缾

小參師拈拄杖云若論此事久參達士未舉先知晚學初機應當努力不見趙州和尚道我在南方三十年除二時粥飯是我雜用心

處諸人作麽生得不雜用心昔日有一僧問龍牙十二時中如何用力牙云如無手人行拳大潙云是則是又教人入陰界裏作活計十二時中如何用力如有手人行拳又且如何今日法濟道你若十二時中用力處道無卻是斬頭覓活落在龍牙手裏你若十二時中用力處道有又是頭上安頭落在大潙手裏你若十二時中用力處道不有不無一發儱儱侗侗又落在法濟手裡你若道三處俱不著又是莽莽蕩蕩了也到者裏諸人十二時中如何用力生死事大切不得悠悠漾漾唐喪光陰他日有人算飯錢莫言不道卓拄杖云參

七月朔小參師云今朝已夏末明早是秋來人人本分事切莫被時埋且道不涉陰陽一句作麽生道左右顧視云出頭天外看誰是者般人

嚴居士兄弟施銅鐘薦先請小參師拈槌指鐘云者鐘爲薦父母乞山僧說法山僧無法可說記得東坡云有鐘誰爲撞有撞誰撞之三合而後鳴聞所聞爲五缺一不可得汝則安能聞汝聞竟安在云云大小東坡說義理禪山僧則不然驀舉鐘槌云還見麽復敲鐘三下云還聞麽者裏會得一超直入如來地其或未會更聽一偈鐘聲一擊頓超然薦拔先靈出陰纏今日老人親指示管教步步躡青蓮

薦亡小參師云靈光耿耿智體如如今古洞然聖凡靡間與麽委悉得逍遙於三界之中放曠於六塵之外男身沒女身出不減一絲

毫女身沒男身出不增一線道來時如片雲點太虛而無所住去時似孤月映寒潭不留剩迹於是則生亦得死亦得湛然常住心境一如既然如是且道目前所薦茅氏在何處安身立命豎拂子云全憑殊勝力畢竟拓蓮胎

復舉文殊師利問菴提遮女曰生以何爲義女曰生以不生生爲生義殊曰如何是生以不生生爲生義女曰若能明知地水火風四緣未嘗自得有所和合而能隨其所宜是爲生義殊曰死以何爲義女曰死以不死死爲死義殊曰如何是死以不死死爲死義女曰若能明知地水火風四緣未嘗自得有所離散而能隨其所宜是爲死義到者裏菴提遮女翻問文殊師利曰明知生是不生之理爲什麽卻被生死之所流轉殊曰其力未充師云大小菴提遮女雖見到而未能行到文殊師利雖行到也則盡力說得個其力未充大衆即今其力已充一句又作麽生道喝一喝云巨靈擡手無多子分破華山千萬重

解夏小參師拈拄杖云當陽顯露作者知歸驀劄相逢時人未會收綸罷釣五湖煙水澄清撥草瞻風四海雲林奔走若住也若行也本來無得無失若迷也若悟也便迺有證有修到者裏直須兩頭撒開中間不立所以道未有常行而不住未有常住而不行欲益無所益欲爲無所爲既然如是隨緣不變一句作麽生道卓拄杖云且歸茅屋舊居處閒看清谿不斷流

住吳興報恩擅越請小參師拈香云者一瓣

香從祈遠唐居士信心中流出爇向爐中祝延慈父當朝冢宰存憶大檀越壽請山僧舉揚般若衆中還有知恩報德衲子出衆相見麼僧問如何是奪人不奪境師云脚下踢黃泥進云如何是奪境不奪人師云頭頂破屋漏進云如何是人境兩俱奪師云老僧者裏也無說法者亦無聽法者進云如何是人境俱不奪師便喝進云三陽交泰即不問一陽未動時作麼生道師云退後看進云聲前句後且止即今問處如何師云闍黎還具眼麼僧禮拜云謝和尚師云切莫詐明頭問報恩有路通峰頂踢破歸來見月明報恩有路即不問踢破歸來事若何師云到家即不問進云謝和尚指示師云未在僧喝師云也許你者一喝問長江浪涌曹溪水今日重與臨濟宗曹谿一句即不問如何是臨濟宗師震聲一喝進云還有為人處也無師云未好與你道在僧喝師云胡喝亂喝作麼問冬至陽生時添一線未審唐冢宰本命元辰壽添多少師舉拂柄云添得者些子進云恁麼則片梅雪裏傳新臘孤月天中印碧潭師云好似一聯詩僧禮拜云謝和尚證明師噓師迺云驀劄相逢便舉揚拈來無事不相當至誠一念起情念敢保無虞日月長天地覆育父母生成人所共恩誰能報答直須看到父母未生已前親見一回到者裏無恩不報無德不醻召衆云還委悉麼不見當時陸亘大夫參南泉云肇法師道天地同根萬物一體也甚奇怪泉指庭前牡丹云大夫時人見此一株華如夢相似當時南泉大師雖具驅耕夫之牛

奪饑人之食手段未能令大夫慶快去今日居士若問山僧天地同根萬物一體驀豎起拂子云都盧在者裏放下拂子左右顧視云者裏若還親見得詶恩報德在其間

除夕小叅師云爆竹聲聲歷亂來煙雲陣陣過蒼苔老人兀坐山窓下閒看梅花笑滿腮還有道出常情者麽僧問年窮歲盡許學人採個消息也無師云錯過了也僧喝師云喝後如何僧禮拜起呈坐具云和尚便歸衆師云都盧去也問歲盡年窮即不問斬新一句請師宣師云明日向你道進云恁麽則萬物生輝去也師云未到你在問爆竹聲聲歷亂來是誰的消息師云開眼看進云秪如大衆濟濟又作麽生師云你自道看進云學人便禮拜去師云莫錯認好僧喝師云好一喝只是未知落處在進云蒼天蒼天師云蒼天蒼天師迺云天無蓋地無載森羅萬象無在不在春夏秋冬只恁麽過於中不知誰主宰燈籠露柱最相親佛殿山門咸頂戴東村喫酒西村舞笑倒張家王小妹且道笑個什麽一年四季好風流此際分明都捉敗顧視左右云更有一事一發與你諸人說破今夜小盡圍爐喫茶去

小叅師拽杖入堂云今日有則因緣不得不舉似大衆知道報恩偶得二猫玉林琇書記攜至方丈問老僧云那一個好老僧指琇左手的云者個好琇驀攧下而去二猫皆幾死老僧問旁人云死了耶移時琇復入老僧云你又來迺趍出琇云老漢真個無殺心至後老僧出猫猶放在地上琇見便與一蹋猫亂

輥老僧趕進琇巳從别路出老僧拈棒直趂至門外打衆皆集琇轉身云和尚也掙命老僧便打琇約住作掌勢老僧復抽杖打琇拗折拄杖擲地歸寮老僧復至寮外高聲云你不知鼠的害只欲行祖師門下事琇在寮高聲答應云說什麼祖師不祖師老僧云與麼爲甚蹋殺猫琇云和尚作者個說話入地獄如箭射老僧低頭入方丈到者裏老僧性命幾合不存衆中有人代得一轉語相救老僧麼箬菴出衆云大衆和尚今日普請拂袖出師云過去了也玉林厲聲云箭去西天十萬里猶在大明國裏擬議便退師卓拄杖云雖然如是不因漁父力爭得見波濤

天隱禪師語録卷第七

音釋

羸 力爲切音纍瘦也　蠢 尺允切音惷蠢動也　瀁 弋亮切音樣水搖動貌

耿 古幸切音敢光也與炯通　厲 力霽切音例烈也猛也

天隱禪師語録卷第八

嗣法門人通琇編

舉古

舉鼓山赴王大王請雪峰門送回至法堂迺云一隻聖箭直射九重城裏去也孚上座云是伊未在峰云渠是徹的人孚云若不信待某甲去勘過遂趁至中路便問師兄向什麼處去山云九重城裏去孚云忽遇三軍圍繞時如何山云他家自有通霄路孚云恁麼則離宮失殿去也山云何處不稱尊孚便回峰問如何孚云好隻聖箭中路折卻了也遂舉前話峰迺云奴渠語在孚云者老凍膿猶有鄉情在妙喜云衆中商量道什麼處是聖箭折處云鼓山不合答話是聖箭折處鼓山不合說道理是聖箭折處恁麼剖判非惟不識鼓山亦迺不識孚老殊不知孚上座正是一枚賊漢於鼓山面前納一塲敗闕懡㦬而歸卻來雪峰拔本大似屋裏販揚州若非雪老有大人相者賊向甚處容身當時可惜放過卻成不了公案只今莫有爲古人出氣的麼試出來我要問你什麼處是聖箭折處師云知子莫若父在雪老有之矣可惜當時折卻拄杖子若磬山者裏有此等漢直打出山門免教他日遭人撿點雖然未免有得有失還有跳得得失出者麼驀喝一

舉恕中和尚頌芭蕉拄杖話云咄哉亂走阿師何曾放得拄杖捉來拗作兩橛請續末後句師呵呵笑云有無還他一半

舉五祖和尚云世有一物不屬凡不屬聖不屬邪不屬正萬事臨時自然號令恕中云世

有一物在凡屬凡在聖屬聖在邪屬邪在正屬正萬事紛紜何須號令師云兩個老古錐各自分疆界一個混俗和光隨流得妙一個峭子孤危坐斷情塵磬山將來縛作一束抛向大洋東海免使後人分凡分聖說邪說正旁有不甘者出來道和尚恁麼道是分耶不分耶說耶不說耶拈拄杖直打出去迺呵呵笑云也是爲他閒事長無明喝一喝

舉馬祖令僧馳書上徑山山開緘見一圓相於中下一點卻封回忠國師聞迺云欽師猶被馬師惑雪竇云徑山被惑且置若將呈似國師別作個什麼伎倆免被惑去有老宿云當時坐卻便休亦有道但與畫破若與麼只是不識羞敢謂天下老師各具金剛眼睛廣作神通變化還免得麼雪竇見處也要諸人共知只者馬師當時畫出早自惑了也浮山云欽師被馬師惑且置國師惑卻多少人雪竇云馬師當時畫出早自惑了也穿卻天下人鼻孔恕中云馬師自惑國師惑人置而弗論當時徑山下者一點非惟點破馬師髑髏抑且爲千古龜鑑師云一隊老宿揣虛空之骨掃雲霧之蹤總未出得馬大師圈繢在有出得者麼一任跨跳如無切莫弄虛

舉無盡居士詢晦堂家風於兜率悅欲往就見悅云此老只一拳頭耳師喝一喝悅迺潛奉書於晦堂云無盡居士世智辯聰非老和尚一拳垂示安能使其知有宗門向上事耶師又喝一喝無盡訪晦堂堂果示以拳頭話無盡默計不出悅所料由是易之有偈云久向黃龍山裏龍到來只見住山翁須知背觸

拳頭外别有靈犀一點通師云著賊了也二大者何以隨人脚跟轉兜率悦是何心行耶蒼天蒼天

舉德山到溈山挾複子上法堂從西過東從東過西云有麼有麼溈坐次殊不顧盻德云無無便出至門首廼云雖然如此也不得草草遂具威儀再入相見纔跨門提起坐具云和尚溈擬取拂子德便喝拂袖而出溈至晚問首座今日新到在否座云當時背却法堂著草鞵出去也溈云此子已後向孤峰頂上盤結草菴呵佛駡祖去在師云二大老龍象蹴蹋誠爲作家相見雖然待他提起坐具便與一喝管教草鞵脱在溈山何必去後施設未免賊過張弓今日莫有新到者麼許伊穿却草鞵相見老僧要拔本有麼有麼

舉傅大士云法地若動一切不安楚石云壽山從朝至暮不知走了幾遭若是法地誰敢動著一莖草復云我不爭恁麼道傅大士坐了起不得師云楚石恁麼道起了坐不得有起得坐得的出來相見看喝一喝云雖具一雙窮相手未曾下揖等閒人

舉睦州問僧近離甚處僧云河北州云河北有趙州和尚上座曾到彼麼僧云某甲近離彼中州云趙州有何言句示徒僧舉喫茶話州廼呵呵大笑云慙愧却問僧趙州意作麼生僧云秖是一期方便州云苦哉趙州被你將一杓矢潑了也便打雪竇云者僧克由叵耐將一杓矢潑他二員古佛妙喜云雪竇只知一杓矢潑了趙睦二州殊不知者僧末上被趙州將一杓矢潑了却到睦州又遭一杓

只是不知氣息若知氣息什麼處有二員古佛師云雪竇扶弱不扶强妙喜扶强不扶弱且道磬山合作麼生也不可放過或有一人纔出衆老僧即云珍重

舉裴相國入寺見壁間畫像問院主是何圖相主云高僧眞儀公云眞儀可觀高僧何在主無對公云此間有禪僧麼適黄檗禪師散衆在寺主云近有一僧投寺執役頗似禪者公遂請相見云休適有一問諸德吝辭今請上人代醻一語檗云但請問來公舉前語檗名裴休公應諾檗云在什麼處公於言下領旨師云裴公忘人忘我言下超脱黄檗直心快口獨露眞機是者等人可說者等話千古規模令人欣羨妙喜云黄檗只有殺人刀且無活人劍師召衆云且道那裏是他無活人劍處還撿點得麼若道有埋没妙喜若道無屈殺黄檗二邊不涉還我裴相國悟的意旨來良久云谿邊石女暗嗟吁海底泥牛亂奔走

舉百靈一日路次見龐居士迺問昔日南嶽得力句曾舉向人麼士云曾舉來靈云舉向甚人士以手自指云龐公靈云直是妙德空生也讚之不及士卻問阿師得力句是誰得知靈戴笠子便行士云善爲道路靈更不回首師云二大老得力句子各各有本若到磬山未放你在何故切忌認奴作郎即今還有道得得力句者麼速道速道

舉興化謂克賓維那云汝不久爲唱導之師賓云不入者保社化云會了不入不會不入賓云總不與麼化便打迺云克賓維那法戰

不勝罰錢五貫設飯一堂次日化自白椎云克賓維那法戰不勝不得喫飯即便趁出雲居舜云大冶精金應無變色其奈興化令行太嚴不是克賓維那也大難承當若是如今泛泛之徒翻轉面皮多少時也師云灼然灼然妙喜云雲居拗曲作直要作臨濟烜赫兒孫直須翻轉面皮始得師云妙喜老人不是誘人犯法諸人還知他落處麼路逢劍客須呈劍不是詩人莫獻詩

舉石頭示衆云言語動用没交涉藥山云非言語動用亦没交涉頭云我者裏鍼劄不入山云我者裏如石上栽華師云石頭藥山彈没絃琴唱無生曲父子投機師資道合雖然不顧旁觀者見其家醜承虚接響漢切忌動著動著則三十棒

舉雪峰住菴有僧到峰見以手拓菴門放身出云是什麼僧亦云是什麼峰低頭歸菴其僧後至巖頭頭云雪老有何言句僧舉前話頭云雪峰道什麼僧云雪峰無語頭云噫我當初悔不向伊道末後句若向伊道天下人不奈雪老何僧至夏末舉此話請益頭云汝何不早問僧云不敢造次頭云雪峰雖與我同條生不與我同條死要識末後句秖者是師云雪峰老將久戰沙場者僧小卒何能抵敵泛泛流到巖頭又納敗闕至今還曾識得末後句麼良久云會中若有仙陀客好向人前唱鷓鴣

舉疎山示衆云病僧咸通年已前會得法身邊事咸通年已後會得法身向上事雲門出問云如何是法身邊事山云枯椿門云如何

是法身向上事山云非枯樁門云還許學人說道理也無山云許門云秖如枯樁豈不是明法身邊事山云是門云非枯樁豈不是明法身向上事山云是門云未審法身還該一切也無山云法身周徧爭得不該門指凈缾云還有法身也無山云闍黎莫向凈缾邊覓門禮拜師云踈山引敵入寨雲門單鎗直入踈山若無後語幾乎勞而無功老僧今日不問諸人法身向上事法身邊道將一句來㖶洎合停囚長智

舉天如和尚示衆云雲門道東海鯉魚打一棒雨似盆傾意作麼生各請下一語看良久自代云東海鯉魚打一棒雨似盆傾師云天如老人卻似抱樁搖櫓且道天隱又如何泥牛流出血木馬走如烟

舉古人云山中何所有嶺上多白雲只可自怡悅不堪持贈君師呵呵大笑云古人恁麼道謾人即得謾磬山未在且道白雲是誰家物迺以拂子點雲云看看

舉天如示衆云生死事大諸禪德須是將生死兩字貼在額頭上始得有僧出云某甲不然只將不生不死四字貼在額頭上如合衆云者漢元來怕生死如何會得老漢禪遂拈拄杖趂出師云怕生死的師子林門下不容不怕生死的龍池山門下不容且道古人的是老僧的是諸禪德也須撿點不可放過儻有云怕生死即不怕生死的不怕生死即怕生死的師喝云者儱侗漢出去

舉趙州問僧甚處來僧云雪峰來州云雪峰有何言句示徒僧云雪峰道盡大地是沙門

一隻眼汝諸人向什麼處屙州云汝若回我附你鍬子去雪竇云者僧既不從雪峰來可惜趙州鍬子師名衆云者僧道雪峰來雪竇何以云不從雪峰來試說看

舉僧到金峰方叅禮峰云我有一則因緣舉似你只是不得錯會僧云請和尚舉峰豎起拂子僧作聽勢峰云早錯會了也僧以目顧視便出峰云雪上加霜師云者僧點頭知尾争奈落第二機何

舉天奇和尚云世間無法出世間無法透得者個無法歸家穩坐師云奇祖只要盡法不顧無民不肖子孫卻不恁麼世間無法出世間無法透得者個無法正好行腳

舉千巖和尚云無明者裏只使無明與你一棒太煞慈悲與你一喝十分直捷若作棒喝商量千里萬里師云不作棒喝商量亦千里萬里且道作無明是佛法是喝一喝

舉千巖和尚舉祖師云父母非我親誰是最親者諸佛非我道誰是最道者雲蓋本云父母非我親無有不親者諸佛非我道無有不道者祖師得第一句雲蓋得第二句有人添得一句許伊鼎足三分無明則不然父母非我親我亦非親者諸佛非我道道亦非我者祖師也不得第一句雲蓋也不得第二句無明碎身作微塵何止頭破作七分師云祖師雲蓋輸我千巖老人一籌何故拚得自已贏得他人咦還有人添得一句麼試道看

舉僧問破竈墮和尚如何是大修行人竈云擔枷抱鎖僧云如何是大作業人竈云坐禪入定復云會麼僧云不會竈云你問我善善

不從惡你問我惡惡不從善後有僧舉似安國師安云此子會盡諸法無生佛果云窮善善自何生究惡惡從何起若能明見者個田地便是諸法無生有問崇寧如何是大修行人對他道坐禪入定如何是大作業人對他道擔枷抱鎖且道是同是别師云若道同一個問善答惡一個問善答善若道别從來佛法無兩般有問磬山如何是大修行人向他道不執一法如何是大作業人向他道不了一法且道與古人相去幾何

舉臨濟同普化赴施主齋次濟問毛吞巨海芥納須彌爲復是神通妙用爲復是法爾如然化趯倒飯牀濟云太麤生化云者裏是什麼所在說麤說細濟休去次日又同赴齋濟復問今日供養何似昨日化又趯倒飯牀濟云得即得太麤生化云瞎漢佛法說甚麤細濟迺吐舌師云得大機發大用龍象蹴踏非驢所堪今人未到古人田地也要弄些牙爪不顧旁觀者哂山僧不是倚勢欺人壓良爲賤也要諸人簡别邪正識取來源正已正人實非草草咄臨濟普化又來赴齋也不覺吐舌

舉仰山坐次大禪佛到翹一足云西天二十八祖亦如是唐土六祖亦如是和尚亦如是某甲亦如是仰下禪牀打四藤條佛果云師資會遇輥芥投鍼一期借路經過不免互相鈍置雪竇道藤條未到折因甚只打四下大似隨邪逐惡大禪佛後到霍山自云集雲峰下四藤條天下大禪佛叅霍云維那打鐘著禪便走果云者漢擔仰山一個冬瓜印子向

人前賣弄若不是霍山幾被糊塗雖然可惜令行一半當時不用喚維那好與擒住更打四藤條且聽者漢疑三十年師云如今負冬瓜印子者不少且看大禪佛被我圓悟老祖活埋在無底深坑了也諸禪德見不賢而内自省還救得伊麼如無老僧救一救看將拄杖作釣勢良久云夜静水寒魚不餌滿船空載月明歸

舉玄沙問僧近離甚處僧云瑞巖沙云有何言句示徒僧云長喚主人公復應諾自云惺惺著他後莫受人謾沙云一等是弄精魂也甚奇怪復云何不且在彼住僧云已遷化也沙云如今還喚得應麼僧無語雪竇云蒼天蒼天師云本分修行輸他瑞巖臨機勘辯堪羡玄老者僧親見作家當面蹉過待他道如今還喚得應麼但云也知和尚大慈悲便禮拜免得後來撿點佛果云萬丈寒潭徹底月在當心千尺巖松倚天風生幽谷直得凜凜孤標澄澄風彩及至月離碧天影落雲衢遂迺當面蹉過當時者僧若是個漢待伊道如今還喚得應麼當下便喝非惟把定玄沙要津亦與瑞巖老子出氣師召衆云今日還有與者僧出氣者麼一片白雲横谷口幾多歸鳥盡迷巢

舉藥山久不陞堂院主白云大衆久思和尚示誨山云打鐘著衆纔集山便下座歸方丈院主隨後問云和尚旣許爲大衆説法因甚一言不措山云經有經師論有論師爭怪得老僧師云善言言者言所不能言出院主失却一隻眼

舉世尊示隨色摩尼珠問五方天王云此珠作何色時五方天王互說異色世尊藏珠入袖却擡手云此珠作何色時五方天王云佛手中無珠何處有色世尊歎云汝何迷倒之甚吾將世珠示之便各强說有青黃赤白色吾將眞珠示之便總不知時五方天王悉皆悟道師云世尊奇特俾天王一一悟道千古之下令人樂聞磬山不肖遠孫也要效顰不識大衆信得及未薦伸出拳云是什麽色若云是拳非珠老僧喚他近前來你恁麽道天王不知且道是賞伊是罰伊

舉世尊因外道問昨日說何法世尊云說定法外道云今日說何法世尊云說不定法外道云昨日說定法今日何故說不定法世尊云昨日定今日不定師云世尊說法似隨色摩尼何定不定外道卻如矮子觀戲記得天眞頌云曉雨乍晴山色好夜凉如水月明多凭欄姹女聞天籟逐響隨聲意欲何者個頌子分明說破了也諸人還知落處麽也是鉢盂添柄

舉僧問百丈如何是奇特事丈云獨坐大雄峰僧禮拜丈便打師云百丈和尚寰中獨據振閫外之威權者僧亦一員上將到此只得柏柏聽令棒頭有眼明如日實是眞金不混沙豈非奇特之事須向奇特人前拈出即今還有人撥著麽快來與木上座相見如無老僧失利

舉僧問藥山平田淺草麈鹿成羣如何射得麈中主山云看箭僧放身便倒山云侍者拖出者死漢僧便走山云弄泥團漢有什麽限

師云好一枝箭爭奈其人未敢承當若是個丈夫漢開襟俯受不勞藥山放出後箭而今還有敵勝驚羣者麽且道如何射得塵中主喝一喝

舉高亭叅德山隔江問訊山以手招之亭忽開悟廼横趨而去更不回顧後開法嗣德山妙喜云高亭横趨而去許伊是個伶俐衲僧若要法嗣德山則未可何故猶與德山隔江在師云徑山老漢是謂一撞一捺且賊過後張弓今時人在知識門下三二十年既不隔江合作麽生路遥知馬力日久見人心

舉僧問趙州寂寂無依時如何州云老僧在你背後師云者僧挨到者個田地意欲就手安閒廼被趙州腦後一槌直得無言可對無理可伸師召衆云汝等還見趙州在背後麽若云趙州則不見但見磬山在面前向他道你那裏得見磬山來拈棒一時趁出

舉無業國師云若一毫頭凡聖情念未盡不免入驢胎馬腹裏去白雲端和尚云設使一毫頭凡聖情念淨盡亦未免入驢胎馬腹裏去師云未盡淨盡一時拈卻喝一喝云切忌鑽龜打瓦

舉南院上堂云赤肉團上壁立千仞時有僧問赤肉團上壁立千仞豈不是和尚道院云是僧便掀倒禪牀院云你看者瞎漢亂做僧擬議院便打趁出師云者僧欲成九仞之山未進一簣之土待南院道你看者瞎漢亂做不若一不做二不休縱然南院打殺也不得趁你出院即今還有人於壁立千仞處與者僧出氣麽

舉外道問佛不問有言不問無言世尊良久外道讚歎云世尊大慈大悲開我迷雲令我得入外道去後阿難問佛外道有何所證而云得入世尊云如世良馬見鞭影而行雪竇云邪正不分過由鞭影大慧云邪正兩分正由鞭影師云二大老卻在鞭影裏批判且道離卻鞭影一句作麼生道良久云三十年後此話大行

舉僧辭趙州州云甚處去僧云諸方學佛法去州竪起拂子云有佛處不得住無佛處急走過三千里外逢人不得錯舉僧云與麼則不去也州云摘楊華摘楊華師云者僧鼻孔被趙州穿卻若人會得許伊具叅方眼

舉雲門上堂拈拄杖云凡夫實謂之有二乘析謂之無緣覺謂之幻有菩薩當體即空衲僧家見拄杖但喚作拄杖行但行坐但坐不得動著師云雲門老人法令雖嚴可謂官不容鍼私通車馬雖然有人動著亦得不動著亦得動著不動著總得有人動著不得不動著不得動著不動著總不得且道利害在什麼處

舉天衣和尚云百骸俱潰散一物鎮長靈百骸潰散皆歸土一物長靈甚處安南堂云一物長靈甚處安長空雲散碧天寛蓮宮佛刹華無數貶起眉毛仔細看師云貶起眉毛仔細看天堂地獄任君安百骸未散當先覺莫待臨時撒手難

舉僧問香林如何是衲衣下事林云臘月火燒山師云臘月火燒山衣下事何干千峰雪覆冷坐破者蒲團若人更不會分明也大難

舉昔有秀才因看千佛名經問長沙云百千諸佛但見其名未審居何國土沙名秀才才應諾沙云黄鶴樓崔顥題後秀才還曾題麼才云不曾題沙云得閒題取一篇好師云長沙雖得殺人刀活人劍曲垂善巧不無龍頭蛇尾使人不能當下擔荷若是山僧待伊應諾時高聲云居何國土免致葛藤

舉祖師云極小同大忘絶境界師云柱杖子吞卻十方虛空剎那間流出無邊香水海若道是忘絶境界合喫衲僧痛棒若道非忘絶境界且叅取信心銘好與柱杖子相見祖師云極大同小不見邊表師云須彌山走出蟭螟眼裏須臾之頃見微三千大千界若道不見邊表未可與衲僧柱杖子相見若道見邊表如何合得信心銘叅

舉僧問雲門佛法如水中月是否門云清波無透路僧云和尚從何得門云再問復何來僧云便恁麼去時如何門云重疊關山路師云者僧萬古碧潭再三撈摝争奈雲門老漢有翻天覆地之能不易抵當可惜末後進不得且道者一步又如何進始得

舉臨濟兩堂首座相見同時下喝僧問臨濟還有賓主也無濟云賓主歷然師云以鏡照鏡面面皆正蓮華出水香流遠蘭谷風飄氣宇清

舉僧問五祖一大藏教是個切腳未審切那個字祖云鉢囉孃師云電光裏穿鍼

舉前寶壽問後寶壽父母未生前那個是你本來面目後寶壽罔措一日在街頭見兩人相争揮一拳云你得恁麼無面目壽當下大

悟師云錦繡叢中撞著白雲堆裏活埋洞見本地風光面目依然長在

舉南泉示衆云王老師自小養一頭水牯牛擬向谿東牧不免食他國王水草擬向谿西牧亦不免食他國王水草不如隨分納些些總不見得師云把住則坐卧空園放行則雲山萬里混塵俗而不流超潔白而無住縱横自在左右逢源雖然切忌動著動著則三十棒

舉古人云護生須是殺殺盡始安居會得個中意鐵船水上浮師云今時有一等癡狂漢自不能守戒護生而笑人守戒護生便以護生須是殺殺盡始安居爲據佛果老人云且道殺個什麼殺衆生物凡夫見解殺六賊須惱座主見解殺佛殺祖大闡提人見解衲僧分上畢竟殺個什麼試定當看

舉趙州到百丈丈問從甚處來州云南泉來丈云南泉有何言句示人州云有時道未得之人亦須悄然去丈叱之州容愕然丈云大好悄然州便作舞而出師云趙州生而知之卻到百丈門下鈍置再撥而轉何不當伊叱時呵呵大笑拂袖而出

舉曹山行腳時問靈觀如何是毗盧師法身主觀云不道曹舉似洞山山云好個話頭只欠進語何不更去問爲甚不道曹去進語觀云若言我不道即啞卻我口若言我道即禿卻我舌曹歸舉似洞山山深肯之師云三大老雖同毗盧頂上行其間不無優劣秪如洞山雖識機宜卻似扶小兒入市教他語話曹山雖遵承師命要且隨人腳跟老觀也是方

便不少且道山僧恁麼說話是肯伊不肯伊若道肯伊如何恁麼說若道不肯伊又如何恁麼說會得許你具一隻眼

舉僧問仰山法身還解說法也無山云我說不得別有一人說得僧云說得的人在甚處山迺推出枕子溈山聞迺云寂子用劍刃上事師云仰山藏身露影讓者僧即得讓磬山未在若作者僧待伊云別有一人說得遂搥住云莫不是者老賊麼縱然手快教伊推枕不出雖然不知溈老道個劍刃上事又作麼生商量咄休將死鼠爲真玉莫把山鷄當鳳凰

舉洞山問雲居甚處去來居云蹋山來山云阿那個山可住居云阿那個山不可住山云與麼則國內總被闍黎占卻也居云不然山云與麼則子得個入路居云無路山云若無路爭得與老僧相見居云若有路即與和尚隔生也山云此子已後千人萬人把不住師云今時人要覓個山子住且看雲居蹋山樣子若不如斯出門便是草漫漫雖然不是洞山老漢也勘驗他不出可謂作家相見如珠走盤盤走珠縱橫無礙豈比迷頭認影敲冰索火緣木求魚者哉今日有人蹋山來且問有路來無路來若有路不合雲居若無路不合洞山若有路無路磬山道隔隔且作麼生合得古人去試道看

天隱禪師語録卷第八

音釋

孑 古屑切音結健也 潰 胡對切音繪散也 叱 尺栗切音鳴訶也大訶曰叱 搥 知鴆切砧去聲擬擊也

天隱禪師語録卷第九

嗣法門人通琇編

舉古

舉玄沙一日見三人新到遂自去打普請鼓三下却歸方丈新到具威儀了亦去打普請鼓三下卻入僧堂久住來白沙云新到輕欺和尚沙云打鐘集衆勘過大衆集新到不赴沙令侍者去喚新到纔到法堂却向侍者背上拍一下云和尚喚你侍者至沙處新到便歸堂久住迺問和尚何不勘新到沙云我與你勘了也師名衆云者新到具參方眼也未若道具參方眼玄沙却云我與你勘了也若道不具參方眼公案現在當時玄沙待久住云和尚何不勘新到便好劈頭一拄杖可不有意氣時增意氣不風流處也風流

舉維摩會上三十二菩薩各說不二法門文殊問維摩居士我等各自說已云何是仁者所說不二法門維摩默然師云者個公案自毗耶離城以至震旦叢林商量不少都在語默上摸索轉沒交涉須向衆菩薩未啟口處識得根源方知衆菩薩說的即是老維摩不說的老維摩不說的即是衆菩薩說的纔知維摩那時其聲如雷豈不見道龍象蹴蹋非驢所堪即今還識得維摩老人根源麽良久云天共白雲曉水和明月流

舉遵布衲在藥山處浴佛次山云者個從汝浴還浴得那個麽遵云把將那個來山休去師云藥山旁通一線俯誘初機遵衲當仁不讓一撥便了若作藥山待伊道把將那個來劈手奪杓子還他一杓惡水可不徹頭徹尾

去也

舉僧問雲門如何是法身門云六不收道林和尚云雲門道得一半若問道林只對他道一不立迺頌云一不立六不收突然那更有蹤由無限青山留不住落華流水太悠悠師云還知二大老鼻孔落在什麼處然雖不負來機盡力道將來秖得法身邊事且道如何是法身豎拂子云龍得水時添意氣虎逢山勢長威獰

舉溈山問仰山什麼處去來仰云田中來溈云田中多少人仰插鍬叉手而立溈云今日南山大有人刈茅仰拔鍬便行雪竇云諸方咸謂插鍬話奇特大似隨邪逐惡據雪竇見處仰山被溈山一問直得草繩自縛去死十分妙喜云仁者見之謂之仁知者見之謂之知百姓日用而不知故君子之道鮮矣師云妙喜老人出言吐氣忒煞風流儒雅雪竇和尚龜鑑宗乘卻似壓良為賤磬山合作麼生商量不得顢頇放過還知麼幾度黑風吹大海未曾聞道釣舟傾

舉龍濟問僧甚麼處來僧云翠巖來濟云翠巖有何言句示徒僧云常道出門逢彌勒入門見釋迦濟云與麼道又爭得僧便問和尚又如何濟云出門逢阿誰入門見什麼僧於言下有省師云者僧雖然有省只會得龍濟的未會得翠巖的若會得翠巖的許你全具眼

舉雪峰示衆云南山有一條鼈鼻蛇汝等諸人切須好看雲門以拄杖攛向峰面前作怕勢長慶云今日堂中大有人喪身失命僧舉

似玄沙沙云須是稜兄始得雖然如是我即不恁麼僧云和尚作麼生沙云用南山作麼師云雪峰老漢如撾塗毒鼓聞之咸喪身失命二三大老超羣唱和是者般事須者般人若非者般人爭搆得者般事山僧今日不將拄杖粘龍作蛇但只恁麼與衆同食同衣同坐同卧不出尋常大衆還見麼格外不須重審問尋常一句作麼生

舉僧問巴陵如何是提婆宗陵云銀盌裏盛雪師云道吾舞笏同人會石鞏彎弓作者知

舉雲巖掃地次道吾云太區區生巖云須知有不區區者吾云恁麼則有第二月也巖竪起掃帚云是第幾月吾便休師云得人一牛還人一馬若作道吾待雲巖竪起掃帚云是第幾月但云恰是管教他者把掃帚無地放在

舉天平和尚行脚時叅西院常云莫道會佛法覔個舉話人也無一日西院遥見召云從漪平舉頭院云錯平行三兩步院又云錯平近前院云適來者兩錯是西院錯上座錯平云從漪錯院云錯平休去師云衲僧行脚切不得草草纔有些些省處便開大口須要自已揣摩十二時中還曾穩當否心境一如否脚蹋實地否如紅爐飛片雪否天平和尚行脚時自道會禪旁若無人撞著西院下兩個錯便把一肚子禪一點也用不著當時若作天平待西院道適來者兩錯是西院錯上座錯何不高聲還他個錯管教西院不復故眼相看直到後來住院謂衆云我當初行脚時被業風吹到思明長老處連下兩錯勘我更

留我過夏待共我商量我不道恁麼時錯我發足向南方去時早知道錯了也看他恁麼示衆正如貧兒索舊債一般磬山亦下個錯且道與西院同耶別耶與天平同耶別耶諸人試辯看有麼有麼復云錯

舉魯祖凡見僧來便面壁南泉聞云我尋常向師僧道向佛未出世時會取尚不得一個半個他恁麼驢年去師云古今多少尊宿向魯祖釣竿頭上抑揚提唱還曾摸著魯祖脚跟麼殊不知魯祖恁麼接人亦是曲垂方便若有性燥的向他未面壁時一覷覷破還他者老漢不在含元殿裏相見即今還有人知他落處麼少林壁觀無多子不是神光也大難

舉石頭問長髭甚處來髭云嶺南來頭云大庾嶺頭一鋪功德畫了未髭云畫了秪欠點眼在頭云莫要點麼髭云便請頭垂一足髭便禮拜師召衆云長髭善畫功德而不善點眼者何也還知麼今時人畫未就而先自點眼不知瞎了多少人也衆中還有請點眼者麼僧云有師搖手云我也知你畫未就在

舉雪巖和尚上堂云道在日用日用不知饑只喫飯寒只添衣晴天愛日挂枯藜點簡谿頭梅樹向陽偷放南枝師召衆云還會麼臨濟大師道有時奪人不奪境有時奪境不奪人有時人境兩俱奪有時人境俱不奪直須親到若不親到抱樁搖櫓有甚用處

舉興化云三聖逢人則不出出則便爲人興化則不然逢人則出出則不爲人雪巖頌云弄晴微雨濕春風柳自青青華自紅寄語遊

人急囬首歌樓不在畫橋東師云二大老作略被雪巖翁一頌徹骨徹髓撒向諸人面前了也大衆還會麽若會得爲人也得不爲人也得若未會爲人也不得不爲人也不得㕘

舉溈山坐次仰山入來溈云寂子速道莫入陰界仰云慧寂信亦不立溈云子信了不立不信不立仰云秖是慧寂更信阿誰溈云若恁麽即是定性聲聞仰云慧寂佛亦不立師云仰山如珠走盤縱横無礙諸人還識得麽識得向前速道莫入陰界

舉僧問首山如何是佛山云新婦騎驢阿家牽僧云未審此語什麽句中收山云三玄收不得四句豈能該僧云此意如何山云天長地久日月齊明師云還識得首山老漢紫羅帳裏撒真珠麽有僧問如何是紫羅帳裏撒真珠師云阿家牽驢新婦騎僧云不會師云切忌妄生穿鑿

舉僧問灌谿如何是一色谿云不隨僧云一色後如何谿云有闍黎承當分也無師云今時人都坐在一色邊還知灌老答處麽直饒明得走到磬山正好喫棒

舉三聖問僧近離甚處僧喝聖亦喝僧又喝聖復喝僧云行棒即瞎便喝聖拈棒僧廼轉身作受棒勢聖云下坡不走快便難逢便棒僧云者賊便出次有僧問適來爭容得者僧聖云是伊見先師來師云若識得三聖與此僧交鋒處堪爲臨濟下兒孫且道次僧恁麽問三聖答他道是伊見先師來是肯伊不肯伊時有僧欲進語師即喝出

舉僧問法眼求佛知見何路最徑眼云無過

此師云還識得法眼老人最徑路麼切忌動著動著打破你頭

舉興化問雲居權借一問以爲影草時如何居無對化云想和尚荅者話不得不如禮拜了退二十年後居云如今思量當初不消道個何必後遺化主到興化處化問和尚住三峰菴時老僧問伊話對不得如今道得也未僧舉前話化云雲居二十年秖道得個何必興化即不然爭如道個不必師云古人一機未透積歲窮研豈肯造次胡言亂道令人不揣已分繩入門來學些口頭三昧便要爲人師範可不深愧於古人乎且道當時雲居道個何必興化道個不必還有優劣也無試道看

舉曹山辭洞山洞咨授以宗旨復問子向什麼處去曹云不變異處去洞云不變異處豈有去耶曹云去亦不變異師云古今師資道合豈造次成就耶曹山數載親承臨别尚不放過云去亦不變異看曹山此語穩密無以加矣然在臨濟門下正好喫棒

舉大涅槃經云十二因縁法下智觀故得聲聞菩提中智觀故得縁覺菩提上智觀故得菩薩菩提上上智觀故得佛菩提師云大小世尊說如來禪依經解義三世佛寃離經一字即同魔說且道衲僧家合作麼生道卓拄杖云千山勢到嶽邊止萬派聲歸海上銷

舉保福僧到羅漢琛禪師處漢問彼中佛法如何僧云有時示衆道塞却你眼教你覷不見塞却你耳教你聽不聞坐却你意教你分别不得漢云吾問汝不塞你眼見個什麼不

塞你耳聞個什麽不坐你意作麽生分別師云一縱一奪殺活自在二俱作家且道根根塵塵周徧法界誰與安名

舉石頭問龐居士子見老僧已來日用事作麽生士云若問日用事即無開口處廼呈偈云日用事無別惟吾自偶諧頭頭非取舍處處沒張乖朱紫誰爲號丘山絶點埃神通并妙用運水及搬柴師云既無開口處者一絡索從何處得來

舉長生問靈雲混沌未分時含生何來靈云如露柱懷胎生云分後如何靈云如片雲點太清生云未審太清還受點也無靈不答生云恁麽則含生不來也靈亦不答生云直得純清絶點時如何靈云猶是眞常流注生云如何是眞常流注靈云似鏡長明生云向上更有事也無靈云有生云如何是向上事靈云打破鏡來與汝相見師云靈雲兩處不答是何意你看古人純清絶點似鏡長明直須打破鏡來相見驀拈拄杖云諸人曾到者田地麽若到者田地好與老僧拄杖子相見

舉石門蘊禪師在青林作園頭一日歸侍立次林云子今日作什麽來門云種菜來林云徧界是佛身子向甚處種門云金鉏不動土靈苗在處生林欣然次日入園喚蘊闍黎門應諾林云剩栽無影樹留與後人看門云無影樹豈受栽耶林云不受栽且置你曾見他枝葉麽門云不曾見林云既不曾見爭知不受栽門云秖爲不曾見所以不受栽林云如是如是師云終日蒲團上靜悄悄的菜不摘一莖米不揀一粒謂之叅禪辦道切莫靜沈

死水埋沒已靈還識古人親切處麽你看他隨方應用都合其宜信手拈來頭頭本具師打一拄杖云受栽不受栽且置無影樹子聻

舉臨濟同普化赴施主齋次濟問毛吞巨海芥納須彌爲復是神通妙用爲復是法爾如然化趯倒飯牀濟云太麤生化云者裏是什麽所在説麤説細濟休去次日又同赴齋濟復問今日供養何似昨日化又趯倒飯牀濟云得即得太麤生化云瞎漢佛法説什麽麤細濟迺吐舌師云擒龍手陷虎機擇法眼者請辯取

舉臨濟示衆云有時奪人不奪境有時奪境不奪人有時人境俱奪有時人境俱不奪師云作麽生是奪人不奪境作麽生是奪境不奪人作麽生是人境俱奪作麽生是人境俱不奪若一一透過作得臨濟門下兒孫若透不過却被人境埋沒了也喝一喝云且道那裏是人那裏是境參

舉心地觀經云此法名爲一切凡夫入如來地頓悟法門此法名爲三世諸佛自受法樂微妙寶宫此法能引諸菩薩衆到色究竟自在智處此法能與生死長夜作大智燈師云諸人看者黄面老子在靈山會上百萬人天衆前拈出也甚奇特雖然且道如何是此法驀卓拄杖云擬之則差强之則隔道道

舉太傅王延彬居士到招慶煎茶朗上座與明招把銚忽翻茶銚公問茶鑪下是什麽朗云捧鑪神公云既是捧鑪神爲什麽翻却茶朗云事官千日失在一朝公拂袖便出師云朗上座恁麽道可謂當面蹉過何不道重命

輕財明招云朗上座喫招慶飯了却向外邊打野榸師云也是賊過後張弓朗云上座作麽生師云更納什麽敗闕招云非人得其便師云也救不得一半

舉龍濟上堂云卷簾除却障閉户生窒礙秪者障與礙古今無人會會得是障礙不會不自在師云無繩自縛

舉溈山見劉鐵磨來乃云老牸牛汝來也磨云來日臺山大會齋和尚還去麽溈乃放身作卧勢磨便出去師云二大老一等是大人作略猶欠些賓主句在溈云老牸牛汝來也磨何不速禮三拜方云來日臺山大會齋和尚還去麽磨恁麽道溈何不道汝去麽然後放身作卧勢可不隨流得妙乎

舉趙州訪寶壽壽在禪牀背面而坐州展坐具禮拜壽起入方丈州收坐具而出師云分析虛空

舉三角菴主因荒亂魁師入山執刃而問和尚有甚財寶角云僧家之寶非君所宜魁云是何寶角震聲一喝魁不悟以刃加之師云路逢劍客須呈劍不是詩人莫獻詩雖然臨難不苟免此老得之矣

舉僧問曹山世間什麽物最貴山云死猫頭最貴僧云爲甚死猫頭最貴山云無人著價師云無人著價道甚貴賤

舉溈山示衆云老僧百年後向山下作一頭水牯牛左脇書五字曰溈山僧某甲此時喚作溈山僧又是水牯牛喚作水牯牛又是溈山僧喚作什麽即得仰山出禮拜而退師云老僧居龍池時人喚作雲巖道人今日住磬

山人喚作天隱和尚你道喚天隱是喚雲巖是總是没交涉㕘

舉罽賓國王仗劍問師子尊者云師得藴空否者云已得藴空王云脱生死否者云已脱生死王云可施我頭者云身非我有何况於頭王遂斬之白乳涌高數尺王臂自落雪竇云作家君王天然有在黄龍新云黄龍要問雪竇既是作家君王因甚臂落大慧云孟八郎漢又恁麼去也師云三人中有一人可以爲師

拈古

舉佛日和尚因僧送拄杖日云莫從天台得麼僧云不從天台得日云莫從南嶽得麼僧云不從南嶽得日云從什麼處得僧度拄杖日竪起云是體是用僧云拈也從體起用放也從用歸體日云你與麼來只得其體不得其用僧云和尚與麼舉只得其用不得其體日卓一下靠拄杖云體用一時收師云佛日老人可謂家富小兒驕驀拈拄杖卓一下云且道老僧的什麼處來便歸方丈

舉雲門一日拈拄杖云凡夫實謂之有二乘析謂之無緣覺謂之幻有菩薩當體卽空衲僧見拄杖但喚作拄杖行但行坐但坐不得動著師卓拄杖云雲門老人特地一場愁

舉舍利弗一日入城見月上女出城弗乃問云什麼處去女云如舍利弗與麼去弗云我方入城汝方出城何言如我與麼去女云諸佛弟子當依何住弗云諸佛弟子依大涅槃而住女云諸佛弟子既依大涅槃而住而我如舍利弗與麼去師云舍利弗善放而不善

收當斷不斷反招其亂月上女脚跟穩當要且未知向上事在若山僧見伊道如舍利弗與麼去一把拉入城來看他作何伎倆待他擬議撒手便行云不同我與麼去饒伊有超佛越祖之機也不柰何

舉保寧上堂侍者燒香罷指侍者云侍者已爲諸人說法了也師云保寧說法如雷也是借他鼻孔出氣何不侍者未燒香時便道爲諸人說法了也免使後人在侍者邊覔山僧今日無侍者與諸人說還知麼男兒自有衝天志不向古人行處行

舉興化見同叅來纔上法堂化便喝僧亦喝纔行三兩步化又喝僧亦喝化拈棒僧又喝化云你看者瞎漢猶作主在僧擬議化直打下法堂侍者請問適來僧有甚觸忤和尚化云他適來也有權也有實也有照也有用及乎我將手向伊面前横兩横到者裏却去不得似者般瞎漢不打更待何時師云興化握千聖之鉗鎚提諸祖之正印日月難比其光水雪豈方其素然不無漏逗何不於侍者問時攔頭一棒可不痛快

舉雲門上堂云世尊初生一手指天一手指地周行七步目顧四方云天上天下惟我獨尊我當時若見一棒打殺與狗子喫貴圖天下太平師云雲門大師但用錐利不見鑿方

舉翠巖示衆云一夏與兄弟東語西話看翠巖眉毛在麼師云面皮三寸厚

舉古德云者一片田地分付來多時也我立地待你搆去法眼云者一片田地分付來多時也我坐地待你搆去師云既曰者一片田

地分付來多時也又道搆去作麽磬山雪上加霜驀將拄杖卓一下云莫不是者一片麽噫也是揠苗兒

舉雲門上堂云光不透脱有兩般病一切處不明面前有物是一透得一切法空隱隱地有個物相似亦是光不透脱又法身亦有兩般病得到法身爲法執不忘已見猶存坐在法身邊是一直饒透得法身去放過即不可仔細撿點將來有什麽氣息亦是病師云病多語藥性得瘥始傳方雲門大師曾在乾峰和尚處患過者病來要大地衆生個個透脱將去雖則慈悲之故未免好肉剜瘡淨名云彼自無瘡勿傷之也

舉德山小參云今夜不答話問話者三十棒時有僧出禮拜山便打僧云某甲話也未問因甚打某甲山云汝是甚處人僧云新羅人山云未跨船舷好與三十棒法眼云大小德山話作兩橛圓明云大小德山龍頭蛇尾師云二尊宿錯下名言好與三十棒

舉千巖和尚示衆云僧問趙州大地無塵掃個什麽州云掃外來的若是無明秖向道掃裏頭的大衆趙州的是無明的是師云説甚内外直饒非内非外一齊掃却還有掃帚柄在

徵古

舉溈山普請次板鳴有一僧拍手呵呵大笑歸去山云奇哉此是觀音入理之門至晚問其僧你適來見什麽道理僧云朝來未喫飯聞板聲歡喜山云賺殺人師云百姓日用而不知故君子之道鮮矣鏡清道當時溈山有

此一僧鼓山道當時潙山無此一僧且道是賞伊是罰伊

舉大耳三藏得他心通朝見肅宗皇帝帝命忠國師驗之藏見國師便禮拜側立於右國師云汝得他心通是否藏云不敢國師云汝道老僧在什麽處藏云和尚是一國之師何得在西川看競渡船國師再問汝道老僧即今在什麽處藏云和尚是一國之師何得在天津橋上看弄胡猻國師良久復問汝道老僧只今在什麽處藏罔測國師叱云者野狐精他心通在什麽處藏無對有僧問趙州三藏第三度不見國師未審國師在什麽處州云在三藏鼻孔上又問玄沙既在鼻孔上爲什麽不見沙云秖爲太近後僧問海會端和尚端云若在三藏鼻孔上有甚難見殊不知在三藏眼睛裏師云者一隊老漢却如盲人摸象總未知國師下落處在諸人還知國師下落處麽若知得國師下落處許你他心通

舉雲門示衆云直得觸目無滯達得名身句身一切法空山河大地是名名亦不可得喚作三昧性海俱備猶是無風帀帀之波直得亡知於覺覺即佛性矣喚作無事人更須知有向上一竅在師云雲門大師語句一一與修多羅合且道如何是向上一竅叅

舉僧辭大隨隨問什麽處去僧云峨眉禮普賢去隨豎起拂子云文殊普賢秖在者裏僧畫一圓相拋向背後隨云侍者將一貼茶與者僧師云且道大隨是賞伊是罰伊衆中有人道得老僧付你拂子

舉黃檗云若擬著一法印早成也印著有即

四生文現印著空即空界無想文現但不印一切物此印與虛空等師云不著有不著空印即是不印即是試道看

舉興化示衆云今日不用如何若何便請單刀直入興化爲你證據時旻德長老出禮拜起便喝化亦喝旻又喝化復喝旻禮拜化云若是別人三十棒一棒也較不得何故爲他旻德會一喝不作一喝用師云賓家也喝主家也喝且道那裏是他一喝不作一喝用或有人亦喝老僧道且謾且謾我也知你一喝不作一喝用且道此語與興化同也異也復喝一喝

舉仰山問潙山如何是西來意潙云大好燈籠仰云秖者個便是麼潙云者個是什麼仰云大好燈籠潙云果然不識師云汝等叅詳也未且道仰山會得恁麼疇不會恁麼疇若道會潙山又道果然不識若道不會仰山又道秖者個便是試道看

舉僧問趙州學人乍入叢林乞師指示州云喫粥了也未僧云喫粥了也州云洗鉢盂去其僧有省師云叢林三百五百誰不知喫粥了洗鉢盂去且道其僧省個什麼

舉僧問鏡清如何是清淨法身清云紅日照青山僧云如何是法身向上事清云風吹雪不寒師云紅日照青山還具法身也無風吹雪不寒還明法身向上事也無

舉玄沙見鼓山來乃作一圓相示之山云人人出者個不得沙云情知你向驢胎馬腹裏作活計山云和尚又作麼生沙云人人出者個不得山云和尚與麼道却得某甲爲什麼

道不得沙云我得汝不得師云二大老優劣在什麼處一得一不得試道看

舉僧問報慈如何是平常心合道慈云喫茶喫飯隨時過看山看水實暢情師云喫茶喫飯看水看山還合平常心麼

舉溈山見劉鐵磨來乃云老牸牛你來也磨云來日臺山大會齋和尚還去麼山放身作卧勢磨便出去中峰和尚云溈山被劉鐵磨一拶拶倒要起起不得鐵磨被溈山一推推轉要住住不得本上座與麼批判多少人在背後皺斷拇指師云中峰老人恁麼道可謂口大心細你道他還知二老落處麼若知落處何故又道要起起不得要住住不得試道看

舉趙州訪一菴主纔相見便云有麼有麼主竪起拳頭州云水淺不是泊船處便去又訪一菴主亦云有麼有麼主亦竪起拳頭州云能縱能奪能殺能活便禮拜師云趙州問處一般二菴主答處不别爲什麼一肯一不肯諸人且道利害在什麼處

舉僧問風穴語默涉離微如何通不犯穴云常憶江南三月裏鷓鴣啼處百華香師云既作臨濟下兒孫須識臨濟綱宗始得不然未免傷鋒犯手或有問磬山語默涉離微如何通不犯竪起拂子云見麼且道與古人是同是别

舉德山到溈山挾複子直上法堂從西過東從東過西顧視云無無便出至門首迺云也不得草草遂具威儀再入相見纔跨門提起坐具云和尚溈擬取拂子德便喝拂袖而出

潙至晚問首座今日新到在否座云當時背却法堂著草鞋出去也潙云此子已後向孤峰頂上盤結草菴呵佛罵祖去在妙喜云二尊宿恁麽相見每人失却一隻眼師云妙喜恁麽道還具眼也未若道具眼且道二尊宿那裏失却一隻眼若道不具眼他怎恁麽道者裏緇素分明許你具一隻眼

天隱禪師語録卷第九

音釋

攛 取亂切音爨擲也

揠 乙黠切音軋拔也宋人有閔其苗之不長而揠之者

齩 五巧切同咬齧也

拇 莫厚切音某大指也

天隱禪師語録卷第十

嗣法門人通琇編

别古

舉僧問投子如何是一大事因緣子云尹司空請老僧開堂佛果云人道投子實頭不妨忒煞淳樸若山僧則不然有問如何是一大事因緣只對他道弄潮須是弄潮人師云二老宿舉揚大事因緣本無優劣作麼生是投子實頭處設有問磬山如何是一大事因緣但向他道朝看雲片片暮聽水潺潺

舉僧問趙州十二時中如何用心州云你被十二時使老僧使得十二時師云者僧問處直頭趙州答處依實但不能令人言下薦取設有人問磬山十二時中如何用心即向他道你在什麼處見十二時來

舉僧問汾陽如何是祖師西來意陽云青絹扇子足風涼師云有人問磬山如何是祖師西來意向他道水流千派月山鎖一谿雲

舉臨濟大師云一喝分賓主照用一時行圓悟和尚喝一喝云且道是賓是主是照是用還委悉麼千峰勢到嶽邊止萬派聲歸海上銷師喝一喝云且道非賓非主非照非用還委悉麼師子窟中無異獸象王羣内絶狐蹤

舉懶瓚和尚云吾有一言絶慮忘緣巧說不得只要心傳師云吾有一言不待忘緣拈來便得作麼心傳或衆中有人出來道既不必心傳諸祖心心相印所爲何事但云低聲低聲達磨大師來也

舉僧問石門年窮歲盡時如何門云東邨王老夜燒錢僧復問開先暹和尚暹云依舊孟

春猶寒師云有問磬山對他道一爐紅燄暖騰騰

舉僧問石鞏生死到來如何迴避鞏云者的無生死師云識得要迴避生死者許你透生死

舉雲門示衆云你若實未得個入頭處三世諸佛在你脚跟下一大藏教在你舌頭上且向葛藤裏會取師云你若實得個入頭處三世諸佛在你脚跟下一大藏教在你舌頭上休向葛藤裏會取

舉明招在婺州智者寺爲第一座尋常不受淨水主事云不識觸淨淨水也不肯受招下禪牀拈起淨缾云者個是觸是淨主無語招迺撲破師云明招徹底爲人無絲毫委曲爭奈爲主者未是其人不無賓主傷和氣耳磬山若作明招待主無語時輕輕對云莫道不識觸淨好留者淨缾以付識者

舉忠國師因紫璘供奉擬註思益經迺問大德凡註經須會佛意始得供奉云若不會佛意爭解註得國師令侍者盛一盌水著七粒米在水中盌面安一隻箸乃問者個是什麼義供奉無語國師云老僧意尚不會何況佛意子焉能註得經幻有和尚云莫謂紫璘供奉不識此意即如佛來也不解國師所設是何意也山僧一見便會得元來總是一個非難意師云可惜供奉未能會國師意若山僧則不然待國師置水盌在面前一脚趯翻國師總有無窮妙意也阻他註經不得我幻有老人若在便道汝雖會國師意未會老僧意在也知某甲罪過

舉賓頭盧尊者因阿育王問承聞尊者親見佛來是否尊者以手策起眉毛良久云會麽王云不會者云阿耨達池龍王曾請佛齋吾是時亦預其數師云育王見尊者策起眉毛何不道真見佛來速禮三拜免得尊者後來一絡索尊者聞育王道不會何不高聲云不會最親切則育王直下見得亦未可知雖然老僧恁麽説話也是抱樁搖櫓呵呵

舉玄沙到莆田縣衆以百戲迎之次日沙問小塘長老昨日許多喧閙向什麽處去也小塘提起袈裟角沙云料掉没交涉師云山僧則不然或有人問昨日許多喧閙向什麽處去也只對他道今日一齣尤勝昨日

舉洞山示衆云兄弟初秋夏末東去西去直須向萬里無寸草處去始得秖如萬里無寸草處作麽生去後有僧舉似石霜霜云出門便是草師云磬山則不然兄弟夏末秋初南行北往直須脚踏實地去若不如斯未出門時亦是草漫漫地

舉雪峰在國清拈起鉢盂問座主道得與你鉢盂主云此是化佛邊事峰云你作座主奴也未得主云某甲不會峰云你問我我與你道主方禮拜峰便踢倒主後舉似雲門云某甲得七年方見門云你得七年方見主云是師云雲門如是磬山則不然待伊道七年方見劈頭一拄杖雖然要識磬山則易要識雲門則難

舉僧問雪峰拈槌竪拂不當宗乘未審和尚如何峰竪起拂子僧廻抱頭出去峰不顧法眼代云大衆看此一員戰將師别云草賊大

敗

舉鏡清訪先曹山山問甚處來清云昨日離明水山云甚時到明水清云和尚到時山云汝道我甚時到清云適來猶記得山云如是如是師云曹山只管憐民不能盡法磬山則不然待伊道適來猶記得劈脊便棒

舉昔有老宿畜一童子並不知軌則有一行脚僧到迺教童子禮儀晚間見老宿外歸遂去問訊老宿怪訝遂問阿誰教你童子云堂中上座老宿喚其僧來問上座傍家行脚是什麼心行童子養來二三年了幸自可憐生上座教壞伊快束裝去黄昏雨淋淋地被趁出師别云即今有恁麼行脚僧山僧卻與彼問訊

舉僧問螺峰如何是本來人峰云惆悵松蘿境界危師云螺峰甚是奇特若有問磬山如何是本來人我與汝道即不本來也

舉僧問咸澤禪師不與萬法爲侶者是什麼人澤云城中青史樓雲外高峰塔師别云磬山則不然獨步孤峰月閒聽幽澗琴

舉僧參睦州州問汝豈不是行脚僧僧云是州云禮佛也未僧云禮那土堆作麼州云自領出去師别云待伊道是即云者掠虚漢行甚驢脚馬脚出去

舉僧問興教盈龍宫溢海藏真詮即不問如何是教外别傳的法教云眼裏耳裏鼻裏師别云今日有人問如何是教外别傳的法風送水聲來枕畔月移山影到牀前

舉棗樹和尚問僧發足甚處僧云閩中樹云俊哉僧云謝師指示樹云屈哉僧作禮樹云

我與麽道落在什麽處僧無語樹云彼自無瘡勿傷之也師云東樹老人慈悲太切磬山則不然待伊云閩中且道多少途程到者裏

舉潙山坐次仰山入來潙以兩手相交示之仰作女人拜潙云如是如是師云老潙可謂憐兒不覺醜磬山則不然待拜起來便放下手看他作麽生合煞

舉法華舉和尚上堂云鐘鳴鼓響鵲噪鵶鳴爲諸人說般若講涅槃了也諸人還信得及麽若信得及觀音菩薩向諸人面前作大神通若信不及卻往他方救苦利生去也師別云若信不及依舊鐘聲鼓響鵲噪鵶鳴

舉廓侍者問德山從上諸聖向什麽處去山云作麽作麽廓云敕點飛龍馬跛鼈出頭來山休去師別云俊哉來日山浴出廓過茶與山山拊廓背云昨日公案作麽生廓云者老漢今日方始瞥地山又休去師別云瞎

舉瑞鹿和尚上堂云鑑中形影惟憑鑑光顯現汝等諸人所作一切事憑個什麽顯現還知得麽若也知得於叅學中千足萬足無事莫立師別云若也知得正好著力咦

舉僧問同安如何是和尚家風安云金鷄抱子歸霄漢玉兎懷胎入紫微僧云忽遇客來將何秖待安云金果朝來猿摘去玉華晚後鳳銜歸師別云或問山僧如何是和尚家風雲耕雨種客來將何秖待麤茶淡飯

舉石門蘊禪師在青林作園頭一日歸侍立次林云子今日作甚麽來門云種菜來林云徧界是佛身子向甚處種門云金鉏不動土靈苗在處生林欣然次日入園喚蘊闍黎門

應諾林云剩栽無影樹留與後人看門云無影樹豈受栽耶林云不受栽且置你曾見他枝葉麽門云不曾見林云既不曾見爭知不受栽門云秖爲不曾見所以不受栽師别云若見已受栽也

舉雲門問直歲今日作甚麽來歲云刈茅來門云刈得幾個祖師歲云三百個門云朝打三千暮打八百東家杓柄長西家杓柄短又作麽生歲無語門拈拄杖便打師别云待直歲道三百個便打

舉道吾示衆云高不在絶頂富不在福嚴樂不在天堂苦不在地獄相識滿天下知心能幾人佛日云高在絶頂富在福嚴樂在天堂苦在地獄誰知席帽下元是昔愁人師别云高則從他高富則從他富樂則從他樂苦則從他苦數聲清磬是非外一個閒人天地閒

舉僧問雲峰如何是心地法門峰云不從人得僧云不從人得時如何峰云此去衡陽不遠師别云不從人得時如何不將此問來問

舉天池隆禪師在金峰普請搬柴次峰問搬柴人過水否隆云有一人不過水峰云不過水還搬柴否隆云雖不搬柴也不得動著他師别云雖則搬柴也不得動著他

舉趙州上堂云兄弟但改往修來若不改往修來大有著你處在老僧在此三十餘年未嘗有一個禪師到此間設有來一宿一食急走過且趁輭煖處去也師云山僧在此開山數年來未嘗有一個没禪的到此間設有一個半個便與明窓下安排山僧者裏無閒茶剩飯兄弟你不改往修來無有著你處在入

此門來切須仔細
舉趙州上堂良久云大衆總來也未對云總來也州云更待一人來即説話僧云候無人來即説似和尚州云大難得人師云古人恁麼垂慈方便不少老僧者裏不然顧視左右云汝等總在者裏個個是英靈衲子更莫待誰來喝一喝
舉僧問雲門如何是諸佛出身處門云東山水上行又客問幻有和尚如何是諸佛出身處有云西河火裏坐師云有問磬山如何是諸佛出身處雲起長空水歸大海
代古
舉世尊因自恣日文殊三處度夏迦葉欲白椎擯出纔拈椎迺見百千萬億文殊迦葉盡其神力椎不能舉世尊遂問迦葉你擬擯那個文殊迦葉無對師代云來説是非者便是是非人一齊擯卻旁有不甘者出來道磬山老漢有甚長處開此大口便合掌向前云汝真文殊
舉宋太宗皇帝見僧看經問云看什麼經對云仁王經帝云既是寡人經爲甚在卿手裏僧無語師代云一人有慶兆民賴之
舉悟空禪師問座主講什麼經主云法華經空云有説法華經處我現寶塔當爲證明座主講請甚人證明主無對師代云尊德不淺
舉僧訪翠巖值巖不在遂看主事主云叅見和尚也未僧云未主迺指狗子云上人要見和尚但禮拜者狗子僧無語後翠巖歸聞得迺云作麼生免得與麼無語師云者僧非惟不見翠巖要且不見主事若作者僧待伊指

拜狗子但高聲云若不識和尚洎合錯禮狗子拂袖便行

舉雪竇在莊上數僧立次竇問維摩老云步步是道場者裏何似山裏衆下語皆不契自代云只恐和尚不肯師云磬山若在會教者老漢無立地處者裏是什麼所在

舉陸亘大夫問南泉云弟子家中於一缾内養一鵞兒今來長大欲出此鵞且不得破缾亦不得損鵞未審和尚有何方便泉召大夫大夫應諾泉云出也大夫無語師代大夫速整威儀三拜

舉楚石和尚與衆僧觀海次僧問秖是一片水因甚喚作海石云秖是一片海因甚喚作水你且道源從何來僧云從一滴來石云一滴又從何來僧無語師云磬山若在將手急掩其口塞卻者漏洞

舉玄沙在雪峰時光侍者謂沙云師叔若學得禪某甲打鐵船下海去沙住後問光打得鐵船也未光無對師代云師叔且喜參得禪也

舉道匡禪師拈起鉢囊問僧你道直幾錢僧無對師代云和尚從甚處得來

舉昔有一僧入冥見地藏菩薩藏問你平生修何業僧云念法華經藏云止止不須說我法妙難思爲是說爲是不說僧無對師代云謝指示

舉藥山問僧甚處來僧云湖南來山云洞庭湖水滿也未僧云未山云許多時雨水爲甚未滿僧無語師代云某甲未雨水前離彼

舉僧侍立沙沙以杖指面前地上白點云還

見麽僧云見如是三問僧亦如是三答沙云
你也見我也見為什麽道不會僧無語師代
云和尚慈悲恩逾父母
舉泗州塔前一僧禮拜有人問上座日日禮
拜還見大聖麽僧無對師代云者一問從何
來
舉鏡清再叅雪峰峰問甚處來清云嶺外來
峰云什麽處逢達磨清云更在什麽處峰云
未信汝在清云和尚莫恁麽粘泥好峰便休
師代云老僧年邁
舉臨濟到京行化至一家門首云家常添鉢
有婆云太無厭生濟云飯也未曾得何言太
無厭生婆便閉卻門師代濟云情知你慳吝
舉雪峰一日陞座衆集定峰輥出木毬玄沙
遂捉來安在舊處師代峰云放汝三十棒復
召衆云且道是賞伊是罰伊
舉智門祚禪師示衆十一問智云登天不假
梯徧地無行路正當恁麽時向什麽處安身
立命師云徧界不曾藏復云徧界不曾藏切
忌絶商量諸人還見麽智云千人排門不如
一人拔關還有人拔得關麽試對衆道看若
道不得且居門外師云我若在會從西過東
從東過西卻依位而立復云關諸人又作麽
生拔得智云三十年前即不問你三十年後
不用將來正當即今還道得麽若道不得一
處不通兩處失功師云天長地久日月齊明
復云普諸人如何道智云荆棘林中則不問
你出身一句作麽生道師云三腳驢子弄蹄
行復云險諸人又如何出身智云天下行腳
道我叅禪你道禪是什麽義師云眉分八字

復云擬議則白雲萬里諸人作麽生叅智云鉢盂無底成得個什麽師云不從手得或云不從手得將什麽喫飯師云没卻你鼻孔諸人作麽道智云天降時雨爲什麽枯木不生華師云切忌枝頭覓復云切忌枝頭覓如何是根本諸人作麽生得見智云衲僧須是透得名句身句方可具得衲僧一隻眼還有道得的麽師云拄杖子跨跳復云拄杖子跨跳還出得名句身句麽諸人如何透智云滿口道不著的句還有人道得麽師云卻被和尚道著復云道著即不無道不著的諸人又作麽生道智云秋初夏末遊山玩水且從你驀劄一問快道將來師云山華開似錦澗水湛如藍復云者猶是遊山玩水驀劄一問諸人道將來智云出門一句不問你萬里無雲道將一句來師云青天也須喫棒復云且道過在什麽處諸人試説看

普説

衆請釋疑告香普説師卓拄杖云法門衰替賴人扶那個男兒不丈夫勿學承虚接響漢他年決上祖師圖大衆還知麽佛佛授受祖祖傳持以心印心心心不異所以古人行脚單爲此事費盡草鞵跋涉谿山千里萬里叅師訪友發明本分然後覓深林歸大壑潛身養道俟其因緣時至龍天推出説法利生用報四恩豈求名聞利養取諂當世耶適繞告香僧問世尊拈華單傳直指祖師提印分派接人謂是一耶謂是二耶老僧暨起拄杖卓一下云且道是一是二僧云既然如是今古昭然何得分三分一老僧云虚空裏釘橛僧

云若三一不存教學人何處著脚老僧云切莫蹅人脚跟僧云三峰執三去一又作麽生老僧云你且領話他便禮拜噫今人不達黄面老子直下的的相承之旨著意穿鑿破壞綱宗上誣先覺下賺後昆異論紛然見笑識者若不究其根源考其虛實以譌傳譌則熒惑無窮矣吾爲此懼不得不力救之以啓將來眼目故復問中畧見一斑他尚不知非更向人前揚其底蘊謂三玄三要從釋迦老子三法而來睹星爲心觀樹爲法十方佛讃歎爲師夫華嚴經云一時佛在摩竭提國阿蘭若法菩提場中始成正覺七處九會大唱真乘無法不周無機不被當時二乘在座有耳不聞圓頓教有眼不見舍那身於此脫珍御服著敝垢衣示生王宮出家雪山苦行六載

歎云一切衆生皆具如來智慧德相但以妄想執著不能證得至於法華會上云我始坐道場觀樹亦經行於三七日中思惟如是事我所得智慧微妙最第一衆生諸根鈍著樂癡所盲如斯之等類云何而可度世尊述成道之初但說一乘法念衆生没於苦海所以權設三乘引導衆生作是思惟時十方佛皆現廼助揚法化也可見釋迦老子明心得法已久他著在化迹門頭經文尚不明而況佛旨乎又經云善男子我實成佛已來無量無邊百千萬億那由他劫於是中間我說然燈佛等又復言其入於涅槃如是皆以方便分別豈可以星爲心以樹爲法以十方佛爲師耶又不見金剛經云若有法如來得阿耨多羅三藐三菩提者然燈佛即不與我授記汝

於來世當得作佛號釋迦牟尼以實無有法得阿耨多羅三藐三菩提是故然燈佛與我授記作是言汝於來世當得作佛號釋迦牟尼何以故如來者即諸法如義世尊所得師法明文尚在豈可遮掩得人耶又把世尊傳法偈謬解云此法之本本無法也無法豈無本有法也無法而付即有法也法法何法即無法也此有而無也無而有也不可有無有無不可者也而如來傳法偈迺如是乎除非滅卻法本法無法無法法亦法今付無法時法法何曾法偈方可任爾穿鑿秖如四祖優婆毱多尊者傳法偈云心自本來心本心非有法有法有本心非心非本法七祖婆須密尊者付法偈云心同虛空界示等虛空法證得虛空時無是無非法若此者疊疊顯然你又如何穿鑿迺不察自已謬誤翻道他人暗短滅之抹之且道是誰滅抹果有滅抹之者何不明據其非以共證乎天下竟詾詾然混指爲滅抹也秖圖誣人之短以炫巳長獨不知逞其癖見以昧宗旨乎又謂二十七祖遙讖達磨云東土有聖人氣惟駿馬駒脚下蹋殺天下人言馬大師之下出臨濟雲門潙仰法眼之四宗謂之脚下也足見他是個執相凡夫定將馬駒四足膠黏釘釘以配四宗無非欲證三擊之爲三玄三要之原各有所據若恁麼執相生解達磨一宗看看掃地矣當時二十七祖但云震旦雖闊無別路要假兒孫脚下行金鷄解銜一粒粟供養十方羅漢僧所以六祖諦囑南嶽讓禪師云西天般若多羅讖汝足下出一馬駒蹋殺天下人病在

汝心不須速説此明明道南嶽足下出一馬駒蹋殺天下人也祖師遞代讖囑分明他又揑造更之以四取義可發一笑又將神秀身是菩提樹心如明鏡臺時時勤拂拭勿使惹塵埃偈判爲執有修行此凡夫法也必欲把秀大師作個凡夫見是何言與不見南嶽讓一日有省白六祖云某甲有個會處祖云作麽生讓云説似一物即不中祖云還假修證否讓云修證則不無染汚即不得祖云秖此不染汚諸佛之所護念汝既如是吾亦如是神秀雖無南嶽轉語之圓終不可謂之凡夫法也又將六祖菩提本無樹明鏡亦非臺本來無一物何處惹塵埃偈判爲從前後際斷忽得心空遂墮空邊正外道法也師喝一喝云你曾夢見祖師來否既不識祖師縱奪之機當見龐居士云十方同聚會個個學無爲此是選佛場心空及第歸豈亦可作外道法耶且傳法正宗記云五祖見偈默許不即顯稱恐嫉者相害廼佯抑之云此誰所作亦未見性先德語言至今不泯況毘婆尸佛偈云身從無相中受生猶如幻出諸形象幻人心識本來無罪福皆空無所住可見佛祖理徹心通無二無别肇論云本無實相法性性空緣會一義耳必以本來無一物爲墮空落外其謗法之愆焉能逃哉又謂袈裟法數爲宗旨之至細至密處一以迦葉持衣載法以傳彌勒一以阿難副貳以傳西天四七不知世尊説付法偈已止告迦葉吾將金縷僧伽棃衣傳付於汝轉授補處至慈氏佛出世勿令朽壞次至多子塔前止命迦葉分座令坐以

僧伽梨圍之告云吾以正法眼藏密付於汝汝當護持傳付將來而後迦葉亦止告阿難言我今年不久留今將正法付囑於汝汝善守護聽吾偈言法法本來法無法無非法何於一法中有法有不法說偈已迺持僧伽棃衣入鷄足山俟慈氏下生豈有二袈裟一以俟彌勒一以付阿難殊不知衣爲表信必欲妄執名相而迷其原以衣爲至細至密之宗旨何西天二十五祖當二十六祖之啓請而不付東土六祖遵五祖之遺囑而不傳恁麽則宗旨之不得而付不得而傳也可見得法源底豈在衣乎故二十五祖云此衣爲難故假以證明汝身無難何假其衣化被十方人自信向五祖云昔達磨來自異域雖法傳二祖恐世未信其所師承故以衣鉢爲驗今我宗天下聞之無不信者則衣鉢可止蓋可行可止可付可不付吾所謂宗旨之不在衣明矣又謂鞵之一擦碓之三擊與袈裟縷縷明示則法數具足原無欠少原無增減既云一擦爲之痛快而又據三擊碓牀宜以詳見祖師所用不定秖要人直下知歸你又釘定三擊爲三玄張本足見倍迷其原矣如得法悟心之士寧執相滯名若此哉又謂不待悟而後出生死非因迷而曾墮生死不聞楞嚴經云當知一切衆生從無始來生死相續皆由不知常住真心性淨明體用諸妄想此想不真故有輪轉又古人云背之則凡順之則聖迷之則生死始悟之則輪廻息豈非因迷而有生死因悟而出生死昭然之理咸可見也他顛倒反是令人安得不疑果如不待悟而

後出生死非因迷而曾墮生死卻也無迷也無悟也無佛也無祖宗旨俱不必傳將率天下以滅佛法者必彼之言夫又何用絮絮於袈裟者哉又舉馬祖與百丈因緣至一喝三日耳聾云此非三棒之法而何此語實可憐生何執之於三迺至如斯百丈從一喝大悟云三日耳聾他何止三日耳聾百千萬劫命根斷盡又謂三法之師承自此而來使馬大師當時震聲三喝令百丈三日耳聾則你今日引證確乎成據矣既非三喝而唯一喝則三棒之法不獨證之不成益見古人得之者尚不定在一而況執其三乎又說馬大師三甕醬示百丈丈一時打碎檗亦以三頓棒示臨濟濟還大愚肋下三拳你謂三甕醬一時打碎且道百丈一時將三棒打破耶將一棒打破耶若將一棒打破不合馬大師三甕醬之爲三法矣若將三棒打破又不合馬大師一喝令百丈三日耳聾矣既前後三一不合又如何合得黃檗三頓痛棒以發臨濟悟由耶不見雲菴和尚頌云便言黃檗無多法大丈夫兒豈自乖脇下兩拳明有信不從黃檗付將來你還委得麽又謂比時野狐之種不少會各不同有者會得本來無物便執道是有者會一棒一喝亦執道是果爾會得本來無物令人不著名相果爾會得一棒一喝令人不墮死水且本來無物正六祖見徹處一棒一喝正馬祖百丈親承授處迺翻道野狐之種會本來無物以至一棒一喝也還知徹底人自然人法兩忘而何得支離瞎說如此耶又據百丈上堂野狐公案不落因果以破

本來無一物不昧因果以破身是菩提樹且夫前百丈五百生前錯答一字而墮野狐安有意向後百丈前以破六祖之偈乎嗟嗟古人錯答一字尚墮野狐身五百生今人恁麼妄判先宗又如何耶不見百丈至晚上堂舉前因緣黃檗出問云古人錯答一轉語墮五百生野狐身轉轉不錯合作個什麽丈云近前來向汝道檗近前打一掌丈拍手笑云將謂胡鬚赤更有赤鬚胡你把黃檗一掌如何看若識得黃檗一掌便識得溈山老人三撼其門得大法者向曾在名相上著腳自下臨濟和尚不惟三頓痛棒徹困向上一路關棙子七通八達方作人天師範若執三法臨濟之宗寧有今日哉不見濟一日夏半上黃檗山見檗看經云我將謂是個人元來是唵黑豆老和尚住數日迺辭檗云汝破夏來何不終夏去濟云某甲暫來禮拜和尚檗便打趁令去濟行數里疑此事卻回終夏後辭檗檗云甚處去濟云不是河南便歸河北檗便打濟約住與一掌檗大笑迺喚侍者將百丈先師禪板几案來濟云侍者將火來檗云不然子但將去已後坐斷天下人舌頭去在大衆師資相印豈是草草若者裏見得徹山僧亦將鉢袋子擲與你們隨處住山去若者裏見不徹且按下雲頭七尺單前研窮本分直到大休大歇始可向人前提掇此事不然都落在意根卜度邊無有出頭日子切須仔細如八十翁翁入場屋真誠不是小兒嬉且看臨濟大師徹證之後當時復被黃檗打了趁出尚數里疑不肯自滿掉轉頭來復造黃檗是

何境界而後得意旨黃蘗和尚便付禪板囑云已後坐斷天下人舌頭去在方自相承建立宗旨所以連次打普化克符至晚小衆云有時奪人不奪境有時奪境不奪人有時人境兩俱奪有時人境俱不奪此正料簡人法知其邪正他解云料者物料簡者簡擇此四簡以成一句之料也此等邪知曲說諸人可以推之不待老僧轉播唇舌而後見矣僧問臨濟大師如何是真佛真法真道乞師開示濟云佛者心清淨是法者心光明是道者處處無礙淨光是臨濟大師當時直截答他句句了然恐人執著即云三即一皆是空名而無實有如真正道人念念心不間斷自達磨大師從西土來秖是覔個不受惑的人後遇二祖一言便了始知從前虛用工夫山僧今日見處與佛祖不別若第一句中薦得堪與佛祖爲師若第二句中薦得堪與人天爲師若第三句中薦得自救不了僧便問如何是第一句濟云三要印開朱點窄未容擬議主賓分云如何是第二句濟云妙解豈容無著問漚和爭負截流機云如何是第三句濟云但看棚頭弄傀儡抽牽全藉裏頭人臨濟大師到者裏曲垂不少雖逐句下一聯語直是痛快令人𢡄然奈他又向鉢盂上添柄說出三身中有九法顛顛倒倒句義且不照應況佛祖之至理乎一味欲以能所見壓當世以狂妄論超先輩汝等切忌入他圈繢裏播弄一生終無了期濟又云大凡演唱宗乘一句中須具三玄門一玄門須具三要有權有實有照有用汝等諸人作麼生會你看臨濟綱

宗面目現在者裏他又自問自答說此一句之大法也猶非大法之大法也何爲大法之大法前一棒後一棒折作炭灰發光亮意謂超過三玄三要之大法也所以又道會此大法之大法方好賓主相見瞎漢不見臨濟大師明明道一句中須具三玄門一玄門須具三要有權有實有照有用汝等諸人作麽生會若賓主未相見時縱有權有實有照有用三玄三要湛然無聞那裏下口大衆要知臨濟大師立法蓋爲賓主相見者裏切須究取不可隨他生解所以百丈老人云義句知解知解爲貪貪變成病秖如今但離一切有無諸法亦離於離透過三句自然與佛祖無差他又將四喝分爲賓主逐句分疏不見臨濟大師對僧云我有時一喝如金剛王寶劍有時一喝如踞地師子有時一喝如探竿影草有時一喝不作一喝用汝作麽生會僧擬議濟便喝諸人還知四喝落處麽若知得落處則不受伊惑矣又拈今之杜撰禪和心麤膽大不識好惡便道世尊拈華秖是個一心之法更無餘事種種枉直作曲老僧今日不與較量他又道我佛秖是一心更無餘法如此方是正宗若有三玄四料便是旁出指三玄四料爲旁出等語說自何人你看他向虛空裏鑿出要謾天下學者必也你假造一本道是某人著作令不聞不見者道聽塗說一人傳虛多人傳實方可如是說不然有何據而如斯誑妄耶又謂那裏曉得有萬峰今日一場說破他室中傳授之祕者樣誣說更可慙惶人既室中付囑之祕語你因何竊得如此

揑造秖恐閻羅老子未肯放你在又把臨濟大師傳法偈云沿流不止問如何真照無邊說似他離相離名人不禀吹毛用了急須磨將前三句逐句下個註脚定要穿套起來合他偏見盡判為未妥單取末後一句吹毛用了急須磨而已咄你單取者一句為是則吹毛劍何所歸著莫道久叅衲子槩不堪聞凡有血氣者皆不堪聞矣不見臨濟大師復謂衆云吾滅後不得滅卻吾正法眼藏三聖出云爭敢滅卻和尚正法眼藏濟云子已後有人問你向他道什麽聖便喝濟云誰知吾正法眼藏向者瞎驢邊滅卻你看三聖者喝繼臨濟千百年來還有人撿點得也無他又謂今人要把極麤一棒便了者欺人欺佛欺祖欺前欺後而欲妄號佛祖不亦無耻之甚乎

此亦因死執其三而非其一殊不知執一執三皆不明三一之理何故但知其一不知其三如人有首而無足但知其三不知其一如人有足而無首首足體一也豈可執一而不知其三乎又豈可執三而不知其一乎足首用分也豈可執其用而昧其體耶又豈可執其體而不達其用耶所以永嘉大師云至理虛玄窮微絕妙尚非其一何是於三不三之三而言三不一之一而言一一三非三尚不三三一之一亦何一一不一自非三三不三自非一非一一非三不留非三三非一不立不立之一本無三不留之三本無一一三本無無亦無無無無本故妙絕如其執定三法為之準繩以貫佛祖之道則西天四七皆不得道矣有何三法為據哉迺至東土二三及

諸大禪師何曾個個專用三法闡揚佛祖之道耶我臨濟大師有三玄三要亦未嘗執定三法而有四賓主四料簡四照用四喝之唱且汾陽老人有三種師子四句十八問十智同真廼至遠公九帶南堂十門若死煞看定三法則汾陽遠公南堂何能續臨濟之道哉他又訕道廣通邪說既已大行不得不力辯其僞者裏若非老僧孰知其真僞之詳也老僧今日實不得不正其僞以伸先輩之誣懲三峰之罪亦杜不知者蹈襲之咎諸人看笑巖和尚聯芳偈序云世尊瞬目迦葉破顏達磨安心神光斷臂了知佛法無多子黃梅瞎付以紛爭庾嶺明傳而弗受洎乎錯認定盤星不肖上承迦葉六十五世之元祖下繼曹谿三十三葉之真孫驗邪正以秦鏡甘本分於磻谿苟遇其人囊槖罄付云爾笑巖老人既云不肖上承迦葉六十五世之元祖下繼曹谿三十三葉之真孫正嗣臨濟上下之一脈總謂之數十世也何謂抹殺者乎又廣通序云是集始刊於隆慶巳巳孟秋是時吾師已南行矣及自金陵伏牛清涼於萬曆丙子孟春元日都中檀越迎請回京仍置興德舊居因晚叅次與諸徒叙見集中字多譌舛板亦損壞諸徒意欲重梓兼南中一帶之語隨之續入又前原公之序渾言大體但未畧申吾師嗣祖同風之正意故茲因而序曰夫釋迦文佛說法訖將言外單傳之道嫡付飲光下至二十四祖師子尊者得婆舍斯多付法訖復攝達磨達始有旁出之名逮達磨以來二祖可師四祖信師五祖忍師亦有正傳旁

出之事暨曹溪之下厥旁岐縱橫肆出厥奇名異相涯岸各封以羅天下學者致使晚進無知靡所適從前代格法漸遠末世相承漸僞輙成駕虛望空授受何異漚泡明珠之歎乞兒聖主之誅者耶師得絶學老人不傳之旨望臨濟二十八代之祖而弗專臨濟之稱者何也見諸天下浸蔓泛繁久假而莫知歸故截枝泝流以復本原惟曰曹溪正脈其十其代俾天下末世無根據者竟不墮於紛紜妄號之責向祖風真淳之舊寧不以爲宜乎者哉此序正表笑巖聯芳序之意旨何有削去臨濟抹殺五家之說明眼者詳其理可也他尚不知廣通出處彼生平見地徹證中年巳亡別無著作何以諄諄罵詈總是無稽之譚直要橫行到底立自巳見深可哀也諸人當知余非好辯三峰狂言詆謗此猶可容傷殘慧命實爲可痛各宜力究辨別正邪研窮至理助揚法化共報佛恩久立珍重

有師子王振尾涌筋作大哮吼羣狐腦裂

愚於磬山普說亦云謀諸同志重刻以廣流通客曰師家垂語不同或謂一切衆生皆有佛性或又謂一切衆生皆無佛性矣或謂一大藏教秪說者個或又謂一大藏教不說者個矣學人何必緣赤白幟分左右袒即邪正灼然安知爲彼一說者非逆行菩薩示外道身現波旬說發石磬之妙音乎吾與子壁上觀可耳路見不平拔刀相助是佐鬬也愚慨然曰以我不平破不平汝若得平則我平磬山從平等慈發無礙辯何鬬之足云說在孟氏之闢楊墨矣

自今觀之楊墨亦何足辯而彼時人心爲所狂瞽墮坑落塹者紛紛一則天上天下惟我獨尊一則捨命大王髑髏徧野言之各自成理安得不辯而闢之孔欲無言孟豈好辯一也愚聞諸師曰世尊默然良久外道謂開我迷雲空生宴坐不言帝釋謂善說般若讀普說者謂磬山老人善說般若開我迷雲即是默然宴坐可矣人知老人振師子威作師子吼通身是口莫敢攔當抑知老人懼師子蟲食師子肉大慈大悲赤心片片以戈止戈以楔出楔以辯息辯不說一字是名磬山普說江上弟子黄毓祺和南䟦

天隱禪師語録卷第十

音釋

婺亡遇切音敄州名隋唐置婺州　訩許容切音凶衆語也　炫熒絹切音眩耀光　讖楚禁切屆去聲驗也凡讖緯皆言將來之驗也　訕所晏切刪去聲謗也　塹七豔切音槧坑也

天隱禪師語錄卷第十一

嗣法門人通琇編

復問

復三峰漢月藏公附來書

粤自威音無象一○爲千佛萬佛之祖故七佛以雙頭獨結四法交加勒成無文密印而飲光傳二十八代無非以法印心此法之不可滅没也重矣達磨東來六傳之後奈何旁出之徒又於法偈中鑽出理路故密處成疎絶滲漏中成漏馬大師萬不得已拈出一機一境絶盡旁門單提向上故以正出爲重遂有野狐兩扇而三撼其門百丈再叅而末後一喝從前心法印定於此矣黄蘗因而有三頓痛棒未聞有兩頓四頓之旨此臨濟之三玄要所以發明七佛歷祖之祕以簡一橛頭相似野狐涎也此臨濟之所以爲萬世法也故後世聞臨濟兒孫出典不憚費盡杖頭破盡草鞵千里萬里爲之叅叩耳未嘗有簡臨濟爲旁出者不待辯而明矣自唐及宋而元臨濟之法楚楚至中峰傳法於千巖失卻一隻眼諵諵從此而起然萬峰寶藏尚以三玄爲傳法之要去後則泯泯無聞焉迨笑巖之徒廣通不知何許人迺肆滅六祖已下五家詆爲旁岐益可恨矣其說一喝法遂滅盡但得一知半解全無古格肆其臆說不是本來無一物定是凉飀飀地苟非認性認心又落不上機境今時外道陋不可聞今時禪品惡不可見皆因無祖法之印爲格則也藏竊痛哭流涕久矣期一再

見臨濟兒孫身雖百歲得三歲之的派者必禮爲師此無他以深叅覺範高峰之禪實透臨濟玄要賓主之法故耳徃年嘗欲走叩龍池以先得語録不果後以髮將垂白聞金粟出世喜臨濟重興特爲叩荷其傳所望其瀾益濶其道益光嗣聞我叔大師建幢石磬尤見古佛並興拜讀新刻果如初日乍出便欲拽杖禮龍池塔聆石磬響以寺事所勒未克如願遥聞來歲世甲乍周祖堂將闢願和尚無外臨濟正宗大豎三玄古格藏等願就克符普化之列共扶七百年既抹殺之宗光天耀日於大明之世何其快哉何其快哉藏臨楮不勝仰望之至

諸佛爲一大事因緣出現於世故我釋迦如來初生下時便一手指天一手指地周行七步目顧四方云天上天下惟吾獨尊四十九年彈偏叱小會權歸實所以云惟此一事實餘二則非真以此一心之法印定故末後拈華微笑嫡付教外單傳至二十八代達磨東來傳至六祖亦無非一心之法彼羣英疊出兩派分岐旁出繁興皆以所得淺深教化馬大師單提向上百丈再叅而末後一喝黃檗因聞不覺吐舌繞明大師大機大用故施棒以接臨濟如發藥人秖欲救病今來書云秖有三頓痛棒未聞有兩頓四頓之旨此語若在臨濟則可在黃檗則不可何故若黃檗恁麼爲人已成實法了也況臨濟至大愚言下點破悟徹根源握萬世之綱宗開法四賓主四料簡四喝一句中具三玄一玄中具三要

簡別邪正殺活縱横自後五宗並立門庭雖異總之咸歸一心之法如洞山得法雲巖臨行囑付因過水睹影大悟前旨有偈云云可不各各師承有據或嚴密或痛快又豈有實法繫累人耶正宗流至中峰傳法於千巖廼云矢卻一隻眼誚謂從此而起此何說也況中峰大師語録言言見諦句句超宗其道要歌發明玄要字字破的及餘開示小叅拈提公案當時無有出其右者而千巖築破方覺盡底掀翻中峰尚囑云時節若至其理自彰後三十年住山出世若是半邊見焉能道得一句子流出百千萬億句百千萬億句入者一句豈非全收全放全放全收耶古德云但恐不成佛不慮佛不解語萬峰實藏從此得傳縱奪抑揚主賓照用莫不本臨濟綱宗若非具眼豈能作得他家兒孫耶此繫法門大事立論宜當三思如云泯泯無聞今日新萬峰從何而得也又云笑巖之徒廣通肆滅六祖巳下五家詆為旁岐此因未諳通本昔我幻有老人親聞笑巖祖翁云當時因少林出祕要天奇和尚直註破時人之執遂議論紛起謂正宗久寂巳無其人所以笑巖深慮法門而聯芳偈叙故有上承迦葉六十五世之元祖下繼曹谿三十三葉之真孫以遮表同時遮則遮其濟洞無分表則表其曹源不絕命通庠之並非肆滅五家削去臨濟不欲承嗣但詆曹谿上下旁岐涯岸各封以羅天下學者恐晚進無知靡所適從泝流歸本之意耳此處將藥作病失照不少至云今時外道陋不可聞今時禪品惡不可見此誠諦之言

不肖亦未嘗不附膺痛心念祖道之陵夷師承失嚴密也及觀所作五宗原始於圓相七佛由來五宗各出一面正宗先出四宗相續其餘旁出莫不悉備者蓋欲發明先輩抹殺五家宗旨單傳拈華一事也所云傳宗旨者不悟宗旨抹宗旨者不知宗旨夫既不悟宗旨所傳何事耶五家宗唱若不本單傳之旨又傳何事耶然而五家雖各從一宗莫不發明拈華旨趣若抹殺宗旨非魔即外不待辯而自明矣今公千辛萬苦叅訂將來猶恐後學反以圓相爲羿跟奈何卻成窠臼不見當時五祖演和尚舉祖師道吾本來茲土傳法救迷情一華開五葉結果自然成達磨信脚來信口道後代兒孫多成計較要會開華結果處麼鄭州梨青州棗萬物無過出處好所以云垂慈則有法無法不垂慈認取鉤頭意莫認定盤星公數十年操守博學晚年繼我密雲師兄法道不減夾山船子之風道光遐布欣慰欣慰若非念公以法眷見稱不肖亦不敢如是以法爲親也客歳過吳門希一晤因歸廹未果適接來翰幷佳刻如見丰儀又承厚惠種種何以克當不肖病軀孱劣久困巖壑偷安待盡誠爲法門罪人仰望高賢唱導隆盛素所願矣素所願矣

因閱五宗原題附

野人不識尉山面遥聞哮吼如雷電拈出威音者個圈擲向人前誰得薦擬之如聞塗毒鼓觸著似犯太阿劍頂門直透上重關超脱從前者白練

又答問幷判

三峯云承大教以一心爲宗(師答你還跳得出麼)印定萬法以一拈華爲單傳之法(答西天東土亦如是)此外並無餘法而一拈之內亦並無餘蘊(答你那裏摸索)便以一棒一喝一句棃槖東來西去你出我入互相活脫不滯機用謂之殺活縱横(答你不違古人方便死了不得活)以五宗爲此外另立之門庭(答自生分別)故不欲盡明其說而將就彀用於今時則已(答將謂你鑿壁偷光)故逢著祖宗嫡骨之要皆意思間放過(答呵呵大笑)若人舉著還他一個絡索二字(答未舉先知)自已立在無人對證處(答瞎漢)今日被不肖問著便東塗西抹說些四無頭果子阿母話支塞(答尚且不會)又要立在上風(答可見你有人我相)此非支塞過便了者不肖正爲舉世如此(答則恐你還不識)痛承小釋迦再來畢竟要與臨濟出口毒氣耳(答未到你在)今復有問願和尚眞實答我(答從來不妄語)幸勿遮遮掩掩說半開合話方好流布諸方(答諸方早已見矣)救得正法重新光顯(答何曾隱瞞來)若又是前來話柄則不敢求搜索也(答不識好恐在)一問兩派分岐旁出繁興皆以所得淺深教化且道兩派分岐是所分何等岐講何等事兩派可有淺深(答謀謀逃源話頭也不識)如何是他深處如何是他淺處(答待你脚跟點地方知)且道旁岐所說是何等法遂判爲非正(答你也出不得)正者說何法遂判爲正支淺深之旨可得聞乎(答看取老僧上下文)次問來教云馬大師單提向上百丈再叅而末後一喝黃檗因聞不覺吐舌纔明大師大機大用故施棒以接臨濟且道馬大師既單提向上百丈於扭鼻處已明得哭笑卷席大

師已印過他會也又印過子深明昨日事矣爲什麽還弄者些子而至豎拂挂拂之最後方震聲一喝而百丈方悟得三日耳聾耶若道此處纔明一喝他前師印資呈皆落妄語矣（答錯）若前來都是又何必一喝而方貴耶（答錯錯）前之扭鼻哭笑獨非機與用乎至一喝而方明大機大用（答你未夢見在）大字遂成重見疊出一何嘮叨若此哉（答云轉見不堪）黄檗吐舌明得大機之用而百丈讚其趨師且道他趨處在於何所（答放你三十棒）亦不可糊塗也（答自領去）承教如人發藥秖欲救病今來書云秖有三頓痛棒未聞有兩頓四頓之旨（答藝）此語在臨濟則可在黄檗則不可何故若黄檗恁麽爲人已成實法了也請問爲何在檗則可意者以非實法故（答以

楔出楔）若言非實法者此是謾他臨濟也（答我也知你作實法會）而臨濟恁麽會黄檗禪已成實法乎（答以已防人埋没先聖）是則臨濟何足貴而小釋迦於潙山處極口讚歎而將此身心奉臨濟以報佛恩耶抑錯之甚矣甚矣豈不爾思室是遠而（答親言出親口）承教臨濟至大愚言下點破悟徹根源他既是悟得一句一喝一棒的又何説他悟徹根源遠之遠矣（答你未知落處在）且道如何是根源處耶（答待你徹後見）又云握萬世之綱宗且道何者爲綱宗亦不可不識也（答再叅二十年與你道）又云開四賓主且道他兩人對面説話何者是賓（答照顧脚下）何者是主（答賞罰分明）何爲賓中賓（答闍黎切忌道著）何爲主中主（答老僧決不讓你）四料簡者何爲料（答想你不識）何爲簡（答門外漢）料簡作麽（答恐你顢頇）又

云一句具三玄請問何者爲一句中之第一答倚天長劒第二答威風凛凛第三玄答全提正令誰敢當鋒何者爲第一要答杲日當天二要答虛空霹靂三要答風馳電捲不留剩迹不可塗糊隨語生解象病寃鬼答恰是說一句支塞過不肖必不肯輕放也答面皮厚多少又云三玄三要以簡邪正此語天教說出賴不得也答掩耳偷鈴且道如何是邪正處答一分少你不得如何是簡他邪正處答簡了也豈可忽哉答寱語在若不過意思間說個總歸一心答謗佛謗法謗僧便是果子說話便是座主奴也答老僧不如你音者聲之外者也曹洞一宗想非和尚茶飯不必言矣答扯東葢西中峰千巖且待辯明已上諸說方好點撿答劍去久矣不然徒虛爭耳答果然此事實曾三思方立大論答未知之咎也雖千佛列祖出世皆欣欣然合

掌者答可憐生但當世之所不容答可知禮也佛法欲滅正謂此也答難道通公之說實屬未知之咎敬爲懺謝答墮也但其言涸指旁岐實不通旁岐之理有犯正宗不得不爲力誅之以存佛祖也答負也承教及觀所著五宗原始於圓相七佛由來五宗各出一面正宗先出四宗是已而竟言相續答大妄語漢其餘旁出莫不悉備者則又似數曹洞爲旁出也謬矣答眛又言夫既不悟宗旨所傳何事耶請問一喝一句一棒轉轉弄此謾人者即是宗旨乎答你還跳得出麼又云公千辛萬苦叅訂將來猶恐後學反以圓相爲鼻跟奈何卻成窠臼此說大爲可笑答下士聞道若圓相成了鼻跟窠臼則我金粟大師一棒亦成了鼻跟窠臼乎答自語相違漢麻三斤乾矢

橛亦成了䆅跟窠臼乎（答過）而和尚磬山集上道蒼天蒼天太平盡唱無生曲引得巖前石虎吟亦成䆅跟窠臼矣（答你那見他著實處）吁人可欺乎佛祖可欺乎直心道場何可若此也（答作賊人心虛）久聞和尚心如虛空（答也不消得）今日竟將一夕雷雨崩擊一上（答青天白日）想大慈不我怪也（答放過則不可）不肖多所未知幸垂示我至禱至禱

師判云余復三峰前來書爲彼判臨濟宗旨不達其理妄肆臆說欲置而不答恐誤後學擭罪於法門故不徇情而據理言之詎料彼有人我見翻道余立在無人對證處說果子話又道余要立在上風足見三峰皆勝心也余住山三十餘年並不管分外事因他驀刺書來蓋不得已而應之耳今彼復嘵嘵致辯於理全違希圖遮人耳目愈增其醜既知余宗一心拈華單傳之旨而廼謂舉世如此者何也殊不知三世諸佛亦如是歷代祖師亦如是天下善知識亦如是何爲硬執已見翹然自負以爲異於人而謬判先聖宗旨如所謂黃檗三頓痛棒未聞有兩頓四頓之旨發三玄三要處處抱樁搖櫓必欲合此三法逆推五祖接盧能以杖擊碓三下爲臨濟張本不論拈華單傳之旨恐離了三法則落在心性禪裏然則四料簡四賓主四喝有何四法可據耶若謂三玄三要根定三頓痛棒則曹洞君臣五位又何從五法而接青原一脈乎殊不知三頓痛棒本乎單傳之旨若識厥旨三玄三要著著現前若道三玄三要意趣在拈華旨外而另有法亦是心外取法矣豈非

埋没我臨濟大師於空閒無用之地哉不達此理妄議古今尊宿爲抹殺宗旨而單傳拈華一事見余不肯是説遂爾惡發濫言詆詈令人目之皆可欲也令人思之實可哀也余觀三峰傳衣註云若必重自悟而抹殺相傳之法必非悟心之士也何以故以其見有法故見有法即與自心違故既悟見有法則所悟之心亦僞故余謂三峰如是説則悟心之士不可分心分法何故必執三法爲宗旨而妄判所悟單傳之旨者爲一橛頭禪且問他曾悟也未若道悟則不可取法而反責悟心之士爲抹殺相傳之法也若道未悟亦不可云既悟見有法則所悟之心亦僞故而反執法以貶諸方一悟便了單傳拈華之旨也可見三峰轉轉逃源弗知顛倒苟欲網羅當世學者致令自語相違處處爭張言言失旨余豈好辯哉况三峰奚足與辯誠恐後世無所據焉爾彼云通公之説實屬未知之咎敬爲懺謝但其言涸指旁岐實不通旁岐之理有犯正宗不得不爲力誅之余曰此理明顯尚自弗知攖犯先覺而况佛祖玄微奥旨全不細心猶且矜誇三思方立大論更誣余似數曹洞爲旁出是何言與余雖不敏法門大綱難以掩目正爲三峰五宗原中云五宗各出一面然有正宗第一先出次則雲門曹洞其餘旁出道理極則教家玄妙淵微莫不悉備又云此但人天小果有漏之因如影隨形雖有非實豈非曹洞語乎此説皆出三峰之口而昧已謾人罄山可得而謾哉凡閲三峰語句者亦不可得而謾也又云余書中言公千

辛萬苦恭訂將來猶恐後學反以圓相爲軃跟奈何卻成窠臼此說大爲可笑若圓相成了軃跟窠臼則我金粟大師一棒亦成軃跟窠臼乎麻三斤乾矢橛亦成軃跟窠臼乎此因余點破五宗各出一面之句故也今且問他能分得五宗一宗一宗從何一面一面而出耶若五宗實從者個○圓相一面一面而出者豈不成了軃跟窠臼乎況此圓相你那裏見他方所一面一面來瞎漢還聞塗毒鼓麽又云一棒一喝轉轉弄此謾人者怪道他復竹菴書中竟駁爲天然外道爾弗思乎今之海內孰行棒孰行喝何故班班見於所著而非之況三峰今已繼此一棒了也而且虛獎道我金粟大師一棒亦成軃跟窠臼乎此非三峰語自乖乎嘻若果會得三玄三要之旨不出拈華單傳何爭一棒一喝逈至猿啼鳥噪莫不發明三玄三要之旨也驢鳴馬嘶莫不發明三玄三要之旨也魚歌牧唱莫不發明三玄三要之旨也風柯月渚莫不發明三玄三要之旨也所以塵說剎說衆生說無間歇莫不發明三玄三要之旨也嗚呼若是抱死竿頭直饒你把生鐵鑄就三玄三要之句擲向人前猶是立地死漢正所謂邪正在人不在法也且麻三斤乾矢橛你道曾流出什麽物來也成軃跟窠臼了可見又要贓誣先聖矣而又將古人直指處穿鑿話頭來相詰知而故問乎不知而問乎余一一答之請彼反之於心已可欺也佛祖不可欺也天下後世更不可欺也諸方自有明眼者在何待余辯

或問

或問楞嚴經若見是物一節不得深明敢問何如師云此節經文甚明因未會非彼二字所以難解經云若見是物則汝亦可見吾之見此如來設問阿難若爾我之見是物則汝亦可見吾之見何故是物無有不見之理又云若同見者名爲見吾吾不見時何不見吾不見之處若見不見自然非彼不見之相此如來謂若道見物時可見吾見則不見物時亦可見吾之不見設若見吾離物不見之相自然非彼不見之相非彼非字當作無字用自然明白若旣離物見吾之不見者自然無彼不見之相不見之相是何狀耶如來審定此兩處見物時不能見吾之見不見物時不能見吾之不見故又云若不見吾不見之地自然非物矣先師幻有老人云無知可指知不可指暗合經義可以並看總之知見非物不可以見指可以見指者即非真知見矣所以道真知無知無所不知真見無見無所不見

或問善惡自心之所有耶自心之所無耶師云先賢云廼若其情則可以爲善矣有也無也情之已見者也有旣不有無亦不無不無故無而忽有因無故有不有故有而忽無因有故無因有故無無無故無不自無因無故有有有故有不自有有不自有故待緣而有無不自無故待緣而無豈可以有無而議性哉大抵自心不可以形相得不可以影迹求無取無舍無得無失夫道體本乎無爲變動不居善惡不形所以云不思善不思惡正與

麼時如何是上座本來面目又有云善惡都莫思量方繞得入心體豈欺我哉或曰既不必取舍作惡亦得向善不勞乎師云是何言與起心舍惡尚不可而況容心造惡耶舉心修善尚未圓而況有心棄善耶但識得源頭認得本體一切惡業一切善緣俱無自性自然不被惡業之所遮障不斷善念菩提之所修證如人飲水冷煖自知若硬自差排則不合性分當然之理於意根裏作活計也一落意根總不出有無非有非無亦有亦無四句之過矣或者作禮擬欲再問師笑云且截斷葛藤

或問世尊説成住壞空秖如草木成便有壞豈得有住而又有空耶師云草木之成春至發生及夏而幹秋來結子而草木方成至於嚴冬霜雪欺凌漸漸枯槁方現壞相則壞非瞬目而壞空又豈瞬目而空乎故知非四時不能成其造化非四相不能顯其功用芽之時非幹之時幹之時非子之時子之時非槁之時如是逆知其住相即在漸成之際壞相亦在漸成之時空相又豈外乎漸成之間哉何也不得於空無以有其成不得於成無以有其住不得於住無以有其壞不得於壞無以有其空由此觀之成也者有未成者也住也者有未住者也壞也者有未壞者也空也者有未空者也夫成既未成者成即空也住既未住者住即空也壞既未壞者壞即空也空既未空者空即空也迺至現成現住現壞現空亦復如是或曰然則成中有住耶無住耶曰若成中無住芽即不成其芽矣成中有

住芽亦不成其芽矣成中無壞芽即不成其幹矣成中有壞芽亦不成其幹矣成中無空幹即不成其枯矣成中有空幹亦不成其枯矣空中無成成即不成其成矣空中有成成亦不成其成矣如來觀諸法未成之先已成之後即色即空生而不有即空即色滅而非無非無也故真即俗合而不一非有也故俗即真分而不異所以離即離非是即非即故法華經云是法住法位世間相常住於道場知已導師方便説豈同凡夫之執見説空即墮偏空説壞即墮敗壞説住即死煞住説成即死煞成耶哀哉諸法無定相不可以形名得不可以事相求一念之間四相宛然況乎諸法皆從心起者耶馬鳴菩薩云心起者無有初相可知言知初相者即謂無念是故一切衆生不名爲覺以從本來念念相續未曾離念故説無始無明若得無念者則知心相生住異滅以無念等故而實無有始覺之異以四相俱時而有皆無自立本來平等同一覺故客作禮而退

或問古之知識慈悲方便今之知識棒喝唾罵不知孰是師笑云吾非知識安知知識之作用耶子亦知古人之慈悲乎或曰六祖被人加害舒頸就彼害者驚仆悔過出家祖曰汝他日易形來吾當攝受異日來果納之豈非慈悲之甚乎師云祖固慈悲然汝知一而不知二知事而不知理臨濟德山皆以棒喝接人獨非慈悲乎大都爲人師者誠以道念爲人直心爲法雖痛罵呵斥嚴厲逼拶不可不謂之慈悲苟存絲毫異念於胸中則喜笑

誘引和容款待皆爲不肖之心所謂懸羊頭賣狗肉也今之學者不忘情死心以求正悟日久月深埋没本志道聽途説其師慈悲其師寛厚如矮子作觀場之見法門隆替可卜矣能不愧乎

或問釋氏之學如人有腹而無四體烏有惻隱之心師云吾世尊百劫千生精修苦行洞明至理力破羣邪運四弘誓之悲心開六度門之慈念萬行全被無一事而不周百法齊彰無一道而不具教乗半滿之科理載偏圓之體利生接物類類兼收入聖超凡法法咸備發一言而事理全融立一行而因果俱顯是則叱其偏邪枯寂之小見非則責其浪見著相之狂顛俾人觸途成觀著著指歸實所了境明心處處點破藩籬設教殊途三百餘會隨機闡化四十九年無一機而不領其妙旨無一物而不被其玄猷至公之道三界不得不遵至理之言九有不能不學以得無得之真靈而傳無傳之妙法天地莫能掩鬼神莫能窺須彌之高未足以踰其德滄溟之廣未足以載其量所以人天雨集智德雲臻物我同歸體用俱妙謂之有腹無肢得乎慈莫慈於此悲莫悲於此矣謂之無惻隱之心得乎法華經云惟佛與佛乃能知之客懺謝而退

或問是非無息如何師喟然嘆曰悲夫人之真心原自朗照毫有私於其間則真心掩蔽妄起是非不免有是是非非之説矣然自有公是公非者在要見公是公非於天下者須看到無是無非之處始得是之所是非之所

非之源然後可以是則是之可以非則非之矣大槩人情是非之端隱微難見苟非鑒清慮靜洞見真心又孰能窮而孰能辯哉嗟夫今之惑於是也非也咸不出乎人心之所向心之所向不同故是非亦以異耳不當是而是失於妄是不當非而非失於妄非既有妄是妄非以欺天下之耳目則此亦一是非也彼亦一是非也即受其是者未始美蒙其非者未必惡何益之有哉能反觀乎無是無非之源而稱物平施一氣相疇超然是非之外是亦可一笑也非亦可一笑也吾何言與

天隱禪師語録卷第十一

音釋

孱 士連切音潺弱也　鼟 都鄧切音磴鼟鼟新睜起貌　溷 胡困切音慁亂也　臆 伊力切音億胷臆　攖 伊盈切音纓觸也迫近也　駁 比用切音博與駮同論列是非謂之駮

天隱禪師語録卷第十二

嗣法門人通琇編

或問

或問人之生也天之所賦應無前世後生之說師云爾不知生生不息之機也老氏有云無名天地之始有名萬物之母母也者生生之義也易曰精氣爲物游魂爲變精靈知也氣形氣也二者合而爲生魂即精也游即往也往也者不息之誠也如果無受後生之説則先所受天之所賦者此何物也且與天是一耶是二耶若曰是一也既云是一何所授之若曰是二也既云是二又何須受之此其授受必有所授受者非無以也龍樹菩薩偈云不生亦不滅不常復不斷不一亦不異不來亦不去夫不生不滅者性空也不常不斷者緣起也不一不異者本無也不來不去者無生也緣起之法有而不有性空之無無而不無無而不無故起於緣會有而不有故悟於性空悟於性空即此生本非有者也達於緣會即後世實非無者也故知非有非無者非是離有別有一無也非是離無別有一有也如是豈可滯定生謂之有寂而謂之無哉古人云有物先天地無形本寂寥能爲萬象主不逐四時凋不其然乎或曰然則因果何謂也曰試觀世間地之所植麥也其出豈豆乎春之所種者因也秋之所收者果也世未有一物不具因果也善惡報應如影隨形死生輪迴如車轉輻罪福湛然寧曰無耶若能向不思善不思惡正與麼時返照回光親見本來面目則二六時中不取一物不舍一物

不著於相不墮於空生而不爲有亡而不爲無動之不爲躁靜之不爲虛古今一致生死一息有無一觀性相一如非色非空非生非滅無去無來無常無斷自然脱略情見罪福皆空矣獻公云照之不廣則不足以夷有無一道俗知之不盡則未可以涉中途泯二際道俗之不一二際之不泯菩薩之憂也凡有志於道者宜究明心地爲要立解有日在

或問中峰謂道德仁義禮樂刑政八者皆不外吾一心之妙用此何謂也師云非心通則不達乎道非心正則不修乎德非心慈則不存乎仁非心平則不行乎義非心中則不立乎禮非心和則不調乎樂非心直則不公乎刑非心明則不善乎政心明而政善心直而刑公心和而樂調心中而禮立心平而義行心慈而仁存心正而德修心通而道達通也者心之靈也正也者心之謹也慈也者心之善也平也者心之常也中也者心之真也和也者心之愷也直也者心之誠也明也者心之虛也凡所利天下而澤斯民者未有不由吾心妙用之所著也故曰誠於中形於外豈欺我哉客躍然曰治世聖人之教已聞命矣然則出世聖人之教可得聞與師云山僧今日口酸來日與你説破

或問俗子固不知因果間有釋子亦不顧因果何也師云恐非真釋子也豈有釋子而不顧因果者乎且世間中人未嘗知如來之教誠未嘗讀聖人之典章尚存心立行要做好人要行好事而況我輩投入空門身披澶服口食澶喜居清淨之廣堂住伽藍之福地王

家無役使之勞父母闕甘旨之奉上無威嚴之逼下無縈絆之累若悠悠縱意泛泛隨情不達心地本源不遵教戒律儀埋没家寶昧卻正因真法門之罪人也不思我佛棄萬乘之尊灰頭土面兀坐窮山不過爲我輩曠劫至今迷流忘返汩没識浪之中浮沉苦海之内頭出頭没解脱無期所以設教殊途化導不一先以因果罪福嚴道之藩籬若夫道念不真情見不脱隨聲逐色迷妄失真順境飄流隨緣造業上負師承之教授下失良友之提攜雖有佛祖之弘規禪宗之心要烏得其門而入也可不哀與或曰身旣出家當修出塵之行尚有混迹塵俗者又何爲也曰此有二説有上乘根器者一聞千悟徹證真常了了無餘惟有度生之念不見一法當情從他

酒肆婬房純一真心接物利生隨順世緣毫無罣礙涅槃生死等若空華豈爲世綱之羅籠塵情之煽惑者哉苟或心地未了道眼未明觸處成礙縱有宏爲皆非究竟矣客唯唯而退

或問禪立五宗有心爲之乎師云是豈有心哉譬如一樹而起五枝枝枝挺秀天然奇絶五宗開灋本無優劣隨順機宜門庭設施用處不同耳客曰然則五宗源流誰近誰遠孰得孰失師云道本無爲灋非生滅遠近得失之論在人不在灋豈可測量哉客曰比見歸正録云得之精者傳之遠臨濟直捷而失傳曹洞愈微而愈不泯或此有爲之言乎抑無稽之語乎師云彼旣樹立宗乘豈肯造此無稽語句輕毁先輩得罪灋門客呈其録師覽

之笑曰彼云洞山五傳至太陽玄玄寄直裰皮履於遠公而得投子青青得芙蓉楷楷得丹霞淳淳得長蘆了了得天童玨玨得雪竇鑑迺至國初萬松秀雪庭裕居少林授受相傳至壽昌又云臨濟傳至風穴得首山念念得汾陽昭昭得石霜圓中興於世迺至國初天如則楚石琦至於天奇絶咄可見博山不知來源又云絶則五宗俱絶存則五宗俱存此尤是大漏逗處如人四肢未聞一肢損而肢肢同壞者且彼自敘源流實無所考遂將臨濟一脉朦朧混舉烏知臨濟正宗代不乏人石霜傳楊岐會會傳白雲端端傳五祖演演傳圓悟勤勤傳虎丘隆隆傳應菴華華傳密菴傑傑傳破菴先先傳無準範範傳雪巖欽欽傳高峰妙妙傳中峰本本傳千巖長長傳萬峰蔚蔚傳寶藏持持傳東明旵旵傳海舟慈慈傳寶峰瑄瑄傳天奇瑞瑞傳無聞聰聰傳笑巖寶祖寶祖傳我先師幻有老人奕世相承語録流布遐邇昭然豈若默接無稽儱儱侗侗者哉至其間種種異論皆不待辯而自明矣嗚呼此孟浪之言失於未考也客稽首謝曰願記之以曉來學

或問達磨旣直指人心見性成佛不立文字語言是有道理說耶是無道理說耶師云直指人心見性成佛若更有道理說是增益謗矣或曰吾聞先儒譚道以理之凝聚而言則謂之性以凝聚之主宰而言則謂之心豈無融會之處乎何吾師以無說爲無說耶師云若以無說爲無說是又損減謗矣况個中何堪以理之凝聚而曰心性哉或彼因人之散

亂而說有疑聚此但可言對待不可言心性也心性詎落對待乎或曰然則性是有耶是無耶師驀竪起拂子云者個是有耶是無耶是非有耶是非無耶速道速道客擬進語師咄云無你下口處

或問龍潭信禪師原宗馬祖位下天王悟何故傳燈載繼石頭天皇悟耶師云因名是一寺號音同故忽在一時惑由千古矣然歷代如林間録五燈會元諸書所辯甚多當詳審之不待老僧言也

丹陽賀居士結精舍顔曰極菴來問說於師師云夫眞實荷道極盡今時無一毫留滯無半點隔礙不見有凡可了不見有聖可成無聖無凡無得無失是名爲極是名爲菴無得故實無所得無失故實無所失歷歷明明湛湛寂寂能轉一切物一切物不能轉蕩蕩然菴亦無菴極亦無極無菴故菴無極故極無極故不舍一灋無菴故無處非菴出則虛而靈入則寂而照無出無入非照非寂超然獨立於器界根塵之外是則吾爲極菴之說

書問

與玉峰融師弟

本分一著人多被靜境埋沒吾弟開闢萬山中雲鉏雨種數年功成豈非兩足尊行業耶努力努力

答陳在田居士

居士具大根器得大辯才所諭一一拈出不二灋門疑維摩再來忻慰忻慰雖然若云見得磬山人未蹋磬山路可謂見到而行未到也若云蹋著磬山路未見磬山人可謂行到

而見未到也必周旋磬山境見徹磬山人頗有商量分若云不涉二途無師自悟即落天然外道又云磬山路絶處理會語録舌斷處禮拜切莫作此見解磬山指路頭於帀地你向那裏窮源磬山借廣長舌於谿聲你向何處截斷直饒有無不立中道不安猶未喫得衲僧痛棒在而況未入磬山門未見磬山人者哉所以道言前薦取屈辱宗風句後承當埋没自己不是壓良爲賤要人實證實悟而已貧道信筆及此惟居士相忘言外可也

與王震南居士

承居山臨訪深山叅叩此道年高志確如此具見宿根不淺只是本分一著未能透脱生死關頭恐未穩當提持話頭須十二時中行住坐卧緜緜密密不可將心就悟不可逆疑話頭提後得悟也無亦不可疑者話頭也用不著未悟時而先卜度迺叅禪人大病貧道思居士年近耄耋雲山邈隔晤面時稀專徒代候申此欵欵儻居士親見本來不妨通個消息與貧道一笑也

答曹念兹居士

昔與門下道左相逢一笑莫逆十五年來病患中見愛日新道人家風惟將生平少分見處與門下共見始洽素心況居富貴而不爲富貴没溺如門下者真宿世道種不審比來造道何似能覿面通一消息否令嗣君靈苗宿植病中能覺察妄念起處勝進叅苓數劑矣別後聞云玄門祕訣別有本領工夫可做此不待衲僧笑其外道知解即在渠敎亦屬罪人不見老子云僞道養形眞道養神丹陽

子云抱元守一是工夫懶漢如今一也無終日銜盃暢神思醉中卻有那人扶且道如何是那人噫即就者裏見得徹去烏有祕訣而過此乎諦觀先聖靡不指點從心入道是正修行路顧借令郎時常黽勉能於病中徹見無病本來即世相明實相復何病復何藥復何禪復何玄復何祕密復何淺顯哉専申鄙見以報瓊瑶不宣

與潘如荄表弟

人於天地間學業分岐心志不一者多吾與弟三十年來多寒温世故而已未曾撥著者一著子近於西園中盤桓始知吾弟有志此道但未能究竟一番別後深爲慨惜試觀先輩咸在功名事業裏作菩提場成就世出世間事若道了卻世間事方可做得出世事不知世事如剥芭蕉去一層又一層何嘗有了的日子功名大則世事大功名小則世事小學問廣則知解多學問淺則知解輕不如就今輕省處一念回光見得本來面目然後知世間事即是出世間事出世間事即是世間事方識得不壞世間相而明實相也在功名富貴中不被功名富貴籠絡在塵勞煩惱中不被塵勞煩惱遮障方可自利利人祝祝

答吳楓隱居士

來諭云菩薩妙相不出於香不出於匠皆藉磬山指點而成貧道云若離香匠貧道又指點個什麼來指點既無三處俱空空即不空緣會而有豈非菩薩全身示無生之理耶像既如是瀘瀘無生貧道又何嘗動唇舌來居士又何嘗接貧道去菩薩又何嘗留菴中住

分別不得不分別亦不得雖然如是若約衲僧分上正未有喫棒分在直筆復秋水菴主人一笑

與吴迪美居士

冬底別來不覺春過半矣光陰荏苒學道人不可不與時競也貧道雖烟霞物外人念此懸懸耳

又

貧道一秋多病枯坐柴牀時序如流恍然如夢曾遊夢中之夢與君趺坐白雲間看流水提究此事覺來一笑此情此景是償宿逋之因耶抑徵他日之緣耶不知夢笑覺耶覺笑夢耶復笑不已正欲書似忽接手翰知君微恙令人懸想相忘於夢覺也惟慎時自重此祝

答蔣函九居士

此事無論在家出家秪要明徹心地了悟本來提個話頭緜緜密密叅究挨撥將去一點也做作不得一點也取舍不得一點也顢頇不得一點也儱侗不得直須豁然頓悟然後本來心地名字無所安著無所安著的亦無所安著亦無所安著的亦無所安著方有少分相應纔喫得山僧痛棒何必拘定出家在家以山林城市分心乎大丈夫若得此道透徹無可不可況功名正務寧有妨礙乎不見古人云不離當處常湛然覓即知君不可見祝祝

答曹起明居士

來書云塵勞中妄念易動愈趨愈下貧道看來正居士真心發露耳今既知妄念易動即

當究其易動之體究之無處則能動之念頓空能動之念頓空則所動之境亦寂能所空寂即返照能究之心安在果能如是不須求靜而靜相自然現前矣靜相現前何分城市山林無時無處無靜無不靜也

答徐雨公居士

接手書并偈讀之深喜令兄去後以爲失一慕道之士何期居士能繼美耶居士自信得去不妨十二時中真實受用自然不被塵勞封鎻六根應用無不了了只恐還在文字邊討消息耳若能迴光返昭徹見父母未生前自巳本來面目方知十方虛空生汝心中如片雲點太清裏居士曾到者個田地麼若到者個田地更有一語在異日相晤道破

答潘如荄表弟

吾弟根器不羣年將不惑必須卓卓然有個脚踏實地處觀世間空華水月一無所好亦無不好之念境緣苦切處不被挫折便見學道人琢磨工夫得力不得力一一自家撿點不可放過至祝

與密雲濟兄

客歲冒寒出山過吳門初意欲强吾兄還山不得已從命而返春聞濟體勝常受請赴育王遂駐錫天童有光祖庭濟化之隆於斯爲盛山僻地殊無因聞問時時馳仰近日三峰連剌書來并所刻諸語其間多譏棒喝不知方今拈一條白棒横行天下者舍吾兄更有誰乎審之總不出他自縛詐降獨施冷刺之句旣欲爲濟下兒孫向得心行如斯耶所謂師子身中蟲自食師子身中肉信然弟復書

已付剞劂今寄上幸吾兄諒察當詳究其端可也不然未免旁觀者哂耳不盡不盡

答吳亦如居士

兩載未及通候承惠書令人感愧貧道自揣福薄智淺守拙巖壑無以作後來標榜實爲瀀門罪人然靜夜思之髮白面皺正瀀懸絲不無永歎每念居士夙植靈根必現宰官說法化利末世當念去聖時遥人心愈薄不惟信力輕微轉見機械相競藉口大乘實實心行不及小乘一二致使晚學初機半進半退遂以昏沉爲寂寂以掉舉爲惺惺狂則播弄虛頭劣則厭喧求靜佛道下衰以斯故耳讀來諭云自置如氷貧道爲之助喜但恐不能真如氷耳若得如氷則內心不喘內心不喘則外息塵緣外息塵緣則何喧可喧何寂可寂一念無生便同本有若到者田地更覓個安身立命處了不可得豈有分而不分合而不合者乎如斯見得到我德山臨濟門下始有喫棒分貧道與居士自幼締交未獲心相體解兹筈菴回極道居士切於性命之旨故一一供直幸諒之

答吳廸美居士

瀀門衰替因主瀀者不嚴菽麥混收邪正難辯秖圖門庭熱鬧不顧後學無依貧道痛思正瀀如懸絲默默流涕非力可能挽也公輩超羣之姿當念宿因體究先聖宗旨作將來眼目共出隻手以袪其惑不在貧道之多言也

與路元昭居士

聞公急切爲道剪髮割鬚此非可倉卒也夫

道不拘僧俗豈在畏影逃形須是一一從自已胸中了當外不見有塵相可離內不見有六根可淨中不見有六識可空即世出世無有一毫沾染處無有一毫挂懷處方始居塵亦得脫俗亦得不然身雖靜而心未淨形欲逃而影愈彰何若就陰而止隨寓而安免得向外尋覓也不見古人云雲無心而出岫鳥倦飛而知還水落石出自有其時也

寄示印中授徒

瀼門裏替柰無其人苟得其人師資唱和老僧一夏來勉強與諸子提持個事或令彼拈頌勘驗各人得力處每思得汝同聲相和今未審高高山頂日用何所務也記得當時臨濟大師半夏上黃檗山見檗看經濟云我將謂是個人元來是唵黑豆老和尚住數日迺辭檗檗云汝破夏來何不終夏去濟云某甲暫來禮拜和尚檗便打趁令去濟行數里疑此事卻回終夏後又辭檗檗云甚處去濟云不是河南便歸河北檗便打濟約住與一掌檗大笑迺喚侍者將百丈先師禪板几案來濟云侍者將火來檗云不然子但將去已後坐斷天下人舌頭去在且道臨濟當時喫三頓痛棒已是徹上徹下何故至此又卻不會者裏汝若透得提個缽袋子去若未透不可坐卻白雲須是再來度夏始得總饒你會得不來正好痛棒何故莫道一觸便了不顧差別門頭若差別門頭還有誵譌處他日何堪爲人師瀼也所以我臨濟大師透頂透底師資道合立瀼著著自有源頭不若今時無根種草自瞎瞎人不怕諸方撿點以作笑具當

自審細不盡

寄示普聞

古人爲本分事不憚千里萬里買草鞵行脚叅尋知識撥得心華頓開而後曲盡師灋方好隨處住山分化一方豈肯草草埋沒世縁誤已妨人耶汝既見老僧有决烈志自信自證接衆修行老僧恐汝不能盡古人灋要又不能近師長提持拈一事出一言有漏逗處未免見笑大方累及老僧所以不得已幾番痛撥切不可入時人得少爲足一隊裏去當究明佛祖綱宗徹證徹悟然後爲人師範亦未遲不然落在焦芽敗種類有何補於灋門乎至囑至囑

答澄江黄介子居士

貧道自昔聞公篤信此道但闕面晤臨風想仰接手教益知現居士身説灋摧邪顯正叱小褒圓非深念灋門裏晩能如是乎開慰開慰貧道自揣智識暗短抱拙巖阿甘作自了漢因緇流聞風叅叩不得已時一拈提所刻徒塵聽覩也何日把臂一陳鄙固不盡不盡

答澄江方克駿居士

貧道守拙巖阿遙望澄江有大居士出現於世但未一面爲之悵然也聞公勇猛有絶塵之志此事不爭在家出家大丈夫能一刀斷得亦不妨慶快平生如或未能則意絆兩頭翻爲躭閣不如就塵勞而作佛事亦火中蓮也贈章甚美愧老拙不堪疇唱聊賡韻而已

又

承公遠顧深林緑貧道老病支頤不能盤桓盡致别後輒怏怏也昨接手書知切切用古

人牧牛工夫此是第一等傍實下手處深慰深慰記得當時郭功甫訪白雲端禪師雲問牛淳乎功曰淳矣雲叱之功拱而立雲曰淳乎淳乎南泉大潙無異此也迺贈一偈曰牛來山中水足草足牛出山去東觸西觸馨山今亦贈公一偈捏著繩頭不放鬆山中城市一般同調純到得無拘束看破持鞭個牧童且看此偈與古人是同是別道將一句來

答繆采室居士

向聞令先尊忠節貧道雖山林野人不覺仰空合掌天生正骨砥柱末流挫折一時清風千載矣每每詢及公輩知皆象賢欽仰欽仰遠承手翰知復能留意向上事極副宿懷嗟乎天下穰穰苦不知有此事耳公旣知有此事豈容住手乎但恐朱紫不分路頭不正便有疑滯公果具眼能窺見古人作略又何妨於筆舌辯駁哉又寧分得自已大事於古於今不相干涉耶果看到無古無今忘人忘我處貧道與公相見久矣又何俟向未覿面未開口處再爲饒舌乎一笑不盡

與賀極菴居士

聞公受暑生毒想當平復矣不審正痛苦時如何用心若痛苦時歡娛時能一樣用心亦可作入道之徑今時人多打作兩橛不知痛苦者是誰歡娛老又是誰者裏蹉過別尋頭路便錯了也然猶是第二門頭若要直捷痛快須向歡娛痛苦不到處坐斷要津了了分明作得主把得住從他苦亦得歡亦得不歡不苦亦得纔不被塵勞煩惱根境之所奪也如是行持如是作略在儒亦得在僧亦得原

無一致如何

答曹念茲居士

屢接手書惟以苦境相告貧道閱之未嘗不置箇長歎雖然觀此世界豈獨居士爲然哉故我大覺聖人運大慈悲開方便門指出一條直捷徑路要人返本還源經云一切有爲瀀如夢幻泡影如露亦如電應作如是觀若識得世間一切瀀如夢如幻了了分明一一非實即知身心亦幻也功名亦幻也富貴亦幻也煩惱亦幻也便可在塵勞作佛事居火宅爲道場豈肯埋没巳靈虛生浪死居士年過知命隨時應用切須體究人生世業無窮精神有限肯將有限精神逐無窮世業呼高明察之

示復林臯

邇來諸方大壞網宗蓋爲師承授受不擇其人秖圖衒虛名熱閙門庭明眼者覷之痛心酸鼻即有挽回不能救萬分之一嗟嗟佛法下衰巳至如斯賢契當自努力體老僧心念更須持守一番學不厭多語不嫌寡不可自是而輕忽一切儻一事失之於前百事不能挽於後矣切須仔細

答韓聖開居士

學道人坐斷千差向直捷根源處擬入自然不走尋常義路行到不疑之地方可隨宜受用動靜一如切忌將古人言教爲證據也病筆不多及

答張大若居士

昨承居士枉顧弃惠讀昜記審知居士畱心昜理有會於動靜之間比問居士四大各歸

動靜了不可得那時在什麽處安身立命居士雖應之頻頻卻未愜貧道意若要生死岸頭用得著須向一畫以前薦取方許一動一靜一語一默著著歸根無不了了不然猶落古人糟粕裏何如

答方克駿居士

承閱貧道前所示偈識貧道爲人處不勝喜慰然貧道語句亦一時應病之藥豈可執爲久治之方耶元白上座來述居士七日靜功得個歡喜處既有歡喜處不妨入山呈似不得錯認影響爲真實此事最忌抱樁搖櫓以當平生直須徹頭徹尾始得貧道衰年殘喘不知在世幾時願公努力努力

答黃元公司理

久聞有大居士現宰官身隨宜說灋起於壽昌博山末後向天童山中觸著拄杖頭西江一泒波涌紋生深荷灋門牆塹有人矣貧道久棲巖谷自適一生比入苕濱誅茅深隱渾忘人世承居士以東明見招并唐居士再三竭力此邑祖道場靈塔現在貧道何忍坐視寥落但値伏枕未能扶笻命學徒山茨代引一方二百餘年未了公案得居士舉揚此話大行又何待病僧饒舌也

天隱禪師語録卷第十二

音釋

黽 弭盡切音泯勉也力所不堪心所不欲而勉強爲之曰黽 締 特計切音弟結不解也 祛 丘於切音墟遣也逐也散也 賡 古衡切音庚續也乃賡載歌 穰 如羊切音攘穰穰衆也

天隱禪師語録卷第十三

嗣法門人通琇編

法語

示印中授徒

吾子卓然獨立於羣峰之上苦寒無極而確志不移庶幾古昔忘軀爲道之風既有其志必期乎超佛越祖所見所證决要到佛祖不到處而後已此事不是單守一個乾蘿蔔頭無所施設無所作爲者今人學解未至道力不充喫緊須看古人無義味話種種因緣一一俱要透過不被他謾然此猶是悟邊事直至無疑無悟之地七穿八穴拶到古人不到之處則所悟真所行到所學實所證明最親切處更加親切然後甦醒得來掀翻窠臼掃絶蹤由把從前學解的見聞的悟證的一拋拋向那邊更那邊慢慢拈龜毛拂指東話西繫風點雨捉兔角杖敲空作響摟海推山橫拈倒用都合其宜有時將一大藏教收向拄杖頭邊説權説實有時將千七百則拈來拂子頭上談妙談玄無文處著文得句時剗句或説非以奪是或説是以破非不涉思惟識然作用不動真覺徧界周圓蓋覺性平等目前法法無非空劫之寥寥空劫寥寥即是目前之法法要以見在機先意超言外飛泉落澗清韻長吟空谷行風玄音和雅汝欲頌之豈非頌也雲起青山如鸞如象鳥啼翠竹若瑟若琴汝欲詩之豈非詩也否則古人公案不是造次拈提得快須猛著精彩不是信口胡亂得必欲直入靈源不是依樣描畫得須知別通消息不是抱樁搖櫓得要當放浪虛

舟思之思之切須仔細

慧林範徒住東禪請示

衲子秖慮乎道力之弗充不患乎福緣之不就福緣就於外道力充於內內外相應其道始行老僧時常要人操持者一著子見得真踢得穩無論山林城市隨寓而安隨方以化不被境緣順逆得失之所拘礙且住持之要以行道爲急務切思佛祖慧命懸微不可苟逐世緣孤負初志勉哉至囑

示賢道人

道者既爲生死實志修行看破身心虛幻不著浮生世樂真爲難得有此善根須要先知大體然後發大智慧得大受用修證工夫不離日用在世出世無有一毫留滯若有留滯即落旁門小教非我禪宗門下客也且道如何是大體大體者須達自己妙明常住真心無有絲毫隔礙處無有絲毫做作處若有絲毫隔礙絲毫做作便是邪魔外道一切事務到來撿點分明打發去不起猒煩心若有猒煩心起多一重魔障不能發大智慧得大自在受用也經云心佛衆生三無差別秖因衆生妄想攀緣處處執著不能證得隨類受苦生死無窮如來出世欲令衆生開佛知見識取自家本來面目非從外得若云外得即是外道知見不合如來教理教理者何畧云戒定慧三學乃三堅之法若能依此修持生生世世不墮三惡道中無諸苦難秖在爾我一念之間回光返照本來清淨若得一念清淨心無貪瞋癡身無殺盜婬口無妄言綺語惡罵兩舌身口意清淨即根根塵塵清淨根根

塵塵清淨即一世界清淨一世界清淨即諸世界清淨諸世界清淨即無邊世界清淨無邊世界清淨即不可說世界清淨不可說世界清淨清淨亦清淨火宅安居便是極樂世界十二時中驅奴使婢接物應緣乃至穿衣喫飯無不清淨方纔佛法現前打成一片爭奈時人日用不知埋沒家寶不得光明透露反欲向外求覓不知愈求愈遠真可憐憫道者既皈依三寶須是一一從我如來教誨切忌尋常生煩惱煩惱若生即落煩惱魔障之中尋常亦不可生懈怠若起懈怠心便落散亂魔障之中宜當徐徐行去日有定課定課之餘不妨料理家業不可落空見莽莽蕩蕩所以祖師云離世覓菩提卻如求兔角彼邪魔外道胡說亂說見神見鬼令人盲修瞎鍊雖是善因必招惡果至若念佛不拘行住坐臥頻頻舉念不必高聲正念之際更加提撕念佛的是誰日久月深自然心地開朗不向外求儻遭邪魔外道之說入於八識田中永劫無能拔矣已上說話因見道者至誠不覺忉怛

示知有本徒掩關

古人設關立限撥置諸緣端爲本分其間根行不等或有發明而養道者或有入手而未得親證者或有發憤而求妙悟者或稍有省發研窮古人公案者或厭煩囂求靜處爲得者雖則不同歸源一致不是徒衒虛名而已吾徒既發此志須教心地中打鼎潔潔淨淨無有纖毫住著處不可身居靜室意逐外緣關中日期有限過了一日無一日矣溈山老

人云理雖頓悟須除現業流識此是真實修證工夫不可莽莽蕩蕩作聰明知見以了平生今人學道叅尋知識或一言之下撥動機關便爲得手日久月深漸漸疎怠隨逐世縁道力不能勝於業力清濁不分權宜不逹忽忽光陰遂成虚度依然埋没無有出頭日子是真可憐憫者汝須審細若有纖毫凝滯即落今時咄金剛寶劍當頭截莫管人間是與非

示廣儀道人

凡人在病中須觀四大本空五藴非有生時原不曾帶什麽來死時原不曾帶什麽去湛然不動心境一如直下若能頓了何有生滅去來之相被三世所拘繫也古佛偈云假借四大以爲身心本無生因境有前境若無心亦無罪福如幻起亦滅若到者田地虚空粉碎大地平沈無有纖毫障礙處無有纖毫挂念處生亦得死亦得病亦得健亦得調養好亦得不好亦得如此將老僧前來所説一一置於空閒無用之地亦不爲分外其或未然請將古佛偈默默提撕自然得力珍重

示正念居士

居士諱大心一日過磬山出紙乞余法語老僧曰天地大莫大於虚空虚空大莫大於心量不可得而名焉不可得而形焉經云十方虚空生汝心中如片雲點太清裏到得真實田地猶爲比量中事衲僧門下正好喫棒大心居士果如何會會得也三十棒會不得也三十棒透得許你稱大心

示如道人

今人學道不肯體究本來面目秖在門頭户口處承當日用境緣上爲是殊不知有用而無體也者日用的事須明徹本體纔得相應若本體不明而單取目前爲是者正認識神爲自已了也認識神爲自已生死之念何時得空苦樂之因何時得脱所以當向未生前自究明本來面目直須休歇到一念不生前後際斷親見一回然後慢慢甦醒將來一動一靜一語一默無不了然無不自在得無諸礙自然頭頭爾法法爾但辦肯心必不相賺

示妙如道人

祖師心印狀似鐵牛之機去則印住住則印破豈有實法繫累人耶所以教人叅禪發明本有不向外求直須極盡今時不可怕落空怕落空一念即是生死根本一總空却能所頓忘纖緣淨盡纔知三十六年不曾生百年後不曾滅生滅既滅寂滅現前咄

示印林禪人掩關

修頭陀行當究明心要心要者何乃人人本源真性也若達其源則終日風波泛濫而未嘗動若未達其源則妄念隨時流浪如水流入於海即名爲海水流入於江河即名爲江河水或流入於溝渠不淨之處則成溝渠不淨之水矣水固無二也因器而别之妄乃本空也緣迷以逐之若六度偏修於一則如得於波而未達其源也汝今掩關當究其本本也者不可以形名得不可以智識求須默默體究念念叅窮直得囫地一聲心華開發親見本來那時一拳打破關來再見老僧方有喫棒分勉之勉之

示林皐豫禪人

鼻祖西來不立文字直指人心初無委曲六傳而至曹溪法門隆盛虎驟龍驤宗分南嶽青原兩派嶽出馬祖原出石頭再傳繁茂徧滿寰區五宗各出手眼相續緜緜或痛快或嚴密或承順或投機或普應總不越初祖單傳之旨各展玄猷而三玄三要五位君臣一鏃三關父慈子敬三界惟心隨人所入悟徹根源門庭雖異理終一揆豈意今日去聖時遥雖從其派不善先宗妄自穿鑿將古人言趣扭揑是非分彼分此出自己見誤賺後裔雖有智者力不能挽正是魔强法弱之際可嗟可歎林皐豫禪人始叅雲門次見傅山再禮金粟臨末稍頭來入磬山相依三易寒暑老僧一一拈本分鉗鎚令透從上知見不是尋常裨販之流衒虚頭竊名譽者也素願深山窮谷盤結草菴以待天緣接一個半個以了生平因乞老僧法語用助其志云耳

示方克駿居士

人處苦海中不發勇猛之志斷不能出生死流既知有此事豈可悠悠緩縱耶生死臨頭何有老少從他至親骨肉不能挽回空自躕足趂胷耳當趂色力强健決要話頭上討個分曉打徹根源穩穩當當那時來去自由不妨慶快平生工夫不得綿密皆由生死心不切果生死心切則在功名富貴中不被功名富貴之所埋沒在人我是非中不被人我是非之所牢籠為僧亦得為儒亦得譬如摩尼寶珠落於淤泥塵穢終不變色雖經塵劫本質光耀也工夫拶到極處不覺囫地一聲那

時便識得自家寶藏不從外來記取記取

示新都孫子和居士

寄迹儒業潛心般若非大根器不能提話頭不管忙閒動靜處行住坐卧時默默提撕久久純熟不提自提方纔話頭得力日深月久凝然湛寂連者話頭無所著處外不見有山河大地內不見有五蘊身心純純是一片疑情那時横又横不得竪又竪不得便是好消息也切忌被他人惑打失了宜加勇猛難行要行難忍要忍如是挨將去驀然漆桶底脱爆地一聲方是徹頭處也今時有等魔家眷屬秪要鼓弄人家男女見人畧具些些英氣便道是法器有甚工夫可做我有祕要令他即日可辦不怕作地獄業自賺猶可更賺他人佛出世來救伊不得切須仔細具擇法眼知見圓明邪正自辯生死事大至祝至祝

示石林玉禪人

百千法門同歸方寸方寸得了頭頭爾法法爾念念爾物物爾目前無有一絲毫間隔處若未了得處處黏著物物有障念念有乖法法有執便有凡聖見有愚智分有迷有悟纖毫打不透皆被聲塵色相上轉却了也

示周侍者住大寂菴

乾坤之內宇宙之間中有一寶祕在形山古人恁麼道令人放過者多體解者少周沙彌七歲隨父剗羅事老漢有年矣晨夕殷勤執勞幹辦事事盡善惟此一著未了今離左右引徒住山當自卓力遵佛遺訓達祖源頭叩已所參即此大寂場中見得徹放得下無邊佛事從此頓與可作一方領袖慎終如始庶

不孤負檀越之恩師長之誨至囑至囑

示玉林琇侍者

既爲大僧當行大事立志要高願力要深膽氣要大心行要細心行若細念念入微見到一念未生之前則不被境緣奪去而爲麤心浮氣之所動作也膽氣若大始可擔荷潑天門户他日普化羣品能以無畏説法也願力若深百千法門學而不厭縱遇諸魔障難於中不動毫端了了分明一一順受勇猛精進也立志若高則無速求見聞知解塞自悟門不到徹頭徹尾大休大歇田地決不肯應點時流埋没自已也若四種成就豈是泛常小根小莖秖圖熱鬧門庭不揣道力未充德業未辦見地不徹學問不廣皆已逐物徒衒虚名而已哉吾琇侍者幼習儒業已婚年十九則捐妻徑造磬山禮老僧爲師祝髮受具叩已所叅古今因緣多有透露處莫不由其宿因也雖然老僧愈不肯輕放過伊加其鞭策無他蓋欲爾成其大樹爲異日人之所望也一日將紙跪於前以求法語老僧信筆直書如斯忉怛未免見笑大方憐兒不覺醜在

示梵音禪人

凡學道心志真誠踐履朴實不被聲色所轉始可謂之衲子常把戒定慧三個字時時現前要了生死心切切在念惟恐日用之間一事一理一語一默不照覺即落魔界裏無有出頭日子古人云叅須實叅悟須實悟閻羅老子不怕多語誠然誠然近來祖道荒凉蓋爲後生晚進不遵戒律不通教乘不達禪宗不重實行致使法門靡靡愈薄良可歎也梵

音禪人乞法語策進故直示此

示唐祈遠居士

本分一著直下薦取不容擬議古人云向上一著千聖不傳學者勞形如猿捕影如未委悉提取話頭如何是我父母未生前本來面目行也提住也提坐也提臥也提提得不提而自提疑情純熟𡆮地一聲方見自家本來面目到此之際正好來喫老僧痛棒

示湛空禪人

行脚人須具大根器蹋破千峰千人萬人處要到一人兩人處亦要到不可被名聞絆扯亦不可被緣分牽纏一一要叩已所叅今生決自了辦直下見得本地風光無有顢頇處無有迴避處纔是真正學道人湛空禪人造余室中叅叩察其氣度盖本色衲子書此勉之

示曹心簡居士

大道秖在目前要且目前難見既在目前為甚難見蓋爲聲色之所流轉隨念遷流背覺合塵在功名富貴中被功名富貴之所牽纏在塵勞煩惱中被塵勞煩惱之所折伏或發一念修持又各執已見不達佛道虛受辛勤所以云學道如牛毛悟道如麟角要當叩已所叅具金剛鐵石之志逆順境緣現前若泰山不動疑來疑去疑到無疑之地𡆮地一聲方見自已本來面目龐居士云但願空諸所有慎勿實諸所無斯言至矣然後處功名富貴中即功名富貴上作活計而利已利人處塵勞煩惱中即塵勞煩惱中爲佛事念念證真心心無住到者田地正好喫老僧痛棒

示夏君都居士

道在心悟不在言說若以言說爲道其道轉遠令人不知此妄生穿鑿將古人言句隅轔抓癢有甚了期居士既爲生死提話頭必須在話頭上討個分曉不要在意根下卜度終不能有入處所以古人云叅須實叅悟須實悟閻家老子不怕多語須十二時中行住坐卧無有絲毫孔隙處亦無絲毫雜用心處工夫純熟方得囫地一聲勉之勉之

示道明禪人

道本無爲明與不明未也雖然如是不明者在迷分中說明者在悟分中說試問道明還曾悟也未須向自已脚跟下揣摩此事不在語言文字中不在見聞覺知處秖要當人一念覷破歷劫無明慢慢甦醒來亦不離見聞覺知處亦不離語言文字中所以古人留一言半句如指月人要人見月非是即指爲月也汝今在病中諸緣不得不放下正好叅枯木禪把一切佛法世法總坐斷當自看此身心是何光景縱有佛法知見用得著用不著豈肯自欺也

示古竹嵩典座

昔日藥山和尚問雲巖甚處來巖云百丈來山云百丈有何言句巖云有時示衆云我有一句子百味具足山云鹹即鹹味淡即淡味不鹹不淡是常味作麼生是百味具足的句巖無對山笑云爭奈目前生死何巖云目前無生死山云二十年在百丈俗氣也不除汝今爲典座必知其味不鹹不淡是什麽味若代得一轉語即生死求斷如未透得直須做

一番死工夫始得不是依依俙俙當有當無鹹也不管淡也不管䍐管亂做去打發得便罷老僧者裏決不輕放過了誤汝以誤後人因汝出紙求法語老僧漫書及此不可忽不可忽

法偈

示慧林範徒

嚴淨毘尼弘範三界只與麽去無罣無礙我自不欺那管人怪隨方就圓處處自在分內分外個中不快道非言詮聊償筆債

示知有本

抖擻精神做一番莫將心去放虛閒雖然者片舊田地幾度行來幾度難

示印中授徒

果爾殷勤道念真一番相見一番新竿頭進步心空濶喝下知歸眼底清入室光含千嶂月披衣影帶萬峰雲機前者著能超脫方紹曹谿正法輪

答顧九疇太史色空義二首

捏碎太虛空萬象絕行蹤靈明者一點火燄飛大鵬

色不自色色空不自空空乾坤一隻眼那辯是蛇龍

示太虛禪人

一點靈光徹太虛森羅萬象總非殊念由境起心空現境自心生相即如心境兩忘迷解盡法塵不立悟還除堂堂大道無今古歷歷盤中自走珠

示燈禪

道業未成君早修百年霎爾似雲收㖞桃吐

核看成樹纔作兒童便白頭饑時飯睏時齁已躬活計急精搜莫逐妄緣顛倒轉迷頭認影眞可羞君不見蘭墅山前老牯子只思水草無他求從來不犯青苗稼何用潙山牧自由

示心宇居士

魚驚釣而深藏鳥脱籠而高飛詎暇啜食那肯停枝休瞌睡莫遲疑轉來春夢過吐出黄金泥

示慧生居士

不是心不是佛不是物個中摸索無邊潤提來提去不知名踢破虚空露出骨藕絲繫住毘盧身獨脚何曾走得行囫地一聲親見得依然原是舊時人噢春風拂拂滿面生到此臨機活鱍鱍

示印中授徒

獨宿孤峰辦道眞個中著著要相親須明格外驢蹄旨黍透玄關鼈鼻音奪境奪人全照用分賓分主達權衡當陽直捷單提印優鉢華開大地春

示箬菴問徒

萬仞崖頭撒手誰能爲汝分剖若是本色道流豈將言教摟搜直須覿面提持猶隔聲前聲後擬議白棒臨頭換却眼睛烏豆堂堂大丈夫兒定不糢糊依舊相期秋月來更莫落言後咄去住分明得自由白雲坐令青山走

示山茨際徒

憧憧往返三千里一望渺茫隔江水不緑個事肯孜孜豈作尋常孤負爾鍛鍊十成有八九摸著鼻孔打失口從教此際得優游他年

以作師子吼如牛有欄不分外如鶴有翼高飛快正邪勘驗眼巳明賤買決不肯賤賣世衰道微竭力掙良朋彼此互發憤常懷佛祖的深恩畢竟當與人徹困脚踏實地頭蓋茅懸崖撒手稱英豪不圖名聞虛浩浩傚傚昔人棲鳥巢若逢個中真種草逼拶須持庫内刀斷却命根盡底掃直教言下頓然超坐斷千峰寒徹色騎出崑崙陶鑄物三玄三要驀然提照用不來只一拳從上宗乘非造次不是時流没意旨把住咽喉吐得氣全機大用主中主

示恒證禪人二首

孤負高流到此山電光影裏睹顏顏相逢本是無言語莫道無言是等閒

個中難得一知音肯向無聞聞處聞若是闍

黎能聽聽他年别立一乾坤

示聖淨禪人

行盡山山路轉窮漫隨黄葉上高峰白雲影裏尋蹤迹端的誰知在個中石磬不敲聲徧界無心觸處悟圓通相承再叩宗乘事笑指桃華一樹紅

示吳廸美居士二首

此道元來不屬修證無修處出常流是真精進天然懶不是尋常按鼻牛

崎嶇世路可堪嗟機械相尋不可遮輸與道人忘管帶從他去著眼中華

寄示吳子文居士四首

曾聞斷臂乞心安少室峰前雪染看無限風光留不住野華流水正同歡

野老狂來不自裁但令心地恰如騃幾番欲

入廛垂手秖恐時人著意猜頻呼秖欲檀郎聽誰是黃粱夢已醒堪笑當年陸亘老養得鵞兒難出缾開窓露出萬山青映徹須教正令行憶得去年會有約便風吹語落空銅

示如初禪人

幾番走入雲窩裏長途跋涉拖泥水佛法兩字我本無飯裏却有廬陵米喫了齁齁去打眠說破明明礙唇嘴咄

示五輯居士

萬緣放下了不可住於空提起話頭來不可著於有因妄要明真認真亦窠臼打破兩重關步步無前後

示同雲學徒

咄哉本來面直下親自見晝夜十二時轟雷并掣電動止非動止轉變非轉變若水也無力載舟却是善識不可識識現亦非現現吾無法兩施權示者方便

示琇侍者芟染

昨日為儒今日僧轉凡成聖不多能翻思昔日靈山老也是其年得越城

芟染後復示

善哉大丈夫出世應自截十九巳捐妻擲下文場筆飄然出塵勞澄江泛舟楫直造磬山阿投師修白業一片赤心腸多生種奇絶竭力提撕兮個中自然徹撈透上乘關嚼碎一團鐵頓然心地空剎那越三劫弘法利羣生畢竟無畏說若報四重恩他年定名碣

行全臨別示偈

丹霞昔日見馬祖剗草何曾定一方今古洞

然無彼此要成法器是渾鋼

示常愚禪人

撥草瞻風自遠來雲山疊疊破莓苔老人一種平懷處分付闍黎仔細猜

示了凡賢侍者

了得凡心即聖心個中須是要分明日行日踐無餘事管取菩提果自成

示任還生居士

不是心不是佛不是物要把虚空踢出骨當人獨立萬層巔一念圓成似秋月風雲脚下任縱横俯視人間真汩汩出頭天外看由誰麒麟不卧師子窟問渠得個甚端倪恩大難酬憑此力咄他年再入磬山窩奪却君持手中笏

示澄江方克駿居士二首

本無蹤迹與人尋可比深山華裏春多見客來枝上采誰知蹋步又迷津

不生一念已空空拓出須彌一個峰會得韶陽親切處磬山路路可相通

天隱禪師語録卷第十三

音釋

剗 楚簡切音鏟削也平也　裨 頻彌切音脾卑也小也　鞾 許茄切音靴鞾屬亦作靴　齁 呼侯切音呴鼻息也　咄 當沒切敦入聲呵也又咄咄驚怪聲也　楫 即涉切音接舟櫂也剡木為舟剡木為楫舟楫之利以濟不通

天隱禪師語録卷第十四

嗣法門人通琇編

法偈

示非一禪人

見道忘山山不山見山忘道道非道非一要去住茅菴老僧如實指示了

示蒼碧禪人

但能了得凡情事聖解何曾不現前者裏兩頭俱脫落青天喫棒始如然

示湛淵禪人

一菴清隱最高峰雲掩柴扉煙翠中透得本來眞面目管教無處不融通

示林臯豫徒住中山淨雲禪院

淨雲深處可安居就裏藏鋒得自如門户潑開須接納鉗鎚鍛鍊勘承虛宗乘了了曾淘汰已分明明任卷舒不是尋常泛然客莫敎心意更躊躇

示箬菴問書記

通問當年未脫俗先受老僧個荼毒截髮揖妻入武林端爲本分無私曲十八灘頭洗滌心一肩擔月歸荆谷秪緣毒氣種深來棒頭撥著笑亦哭屢年復受老鉗鎚吐盡肺肝傾盡腹饑餐渴飲已自知鄭重藏鋒於穆穆出頭天外看時人潔操孤清眞可掬不欲泛泛混常流確志深山住茅屋他年起我臨濟宗殺活縱横開天目若人來問道如何笑指庭前幾莖竹

性空老衲七十有二叅訪贈之

昔人八十猶行脚君亦而今倣古風此去一回九百里草鞵未肯脫山中

示樹南禪人

參究本來面直下須自見日用尋常裏不許

隔條線

示永泰禪人

萬仞崖頭翻身一擲趯破虛空再與你説

示洪源禪人

曹谿一派滴水滴凍打徹源頭大江滃涌

示羅愛谿居士

一片風光在目前幾人閙市得安然全憑此

際心無礙火裏青蓮出蓋纏

示自空禪人

不假空空空自空於中妙理事難窮果能得

到空空地萬水千山一目通

示就空居士

不待空兮空就空四方八面盡玲瓏乾坤本

自無遮障只在當人一念中

示深谷禪人還江淮二首

瞻風撥草學無生坐卧經行深谷林今日飄

然杖藜去六時須自要惺惺

放爾歸兮暫息肩過江風月半秋天有人問

著參禪事笑指玄言在目前

示景源徹禪人

徹頭徹尾性相不住觸著動著如大火聚著

著有源者裏方許似鳥飛空乘風而去咄

示玉林琇徒省親

母在澄江江上住爲緣省覲出山去秋風飄

飄秋水清幽鳥喃喃送離語丈夫不獨念劬

勞要施十方普法雨森羅萬象盡霑恩情與

無情咸歡愉佛祖命脈在汝躬盖天盖地僧

中龍光吞日月開頂目他年必樹臨濟宗不

比尋常人碌碌一刀未斷猶纜纜賓中有主從他穿過華柳巷中寂爾忘緣主中有賓自然透脫殺活機權大用現前知離知微識得本際玄虛達進達退把住道源總持魔強濾弱在當世努力掀翻自家的玄中玄要中要拈來說與鄉隣道切莫輕忽出家兒出家自有僧中寶汝親見得個中圓白髮也須剪卻了臨行助爾一長篇滿門度盡方纔好

示無絃音禪人

宗如山教如海呑吐須教心地快分明卓犖不須求坐斷乾坤得瀟灑上占家風歷歷然韶陽拓出誰能解泥牛鬬入自無蹤隱山說破今藹藹山非山海非海撥動機關無不在拈來便用自家的著著現前了無礙

孤休法弟乞偈

雙徑堆堆十餘載探教窺宗心若海六時行願最堅持接物利生尤不怠今過耳順已衰年喜怒應教有主宰淨業功成侶勝流十方世界咸自在塵塵須知個裏圓劫火洞然原不改若云修證著釐毫太虛點翠施文彩念君與我同條生聊書俚言辭不逮堪嗟此別隔湖山杳望林間雲靉靆

示上生蓮沙彌

智慧蓮華淨頭頭自現成西方與東土那隔一牛鳴

示復普聞極

春去秋來冬又至南北山頭無定止白雲去住合無蹤堪笑闍黎如斯已不老不少懶似石他年安作人師子言中有響未知歸句裏藏鋒休露齒佛法兩字非人情擬議之間隔

萬里聊將此偈復來書須要慎終如愼始

示盡演靜主

蹋破千峰已罷休蕭然一室養耆年了知宗敎無餘事收拾雙趺好住菴

示復許九環居士

君如毘耶叟說法師子乳富貴了空華功名若墮缶兩兩不成雙三三一如九吾豈眞文殊良緣亦非偶道本出常情德業持來久言言見諦眞字字不失守推開不二門掣斷綱宗紐秖用一默心杜絶羣英口想依願力來一見如故友不弄雪峰蛇不奐子胡狗握手逍遥遊漫看谿山走蹋斷古路頭已出者窠臼卧病一室中機用恁啷噹命徒問疾來香飯曾借否

示嚴長惺居士

長坐惺惺地門開不二門谿山原一體眞幻本同心觸處隨宜用當機有淺深若存玄妙見猶著眼中塵

示玉林琇徒掩關

虛空關不住天地本無門一把無鬚鎖深藏在玉林半肩擔祖印雙足蹋靈雲入出原無礙休言定幾春

示幻緣禪人

知幻卽離離幻覺此中畢竟要摸索頭頭不昧自家的無論山林與城郭三學應須力竝行一乘超出大火宅打破窠窟豈容蹲無位眞人方出格道在尋常日用中休敎偏執坐虛白如鵬一擧九萬里笑倒蜩鳩搶榆翮

示懶牛靜主二首

雙徑寥寥十載餘松風幽鳥解相知金車峰

頂翻身轉踢斷谿聲一雨飛
卧雲深處藏蹤迹水草咸餘懶外尋今古不
傳些子妙潙山端的是知音

示唐祈遠居士四首

跋涉谿山訪道眞爲尋知已討分明若能一
念回光照法法頭頭本現成
撥到心空未肯休直須大用應機疇大千提
掇掌中現好引疎風撼鐵牛
觸處隨宜須自看個中那住一毫端從來不
許偏空法著著分明在目前
道在尋常日用中脚頭步步踢高峰玄關擊
碎無多子信手拈來處處通

示沈叔芳居士

寄迹儒冠了世緣滿懷風月照林泉徧叅已
羡龐公志操守應超楊大年父母未生前薦
得乾坤獨露個中玄居塵不涉塵緣事閒坐
幽軒心境圓

示芥生禪人

不是心不是物撥得虚空眼睛突十方世界
一疑團白日青天取風骨雲收霧捲不肯休
定教打破無生窟露出孃生面目來驀直之
間咄咄咄

示達渠禪人

渠無國土要逢渠識得分明不是伊堪笑時
人弄影子自家謾了自生疑

示智閒觀禪人

大智閒閒守之無端小智間間行之爲顛不
行不守其用緜緜臨機無住方始得全妙在
其中玄之又玄法句無句如觀流泉

示穎生禪人

道本自無言言從何處起鏡若能鑑人可能鑑自已

耐菴上人重修鐵佛寺示之

百千三昧從何得一味平常耐久來玉殿瓊樓從此現菴前先發一枝梅

示嘯雲禪人

披雲一嘯脫然皆妙獨露乾坤無方不照

示許紫翼居士

憶昔秀才有張拙古今學道眞英傑歷參大老未明心步入石霜方始歇一聞巧拙總不干觸著了然言下決世出世間皆暢懷儒釋原來無兩舌翼公要學此輩人奮志力參當徑截一句話頭無忙閒必須個裏要打徹奚用登山涉水尋終日相逢不相識若能此際日日新一得自然以永得了知四大卽空身都敎拉向無生國無生國裏甚悠然不假他人一毫力功名富貴空中華直下頓然超百億

示理融宜禪人

一口吸盡西江水橫拈拄杖倒騎牛靈機鱍鱍無拘束放去收來得自由岀山青水綠四大部洲蹋破歸來滿面羞識得報恩親切句不風流處也風流

示紫垣居士病中

身心本空病從何起於中了了夙業無住

示顧孟河居士二首

幻影浮華總百年覺來都在剎那間誰能見惜春光早華柳叢中自得閒

富貴榮華蝪夢空休敎栩栩亂心宗紅塵堆裏能爲主盖色騎聲自不同

示文節座主

昔年有個亮座主一見馬師心自許忙忙辭衆入西山人去尋伊不知處百般經論拋那邊師子遊行無伴侶文禪今日見老僧不識能效亮公否

寄示金豈凡方伯

此道寥寥孰肯修幾人到此不疑眸養高心自得閒靜見重身遊正路頭抱子弄孫無可累觀山玩水有何留聊爲應世勤王事意在煙霞麗老儔

白雲禪人執瓢乞偈

覆則樹瘻仰則瓢形不覆不仰非瓢非瘻名豈自名形豈自形千里逍遥從之白雲

張居士受衣乞偈

吾授汝衣汝自受持在塵勞中得佛律儀忙間動靜一念自如如是行持出生死期

募燈油

佛面菩薩面暗裏人不見剔起吹瑠璃都在光中現心華頓然開翻照本來面無量福田中此是大方便

有客問余姓以偈答之

幾欲藏身無處藏心如頑石道如常君今要識山僧面原是當年閔四郎

新正卽事警衆五首

纔得新正幾日過流光倏忽莫蹉跎承虚接響終無用悟徹根源好大哥

性本圓明莫妄求千差萬别個中流聲前色後無餘事空起許多閒念頭

相師眞印印無偏撥到心空意自圓看破二邊中不立一輪皎月照當軒

金峰卓立衆山中萬象高懸眼界空無角鐵
牛橫古路幾人得見白雲翁
古寺深藏萬壑中夜來孤月照蒼穹森羅寂
寂無開口幾個當機繼遠宗

示衆二首

修行不得力每與境相敵誰知境卽心反起
心分別心境本來空如水印明月月出自無
遮萬象皆照徹

我有一句子默默說與爾休將所聞聞廼合
無旨旨有旨不爲眞無旨亦非是迷雲忽地
開性天方顯耳

示參禪

參禪要透徹一毫不假力對境自無心忘緣
體空寂者個話頭圓大千無孔隙擬議欲承
當生死何了日

驢鳴有感

忽聞驢子叫驚起當人笑萬別與千差非聲
非色鬧

書法被

當機一著那許摸索信手拈來朳籬木杓咄
眼目定動是猶遲萬里天邊飛一鷂

關中次本師示偈六首

了知此際不容關物外無心到處閒心境廓
然原不二也歸無念剎那間

徹見虛空無閉關身心萬物自常閒從他出
也從他入也歸無念剎那間

突與一念是重關放下之時便等閒起滅不
停誰滅滅也歸無念剎那間

一重撥去一重關弗若摩尼本自閒應物現
形原不動也歸無念剎那間

有生有滅隔重關無滅無生當處閒是誰生也是誰滅也歸無念剎那間

老漢從來把住關不容擬議落忙閒也知就裏婆心切總歸無念剎那間

次密雲法兄韻寄友四首

剎剎塵塵是道場婬房酒肆不拘方頂門廓徹通天眼帀地全彰見法王把住虛空當撲碎放行輪刼未爲長甚嗟苦海無邊際任爾縱橫倒駕航

徹底掀翻到古盤超然物外悟心寬大千沙界一毫現百億須彌個裏含法法盡從伊建立頭頭原藉爾爲端偶然點破於中事說與知音仔細看

學道須當徹骨窮寸絲不挂露家風但能對境忘人我不假澄心當體空山色雨過添晚翠谿光霞接映朝紅乾坤許我林間老不逐風塵西復東

不住陽兮不住陰了然如月照孤岑萬緣放下理先覺一念無私道可尋行履直教非內外應酬休逐在升沈生平樂業何勞覓不昧原初一點心

別達觀大師夜行偈

星夜經行時前後步互起前步若至地後步不能起後步若至地前步亦不起前後不至地廼能起不已卽此諦觀之足何當至地足既不至地空水亦可履空水既可履神通孰不具

月下閒經行步步須自起前步不至地後步不得起後步若止地前步亦不起前後不住地廼能步不已吾以是觀之足何嘗住地足

既不住地空水履無履空水履無履神通個個具

拈陽明先生良知二首

良知卽是獨知時知得知時知已知般若無知知徧界風清月白更由誰

風清月白更由誰徧界靈知無別知觸目湛然無可說休認惺惺是有爲

和眞淨老人雲居頌五首

絶頂雲居北斗齊雲菴老漢最先提凡情莫測大機用纔露鋒鋩已涉泥

絶頂雲居北斗齊出頭天外始應提道人活計原無著好似青蓮出水泥

絶頂雲居北斗齊虛空突出露全提𡾊峰疊疊高低應無限人來杖帶泥

絶頂雲居北斗齊電光影裏好持提明超日月乾坤淨擬議將來三尺泥

絶頂雲居北斗齊幾人到此個中提雲收霧捲天空闊開眼緣何脚蹋泥

和普明禪師牧牛頌

未牧

水雲渺渺亂聲嘩密密尋蹤路更遥晝夜風霜不知處恐伊相犯別家苗

初調

纔獲繩頭把鼻穿漫將痛處更加鞭也知鄉井迢迢遠拽轉頭來著力牽

受制

不從他性遠驅馳寸步提持漫漫隨幾度黑風吹暴雨通身泥水總忘疲

回首

驀地忘機自轉頭悄然性氣已調柔山中水

草了知足不用遲疑在外留
馴伏
閒放林間與水邊橫騎短笛任悠然歸來一
帶煙霞晩瀟灑歌謡不假牽
無礙
出入無欄心自如擬思量處更猶拘滿懷風
月人牛穩鞭索俱忘樂有餘
任運
野岍谿灣華柳中一環山水翠林茸逍遥快
樂無求也輭草爲氈睡興濃
相忘
撥到忘懐混沌中千山一色絶相同風光不
覺人牛處任運騰騰西復東
獨照
不須收放得安閒脫略尋常顧盼間散步漫
歸明月下蹋翻從上兩重關
雙泯
人牛處處竟無蹤新月孤懸萬象空借問歸
源端的旨枯椿春到綠叢叢
山中四威儀偈
山中行杖頭觸處凍雲深鐵鞵蹋破千峰頂
鳥用回頭戀碧層
山中住幾番寒暑侵不去風光自足四時天
著意尋他無覓處
山中坐幾度白雲空自過孤燈圓月照松房
覺了死生之事大
山中卧經年縮脚巖龕破蔓裏常懷法濟人
覺後依然貪懶惰
十二時歌
金烏趱玉兎催百年光景刹那之野人兀兀

蒲團坐盧度閻浮十二時半夜子團團一個虛空爾靈然無覺亦無聞百劫千生偷心死雞鳴丑翻身下榻慣搔首課誦經年魚絕聲如是之經轉乎否平旦寅眼空無我亦無人大千沙界渾無事若道無心早有心日出卯天上人間無價寶紅光照耀東山頭萬戶千門熱閙閙食時辰松間谿畔信口吟提掇祖師心地印屈指當今有幾人禺中巳布袋憨憨常化市街頭郎後等個人來者何曾是相識日中午飯罷谿邊洗鉢無撥草瞻風羣衲子試問奔波何所圖日昳未室中一物何所寄拈起尋常老竹篦無論佛魔咸打去晡時申無位眞人那受塵露杜燈籠閒笑傲佛殿山門忽作嗔日入酉石虎西山恠哮吼鐵牛驚入瘞幽林笑破虛空半邊口黃昏戌撿點將來由自隅衣線下事竟如何多年曾作他鄉客人定亥赤體條條取性快破衲蒙頭伸脚眠無憂無慮無思解者個日日秖如此一念萬年終不改從他滄海變桑田行住坐卧常自在

警策浮生歌

嗟歎人生虛夢幻爍爍光陰刹那箭功名富貴空中華生死老病眞大患人間縱有百年生逐日歡娛都有限迷中迷戀中戀只道榮華無改變誰知個裏不容情一息不來去如電好作業不行善招因帶果直如線田中種稻定得穀麥裏須知還出麪看來報應決無差得失從君須自薦既知浮世屬無常豈逐境緣聲色轉眼光落地已茫茫臨渴掘井難成辦現行日用要自推莫待閻老從頭判若

不迷頭認影子翻身卽到菩提岸回光返照囫地聲管取自見本來面逍遥自在出塵居無拘無束無羈絆大丈夫兒只麽行達得浮生了虚幻了虚幻有何羨靈山化導釋迦尊王位俱抛苦修鍊人天四衆得瞻依羊鹿牛車示方便今日歸投急早修像季也稱眞法眷

無生歌

無生歌無生歌我唱無生生更多三界茫茫何日了四生六道混娑婆者裏出那裏没出没於中無所脱回頭踢著者些兒都盧拉向無生國莫蹉跎趁色力扭定鼻頭不可忽工夫到得熟處生相近無生好消息好消息寥寥獨坐無人識個中若未達無生便把無生作空豁十八空門空不空空空空到無邊闊驀地翻身識得渠打失鼻孔眼睛突森羅萬象笑咍咍千兩黄金難買得語默動静合無生柳巷華街心似石勘時人不果決依依俙俙未眞實譚玄說妙當無生個裏何曾覩見徹衲僧家且罕得立向人前要眞說言言見諦了無生覿面臨機如霹靂莫將此語當尋常不是途中泛言客無生路上不思議直入條條是空劫生死牢關劄地開曇華朶朶明如日般若力金剛劍無明積劫劃然斷悟得無生徹底空天魔外道一齊勘靈雲昔日見桃華都道當年是作家無生曲調應難和幸有玄沙語不賒長慶老非等閒坐破蒲團七個難捲起簾來見天下纔覺無生滿世間世人因甚不能了逐色隨聲空懊惱拈來瀝瀝是無生管取頭頭不相擾無生歌無生歌唱

得吾今没奈何依然收拾跏趺坐閒看山雲陣陣過

休休歌

休休休老邁無心向外遊自從住個尖頭屋千丈巖前擲釣鈎動亦休靜亦休四威儀内晏然休本來邋遢無拘束瀟灑林間已白頭名也休利也休於中了了是真休若還一點不了得負墮他年作馬牛玄也休妙也休目睹雲霄有甚愁三世諸佛口挂壁六代祖師難出頭今亦休古亦休百劫千生難逢此際之優游得亦休失亦休片時少刻忘懷個裏之玄猷休兮休兮吾何休風傳四海知音者學我懶漢之休休無端撞入山阿裏也將名字挂林丘你也休我也休休到何年始是休大家識得休休訣拍手歸兮不用休

牧牛歌

曠劫從來未嘗失縁思水草千山擲尋伊不見入雲深始探林巒覓蹤迹披襟急急過山巔獨步悠然夕陽歇時登峰頂受風霜夜半明星天共徹寥寥兮每警策總有黄金難買得純純者個黑牛兒莫逐尋常販鞭客想形容真本色生來不受人拘執驀地相逢獲著伊牢把繩頭手中繫或時騎或時睡拍盲愛惜心如醉調得純兮放索頭耕徧田園不離位不離位有時吾倦卻忘懷渠亦無心趁眉黛五雲陣陣過長空暗暗人牛皆自在皆自在乎唤從教相應快逍遥無礙更無求明月清風知梗槩天荒地老絶無憂試問牛兒有何賴有何賴趯破未生前大塊歸兮歸兮歸便休茅屋山家雲靉靆

了道歌

了了時無可了個中豈用從他討夜來風捲嶺殘雲月印千谿明皓皓明皓皓休草草小中現大大中小此道何曾有定名觸著方知了無了應機宜無煩惱句裏分明義了了若還滯義復承言個裏依然了未了大丈夫氣浩浩自有衣中無價寶尋常用處不思議莫向途中打之遶境中了智中了境智雙忘作麼了若將一個圇圇吞須彌山子誰推倒行亦了坐亦了語默動靜都要了了得頭頭本是空未是吾家眞種草者邊了那邊了古路條條靜悄悄風吹石臼演摩訶黧奴白牯卻知道覺已了夢已了一念之中有分曉本無一濵可當情泥牛背上銜華鳥事亦了理亦了權實竝行方纔好拈來那用涉思惟師子搏兒不露爪宗亦了教亦了殺活縱橫誰敢道一條白棒活如龍銅頭鐵額俱打倒來也了去也了鴈過長空天色皎老胡留隻破皮韈園林華發知多少我也了你也了佛魔到此一齊掃於中淨盡絕無餘燈籠露柱知音少不了了了亦了了無所了一切了只麼隨緣自在行乾坤坐斷無邊表

天隱禪師語錄卷第十四

音釋

輭 而兗切音軟柔也人柔弱亦謂之輭 趲 則旰切音讚逼使走也 昳 杜結切音耋日昃也言日蹉跌而下謂未時也 邋遢 上力盇切音臘下吐盇切音榻邋遢行貌又邋遢不謹事也

天隱禪師語錄卷第十五

嗣法門人通琇編

機緣

九疇顧太史問如何是奪人不奪境師云白雲封我圓光戸却似無人坐室中進云如何是奪境不奪人師云風送白雲歸洞去秖留一個野閒僧進云如何是人境兩俱奪師云了知四大原非我白雲聚散本無蹤進云如何是人境俱不奪師云幾度白雲來伴我就裏和衣帶月眠

僧問不思善不思惡正與麽時如何是本來面目師云父母所生口終不與汝說進云和尚爲什麽不說師云我說恐你落在善惡邊問如何是賓中賓師云看月隨流水進云如何是賓中主師云岑巖獨步來進云如何是主中賓師云坐下白雲深進云如何是主中主師云虎豁生頭角僧禮謝師云切忌記吾語

師問僧近日工夫如何僧云看十方世界總是一條拄杖師拍椅子云者椅子也是汝拄杖進云是師云被老僧坐却僧擬議師震聲一喝僧無語師云叅

僧問古人如何得出世師云汝見過古人耶進云和尚謾某甲師云是汝謾老僧進云某甲曾問幻也和尚師云他如何說進云他說古人不挂一絲毫師云汝信得過麽進云某甲信師云旣信豈不是汝謾我僧作禮師云你向後那裏住進云某甲隨緣住山去師云山不是山你向那裏去住僧擬議師便喝僧佇思師云好與三十棒

普聞叅問萬里浮雲成一片磬山聲徧是如何師便打進云恁麽則風歸野嶽水面波生師又打聞佇思師云會麽聞展兩手師大笑次日求名起號師更普聞號進云既是普聞還有什麽不到處師云今日事作麽生進云重川碧落天開曉野老謳歌惜寸陰師噓一聲聞擬議師云禮拜著進云劍號巨闕珠稱夜光師展兩手聞禮拜云信受奉行一日胄雨到問磬山佛法即不問拖泥帶水事如何師垂拂云者是汝分中事聞趯拂子師云再犯不容聞禮拜

居士家壁貼戒殺字下竪刀杖有僧問既戒殺何故畜殺生之具士云非殺生之具廼殺人之具也僧不肯士乞師代轉一語師云喚作殺生之具入地獄如箭射士稽首師云記取者語即不得

二僧論無明之理一云無明本有一云無明實無師笑云無明本有衆生馬能破無明而成佛道無明實無祖師何以道無明實性即佛性二僧無語

僧叅師云作什麽僧云提誰字師云我者裏誰字也無進云和尚誰字也不立師云又恁麽去也

僧問生死不明乞師開示師云我也不明進云願和尚慈悲師云將生死來爲你開示進云生不知來處死不知去處豈非生死師云又道不明

師看揀茶僧問和尚者裏作麽師云瞎

僧問作家相見事如何師云誰是作家僧擬開口師與一掌僧復擬語師震聲一喝僧禮

拜師搊住云會得禮拜會不得禮拜僧無語
師云盧頭漢
僧叅師問什麽處來進云某處來師云我聞
某處安五百單進云是師云你在五百單内
五百單外進云在五百單内師云既在五百
單内你來那邊缺了進云者邊亦不缺師呵
呵大笑
僧叅師云者樣炎天奔走作麽進云狂心未
歇師云歇即菩提進云心地未達望和尚慈
悲師云你作何務來進云不知師云既不知
怎麽得到者裏進云爲法來師云又道不知
知有本問如何是奪人不奪境師云空山無
有人惟是水流聲進云如何是奪境不奪人
師云獨步單瓢杖千山絶點塵進云如何是
人境兩俱奪師云默坐空王殿燈殘月更沈
進云如何是人境俱不奪師云闍黎問道處
足下是雲岑
磬山初闢一居士鶴髮童顔擕杖入山問云
弟子徧叅知識不能達道乞師方便師云道
在日用進云既在日用何有得失乎師云得
失在於迷悟非干乎道也進云既不在道迷
悟從何有師云迷悟在人不在道也進云道
在於人迷之亦無失悟之亦無得師云得失
在乎人何關於道也進云既不關乎道又道
道在日用耶師云道在日用迷之之謂失悟
之之謂得故非關於道進云既不關乎道道
與我是一是二若二道非日用若一道即日
用安有道在日用乎師驀竪拂子云你唤者
個作什麽進云拂子師笑云百姓日用而不
知故君子之道鮮矣士拍手云我會也師云

你會個什麽進云百姓日用而不知師擲下拂子云還會麽士擬議師云承虚接響士謝而去

僧問如何是衲僧相見句師視之云還見麽僧喝師云三喝四喝後又作麽生進云猶是套語師云與他茶止渴

尼衆師云爲什麽出家進云爲自身師云何得棄了丈夫進云雲中影子師將雙手抛後云更道來進云心不思念不動師云心不思念不動誰著你說尼喝師云千喝萬喝後如何尼罔措師打出

師偶至一居士家士年登九十疾病眼盲問云老身看看待滅矣師云還有不滅者麽進云人死如燈滅豈有不滅者乎師云居士曾見心經麽進云心經熟讀師云不生不滅聻

進云我今眼已不見師云眼雖不見見即不無你還見暗麽進云見師云無眼耳鼻舌身意是個什麽士忽大笑云我今生幾乎蹉過師云即今得個什麽進云雖無所得已知不生不滅之理師云切莫作道理會士合掌禮謝

慧法主問師曾看八識規矩否師云六祖道大圓鏡智性清淨平等性智心無病妙觀察智見非功成所作智同圓鏡五八六七果因轉但轉其名無實性若於轉處不留情繁興永處那伽定秖如大圓鏡惟存第八識上顯是總顯耶慧云單第八識顯師云除却你眼耳鼻舌身意六識大圓鏡在什麽處轉慧擬開口師搖手云不是不是

僧問某在諸方了了明明獨未見和尚師云

我者裏不許進云和尚有什麽師云一物也無進云既一物也無因甚不許師云只爲你有在僧擬議師喝出

南川老居士臨終請師訣別師云居士一切家業都放得下麽進云放下久矣師云者一著聻進云我要你拄杖子師云古人道你有拄杖子我與你拄杖子你無拄杖子我奪你拄杖子居士即今有拄杖子麽進云我無拄杖子師云索我拄杖子者是誰進云某甲師云又道無士不覺高聲云南無阿彌陀佛師云拄杖子已得了也進云我當爲禮拜言訖而逝

僧問如何是體中旨師云一塵不染進云如何是用中旨師云搬柴運水進云如何是句中旨師云大蟲吞却虛空耳進云如何是玄中旨師云石女披襟攜小子進云如何是旨中旨師喝云言外知歸不用頻舉

宗侍者問趙州道蘇州有常州有莫有故事否師云有什麽故事進云難道是佛法耶師云喚作佛法即不得進云趙州道常州有蘇州有和尚聻師云蘇州也無常州也無進云和尚現在師云你道老僧是有耶宗禮拜師云噁

僧問路頭不親切如何做工夫師云你見那裏不親切進云現在不親切師云誰著你問僧禮拜師云莫錯認好

僧衆問者一著子人人本具個個不無因甚有種種差別師云你見那裏是差別處進云也有喫棒的也有不喫棒的師展兩手云棒在那裏僧禮拜

居士問法華經中道我此法華經且道那一句是法華經師云你道那一句不是法華經進云萬望慈悲盤桓師云我與汝忒煞盤桓了也

僧問如何是觀音入理之門師以杖敲柱云聞麽進云聞師云者便是觀音入理之門僧無語師云會麽進云不會師云識得不會最好

直方恭問無夢無想無見無聞正睡著時主人公在什麽處師云知無夢無想無見無聞齽進云不會師云不會最親切進云特來禮覲和尚師云又道不會直諾諾禮謝退

中秋晚直方問皓月長明爲什麽偏多圓少師云時序不同進云長江可竭爲什麽淵底難窮師云探竿短在進云四大本空爲什麽饑寒難忍師云急救去進云草木無情爲什麽華開華落師云莫作兩橛會直禮謝云四處已蒙師指示言前一句更如何師云禮拜著直作禮起喝師云何不早喝

問如何是大事因緣師竪如意進云不會師云惟此一事實餘二則非真

居士問如何是格物師指爐云會麽進云不會師云大慧云但知格物而不知物格張無垢便悟去進云如何是物格師云若無物格爭能格物

侍者問得力一句如何師云藏鋒結舌穩密修持侍禮謝師云得力句在汝邊老僧與你説的便不得力也進云請和尚得力句師良久云會麽侍禮拜

問久嚮石磬未審還有聲也無師云你從那

裏來

龍池茶話次僧問教中道治世語言皆順正法請問和尚如何是正法師云你適纔不肯聽而今更問麼進云恁麼則春色無高下華枝自短長師云也許你具半隻眼僧喝師云多耶

山茨侍次師舉四藏鋒句問云如何是就理藏鋒進云梁王殿上道不識如何是就事藏鋒進云今朝雨落地不乾如何是理事俱藏鋒進云行不出戶坐不當軒如何是俱不涉理事藏鋒進云八角磨盤空裏走師云此四轉語足繼先覺雖然也是搕七搭八

箬菴呈頌云千玄萬妙隔重重個裏無私總不容一種沒絃琴上曲寒崖吹落五更風師云玄妙即不問汝如何是不隔的句進云和尚見那裏是隔句師云我不用恁麼推拓菴擬開口師便打復示頌云千波萬浪隔重重識得源頭處處通根境脫然全體用拈來物物始從容

僧請益賓主句師云在賓須知賓中之句在主須知主中之句在主若不知主中之句則被賓家奪去用在賓若不知賓中之句則被主家奪去用所以云賓則始終賓主則始終主若賓主不得始終則二俱無用進云秖如兩堂首座齊喝孰賓孰主師笑云兩堂首座齾進云恁麼則全賓是主全主是賓也師云你還會二賓二主麼進云誰是二賓誰是二主師云賓家有主主家有賓賓家有賓主家有主賓家無主賓不成賓主家無賓主不成主賓家無賓賓亦不成賓主家無主主亦不

成主賓主不成二俱瞎漢
師問聖淨石霜道休去歇去冷湫湫地去一條白練去古廟香爐去一念萬年去首座云明一色邊事九峰不肯你作麼生會若道是到家語何故當時九峰不肯首座若道未是到家語何故石霜又恁麽道進云某甲若在九峰處會則知首座未是師云你離却九峰道一轉語看進云若道得一轉語亦落九峰位下師便喝
僧問如何是臨濟旨師云怒雷掩耳進云如何是潙仰旨師云光含秋月進云如何是法眼旨師云千山獨露進云如何是曹洞旨師云萬派朝源進云如何是雲門旨師云乾坤坐斷
僧心安看楞嚴經師召至法堂指石礫云今日者個與汝說法了也進云未審說什麼法師云天地同根萬物一體進云不會師云既不會看什麼楞嚴經師命箬菴轉一語進云某作心安便禮石礫三拜師云恁麼許汝看得楞嚴經
僧問趙州訪臨濟公案語句相同何得一錄臨濟問趙州一錄趙州問臨濟若趙州錄中是則臨濟錄中非若臨濟錄中是則趙州錄中非師云你道如何是祖師西來意進云不會師云汝向是非外薦取進云是非外如何薦取師云汝是趙州老僧是臨濟僧笑云會也會也師云會個什麼進云是某甲之過非和尚之咎師云汝又在是非裏薦取了也
山荻問如何是第一玄師云坐却白雲終不妙進云如何是第二玄師云拈過案山來與

你道進云如何是第三玄師云露柱沿街走燈籠笑滿腮進云三玄已蒙師指示三要乞師再垂慈師云汝從頭問來進云如何是第一要師云鐵牛橫古路進云如何是第二要師云撞倒須彌峰進云如何是第三要師云金鞭打入藕絲竅茨禮拜

僧問一手獨拳萬人來搵時作麽生師便打

僧問第一句中薦得堪與佛祖爲師如何是第一句師云覿面春風和氣着分入字縱橫進云第二句中薦得堪與人天爲師如何是第二句師云揭開雲裏月休向暗中行進云第三句中薦得自救不了如何是第三句師云言中有響知歸不免借他家路

僧問希有即不問如何是平常法師云汝昨日在杭州來進云是師云豈不平常進云雖在杭州來不知杭州意趣師云你又作奇特會耶

僧問十方世界是沙門一隻眼父母未生前眼在什麽處師良久僧無語師拈拂子進云者是拂子師云汝秪見拂子而不見眼

普門領衆訪師茶次問云如何不喫茶師云喫進云你沒有師舉茶甌示之進云者是我的師以茶擦耳潑云是你的是我的門無語爾罷進云世間人如放鷂子見風勢大不要放師云不然進云怎麽不然師云設若放起時風大如何進云了師云亦不然進云怎麽不然師云何不道收起索子門無語師大笑

僧問青山雲濟即不問禪宗獨露是如何師據坐云會麽僧喝師云作麽憤僧禮拜云也是青山雲濟事師云你只見青山雲濟不見

禪宗獨露

師訪居士士送出師顧士云公引道進云原自七通八達師驀指牆云向那裏去得麽士無語師遂别

章格非太史問如何是格物道理師以扇擊椅子云會麽進云不會師云不會將什麽做文字士舉集註師云者是朱子的格物如何是公的格物士無語又一日訪師同登望湖嶺復問云如何是格物的至理師以拄杖敲松樹云會麽進云此莫非香嚴擊竹之意師便打

僧問某甲不會叅禪如何修行師云念佛去進云如何是佛師便打僧禮拜師云好不會

僧琇石叅禮拜起打一圓相師云者瞎漢石喝師亦喝進云恁麽則石磬聲嘹喨聾人耳更聞師云看脚下石又喝師拈棒石禮拜

僧問某叅不是心不是佛不是物是什麽如何師云作麽生叅進云正提起話頭不見有話頭惟見叅的人師云既見叅的人是青是黄是白是黒是長是短僧擬議師云擬之則差僧無語師云不是心不是佛不是物

僧問如何是賓中主師云誰來問進云如何是主中賓師舉扇子云我者是十文錢買的

進云如何是主中主師放下扇子良久進云如何是賓中賓師云汝腦後看

僧問昔日闍風今朝睹面如何是睹面一句師云你道是如何僧禮拜師云也當不得僧無語

僧問如何是用處不換機師舉茶甌云者個只好喫茶

僧因脱裹脚呈偈云兩隻裹脚一樣長早纏晚脱有何妨歷年辛苦防偷盜今晚脱了無處藏師云脚襌僧舉脚師云連脚也脱却僧無語師云未在

僧問山河大地盡是父母未生前本來面目如何師云汝轉山河大地作自已則易轉自已作山河大地則難進云山河大地盡是自已何處更著自已師擊案云我打者裏你不痛我打你身上却便痛作麼生會僧禮拜云到者裏不會師云叅

僧叅問久慕和尚特來求示第一義師云老僧若與你道即是第二義了也進云某甲鈍根乞師指示師云大雪漫漫爭得到者裏進云秪麼來師云又道鈍那

僧問如何是法身邊事師云老僧滿口道不出進云如何是法身向上事師便喝僧久立師云直須親見若不親見徒自勞形僧禮謝

箬菴問疑情不起時如何師云汝見什麼道理進云説一物即不似師云又疑個什麼進云古人道似鏡長明喚什麼作鏡師云真常流注進云者是學人疑情邊事師云你還見鏡中有物麼進云鏡中既無物爲什麼打破鏡師云爲無一物進云打破鏡時作麼生爲人師云處處無蹤迹進云古人拈椎竪拂襌師云處處無蹤迹菴禮拜

僧問曹山送褌與菴主話如何是孃生褌師舉足示之進云孃未生時如何師云汝在未生時問來

僧問如何是法身邊事師云黒漆桶進云如何是法身師云爛冬瓜進云如何是法身向

上事師云三家邨裏酒帘子進云如何是出格句師云獨脚蟹

僧問如何是賓中主師云者瞎漢進云如何是主中賓師揮拂一下進云如何是主中主師放下拂子呵呵大笑進云如何是賓中賓師拈起拂子云你還識得者個麼僧無語

僧問一切公案秪是一個道理爲甚有明與不明師云你那裏見得是一個道理進云從上來如此說師云食人涕唾漢進云大修行人不落因果既是大修行人因果分明爲什麼不落師云汝不是大修行人進云和尚如何說師云不絕聲與汝道進云大徹的人爲甚命根不斷師劈脊便打

僧問竿頭撒手時如何師云你一向坐在那裏進云天下干戈撓亂如何國主安寧師云你正亂在進云有動即止安樂時如何師云未是你安樂處進云前念已滅之後後念未起之先可是本來面目師云即今是前念是後念僧竪起拳師云放下著

僧問如何是理藏鋒師云虚空撲落地進云如何是事藏鋒師云湖州蘿蔔宣州薑進云如何是理事藏鋒師云有水皆含月無山不帶雲進云如何是俱不涉理事藏鋒師云無手人行拳

僧問有佛處不得住無佛處急走過正恁麼時如何師云汝即今在什麼處僧竪拳師云是有是無僧以拳入袖師云是什麼僧便出

僧問古人道既是師子兒爲什麼被文殊騎師云理能伏人

一僧結破地獄印呈上問云舌印心三處俱

用紅色唵哩字如何一處放光師云放下印子與你道僧放開手云如何得破師云破了也

僧叅問喚作一物即觸不喚作一物即背時如何師云汝喚什麽作物進云目前法法師云觸僧不進語師云會麽進云不會師云背僧無語師云喫茶去

朗然問諸行無常是生滅法生滅滅已寂滅爲樂如何是生滅滅已寂滅爲樂師云汝莫向生滅邊覓進云念念生滅如何得不生滅去師云汝即今是生是滅朗擬議師便喝朗又問如何是寂滅師云今朝雨落階前溼

僧叅問萬法歸一佛殿前露柱歸向什麽處師云你將露柱來我與你歸進云不會師云不會恰好

僧問如何是函蓋乾坤句師云吞吐虛空進云如何是截斷衆流句師以拄杖畫一畫云吽進云如何是隨波逐浪句師云水上搵葫蘆

僧問虎以肉爲命爲甚不食其子師云有愛在

僧問久聞和尚圓鏡今日特見如何是和尚的的爲人處師云你那裏聞者消息進云輕輕叩石磬清音徧界聞師云道途之說僧喝師云再喝看僧云莫孤負某甲師云七十里僧又喝師云者瞎漢僧噫兩聲師指椅云且坐僧禮拜師云你者幾年在菴裏住麽僧聳身起師云何不老實道僧拍手師大笑進云又被風吹別調中師云餿茶剩飯者裏用不著

林皐泰師云那裏來進云武林師云爭知我者裏進云臭名難謾師云污汝耳皐喝師云喝後如何進云猶不知在師云老僧不知汝知個什麼皐擬掌師云猶弄虛在

師誕日茶罷僧問生日前也不問生日後也不問正當生日時請師道一句師云適纔你噇什麼進云石磬聲傳徧金爐清夜聞師云更道來僧喝師云喝後如何僧轉身頓足師云弄影子漢進云和尚莫謾人好師云誰謾你又僧作禮師云你問什麼僧無語師云倒老實

僧問如何是先照後用師云汝多少年紀進云如何是先用後照師云放你三十棒進云如何是照用同時師顧僧一喝進云如何是照用不同時師全身倒靠禪牀

天隱禪師語錄卷第十五

音釋

噁　烏故切音惡　噎噁怒貌

搕　克盍切音　搕擊也

磉　蘇朗切音顙柱下石

揾　烏困切溫去聲　揾指按也

嘻　許其切音熙　嘻嘻和樂聲

聳　荀勇切音竦高也

天隱禪師語録卷第十六

嗣法門人通琇編

機縁

僧問恁麽也不得不恁麽也不得恁麽不恁麽總不得意旨如何師云恁麽也得不恁麽也得恁麽不恁麽總得進云萬古碧潭空界月再三撈漉始應知師云撈後如何僧無語師起身出堂進云請和尚逐句下一轉語師云問將來進云如何是恁麽師向下行兩步進云如何是不恁麽師向上行兩步進云如何是恁麽不恁麽師復坐僧禮拜

朗然作禮起伸出拳頭云者個是縁會如何是性空師云我道是性空不是縁會進云爭奈有者個在師驀頭一棒云你道是性空是縁會朗無語師云立地死漢

僧問如何是臨濟大師面目師顧視云瞎進云請和尚別道師震聲喝退

棲蓮問有人問和尚如何接人向他道什麽師云你道平常進云恁麽和尚有法與人師云平常說什麽進云口喃喃師云道什麽蓮擬議師云放汝三十棒

僧問如何是第一玄師以手打圓相進云如何是第二玄師云妙句不能傳進云如何是第三玄師云其中絕正偏進云如何是第一要師云月出長空笑進云如何是第二要師云雨打松梢叫進云如何是第三要師云木人鼓掌頂門眼開

箬菴呈頌末云夜半露柱相逢橫吹無孔鐵笛師覽畢問云露柱還有口麽進云熾然常說師云也則道得一半進云和尚又如何師

云此問復何來菴於言下有省次日入室呈似師云你見處作麽生進云直下如團火相似師云不得燒卻眉毛菴便喝師云燒卻了也菴云看者老漢一場敗缺便出

僧問如何是法身邊事師云開口便錯進云如何是法身師云動念即乖進云如何是法身向上事師竪起拳進云如何是出格句師云挂角羚羊

恒證呈偈有始從者裏脚跟開句師覽畢示云汝青年當鄭重既有志此事須是一脚蹋到底始得進云如何是到底一句時值板鳴師云且去喫飯來與汝道進云喫飯來又作麽生道師攔腮便掌

僧叅問蹋破千峰來請師指示師云既蹋破千峰你向那裏下脚進云今日親到磬山師云磬山是山不是山進云蹋破了也師震聲一喝

僧問月白風清時如何師云凉颸颸地進云請師別轉一語師云再問將來進云月白風清時如何師云凉颸颸地進云恁則不然師云你又作麽生進云者裏是什麽所在師云灼然是什麽所在僧頓足師云瞎漢進云親言出親口師喝退

僧問猛虎以肉爲命云何不食其子師云是親必顧進云虚空無向背云何有東西南北師云切忌回頭轉腦進云飲乳等四大海水積骨如毘富羅山那個是最初父母師云養子方知

火頭問某甲不曉得修行乞和尚指示一條徑路師云燒火須横了柴擕空了肚頭擬問

師云不要拈一放一
僧問華開碧岫山粧面月印寒潭水畫眉即不問如何是本來面目師云直下看進云看破了也師云看破個什麽僧喝師便打
僧問如何是句到意不到師云言言見諦步步逃蹤進云如何是意到句不到師云秖在舌尖頭盡力吐不出進云如何是意句俱到師云有時獨倚庭闌上閒看梅開三五枝進云如何是意句俱不到師云落華流水去空負浪遊人
棲蓮問其甲途中得個消息呈似和尚師云試道看進云蹋破澄江一回摸鼻師云摸後如何進云通身洪汗冷如氷師云未在更道蓮喝師便打
直方問如何是一喝不作一喝用師笑云你氣急那進云不會師云豈不聞古人以一喝分五教乎直釋然隨問云昔日臨濟問黃蘗佛法的的大意爲什麽不喝便棒師云你作棒會麽進云未審作什麽會師云你作喝會麽直出師云且緩著直轉身呈頌云一喝如珠處處圓千差萬别一時全癡人不解先宗旨徒把虛空亂鑿穿師震聲一喝直禮拜
僧問佛祖公案秖是一個道理因甚有明與不明師云其力未充進云大修行人當遵佛行因甚不守毘尼師云殺人刀活人劍進云杲日當空無所不照因甚被片雲遮卻師云開頂門眼看進云人人有個影子寸步不離因甚蹋不著師云蹋著則頭角生進云大徹的人本脫生死因甚命根不斷師云將命根來我與你斷進云盡大地是個火坑得何三

昧不被燒卻師云你即今站在什麽處
聖淨問世尊降生時一手指天一手指地周
行七步目顧四方云天上天下惟吾獨尊後
又睹明星悟道若道睹明星處是則指天指
地不是了也若道指天指地處是則睹明星
又不是了也若道前後相同古人又説一見
不再見若道不相同指天指地與睹明星時
豈有二也師云切忌向迷悟處覓進云女子
出定因緣文殊鳴指一下罔明亦鳴指一下
二大士一般鳴指爲什麽卻有出得出不得
未審文殊過在甚處師云三十棒待別時進
云古人道一人得大機一人得大用如何是
大機大用如何是大機之用如何是大用之
機師云看孔著楔買帽相頭進云舉一不得
舉二放過一著落在第二如何是舉一如何
是不得舉二如何是落在第二師云切忌錯
會如何如何落二落三了也
僧問渴鹿趁燄如何得歇師云見水即止進
云摩尼珠久埋沒塵土中如何急切覓得師
云好個客作漢進云一斬一切斷如何得此
利劍師云鈍置殺人進云等是水味有品爲
第一泉有品爲第二泉作何剖分師云舌在
口裏進云黑夜中認賊爲子認子爲賊作何
判斷師云有智主人二俱不受進云家親作
祟如何處置師云識得不爲冤進云的的主
人翁如何得覿面一見師便喝進云堪輿家
羅經縱横移動鍼必指南是誰作主師云拈
東捉西進云家宅是諸人生身活計見得什
麽便肯破家蕩宅師云恁麽也不得不恁麽
也不得進云電光中良驥瞬息千里如何得

一往追上攬轡入手師云何得甘爲下賤進云大慧云將八識一刀憑甚安身立命師云你還識得持刀的麽進云胡來胡現漢來漢現是鏡體是鏡光師云猶盼兩頭在進云未開口以前爲甚便棒便喝師云若喚作棒喝帶累德山臨濟了也進云日昇月沈雷轟電掣山靜雲閒水流華開農歌牧唱婦誶兒嬉莫非是者個迸現如何拈向得脚跟下要用便用師云動念即乖進云修行人多怕去後黑漫漫地不知現前黑漫漫地更苦盡説生死事大不知現前刹那死死生生更切此際重關一擊如何下手師鳴指一下進云高峰大師云大徹的人本脫生死爲甚命根不斷命根既未斷叫做大徹徹的何事師云待汝徹後即向汝道進云一句當天八萬門永絕生死者一句得恁有力師云壁立千仞

僧問佛未出世祖未西來元無佛法世法之名迥出黑山鬼窟一句作麽生道師云頭不梳面不洗與你相見了也進云佛既出世祖已西來佛法世法相爲建立不犯化門道將一句來師云入水見長人進云佛生凡聖對待之門世法佛法名言強立一切總拈過一邊衲僧本分一句試且道看師云鼻頭向下垂進云人人有一段風光撲頭撲面因甚全然不識師云一回喫水一回噎進云個個具有如來智慧辯才於尋常間語言問答甚平易甚不思議剛被人問個如何是你本有的佛性爲什麽卻反眼竪口啞師云鵞王擇乳素非鴨類進云既名佛子志階佛地爲甚一個佛字最不喜聞師云到者方知

僧問古人道皮膚脱落盡惟此一眞實如何是一眞實師云你皮膚脱落盡也未進云脱落後如何師云眞實蹔進云求和尚慈悲師云切忌向人討進云討個什麽師打云話頭也忘却了

僧問臘盡梅香則不問衝霄鳥唱事如何師云你在那裏著脚僧喝師便打僧退後云東風捲盡殘巖雪枯木華開是何人境界師云近前來與你道進云看破了也師云看破個什麽僧連拜云再禮一拜師云看破了也

同雲云某纔得個歇處呈偈云閃爍紅光影吾身覺自輕古今無變易元來没處尋師云既没處尋又道得個歇處進云古今無變易師云即今蹔進云在師云在什麽處雲喝師便打

僧問客散堂空爲什麽賓主歷然師云那裏得者個消息進云佛眞法身猶如虚空法身在什麽處師云觸著動著進云除卻穿衣喫飯外如何是法身向上事師云切忌迷頭認影進云末後一著始到牢關如何是牢關師云打破來與汝相見進云聲色未彰睹聞個什麽師云切忌死水裏浸殺進云虚空生我心内猶如片雲點太清裏世尊在虚空内耶虚空外耶師云捏碎虚空向汝道

僧問徧界是個火坑得何三昧不被燒卻師云看取眉毛進云狂心頓歇歇即菩提如何得歇去師云歇不得擔取去進云從緣薦得相應疾就體消停得力遲如何是從緣薦得師竪拂云你還識得麽僧禮拜起佇立師云你還有得問麽進云徧界不曾藏師云你在

那裏安身立命進云黄鶯啼處百華香師打一拂云打落枝頭時如何僧無語

衆僧叅禮臨別一僧問臨行一句請和尚道師指門外云脚蹋實地去又一僧問出山一路如何去師云春風滿面去又僧禮拜問知有的人如何保任師撫其背云第三句語卻不與你道衆僧禮謝而退

僧問山嶽傾頹爲甚煙霞不散師云捨大戀小僧云獨臨玉鏡云何眉目不睹師云打破鏡來相見

振宗云二載竝無一疑伏望慈悲容入室盤桓師云汝既不疑又盤桓個什麽進云工夫上不疑公案上有盤桓處師云不是不是宗無語師云我看你一肚子疑進云不疑師云切忌坐在不疑之地進云不疑尚不可得何坐之有師笑云問他作麽進云不問焉知不疑師云又坐也宗又無語師云直須究竟始得宗禮拜

僧問青山自青山白雲自白雲云何而有念師云青山自青山白雲自白雲你問作麽僧禮拜師云你會得禮拜會不得禮拜進云到者裏無開口處師云問的是什麽進云師資正理師云又開口也

僧問盡大地是一個眼睛爲甚隔窓牖而不見其內師云觸瞎眼睛相見

僧呈偈有吞時卻易吐卻難之句師云且道不吞不吐時如何進云謝和尚慈悲師云你又要吞也進云吞個什麽師云瞎漢話頭也忘了

僧問學人未到磬山先已喫捧了也師云空

頭禪和進云再求和尚賜棒師云老僧無者閒氣力

僧問趙州勘二菴主爲什麽肯一不肯一師云你那裏見他肯與不肯來進云趙州饒舌

師云莫謗趙州好

僧衆云某甲千里萬里爲生死事大而來請問和尚如何了得生死師云你未發足時在什麽處安身立命

僧問趙州當時眠在雪裏叫僧相救請和尚代一轉語師云老僧若在還他一踢進云那僧眠下趙州便起且道趙州救此僧此僧救趙州師云你道你與我說我與你說僧以手拓一拓師呵呵大笑僧禮拜師云放你三十棒進云和尚也須分一半師云我道你不敢全當

師飯罷偶剔牙僧問如何是出生死一條徑路師以剔牙杖示之云你還識得者個麽進云和尚還有方便麽師云太煞方便了也進云畢竟如何師云也無畢竟

問天未開地未闢人未生時景象若何師云你者一問從那裏來進云那時一切衆生在何處安身立命師云在者裏進云恁麽則百草待春回惟有梅華先破臘師云更有先者在進云鎮日梅華堆裏坐今朝識得眞消息便禮拜師云莫是學來的進云不是師叱出

僧問無字可了得生死師云你那裏見得無字來進云未見師云既未見又問了得了不得僧擬議師云你且領話進云望和尚慈悲師云老僧忒煞慈悲了也

僧問如何是黑白未分時事師云你未開口

時如何僧擬議師便打進云分後如何師復打僧急走云青天白日師云者瞎漢

僧問如何是某甲安身立命處師云汝從那裏來進云即今在者裏師云既在者裏又覓甚安身立命處進云莫不便是師便喝

僧問世尊明星意旨如何師云黑裏白

僧問没奈何時如何師云老僧亦没奈何進云不與萬法爲侶者是什麽人師云你又有奈何了也進云百尺竿頭如何進步師云向後看進云某甲不會求和尚開示師云進前來僧無語

僧問做工夫如何是下手處師直視云穿衣喫飯屙矢放溺你還信得及麽進云信得及又如何師云信得及當下便是僧擬議師云擬議即差

僧問三乘等觀性空而得道如何是性空師拈拂子云者個三十七文買的

同雲問如何是接物利生句師云近前來向汝道雲擬進師便打雲禮拜云恁麽則恩大難酬師云向後看進云向後又作麽生師云接物利生雲復禮拜出

僧問門庭邊事則不問如何是室中事師云舉眼看進云者猶是門庭邊事師云你秖知門庭邊事不知室中事僧喝師亦喝僧禮拜

印乾呈偈云父母未生前本來無一物通身是口兮向人説不出師云既通身是口你身子在什麽處進云没藏身處師云你口聻進云口亦了不可得師云二俱不可得畢竟作麽生進云卻請和尚道師便喝乾禮拜師示偈云看得身心一物無此中端的不糊塗當

陽一喝能擔荷道在目前何所圖
僧問文殊是七佛之師出女子定不得請問
和尚過在什麽處師云你還識得罔明麽進
云卻請和尚道師便掌
僧問荆棘林中下脚易月明簾外轉身難如
何是轉身一句師云你從那裏入進云從堂
中來師云轉身了也進云便從者裏去也師
便打
養明問如何是佛眼法眼師舉拂示云你喚
作拂子不喚作拂子進云總不要師云蹉過
佛眼法眼了也進云也無藏處師云曉得你
按著死蛇頭進云活處又從那裏來師云待
死蛇頭發現始得
僧問大地一隻牛未審鼻孔在什麽處師云
在你眼裏進云和尚被某甲牽師云穿卻你
眼睛了也
僧問月映山中賓作主山山得主主爲賓賓
主歷然如何施設師打一拂進云謝師火上
添油師云恁麽燒盡大千世界你向那裏安
身立命進云不會師云了
僧問兩株銀杏樹那一株是賓那一株是主
師云賓則總賓主則總主進云一把大火時
誰作主師云看取自家眉毛
玉林書記一夕炷香禮拜問云古人十智同
眞請師曲垂方便師云老僧今日勞倦進云
乞師不吝師云試問看進云千形揉雜萬象
森羅作麽生同一質師云不用巧安排進云
會權歸實而五千退席拈華别傳而百萬遑
疑作麽生同大事師云逃悟同源進云此坐
彼立之不一太孤太奢之各殊作麽生總同

衆師云高低普應進云人心之不同猶如人面作麽生同眞志師云曲不藏直進云南人惡熱北人畏寒作麽生同徧普師云寒時寒殺你熱時熱殺你進云黄菊經霜綻紅葉趁風飄作麽生同具足師云枯者從他枯茂者從他茂進云一家歡喜一家憂作麽生同得失師云出得得失來與你道進云揖讓而鳥獸咸若征誅而血流標杵作麽生同生殺師云仁者能好人能惡人進云百舌千聲殊脣異口作麽同音音吼師云未開口時其聲如雷進云各家門各家户作麽生同得入師云知出便知入進云十智已蒙師指示汾陽當時説到者裏舌頭拖著地和尚還肯道與什麽人同得入師云東邨王大姐進云與阿誰同音吼師便喝進云作麽生同生殺師云好與三十棒進云什麽物同得失師云拄杖子今日跨跳進云阿那個同具足師云石敢當進云是什麽同徧普師云夜半正明進云何人同眞志師云波斯嚼鐵進云孰能總同衆師云山河大地進云那個同大事師云孟八郎漢進云何物同一質師云脚下草鞋進云恁麽則澄潭不礙蛟龍舞笑殺看椿摇櫓人師云一輪明月照萬影碧潭空進云個中能有幾人知便禮拜

道林等五人打不臥七畢入室作禮師問七日内事道將一句來看林向前云若論本體中事師隨聲問云如何是本體進云眼光相接處師云者不是你本體秖如眼光落地時你向什麽處相接林擬議師便打

盡演問如何是奪人不奪境師云野渡無人

舟自横進云如何是奪境不奪人師云打破蔡州城進云如何是人境兩俱奪師云一人發眞歸源十方世界悉皆銷殞進云如何是人境俱不奪師以拂子指云目前是什麽演禮拜

僧問一陣涼風翻轉山河大地師云作麽生翻轉進云大地平沈師云你站在什麽所在進云連自已也没卻了師云放汝三十棒

師病中僧問時人有病醫王醫醫王有病阿誰醫師云者一問從那裏來進云祖祖相傳如何分付師云赤手條條進云末後一句請師道來進云始初好與三十棒

僧呈偈云父母未生前青天白日懸照破當人面清風陣陣寒師覽畢云懸在那裏進云和尚還見麽師云見已生後了也僧無語師云你還見麽僧又無語師云屈

僧問父母未生前與生後一般教某甲疑個什麽師云既是一般爲甚有生前生後僧擬開口師以手掩住僧禮拜云謝和尚慈悲師云你見個什麽道理便恁麽道進云現前一般師云你一口氣不來向甚處去進云便是者裏轉得身好師指云且出去僧便出師呵呵大笑

僧問過去心已去未來心未來現在心不住教某甲如何體認師云誰知三心僧拊案云總在者裏師云者裏是什麽所在進云聖凡不立師云你還有者個在

僧問千差萬别則不問歸家一句是如何師云你還穿草鞵麽進云兀坐寒灰時如何師云冷湫湫地去僧退後一步師云進前來看

僧問日裏即有睡中即無如何得寤寐一如去師云誰與你道的有無進云不會師云不會最親切

僧問某甲數千里來乞和尚開示不惟不識佛法一個自已也不識師云既不識誰拖著你來進云某纔出得二年家只是慕和尚來的師云你二年做得什麽來進云不會師云又道二年

僧問某湖廣人請和尚指示師拈起廣扇云者是湖廣來的你還識得麽進云不識師云你不是湖廣人

僧參云久慕道風今日得見和尚師高聲喏進云三乘十二分教則不問當陽一句請師直指師竪起拂子僧禮拜師云你那裏來進云今日得到磬山師云猶是者邊的事那邊事作麽生僧出師云未在

僧問忽然打破沙鍋露出家常茶飯時如何師云吞又吞不得吐又吐不得

僧問明明百草頭明明祖師意如何是百草頭師拈起案上筆進云如何是祖師意師擲筆視之進云空生大覺中如海一漚發爲甚又道虛空也須喫棒師云你見大覺麽

僧問熱則隨熱寒則隨寒人人有者個爲甚麽摸不著師云要摸著作麽僧擬議師云何不進語進云摸著後如何師云熱亦得寒亦得

僧辭去問如何是出門一句師云步步蹋著實地去

僧問某甲不曉得修行乞和尚指示師云誰著你來問

僧問如何是本來面目師云我不識進云和尚爲什麼不識師云若識不是本來面目
僧問如何是得意忘言師云枯卻話頭來僧擬議師便喝
僧問眉目甚分明打破鏡時如何師云眉目嶄
僧問學人拾得一雙破草鞵特來見和尚師云將來看進云從來不假借師云難道僧禮拜云莫怪學人慳吝師云露醜了也
僧參師問你到者裏多少路僧竪一指師云一百里麽僧擬議師便打
僧問迸碎虛空放光動地師云道什麽僧喝師云驢鳴馬嘶
僧問樹凋葉落時如何師云體露金風進云便恁麽去時如何師云坐殺了也

慈門講主問某甲痛恨昔年錯用心此事如黑漆桶相似和尚還有方便令學人得進一步否師云你昨日同那個來主患耳重無語師指侍者者云你昨日同那個來主擬開口師便以手掩其口主顧者云他傳錯了師云你錯他不錯主無語師云切不得放過進云將錯就錯時如何師云你那裏得見錯來進云到者裏無開口處師云錯
僧問自遠趨風乞師一接師云近前來向你道僧近前師便掌
僧問眼光落地四大分張時在何處安身立命師云你即今在什麽處安身立命進云十二時中教某甲如何用心師云無心可用僧擬議師連打兩掌
僧問無夢無想無見無聞主人公在什麽處

師云你即今是夢是想是見是聞進云不會師云夢未醒在僧無語師云青天白日進云畢竟作麼生會師震聲一喝

僧問不是心不是佛不是物畢竟是個什麼師云諸佛亦不識

僧問雲門使僧問雪峰項上鐵枷何不脫卻乞和尚代一轉語師云你那裏得見鐵枷來

僧問一塵不立時如何師云直須打破

僧問如何是明頭合暗頭合師云一字不加點進云如何不加點師云明頭也合暗頭也合進云離卻明暗外請和尚道一句師云老僧到者裏氣急殺人

轆轢居士叅禮師云久聞居士篤信此事士云和尚喚什麼作此事師劈面一拂進云久嚮和尚有此機要師云你還要第二杓惡水那進云和尚者裏也不少師云今日且放過士又入室次師云今時人亂做者多若論此事須當究巳巳事既明然後造差別智進云恁麼說話弟子疑和尚也師云只恐你不疑

澄江請師不赴玉林書記破關來見叉手云狂兒國土父不容過者個峰頭還是老漢住處麼師云你且站下脚我與你道林掀倒香案便出師高聲云將住杖來林遥應云劍去久矣

僧問父母未生前即不問如何是本來面目師云直須向未生前看進云白日紅光現青山似須彌師云與他了無干涉僧竪起指頭云滿地是虛空師云也是空頭語

僧問求和尚指示向上工夫師高聲云向上有什麼工夫進云即今如何做工夫師云向

下看
僧問求和尚慈悲一言之下令某甲得悟正因師云除卻偷心無不是正因
新都僧同三居士衆僧云三居士初發心的求和尚慈悲接引師云已是到者裏了也進云求和尚更開方便門師云喫夜飯了麽進云未師云喫夜飯去居士問一物無依時如何師云你步步蹋在什麽處士喝師云有依了也士無語師笑顧前僧云好個初發心道人

天隱禪師語錄卷第十六

音釋

䍶 郎丁切音靈亦作羚羚羊似羊而大角有圓繞蹵文夜則懸角木上以防患
颼 所流切音搜颼颼風聲
誶 雖遂切音祟罵也詬也
寤 五故切音誤寐覺而有言曰寤

天隱禪師語錄卷第十七

嗣法門人通琇編

頌古

舉臨濟三玄

第一玄不磨古鏡已多年光吞萬象無痕迹雨打風吹不值錢

第二玄千奇萬妙在言前一捻一縱分明處著著拈來絶正偏

第三玄眼上眉毛尖又尖從教劓起人人薦切莫遲疑落二三

舉臨濟三玄三要

第一玄一字不加畫分明是個賊咄咄咄咄處且最毒

第二玄快手何曾先撒沙并撒土露露露露出孃生褌

第三玄一曲江邨岸風月隨時看收收收收去個中流

第一要驀地忽一笑笑倒須菩提攙起迦葉老

第二要袖裏個金圈拈出是莖草瞬目牛吞了

第三要伸縮誰能照隻手握雙拳打得虛空叫

舉臨濟四料揀

有時奪人不奪境蓋覆將來風雷陣若然不透者重關猶隔烟雲千萬嶺

有時奪境不奪人輕輕撥去眼中塵從斯劓起眉毛看拋擲大千没處尋

有時人境兩俱奪白棒臨頭天地黑轉身無路暗慹惶打失孃生面方徹

有時人境俱不奪權實並行非一槪四海遨遊未識伊而今點出家常訣

舉臨濟四照用

電光影裏見尤難及至鍼錐轉不堪若得英靈師子子擲機用在照先前

白棒臨頭殺活機轉身吐氣見遲遲綵綸漫擲鉤頭餌任爾風波柄已持

和聲便打絕商量明月清風豈覆藏若是祖師門下客通身撥碎也承當

或時風雨或時晴果爾知音不用聽堪笑時人無理會錯將孤境向人吟

舉臨濟四喝

金剛寶劍倚天寒喝下分明邪正看擬議眞教心膽喪鋒鋩纔犯髑髏乾

金毛踞地露全威哮吼從他百獸危雷卷風馳山嶽裂管教聲動震如雷

探竿影草露鋒鋩眞僞何曾得掩藏喝裏如同明鏡現自分妍醜見乖張

一喝全收萬喝宗幾人悟得到心空諸方錯有商量者莫待臨機落下風

總頌

一喝不作一喝用探竿影草隨處弄若是金毛師子兒翻擲之機風雷動

舉臨濟四賓主

賓中賓綠水青山向外尋秪因未具叅方眼縱遇知音不識人

賓中主四海遨遊無所倚回頭卻望故鄉關及至歸來兩目瞽

主中賓應機接物莫沈吟打風打雨天然在無論高低一樣平

主中主坐斷乾坤令行矣何須要假庫中刀
太平不用將軍致
舉臨濟賓主四看
賓看主
杖藜行處萬峯低勘破諸方師子皮收拾蒲
團疊雙足免教空費老婆癡
主看賓
入廛垂手吾家事種草須教百劫來個裏一
些湊不著面前猶隔萬重臺
主看主
驀撥相逢曲調高知音不用更推敲横行直
入千峰外天海歸來不憚勞
賓看賓
水中撈月妄心高卻被舟人又刻刀孤負巳
靈何日醒可憐賓主轉徒勞

舉意句四料揀
有時意到句不到月隱雲中難普照森羅萬
象亂如麻指點烏能得分曉
有時句到意不到攢華簇錦無邊表撞著無
位老真人撥破不值一莖草
有時意句兩俱到坐斷乾坤光晃耀拈來一
字足爲奇物物頭頭隨處了
有時意句俱不到扶牆摸壁向外討驀然撞
著自家的方始知羞免顛倒
舉黄龍三關
我手何似佛手展開雲暗星斗更若擬議商
量劈面攔腮一肘
我脚何似驢脚收來伸去踢著踢翻海底泥
牛一任魚龍摸索
人人有個生緣喫飯穿衣打眠騎著三脚驢

子眞入千山萬山

舉雲門三句

函葢乾坤體自然個中原不著毫端虛空一口能吞盡放出三千及大千

截斷衆流非解悟何容擬議落言詮饒他佛祖親傳受到此還須用鐵鞭

隨波逐浪趁風游月下垂鉤放小舟識得句中消息子回頭不住在中流

舉世尊拈華公案

四十九年無一字末後拈華有底事都緣飲老破微顏代代兒孫笑不止

舉善財叅五十三員善知識末後到彌勒閣前見樓閣門閉善財暫時斂念云大慈大悲願樓閣門開令我得入尋時彌勒領諸眷屬至善財前彈指一聲樓閣門開善財得入入已還閉見百千萬億樓閣一一樓閣內有一彌勒領諸眷屬并一善財在面前立彌勒復彈指云善男子起法性如是

衣帶烟霞過碧嶒暫時斂念豁重門當年樓閣深深處更有一人叅未曾

舉布袋和尚常在通衢或問在此何爲袋云等個人來或云來也袋云汝不是者個人或解開布袋百物俱有撒下云看看又一一將起問人云者個喚作什麼或袋內探果子與僧僧擬接袋廻縮手云汝不是者個人或見人過廻拊背一下人回首袋云乞我一文錢有時倚布袋終日憨睡或起行市肆間小兒譁逐之或拄杖或數珠與兒戲有僧問如何是祖師西來意遂放下布袋叉手而立僧云秖此別更有在袋拈起布袋肩負而去

憨憨終日市廛中疎逸無拘眼底空内院佳珍全不顧剛提破袋撒清風呵呵會也麽捎背乞錢人無數那個知音識老翁

舉鳥窠吹布毛公案

一毫端上露全機及至惺惺鴈過西未舉已前親薦得白雲終不定巢居

舉僧問馬祖爲什麽説即心即佛祖云爲止小兒啼僧云啼止時如何祖云非心非佛僧云除此二種人來如何指示祖云向伊道不是物僧云忽遇其中人來時如何祖云且教伊體會大道

即心即佛頭戴帽非心非佛帽戴頭撒手到家人不會龔公峯頂鬧啾啾

舉百丈卷席因緣

高崖師子震全威百獸聞之腦裂時不是象王回首顧爭教大地吼如雷

舉南泉與歸宗麻谷同去叅禮南陽國師泉於路上畫一圓相云道得即去宗便於圓相中坐谷作女人拜泉云與麽則不去也宗云是什麽心行泉廼相喚便回更不去禮國師

益友匆匆去訪師雲山疊疊欲何之雖然驀地抽身得也到南陽路上歸

舉南泉在山上刈茅次有僧問南泉路向什麽處去泉拈起鐮子云我者茅鐮子三十錢買得僧云我不問茅鐮子南泉路向什麽處去泉云我使得最快

行色憧憧問路頭大人機用出常流而今睹面重拈出三十文錢第二籌

舉南泉斬猫公案

愛憎忽起昧天眞正令全提救不清不得趙

州請風勢兩堂雲水盡迷津

舉陸亘大夫問南泉云肇法師也甚奇怪解道天地與我同根萬物與我一體泉指庭前牡丹華云大夫時人見此一株華如夢相似

天地同根物一體潛龍臥在深淵裏豁然飛上九重霄一任興雲與布雨

舉陸亘大夫問南泉大悲菩薩用許多手眼作什麼泉云秖如國家又用大夫作什麼

大悲千手眼幾人能得見如月印千江波波全體現全體現有何驗王老機鋒過閃電當頭一撥主賓分聊與大夫通一線通一線難分辯言中有則君自看

舉盤山示衆三界無法何處求心四大本空佛依何住璿璣不動寂爾無言覿面相呈更無餘事

三界無法何處求心林間獨坐樹上啼鶯啼得落華流水去依然緘口過殘春

舉百丈野狐因緣

前百丈後百丈兩個老胡鼻一樣不落不昧叵商量且看眉毛在眼上出

舉溈潭法會禪師問馬祖如何是祖師西來意祖云低聲近前來向汝道會近前祖打一摑云六耳不同謀且去來日來會至來日獨入法堂云請和尚道祖云且去待老漢上堂出來問與汝證明會忽有省遂云謝大衆證明廼繞法堂一帀便去

六月炎天雪滿巔那知身到清涼山文殊舉手金剛窟收取玻璃盞子還

舉藥山因道吾雲巖侍立次廼指案山上枯榮二樹問道吾云枯者是榮者是吾云榮者

是山云灼然一切處光明燦爛去又問雲巖枯者是榮者是巖云枯者是山云灼然一切處放教枯淡去高沙彌忽至山云枯者是榮者是彌云枯者從他枯榮者從他榮山顧道吾雲巖云不是不是

榮者榮兮枯者枯沙彌爭肯受糊塗長松壁立危巖上鶴唳一聲千載孤

舉潙山侍立百丈丈問誰山云某甲丈云汝撥爐中有火否山撥云無火丈躬起深撥得少火舉以示之云汝道無者個潙山由是發悟禮謝次日同入山作務丈云將得火來麼山云將得來丈云在甚處山迺拈一枝柴吹兩吹度與丈丈云如蟲禦木

寒灰深撥見微熒爍破乾坤眼不同行到水窮山盡際拈來物物自從容

舉潙山摘茶次謂仰山云終日摘茶秖聞子聲不見子形仰撼茶樹潙云子秖得其用不得其體仰云未審和尚如何潙良久仰云和尚秖得其體不得其用潙云放子三十棒仰云和尚棒某甲喫某甲棒教誰喫潙云放子三十棒玄覺云且道過在什麼處師著語云且道什麼處有過

體即用用即體潙老家風端肯許機鋒互換得全提三十山藤打徹汝

舉茶陵郁山主不曾行脚因廬山有化士至論及宗門中事教令看僧問法燈百尺竿頭如何進步法燈云惡凡三年一日乘驢渡橋一蹋橋板而墮忽然大悟遂有頌云我有神珠一顆久被塵勞關鎖今朝塵盡光生照破山河萬朵因茲更不遊方

百尺竿頭未肯休橋梁踢斷始知羞吟風笑月茶川上閒看巖華逐水流

舉雲巖初參百丈後造藥山山問甚處來巖云百丈來山云百丈有何言句示徒巖云尋常道我有一句子百味具足山云鹹則鹹味淡則淡味不鹹不淡是常味作麽生是百味具足的句巖無語山云爭柰目前生死何巖云目前無生死山云在百丈多少時巖云二十年山云二十年在百丈俗氣也不除

歷徧乾坤路不賒那知壺内有人家全身一句能超脱生死方除眼裏華

舉趙州謂衆云我向行脚到南方火爐頭有個無賓主話直至如今無人舉著

無賓主話誰能舉舉得分明我未許觀音院裏老趙州慣向人前賣口嘴

舉趙州因僧侍次遂指火問云者個是火你不得喚作火老僧道了也僧無對復筴起火云會麽僧云不會州云此去舒州有投子和尚汝往禮拜問之必爲汝説因緣相契不用更來不相契卻來其僧到投子子問近離甚處僧云趙州子云趙州有何言句僧舉前話子云汝會麽僧云不會乞師指示子下禪牀行三步卻坐問云會麽僧云不會子云你歸舉似趙州其僧卻回舉似州州云還會麽僧云不會州云投子與麽不較多也

不識玄旨徒勞念靜以火喻火令人未信咄哉老趙州鉢盂重添柄投子暗投機虛空著釘釘

舉趙州因尼問如何是密密意州以手掐之尼云和尚猶有者個在州云卻是你有者個

在
容容意誰能識潦倒趙州親掐出爭奈行人
未作家翻身跳入煙蘿窟
舉僧問趙州如何是祖師西來意州云庭前
柏樹子僧云和尚莫將境示人州云我不將
境示人僧云如何是祖師西來意州云庭前
柏樹子
不將境示人分明眞對君庭前柏樹子千古
客乘陰
舉僧問趙州白雲自在時如何州云爭似春
風處處開
爭似春風處處開幾人能過趙州關白雲自
在天峯外野老謳歌鳥道還
舉僧問趙州如何是趙州州云東門西門南
門北門

南北東西到處通脚跟點地許君從相逢不
解舊相識眼裏無筋一世窮
舉龍濟示衆具足凡夫法凡夫不知具足聖
人法聖人不會聖人若會即是凡夫凡夫若
知即是聖人此具一理二義若人辯得不妨
於佛法中有個入處若辯不得莫道不疑
凡聖情超當下機石人舉步笑嘻嘻暗中蹋
著珊瑚影秖許惺惺不許知
舉臨濟三頓痛棒因緣
痛棒三承一似獃知恩奮氣去還來了然識
得孃生面萬刼昏沈當下開
又
祖令全提發大機普賢到此也難知可憐多
少效颦者鷦翅焉能萬里飛
舉普化和尚於北地行化或城市或塚間振

鐸云明頭來明頭打暗頭來暗頭打四方八面來旋風打虛空來連架打一日臨濟令僧捉住云總不恁麽來時如何化拓開云來日大悲院裏有齋僧回舉似濟濟云我從來疑著者漢

臨濟當時善用兵干戈不動便生擒誰知普化機關透百帀千重有出身

舉大隨菴側有一龜僧問一切衆生皮裹骨者個衆生爲什麽骨裹皮隨拈草鞋覆龜背上僧無語

草鞋覆卻者盲龜獨露堂堂更莫疑良馬已乘鞭影去疑然久立者闍黎

舉僧問靈雲如何是端坐念實相雲云河裏失錢河裏摝

大塊蒲團端坐無偏空華亂墜白日青天河裏失錢河裏摝幾人得渡謝家船

舉俱胝和尚住菴時有尼頂笠攜錫遶胝三帀云道得即下笠子三問胝皆無語尼便去胝云日勢稍晚何不且住尼云道得即住胝又無對尼去後胝欲棄菴往諸方參尋知識其夜山神告云不須離此將有肉身菩薩來爲説法逾旬天龍和尚到胝具陳前事龍豎一指示之胝大悟自此凡學者參問惟舉一指無别提唱有一童子每見人問事亦豎指人謂胝云和尚童子亦會佛法凡有問皆如和尚豎指胝一日潛袖刀問童云聞你會佛法是否童云是胝云如何是佛童豎指胝以刀斷其指童叫喚走出胝名童子童回首胝云如何是佛童舉手不見指豁然大悟

三問無疇意太高遶師帀帀不相饒俱胝未

會天龍指怎得當時善用刀
舉洞山問僧世間何物最苦僧云地獄最苦山云不然在此衣線下不明大事是名最苦
無間地獄苦多般鐵柱銅牀忝足酸深信古人親切語身披法服莫顢頇
舉僧問投子同禪師曹谿猶如指月靈山猶如話月如何是真月同云昨夜三更轉向西
昨夜三更轉向西明中有暗幾人知不須撈摝澄潭影一道寒光塞太虛
舉仰山一日在法堂上坐見一僧來問訊了向東邊叉手立以目視山山廼垂下左足僧卻過西邊叉手立山垂下右足僧向中間叉手立山收雙足僧禮拜山云老僧自住此未曾打著一人拈拄杖便打僧騰空而去
拈條白棒活如龍鼻豎眉開兩眼橫定動也須重勘驗當頭一摑便騰空
舉僧問興化四方八面來時如何化云打中間的僧便禮拜化云昨日赴個村齋途遇一陣卒風暴雨卻向古廟裏嚲避得過
打著中間的個人通身有口也難伸可憐一拜隨他去暴雨狂風滿面嗔
舉九峯虔禪師嘗爲石霜侍者洎霜示寂衆請首座住持虔白衆云須明得先師意始可遂問先師道休去歇去冷湫湫地去一念萬年去寒灰枯木去古廟香爐去一條白練去明什麼邊事座云明一色邊事虔云元來未會先師意在座云你不肯我那但裝香來香煙斷處若去不得即不會先師意遂焚香香煙未斷座已脫去虔拊座背云坐脫立亡即不無先師意未夢見在

香煙裊裊半騰空元座脩脩一色中不是九
峯開正眼石霜血脈怎流通
舉涌泉欣禪師因唐武宗廢教在院看牛時
有彊德二禪客到於路次見師騎牛不識廼
云蹄角甚分明爭奈騎者不識欣驟牛而去
二禪客相次憩於樹下煎茶欣回下牛近前
問訊與坐喫茶廼問二禪客近離甚處禪客
云那邊欣云那邊事作麽生禪客提起茶盞
欣云此猶是者邊事那邊事作麽生禪客無
對欣云莫道騎者不識好
榮榮春色草依依老牧横牛信意騎堪笑迷
途雲水客具中有路不知歸
舉僧問雲門不起一念還有過也無門云須
彌山
不起一念開口便錯野鶴高飛衝開碧落

舉僧問雲門如何是佛門云乾矢橛
乾矢橛硬似鐵無限行人蹋著趺未知香臭
孰何分孤負雲門一條舌者條舌都漏泄山
色無非清淨身谿聲即是廣長舌
舉僧問雲門如何是諸佛出身處門云東山
水上行又客問先龍池幻老和尚如何是諸
佛出身處尚云西河火裏坐
東山水上行西河火裏坐兩個老古錐當面
休蹉過不蹉過水上東山行火裏西河坐
舉僧問雲門如何是透法身句門云北斗裏
藏身
錐卓地全無藏身北斗孤天機從此轉月出
在冰壺
舉德山圓明大師示衆云及盡去也直得三
世諸佛口挂壁上更有一人呵呵大笑若識

得此人叅學事畢
長江秋水淨涵空萬象森羅暎現中漁父晚
歌清浪曲漫垂鉤釣得鼇龍
舉僧問風穴如何是佛穴云杖林山下竹筋
鞭
杖林山下竹筋鞭信手拈來用得鮮驚起鐵
牛無住處蹋破山河露地眠
舉僧問大龍洪禪師色身敗壞如何是堅固
法身洪云山華開似錦澗水湛如藍
山華似錦水如藍四海叅尋過幾山問著依
然還不會隨風飄泊渡頭船
舉疎山聞福州大溈安和尚示衆云有句無
句如藤倚樹山特入嶺到彼值溈泥壁便問
承聞和尚道有句無句如藤倚樹是否溈云
是山云忽遇樹倒藤枯句歸何處溈放下泥

盤呵呵大笑歸方丈山云某甲三千里賣卻
布單特爲此事而來何得相弄溈喚侍者取
二百錢與者上座去遂囑云向後有獨眼龍
爲子點破在後聞婺州明招謙和尚出世徑
往禮拜招問甚處來山云閩中來招云曾到
大溈否山云到招云有何言句山舉前話招
云溈山可謂頭正尾正秖是不遇知音山亦
不省復問樹倒藤枯句歸何處招云卻使溈
山笑轉新山於言下大悟迺云溈山元來笑
裏有刀遙望禮拜悔過
呵呵大笑意分明何事迷頭又逐程不是婺
州重點破至今猶作賣單人
舉後寶壽開堂日三聖推出一僧壽便打聖
云恁麼爲人非但瞎卻者僧眼瞎卻鎮州一
城人眼去在壽擲下拄杖便歸方丈

大開爐鞴聖凡鎔一棒當頭便建宗師子擲
機全體露象王行處絶狐蹤
舉玄沙示衆若論此事喻一片田地四至界
分結契賣與諸人了也秖有中心樹子猶屬
老僧在
從來一片閒田地賣去收回總不多留得中
心者樹子卻乘風月蔭娑娑
舉僧問鏡清如何是大道之源清云從者裏
流出
灼然從者裏流出大道源頭誰委悉須彌峰
頂浪滔滔四海蓬塵絶一滴
舉僧問法眼聲色兩字什麽人透得眼卻謂
衆云諸上座且道者個僧還透得也未若會
得此僧問處透聲色也不難
幾人不被聲色轉聲色重重眼耳通根境脱
然忘彼此大千沙界一毫中
舉僧問南臺勤禪師如何是祖師西來意勤
云一寸龜毛重九斤
一寸龜毛重九斤南臺出語便驚人黄河攪
得澄清徹玉兔懷胎水底明
舉慈明問楊岐馬祖見讓師便悟去且道迷
卻在什麽處岐云要悟即易要迷即難
要悟即易要迷即難擬思量處覿面千山茫
茫宇宙人無數幾個英靈過此關
舉楊岐問僧雲深路僻高步何來僧云天無
四壁岐云蹋破多少草鞵僧便喝岐云一喝
兩喝又作麽生僧云你看者老和尚岐云拄
杖不在且坐喫茶
白雲深處探來機透過重關路不迷一喝頓
超言象外漫留茶話少人知

舉天衣和尚上堂鴈過長空影沈寒水鴈無遺蹤之意水無留影之心若能如是方解向異類中行不用續鳧截鶴夷嶽盈壑放行也百醜千拙收來也攣攣拳拳用之敢與八大龍王鬪富不用都來不值半文錢叅

異類中行孰敢當夜來猛虎角生長鴈高影落秋江上惹得盲龜笑一場

舉寶壽第二世在先寶壽爲供養主先寶壽問父母未生前還我本來面目來壽立至夜深下語不契翌日辭去先寶壽云汝何往壽云南方學佛法去先寶壽云汝且住此作街坊若是佛法紅塵浩浩譚說壽不敢違一日街頭見兩人相爭揮一拳云你得恁麽無面目壽當下大悟歸告先寶壽深棠印可

一拳突出本來面碧眼胡僧難覷見桃紅柳綠故園春總是大悲千手眼

舉女子出定因緣

出入分明不用猜誰知消息契如來華開華落春風裏笑殺時人轉阿獃

天隱禪師語錄卷第十七

音釋

攙初銜切音攙扶也　瞽公五切音古盲也　掐乞洽切音恰爪按曰掐　鼇牛刀切音敖海中大鼇也　攪古巧切音絞亂也擾也又手動也　覷七句切蛆去聲伺視也

天隱禪師語録卷第十八

嗣法門人通琇編

頌古

舉外道問佛不問有言不問無言因縁

一條拄杖兩頭拏把住中間便打他饒你脫然輕快去看來猶著眼中沙

舉船子度夾山因縁

一橈打入洪波裏翻然吞得鈎頭餌離鈎三寸道將來不是尋常播唇嘴收拾絲綸得意歸藏身處也無窮底無窮底覆卻船兮不是你

舉少林面壁公案

大鵬放翮九萬里偃鼠飲河半勺水直自培風背負天沙界明明不用舉

舉僧問馬祖離四句絶百非請師直指西來意祖云我今日勞倦不能爲汝説問取智藏去僧問西堂堂云我今日頭痛去問取海兄僧又問百丈丈云我到者裏卻不會僧回舉似祖祖云藏頭白海頭黑

雨霽雲收一色天佳人拜見月明前相承父子維摩病及至親逢又隔簾

舉法眼因僧叅次迺指簾時有二僧同去卷簾眼云一得一失

簾外春光帀地來主人數坐笑顔開無心指出家常事殺活從教子細猜

又

説破分明不用猜勸君休逐二僧來從他得也從他失一度春風一度開

舉靈雲見桃華悟道因縁

山桃歲歲自開華漫説靈雲悟道誇不是玄

沙旁一撈至今流落在天涯

舉瑞巖喚主人公話

担殺猢猻子養純水牯牛老人親切處豈此泛常流

舉香嚴上樹公案

嚴老親從鳥道來清風明月絕塵埃藕絲牽動鷺鷥脚驚起飛衝霄漢開莫疑猜笑裏有刀窺得破從教南嶽與天台

舉趙州狗子無佛性話

一個無字周沙界蠢動含靈俱不壞拈來擲向在人前不會分明業識在

舉德山見僧入門便棒

從來門裏大那見有天下不是老婆心膽是虛空大

舉臨濟凡見僧來便喝

好把琵琶月下彈清音透徹萬重山行人嚮慕親來聽柰是無絃曲調難

又

四喝從教一喝來英靈到此也疑猜項門豁達通天眼八臂那吒亦著獃

舉臨濟兩堂首座相見同時下喝僧問臨濟還有賓主也無濟云賓主歷然迺召衆云要會臨濟賓主句問取堂中二首座

兩個泥牛驀鬬一個木童難救牽動金剛主人鐵鞭秪打童手咄若會直下分明不會依然落後

舉臨濟一日在僧堂裏睡黄檗入堂見以拄杖打板頭一下濟舉首見是檗卻又睡檗又打板頭一下卻往上間見首座坐禪迺云下間後生卻坐禪汝在者裏妄想作麼座云者

老漢作什麽檗又打板頭一下便出去
一樹華開幾樣紅佳人漫採月明中可憐會
得枝頭意吹落巖前一陣風一陣風便不同
個中端的有魚龍試看今日堂中事那個男
兒徹骨窮
舉臨濟一日謂普化克符二上座云我欲於
此建立黄檗宗旨汝二人可成褫我二人珍
重下去三日後普化卻上來問和尚三日前
説什麽濟便打三日後克符上來問和尚前
日打普化作什麽濟亦打
毒氣受深當欲發直饒龍象也攢眉至今餘
毒藏幽壑不待聲揚動地雷喝一喝莫濡遲
宗旨何曾棒上疑者裏若還親薦得濟翁元
是小厮兒
舉興化見同叅來纔上法堂化便喝僧亦喝
化又喝僧亦喝化近前拈棒僧又喝化云你
看者瞎漢猶作主在僧擬議化直打下法堂
侍者問適來者僧有甚觸忤和尚化云他適
來也有權也有實也有照也有用及乎我將
手向伊面前横兩横到者裏卻去不得似者
般瞎漢不打更待何時
同條生不同條死坐斷乾坤誰似你當陽一
著主賓分官不容鍼私通爾何不當時待侍
僧復喝還他臨濟旨
舉南院上堂赤肉團上壁立千仞僧問赤肉
團上壁立千仞豈不是和尚道院云是僧便
掀倒禪牀院云你看者瞎漢亂做僧擬議院
直打出
一縱一擒真壁立從他猛將也失色正宗不
得師子兒徧界狐狼誰辨得

舉南院問僧近離甚處僧云襄州院云來作什麼僧云特來禮拜和尚院云恰值寳應不在僧便喝院云向汝道不在又喝作什麼僧又喝院便打僧禮拜院云者棒本是汝打我我且打汝要此話行瞎漢叅堂去

高懸古鏡照當臺識得分明秪麽來漫漫便將人境奪孟八郎漢入重圍末後句更奇哉眼上眉毛點翠開野老者回親頌出任他南嶽與天台

舉興化示衆若是作家戰將不用如何若何便請單刀直入興化與你證據時旻德長老出禮拜起便喝化亦喝旻又喝化亦喝旻禮拜歸衆化云適來若是別人三十棒一棒也較不得何故爲他旻德會一喝不作一喝用

作家相見事如何電卷風馳海獄過霹靂一聲雲散盡大家齊唱太平歌

又

全放全收殺活機大人作畧普賢知禹門三級曾經過萬浪千波更不疑

舉崔禪師在定州衙署陞座拈拄杖云出來也打不出來也打有僧出云崔禪嚳崔擲下拄杖云久立太尉伏惟珍重

正令全提殺活機隨家豐儉有誰知親言巳出親人口郤被旁人冷眼窺末後句更爲奇太尉還曾識得伊咄

舉徑山國一禪師唐代宗詔至闕下親加瞻禮一日在内庭坐次見帝駕來迺起立帝云師何以起一云檀越何得向四威儀中見貧道

龍吟鳳舞乾坤靜兩順風調世界寧不向四

威儀內薦文殊到此也難伸

舉藥山一日在石上坐次石頭見問云你在者裏作麼山云一物不爲頭云恁麼即閒坐也山云若閒坐即爲也頭云你道不爲不爲個什麼山云千聖亦不識

閒閒閒到無閒處若道無閒又隔重千聖不傳人不識大家都在白雲中

舉智門問五祖戒和尚暑往寒來則不問林下相逢事若何祖云五鳳樓前聽玉漏門云爭奈主山高案山低祖云須彌頂上擊金鐘

嘉州大象陝府鐵牛一衝一撞半放半收盤盤旋旋兮地軸磊磊落落兮天倪長空月色無高下個裏相逢作者稀

舉雪峰問僧近離甚處僧云覆船峰云生死海未渡爲什麼覆卻船僧無語迴同舉似覆船船云何不道渠無生死僧再至雪峰進此語峰云此不是汝語僧云是覆船恁麼道峰云我有二十棒寄與覆船二十棒老僧自喫不干闍黎事

浮萍浪打在中流兩岸何能到地頭一任黑風吹大海幾曾翻卻釣魚舟意綢繆彼此相看天色秋白棒臨頭如雨點賞罰分明得自由

舉臨濟問院主甚處去來主云州中糶黃米去來濟以拄杖畫一畫云還糶得者個麼主便喝濟便打典座至濟舉前話座云院主不會和尚意濟云你又作麼生座禮拜濟亦打

移花接木點鐵成金白拈手段個裏分明雖然不遇英靈漢千古留傳一片心

舉僧問長沙如何轉得山河國土歸自己去

沙云如何轉得自己成山河國土去圓悟和尚云得人一牛還人一馬
翻掌合掌宗乘榜樣一個半斤一個八兩一條篾纜縛三人試問誰人能解放咄
舉趙州問投子大死的人郤活時如何子云不許夜行投明須到
不許夜行投明須到八十翁翁入場屋真誠不是小兒嬉看他多少風流子脫郤羅衫換紫衣
舉趙州聞沙彌喝參向侍者云教伊去者迺教去沙彌便珍重州云沙彌得入門侍者在門外
一抑一揚真自在高提正令不須謀權衡輕重雖憑手出格男兒豈上鉤
舉趙州路逢一婆子問什麼處去婆云偷趙州笋去州云忽遇趙州又作麼生婆便掌州休去
碧蘿影裏唱幽情何事冤家個樣深一點也無回避處定教轉面若雷霆見得真那有旁人來證明不料數千年後看趙州端的底清貧
舉首山拈竹篦子問僧喚作竹篦則觸不喚作竹篦則背且道喚作什麼
新婦懶梳妝婆婆喚上堂不知天已曉羞見入蘭房
舉僧問首山一切諸佛皆從此經出如何是此經山云低聲低聲僧云如何受持山云切不得染汙
一道寒光耀古今個中那許著纖塵五千餘卷非文字諸佛何曾出此經

舉潙潭詳禪師室中問僧惟一堅密身一切塵中現如何是塵中現的身師著語云胡張三黑李四僧指香爐云者個是香爐詳云帶累三世諸佛生陷地獄師著語云潙潭鼈僧罔措詳便打師著語云屈屈復云諸人還救得三世諸佛麼若救不得如何脫離生死速道速道

張公喫酒李公醉累他東村王大妹橫拖八幅紫羅裙走入西村者一隊三世諸佛立地看覔個衆生了不得元來都是堅密身擬議之間百雜碎咄

舉僧問南嶽孜禪師如何是不涉煙波的句孜云皎皎寒松月飄飄谷口風僧云萬差俱掃蕩一句截然機孜云點僧云到孜云借人面具舞三臺

行鳥道兮絕高低倚寒松兮風巍巍把住關兮眞個希灼然希尤更奇從教三級透重圍老龍不肯糢糊放未免遭伊額上題

舉僧問華嚴大悟的人爲什麼卻迷嚴云破鏡不重照落華難上枝

水歸大海顯全潮終日風波海上消能納百川流不住魚龍喜躍任波濤

舉僧問曹山雪覆千山爲什麼孤峰不白山云須知有異中異僧云如何是異中異山云不墮諸山色

突突兀兀玲玲瓏瓏類而弗類同而弗同孤巍揷向青霄外五嶽從教立下風

舉鏡清問曹山清虛之理畢竟無身時如何山云理即如是事作麼生清云如理如事山云謾曹山一人即得爭奈諸聖眼何清云若

無諸聖眼爭鑑得個不恁麽山云官不容鍼
私通車馬
一片寥寥獻與君誰知個裏不容鍼目前法
法無餘事把住牢關要見清識得一始相親
須教極盡今時去大地山河作眼睛
舉龐居士訪仰山問久嚮仰山到來爲什麽
卻覆山竪起拂子士云恰是山云是仰是覆
士迺打露柱云雖然無人也要露柱證明山
擲拂子云若到諸方一任舉似
步步傾湫倒嶽來軒轅高挂絶塵埃得人一
牛還一馬不是時流孟浪猜
舉洞山圓禪師嘗應筠人請南禪師住黄檗
相見於淨戒寺南默無所言但焚香相向危
坐而已自申至三鼓圓起云夜深妨和尚偃
息便出明日各還山南偶問永首座云汝在
廬山識今洞山老否永云不識止聞其名久
進云和尚此回見之何如人南云奇人永退
問侍者汝隨和尚見洞山夜話及何事者以
實告永笑云疑殺天下人
南老圓公老作家無絃曲調不須誇可憐元
座切切者表過殘枝看落華
舉殃崛產難因緣
煙雲封古洞迷卻乍遊人借問三家老春光
分半燈
舉古德油糍公案
同門出入不知音散步何曾固必行識得老
人親切處不須更欲問他人
又
老將機關不用刀殺人無意有全韜誰知個
裏分明語笑倒時人好琢雕

舉歸宗因僧辭迺問向什麼處去僧云諸方學五味禪去宗云我者裏秖有一味禪僧問如何是一味禪宗便打僧云莫打某甲會也宗云你作麼生會僧擬開口宗又打黃蘗聞云馬祖出八十四員善知識個個屙漉漉地惟有歸宗較些子圓悟云若非黃蘗深辯端倪幾乎勞而無功應菴和尚云二尊宿秖能扶强不能扶弱若作一味禪入地獄如箭其或別有生涯何異鏤冰作玉且道節角在什麼處驀拈拄杖卓一卓喝一喝

五味從他一味來龍吟虎嘯聽如獃一聲霹靂雲消盡管敎黃河徹底開

舉趙州一日於雪中卧云相救相救有僧便去身邊卧州便起去

傾身一色驗龍蛇此際誰知眼裏華起倒同人不同用至今消息遍天涯

舉僧問匡化禪師如何是佛法大意化云貧兒抱子渡恩愛競隨流

赤條條地過洪波到此恩情沒奈何不是貧兒偏愛子直饒拋棄更尤多

舉潙山有句無句公案

狼狽相扶走始成舌頭無骨最相親乾坤不獲三光照有眼人人暗裏行暗裏行涉途程可憐無據奴郎者轉使潙山笑更新

又

一箭雙鵰得得新分明全露法王身尋言逐句支離者依約雲山漫賞音漫賞音獨沈吟一一鍼錐須徹骨個裏原無半點塵咄

又

網宗總握句無偏著著分明已現前個裏豈

容聲色轉鑽研不到更加鞭灼然一笑傳千古幸有知音隻眼覷撥轉機關全體露大千沙界掌中看

舉楚石禪師魚籃觀音贊籃不見魚通身是眼眼若有見如魚墮籃見不見離聞非聞滅善哉大士常現娑婆

眼在見中耳在聞中達得此旨當下心空聞見不二處處皆宗

舉本來面目話

者個本來面大千隨處現擬議欲承當太虛生閃電追之不得停挽之以何轉逍遥出世間世間惟此善問渠渠不知咄渠渠又現堪嗟捉影人豈識伊真面雲巖老頭陀笑指個方便

舉圓覺經居一切時不起妄念於諸妄心亦不息滅住妄想境不加了知於無了知不辯真實

山堂寂寂無人到澗水悠悠有琴操偶然曳杖過前峰一陣狂風吹落帽吹落帽呵呵笑

漢語胡言那成調師驀卓拄杖喝一喝云參

舉法華經偈大通智勝佛十劫坐道場佛法不現前不得成佛道

隨處安禪經數劫肯將佛法輕漏泄面前腦後錯承當好似癡人撈水月

舉起信論三大

體大

偉哉寂滅體難把虛空比虛空向可窺此心難下嘴

相大

妙哉諸有相本無名與狀名狀起於心心寂

等無量
用大
奇哉不思用處處曾無著是個無手人　打得
虛空落

詩

白雲巖
龍池一片雲化作巉巖石獨立萬層巔令人看奇絶幾欲飛去來清風笑無翼月出湖波光天連山影碧其間學道人逍遥定中出玄言留碩珉光陰宜自惜曾登彼岍來濁累頓超逸莫作雲巖看宇宙可一息

和憨山大師山居
自笑山中人懶散奚爲趣閒時兩頰粥困來一覺睡細草作蒲團碎衲爲葢被忘讀東魯書不識西來意三界空中華一眞眼裏翳離卻聖凡情脱畧前後際如雲過長空縱横了無事得失不關心悟迷那能滯有爲即無爲無禁亦無累去住任優游死生不二義打破者重關纔獲居山計

山中寄愛庭居士
夜來一笑天顛開萬劫昏沈從抖擻欲拈擲向個中人寂寞深林間野叟雲石相依皆可親月梅同色堪誰友憐余抱拙在山中獨憶故人老澤藪嶺外白雲繞東西邉憶君時望高栁高栁枝條一色青山村兩地何時偶年來脱畧口頭禪實落分明與君剖百般妙用空不空切莫隨他脚跟走言言見諦自相乖句句超宗心露醜聊遺寸楮布空懷欲寄巖房一無有

隨喜放生

諸佛本是衆生性衆生即是諸佛體佛種從緣性即空生由迷悟體無止故說三堅無爲法修持定慧戒爲始衆生能持未能持放生利益當隨喜如人欲行千萬里須從一步而起趾衆生相狀各不同護生之心心無二痛癢與我一般知寧不哀憐方便彼不息貪瞋異類生一念慈悲真佛子安忍相煎損彼身滋我無明幻口體幻體浮脆誰得堅百年歡樂電光駛改頭換面一迷心誰識我兮誰識你竊念多生父母親萬死萬生不停止復念化身菩薩衆現乎有苦有樂事凡夫五眼未圓明那辯親疎聖凡體端能格物悟天真了然生佛無彼此頭頭返照平等觀水陸一真法界耳是因是果報無差雲巖道人語如是

覺洪弟新搆玉峰題贈

新開玉峰一片地搆得數椽薇風雨竹窻明映日月生對坐盤桓發幽趣不將禪道挂齒牙墾土掘地終無慮山田米飯撲鼻香一念萬年心不易

訪廸美昆玉子文去虎邱不遇寄懷

支笻漫步出雲壑爲君伯仲來城郭長公笑延坐草堂不見子仲心如索想見虎邱磝𥓌地誰共盤桓月明裏石上題詩佳句多寄來起我寒巖意山間樹色夏陰濃理策還巔遐想公茲遊識得山水趣蹋破千峰與萬峰興如珠走盤無礙遐邇縱横得自在石磬山前古洞幽一到管教君意快須白頭陀立巖側佇望揺揺徒慨息也知緇素等齊壞個中解脱安可測淵明昔日入蓮社百般放下惟酒癖遠公徹底順機宜郤憐根器人豪傑我詩

没韻且無味信口說來原不計非禪非道非言詮不足啓君秀眉宇君家兄弟高才華落筆迴出驚人句文章氣欲吞風雷如龍得雲直飛去叢林外護宿有緣願力了知金石堅神交無論隔面遠道念純真不假鞭浮生百歲太虛電邂逅之際光中圓一年一回一百回誰保百年人不遷茫茫三界浸苦海那個回頭駕鐵船憶昔宋時山谷老洗心曾叩黃龍禪憤志決了生死事觸著頓悟玄中玄堪笑巖阿修道者懷人不覺歌長篇

寄章格非太史

休老荆南最深谷巖畔藤蘿縛茅屋住來冷落十年餘閒看春山紅又綠思君昔日破蒼苔談笑篝燈連夜宿蕭蕭眉宇見文章浩浩言詞滿空谷超然自具出世心好比崑山一片玉回車若作荆溪遊令我林泉增秀蔚試看禪喜羨蘇黃風流千載無生曲嗟哉滿眼走埃塵斷絃今日何人續願君共出一隻手力挽頹綱震塗毒

還山聞曹起明病寄懷

返谷俄聞君有恙兀兀空懷在青嶂夜來清夢到君齋山水逶迤獨攜杖忽聞鳴鶴度松窻驚起幽人轉惆悵蕭蕭臥月在巖房栩栩乘雲自偃仰心本無來身不去相共盤桓豈非妄平生情念了如冰及至與君心快快惟君與我不尋常我愛君誠非勉强暫時休歇塵中緣襆被來臥寒巖上爲憐君骨真道人豈肯埋頭老塵網野人默默思不已信手拈詩寄玄賞雖無謝眺句驚人言下赤心揮萬象

茅菴歌

茅菴清淨若秋水滿目紅塵提不起回光返照百劫消擬議之間隔萬里洞山昔日過谿流一脚分明蹋到底四壁蕭然緑竹陰草榻從容揮塵尾閒適與漫登巔一目千峰掌握間遥望翠微烟起處不知人住幾多番自揣看吾何爲不學盤山打觔斗且喜懶瓚之風規謅到龕前煨紫芋懶收寒涕只堆堆又羨寒山子寥寥忘郤來時路斜陽巖畔口喃喃嗟歎時人不知始如猿捉影兮何日偷心死且安林下度殘年不效人間殊勝事從他碌碌兮奔南走北何時止一日閒兮一日新不知誰是個知音鳥啼華落驚回夢又見空山放白雲靜悄悄漫惺惺一钁生涯幾十春寒則穿衣饑則食不須向外去追尋黃頭碧眼難謾我任彼狐羣鑿性靈

效古詞四首

偶爾臨谿睹水形滿頭霜髮忽驚人浮生碌碌空如影輪與青山萬古新返沈吟誰肯清閒悟性靈

芳草萋萋客路長幾人回首暫思量不知樂土雲深處空向紅塵逐日忙究心王不覺梅梢月到窓

老桂庭香天半秋鴈聲嘹喨夜空愁舊年華下尋幽客不見今年來再遊君早修光陰迅速詎能留

世事如同鬬百草紛紛各自勤搜討鬬罷忙忙撒手歸風華狼藉敎誰掃須知道一輪明月當天照

山居二十首

懶散羡山居忘縁境自如雲鉏半畝芋月誦兩行書臨訪無塵士閒歌有翠鴝春秋雖不涉梅放一年除

適得山居趣蹉跎不計春常逢采薪老那遇慕玄人伐木天空濶開池水湛深長歌驚萬壑笑口出風塵

曲徑無人掃蕭然太古間蹊無車馬迹門有樹禽還松下翻經義臺前掚石斑偶然吟半偈華雨落雲巖

遠道愧無心塵囂竟莫侵披雲石上坐得月澗邊吟仰看青山老孤行黃葉深不知浮世幻孰肯向空林

偏愛吾廬好寥寥無所求草豐常睡鹿波靜不驚鷗漫步乘風息徐歌待月流山前一怪石相對兩忘憂

自在白雲間晴空見遠山論交常屈指脫俗已蒼顔白髮誰能染青山我自閒浮生縱滿百歸去把空拳

平生無所學秖好住幽谷不圖世人知惟看麋鹿逐雲來伴我閒月到照我宿跌跌一頭陀任他榮與辱

一笑轉幽閒空生誰住山眉開青嶂鎖眼淨碧谿瀾見月應忘指尋頭昧本顔擬思親切處猶隔幾重關

不用外求真惟宜息見情雲開孤月皎雨過萬山青林邃禽忻集谿深魚自沈何人達此意處處悟無心

結屋倚巖阿沿谿荒徑多杖挑千嶂月襟帶百川波半偈傳千古全身養太和逢樵無可語信口發長歌

不盡幽居興爰志塵世喧山空神自靜嶺外
客尋源鳥語翻詩律松風説梵言超然新得
句明月照當軒

開軒春正好華雨自繽紛稚笋穿危石龍松
入亂雲閒書消白晝清磬送斜曛默默誰堪
話爐香只自焚

臘盡一燈前空生已度年諸緣看暫息萬物
聽新傳道獨超羣數機玄在象先山窓梅半
放堪笑野僧閒

心光如透露能向大方步野鶴擇高林孤雲
出凡路超然無彼此脱畧豈同互個中若有
欺敢保一生誤

萍蹤何所拓野鶴自無家一笠隨風雨單瓢
挂落霞山青雲自斷草嫩路偏賒忽遇兒童
戲看他閒聚沙

淡雲横谷口楓色満山中碧沼凝秋水輕寒
度曉鐘草衰雙眼白木落一心空事事渾無
著蕭然一老翁

密竹藏精舍林深細路彎泉流兼宿雨木脱
見秋山清夜孤猿嘯閒庭幽鳥還病餘分半
榻不欲到人間

鴈過長空唳秋風拂半天雲收千嶂出月挂
萬谿圓紅葉飄飄墜麻衣索索褰光陰如電
卷幾個脱塵緣

秋光漸漸深衲破冷來侵路僻少逢客山窮
多見禽谿平涵野色林邃養閒心隨分年來
久何須向外尋

無事坐巖房秋深山晝凉菊花沾露冷松樹
帶雲蒼傲雪經年老登高此日長凭闌過晚
節疎雨入重陽

登東臺

曳杖轉幽林登臺望海吟一圍青嶂合五頂
白雲深坐久渾忘世情高若有心孤危常寂
處天籟絶無音

與友人遊陳公洞

林深小景幽挾客漫尋遊荷笠穿松徑支筇
看瀑流片雲横谷口踈雨點枝頭話到忘言
處斜陽照晚秋

秋過龍池懐密雲法兄

扶筇過舊隱山徑露沾衣登嶺湖帆合窮巔
霄漢低龍池雲靄梵宇景依依去寺無千
日萍蹤幾别離

芙蓉寺

結秀重巖下芙蓉千載幽來來亭入漢去去
水經秋樹古宗風在池清法雨收龎公三拂
袖今我憶風流

寄曹藎生居士

巖竇日偏長蘭風撲鼻香懐人望遠嶺散步
到斜陽幽鳥啼林晚蒼松拂徑凉何時快老
眼相對共敷揚

寄吳石渠居士

春杖連接袂山僻漫相親淡淡石泉水蕭蕭
野澗芹錦衣忘故里破衲見閒心幾憶禪牀
話應知宿有因

留别曹念兹居士

一别過湖東懐君意莫窮依依出雲岫步步
拂天風慮澹交能久心慚道未充夜來孤月
皎相照已相通

懐琇侍者

吾懐琇侍者見道宿根深兩載巾缾事三春

木石心頭頭自顯妙一一本天真繼我誰爲後如斯得幾人

天隱禪師語録卷第十八

音釋

韜 他刀切音叨藏也　巉 鋤銜切音讒巉巖高也　藪 蘇后切音叟大澤也

钁 居縛切音矍大鉏也　逶迤 上烏爲切委平聲下唐何切音駝逶迤行貌

栩 虛呂切音詡栩栩喜貌

天隱禪師語錄卷第十九

嗣法門人通琇編

詩

山居四十首

自入空山無異緣兩忘喧寂始惺然石泉落澗離絃曲竹影翻堦得句玄蓬户半開雲霧鎖蒲龕細起篆烟連休云此際清虛境更覓西來鼻祖禪

四顧青巒列畫屏兩谿碧水絶紅塵白雲堆裏半間屋綠樹叢中一個僧寂寂孤明天際月堂堂大道佛傳心誰能到此忘賓主信手拈來付與君

一個蒲團心境閒千峰環繞薜蘿間風搖華片鋪如錦月上林梢色愈藍盡日看山雲冉冉長時倚樹鳥喧喧現成公案無能會更向諸方乞指南

道人得趣在山林結個茅菴遠市塵瓦竈斷烟敲石火筧流無水鑿池冰閒看竹節知形瘦倦倚松根覺老侵無限風光留不住世間能有幾知音

山中活計最天然事物拈來得自便筧竹水流砂罐底燒柴風送火爐邊石牀寂寂閒雲伴松徑幽幽孤月還道在目前無別濾不勞彈指透玄關

狂心頓歇便居山放曠幽情泉石間嶺挂白雲啼鳥破谿流紅葉道人還窮源休住三空濾把本忘絲一字關豈用磨甎成鏡子天池止水照空顔

此事天眞莫浪修饑餐渴飲睡來齁迷中狂鹿追陽燄悟後羚羊挂角幽爛嚼二時無米

飯亂披四季碎雲裘自憐計拙能疎懶閒卧松陰枕石頭

生平偏愛住深山古路松門竟不關心若寒灰機見少身如枯木世緣删閒題拂石清風起長坐臨谿白鳥還瀌瀌本空誰是道嗒然忘我笑開顔

野人計拙任天眞不肯馳求混世塵畏冷朝陽聯破衲忍饑帶露摘生菁麻鞵竹杖連雲步紙帳松窻對月吟堪笑隱山修道者年年華發已知春

雲山寂寂自棲遲盡日閒閒無所思路入谷深人絶迹松搖天外鶴巢枝頻挑野菜陪僧飯漫采山華供佛帷獨步澗邊吟白石一番風月一番詩

居僻深林別一天苔封石徑接層巔松風帶韻摩霄漢樹色含光拂湛川靜看遠山青朶朶閒臨清澗碧潺潺此間物物天眞趣何似西方上品蓮

白髮頭陀住翠微晚年無力下山蹊杖藜懶探清谿碧欹枕横眠浩月輝見鹿失羣思石老騎牛逐隊憶泉師殷勤寄語叅玄士好到林間度歳時

茅屋三間碧澗旁閒來兀坐對斜陽定中雲護添衣冷飯後禽飛逐鉢香有悟有迷還屬假無修無證卻相當無心説破家傳事此道分明絶覆藏

林巒積翠鎖雲烟靜後施功事事玄觸目湛然心月朗回光聞寂性天圓疎風翻蜨窻前舞細雨啼鶯樹上傳物我消融渾不會豈居正位豈居偏

茅屋深居積翠嶒蘿龕無暑若秋清谿光淡
淡連雲白山色青青帶雨新觸境明眞眞即
幻無心合道道方親詩題石壁風摩古笑傲
空山得幾人
山重重處水重重就裏安居過幾冬石上舊
題懷老韻巖前新得濟宗風鐺兒折脚煨黄
芋鉏子無鋒種碧松不是見山忘道者依然
卻被白雲封
生平興趣在青山無事人間去往還曲徑手
栽松色老方臺親砌石苔斑雲過嶽頂天空
淨水到蒼谿性自閒堪笑野人生計拙寥寥
兀坐絶躋攀
曲徑逶迤隔遠峰三間茅屋萬株松無思未
是心空濾有念何嘗達此宗事理消融還穩
密機權喪盡見中庸尋常一味山家樂任運
騰騰識得儂
磬山深處白雲阿路僻林幽少客過幾樹夜
蟬鳴徹困一谿秋水截奔波蒼松作見龍鱗
古清鏡俄看鶴髮多莫道野情耽僻處還思
先覺鳥同窠
潦倒烟霞鄙陋顏不圖名利豈圖閒臨崖忽
蹋驚人句到岸方明無手攀虎嘯風生窻外
嶺龍吟雲起檻前山廠轘歷徧無尋處秖在
松蘿石洞間
萬竿修竹隱茅茨飲啄隨緣度歲時靜悟更
須重放下超玄總不涉離微經行漫破莓苔
徑説瀘長教碧玉池收拾聲光過濁世空山
獨笑自忘機
山水相宜便結菴宿緣分定莫生貪迷從不
覺千般礙悟自回光萬種函啼樹玄猿青嶂

裏泛沙白鷺碧谿南眞機活鱍吾無隱也要分明仔細參
薜蘿空掩徑蕭蕭門倚荊扉賞寂寥雨過萬松添翠色雲開千嶂露丹霄枯榮不論隨他去禍福須知任爾招抱朴守愚林下住翻思顏子樂簞瓢
住老雲窩在萬山尋常風雨閉松關石牀夜冷添黃葉竹户秋深接翠巖不解谷中研有玉秪看林下草生蘭試探匿迹忘緣者莫把幽居當等閒
塵飛不到小松房秪許閒雲伴寂場粥飯罷來無雜念暑寒交逼悟時光依蒲兀坐巖遮日就案看經月滿窻活計盡從時變化肯將身逐世途忙
懶散頭陀久住山柴門終日未嘗關銜華白鹿長來擾偷果黃猿去復還憎愛兩忘無取舍貪瞋俱泯得安閒了知此道超言象不把工夫向外攀
識得無生了幻緣甘休林下度餘年梅開嶺上香飄室竹鎻窻前影倒簾靜裏聯詩含造化閒中達道合先天誰憐個裏原無事兀坐寥寥月到軒
人間百事總無因幽趣年來覺轉新漫剪白雲聯破衲曾將黃葉止啼嬰莊生一馬能齊物玄老三拳契本眞看到情忘心寂處碧桃華下悟傳燈
年來落魄懶居塵得意幽林翠竹軒寒向火爐煨榾柮渴將茶銚煮清泉經行榔栗眞知已趺坐蒲團亦妄緣一念未生時薦取閒看物物本超玄

青茅新醫兩間房山色全收小碧窻到者竟忘賓主話住來無事暑寒忙雲生晚谷成千態月到中峰印十方個裏本無元字腳分心分境錯商量

開開窻户笑春風幾樹華敷白間紅且喜枝頭翻玉蝪毎憐香裏醉游蜂忙忙奔走人空老汲汲研求路轉窮無事倚闌吟半偈相看都在寂寥中

自從胡亂便居山雖設柴扉常不關曳杖看雲登嶺上呼童采蕨過谿灣臨崖移石心逾寂繞徑芟茅身自閒不向個中問親切況於此外更追攀

年來一事也無求饑則餐兮睡則休佛法那愁他爛卻緣心看破我先休胷中文學原踈懶身上衣裘不暇修長憶當年幾高士眠雲拙守個山頭

小搆茅廬在碧岑寥寥四顧孰爲鄰平生安分成無用半世隨緣不外尋倚樹看經風送月依蒲納毳坐連雲自憐住得山深絶那有漁人來問津

林居尤勝在陽春萬木榮榮得自欣繡谷風生香撲鼻蘭谿水足味甘唇菴前菴後禽聲好雲去雲來山色新總是一般誰造化個中惟許道爲眞

捫懐無事得寒暄直到忘機話始圓獨坐柴牀清夢遠深居茅屋片心寬矮窻疎竹啼幽鳥修徑蒼松徹夜蟬招隱有誰償舊約好和雲水作圖看

三十年來獨住山幾人曾得到柴關層巖路僻崎嶇處曲澗泉深瀲灎灣把住直教龍象

畏放行且與鳥禽閒幾番乘興思飛錫秖恐奔波累病顔

孤岑寂寂秋光冷寒夜蕭蕭木葉飄案上殘經未竟讀巖前明月不須招竹窻晝夢松風破石砌長流華雨漂雲出又歸還伴我當軒幾片挂林梢

老住深山雪滿顛頻頻思故舊最堪憐隨聲逐隊何時了棄本馳緣不自慚刦石尚能消歲月幻軀誰復計千年空林松菊依然在雲水歸來好息肩

清閒不得自家忙好似獼猴跳六窻世上爭雄無了日眼前覷破有收場懸崖撒手誰能會閙市迷頭秖自狂笑傲一生林下客道風千載足思量

廛居十首

懶散頭陀寓市廛老年無力钁頭邊擎歸一鉢千家滿著破三衣百結穿華柳巷中全梵律管絃樓上漏眞詮尋常者種難讒處未舉分明在目前

居在塵中不見塵頭頭觸處最相親天涯有水皆涵月大地無華不帶春納履忽惺樓子曲擲刀指出案頭精市場也有眞消息何必谿山遠問津

了得凡心不假禪逍遥塵市只隨緣蒲團放下街頭坐靜板擕來到處閒三界本空諸子著一眞纔動四生全西來莫問吾何旨鼓角城樓夜月圓

心閒無事得塵棲應物明明不我欺旁舍笙歌歡滿地鄰園華柳樂無私了知白髮隨時變肯悟朱顔逐世移雲月是同山市別幾人

到此不曾迷
破衲鶉居混世塵不圖利養豈圖名沿街漫
步隨流語傍户尋他逐隊行想見憨翁擕布
袋惟憐普老振金鈴野人無者閒家具浩浩
塵中刧外春
乾坤何處不堪居豈特深山是故廬垂手入
廛忘管帶回頭到岸卻無拘千樓夜月憐歌
舞萬井風塵笑馬驢會得個中消息子無邊
刹境自如如
我本山林野外人偶來塵市寄閒身居無錐
地隨檀度耕有心田遠世情衣破難藏珠裏
色襆穿露出脚頭春東風昨夜堆堆笑我
年來徹骨貧
年老心閒到處家市廛端坐沒生涯忙看碌
碌如燈馬靜鑑明明似鏡華個裏本無分好
醜此中曾不著纖瑕何緣昔日靈山老火宅
須教用鹿車
莫道閒居在市朝古來大隱作清標曾聞龍
女獻珠事不見屠兒放下刀成佛直教心地
穩天真豈涉路途勞古來聖世能堪愛造業
場中轉寂寥
於中了事無侵且在塵勞作故林心境兩
忘空有我聖凡不立道由人春和鶯破綠楊
陌秋冷蟬高碧樹陰休道遠山真樂靜市塵
中亦有清音

龍池絕頂

翠壁嵯峨勢插天萬峰迴合在中間僧居藤
縛凌虛閣客上雲埋半截山碧水池深龍卧
穩蒼苔石古虎生斑爲憐源祖幽棲處今日
無人更作關

客過龍池留題次韻

荒寺幽棲草徑賒林深日暮集歸鴉松窻半掩寒雲淨石澗長流明月斜雨過亂山添遠翠風行空谷落殘華夜來何處狂遊客喫盡壺中七椀茶

善權寺

探徧烟霞第一林風傳鐘磬隔峰聽山旁幽洞天開迹徑覆喬松道者心玉帶小橋流碧水瓊臺古殿接青雲斷碑遺記三生建千載令人感慨深

次醻吳廸美居士

卓錫烟巒小搆新草龕風雪度殘春長饒漫把開荒徑短拂閒拈憶故人雲出遠空山黯澹水流深洞石嶙峋知君欲究真消息百尺竿頭進步頻

秋夜有懷子文居士訪道

燈殘香燼漏聲沈兀坐蕭蕭對碧岑萬户當天明有月幾人學道了無心清光遠照山如畫白水長流澗似琴感慨叅玄岐路者徒勞向外去追尋

楊西蓮居士送姪芟染臨别贈之

遠帆因送姪投師别語叮嚀自可思肩帶夜來江上月心懸日後嶺頭詩言中有響雲棲曲句裏藏鋒石磬辭信筆贈君分袂去修持先寄一蓮枝

秋夜看月

雲卷秋空月到庭開窻遥望萬山青林巒靄靄烟籠樹谷岫依依翠點屏境智了然常寂寂塵緣空處愈惺惺須知此際無偏黨長夜柴門不自扃

誕日示諸子

衰年事事已無求嗟歎光陰自水流冷澹如雲點空碧歡娛似鴈過滄洲籬邊黃菊經霜老巖上青松滴露秋誰道此生眞夢幻夢回蝴蝶笑莊周

次韻疇霍玉環居士

荒寺蕭蕭苔蘚封何期每過叩心宗休疑巖石非眞虎笑指蒼松是活龍雲水五湖憑一鉢烟霞四海聽朝鐘龐公去後風流杳幾個知音繼此蹤

吳九敘居士再叅金谷寄懷

湖帆杳杳遠相臨不畏風波見道心別後每思連夜月閒來還憶舊時吟經寒輸與垂庭柏論序誰驚過牖禽人世希逢幾回笑留題行樂在空林

贈駱仲如孝廉

觸破湖南幾片雲不辭迢遞越嶙峋谿聲遠頌淨名德山色幽藏野老身荒寺秋烟俱寂寞籃輿晴澗獨殷勤相逢坐語熏風外明月光含徧界新

懷友

春鳥啼不歇空山客自尋微風拂苔徑疑有舊遊人

同妙光訪秀巖

偶入秀巖林沿谿草木深兩人迷古道回首夕陽岑

渡江

一錫碧波遊烟霞兩岸秋長江落日晚歸人爭渡舟

效覺範禪師用唐高僧詩作八絶

附高僧詩沙泉帶草堂紙帳卷空牀靜是眞消息吟非俗肺腸園林坐清影梅杏嚼紅香誰住原西寺鐘聲送夕陽

古澗清流澄徹茅簷緣樹深穠窻對亂山成翠沙明長瀉如虹

竹榻蕭然無夢梅㡌不染清虗夜靜光含孤月從教輝映吾廬

偶脱諸緣小隱寥寥一事無求個中半點不得比之明月中秋

巖石堪題秀句肺腸差擬秋雲信口閒歌適興無心琱琢自文

山家隨處種樹竹籬就地成園溽暑支頤小坐清陰枕钁長眠

脱核杏纔可口鮮紅梅又甘唇笑古應機未達聞香空自吞津

幻住東山巖下那邊誰結幽林相看覿面不遠只是呼之不應

我道住此深山不意山深尤甚晚來忽地鐘聲疑是方廣相近

夏日四首

樹色陰濃閒坐不作一毫工課個裏本自無求莫云尊貴之墮

幽谷了無溽暑一榻蕭然自許有人借問西來未肯輕言錯舉

住個深山茅屋窻對幾莖脩竹風來凉似清秋堪歎時人馳逐

長日寥寥放過也不忘卻者個昔人頻喚主人三十年前勘破

山居二十首

幽居何事得干懷寂寂柴門竟日開雲意欲
歸風滿鳴亭亭吹過玉陽臺
片片白雲飛嶺外潺潺綠水過谿東流光一
息無能止誰向山中學脫空
坐破蒲團萬境閒一輪皎潔照中天千秋碧
落危巖下底事塵勞人不還
飯罷經行澗水邊心空衲破道人閒尋常莫
論榮枯事風月隨緣得住山
清池水映連天碧香桂初敷滴露濃兀兀坐
忘塵世慮千山靜照月明中
巖房獨坐寂寥寥世念何曾有一毫不是息
心除妄想本無一物與人描
疑眸終日對青山石几爐烟意自閒懸榻久
無高士駕劃然長嘯白雲閒
偶爾經行到石梁山華流水有餘香遊魚啜
食能知味衹恐人來下釣忙
武陵谿水赴湖東終日波濤終日風輸我磬
山閒長老半生無事入塵中
閒居無事可安排半種青松半種梅昨日幾
番騷客過要聯詩句愧非才
竹院幽深晚景凉木樨華發滿庭香閒吟未
遇忝玄士孤負良宵明月堂
曲徑蒼苔絕影蹤巖龕冷落笑華叢道人一
種清貧處長把白雲窻戶封
秋卷殘雲陣陣過峰前閒立一吟哦月中嶽
色清新句却被疎風轉薜蘿
野人原不入時流到處山居得自由來去信
從雙脚步免教閒事上眉頭
個事從來不强行也無長處接高明聽由他
底欣欣地我此山門似水清

曲順機宜我不能天容老谷一閒僧個中了
了無餘事泛濫隨波實可矜
幻軀多病好安閒不喜人間秖住山石屋巖
龕坐黃葉幾人得過上頭關
道在目前無別法現成公案不須參山頭老
漢今饒舌切莫隨他落二三
此事須教有正因了無一物守清貧常懷雪
老餐松柏擬到明星萬谷春
大千總是一茅廬善惡都從個裏居長的長
來短的短得便宜處失便宜

臨谿有感二首

閒步林間過小谿遊魚瞰影鳥啼枝微風吹
送松華落拾得歸來月滿池
谿水如藍徹底清閒來嘿坐可觀心曾留半
偈人間去漫向磐陀石上吟

題白雲巖

誰把虛空劈半邊走來都道白雲巖相看秖
恐即飛去不覺月明東畔山

拄杖

拈頭㸃尾活如龍千里迢迢一似風觸破萬
山雲與雪歸來閒倚碧堂東

中秋夜坐

夜靜凉生葛袂單巳知秋氣到松關窻前獨
坐披新月好把禪心一樣看

寄許丞侯居士二首

萬松林下獨幽棲毎歎紅輪易墜西剛得春
來幾多日梅華飄落出前谿
千嶂未消殘雪冷一菴端坐夕陽曛思君偶
出峰前望蹋破飛來幾片雲

石磬

石磬高懸萬壑中外山壁立裏頭空知音不用重敲擊響應無方帀地風

題武陵洞二首（洞在磬山前有水從洞出至谿）

小徑深深古洞迷涓涓漱石透前谿偶攜竹杖尋幽迹惟有山公挂樹啼

洞口莓苔積幾層蒼蘿引石白雲凝且聆太古無絃曲漫逐桃華覓武林

遊大潮山

二十年來慕大潮何期今日入層霄攀蘿直上最高頂滿目湖烟挂樹梢

磬山初闢

雲籠高嶽倚荆南漫剪藤蘿結小菴獨坐月明當户牖更無餘事到峰尖

百舌啼

枝頭百舌話偏長啼破寒梅滿院香有耳不聞仍熟睡可憐窗外好風光

曹念茲居士訪余山中不值題寄

柴門暫把白雲封誰想虛君過遠峰休笑深林茅屋冷道人端的有家風

別徐居士

相逢又別出巖阿目送寒雲片片過思得舊遊人再至青燈竹榻話應多

西園寄曹從龍居士

池中屋冷五更寒破衲蒙頭意自安憶得故山煨榾柮地爐相伴有人看

答汰如講主

羨君鶴骨最孤清雲水從來舊有聲堪笑老僧疎懶甚也無詩與接高明

振宗堂

寥寥獨坐振宗堂寂寂孤明萬壑涼笑我本

無心説法不勞天女散華香
燈華
休將春色擬栽培脫略人工巧剪裁遊子滿
園覓不得秖因伊向火中開
磬山十景
限門嶺
嶺頭大塊眠雲石自古傳來立限門今日鑿
開賓主路從教車馬一時新
西施洞
層巒秀石天開洞古往今來遊者多識得遠
超聲色外西施名不染烟蘿
面壁巖
巉巖峭壁天然畫忽地雲生遮半邊開合不
知誰作主其中消息若爲傳
萬松徑
不是知音不到來萬松徑上滿莓苔烟霞影
迹空來去陣陣清風拂石臺
慈慧橋
慈慧須憑一路修從教步步躡源頭而今建
得功成也千古令人作勝遊
武陵谿
繞殿旁通一脈泉涓涓流出有眞源莫非直
接曹谿水相續緜緜不記年
望湖亭
白虎山頭石坦平於中獨立望湖亭主賓醻
唱忘歸去月起湖心一片明
白茅峰
磬山最頂白茅峰昔日何人雨種松留得荒
基深草裏而今誰肯繼前蹤
洗鉢池

飯罷禪和咸洗鉢趙州公案未曾圓山僧今日重拈出漫向池邊得句玄

脩竹林

散步攜笻到竹林常懷多福語如霆古今多少乘陰者幾個忘言見古人

龍池八景 并序

余依栖先師於龍池二十餘年晨夕執侍巾缾初不知泉石爲何物及辭師出山誅茅深隱者又十有五年矣今懷片香掃先師塔始得婆娑泉石不覺愴然閒拈八景景系一詩

中龍池

池平澄灧卧龍藏烟雨霏霏歲月長天外一聲雷震起萬山雲合徹龍光

分賓嶺

小嶺騎峰賓主分登臨別是一乾坤樵蘇帀帀歌聲遠忽地雲生掩石門

白雲巖

巉巖如玉倚青霄翼翼連雲勢欲揺何不摶風竟飛去想伊留作後人標

憑虛閣

小閣凌雲在碧空凭闌四顧萬峰叢幽居秖許林間老對月閒吟天際風

試心石

突兀高懸可試心幾回獨立畏崖深豁然脚蹋虛空碎石上風生大地春

玉陽臺

林巒積翠映危臺遥望烟湖萬頃開日吐波心帆影亂霞光先照碧崔嵬

伏虎石

腥腥血氣染蒼岐凜凜威風片石來千載高眠披雨露至今足迹破莓苔

避暑窟

古穴當年源老棲孤風泠泠至今知寥寥四壁惟餘座誰繼先宗作範規

烏瞻八景

雲松徑

一徑透迤翠色濃小橋橫澗拂清風偶然曳杖支頤坐閒看雲來護碧松

笑影潭

睹影深知不在潭分明那隔一毫端渠無我也潭何現水靜風恬自笑看

龍鱗石

山腰片片石如鱗歲月頻經積蘚紋林下道人看不猒半餘蒼色半餘雲

俯谿亭

兩谿相競接湖波竹筏隨流拍浪過風雨時來往疾小亭俯視漫吟哦

揮麈臺

巖前天設石盤臺風月隨時揮麈來老漢不須重註脚千山一帶笑顏開

斷雲嶺

側嶺崚嶒欲斷雲鳥飛不過羽翎分遠看山色點空碧半落晴光帶晚曛

五老峰

插入青霄五個峰攀躋欲上路難通不知昔日誰稱老衆壑羣山列下風

湖翠峰

一片湖光漏翠峰自來出沒雨烟中孤危遠映山山碧倒影中流過短篷

夢登凌霄峰

夢到凌霄最上峰千山萬水隔重重忽然省
得來時路拋却從前一古笻

寄懷洞如睿姪

二十年來獨住山羡君無事到人間去秋一
面曾相約閒看白雲空往還

宿清源菴

菴泊谿頭最得源閒房接納道人眠夜來正
對中秋月指與林間人共看

新正夜坐二首

簷頭雨滴夜偏長冷冷梅華滿院香一片春
光行已到令人獨坐忽神傷

我勸諸賢急早修光陰瞬息總難留秖知送
舊迎新事不覺年來白了頭

天隱禪師語錄卷第十九

音釋

嗒 吐盍切音榻嗒然忘懷也　䫲 古禫切音感覆頭也　芟 師銜切音衫刈草也

毳 此芮切音脆獸細毛也　鑱 鋤銜切音巉鑱銳器也　漱 所右切音瘦此水曰漱

隝 安古切音鄔村隝也與塢同

天隱禪師語録卷第二十

嗣法門人通琇編

讚

觀音大士讚

錢貢善繪筆意精妙以淡墨畫大士趺坐磐石上作巉巖覆之一善財于洪波浩渺中跪蓮舟頂禮

茫茫大海中化現一磐石廣度諸有緣禮敬皆歡悅眼裏聞妙音耳裏見妙質善財童子身波浪蓮舟出不畏風濤險頃然超百億菩薩如父母念念垂哀接猛烈同善財生死當下息

又

三十二應權爲應著眼看來原不定心如孤月照長空千江有水千江印光明寂照徧河沙兀兀無言行正令

達磨大師讚

一葦渡江九年面壁識之不識追之不及神光斷臂一場狼藉而今滿地是兒孫看來得髓何曾徹咄

又

飄飄一葦渡江淮少室峰前眼不開默坐九年成底事一身皮肉付人回自提隻履西歸去影子從何得得來今日相逢試相問當門齒缺可曾裁

十六羅漢汎海圖讚

優游性海出常流蕩漾隨機出自由各顯神通施妙用千模萬狀應全周水瀰瀰風颼颼無邊無岸也無舟往來不假纖毫力溟渤看今掌上漚自從悟得心空法三界寥寥無所

求休休休轉悠悠若到宗門欠一籌

續後十一代祖師讃并序

余閲中峰録自初祖達磨以至高峰和尚凡二十有八代俱作偈讃之從中峰和尚師師相印傳至笑巖師翁及先師幻有老人又十有一代尚未見有遞代讃揚者謹爲焚香述偈以發明從上傳持之德俾後學知臨濟正宗代不乏人耳

中峰本禪師

天目開明中峰成仁觀河流水大法雷霆

千巖長禪師

千丈巖顛握金剛圈長年兀坐化利人天

萬峰蔚禪師

萬峰頭上氣吞佛祖遇此等人震塗毒鼓

寶藏持禪師

衣珠一露魔王大怒持平等心善惡咸度

東明旵禪師

心光發現無背無面闡化東明聯通一線

海舟慈禪師

渡生死流全憑慈舟令人到岸瀟灑天遊

寶峰瑄禪師

山藏奇玉林巒秀蔚得者安閒不向外逐

天奇瑞禪師

少林祕要直露心巧忒煞天奇宗風絶倒

無聞聰禪師

圓通一門頓悟心聞高超三界震動乾坤

笑巖寶禪師

心如皎月未可方説聞小兒啼悟西來訣

禹門傳禪師

江南開宗此老稱雄造其室者如雲從龍

高峰大師讚

張公洞裏死關天目山頭活棒足迹不落人間真子從何標榜描也描他不成畫也畫他不像識得高峰老人鼻孔有時向上

本師幻有大和尚讚

踢破笑巖巖上月翻身直入清凉窟萬年氷裏一蒲團坐斷乾坤赤骨律虛空爲口須彌舌大千沙界風雷説兩肩擔荷臨濟宗脚下兒孫千百億鉗鎚喫盡禹門來今日磬山爲雪屈

又

特石非堅芭蕉非幻吾師面目澄澄湛湛無緣之慈應徧知接物利生有何倦百億化現度羣迷夜叉羅刹咸法眷

又

一片青山一谿碧水敷個蒲團依石梁止拈龜毛拂提向上旨懸河之辯閃電之機曾經毒手二十年餘今朝覿面痛徹骨髓欲形文彩讚吾師却似一滴投海底噫大笑一聲涙如雨且道悲兮且道喜

南嶽怡泉禪師像讚

此老心直口快不假禪道捏怪生平不蓄半文舉作千金痛快若非稠錫再來定是普門還債嘗親幻有老人得些活鱍主宰住此南嶽山中卓錫泉邊自在不須臨濟三玄奚用遠公九帶肯接雲水上流蔬飯二時慷慨大悲高閣立成如來破殿重葢兒孫描真供養來索磬山讚唄咦和尚無相福田與個虛空同壞

題柳谿牧牛圖

岸柳斜煙下逍遥一牧童横騎牛背上放意任春風識得牛兒性因他癢處通歸家一笑看明月風流瀟灑碧谿東

題照菴居士像

有照有知全是假無知無覺亦非真兩頭擔子俱抛却清淨茅菴一老人

題張大若居士像

飄然有出塵之行毅然有絶世之剛棄功名若敝屣玩塵俗如粃糠逍遥北窓之下將直上乎羲皇

自讚

山茨際徒請

拈龜毛拂坐個蒲團別無長處佛祖難謾清風拂白月此意有誰諳者裏一分親切處秖許闍黎隻眼看

若菴問徒請

者個老秃奴胸中一字無拈條榔栗棒佛祖難近傍眼光爍破四天下即今還坐枯藤上咄若然會得者些兒雙手與你者拄林

玉林琇徒請

山不是山水不是水坐破蒲團豈有定止千巖萬壑之中豺狼羣隊之裏要尋個張牙露爪的驀然撞著捋虎鬚不是我兮便是你

慈引居士請

鬅長眉細心中無住放下蒲團説法隨處拈龜毛拂提向上旨遇此等人全身交付咄草深一丈沒法堂明月清風吹兩耳

啟明菴主請

長坐白雲巖吸盡龍池水刈得磬山茅來冏

報恩矢老禿髮又長誰人不識你問渠渠不
知閉著一張嘴咄恰似無廉恥

印林燈禪人請

敷草蒲團秪圖輭和一物不爲爭肯話墮道
不會學禪不會叅剛是一枚獃坐

道明蓮禪人請

無道可修有法成垢拈個拂子向人前難免
出乖露醜咦風雷澌地來且看三十年後

崇北振知事請

此老生平慣行棒何故而今坐却杖果能諳
得者些兒許伊作個人天様面目儼然襟懐
没量咄都從幻影乞留題誰道於中無形相

晦雲承知客請

一片蒲團隨方就圓擲下拂子袖手安閒眼
空四海心若大川出懸河之辯舉倒嶽之鞭
咄冷地看來不值半文錢

六解恒侍者請

一根拄杖雙手不放遇個中人打模畫様幾
莖瘦竹鶴立地上點點石頭奇形怪狀咄可
以謂幻境可以謂實相

百訥全禪人請

一衜兩節竹三莖四莖曲擊之了無聲昔人
曾中毒者個老頭陀拋輒要引玉描他本無
爲舒憸開人目咄咄此事何須更叮囑

智閒觀禪人請

一個蒲團兀兀忘縁祖師心印却教誰傳太
虛爲口本爾難宣出廣長舌仗此爐烟透頂
透底無勞我言

大蔭耦禪人請

爾我看來那個真百年之後化爲塵全憑一

點丹青手留與人間不記春

無絃音侍者請

倚几默坐採取古話得意忘懷不覺物化心空法空惟餘者個知音者從能言者和試看淡墨屏風上更有一事不說破

玉林琇徒請

雲無所來山無所去無去無來道人無住繡谷風生蘭谿水注一一拈來各有本據如虎戴角如鳥秉羽咄

箬菴問徒請

遠山青近水綠兀坐蒲團如槁木個裏原無半點塵石上苔斑鴨頭綠手中拂子却付誰走向煙霞潛深谷宿世冤家撥不開務要描伊露人目

智林妙禪人請

白雲非白黑石非黑閒坐於中繩繩默默半肩擔荷佛祖家風兩脚跏趺人天莫測誰是知音識得渠大明國裏一老賊

了凡賢侍者請

峰巒疊疊瀑布雙流閒坐於中無作無修天生瀟灑人世優游佛法不會個裏真休描摸供養俱不得不如擲在壁角落頭

玉林琇徒請

堂堂正坐無事可做龍象交參一一按過頂門具眼劈頭打破林垤小厮慣要惹禍來捋虎鬚許伊膽大

心宇居士請

一葉落知天下秋道人無事自優游憨憨兀坐盤陀石却似尋常懶老牛煙霞影裏留蹤迹瀟灑林間已白頭唤識得渠儂真面目不

風流處也風流

覲南居士請

無相山中坐卧無影樹下安閒有人舉問西來隻履脱却於前供養伊集福毀罵伊增愆去此二途道一句來咄也是如驢覷天

佛事

聞遠師弟火

浮生如夢幻質如雲去住無礙出入縱横非眼所見非耳所聞靈明者點蓋色騎聲無聞之聞謂之真聞無見之見謂之真見真見所以能見圓真聞所以能聞遠正恁麼時聞遠師弟還聞麼以拄杖挑火炬云一團紅燄騰騰起本地風光在目前

紹巖師弟火

紹巖師弟聽我説偈無上菩提言下薦取禹門院裏安禪伏龍山下脱去打破涅槃城子截斷生死路頭逍遥三界之中如師脱索獨步遂將火炬打○○○云正與麼時三世諸佛歷代祖師現此光中異口同音轉大法輪令嵩長老全身放下得大自在去也便投炬

紹巖師弟入塔

靈明廓徹廣大虚寂風吹不裂雨打不濕者無縫塔豈有出入雖然如是以拄杖指塔門云爭奈杖頭有眼明如日便推骨入塔不是懸崖親撒手那能個裏得安居

上生居士請爲母對靈

師揮案三下云靈臺獨鑑照破煩惱昏衢覺體洞明頓證無生法忍迷之者六道輪迴悟之者三途永息舉拂子云看看打○○○云圓陀陀光爍爍無去無來淨倮倮赤灑灑非

生非滅於此會得不涉程途其或未然且聽衆僧轉般若波羅蜜多心經

示寶印菴主覺靈 時起龕

梅蕊含香玉吐春凝寒徹骨笑吟吟不居常寂光中地先向枝頭漏好音於此會得轉身一路即在目前其或不然別通消息喝一喝云寶印還會麼驀豎拄杖云看舉起也直透非非想天穿破帝釋鼻孔卓下也摟空波波地獄觸著閻羅腦門所以道十方薄伽梵一路涅槃門遂卓一卓偈云撥破分明毛骨粟劃然打失孃生鼻本來面目要承當也是虛空閃電迹佛祖牢關鎖忽開大地山河一片雪到者裏轉身一句作麼生道以拄杖指棺云杖頭點出金剛眼崑崙騎象鷺鷥牽曳拄第一枝

寶印菴主火

身從無相中受生猶如幻出諸形相幻人心識本來無罪福皆空無所住既無所住亦無所去於無所去處生於無所去處滅生滅既滅寂滅現前到者裏末後一句如何道偈云寶印持來已久印破虛空三有迴觀自家面目嚇得須彌倒走以火炬打圓相云吽吽吽

蔣虎叔居士請爲母對靈

靈光獨耀本無去以無來幻質非堅現有生而有滅非堅故生即不生獨耀故去即不去去即不去故來而無來生即不生故滅而無滅既然如是且道蔣母熊氏安人在何處安身立命揮案一下云九品蓮臺隨處現三途地獄頓然空

示廣修宜人靈

師以如意擊棺三下云諸行無常是生滅法生滅滅已寂滅爲樂無上大涅槃圓明常寂照凡愚謂之死外道執爲斷諸求二乘人目以爲無作惟有過量人通達無取舍祖師盡力説到者裏秖説得個無取舍既無取舍亦無去來既無去來豈有生死生時不來死時不去湛然圓寂心境一如但能直下頓了不被三世所拘且道吳氏廣修在什麼處安身立命舉如意云仰憑三寶恩光力特達蓮臺第一枝

成侍者起龕

師以拄杖擊龕云吾徒通成可謂信心脱俗九載事師殷勤只者著子尚未惺惺涅槃堂上汝却先行且道正恁麼時是生耶是死耶生既未生生即無生死既離死死亦無死無死無生靈然獨存咦門外春風瀟灑去一回消息一回新

聰侍者起龕

行聰行聰十九如風偶然失脚满盤倶空空到無空處還元總是同你若會得生來便去也不爲夭你若不會得縱然百歲不爲老即今會得麼以拄杖指龕云便恁麼去

示航禪人覺靈

假借四大以爲身心本無生因境有前境若無心亦無罪福如幻起亦滅既然如幻生亦如幻死亦如幻來亦如幻去亦如幻善亦如幻惡亦如幻有亦如幻無亦如幻天堂亦如幻地獄亦如幻樂亦如幻苦亦如幻秖如汝五十二歲父母未生前清淨本體亦如幻五十二歲中間所作所爲或善或惡因果昭然

亦如幻直至五十二歲後氣斷聲銷復元初體亦如幻如幻亦如幻所以經云一切有爲法如夢幻泡影於此會得轉身一路即在目前其或未會假我木上座通個消息倒拄杖擊龕三下云打開頂門眼返見本來人四大了然空今復歸何處山前一片地直指汝歸去

航禪人入塔

山河一片雪行人那裏歇條條赤體空且向個中入卓拄杖云歇歇一念頓超塵數劫相看只在刹那間杖頭從此清風徹

起達本師兄骨歸龍池入塔

海底泥牛銜月走巖前石虎抱兒眠吾兒既達元初本何故淹留在此間歸去來歸去來故山院裏絶塵埃相逢俱是舊相識管使吾兄笑眼開

達妄煉骨

達妄明真體了知四大空衲僧巴鼻事今日與君通投炬云看白骨從教煆煉來眉毛端的何曾動

拙訥禪人火

性火真空性空真火天上人間也無處躲東風撲面來真個也奇哉照破渠儂真面目徧界都是火蓮開便投炬

巖道人起棺

師以拄杖擊棺云迷從曠劫直至而今舍身受身輪迴虛幻者裏薦得業障如山一擊分明百雜碎真性如海片時返照萬緣空既然如是且道出門一句作麽生以拄杖外指云熏風自南來且歸林下去

檀越請對靈

師以拂子打圓相云靈覺昭然不滯空死生無異體元同當年信有者般事覿面相呈達此宗喝一喝云孫氏還會麼其或未然與你別資淨路無沈中陰以進疑直捷一路到蓮池上品菩薩爲伴侶拋却人間五濁泥驀擲拂子

示曹門智常楊氏靈

世尊時七賢女遊尸陁林一女指一尸云尸在者裏人向甚處去一女應云作麽作麽其時諸姊皆悟無生即今智常楊氏其人不在其靈在此老僧恁麽舉揚還悟也未其或未然更與你別通消息偈云大千沙界一靈知無滅無生無所拘者裏若還親薦得蓮邦拓質定無疑咄

傳　嗣　法　門　人　通　琇　述

臨濟正宗第三十世宜興石磬山開山初祖武康報恩寺重開山第一世天隱大和尚諱圓修生宜興閔氏父某母潘氏生而超異靈然不昧童子時伯母携望井邑一念回光豁然真空現前祖以義讓寓於屠肆世稱牛場閔師不樂居歲饑家貧賣菜養母迄二十歲感念劬勞未知佛教惟誓神茹素幼孤失學聞輒能行時中念起默誦小人閒居爲不善章凡情頓息偶經講寺值演楞嚴聞至一切衆生皆由不知常住真心性淨明體用諸妄想此想不真故有輪轉猛念生死志求出離無異如來四門遊觀時也時聞龍池幻祖是大知識會爲毘陵唐太常輩迎赴龍嘴菴即

日買舟趨見幻祖祖曰何不芟染師以母老難之明年再參龍池住旬餘晨夕請益而歸參研益切雖處寰中無少塵念一日携筐入市錢筐俱委鋪家茫然空歸母感師道念堅猛亦長齋事佛延星士推師造士曰此命不壽師適從外來問曰出家可否士曰出家則大成母因割愛令師出家越歲往龍池得度時萬曆戊戌也初參無字半歲不得力幻祖令參父母未生前本來面目提撕嚴密閒忙無間一日隨衆出窰同參問幻祖四大名山菩薩出現神通廣大祖驀云者裏亦不少師進云如何是者裏神通祖曰度磚來師言下有得工夫加切過百餘日偶展楞嚴至佛咄阿難云此非汝心遂大悟自云如善財入彌勒樓閣與童年隨伯母望井邑時境界無異無別從前諸疑一時放下一日侍祖過城南顯親寺問云忽然如拓空時如何祖使喝復云我代你修行罷師言下會得賓主照用之句往留京因謁雲松老宿於天界訪文齋老宿於能仁或文或行多自得益辛丑還山掩關祖方北行示云汝既悟入當更精進他日利導有情勿令斷絶師關中閱古人因緣日有發明至僧問乾峰雲門十方薄伽梵話忽礙力參兩載一日坐中正忘絶境界之時忽聞驢鳴頓失前疑偈云忽聞驢子叫驚起當人笑萬別與千差非聲非色鬧自後看古人話劃然破竹矣歲甲辰四月八日期滿解關尋與同參密雲悟公三藐某公入京覲祖於普照寺時巳歲暮祖見色喜問曰別來三歲各呈似看師禮拜便出復呈偈有寒暖不知

人窮人知寒暖之句祖頷之次日入室祖曰既爲臨濟兒孫當盡臨濟法道秖如四料簡汝如何會師詳引盡旨祖頷之師進云歷歷孤明時如何祖云待你到此與你道師便喝祖曰你還起縁心麽師拂袖而出一日侍祖著衣次祖忽指椅云汝上坐我拜汝爲師師大笑呈偈曰木人提唱笑呵呵更著衣衫誰識他昨日看來是男子今朝還作老婆婆祖深肯之師復與同叅遊歷教海叅尋尊宿如古輝法主設講白塔靜淵耆德開法臺山師皆與席苦行知識如塔院妙峰宗門高古如天寧幻也師多聽風承事一日幻祖卧病師晨夕左右中夜跪白云某侍和尚十餘年所得未經明驗今請呈似祖矍然起坐師一一傾吐祖云汝既如是吾亦如是師作禮而退

歲丁未懇祖南還戊申冬祖開堂龍池命充西堂師固辭己酉春命師秉拂又辭癸丑命總院事師復辭因假嶺南靜室掩關時計事幻祖南北共一十有八載冬十二月辭入關祖門送曰子去吾無與語矣閲日書偈付容雲悟公齎示云老衲於今不坐關既無住也幸無開何曾進又何曾出秖在尋常天地間甲寅春幻祖示寂師破關歸治後事盡哀盡禮堂殯訖仍曳杖入關唐凝菴太常輩與山中清衆貽書固請還龍池師固辭入秋舊病復作乃順請還山歸即一室一榻示病者數年歲庚申病起徒輩蹋得山南地名石磬師縛茅居焉山在荆谿最深處水從洞出如古桃源嶺門石立如入磬口故谿名武陵山名石磬向稱虎穴龍宇世未敢有問津者初住

大雪五十餘日炊煙幾絶師安之晏如也一住十五年遂成精藍師以弘法爲已任自侶木石以至廣衆鶴侍無刻不拈提向上一語一默一吟一笑無行不與有云三間茅屋冷淒淒來者俱緣向上機又云把住直教龍象畏放行且與鳥禽閒亦約略見其風範矣痛法門衰晚師道陵夷力揚宗要嚴辯正邪語在示衆普説復問中諸方知好惡識重輕者不憚寒暑接踵趨風結制本寺休夏别峰俱無以容衆皆環跪而請始許以六十出山歲甲戌乃開法於浙西武康之上柏金車山報恩寺蓋緇素重申前請時師年方六十也先是壬申癸酉連郄數請聞報恩爲唐宋古刹久廢慨然許行至則赭山破寺荒寒尤甚師安之晏如也雖數以名刹繼請師皆辭之是歲結冬衲子雲集至就樹縛屋以棲常指點上木瓦礫爲大衆演上上機凡承顔接謦欬者皆爽然自失經提命者悉知自重明年又辭簮城士紳之請時琇方死關江上累書促歸屬以後事秋遂示寂報恩正寢歲乙亥九月二十三日也遺命停龕待叢席成方可入塔不肖琇謬承付囑至已亥堂搆麤成乃奉龕歸塔荆谿之海會師降生於萬曆乙亥十月二日涅槃於崇禎乙亥九月二十有三日世壽六十有一僧臘三十有七師平生慎許可雖籌滿石室不輕付授若山茨際箬菴問林皐豫分化一方不墜家聲印中授有徒雲外澤能自立不墮時蹊晦曇承皆於座下有悟入而操履不苟者琇重編集師語録二十卷行世嗟乎師之道闇而益章久而益明沒

世而益光大識者謂師事師獨乂曲盡鉗錘同讓祖高卧荊谿挽之不出同汾陽及出世後雖破院殘僧儼臨千衆同楊岐門風高峻人類精竒同神鼎至其闢邪衛道揀異救時使大法中天先宗不墜則功同妙喜噫洵知言哉嗚呼哲人逝矣泰山其頹予小子琇終何仰耶

先師磬山天隱老和尚語録跋言

通琇獲入先師之室深蒙奬借然每有進益而先師愈逺一囘恭請一囘自失而先師奬借愈甚意惟此不能自已者先師其許我可契無住心宗乎豈惟親質時爲然迄今三十年來恭讀遺言自失如昨玆特編刻全録公之於世俾知達磨臨濟沿流不止端的有在先録初刻有磬山集磬山散録磬山晩録法濟晩録報恩語録報恩遺録共若干卷又語録若干卷皆隨時隨人所刻或未編或編而未盡未備今一倣虎卯隆祖所編圓悟勤祖語録而類列較詳自上堂至佛事共二十種并附述小傳於後令覧者皆見其秉願再來摧邪秉正繼祖開宗之梗槩云捐資虔刻者爲松陵葉行弘用薦亡室趙氏趙穆其室篤信宗乘臨終正念耿耿化姑與夫植般若勝因有如此

嗣法徒通琇焚沐百拜手述

天隱禪師語録卷第二十

音釋

捋郎括切鸞入聲手捋也　[illegible]猪孟切音倀開張畫繪也　獃魚開切音皚癡也　齎牋西切音齏持也遺也　籌除留切音儔籌筭也又籌第　洵相倫切音荀信也

密雲禪師語録

天童弘法寺住持門人弘覺禪師臣道忞上進

清刻龍藏佛說法變相圖

進天童密雲悟禪師語録奏章

浙江寧波府鄞縣天童寺臣僧道忞謹

奏爲恭懇

天恩

賜將先師語録入藏以光祖道以茂

皇猷事

皇上統承精一道契真宗性命之學尤深致

意至於古聖語言有關世道人心者尤

必廣布頒行使若見若聞各達本性方

愜

御衷真

覺皇之慈心振古希有者矣道忞幸逢

盛化身叨

寵遇又每承

天眷追念先師

賜邇頂相復刻遺編感
恩已渥復敢何求唯是紖念天童先師圜悟
生當末運興振禪宗六坐名山忘軀荷
法一時提唱機語皆開鑿人天單明直
指日雖刻布人間但未經入藏恐漸湮
没道忞伏見宋景德年中僧道原所著
傳燈録三十卷頒降入藏元祐間明教
禪師契嵩所著輔教編三卷及傳法正
宗記一十二卷亦賜入藏乾道七年僧
蘊聞所進大慧禪師宗杲語録三十卷
亦賜入藏元元統二年僧善達密的理
所進其師普應國師明本語録三十卷
皆賜入藏此四者亻雖異代咸遇清時
道法耿光於今維烈况忞生值昌期之
運躬逢

佛心天子重法之秋誠千載一時奇遇謹扳
前件事例將先師圜悟語録壹拾貳卷
與忞所編年譜陸拾貳帙先經繕寫進
呈外伏乞
俯鑒微忱下頒
鈞旨
賜收入大藏永使流通則正法眼千古長
新而
願力恩普天均戴者矣爲此冒昧具奏懇
賜下部施行忞不勝翹禱待
命之至謹具奏
聞
順治十七年三月二十三日奉
旨禮部議奏本月二十九日禮部覆奏本日
奉

旨依議

密雲禪師語録序

達磨受西天般若多羅密印六傳而至曹谿曹谿之後分爲二支而臨濟之兒孫獨盛臨濟之後又分爲二支而楊岐之兒孫獨盛盖監寺受慈明遥記與黄檗之記臨濟正同故禪道獨爲天下冠今之所傳臨濟派者則皆系出於圓悟勤之子虎邱隆者也虎邱之子天童華知見高邁大慧嘗作偈特稱之天童華傳天童傑傑傳破菴先先傳無準範範傳雪嵒欽欽傳高峰玅玅傳中峰本本傳千嵒長長傳萬峰蔚蔚傳寶藏持持傳東明旵旵傳海舟慈慈傳寶峰瑄瑄傳天竒瑞瑞傳絶學聰聰傳月心寶寶傳禹門傳禹門嫡子是爲今天童圓悟大師大師之望前圓悟勤公凡二十世其望臨濟則三十世而望達磨則四十世也天童居大海之東山川環擁當年之坐道場說法者八十餘員大率皆臨濟之裔也庚午之春余在武林僧舍偶見大師語録一編始知臨濟宗風至今未墜修書致敬請師說法太白山中即天童華禪師故址也棒喝交馳學者無開口處莫不望風而靡以爲臨濟再來也大師操履嚴峻有古尊宿之風行解相應與末世之狂禪迥别余嘗覩其用處縱奪自繇每吐一言盖天盖地其所從來者異矣應般若多羅之讖而中興臨濟之道於今時正令全提坐斷十方世界至矣哉

崇禎壬申歲三月朔旦弟子黄端伯稽首和南譔

密雲禪師語録目録

密雲禪師語録目録

密雲禪師語録卷第一

天童弘法寺住持門人弘覺禪師臣道忞上進

上堂

住常州荆溪龍池禹門禪院於萬曆丁巳四月望日衆請開堂迎至法座前師指云堂堂坐斷千差路卓卓分明絶去來喝一喝顧視大衆云還見麽遂陞拈香云此一瓣香明歷歷上拄天下拄地爇向爐中端爲今上皇帝祝延聖躬萬歲復拈云此一瓣香名不得狀不得自從親遭毒手今日對衆拈出供養即此堂上傳曹谿正脉三十三世幻有老人用酬法乳之恩就座白椎云法筵龍象衆當觀第一義師舉拂子召云大衆見麽只此拂子已刺破釋迦老子眼睛了也衆中莫有眼見如盲口說如啞者向金不博金處道將一句來良久云眼空宇宙渾無物大坐當軒孰敢窺擊拂云若向者裏領略得去便請歸家穩坐脱或未然更聽葛藤復擊拂云一切智智清淨無二無二分無別無斷故禹門院裏上堂四大部洲打鼓南山起雲北山下雨且道蓑衣箬笠向甚處著有知著落處者出來對衆通箇消息若也未知恰是開眼瞌睡禹門如此告報莫有不甘底衲僧奮性出來把腳拽下座前爛捶一頓共助無爲之化寧不謂之好事者哉雖然如是逢人切莫錯舉擲下拂子復舉波斯匿王問佛勝義諦中還有世俗諦否若言其有智不應一若言其無智不應二一二之義其義云何佛言大王汝於過去龍光佛所曾問此義我今無說汝亦無聞無說無聞是名一義二義今日忽有人問禹

門勝義諦中還有世俗諦否若言其有智不應一若言其無智不應二一一二之義其義云何只向道一箇臭頭兩孔出氣是名一義亦名二義白椎云諦觀法王法法王法如是師拍膝下座

上堂舉高峰和尚云海底泥牛銜月走巖前石虎抱兒眠鐵蛇鑽入金剛眼崑崙騎象鷺鷥牽此四句內有一句能縱能奪能殺能活簡點得出者參學事畢師云高峰之句不妨奇怪只是不經簡點今日禹門亦有四句四句者何饑飡渴飲閑坐困眠此四句內亦有一句能縱能奪能殺能活簡點得出者來方丈通箇消息

上堂若論此事畢竟直不藏曲諺云不曲咸謂面赤不如語直禹門看來即也不然若據不曲語直不如面赤良久召衆云還會麽不見道心不負人面無慙色遂渾身震威一喝下座

上堂舉盤山示衆心月孤圓光吞萬象光非照境境亦非存光境俱忘復是何物洞山云光境未忘復是何物大慧云白鷺下田千點雪黃鸝上樹一枝華師驀拈拄杖云孟八郎漢又恁麽去也好與三十棒且道過在甚麽處擲下云具眼者辨取

普請採茶上堂舉溈山摘茶次謂仰山云終日摘茶祇聞子聲不見子形仰撼茶樹溈云子祇得其用不得其體仰云未審和尚如何溈良久仰云和尚祇得其體不得其用師云溈仰父子雖善切磋未免體用分作二路爭似禹門者裏體用本無二致且作麽生是體

用一致底旨舉手云普請採茶去

上堂四月十五日已過去六月十五日猶未來過去與未來以拄杖丨云都從者裏剖復以拄杖ф云若於此識得根源朝打三千暮打八百若識不得是不知痛癢底死漢莫怪悟上座造口業壓良爲賤擲下拄杖復舉德山初出蜀於澧陽路上見一婆子賣餅息肩買餅點心婆指擔曰什麼文字曰青龍疏鈔曰講何經曰金剛經曰我有一問你若答得施與點心若畣不得且別處去金剛經道過去心不可得現在心不可得未來心不可得未審上座點那箇心德山當時無語師云我若作德山只向道山僧肚饑揀大者快搬來使者婆子直得手忙脚亂打發不迭及至搬來時肩擔便行管教者婆子疑殺行脚衲僧別有長處

上堂擬欲參禪圖脫生死已錯了也不擬參禪圖脫生死又錯了也敢問衆兄弟合作麼生得不錯去咄洎合停囚長智

上堂禪不在參道不須悟直下了然超佛越祖驀拈拄杖云即今莫有超佛越祖者麼卓拄杖云正好朝打三千暮打八百爲甚如此者裏放過即不可

上堂一葉落天下秋一塵起大地收今朝七月六日無論一葉落不落而天下秋衆兄弟已備知矣舉起拂子云一塵起也且作麼是大地收底道理擲下云若知撲落非他物始見縱橫不是塵

上堂大道只在目前要且目前難睹若知大道真體箇箇成佛作祖以手搥胸云甜瓜徹

蔕甜苦瓜連根苦

上堂百日禪期正如畫地爲牢祇要諸人知箇分曉若也知得分曉便知四月十五日結制本非結今日七月十五日解制亦非解既非結亦非解且畢竟四月十五日到今日七月十五日者是箇甚麽良久云若總未分曉無奈漆桶不快何

上堂舉文殊師利在靈山會上諸佛集處見一女子近佛坐入於三昧文殊白佛云何此女得近佛坐佛云汝但覺此女令從三昧起汝自問之文殊繞女三帀鳴指一下乃至托至梵天盡其神力而女不出定佛云假使百千文殊出此女定不得下方過四十二恒河沙國土有罔明菩薩能出此女定須臾罔明從地涌出作禮世尊世尊敕出此女定罔明即於女前鳴指一下女子從定而出師云若文殊大士用處與罔明大士用處一般因甚女子不出定又若罔明大士與文殊大士用處一般因甚女子卻出定衆兄弟還知二大士併女子落處麽顧視左右云有利無利不離行市放過一著落在第二

上堂豎起拂子云衆兄弟見麽過去諸佛現在諸佛未來諸佛盡向悟上座拂子頭上聚頭打葛藤道凡所有相皆是虛妄若見諸相非相即見如來若也放開從教口勞舌費若也把住擊禪牀云不消一擊復豎起云還見麽擲拂子下座

歲旦上堂舊年是新年舊新年是舊年新新年與舊年有口也難申所謂處處真處處真塵塵盡是本來人真實説時聲不現正體堂

堂沒卻身乃顧視大衆喝一喝下座

晚叅上堂今宵正是正月半家家點起上元燈禹門院裏家風別卻將吹滅暗中行遂吹息燭下座佇立云衆兄弟還見麼若也見得則諸暗相永不能昏若也未見高聲喚侍者云移取皮燈籠來引大衆過堂喫茶去

上堂今日禹門院裏結制須與衆兄弟一議不用衆兄弟叅禪不用衆兄弟會理單單不許瞌睡若也瞌睡一棒打出骨髓莫言不道

立秋上堂舉諺云朝立秋陰颼颼暮立秋熱殺秋此中大有好消息所謂治世語言皆與實相不相違背只是世間人未曾一箇點若也箇點就要會天地同根萬物一體有甚麼難衆中有曾箇點其中消息者麼一總未曾悟上座試爲箇點朝暮且置不知喚什麼作秋卻說陰颼颼熱殺秋還知麼不見道一不因夜來雁爭見海門秋拍香几下座

上堂舉洞山云秋初夏末兄弟東去西去直須向萬里無寸草處去禹門又卻不然禹門今日解制兄弟東去西去驀拈拄杖云逢人切莫錯舉擲拄杖喝一喝下座

因雪上堂昨日青山今朝白雪衆兄弟好消息麞鹿行人步步成迹唯有挂角羚羊絕氣息從來獵犬難尋覓高著眼始得

上堂人人本具箇箇不無不是聖賢了事凡夫且事又作麼生了舉起拂子云不喚作拂子便了取好不喚作拂子便了又喚什麼作事以拂子擊香几云惺惺底惺惺瞌睡底瞌睡然喚作惺惺瞌睡依舊無本可據喝一喝云老僧據本去也便下座

普請上堂據衆兄弟擔了飯米來伴悟上座各各計明已躬事不該動靜衆兄弟然而俗諺有之曰有例不可滅無例不可置如百丈大智禪師剏叢林立規矩有普請例及諸家語錄亦有普請說所謂作則均其勞飯則同其食自今觀之似乎不然作者應當作閒者應當閒致令古風凋喪法門澹薄無他蓋主者不舉之故也乃云要且者般事須是者般漢若畏刀避箭躱賴偷閒不足爲伴雖然恰有箇驗處以何爲驗舉手鼓掌云打鼓普請看

上堂悟上座妄譚般若未死舌頭先壞死後定墮拔舌犁耕衆兄弟有相救者出來試救看良久云無則悟上座只得自作自受去也

上堂忽雨忽晴天道變化物遂其生舉起拂子云唯有者箇自古至今不屬雨晴且道屬箇甚麼與侍者云縣於方丈内異日指他人

上堂天上月正圓人間道月半衲僧事如何直截當自看

上堂纔然正月初一不覺二月十五光陰迅速催遷日月如同電火豎起拂子云觀音妙智力能救世間苦擊拂子云衆兄弟休莽鹵擲拂子下座云參

上堂古人道若論此事多說不如少說少說不如不說驀拈拄杖卓云者裏是甚麼所在說多說少說說說不說舉起拄杖云是多耶是少耶是說耶是不說耶復云正當恁麼時諸人還委悉也無若委悉去獨步大方横行天下如未委悉不煩久立便下座

上堂問梧桐葉落傳秋信作家相見意如何

師便喝進云喝後如何師乃打進云何不道看師云將謂作家元來不是乃云舉一不得舉二放過一著落在第二只如今朝七月一汝等作麽舉若也舉得南天台北五臺若舉未得喝一喝云速退速退便下座

歲朝連雪上堂連日雪紛紛山河一色吞天閞銀世界别是一乾坤衆兄弟還會麽當恁麽時正是古人所謂三十年前未得箇入處見山是山見水是水三十年後得箇入處見山不是山見水不是水是箇大地平沈底時節且憑箇什麽得恁麽地良久云世出世間窮徹底常樂我淨獨爲尊

上堂今朝正是正月七世上相傳是人日可憐大夢未惺人卻見陰晴起瞋說令人轉憶雲門老解道日日是好日衆兄弟還知雲門老子落處麽良久云祇是不分皂白底漆桶復云日日好日當下心息本無孔竅寧容情測各各珍重不煩久立

上堂若論此事擬心則差強言則隔覿面分付罕人委悉遂展手云分付了也衆兄弟還曾委悉麽若未委悉急須珍重

幻有和尚忌辰拈香云當時巴陵爲雲門大師設忌有三轉語高峰爲雪巖和尚設忌單單只有一句悟上座今日爲幻有老人設忌一句也無何以舉起香云者是一句耶是三句耶插香云逢人切莫錯舉

上堂盤山道向上一路千聖不傳慈明道向上一路千聖不然徑山道向上一路熱盌鳴聲老僧道向上一路踢破草鞵

上堂舉教中道今佛放光明助發實相義衆

兄弟還知釋迦老子立地處麽若也知得從教徧界分身設若未知悟上座不免更資一路舉起拂云者是放底光明且如何是實相義擲下拂云急著眼覷

上堂古者道我一喝不作一喝用遂喝一喝云且道悟上座一喝與古人相去多少莫有端的者試端的看良久復喝一喝下座

上堂云竺土大僊心東西密相付謹白參玄人光陰莫虛度且作麽生是不虛度底光陰記得小時騎竹馬看看又是白頭翁

上堂哯聲一發獨稱尊引得兒孫惡水淋不是與人難共聚大都緇素要分明

上堂今朝正是五月一爲衆分明重剖析昔日雲門老古錐卻道日日是好日是又是別又別汝諸人瞥不瞥龐公不昧本來身衲僧正眼頂門裂喝一喝下座

上堂六月日頭真箇熱赤肉團邊如火畐且問現前衆兄弟無位真人徹未徹若也巳徹向無陰陽地上竪去橫來若也未徹未免來日熱如今日

上堂竚立座前云老僧氣喘不能說話遂咳嗽吐痰於地云衆兄弟試道看良久無有出者師以脚抹卻歸方丈

上堂若論此事描也描不成畫也畫不就喝下銕圍山倒走一句當天八萬門句句自然絕滲漏趙州關雲門普雪峰輥毬禾山打鼓上來一隊老古錐看來未解師子吼汝諸人須抖擻轉身路子若能行處處莫著隨人後拶著翻身便齩伊始可人前開大口且道禹門者裏用箇什麽驀拈拄杖云一條拄杖黑

如漆是聖是凡劈脊摟喝一喝下座

上堂恁麽也不得道火何曾燒著口不恁麽也不得嚼爛虚空牙齒出恁麽不恁麽總不得石頭老子舌無骨驀拈拄杖云恁麽也得放下云不恁麽也得復拈拄杖擲下云恁麽不恁麽總得汝諸人還知禹門落處麽便下座

上堂十方無壁四面無門中有一竇任運縱横便下座

上堂年年有箇臘月八相傳世尊悟時節咸謂如來睹明星誰知打失眼睛瞎諸人若欲辨端倪正眼須從頂門發從茲突出普天輝將此深心奉塵刹喝一喝衆兄弟還見釋迦老子打破漆桶處麽便下座

住天台山通玄寺結夏上堂若論此事本非行住坐臥之相豈可結制定期爲限祇如今古叢林皆以九旬禁足三月安居正眼看來大似畫地爲牢置人必死之地雖然如是正恁麽時諸人向什麽處出氣有善出者速速出來對衆出氣看良久云一總未能且有條攀條無條攀例以大圓覺爲我伽藍身心安居平等性智與悟上座眉毛廝結到八月一日説破時有僧出云説破箇什麽師云速退僧茫然師云只得一跳出去僧云再撲一交師云速禮三拜復舉開山韶國師云通玄峰頂不是人間心外無法滿目青山法眼聞云只此一偈堪起吾宗師云殊不知滅汝宗者即此偈耳不見道毘婆尸佛早留心直至而今不得玅今日新通玄不免別開一路乃云通玄峰頂別是人間只緣不薦錯認青山遂

喝一喝云還薦麽便下座
上堂纔然昨日又是今朝流光電速人亦隨
遷當勤精進如救頭然驀拈拄杖云穿卻諸
人鼻孔換卻諸人眼睛還我救底頭來擲拄
杖云大衆委悉麽差之毫釐失之千里平地
上死人無數切莫停囚長智
上堂今朝正是六月六貓兒狗兒皆沐浴通
玄峰頂禪和子箇箇渾身乾暴暴復云會即
途中受用不會即世諦傳續且道傳續箇什
麽三十年後抱頭哭莫言老僧不道參
晚參茲當六月初七夜衲子聚頭將畢夏霹
靂天風忽地來草菴卸下琉璃瓦且道是何
宗旨喝一喝下座
上堂十五日已前誰復重打算十五日已後
孰肯定從容今日正當十五日又且如何透
脱宗驀拈拄杖云龍袖拂開全體現象王行
處絶狐蹤卓拄杖下座
上堂茲當六月念五況是日輪明露本無雲
翳覆藏爭奈時人不睹驀拈拄杖云睹不睹
若也睹自然超佛越祖
上堂拈拄杖指云不得舉二唯舉一老僧拄
杖爲竭力指示分明須薦取莫待將來驀頭
楔喝一喝云天色時炎不煩久立便下座
上堂舉韶國師偈通玄峰頂師云大家在者
裏不是人間師云錯下註腳心外無法師云
遍塞殺人滿目青山師云有眼如盲大衆還
識韶國師麽若也識昔日韶國師今日老僧
不成話墮若不識且道是誰之過下座云參
上堂八月一日解制訖腰間包頭上笠通玄
寺裏放門開行腳衲僧攙前出被人撥著要

翻身切莫隨人穿卻鼻復舉洞山云秋初夏末師云將謂忘卻兄弟東去西去師云亂走作麽直須向萬里無寸草處去師云坐斷路頭石霜云出門便是草師云奴見婢殷勤又有道直得不出門亦是草漫漫地師云同阬無異土乃云者一隊老漢被老僧折倒了也諸人還知出身處也無若也知得日費斗金非分外脱或未然萬古碧潭空界月再三撈摝始應知喝一喝下座

開爐上堂烹佛烹祖大爐鞴煆生煆死惡鉗鎚驀拈拄杖云若是超佛越祖出生逾死者不用如何若何便請單刀直入與通玄拄杖子相見良久乃云今日是箇十月十五今古謂之開爐老僧更指虛空是箇爐子其中山河大地草木叢林凡有事物俱是煤炭世間僧俗男女一切人天皆在者箇爐子裏苦樂逆順聲色逼惱晝夜煎熬生情取舍遂成輪轉謂之三界無安猶如火宅唯有一門可出而復狹小汝諸人還知出路麽時有僧出云出路即不問如何是火宅師云待汝出來與汝道僧無語師云汝道不得老僧爲汝道去也一盲引衆盲相牽出火阬便下座

冬至上堂欲識佛性義當觀時節因緣時節若至如迷忽悟如忘忽憶驀拈拄杖云三世諸佛一切衆生被老僧拄杖一時穿卻了也拈起也直教箇箇放光動地放下也直使人人無處出氣不拈不放時且道落在什麽處若是鋉眼銅睛漢直下覷透時即見三世諸佛此時成道此時說法此時度人亦見一切衆生此時輪迴此時日用所謂百姓日用而

不知若也知去即見兩儀繇此時剖判日月秉此時運行四序從此時推移於無陰陽地上好不資一豪醜不資一豪能爲萬象主不逐四時凋正當恁麼時忽憶忽悟一句作麼生道還委悉麼到頭輸我惺惺者不住陰陽造化中

上堂舉金剛經若以色見我以音聲求我是人行邪道不能見如來師豎起拳云還見麼喝一喝云還聞麼聞見分明若喚作聲色入地獄如箭䠶一僧出衆云不喚作聲色喚作甚麼師乃合掌云我不敢輕於汝等汝等皆即如來

上堂病骨尚未愈無已強扶筇陞堂無法說坐斷通玄峰乃拈拂子云只得借拂子爲諸人通箇消息豎起云見麼敲香几云聞麼若見若聞正是逐色隨聲漢不聞不見又是避色逃聲漢更若非見非聞又是戲論相違漢直須中間撒開兩頭截斷二邊渾莫立中道不須安正當恁麼時獨脫一句作麼生道入角磨盤空裏走下座

上堂五九四十五窮漢街頭舞會則途中受用不會則世諦流布

上堂天上月正圓人間道月半半即背於圓圓定違於半欲得兩相應分身兩處看

歲旦上堂新年新月新日新時長老又披新法衣提起衣云者箇是衣如何是法放下衣云九九百百張七趙八孟春猶寒不得露骨喝一喝下座

請化主上堂今朝正是正月半通玄峰頂無燈看祇要諸人返自觀迴脫根塵常煥煥常

煥煥大地虛空無畔岸森羅萬象歷歷同參一切衆生明明共伴若人如是見徹氣質如是變化本無能化所化之人亦無能施所施之物化者施者吾道一貫雖然如是更有一事且去化緣歸來重新打算

上堂當頭一著坐斷要津纔然側耳喪卻家珍從來佛法不順人情所以道出群須是英靈漢敵勝還他師子兒

上堂新正二十日又五且喜日輪正當戶晝夜明明無間斷只因時人不解顧若解顧廓徹乾坤全體露東西南北任縱橫那事應須沒差互所以道參玄人莫虛度且如何是不虛度底光陰呵呵呵還見麽復云一寸光陰一寸金寸金難買寸光陰光陰本自非他物青天白日笑唫唫

密雲禪師語録卷第一

音釋

繕 時戰切音膳補也　翹 祁堯切音翹企也　颼 所流切音搜風聲　莽鹵 上模朗切音蟒下籠五切音魯莽鹵猶粗率也　熬 牛刀切音熬煎也　唫 魚音切音吟義同

密雲禪師語録卷第二

天童弘法寺住持門人弘覺禪師臣道忞上進

上堂

上堂拈拄杖擊香几云方便門開也復呈拄杖云真實相示也汝諸人還見麽若也見得徹去便可拈拄杖作丈六金身用復可將丈六金身作拄杖子用然後拄杖子踍跳上三十三天觸著帝釋鼻孔東海鯉魚打一棒雨似盆傾汝等諸人切莫向古廟裏去躲一棒打折你驢腰莫言不道

上堂通玄峰頂好箇消息若人識得參學事畢喝一喝云不煩久立便下座

因牙痛上堂舉雲門云佛法太殺有只是舌頭短覺範云佛法太殺有只是牙齒痛我笑巖師翁道牙齒幸不痛舌頭頗相稱只是無什麽佛法可說老僧今日佛法有無舌頭長短俱不論單單只是牙痛若人向牙痛處打破漆桶管教身病心病俱消生死涅槃如夢

上堂二月初十好箇消息盡大地人踍跳不出喝一喝云百年三萬六千場反覆元來是者賊

幻有和尚忌辰拈香指真云大衆會麽者老和尚昔日不來今日不去然既不來又不去因甚一場特地爲要大家知乃拈香云還會麽一瓣栴檀一盞茶分明眼裏又添沙

施主請上堂春雲欲開未開春雨欲息未息日頭欲出未出行人欲歇未歇爲甚如此只因途路不得力忽然雲開日出便是到家時節豎拂云還見麽若也見得徹去管教當下心息

僧梵音請上堂妙音觀世音梵音海潮音勝彼世間音以拂子擊香几云不是世間音復鼓掌云不是世間音老僧忉忉呾呾鼓兩片皮不是世間音且是什麽音若將耳聽終難會眼處聞聲方始知以脚跟打法座云還見麽便下座

上堂本來無物可評論未悟之人妄見分忽若迸開頂門眼大地山河一口吞

上堂今朝三月十五佳節時當穀雨農夫浸種拋秧蠶婦剪桑勤苦爾我林下人作麽生舉措驀拈拄杖云龍袖拂開全體現象王行處絕狐蹤

上堂鏡不自照刀不自割風不自涼火不自熱今日四月初一孟夏稍熱且道何物若也識得天地日月森羅萬象無纖毫過患脫或未然來年更有新條在惱亂春風卒未休

佛誕上堂今朝正是四月八淨飯王宮生悉達祇爲時人不知因年年枉遭惡水潑衆中若有知因者出來爲者老漢雪屈良久云若無雲門大師來也拽拄杖下座一時打散

上堂舉僧問雲門如何是透法身句門云北斗裏藏身大慧道雲門老人恁麽道只荅得法身句未荅得透法身句今日或有人問徑山如何是透法身句向他道蟭螟眼裏放夜市大蟲舌上打鞦韆通玄又且不然有問如何是透法身句劈脊便棒縱使不會管教永劫不忘

受金粟請落版同衆赴上堂縣起也杲日當空放下也孤明歷歷不縣不放諸佛莫知鬼神罔測且如符到奉行一句作麽生道九萬

里鵬纔展翼百千年鶴便翱翔
住嘉興海鹽金粟山廣慧禪寺山門佛語心
爲宗無門爲法門新長老打破牢關一任攀
頭戴角
佛殿釋迦已過去彌勒猶未來正當恁麽時
法柄在阿誰手裏乃展坐具云徧覆三千及
大千
土地堂伽藍神叢林主一瓣香兩手舉
祖堂西天四七東土二三盡在者裏黙黙地
商量箇事今日一時捉敗且道以何爲驗插
香云以此爲驗
衆請陞座拈香云此瓣香端爲祝延今上聖
壽恭願萬邦歸聖化八表偃干戈次拈云此
瓣香從無始劫東擲西抛忽於窮途半路收
拾得來三回拈出爇向爐中端爲供養荆谿
禹門堂上幻有先師用酬法乳斂衣敷座上
首白椎云法筵龍象衆當觀第一義師云第
一義諦一椎粉碎了也還有鋸解不開底衲
僧試出來對衆舉看良久云一衆既然恪慈
山僧不免自作一塲賣弄去也通立峰頂聳
壑昂霄金粟山頭坐斷十方所以道法隨法
行法幢隨處建立掀翻是非窠窟截斷生死
根株三世諸佛聞風結舌歷代祖師覿面藏
鋒一切衆生退身有分現前大衆自合知歸
恁麽告報如將惡水驀頭潑汝諸人了也還
知風吹不入雨打不濕去處也無設或未知
萬古碧潭空界月再三撈摝始應知復舉法
燈云山僧卑志本欲深棲巖竇隱遯過時柰
緣先師有不了公案出來爲他了却時有僧
問如何是先師未了底公案燈打云祖禰不

了殃及兒孫僧云過在甚麼處燈云過在你殃在我師云山僧本志亦只如然祇緣人人有箇現成公案出來相爲了却忽有箇衲僧出來道既是現成公案因甚却要了拈拄杖打云横按鏌鎁全正令太平寰宇斬癡頑下座

上堂六月初一時當毒熱富人陞座夾背汗出恁麼告報還信得及也無若信得及管教當下心息若信不及各自反手摸取看是甚麼意旨

上堂八月中秋不寒不熱簡點將來識情難測翻笑寒山子有心似秋月世間多少人却認光影說誰知明月下元是昔愁賊喝一喝復舉楞嚴道見見之時見非是見見猶離見見不能及師云釋迦老子到者裏恰似計窮力極轉身不得不肖兒孫爲伊出手去也見見之時見非是見見猶離見見不能及有人問我正好攔腮劈脊若知棒頭落處管教全體透徹何以脱體頓超知見外方名越格自繇人

上堂箇事明明絶覆藏老僧有口難分析無奈時人不解薦眼睁睁地還如瞎所以道彌勒真彌勒分身千百億時時示時人時人自不識汝諸人識不識驀拈拄杖云若不識拄杖子善甄别爲諸人重漏泄直須當頭點破管教棒棒見血喝一喝下座

大衆請師上堂師云老僧與你去直至法堂衆擬作禮師云爲上堂了遂歸方丈

上堂五月五是端午九月九是重陽即今却好箇時節諸人不用別商量所以道三玄三

要事難分得意忘言道易親一句明明該萬象重陽九日菊華新雖然老僧更向註脚下添註脚三玄三要事難分自知較一半得意忘言道易親無者閒心情一句明明該萬象眼華作甚麼重陽九日菊華新喝一喝下座

上堂問十五日已前即不問十五日已後又如何師云明日月漸虧進云明日後又如何師云三十日來與汝道進云即今事作麼生師云速退速退乃舉僧問雲門如何是諸佛出身處門云東山水上行佛果道天寧即不然有問如何是諸佛出身處熏風自南來殿閣生微涼老僧又不然有問如何是諸佛出身處劈脊便棒

漢月藏首座請上堂示臨濟宗旨來源一僧出問如何是和尚惡水潑人師便打僧擬開口師直打出法堂云者便是臨濟宗旨復陞座云我禪門一事自世尊說法四十九年臨末梢頭於靈山會上拈華默顧大衆時百萬人天皆不知落處唯迦葉尊者破顏微笑世尊云吾有清淨法眼不立文字付囑摩訶迦葉廣流傳化毋令斷絶謂之教外别傳至二十八祖到東震旦國直指人心見性成佛一日索門人各呈所見唯慧可大師只禮三拜歸位而立謂之得髓傳至六祖出南嶽青原二派有以言句疏通直指有以全機大用直指雖總爲直指言句直指令人多著意見蹉過直指之旨故南嶽受六祖密囑於言句中合機用謂馬祖云如牛駕車車若不行打牛即是打車即是後人尚多以意解以牛喻心以車喻身即如此解豈可謂單傳直指不見

馬祖與百丈行次見一羣野鴨子飛過祖云是甚麼丈云野鴨子少間又問甚麼處去也丈云飛過去也祖扭丈鼻負痛失聲祖云又道飛過去也丈乃有省丈再參時祖以目視繩牀角拂子丈云即此用離此用祖云你向後開兩片皮將何爲人丈取拂子竪起祖云即此用離此用丈挂拂舊處祖震威一喝丈乃悟旨後因黄檗辭參馬祖去丈云馬師已過去了檗問馬祖存日有何言句丈云老僧被他一喝直得三日耳聾檗乃吐舌丈云子後莫承嗣馬祖去麼檗云不然今日因師舉得見馬師大機之用且不識馬師若承嗣馬大師以後喪我兒孫故後臨濟三度問佛法的的大意檗只棒三頓濟後出世唯以棒喝接人不得如何若何只貴單刀直入時月出衆禮拜起便喝師云好一喝月又喝師云你更試喝一喝看月禮拜歸衆師乃顧月復舉僧問古德云朗月當空時如何古德云猶是階下漢僧云請師接上階古德云月落後來相見且道既是月落後又如何相見月便出法堂師便下座

上堂問海衆雲從慈霖天霔現躍飛騰則不問如何是驅雷掣電底句師便喝進云恁麼則金粟華開寶林果熟去也師又喝蔡居士問一拳打破黄鶴樓一脚踢翻鸚鵡州打破踢翻即不問如何是一拳一脚師云今日且放過你乃舉起拄杖云舉一不得舉二放過一著落在第二擲下去落二去也且一又如何舉便下座

晚參開爐恰三日那事全然没消息有消息

寒者寒兮熱者熱忽然寒熱兩忘時試問諸人是何物良久喝云不煩久立

上堂問一陽來復萬物資生萬物資生即不問一陽在何處安身立命師云天上天下進云正當恁麼時心空及第去也師云脚跟下更少一頓在乃云有問有答便落言詮無問無答即沈寂默沈寂默即成誑滯言詮即成謗所以道不可以言語造不可以寂默通語默向上有條通天大路又且如何良久云白日青天全體露下座

師誕衆請上堂出家人與世人差悟徹無生透死涯爲我慶生應有死何殊病目見空華諸人直下信得及去則不見有生不見有死淨裸裸赤灑灑證取自家境界豈不慶快乎生敢問諸人畢竟如何復云證得當陽第一機箇中無是亦無非生死兩關都踢脫便是心空及第歸

上堂問如何是金粟境師云四野桑田如何是境中人師云金粟山頭望進云人境已蒙師指示擊鼓陞堂事若何師云瞻之仰之問上無佛道可成下無衆生可度即今陞座還有爲人處也無師云好與一棒進云過在甚麼處師云猶嫌少在問金粟山頭密雲彌布大悲院裏法雨洪施爲甚麼地溼樹猶枯水深龍困伏師云汝施設看僧以坐具作舞師與一棒云且道是賞你罰你問教中道吾今爲汝保任此事保任即不問如何是此事師打云棒頭有眼乃云天晴日頭出雨下地上濕此事極分明問著皆擬測休擬測試看途中人頂傘田中人戴笠若擬測更參三生六

十劫

上堂問未白椎前學人已問也請師即今答師打云爲你答了也即今學人現問也請師向未白椎前答師打云爲你答了也學人即今總不恁麼問也請師亦不恁麼答師打云爲你答了也進云蒼天蒼天師又打進云爭奈傍人有眼師連打三棒進云善知識難謾師云休將惡水潑人乃云若論此事畐塞乾坤三世諸佛歷代祖師天下老和尚都從箇中出現乃至若天若人若僧若俗一切衆生盡向裏許流出只要箇漢於念未生前一提提得不被聲色籠罩玄妙知解轉變管教頭頭上全彰物物上獨露自然一處明去千處萬處光輝一機轉去千機萬機透脱所以道日用事無别唯吾自偶諧驀拈拄杖云且道麗老子在甚麼處安身立命悟徹本來堅密身永證金剛無量壽卓拄杖下座

上堂問未離兜率已降王宫未出母胎度人已畢即今集衆陞堂又復何爲師云爲汝不薦進云特地一場愁師云面皮厚多少僧喝師云果然不識羞問十方諸佛歷代祖師父母未生已前甚處安身立命師便打已生後甚處安身立命師復打即今甚處安身立命師又打僧轉身云釋迦大師來也請和尚答話師亦打乃云施主殷勤請陞座誰知老僧無法說僧俗男女本平等摩訶般若波羅蜜卓拄杖下座

上堂問學人擬渡龍門乞師一接師以拂子作釣勢僧擬進語師云領取鉤頭意莫認定盤星問從上宗乘本是一箇鼻孔爲甚麼後

代分宗列派請師明示師云裂破舌頭進云如何是臨濟宗師云一棒打殺如何是雲門宗師云一喝便死如何是溈仰宗師云相你跳他圓相不出如何是曹洞宗師云待汝死了活來道如何是法眼宗師舉起拂子云會麽進云五家宗派蒙師指未知和尚是誰宗師與當頭一棒云試爲老僧分析看乃云入門便見賓主歷然開眼便明萬彙齊現若向賓王歷然處會未免無名立名無相見相遂見天是天地是地山是山水是水僧是僧俗是俗男是男女是女佛是佛祖是祖種種差殊若向萬彙齊現處見則天不是天地不是地山不是山水不是水僧不是僧俗不是俗男不是男女不是女佛不是佛祖不是祖賓不是賓主不是主一道平等浩然大均且兩頭不涉獨脱一句作麽生道還委悉麽雲有出山勢水無投澗聲便下座

秉白禪人請上堂若論此事本來成現擬心則差强言則隔纔若擬心被心隔擬性被性隔擬佛被佛隔擬衆生被衆生隔擬僧被僧隔擬俗被俗隔擬凡被凡隔擬聖被聖隔擬禪被禪隔擬道被道隔擬教被教隔擬明被明隔擬暗被暗隔擬色被色隔擬空被空隔擬善被善隔擬惡被惡隔擬有被有隔擬無被無隔擬智被智隔擬愚被愚隔擬非被非隔擬是被是隔擬靜被靜隔擬動被動隔擬得被得隔擬失被失隔擬黒被黒隔擬白被白隔擬生死被生死隔擬涅槃被涅槃隔設若不擬被不擬隔總之凡有所擬被一事隔驀拈拄杖云正當恁麽時作麽生道不隔底

句見月休觀指歸家罷問程擲拄杖鼓掌云還見麼下座

上堂今朝七月十五日盡十方僧自恣時地獄罪人乘此力鐵網鐵圍都解離驀拈拄杖云當恁麼時自恣一句作麼生道世出世間俱不顧榔標橫擔信步行

上堂有說皆成謗無言亦不容兩頭俱坐斷撒手出當中還有恁麼人麼問瞿曇無語濟上絕言和尚終日喃喃是何意旨師云爲汝不薦進云殃及兒孫師云放汝三十棒問鐘鼓丁東金相煒煌滿眼滿耳無覆無藏秖如聲色未萌睹聞莫及正恁麼時乞和尚通箇消息師黙然良久乃震威一喝進云人間四月春光盡金粟秋來菊正開長恨春歸無覓處誰知轉入此中來師云葛藤窠裏藏頭縮尾乃云默時說說時默大施門開無壅塞爭如臨濟小厮兒赤手全提白拈賊喝一喝下座

開爐上堂般若如大火聚擬之則燎却面門驀拈拄杖連卓云當爐不避火者與拄杖子相見問正偏兼帶即不問臨濟家風事若何師便打僧擬進語師復打云再犯不容乃云火燄爲三世諸佛說法照顧眉毛多少莖三世諸佛立地聽歷歷分明赤骨惺死柴頭發輝身燄始可聯輝繼祖燈

上堂今朝十月十六天色陰晴反覆不欲隨世變遷悟取本來面目若是已過關者聞恁麼道掉臂而去二六時中折旋俯仰無非本地風光脫未諳悉二六時中未免業識茫茫無本可據敢問諸人如何是本來面目喝一

喝云還見麼地缺東南天傾西北復喝一喝下座

上堂問清淨本然云何忽生山河大地師云眼華作麼進云如何是清淨本然師云腦後見顋乃云當陽一著無啟口處正眼洞明無迴避處所以道有一物明歷歷黑似漆上拄天下拄地常在動用中動用中收不得驀拈拄杖云穿却了也諸人還委悉也無若委悉得日用之中折旋俯仰無非本地風光若不委悉百姓日用而不知喝一喝下座

師六旬初度上堂人人盡道今日生誰謂老僧此日死但了死生箇一時莫問世間華甲子

追嚴上堂重陰極盡一陽生萬化甦回省舊容赤骨條條全體露了無一物見枯榮既不見枯榮即今眼眼相覷是箇甚麼若向者裏見得徹覷得透便見施智樂二先人生本非生死本非死且坐斷生死路頭一句作麼生道脫體迥超生死見全身出沒絕行蹤

蘊虛講主請上堂或是或非人不識逆行順行天莫測是非逆順都拈却無孔鐵鎚當面擲驀拈拄杖云還見麼擊香几云還聞麼若也聞處精明見處透脫當下知歸更不者也周遮豈不暢哉其或未然更據今日時節分明說破雲岫菴中講法廣慧寺裏參請老僧陞座舉揚急須直下猛省喝一喝下座

上堂問劫火連天舉坐具云未審者箇壞不壞師云壞進云爲甚麼壞師云放下來進云放下後又作麼生師云漆桶不快問兩手空拳一貧如洗正恁麼時還有受用處也無師

云速禮三拜進云恁麼則國清才子貴家窘有郎賢師云脚跟蹉過乃云箇事由來本現成何勞三寸更施呈堂堂坐斷舌頭路歷歷孤明直下行喝一喝便下座

上堂樹凋葉落明明脫體全彰雲散天空杲杲日輪當午正恁麼時霜風劈面來諸人還覺寒毛卓竪也無若也覺得如龍得水似虎靠山日用頭頭全體露折旋俯仰没遮攔喝一喝下座

上堂有問有答正是業識茫茫無問無答亦是無本可據直饒聞恁麼道撩起便行未免落在山僧圈繢裏且不涉化門一句如何通信卓拄杖云舉頭天外看誰是我般人

上堂今朝是諸人滿期之日又是諸人圓戒之辰亦是釋迦老子眼光落地時節若知釋迦老子眼光落地處便是諸人圓戒處亦是諸人滿期處何以長期短期千期萬期無非以悟爲期若也悟去便知適來許多問答處遂舉拂云正恁麼時收因結果一句作麼生道擲下云鯨呑海水盡露出珊瑚枝

上堂聲前一句無處出氣當陽一機直下猛覷直下覷透坐斷要津不通凡聖提得天上人間用去初無把柄到處逢人驀面欺直截單提全正令要令箇箇超佛越祖人人鼻孔遼天驀拈拄杖云當恁麼時如何通氣他家自有通霄路便下座

上堂突出難辨坐斷千差萬别一塵舉起透徹萬别千差所以道一法若有毘盧墮在凡夫萬法若無普賢失其境界竪起拄杖云者是拄杖子如何是普賢境界若也放過從教

徧界分身若不放過不免一椎粉碎何以為
諸人漆桶不快
解制上堂豁開頂門正眼見空向背安排洞
徹足底根源蹋破住行蹤跡如是則淨裸裸
赤灑灑没可把無結制之可結無解制之可
解正與麽時秖如路逢達道人莫將語默對
且將甚麽對還委悉麽一僧出云雲開見日
師云眼華作麽僧無語師與當頭一棒云寃
家撞著對頭人兩兩相相無避處
上堂茲因梵清禪人為師無聲請老僧陞座
雖陞此座别無他説只述他天啟甲子年於
通玄參老僧忘了他底問頭唯記得大棒打
他一頓當時想未必能領略後來有箇會處
乙丑到金粟見老僧云當時再大大打幾下
免得今日來見和尚據此語者兄弟實在棒
下見得透所以病四十餘日安安穩穩與尋
常人不同大槩參禪人貴要生死心破生死
心破不見有生死病苦可得生死病苦全體
覺相故玄沙云亡僧面前便是觸目菩提既
是觸目菩提且道無聲兩三日甚處去也莫
是燒了化了麽莫是不生不滅去了麽卓拄
杖云還見麽下座
上堂問傷嗟今古人幾箇知恩德今人古人
則不問如何是知恩報恩師云惜取鼻孔進
云此猶是報恩邊事如何是知恩師云鼻孔
也不識乃云茲因如盛等五僧為薦師長父
母適來乘白代請陞座云此五人俱無父母
師長大衆者一句好箇消息何以據老僧看
來不獨此五人無父母師尊盡大地一切人
類俱無父母師尊秖因見有父母師尊便見

有彼此人我各立種種分別取此舍彼取彼舍此遂有憎愛致成輪轉流浪生死故諸佛世尊起大悲心示現降生開示悟入佛之知見令向父母未生以前一覷覷透不唯自已不從父母所生便見父母師尊一切衆生人人常光現前箇箇壁立萬仞則不妨與釋迦老子同箇鼻孔出氣所以道未離兜率已降王宮豈從父母所生既未出母胎度人已畢豈從師長成立釋迦老子得者一著出世四十九年譚經三百餘會祇要人人明得者箇消息且道即今釋迦老子在甚麽處若知釋迦老子去處便見得父母師尊去處若知父母師尊去處便見得人人自已去處若知自已去處便報得父母師尊之恩正當恁麽時報恩一句作麽生道將此深心奉塵剎是則名爲報佛恩

施主請上堂問檀信敬持無米飯前來供養十方僧如何是應供一句師云此去杭州一百五進云應供一句蒙師指今日陞堂事若何師云敗也敗也露也露也進云大衆證明某甲禮拜師云好不識羞僧便喝師云再試喝一喝看僧又喝出堂師乃云此去杭州一百五步步何曾有回互一豪頭上通消息十方世界全體露卓拄杖下座

高麗僧曇晦請上堂呈拄杖云箇條拄杖別無才祇點諸人眼豁開徹見本來真面目不見凡胎與聖胎擲拄杖云見麽喝一喝復舉德山云今夜不答話問話者三十棒時有僧出禮拜山便打僧云某甲話也未問爲甚却打某甲山云你是甚處人僧云新羅人山云

未跨船舷時好與三十棒德山行遮羣之令格外提持固是好手老僧即不然待伊云新羅人便與連棒打出使伊做箇脱灑衲僧豈不快哉却云未跨船舷時好與三十棒者僧未免向新羅國裏躲根大似龍頭蛇尾老僧恁麽批判衆中莫有爲德山作主者出來與老僧拄杖子相見無則老僧作一場獨弄去也拽拄杖下座一時打散

上堂今朝陞座爲景西忌辰雖陞此座只可述伊見老僧始末因縁不説汚言汚語重新汚伊了也伊於萬曆三十五年在紹興護生菴黄昏時屋角頭裏見老僧而有親意三十七年老僧行脚來秦山積善菴同住一夏亦未有省發處直至天啟甲子年老僧住金粟伊來同住遂於室中每每與伊痛棒一日謂老僧云某甲思和尚者條棒真是大總持説到此正似水潦和尚參馬大師問如何是祖師西來意馬大師云向前來與汝道潦向前大師與伊攔胸一蹋蹋倒潦起來呵呵大笑云百千法門無量妙義只向一毫端上識得根源去也豈不似景西禪人於棒下識得根源而謂大總持耶雖然祇有一件不得滿他願每每到室中索老僧拄杖打人此在本分中爲妄念然亦參禪人利已利人之願也何以起身云將此深心奉塵刹是則名爲報佛恩卓拄杖下座

開爐上堂金粟今日開爐竟無半箇榾柮莫言冷落空疎要凍諸人徹骨苟徹骨撞頭磕額乾坤窄喝一喝下座

董爾立請上堂聲前一句人人本具放過一

著落在第二若不放過打出骨髓因甚如此只爲諸人不自薦取若也薦取所立卓爾以拄杖擊香几云還薦麽卓拄杖下座

師誕日上堂一年一度生一年一度老當人透過兩重關白髮童顔非老少非老少脱體翻成無價寶嗟見時人不善諳到頭哀送埋青草喝一喝下座

彌陀誕日僧本光請上堂老僧昨日是生日彌陀今日是生日我比彌陀先一日三世諸佛從此出所以道一切諸佛及諸佛阿耨多羅三藐三菩提法皆從此經出既從此出可謂諸佛老僧兒老僧諸佛父諸佛父法爾迥超凡聖路我見燈明佛本光瑞如此説甚娑婆并淨土喝一喝下座

上堂問世尊睹明星意旨如何師云瞎進云將謂和尚忘却了也師云漆桶不快僧喝師拈棒僧云元來元來便禮拜師云元來元來乃云今朝正是臘月八釋迦老子悟時節年年大地普皆知試問諸人徹不徹苟徹也與世尊把手共行不徹也且道過在阿誰拽拄杖下座大衆走散

春朝上堂春日晴黄鸝鳴聲聲無别事口口唤人惺且作麽惺等閒識得東風面萬紫千紅總是春春即且置敢問諸人如何是東風面殿前犬子吠門外有人行驀地唤伊回首看元來鼻直兩眉横且道伊是阿誰喝一喝云參

上堂問方今疆埸多故聖主焦勞如何得干戈不動天下太平師云未問已前早太平進云恁麽則萬民樂業去也師云阿誰不願乃

云當陽曉示人人越故超新覿面提持箇箇全身遠害若是上根利器聊聞舉著剔起便行却較些子更若佇思停機掠人涕唾正是韓盧逐塊所以道平地上死人無數灼然出得荆棘林是好手一句作麽生道敵勝還他師子子出羣須是丈夫兒

上堂人人本具箇箇圓成雖是當頭道著未免覿面謾人何以諸人聞恁麽道往往依語生解便將人人本具箇箇圓成當自己本命元辰豈不謾自了也若有不受謾底明明白白見得透悟得徹則一念不生全體寂滅更有甚麽爲緣爲對爲障爲礙所以龐居士問石頭大師云不與萬法爲侶底是甚麽人頭掩其口復持此語問馬祖祖云待汝一口吸盡西江水即向汝道士於言下大悟作偈云

有男不婚有女不嫁大家團圞頭共説無生話試問諸人作麽生是無生話一僧纔出師打云棒下無生忍臨機不見師僧擬議師復喝云堂堂大道無人識頂門正眼廓周沙下座

上堂施主請陞座對衆難啟齒覿面便相呈也是落第二何以諸人分上著不得者等閒家具便恁休去多少省力其或未然只得將錯就錯向第二義門打葛藤道威音王已前赤灑灑盡未來際淨裸裸即今各各寒威威凛凛本無彼此人我既無彼此人我且道是箇甚麽還委悉麽從來千聖莫能識造次凡流豈可名

解制上堂解開布袋口衲子都抖擻一一如虎龍人人攙前走世法出世法一切通莫受

力用要機先莫著隨人後不隨老僧言始可爲分付所以道古聖不安排至今無處所還委悉麼逢人覿面欺堪作師子哹喝一喝下座

過荆溪埽龍池幻和尚塔曹瑯玕等請於城中萬壽法藏禪寺上堂山僧出家將及四十載別也無成得甚麼事秖明得祖師西來直指人心見性成佛一著子今日承衆居士命陞此座爭敢囊藏被蓋必也八字打開爲諸人直指去也遂拈拄杖旋指云見麼會麼若也見得透會得徹二六時中覿體全彰折旋俯仰全身運用無動相可見靜相可立無心可明無佛可成無衆生可度何以不見道心佛衆生三無差別既無差別即說箇心佛與衆生都在其間即說箇佛心與衆生都在其間即說箇衆生心與佛亦在其間如是則說一即三言三即一既其一矣即說箇心佛衆生亦是對待而言强生分別若不分別山僧到此有口如啞有耳如聾言語道斷心行處滅故達磨盡力秖道不識二祖覓心了不可得然雖如是沒量大人亦是應機之說似向死水淹却不肖兒孫另出隻手以一莖草作丈六金身用以丈六金身作一莖草用爲諸人重指點去復拈拄杖旋指云還見麼棒頭有眼明如日要識真金火裏看卓拄杖下座

過姑蘇鄧尉山埽萬峰寶藏兩祖塔檀越周居實趙蓋菴等請上堂漢月藏公問問也打不問也打飽領多矣今請別吾方便師便喝進云打也問不打也問呈似多矣此時另轉家風師亦喝藏轉身云大衆一句了然超百

億粉骨碎身未足酬各禮一拜答謝師恩衆禮拜起藏進身數步云末後一句始到牢關最後之機乞師賜棒師云面皮厚三寸藏復禮歸衆徹頂目問從上來事分付阿誰師云腦後見顋進云恁麽則臨濟一宗全承渠力師云脚跟下更須喫棒進云謝師指示便禮拜師乃云今日不肖兒孫高陞遠祖之堂不必更說偈言覿面爲衆舉揚急著眼莫思量違得便行真漢子人間天上更無雙師卓拄杖藏率衆禮拜便喝師便打下座

過海鹽天寧寺衆請就千佛閣基上堂偶來天寧寺衆請高登座已是覿面呈何須更話墮若人如是會當下便安妥其或未然更向第二義門舉箇古人通箇消息不見廣額屠兒至世尊前放下屠刀云我是千佛一數今日若貴若賤若僧若俗若男若女人人俱登千佛寶閣基上一一莫非千佛之數還信得及麽若信不及山僧更向十字街頭叫喚去云我不敢輕於汝等汝等皆當作佛便下座

密雲禪師語録卷第二

音釋

鵬 蒲登切音朋大鵬鳥也鯤魚所化

翼 逸職切音弋羽翼

鵡 罔甫切音武鸚鵡能言鳥鵡同

覷 七慮切趨去聲伺視也言作覰

舷 胡千切音賢船邊也

掠 力灼切音畧奪取也

密雲禪師語録卷第三

天童弘法寺住持門人弘覺禪師臣道忞上進

上堂

住福州府黄檗山萬福禪寺山門以拄杖指云昔日遠祖斷際禪師從此出今日不肖兒孫從此入雖然出入不同要且同爲標格呈拄杖云大衆還見麼便入

據室只者些兒去處從上佛祖與人解黏去縛之所忽遇赤條條地來時如何正好與伊三十拄杖爲甚如此不見道青天也須喫棒

衆請開堂拈香祝聖畢復拈云者瓣香不從他處得來祇向自信中拈出四回爇向爐中供養龍池先師傳和尚用酬法乳之恩歛衣敷座上首白椎竟師云一葉扁舟汎海中乘風來到福城東洪波浩渺無餘事只作抛綸擲釣翁還有衝浪金鱗麼出衆相見問黄檗痛施三頓棒臨濟家風自此與今日吾師應兹席擬將何法付何人師云放汝三十棒進云請師再道一句師云猶不知痛癢在僧禮拜問慈雲彌布師衆駢臻和尚將何垂示師便打進云恁麼則無影樹上一枝華香滿三千大千界師云切莫眼華乃云口吞佛祖眼蓋乾坤剎海無餘大方獨步所以道法隨法行法幢隨處建立全機大用覿面提持若金翅擘海直取龍吞衲僧無湊泊處衆生無迴避處祇要諸人略回光相著眼自看便見透脫分曉驀呈拄杖云還見麼擊香几云還聞麼若也聞處精明見處透徹則聲色翳障全消聞見之元亦脫似透網金鱗通身踊躍正當恁麼時如何舉頭天外看誰是我般人後

舉先黄檗斷際禪師旅寓洪州開元寺裴相國一日入寺見壁畫問寺主者畫是甚麽主云是高僧相國云形影在者裏高僧在甚麽處主無對相國云此處有禪僧麽主云有一人相國遂請黄檗相見舉前話問檗檗召云裴休休應諾檗云在甚麽處相國於言下有省師云者二大老激揚箇事大似焦甎打著連底凍自他不隔於毫端雖然如是簡點將來未免旁觀者哂且道誰是旁觀者良久高聲召云大衆還省麽苟省則知裴相國落處不省則祇知事逐眼前過不覺老從頭上來喝一喝下座

請上堂生也全體現死也全體現生死與去來不隔一條線如是則見虚空大地明暗色空四大五陰十八界生老病死憂悲苦惱親愛纏繞正是病目見空華如蠶作繭自纏自縛更若見佛見祖見衆生三賢十聖等妙二覺乃至見心性玄妙亦是自作窠窟畫地爲牢墮阬落塹正恁麽時作麽生是超然一句還委悉麽直透萬重關放出箇隻箭下座

上堂三條椽下七尺單前正好朝打八百暮打三千若也會得伸脚打眠若然不會半夜起來屈膝坐毛頭星現衲僧前喝一喝云參

上堂今朝五月五家家賞端午唯我林下人一味無時度所以道謹白參玄人光陰莫虛度且道石頭老子尋常向甚麽處著到還委悉麽雲從龍風從虎喝一喝下座

上堂六月初一正炎熱人人通體汗流出忽然一陣凉風來箇箇仍前乾暴暴且道乾暴暴底是汗流出底是汗流出底是則不應有

乾暴暴底時節乾暴暴底若是則不應有汙流出底時節恐誤賺諸人老僧不敢道破諸人也須各各自悟於此討箇分曉始得

上堂拈拄杖敲香几云打草爲要蛇驚喝一喝云唖面祇要人惺苟惺也如日昇空無所倚十方世界現全形若不惺切莫錯恠老僧且道過在阿誰喝一喝下座

過福州衆請上堂山僧自到西禪寺日日上堂不爲意今朝請我更相呈試問諸人會不會苟若會人人箇箇難廻避若不會不免更露箇消息去以拄杖架肩云楖㮚横擔不顧人直入千峰萬峰去下座

過鳳林衆請上堂昔聞鳥窠棲樹梢令知此地鳥窠巢雖然親到鳥窠地不學鳥窠吹布毛遂以手作拈勢吹云既不吹布毛且道吹箇甚麼諸人若也眼開心悟箇箇會通侍者且作麼生是悟底意旨衆中還有悟者麼試出來通箇消息良久云一總若無山僧今日失利

就醫北禪值師誕辰衆請上堂問人人盡道今日是生日且道即今是生不是生師云放下兩頭進云與麼則禮三拜爲和尚祝壽去也師便打問古人問壽年多少答云晝夜一百八即今問和尚年多少師云忘卻了也進云當面南山壽年多少師打云眼華作麼進云三千里外絕誵譌師復打乃云山僧六十有五素來不涉迷悟無端痢疾三年累得通身骨露若人如是證明管取超佛越祖日用二六時中直教更無差互若能如是行持定證金剛堅固試看碓坊踃碓人終日未嘗移

一步蘇州城有六座門門門有路通人路可惜無人簡點知其數便下座

住明州育王廣利禪寺黄司李端伯請就本寺開堂指法座云者便是大司李大護法於丁卯秋廬山開先寺撞倒底鐵山今對人天衆前扶起去也還見麽遂陞拈香祝聖畢復拈云者瓣香自從親遭毒手至今痛恨不徹五回拈出供養荆谿禹門堂上幻有先師大和尚用酬法乳之恩斂坐上首白椎云法筵龍象衆當觀第一義師云若第一義適來未陞座前人人顯示了也若向槌下聽人處分分明落第二義去也還有耳不隨聲眼不逐色者麽出來相見（問答不録）乃云布縵天羅網打衝浪鯤鯨若是透網金鱗聞恁麽道便乃通身踊躍出來掀倒禪牀喝散大衆飛騰而去豈不慶快平生其或未然不免道祖師心印狀似鐵牛之機去即印住住即印破便能隨處作主遇緣即宗法隨法行法幢隨處建立況逢明眼作證豈敢被蓋囊藏應須覿面顯揚當頭點破若解返照廻光便見透脱分曉分明自家境界一著本來面目覿體現前全機大用秖憑者箇威光不向別處流轉遂豎拂云若向者裏覷得透開隻眼用得去方知開口不在舌頭上可謂一言通時千言萬言不會道著一字一機用去千機萬機全體顯露如壯士屈伸不借他力師子遊行不求伴侶雖然猶是從上來建法幢立宗旨底標格秖如坐斷報化佛頭透過祖師巴鼻不涉化門一句又作麽生道還委悉麽皇風浩蕩乾坤廓野老謳謌春晝長

復舉阿育王問賓頭盧嘗聞尊者親見佛來是否者以兩手策起眉毛云會麼王云不會者云阿耨達池龍王請佛齋吾亦預數虎邱隆祖道尊者得大機顯大用不謾親見佛來雖然賴遇育王放過若不放過泊合打失眉毛打失眉毛且置秪如策起眉毛又作麼生會麼當臺一鑑明如日萬古晴空絕是非不肖兒孫道虎邱和尚判得十分明白爭奈猶剩一半祇如尊者道阿耨達池龍王請佛齋吾亦預數且道今日阿育王寺十方聚會同共一齋賓頭盧還預數也無如不預數古今則有二道若預數即今賓頭盧在甚麼處諸人還知麼其或未知各各策起眉毛試看取好卓拄杖下座

追嚴上堂今朝二月十九盡道觀音生日且道觀音生在甚麼去處若知觀音生處便知曹溪鄧居士死底去處既知鄧居士死底去處即知觀音生底時節既知觀音生底時節便見鄧居士生與觀音現身說法死亦與觀音現身說法既皆現身可謂淨法界身本無出沒既皆說法可謂大悲願力示現受生如是則刹說衆生說十方三世一時說又烏用山僧皷兩片皮掉三寸舌說出許多不乾不淨謂之說法度生者哉何故徧界盡非常草木何山松栢不青青

上堂雨下地濕天晴日出水緑山青桃紅李白一一皆呈奇特只是不得將眼看并口說為甚如此風前鐵樹華開别是一般春色

上堂三世諸佛不知有從空放下狸奴白牯卻知有憑地昇高從空放下無衆生可度憑

地昇高超佛越祖超佛越祖衆生度盡恒沙佛無衆生可度諸佛何曾度一人雖然如是忽若兩頭坐斷中間撒開突出難辨一句又作麽生道披蓑側立千峰外引水澆蔬五老前

上堂子規啼血滿華枝口口聲聲秖叫歸叵耐時人猶不惺年年三月又來啼大衆還委悉麽自是不歸歸便得五湖煙景有誰爭

上堂聲前一著人人本自圓成正體湛然箇箇初無向背秖因不覺逐色隨聲捉一放一不得解脱若能回光克證無生法忍管取無繫無拘自由自在何以如此雖然不假修成得日用須教要自由

上堂現成公案不用尋思八字眉分無干心力如是則恁麽也不得不恁麽也不得恁麽不恁麽總不得未免向死水裏躲根設若恁麽也得不恁麽也得恁麽不恁麽總得也是在葛藤窠裏作活計不落兩頭機不墮中間位且道二六時中如何受用萬仞峰頭獨足行喝一喝卓拄杖下座

奉化岳林寺主請上堂諸佛與衆生本無優與劣秖因人不覺妄自生分別分別若不生洞然最明白人人絶覆藏箇箇無隱匿所以道彌勒真彌勒分身千百億時時示時人時人自不識且即今各各人人那箇是彌勒若也識便安恬其或未然來年更有新條在惱亂春風卒未休

上堂三春已過孟夏初臨山中樹緑田裏秧青蠶婦剪桑農夫催耕情與無情一一皆真所以道是法住法位世間相常住若識相常

住方堪有本據其或未然有寒暑兮促君壽有鬼神兮妒君福

再住金粟廣慧寺上堂道人踐履絶行蹤去亦如斯來亦同來去如如了無異去來一味舊家風如是則大智圓明體無向背聲和響順形直影端在彼在此獨露常光一去一來豈生二相正恁麼時且作麼生是諸人底舊家風還委悉麼須知鷲嶺當年事一念回光自宛然

祈嗣請上堂亘古亘今金剛體密密緜緜常證入不生不滅如來藏頭頭物物悉包容所以道空可空非真空色可色非真色真色無形真空無名無名名之父無色色之母能爲三界之根門作天地之太祖如是則金剛體生育之本如來藏造化之源能作奇特因能顯難思事若上根利智向文彩未彰已前當頭一時坐斷淨裸裸赤灑灑如天普蓋如地普擎如虛空寬廣如日月普照一道清虛靡不貫徹感應道交緜緜瓜瓞驀拈拄杖云當恁麼時且作麼生是造化之源生育之本杖頭點出金剛眼彈指圓成八萬門

施主請上堂正令當行十方坐斷宗旨建立毫髮無差是以摩竭掩室毘耶杜詞斯皆理爲神御故口以之而默豈曰無辨辨所不能言也如天不言靡所不蓋如地不言靡所不載故曰天無私蓋地無私載天若私則有蓋有不蓋地若私則有載有不載古人所謂皇天無二道聖人無兩心雖無二道昆蟲草木咸植其中隨其根性悉遂其生故法華經云密雲彌布一雨普滋斯非法喻齊彰佛天無

二者乎遂舉拂云有眼者見復敲香几云有且者聞聞見分明是箇甚麼擲拂云正恁麼時諸人分上又作麼生還委悉麼一氣不言含有象萬靈悉稟共同根

追嚴上堂問析肉還母析骨還父父母非我親誰是最親者師云眼中著屑進云千江有水千江月一道寒光亘古今師云錯認定盤星問如何是奪人不奪境師云瞎進云如何是奪境不奪人師云看脚下如何是人境俱奪師云天上有星皆拱北如何是人境俱不奪師云人間無水不朝東進云恁麼答話瞎却天下人眼在師云你眼向甚麼處著僧喝師云卻是你眼瞎問大事未明如喪考妣是如何師云萬仞峰頭獨足立大事已明如喪考妣是如何師云千山萬山獨行去乃云生死去來全體現隂間陽世絕行蹤驀拈拄杖指云杖頭指著金剛體汝毋回光證舊容喝一喝云還見麼卓拄杖下座

上堂纔然五月廿九又是七月初一可謂日月如梭光隂迅速諸人還得箇休歇也未若得箇休歇便見釋迦老子道我能促一劫如半日延半日如一劫趙州亦云諸人被十二時使老僧使得十二時不是神通妙用亦非法爾如然斯皆親證實到大休大歇時節所以不見劫之長日之短全憑者箇威光不向別處流轉其或未然祇知事逐眼前過不覺老從頭上來

住明州太白山天童景德禪寺入院至古佛殿基云虛空作殿日月爲燈且道是甚麼人境界還會麼設或未會且看新長老撒開坐

具大展三拜
方丈據此室行此令從教天下衲僧來乞命一一爲伊當頭按定
衆請開堂至法座云須彌燈王如來已坐斷諸人路頭了也且轉身意旨又作麽生如或未會更爲諸人撥轉上頭關去也遂陞拈香云此瓣香奉爲今上皇帝祝延聖躬萬歲萬萬歲伏願國運與日月長明國界與乾坤共固又拈云此瓣香奉爲滿朝文武天下官僚本山請主司李黄公維翰徐公松𥔵徐居士伏願道心堅固克證菩提現隨類身導引羣品復拈云此瓣香叅侍二十餘年一旦親蒙印可不敢忘卻第六回爇向爐中端爲幻有先師大和尚用醻法乳之恩上首白椎云法筵龍象衆當觀第一義師云人人絕覆藏箇箇無向背誰更有第一第二而復言觀還有共相證明者麽問昔日應菴和尚問天童傑禪師云如何是正法眼傑答云破沙盆意旨如何師云門前七座塔進云師意如何師便打進云某甲即不然師云你又作麽生進云瞎師復打乃云光吞萬象氣絶諸塵淨裸裸赤灑灑提則天上人間放則無處廻避所以道動若行雲止猶谷神既無心於彼此豈有象於去來去來不以象動靜不以心如是則昨日在育王不曾相著今朝來天童又何嘗相逐於此於彼無取無舍故能隨處作主遇緣即宗當頭點破廓開人天正眼赤手提持使證自家境界無倚無依自由自在且如今日祝聖開堂一句作麽生道邊邦寧靜歸王化萬姓謳歌樂太平

挂版叢林號令佛祖鉗鎚今朝懸向堂前輕輕擊著直令人人頓斷命根雖然如是更有一人且道具何面目高著眼始得

開爐上堂太白山中儘有柴一株不許衆人搬老僧不是多護惜爲要諸人徹骨寒雖然如是只如道二界無安猶如火宅諸人又向甚麽處廻避若也廻避得可以高超三界獨步十方如或未然各各照顧眉鬚始得

上堂問和尚未露家風學人已呈行履更借問得一句麽師云莫亂道進云如何是殺人刀師云一棒打殺進云如何是活人劍師云自領出去問大地無寸土時如何師云你在甚麽處進云無縫塔前師便打問正令纔施即不問聲前一句意如何師云合取狗口進云前後即無作麽勦絶得去師云背後看取乃云結制得半箇月日也諸人本分事作麽生一僧纔出師云本分事作麽生僧擬議師云大衆不煩久立下座

上堂問出沒卷舒即不問赤條條地事如何師云更著幾重來問竿頭撒手時如何師云兩脚梢空乃云問話且置大衆要老僧入室即今當堂與你們入室也不用古人底話老僧杜撰三句話初心久學皆可用遂云莫立程途別用功行住坐臥看何從忽然看徹無從底大衆下語看衆無語師便下座

上堂今日仲冬十五日霜風刮面侵人骨明明歷歷不曾藏烏用山僧更饒舌乃舉僧問雲門如何是諸佛出身處門云東山水上行佛果道天寧即不然有問如何是諸佛出身處向他道熏風自南來殿閣生微涼今日天

童又不然有問如何是諸佛出身處劈脊便棒

誕日上堂今年十一月十六日也是者箇時節去年十一月十六日也是者箇時節前年十一月十六日也是者箇時節外前年十一月十六日也是者箇時節乃至從無始十一月十六日總是者箇時節來年十一月十六日也是者箇時節後年十一月十六日也是者箇時節外後年十一月十六日也是者箇時節乃至盡未來際十一月十六日也是者箇時節既都是者箇時節喚作過去不得喚作未來不得喚作現在不得既都不得喚作生得麼喚作滅得麼喚作不生不滅得麼所以道欲識佛性義當觀時節因緣時節若至如迷忽悟如忘忽憶正當恁麼時依時及節一句作麼生道良久云仲冬嚴寒衆慈伏惟珍重

上堂舉臨濟大師道一句語具三玄門一玄門具三要有權有用汝等諸人作麼生會下座師乃召云大衆秖如適來問答向甚麼處去若知去處有實有用便下座

臘八上堂自古至今臘月八年年午夜一天星釋迦老子已悟去因甚諸人不自惺苟惺也盡大地無纖豪過患所以道普觀一切衆生皆具如來智慧德相但以妄想執著而不證得且問諸人作麼生說箇不執著底道理又作麼生說箇執著底道理卓拄杖下座

解制上堂今朝正是臘月三十日又是解制之辰且問大衆作麼生是收因結果依時及節底句若也道得天下橫行其或未然闍老

子算飯錢打兠骨臀莫言不道

歲朝上堂舊歲新年現成公案越古超今時人不薦林下道人不隨世變所以道有物先天地無形本寂寥能爲萬象主不逐四時凋喝一喝卓拄杖下座

上堂人以生爲勞不以死爲慮忽然死到來茫無著落處誰知當處生當處死當處埋若能如是會不動出三災所以釋迦老子云吾今爲汝保任此事終不虛也且作麽生是不虛底事以拄杖敲香几云棒打石人頭嚗嚗論實事

幻有和尚忌日拈香親遭毒手不容情大棒通身徹不禁一年一度燒香日翻憶令人恨轉深

上堂通熹誠心修供養供養一切諸如來請我舉揚般若力爲薦父母出凡胎聖凡不同同鼻孔馨香臭穢一般開

清明上堂今日正當清明節家家祭埽拜邱隴秖爲生身不忘本所以追思遠祖宗明新禪人特修齋供佛祭埽祖師塔請我舉揚無別事父母師長祈報答雖然如是其間多有隨其風俗以了故事者縱有搥胸痛哭亦不過不見團圞私念愛情要如孔夫子言祭如在祭神如神在者即罕矣惟我佛祖兒孫似乎不然所以法華會上藥王菩薩焚身供佛佛讚云善男子是真精進是名真法供養如來於是藥王還復如故智者大師讀到此處忽然有省獲旋陀羅尼三昧云見靈山一會儼然未散正恁麽時諸人還見祖師麽若見可與祖師把手共行其或未然普請大衆同

到祖師塔前作禮三拜

受吳嶷峯爲僧上堂世緣頓盡截斷愛情出類拔萃作大丈夫正宜永披忍辱鎧常操智慧刀與薀魔煩惱魔共戰滅三毒破魔網如鳥出籠金鱗透網且無依無倚善始善終一句作麽生道雪後始知松栢操事難方見丈夫心

上堂仲春且猶寒深山更不同忽地風來拂便覺尚侵容一法既露現法法豈曾蒙若人欲了道力行日用中所以道日用事無别惟吾自偶諧舉起拂子云諸人還見龎居士麽頭頭非取捨處處没張乖師云喚作拂子即觸不喚作拂子即背朱紫誰爲號邱山絶點埃師云善能分别諸法相於第一義而不動神通并妙用運水及搬柴師起座云普請大衆擡石挑砂去

端午上堂今朝五月五日知事頭首乞老僧陞座應箇時節老僧無計可處何以雄黄燒酒固也不可要且無箇銅錢買糯穀思量計窮力極忽然得箇富不有餘貧無不足真可謂是箇平等法門正可與世移風易俗遂豎起兩拳云只將者兩箇大糭子供養大衆一任大衆横皷豎皷忽然皷著自家底直得人人飽足免得窮厮煎餓厮炒爲甚如此到底終輸自家寶

追嚴上堂一僧纔出師與當頭一棒云當頭點破世出世間没間隔覿面洞明生死變異體全彰所以道無邊刹海自他不隔於豪端十世古今始終不移於當念又有道者一片田地分付來多少時也我立地待汝構去諸

人還搆得麼若也搆得便見一切衆生無非具者一片田地三世諸佛出世説法無非發明者一片田地歷代祖師天下老和尚爲人直指無非直指者一片田地乃至今日可志史居士入山修供命山僧陞於此座無非舉揚者一片田地追薦二親同明者一片田地以見昔日生本非生者一片田地全體恁麼來今日死本非死者一片田地全體如是去然後推巳利人全機大用如鳥王劈海直取龍吞全憑者箇威光不向别處流轉且道恁麼時一句又作麼生道各各人人合自由全身只在一毫頭

病起上堂老僧病一箇半月日未嘗與諸人説佛法如是告報若明眼衲僧巳千里萬里去也其或尚留觀聽猶涉狐疑則更向第二義門矢上加尖去也老僧病一箇半月日本地風光諸人一箇半月日挑甎運瓦拖柴拽石禪牀裏打坐經行齋堂裏喫粥喫飯乃至東廁上尿桶邊無非是諸人真實之體祇如透過許多間門破户真實體上又如何通信鴛鴦繡出從君看不把金鍼度與人

歲旦上堂今朝正月一陞座拈香祝聖畢普請唱箇太平歌摩訶般若波羅蜜復舉僧問趙州萬法歸一一歸何處州云我在青州做領布衫重七斤即今忽有問天童萬法歸一一歸何處只向他道不煩久立下座

上堂只因施主殷勤請老僧無力强陞堂忌著眼莫思量彼此明明没覆藏舉拂云覩面提持當薦取毋教歸去更茫茫復舉龐居士云十方同聚會師云大家在者裏箇箇學無

爲師云用學則不堪此是選佛場師云人人當自强心空及第歸師云看脚下復云註巳註破大衆還會麼若未會更爲頌出十方聚會没邊疆箇箇無爲絶較量各信脚跟行取去那來歸路更茫茫

上堂天童者裏不敢虧人你有半斤稱你八兩你有十尺量你一丈衆中若有箇漢聞恁麽道忿性出來道都來總是箇無星秤尺又稱量箇甚麽老僧但向他道一釣便上若也會得有功者賞若會不得領取鉤頭意莫認定盤星

結制上堂問三界唯心萬法唯識如何是學人心識不到處師便打如何是一門深入師打云切莫刺腦入膠盆如何是法王法座師打云眼瞎麽乃云天童結制無他事祇爲諸人不薦取若薦取大千世界絶行蹤日用直須以本據敢問諸人本據又作麽生便下座

上堂一見再見無二見一得未得没兩般彈指云急薦取莫顢頇畢竟明明是何物從教東北與西南

施主寄賫修供請上堂佛以一音演説法以杖指大衆云杖頭指出太分明千里同風不隔線日對靈光與妙音如是則不動步相照向是非得失外不起念承當於文彩未生前只如廉纖不涉彼此不干一句如何通信三事衲衣青嶂外頂冠束帯萬人中

上堂問如何是祖師西來意師云達磨過去久矣進云去到甚麽處師便打問如何是初一巳前事師云昨日三十日進云如何是初一巳後事師云來日向你道進云正當初一

日如何師便打乃云今朝十二月初一知事頭首請上堂老僧老兮懶饒舌者麽明明爲舉揚

上堂卓拄杖云諸人皆有一條拄杖擬欲進前拄杖子礙卻路頭擬欲退後拄杖子穿卻鼻孔只如不進不退拄杖在甚處以杖駕肩云拄天拄地無人會收攝肩來力荷歸

解制上堂問結制解制則不問天童佛法是如何師云看脚下進云學人不會師云還我九十日飯錢來問如何是脫落生死句師云你跳看如何是不出生死句師云你盡力跳不出生滅與不生滅二俱排擯又作麽生師云莫向鬼窟裏作活計問如何是過去佛師云釋迦老子如何是現在佛師云大地衆生如何是未來佛師云莫妄想乃云諸人盡道解制殊不知天童之制結解不結解總不必論祇如老僧終日趕著大衆不是挑甎便搬瓦不運土便擡石不拖柴便燒陶見你們稍遲縮則不是喊便是駡汝諸人意作麽生會還知天童老漢爲人處麽三生六十劫

上堂問孤峯頂上還許商量否師云放下脚來僧云恁麽則商量已竟師云未是你安身立命處乃云未到天童不妨疑著已到天童氷消瓦解何故聾不見道聞名不如見面面既見矣諸人分中成得箇甚麽邊事一翳在眼空華亂墜

上堂千猜萬猜不如親到一回千説萬説不如親見一面到已到矣見已見矣忽有人問天童意旨如何又作麽生祇對若也對得不枉到天童若對不得須知自有活路始得

大悲生日上堂舉拂子云觀世音菩薩在山僧拂子頭上示生了也諸人還見麽若見則便請散去其或未然擊拂子云一擊粉碎直教徧界分身應以佛身得度者即現佛身而爲說法應以菩薩身得度者即現菩薩身而爲說法應以比丘身得度者即現比丘身而爲說法應以居士身得度者即現居士身而爲說法應以婦女身得度者即現婦女身而爲說法乃至應以人與非人得度者悉皆現之而爲說法既如是等皆爲說法則不見有佛相菩薩相比丘相居士相婦女相乃至人與非人等相既無如是等相則心不分別内心無喘心無憎愛生死之心於是息矣復舉拂子云還見麽若見則頭上安頭不見則斬頭覔活所以道不見一法即如來是則名爲觀自在擲拂子下座

上堂一僧纔出禮拜師便打云大衆若見山僧棒頭落處便向者僧未開口前證取自家境界不從人得若向山僧開口處摶量意根下卜度韓獹逐塊有甚了日所以教中道聲聞人因聞聲教而見性故謂聲聞菩薩不從聲聞而眼見性諸人直須眼見性始得

師因事拂衣至慈水馮大中丞大司馬并衆護法攀留入山請上堂道人行履處幽然意不黨檀那雖送入不可把雲封試看紅輪日任運轉西東古今常顯露由來無定蹤復舉大慧杲禪師因張汪二狀元至上堂舉僧問雲門如何是和尚家風門云有讀書人來報杲云讀書人既到者裏且如何與伊相見乃云不是寃家不聚頭師云和尚家風雲門盡

情說了相見之意大慧不妨道破秖如相見後又作麼生受用乃云君往瀟湘我往秦

開爐上堂僧問大制從來無解結因何平地起風波師云無繩自縛漢進云羅籠不住呼喚不回師云你為甚剌腦入膠盆問如何是禪那大定師打云你還跳得出麼問譬如有一獵人入深山中被無數猛虎圍繞如何得出身路師和聲打云打中間底僧擬議師連棒打退乃云昨日天晴日頭出今日雨下地上濕試看俛仰天地間畢竟明明是何物若也會得便於春温秋涼夏熱冬寒盡是諸人出身時節所以僧問洞山寒暑到來如何迴避山云何不向無寒無暑處去僧云如何是無寒無暑處山云寒時寒殺闍黎熱時熱殺闍黎便是者消息其或未然普請大衆歸堂三條椽下七尺單上衲被蒙頭各自摸取

上堂昨日上堂今朝陞座呈似諸人更勿話墮所以道若據此事直得三世諸佛口挂壁上更有一人呵呵大笑若識此人參學事畢汝等諸人二六時中業識茫茫還知安身立命處麼若知則龍得水時增意氣虎逢山勢長威獰喝一喝云普請大衆挑瓦蓋屋去

黄司李入山請陞座僧問當初無盡居士見兜率悅禪師既有契證因詢晦堂家風於悅欲往就見悅曰此老只一拳頭耳意旨如何師云明破即不堪僧云悅乃潛奉書於晦堂曰無盡居士世智辯聰非老和尚一拳垂示則安能使其知有宗門向上事耶如何是宗門向上事師便打僧云未幾無盡遊黄龍訪晦堂於西園先以偈書黙菴壁曰亂雲堆裏

數峰高絶學高人此趣逃無奈俗官知住處前驅一喝散猿嬰徐詢宗門事晦堂果舉拳示之意旨又如何師舉拄杖云貫得其便僧云無盡默計不出悦之所料由是易之無盡既有契證何得隨人脚跟轉師云汝那裏見無盡恁麼説來僧無語師云卻是汝隨別人語生解僧云無盡有偈曰久嚮黄龍山裏龍到來只見住山翁須知背緰拳頭外別有靈犀一點通又作麼生師云無盡只顧出身處不知話作兩橛僧云恁麼則無盡不唯不知晦堂用處且不識兜率話頭也師云放汝兩頓棒乃云昨晚無舌説今朝呈醜絀耳聞兼目見不聞僧與俗選佛與選官同體不同服不以服飾觀便見真面目箇箇本成現人人皆具足常説熾然説不消三寸舌所以道迦葉不聞聞世尊不説説不墮悄然機動容揚古路下座

解冬上堂正月十五青天白日僧俗圍繞眼眼相覷相覷即不無畢竟成得甚麼邊事莫生心休卜度彈指云善財彈指登樓閣普化入市搖鈴鐸復云春日晴黄鸝鳴行脚衲僧奔前程忽若遇盲聾瘖啞底又作麼生撞頭磕額乾坤窄

上堂箇事本來成現人人不隔一線祇因自已顢頇致使四生流轉遂舉拂云我今特施方便切莫隨之更變欲得解脱自由悟取本來真面所以道苦海縱無邊回頭便是岸擲拂云看看

崇禎八年孟秋四日暨佛殿法堂藏閣檀越子李蒙薦父侍御公請上堂僧出作禮師便

打云大衆會麼老僧爲汝等當頭指點汝等直下知歸則見侍御公安身立命處既見安身立命處則不被名利聲色之所籠罩恩愛情念之所流轉所以道若能轉物即同如來便能於一毫端現寶王刹坐微塵裏轉大法輪如是則不用材木殿閣成現不勞斧斤法堂本彰不動舌頭只向青天白日下要轉便轉復召云大衆扶起棟梁去

追嚴上堂今朝正是十月半葉落歸根全體現寒林華發不萌枝無滅無生無異見拍桌云正恁麼時誰會得大丈夫兒撒手行

結制上堂問今日四海衲僧雲集各各壁立千仞還許他諸人悟也未師打云汝還夢見麼進云悟尚不許夢箇甚麼師又打云你即今是迷是悟進云學人不在迷悟裏師云且道打在甚麼處僧禮拜師乃云雲水禪流自聚頭非干特地苦拘留天童無法加諸衆只要諸人自肯休雖然如是若不到自肯不可强休若到自肯處不待休而自休且作麼生是諸人自肯處若到自肯處方丈裏來通箇消息

上堂黄司李問元正啓祚萬象咸新戶戶門門燈然室内且道與少室一燈是同是别師云離卻同别再道將來進云和尚爲何不道師云耳聾作麼進云口啞作麼師云更要打在士禮拜僧問雲水盡從今日解重樓紺宇鎖何人師云天無四壁進云恁麼則草猿猻似虎拄杖活如龍去也師云走殺闍黎乃云今朝正值正月半家家辦賞上元節都隨浮世恣情歡誰惺茫茫忘本確祇有居士黄元

公獨入深山無別樂不若維摩唯默然互相唱和妙獨覺又值天童寺裏僧箇箇打帳草鞵著頂笠腰包撒手行眼空四海乾坤廓雖然如是忽遇其人攔胸把住時又作麽生道箇解交句若解道得獨步大方若道不得前途多有絆脚索在

新僧堂就結夏上堂大衆進堂老僧上堂進堂上堂都來堂堂若也薦得自絕忖量忖量絕處迥出大方故乃據此爲衆舉揚喝一喝下座

解夏上堂結制也諸人爲要討箇入頭底時節解制也諸人須得箇出頭底意旨若得箇入頭時節常在其中則八風五欲撼牵不動設得箇出頭意旨千聖羅籠不住萬魔潛覰無門自在自由全體現前據同體悲興無縁慈拯拔一切報佛深恩是爲一期參學已畢慶快平生其或未然正是虚生浪死徒入空門也宜各珍重始得

聖節上堂大中天聖中聖示現降生含齒戴髮蠕動含靈咸荷洪恩林下道人轉妙法輪仰祝大明齊北極聖壽等乾坤四方八表樂昇平萬國來朝萬乘尊

顧宗伯徐侍御劉郡丞入山請上堂拈香祝聖畢乃云皇圖鞏固帝道遐昌佛日增輝法輪常轉法輪既常轉豈在高登曲彔木掉舌播唇謂之轉而未陞座前豈不轉耶然放一線道還丹一粒點鐵成金至理一言轉凡成聖恁麽告報已涉繁詞未免笑殺旁觀驀拈拄杖云爭如者箇木上座生平不近人情一味從頭棒將去也不管是聖是凡正恁麽時

莫有當機領略得者麽無則山僧自道去也
便下座
承乾宮田貴妃國戚奉旨進香賫紫衣入山
請陞座問光輝佛日菩薩現天人之身普扇
真風和尚唱無生之曲無生曲即不問如何
是祝聖底句師云今古歷然進云恁麽則一
人有慶萬民咸賴去也師云卻被闍黎道著
僧禮拜師乃提起紫衣云此是九重宮裏傳
來底謂之信衣亦謂之無相福田衣佛佛授
受祖祖相傳所以達磨大師西來稟教外單
傳直指人心見性成佛後來臨濟問黄檗佛
法的的大意三度皆棒諸人還知直指處麽
以拄杖旋指云棒頭有眼明如日要識真金
火裏看下座

密雲禪師語録卷第三

音釋

厀 息七切音悉膝同人之節也　臋 徒孫切音屯髀也　曝 四角切音璞聲也一作嚗　炒 楚絞切音吵熬也　絆 博慢切音半羈絆也　紺 古暗切音贛元色

密雲禪師語録卷第四

天童弘法寺住持門人弘覺禪師臣道忞上進

上堂開示

三世諸佛出世不爲別事歷代祖師說法不說別事只爲爾我沈淪三界流轉四生所以教爾我出三界輪迴脫四生苦趣所謂佛佛授手祖祖相承唯爲一大事因緣故出現於世也是故大慧果和尚見人不知大事之所以遂註解向人道唯人生不知來處謂之生大死不知去處謂之死大故謂生死大事也又慮人不以爲事復云你們生前曾做驢做馬來也不知而今死後做驢做馬去也不知上天堂也不知入地獄也不知既都不知一息不來前路茫茫豈不是要緊底大事耶然據悟上座即不然只者生不知來處死不知去處便是當人出生死底消息唯人作計攀緣遂成流轉何故生不知來處則來無所從死不知去處則去無所至去無所至則內無所出來無所從則外無所入外無所入則外息諸緣內無所出則內心無喘既內心無喘外息諸緣則一念不生一念不生則前後際斷前後際斷則覿體現前覿體現前則行不知行坐不知坐卧不知卧住不知住騰騰任運任運騰騰到恁麼時切忌失脚跌破鼻頭怨恨老僧遂喝一喝轉身歸方丈

諸佛與一切衆生本無異相只緣迷悟見有差殊雖有差殊迷時本體本不曾迷悟時本體本不曾悟迷悟都不干本體事迷時則全體而全衆生悟時則全衆生而全佛全衆生而全佛衆生不見諸佛之名全佛而全衆生

諸佛不見衆生之相諸佛不見衆生相故諸佛何曾度一人衆生不見諸佛名故衆生度盡恒沙佛衆生度盡恒沙佛衆生與諸佛無殊諸佛何曾度一人諸佛與衆生不異如是則舉手所指縱目所觀衆生與諸佛正如水中鹽味色裏膠青雖有所指不見其形故德山云聖名凡號盡是虗聲殊相劣形皆爲幻色汝欲求之得無累乎及其厭之又成大患豈不是鏡中像水中月取不得捨不得不可得中只麽得大千沙界海中漚一切聖賢如電拂兹乃俞道人等乞開示諸佛衆生所以底意若約衲僧拄杖子要且未在不見芭蕉道你有拄杖子我與你拄杖子你無拄杖子我奪卻你拄杖子拈拄杖云悟上座已有拄杖子也衆兄弟又作麽與悟上座拄杖子放下云悟上座已無拄杖子也衆兄弟又作麽奪悟上座拄杖子良久云既不能奪又不能與則衆兄弟未有拄杖子在復拈拄杖云還會麽還知麽正恁麽時悟上座性命在諸兄弟手裏若是眼裏有筋皮下有血手裏有骨一逴逴得便能羅籠三界提拔四生設或未能卓拄杖云衆兄弟性命卻在悟上座手裏復卓一卓喝一喝擲拄杖下座

世菴禪人乞示華嚴圓旨薦母請上堂老僧出家年晚爲生死事急無暇及於教乘祇有兩句恷直話說了去罷你也替我不得我也替你不得父子上山各自努力摸取東勝神洲與西牛賀州𨷲頷不爲分外恁麽見得行得要會華嚴圓旨有甚麽難不見永明謂此經爲純眞法界法界者四聖六凡是也四聖

六凡正眼觀之純一眞相經云佛身充滿於法界普現一切羣生前楞嚴云妙性圓明離諸名相本來無有世界衆生法如是故不假强爲所謂眞如淨境界一泯未嘗存能隨染淨緣遂成十法界淨緣有大小故證四聖之果而有殊染緣有重輕故感六凡之報而不等故成十法界雖成十法界界界皆圓衆生若不圓則不流轉異類及成佛道佛菩薩若不圓即不隨類應身廣度衆生但一界悟入界界無餘一人迷時類類各别各别則不能互攝互融無餘則何妨問此答彼所以道男子身中入定時女子身中從定出東方入定西方起男身沒女身彰如是則何妨母身沒子身彰佛佛悟此不見優劣相不生人我見成一眞法界故永嘉云夢裏明明有六趣覺後空空無大千葢法界體各各圓滿具足只爭悟與不悟悟則當下透脫覿體全彰永斷輪迴所以相替不得各要努力然法界有事有理有事理無礙有事事無礙未悟之人只見其事不見其理業識茫茫無本可據若悟得者只據本分一著葢天葢地無天堂可欣無地獄可厭處處圓融事事無礙故眞淨和尚云事事無礙如意自在手把猪頭口誦淨戒趁出淫坊未還酒債十字街頭解開布袋驀拈拄杖云事事無礙如意自在信手拈來貫徹法界佛鬼妖魔無此無彼地獄天堂卓拄杖云一槌粉碎直令呂氏母子目前相見烏用如目連入地獄方能救得擲拄杖云還見麼喝一喝下座

今日陞座無他葢爲釋迦如來悟道之辰本

山啟建閲藏禪期之日雖然如是只此兩端衆兄弟當知期悟爲本閲藏爲末不見世尊當初棄王宫入雪山静思六載於臘月八夜舉頭覩明星忽然大悟何曾有三藏十二部看閲而悟來又於靈山會上拈華迦葉微笑遂以清淨法眼涅槃妙心付囑傳化謂之教外别傳所以阿難問云世尊傳金襴袈裟外别傳何事迦葉召云倒卻門前剎竿著阿難從此大悟爲第二祖於是祖祖相承至二十八祖達磨大師遥觀此方有大乘根器遂航海來初見梁武帝帝問聖諦第一義衆兄弟梁武深解教乘故知聖諦爲極致而不知達磨秉教外别傳之旨直截一揮便乃不知落處所以道攙出去也直至嵩山面壁九年方得慧可大師來乞安心被磨一撥欲覓個心與磨安盡其精神而不能將得出便徹見本體當下休歇磨亦見他徹底悟去乃與之印可云爲汝安心竟繼有三祖亦只見得罪無自性本體露現故二祖亦與之印可云爲汝懺罪竟至於六祖一聞應無所住而生其心便乃大悟又何曾待閲三藏十二部然後悟哉更有靈雲見桃華而悟道香嚴因擊竹以明心乃至大慧杲禪師十八歲叅禪至三十六歲聞圓悟禪師舉諸佛出身處熏風自南來殿閣生微涼方纔瞥地衆兄弟畧舉從上世尊至此無不以悟爲期然且遇緣不一奚必待睹明星而悟道耶遂舉拂子云只者拂子已刺破釋迦老子眼睛穿卻釋迦老子鼻孔負命者上鉤來爲釋迦老子出氣了便請歸家穩坐有麽有麽良久云無則普請歸堂

掀翻海藏

知而無知不是無知而説無知會而不會不是不會而言不會所以道具足凡夫法凡夫不知具足聖人法聖人不會聖人若會即同凡夫凡夫若知即是聖人即是聖人無凡夫可知即同凡夫無聖人可會無聖人可會則衆生度盡恒沙佛無凡夫可知則諸佛何曾度一人如是説者無能説所説如是聽者無能聞所聞各各歷歷孤明露出本來面目發揮本地風光爭肯囊藏被葢正當恁麽時爲人摎著又且如何喝一喝云切莫錯對便下座

小參

病起小參舉五祖演和尚云如今人似發瘧一般寒一上熱一上不覺過了一生矣只此兩句話悟上座生平亦只尋常看過了適纔病中體之可謂斷盡人病不惟未打徹底人有時爲此事急切著忙有時丢在無事甲裏設使徹底人於日用現行處亦未免觸事則因事生心緣無便依無息念被寒熱二途打作兩截今日更爲一頌一番寒了一番熱服盡多方藥不痊直得一身白汗出始覺從前怗怗然今日禹門重頌出舉似禪人緊著鞭且道鞭頭落在甚麽處便下座

天封舒安律師請小參世尊出世説法四十九年譚經三百餘會至拈華教外別傳方了本懷故教立戒定慧三法曰因戒生定因定發慧爾我既出家當須出三界了生死方始事畢若但持戒止免三途既兼生定止超六欲若其發慧方超三界故以發慧爲主然今

時多言慧竟不知發慧之繇如要發慧須是明心六祖云即心名慧即佛乃定定慧等持意中清淨是以心若苟明意自清淨於日用頭頭無絲毫過患所以我笑巖師翁道欲無禪禪無欲相奪相傾事不厭俗故曰清淨行者不上天堂破戒比丘不入地獄驀拈拄杖云通玄者裏又且不然喝一喝云且道是戒耶定耶慧耶是心耶佛耶是清淨耶破戒耶是上天堂不上天堂耶是入地獄不入地獄耶又喝一喝云切莫停囚長智便下座

除夜小叅一年三百六十日日日撞到今宵極箇中極處體全彰殺活全承此恩力是以古喻爾我臨命終時眼光落地底時節眼光既落地耳光亦落地鼻光亦落地舌光亦落地身光亦落地意光亦落地六光既落地則無見聞覺知之情何有聲色觸法之翳淨裸裸赤灑灑清寥寥白滴滴一片本地風光一著本來面目到箇裏所作俱息無佛道可成無衆生可度無生死可斷無涅槃可證然後天是天地是地僧是僧俗是俗於者一片地都來沒干涉雖無干涉謾他一點不得雖謾不得不假思議之心全憑者片本地風光靡所不周靡所不徧所以道日應萬縁而不撓其神千難殊對而不干其慮正當恁麼時除夜分歳一句作麼生道白雲盡處是青山行人更在青山外

解夏小叅覿面分付尚涉廉纖直下承當猶存情識玄機獨唱截斷衆流恁麼也不得不恁麼也不得恁麼不恁麼總不得事不獲已放一線道開第二義門三月結制挂起盋囊

放下複子便作安居今朝解制著卻草鞋挑著擔子便爲行動殊不知天童者裏日日著草鞋日日挑擔子未嘗向諸人道安居行動諸人若會時時安居之地事事出身之路恁麼也得不恁麼也得恁麼不恁麼總得設若兩頭不涉中間不立又有甚麼恁麼不恁麼得與不得正當諸人分中如何通信莫是拳一拳掌一掌麼莫是打一棒喝一喝麼莫是彈一彈豎一指麼莫是説道理呈見解麼莫是總不恁麼以坐具拂一拂便行麼如此者總是依草附木良久云須知自有冲天志莫學他人行處行

施主請小叅三世諸佛六道衆生皆是摩訶般若光光未發時無佛無衆生消息從甚麼處來只因一念心生分别遂見有佛有天有人有修羅有畜生有餓鬼有寃有親有逆有愛有男有女有心有性有玄有妙有煩惱有涅槃乃至有行有住有坐有卧有語有默若也一念回光返照明見本來面目遂見三世諸佛也是者箇面目天也者箇面目人也者箇面目阿修羅也者箇面目畜生也者箇面目餓鬼也者箇面目乃至寃也者箇面目親也者箇面目逆也者箇面目愛也者箇面目行也者箇面目住也者箇面目坐也者箇面目卧也者箇面目語也者箇面目默也者箇面目既皆者箇面目説佛不得説天不得説人不得喚作修羅不得喚作畜生不得喚作餓鬼不得喚作煩惱不得喚作涅槃不得喚作心不得喚作性不得喚作玄不得喚作妙不得喚作是不得喚作非不得乃至喚作行

不得喚作住不得喚作坐不得喚作卧不得喚作語不得喚作默不得喚作寃不得喚作親不得喚作愛不得喚作逆不得喚作凡不得喚作聖不得旣皆不得一道平等浩然大均上無攀仰下絶已躬畢竟天人羣生類皆承此恩力旣承此恩力終不落虛可以超聲越色離見絶聞坐斷是非頭語默絶消息不求超生不求證滅無欣無厭淨裸裸赤灑灑全體與麽來全體與麽去通身無影像處處絶行蹤所以道處處眞處處眞塵塵盡是本來人眞實說時聲不現正體堂堂没卻身正當恁麽時只如孝子鍾大向追薦先妣朱氏又作麽安身立命還委悉麽彌陀元不異只者是西方

解制小參結制只得兩箇月老僧無福没飯喫普請諸人各各行大丈夫兒當自立從門入者非家珍諸人莫蓄粟米粒樹凋葉落露金風脫盡皮膚赤骨髏箇事人人本具然到底不從他處得一任諸方玄又玄莫教汚卻本來質祖師西來無別事討箇人見不受惑老僧如是恁麽道諸人分上無交涉只如諸人分上又作麽生會卓拄杖歸方丈

小參僧出作禮師便打云靈山話月曹谿指月天童一味掉棒打月若也見月忘指方見棒頭落處無事不畢所以道見月休觀指歸家罷問程古人見人不會不得巳下箇註腳云若喚作棒入地獄如箭射或舉杖云喚作拄杖即觸不喚作拄杖即背喚作山河大地即觸不喚作山河大地即背乃至喚作一切聲即觸不喚作一切聲即背衹要人向拄杖

頭邊默契默運向聲色頭上坐臥聲色頭上安閒不被一切聲色之所籠罩一切聲色之所回換一切聲色之所擺撲始得自繇既得自繇則臨命終時定得自由不被業識之所回換則生死輪迴息矣縱聞十方佛祖老和尚出世亦如色等説法亦如聲等則不被佛祖老和尚舌頭之所籠罩之所回換之所擺撲方滿佛祖老和尚出世之本懷故曰祖師西來覔箇不受惑底人方始自信臨濟大師云少信根人終無了日祇如自信之人於世出世法中如何行履百華叢裏過一葉不沾身

孝子鍾鴻穎爲父紫符公請對靈小叅夫道也聖凡同體生死一如只緣不了以致隨境生情隨情造業隨業緣故三界昇沈受報好醜以拄杖敲靈几云若向者裏回光返照棺木裏眨眼便乃脱死超生剔起便行管取十方自在自在也天堂尚不住地獄豈能留千人萬人羅籠不住百千境界轉變不得應同體悲爲如來使普現色身隨處作主與無緣慈導利羣品同成正覺正恁麽時歸根復本一句作麽生道盧舍本身纔獨露豁開正眼絶纖塵

爲洞陽蔡公對靈小叅本體恒然無生無滅正眼洞明離出離入祇因見倒惑生認境漂流以致輪迴不息若能當頭坐斷一念返本純源便見當處超脱所以道淨法界身本無出沒大悲願力示現受生雖然如是正恁麽時逍遥獨脱一句作麽生道卓拄杖云還委悉麽但能信脚騰騰去徧界無非淨法身

爲懶菴祝居士對靈小參生死去來全體現
陰間陽世本無邊所以道無邊刹境自他不
隔於毫端十世古今始終不離於當念只因
離於不離隔於不隔遂乃見倒惑生妄生分
别於無生見生無滅見滅隨境有無心存取
舍遂致輪迴不息乃以拄杖指靈几云直須
當頭點破管教全體顯現一念常光現前永
證不生滅地所謂無常生死法與我不相干
若能如是解不用哭蒼天正恁麽時高超物
表一句作麽生道良久云千峰勢到嶽邊止
萬派聲歸海上消
孝子金善鎔爲父玄石公請對靈小參秀水
年年秀青山歲歲青秪因人不覺剛自見遷
更以拄杖敲淨缾云擊碎蟠桃核方見舊時
仁急薦取好惺惺頓證無生地高登安樂城
崇成無漏業端坐寶蓮心復以拄杖敲淨缾
云還見麽卓拄杖下座
葉暹晟爲父君錫公請對靈小參生死無二
相去來沒兩人秪因自不覺逐色與隨聲逐
色隨聲也捉一放一心如猿猴茫茫無據遂
致三界六道去來不息以拄杖點靈几云我
今爲你當頭點醒自知無滅無生覿面提持
管取自由自在自由自在也不爲業識之所
牽無滅無生也永證金剛之固體正當恁麽
時立命安身一句作麽生道直教兩脚捎空
去鼻孔依前搭上唇
室中開示
僧求開示師云汝且去僧行三五步師喚回
云會麽僧云不會師云汝是何處人僧云常
熟人師云汝父母未生前是何處人僧無語

師云汝父母未生前與常熟人相去多少僧云不會師云汝去會會來

二僧求開示師垂一足云有甚遮障處復收足云還會麽一僧禮拜出一僧復云乞和尚開示師展兩手云開示箇甚麽云某甲不會師云你且去第二次來

居士求開示師云吾嘗於此切古人云參禪無祕訣只要生死切猶是第二頭話者吾嘗於此切纔是透底話你去體會切字自然得箇透底處士云作麽生會師厲聲云吾嘗於此切者等會去

善信求開示師云汝爲何來云弟子不爲別事師云何爲不別事云爲修行故來乞開示師云修行也是別事做買做賣也是別事乃至虛空天地日月星辰森羅萬象以至父母兄弟妻子皆是別事如何是你不別底事云弟子不會師云汝去會不會底來

僧問某甲初發心乞和尚開示師云初卽且置心從甚處發僧無語師云汝且去究取心起處便是心倒斷處亦卽是心明處

僧乞示做工夫師云我者裏沒有甚麽工夫做只要擡樹擡石挑甎瓦挑柴穿衣喫飯屙屎放尿至於行住坐卧祇是不可喚作擡樹擡石乃至行住坐卧亦不可喚作工夫你且道喚作甚麽僧云未審如何下手師云拄杖子不在你自去打三十棒

偶言

師一日與西堂妙行居士求如圍爐次妙行舉解山論格物云格是格去物欲師云他見如此汝又若何妙行云格字可作體字看否

師云似即似只成了兩箇妙行云師又如何師云不妨爲汝問著求如云當時妙喜答子韶云今人但知格物而不知物格好箇物格云何子韶不能當下領取而又求箇樣子師云汝卻如何求如云今日天寒師云何不脫體道一句求如云和尚如何師即起去

一日妙行舉月川法師不信無情成佛和尚如何道師云我亦道無情不成佛云青青翠竹盡是眞如鬱鬱黃華無非般若何故無情不成佛師云待有情成佛無情亦成佛妙行指桌云和尚如今已成佛云何還有者箇在師云你作者箇會那云和尚不作者箇會卻又如何師乃掌之

入室機緣

一僧入師問你在者裏做甚麽僧云磨豆腐師云你替甚麽人磨僧云替和尚磨師云你喫自已飯爲甚替老僧忙僧云不替和尚磨莫是替學人磨麽師打出又一僧入師云你來做甚麽僧云挑水師云水桶在甚麽處僧擬對師打云打破了也又一僧入師舉世尊初生一手指天一手指地云天上天下唯我獨尊你作麽會僧喝師云你者喝還喝世尊喝老僧喝你自已僧無語師打出又一僧入師云我適纔舉世尊天上天下唯我獨尊者僧亂喝打出去也你作麽會僧擬開口師云你欲攀揞老僧那以拄杖趁出

問答機緣

問大悟底人還有憎愛也無師云能愛人能惡人云此是儒家世間之說豈是大悟出世問之事師云汝是甚麽人僧擬議師喝出

問如我按指海印發光汝暫舉心塵勞先起師指壁間觀音像云者是甚麽云觀音聖像師云汝暫舉心塵勞先起

問乞師指截徑處師云汝是甚處人云江西師把住云江西到者裏多少路僧擬議師推出

問月明簾外如何轉身師云你但進門來云如何是門裏事師便打云請師不用棒不用喝將轉身事盡情道一句師起云我倦要睡去

問如何是三玄三要師云你者一問蹔云某甲不會請和尚明示師云你且放下著

問大事未明如喪考妣意旨如何師云你是無主孤魂云爲甚大事已明亦如喪考妣師云唯我獨尊

問某甲一向做工夫没箇入處師云誰教你來僧擬開口師直打出

問古人道亡僧誦一部佛法語未絶師云亡僧甚處去也僧擬議師便打僧云乞和尚開示師云汝道亡僧還開得口麽僧無語師云旣開口不得佛法合作麽誦

問如何是佛法大意師偶搔頭云老僧頭癢云還有奇特也無師展兩手

問大事未明乞師開示師云你喚甚麽作大事云豈無方便師便打

僧乞師法語云欲朝暮禮拜師云朝暮禮拜箇甚麽僧擬議師便打僧禮拜師一蹋僧起師云你者禮拜與朝暮禮拜是同是别僧復擬議師云饒你會得無二無别且道者一蹋又如何

問瑯琊覺讚初祖末句云師心兮戴大慧杲云戴之一字不得動著動著卽禍生師拈棒指云直須動著動著從教東擲西抛

靈鑑講主叅問和尚接人還用古人底自己底師以手展握云你道是古人底自巳底主擬開口師便打主一喝師云三喝四喝後又如何主罔措師展手云元來學弄虚底又問現前一衆是叅話頭是直下承當師云你又作麽生主云無心可用師云恁麽則後語不應前言云有條攀條師云攀甚麽條主無語

問不會做工夫求師開示師云不干老僧事云求箇明白路頭師云但向暗處走

問諸法從心生未審心從甚麽處生師云老僧正疑著

居士問弟子揚州來爲大事不明師云汝旣不明將甚麽來士無語

問古人一言之下爲甚麽便曉得雲門兒孫師打云你是甚麽人僧禮拜師又打

問如何是祕密藏師云八萬四千

問搬石挑沙明甚麽邊事師云來日再去挑行者問吞不進吐不出時如何師云問取舌頭

問還是念佛好還是做工夫好師云總不好僧擬議師打云向者裏會得恰好

問如何是乾屎橛師云田塍上看

問如何是清淨本然師便打僧云如何是忽生山河大地師云你又恁麽去也

問工夫散亂不得成片時如何師打云我道棒打不開

問乞師指箇修行路師云我從來不會修行

云更冀慈悲師云一事無成兩鬢絲
問古人道老僧無法與人秖解識病時有僧出作禮古人便歸方丈意旨如何師云汝且出去僧擬再問師云你未知病在云如何是某甲未知病處師舉手搔頭僧罔措
比丘尼問如何是本地風光師云嘗在汝面門出入尼欣然禮拜師云且放過汝
子穀蔡居士問如何是世法師云四大五蘊如何是出世法師云四大五蘊如何是世出世法師云四大五蘊又問易曰艮其背不獲其身既有箇背在如何不獲師云分明道了居士問弟子與和尚那分别和尚者樣快活弟子者樣苦師云汝將苦來與汝分别云弟子不可道是快活師云老僧亦不可道是快活云爭奈天堂地獄何師云你喚甚麽作天堂地獄你曾到天堂地獄也無士無語又問衆生即佛弟子信不過師云信不過且做衆生云佛又作麽樣師云但肯作衆生佛即在其中又問聞和尚已發明幾位去了師云那裏去了士擬開口師趯一趯云那裏去了士乃點首
三峰叅云積年仰慕今日遠來濟上門庭則不問如何是堂與中事師云你即今在甚麽處峰云此猶是門庭邊事師指座云且坐峰禮拜起云咦師休去
問如何是賓中賓師云滿面著埃塵如何是賓中主師云老僧無伴侶如何是主中主師云三更月下無人識如何是主中賓師云堂前坐來沒人陪
問如何是奪人不奪境師云百萬軍中斬顔

良如何是奪境不奪人師云取了荆州放魯肅如何是人境兩俱奪師云殺卻陳友諒并吞數十州如何是人境俱不奪師云當今天下太平國王萬歲云料揀已蒙師指示全提向上事如何師以拄杖連擉云退去退去
問衆中操履好靜處操履好師云分身兩處看
居士問弟子常發火性師云你適來爲甚麼駡我士無語師驀面一掌士亦無語師云打也打不發説甚常發火性
問某甲欲做工夫乞和尚開示師云昨日有人恁麽問打出去也僧擬作禮師便打出
三峰問從上來宗旨如何師豎起拳云不可唤作拳頭云還有麽師云一脚趯殺你云蒙示多矣師云又問作麽峰禮拜師便打良久師問峰云寂然不動感而遂通峰禮拜出師打一棒云且道是賞你罰你
問父母未生前如何師大笑生後如何師便打春秋鼎盛時如何師云恰好你識羞
問如何是第一玄師云有口不能宣如何是第二玄師云足方頭頂圓如何是第三玄師云恰好在腰邊又僧問如何是三要印開朱點窄師打云打你一棒云何不打兩棒師云鈍根阿師
問和尚納福麽師云你管他作麽云也須問過師云問過後如何僧擬議師乃打
問如何是的的大意師云向前來僧近前師便打僧云上根大器直下承當中下人來如何師云老僧從來未嘗眼華僧無語師云你是最下種也未得在

問如何是離心離境旨師云向前來僧近前師云會麽云不會師云禮拜著僧禮拜師與一蹋云是心是境僧擬議師便喝出

藴盧講主衆問未到金粟時如何師云雲岫菴中到後如何師云喫茶已畢釋迦未出世祖師不西來喚甚麽作正法眼藏師正身云見麽云有見則不堪師云未夢見在又問古人道喚作一物即不中如何又喚作無位真人師云你即今是一物是無位真人云若說作兩橛師云還我一橛來云猶是第二門師云怪你做座主所以善講

問清水洗塵塵水歸何處師云茅廁裏云某甲不會師云問取淨頭去

問生滅不停如何降伏師攔胸搊住云停不停云不會師放云恁麽即降伏了也僧擬進語師乃叱出

問如何是五眼圓明師云老僧止兩隻

問未舉念時意旨如何師良久僧擬再舉師云去

問黑漆皮燈籠還有亮時也無師打云老僧要打破

問如何得出生死師云如何是生死云學人不會乞和尚慈悲師云老僧無奈汝何

問如何是三寶師云一頓胡餅兩頓粥云不問者三飽師云老僧日日奉持

慈侍者問四大甚麽人主立師云好箇問頭祇是兩橛云四大分散時如何師云待汝四大分散來與汝道

問曹洞宗有君臣偏正師云除卻君臣偏正致一問來云除君臣偏正教某更問甚麽師

云只你恁麽道是君是臣是偏是正僧擬議師喝出

問已事未明乞師指示時值版響師云打版了喫粥去

問喚作竹篦則觸不喚作竹篦則背不知喚作甚麽師熟睞云是甚麽僧禮拜師便打

問生死如何透師打一拳云向者裏透

問某甲千里而來乞和尚開示師以拄杖畫一圓相僧擬議師打出

問某甲駕船三載因甚摸不著舵柄師打云還摸著也未四面狂風起又如何安身立命師亦打

問某甲一字不識乞師開示師云我正要一字不識底還你一字不識底去處來僧無語師乃打

問雲門餅趙州茶和尚者裏有甚麽師云一頓大拳頭

問二年不見和尚倒後生了師云後生了多少云後生了一半師云從那裏分起僧無語師展手云了

俗士問我輩修行不知從那一步起師云從你未動脚者一步起又問此心如何定得師云定即且置如何是心士無語師云汝且會會心看

問如何是無生法師打云會麽云不會師云賴汝不會若會老僧性命卻在汝手裏

問大修行人為甚擔枷帶鎖師云自作自受無人救云萬丈嵒前作揖百尺竿頭拱手師云自拈自弄得人憎如何是賓師云終日走途程如何是主師云坐斷乾坤唯自許如何

是賓中賓師云眼裏瞳人精又精如何是主中主師云腳底腳頭舉更舉問如何是暗中明師云東鄰王老夜摩肩如何是明中暗師云南海波斯晝洗面明暗相去幾何師云分身兩處看

師作務次僧叅云某甲特來叅叩和尚師拖土籃云為我擡土去云某甲只是閑師云去老僧沒工夫說閒話

密雲禪師語録卷第四

音釋

頟 鄂格切音額顙也 鬱 紆物切音蔚木叢生者 鬢 必刃切音儐頰髮也

搊 楚蒐切音芻手搊也 舵 待可切音柁與柂同正船木